이웃집에
늑대가 산다

이웃집에 늑대가 산다 2

초판 1쇄 찍은 날 | 2015년 10월 7일
초판 1쇄 펴낸 날 | 2015년 10월 16일

지은이 | 서이나
펴낸이 | 서경석

편 집 책 임 | 조윤희
편   집 | 이은주
             주은영
디 자 인 | 신현아

펴 낸 곳 | 도서출판 청어람
등록번호 | 제387-1999-000006호
등록일자 | 1999. 5. 31
어람번호 | 제11-0025호

주소 | 경기도 부천시 원미구 부일로 483번길 40 서경B/D 3F (우) 14640
전화 | 032-656-4452 팩스 | 032-656-4453
http://www.chungeoram.com
E-mail | chungeorambook@daum.net

ⓒ 서이나, 2015

ISBN 979-11-04-90442-4   04810
ISBN 979-11-04-90440-0   (SET)

이웃집에 늑대가 산다

서이나 장편 소설 2

도서출판
청람

CONTENTS

1. 빨간 망토를 사랑한 늑대

세단과 윤성은 곧장 병원으로 향했다. 어느새 어둠이 사라지고 하늘 위로 시린 여명이 밝아오고 있었다. 세단은 말이 없었다. 그저 창밖만 바라보며 억지로 불안감을 감추려고 안간힘을 썼지만, 창백한 표정과 흔들리는 눈동자까지 어찌하지는 못했다. 윤성은 불안에 떨고 있는 그녀를 느낄 수 있었다.

"수면제를 과다 복용했대. 누가 봐도 자살 시도였다고. 하지만 다행히 일찍 발견돼서 지금 입원실에 있대."

"목숨엔 지장 없는 건가요?"

"일단은. 하지만 정신적으로 많이 무너진 상태야."

세단은 입술을 깨물며 눈을 질끈 감았다.

왜 그때 민정이를 제대로 보지 않았을까. 이런 극단적인 선택을 할 수도 있는 상황이었는데, 나는 나와 하령이만 생각하고 남겨진 민정이를 돌아보지 않았어.

왠지, 전부 자신 때문에 벌어진 일 같았다. 괜히 하령과 제 일에 민정이 휘말려서. 선택 아닌 선택을 하게 만들어서. 벼랑 끝에 내몬 거야.

그때 제대로 정신 차리고 말해줬어야 했다. 잘못을 짚어주고, 벌을 주면서 잘못의 대가를 제대로 치를 수 있게 해줬어야 했는데. 오히려 어영부영 넘긴 게 일을 더 키운 셈이다. 게다가 자신의 징계가 민정에겐 더 큰 죄의식이 되었던 거다. 죽고 싶은 마음이 들 정도로 그렇게 무겁고, 무섭게. 원래 나쁜 아이가 아니니까. 그 일을 아무렇지도 않게 넘길 그런 아이가 원래 아니니까.

윤성은 떨고 있는 세단의 손을 붙잡았다. 그러자 그녀는 움찔하며 눈을 떴다. 그의 손안에서 파르르 떨리는 자신의 손이 느껴졌다. 이 정도로 떨고 있을 줄 몰랐다. 하지만 까딱하면 민정이를 잃을 뻔했어. 영영, 잃을 뻔했다고…….

그는 그저 말없이 세단의 손을 단단히 잡아주며 조금 더 속도를 높였고, 세단은 그렇게 마음을 가다듬었다.

지금이라도 늦지 않았으니까, 민정에게 말해줘야 한다. 그날 일에 관해서 제대로 말을 하고, 벌을 주고, 적어도 민정이 그날 일에 대해 속죄하고 합당한 대가를 치르도록.

병원에 도착한 세단은 로비를 달렸다. 그리고 곧장 CS 의국으로 달려가자 잔뜩 어두운 표정의 레지던트들이 그녀를 보고 다가왔다.

"선생님!"

"민정이는?"

"이리 오세요."

애써 진정됐던 심장이 다시금 벌렁거렸다. 세단은 민정이 있다는 입원실로 향했다.

"일단 심리가 너무 불안정해서 정신과 치료를 병행하느라고 독방에 입원시켰어요."

"가족들은?"

"아직, 알리지 못했습니다."

"그래, 이건 당사자가 알려야 할 일이지."

"들어가 보시겠어요? 안 그래도 계속 울면서 박 선생님만 찾아서……."

세단은 조그만 창을 통해 안을 들여다보았다. 다행히 민정은 눈을 깜빡이며 먼 허공을 응시하고 있었다.

그녀는 문을 열려다가 잠시 멈칫하고는 안내해 준 레지던트에게 말했다.

"잠시 자리 좀 비켜줄래?"

"알겠습니다. 하지만 담당의에겐 말해놔야 할 것 같아요."

"그래, 부탁해."

"조금이라도 이상이 있으면 콜 주세요."

"알았어."

레지던트는 짧게 고개를 숙인 뒤 물러났고, 세단은 문고리를 돌렸다.

문이 열리는 소리에 고개를 돌린 민정은 세단을 발견하고는 크게 떨리는 눈을 하고선 침대에서 벌떡 일어났다. 세단은 조심스럽게 안으로 들어가 문을 닫았다.

민정은 어쩔 줄 몰라 하면서 연신 고개를 마구 가로젓다가 이내 다시 눈물을 뚝뚝 흘렸다.

"서, 서, 선생님……."

세단은 그녀에게 천천히 다가갔다. 그러자 민정이 더더욱 몸을 떨면서 고개까지 푹 숙이던 그때, 세단이 민정을 꼭 끌어안았다.

"미안해, 민정아."

그리고 그 말 한마디에 민정은 넋을 잃은 표정으로 눈물만 주르르 흘리다 어렵사리 세단의 옷자락을 움켜쥐었다.

"죄송해요, 죄송해요. 아무리 그래도 선생님께 그런 짓을 해서는 안 되는 거였어요. 의사로서도 그런 행동을 해서는 안 되는 거였는데……. 차라리 제가 다 말할게요, 제가 다 말하고 죗값을 받을게요. 박 선생님이 저 대신 벌을 받으실 필요 없다고요!"

세단은 민정의 양어깨를 붙잡고서 단호하게 고개를 가로저었다.

"아니, 넌 아무 말도 하지 마. 그러면 안 돼."

"선생님……."

"네가 정말로 내게 미안하다면 여기서 덮고 넘어가."

"하지만!"

"절대로 말하지 마. 말하는 순간, 난 정말 너 용서 안 해. 절대로 안 할 거야. 지금도 솔직히 너한테 너무 실망했어. 어떻게 환자를 살리는 의사가, 살아 있다는 것이 얼마나 소중한지, 얼마나 간절한지 누구보다 가까이에서 느끼고 있는 의사가 어떻게 스스로 목숨을 끊을 생각을 해?"

"죄송…… 합니다."

"두 번 다시 그런 생각하지 마. 생명을 가볍게 여긴다면 그거야말로 정말 의사 자격이 없는 거야."

"……."

"이번 일은 여기서 그냥 조용히 끝내자."

만약 이 일을 다시 언급하면 하령이가 아니라 민정이 다칠 수 있다. 오히려 민정이 혼자 감당해야 할 수도 있어. 하령이는 결국 자신 때문에 민정이를 건드린 거니까. 나와 하령이 사이에서 민정이는 그런 선택을 할 수밖에 없었던 거야. 너무나도 절박한 순간에 찾아온 유혹을 쉽게 뿌리칠 수 없었겠지.

"네가 정 불편하다면 다른 병원으로 갈 수 있게 해줄게. 추천서도 내가 써줄 거야. 지금만큼의 대우를 받을 수 있도록."

"선생님……."

민정은 말을 잇지 못할 정도로 펑펑 울기 시작했고, 세단은 민정의 등을 다독이며 속삭였다.

"언젠가 너도 나도 웃는 얼굴로 봤으면 좋겠다. 솔직히 난 너 안 미워해. 내 얼굴 똑바로 봐. 웃고 있잖아. 내가 널 미워했으면 지금 네 얼굴 제대로 볼 수 있겠어?"

"……."

"나한테 미안해하지 말고 환자분께 미안해하도록 해. 그 마음 평생 간직하고 의사로서 제대로 버텨. 지금 네 손으로 할 수 있는 일을 제대로 하라고. 그게 내가 너한테 내리는 벌이고, 네가 치러야 할 죗값이야. 스스로 목숨을 끊으면서 또 다른 죄를 짓지 마. 남겨진 사람들한테 그런 무겁고 무서운 상처를 주지 말라고. 어떻게든 끝까지 버텨. 알겠지?"

"감사, 합니다……. 감사합니다……."

"좋은 의사가 돼야 해. 그래야 내가 너 완전히 용서할 수 있을 테니까."

민정은 한동안 감사하다는 말과 죄송하다는 말을 끝없이 되풀이했다. 아마 지금 이 순간이 민정의 가슴에 계속해서 남아 있겠지만, 그 무게로 더 성장해서 좋은 의사가 될 거다. 세단은 그렇게 믿으면서 이번 일을 완전히 덮고자 했다.

잠시 후, 세단은 조용히 병실을 빠져나왔다. 그리고 민정의 담당의에게 전화를 해서는 지금 많이 지친 상태라고, 하지만 곧 나아질 거라고 말해 주었다.

"하아……."

그제야 긴장이 스르르 풀리면서 다리가 후들거렸다. 세단은 잠시 벽에 몸을 기댄 채 눈을 감았다. 그러다 다시금 다리에 힘을 주고 윤성의 연구실로 향했다. 그녀가 연구실 문 앞에 서자, 기다렸다는 듯 문이 열리면서 윤성이 그녀를 맞았다. 세단은 피식 웃으면서 안으로 들어갔다.

"고마워요, 나 기다려 줘서."

"괜찮나?"

"다 들었잖아요. 그렇죠?"

그러자 윤성이 고개를 가로저었다. 이번 일은 세단의 사생활이다. 그러니 절대로 들을 수 없었다.

"안 들을 수도 있다고 했잖아."

그의 작은 배려에 마음이 다시 따뜻해졌다.

"고마워요. 그리고 괜찮아요. 민정이도 괜찮을 거예요."

세단은 좀 더 확실하게 마음을 다잡았다.

이번 일을 덮는 건 순전히 민정이를 위해서다. 절대로 하령이를 위해 덮는 것이 아니다. 그리고 이제 절대로 하령이로 인해 흔들리지 말자. 좀 더 강해지자. 나 때문에 다른 사람이 상처받는 일이 없도록. 절대로 그런 일이 생기지 않도록.

"이제 어디 갈래?"

"지금은 그냥 병원에 좀 있고 싶어요."

세단은 고개를 돌려 윤성을 바라보았다. 어쩐지 다시 치열하게 일을 하고 싶다는 생각이 들었다. 이 새하얀 공간, 생과 사가 가장 가까이 와 닿아 있는 이곳에서. 저 남자와 같이 메스를 들고 사가 아닌 생을 위해서, 그렇게 환자를 살리고 싶었다.

'내가 있을 자리를 지켜야 해. 그러기 위해선, 내가 강해져야 해.'

"의국에 좀 다녀올게요. 애들도 많이 놀랐을 테니까."

"그래, 그럼."

세단은 연구실을 빠져나가려다 다시 달려와서는 윤성을 꼭 안아준 뒤 아까보다 밝아진 모습으로 나갔다. 윤성은 품 안에서 맴도는 온기를 느끼며 그녀가 빠져나간 빈자리를 바라보았다. 이제 시간이 얼마 남지 않았다.

하지만 이런 생각이 들었다. 남은 두 달 동안 그녀에게 무슨 일이 어떻게 벌어질지 몰라도, 어쩌면 그 일이 그녀의 인생에서 의사로서 더 크게 성장할 수 있는 가장 큰 터닝포인트가 될지 모른다고.

그 미래를 위해선 그녀가 살아야 한다. 그녀가 무너지지 않도록 반드시, 지켜야 한다.

일주일이 지나고 드디어 세단이 병원으로 복귀했다. CS에선 그녀의 복귀를 열렬히 환영했지만, 그 기분은 그렇게 오래가지 않았다.

"컨퍼런스 전에 나한테 먼저 환자 차트 보고 좀 해볼까? 내가 담당했던 환자들 상태는 어때?"

"아, 보고하겠습니다. 그런데 어제 민은경 환자 보고를 미처 다 끝내지 못해서……."

"지금 그게 할 소리야? 당장 확인하고 나한테 바로 올려!"

"네!"

빡센 마녀가 돌아왔다. 그것도 무지막지함이 업그레이드가 되어서 돌아오고 말았다!

병원 내에서는 민정에 관한 일이 새어 나가지 않게 잘 막은 터라 CS 외에 다른 몇몇 부서를 제외하곤 소문이 돌지 않았다. 물론 지금 민정은 이 병원에 있지 않았다. 세단의 도움으로 다른 병원으로 옮긴 상태. 그 내막까진 알 수 없었지만, CS에서는 암묵적으로 그저 잘 해결된 일이라고 넘겼다.

세단은 매의 눈으로 차트를 확인하면서 빠진 부분을 귀신같이 집어냈다.

"이런 차트로 컨퍼런스 들어가려고 한 거야? 마 교수님한테 엄청 깨지고 싶냐? 아니면 그전에 나한테 죽어볼래?"

"아닙니다!"

"이제 곧 전문의 될 녀석들 맞아? 이래 가지고 너희들이 제대로 의사라고 불릴 수 있겠어!"

"죄송합니다!"

"내가 없는 사이에 아주 빠져서는! 환자 차트 전부 가져와. 다 확인해 볼 테니까!"

그렇게 CS는 아주 살얼음판 위를 걷는 살벌한 분위기에서 아침을 맞이했다. 하지만 의국 사람들은 기분이 썩 나쁘진 않았다. 이제야 제대로 일을 하는 기분이 들었고, 왠지 모르게 마음도 든든했으니까.

컨퍼런스가 시작되었고, 마무리가 될 즈음 윤성을 대신해 치프가 단상에 나섰다.

"엊그제 공지한 대로 작년에 이어 올해도 소아병동 어린이들을 위한 행사가 열리게 되었습니다."

세단은 날짜를 확인하고서는 짧게 탄성을 질렀다.

"아, 벌써 그렇게 됐어?"

"네, 선생님."

병원에서는 매해 소아병동 어린이들을 위해 행사를 열었는데 거기에서 제일 꾸준히 하는 게 바로 연극이었다.

뒤에서 이를 지켜보고 있던 윤성은 어쩐지 굉장히 불길한 생각이 들었다.

"그럼 매번 그랬던 것처럼 제비뽑기로 역할을 정하도록 하겠습니다."

"이번엔 무슨 동화야?"

"저번처럼 연습하기 힘든 거 말고 쉬운 거 해요! 브레맨 음악대 한다고 악기 연습한 거 생각하면, 어우!"

"야, 그래도 그건 의상이 덜 추웠잖아. 동물이라서. 나 인턴 때 했던 흥부놀부는 한복이 너무 얇아서 추웠어. 특히 흥부 의상은 아주 그냥 바람이 숭숭."

"오글거리는 것도 뺍시다! 백설공주 때 진짜로 뽀뽀 안 하냐고 하는 바람에……."

"그건 난쟁이가 힘들었지. 계속 쭈그리고 앉아 있는 바람에."

"재작년엔 피터팬 아니었나? 날아다니는 척하면서 얼마나 칼싸움을 했던지."

"그래도 피터팬은 좀 낫죠. 전 후크 선장이라 나중에 애들한테 엄청 맞았어요."

"뭐? 푸하하하하!"

세단은 무용담 같지도 않은 무용담을 꺼내드는 녀석들을 보고선 피식 웃으며 다시 주제로 돌아갔다.

"그래서 연극 주제가 뭐야?"

"빨간 망토입니다. 오글거리지도 않고, 힘들지도 않고, 아이들에게 교훈도 줄 수 있는."

빨간 망토? 그러고 보니까 거기에 늑대 나오지 않나?

제비뽑기는 윤성도 피해 갈 수 없었다. 세단은 슬며시 그에게 다가가서는 아직 열지 않는 쪽지를 바라보며 속삭였다.

"닥터가 늑대 하면 아주 딱인데. 그렇죠?"

"시끄러."

윤성은 연극 자체를 별로 하고 싶지 않았다. 사람들이 바글바글한 곳에서 우스꽝스러운 옷을 입고 연극이라니. 하지만 도저히 빠질 만한 핑계가 없고, 가장 결정적으로 박세단, 그녀가 하기에 자신도 반드시 해야 했다. 시간이 갈수록 그녀에게서 눈을 떼기가 더더욱 불안했으니까.

"자, 쪽지 펼쳐 주세요!"

쪽지를 펼치자, 윤성의 표정은 딱딱하게 굳어졌고 세단은 놀란 얼굴로 '진짜?' 하면서 피식 웃었다.

"빨간 망토가 늑대한테 반해 버려서 어쩌죠?"

윤성의 쪽지엔 늑대가, 세단의 쪽지엔 빨간 망토가 크게 적혀 있었다.

정말이지 우연치고는 너무 딱인 결과였다.

"그래서 집에서 같이 대본 연습을 하겠다?"

"네! 어차피 닥터랑 나랑 붙는 신이 가장 많아요. 여주인공, 남주인공이니까."

세단은 윤성의 집 앞에 와서는 대본을 흔들면서 같이 연습을 하자고 조르고 있었다. 물론 그는 악역이고 자신은 선한 역이지만, 그래도 표면적으론 여주인공, 남주인공이 맞긴 하잖아?

그렇게 세단이 자연스럽게 그의 집으로 들어가려고 하자 윤성은 몸으로 막아섰다.

"미안하지만 대본 같은 건 한 번 보면 외울 수 있어. 연습할 필요 없다고. 가서 박 선생이나 대사 틀리지 않게 잘 외워."

"이건 외우는 게 중요한 게 아니에요! 감정 연습이 훨씬 중요하지! 그러니까 꼭 같이 해야 한다고요."

"감정이랄 것도 없이 그냥 겁만 주면 되는 거잖아?"

"아니죠, 아니에요."

세단은 윤성의 몸을 밀치고서 억지로 집 안으로 들어갔고, 결국 한 발 물러선 윤성은 한숨을 내쉬며 문을 닫았다. 세단은 여전히 잔뜩 어질러진 집 안을 보면서 혀를 찼다.

"피곤해서 그런 거예요, 아님 진짜 정리정돈을 싫어하는 거예요? 닥터를 아는 사람들이 보면 엄청 놀라겠네. 겉으로 보기엔 완벽할 것 같은데."

"누가 그러더군, 이런 모습이 꽤 인간미 있어 보인다고."

"뭐, 그건 그렇지만."

세단은 대충 물건을 정리하고 소파에 앉아 제 옆자리를 톡톡 두드렸다.

"얼른 여기 앉아 봐요."

"이게 사랑 얘기는 아닐 텐데? 굳이 붙어 있을 필요 없잖아."

말은 그렇게 하면서도 윤성은 그녀의 옆에 앉아서는 받아온 대본을 들었다. 살다 살다 이런 걸 하게 될 줄이야. 벌써부터 앞이 캄캄했다.

하지만 세단은 뭐가 좋은지 싱글벙글 웃으면서 목소리를 가다듬었다.

"흠흠. 그럼 나부터 대사 칠게요. 어머, 무서운 늑대가 우리 할머니를 잡아먹었나 봐. 이제 어떡하면 좋지? 이대로 있다간 나도 잡아먹히겠어!"

잡아먹힌다라······.

"빨간 망토야, 무서워하지 마렴. 나는 네 할머니를 잡아먹지 않았······."

세단은 대사를 읽기 시작한 윤성을 조심스럽게 바라보았다. 하기 싫다고 해놓고선 제법 목소리에 감정을 실었다. 문제는 그 목소리가 너무나도 감미로워서 나쁜 늑대라고 하기엔 지나치게 멋있다는 거였다. 그러고 보니 그때 별장에서,

"보름달이 뜬 것도 아닌데, 내가 너한테 얼마나 흔들리는지 알아? 그러니까 제발 날 흔들지 마, 박세단."

격하게 내쉬던 숨결과 조심스럽게 쓸어내리던 손길, 그 손길에 닿았던 순간이 너무나도 뜨겁게 떠올라 잊히지가 않았다. 만약 그때 전화가 오지 않았다면 어떻게 되었을까? 정말로 그를 가질 수 있었을까? 그는 정말로 나를 안아줬을까? 설사 그렇지 않다고 해도 그가 그 정도로 흔들리고 무너지는 모습을 보여준 것이 더 가슴 떨렸다. 정말로 나를 그 정도로 의식하고 좋아하고 있다는 거니까.

'뭐, 앞으로 기회는 많겠지.'

애정이가 준 속옷을 잘 보관해야겠어. 아니면 같이 쇼핑이라도······.

"박세단."

"네?"

세단은 그제야 자신이 그를 너무 빤히 쳐다보고 있었다는 걸 깨달았다.

젠장. 이러려고 온 게 아닌데!

"뭐하는 거야? 대사 안 해?"

"아, 그게 그러니까……. 어느 부분이죠?"

"듣지도 않았군. 딴생각을 하고 있는 거지? 이럴 거면 그냥 집에 가서 각자 연습하는 게 낫지 않나?"

"아니에요! 듣고 있었어요! 그런데 뭔가 감정이 확 안 와서 그런 거예요."

"뭔 소리야."

"솔직히 그렇잖아요! 공주와 왕자의 절절한 사랑 얘기면 엄청 몰입하기 좋을 텐데. 닥터가 나를 해치려 하는 악당이라니. 닥터도 솔직히 몰입 안 되죠. 네? 어떻게 날 해칠 생각을 할 수 있겠어요, 아무리 연극이라지만."

윤성은 세단의 말에 헛웃음을 지었다. 대체 무슨 생각을 했기에 저런 말도 안 되는 말로 또 대충 넘어가려고 하는 건지. 이럴 때는 저 속을 읽을 수 있는 능력 같은 게 있었으면 싶었다.

"빨간 망토가 늑대를 무서워하고 피해야 하는데, 내가 어떻게 닥터를 피할 수 있겠어요. 우리 그냥 늑대와 빨간 망토의 사랑 얘기로 바꿀래요? 그런 영화도 있었던 것 같던데."

결국 윤성은 고개를 가로저으며 자리에서 일어섰다. 그러곤 세단 역시 억지로 일으켜 세우려고 했다. 하지만 그녀가 끝까지 버텼고, 결국은 단숨에 안아 올렸다.

"우악!"

"머릿속으로 이런 걸 상상하고 있었지? 그래서 말도 안 되는 변명을 늘어놓고 있는 거고."

"아니에요! 내려주세요. 그냥 내 발로 서 있을게요."

너무 번쩍번쩍 들어 올린다. 아무리 그가 힘이 세다고 하지만, 그래도 요즘 단 걸 너무 많이 먹어서 살이 좀 찐 것 같단 말이야!

그는 순순히 그녀를 내려주었다. 그러곤 세단의 등을 떠밀었다.

"아무래도 박 선생은 혼자 연습하는 게 좋을 것 같아. 내가 옆에 있는 게 하나도 도움이 안 되는 것 같으니까."

"그건 그렇지만, 그래도 같이 있으면……."

"연극할 동안은 나랑 박 선생은 적이니까, 그렇게 알라고."

"에이, 그럼 그냥 여자 친구 박세단으로서 여기 조금만 더 있으면 안 돼요? 나 닥터가 끓여주는 라면 먹고 싶은데. 아니면 우리 집에서 먹을래요? 나 혼자 먹기 쓸쓸하니까……."

하지만 윤성은 세단의 목덜미 옷깃을 잡고서 질질 끌었고, 결국엔 집 밖으로 내몰았다. 세단은 마지막으로 굉장히 애처로운 표정을 지으며 슈렉의 고양이처럼 눈을 반짝였지만 택도 없었다.

"여자 친구 박세단은 더더욱 안 돼. 너무 늦었으니까 라면은 가서 혼자 먹어. 연습도 혼자 하고."

"닥터!"

"잘 자."

끝내 문이 닫혔고, 세단은 굉장히 아쉬운 표정으로 툴툴거리며 자신의 집으로 걸어가 문고리를 잡은 채 슬며시 입을 열었다.

"지금 듣고 있죠? 잘 자요. 오늘도 좋아하고 내일도 좋아해요."

윤성은 문 안에서 몸을 기댄 채 그녀의 속삭임을 듣고선 엷은 미소를 지었다. 그녀로 인해 웃음이 점점 많아지고 있었다. 자신도 모르는 사이에 점차 그렇게 변해가고 있었다.

그는 고개를 들어 창가를 바라보았다. 또다시 보름이 다가온다. 점점 그녀와 함께할 시간이 짧아지고 있다.

"시간을 정지시킨다거나, 그런 초능력 같은 건 못 해요?"

예전에 그녀가 우스갯소리로 한 말이 괜히 떠오른다. 윤성은 구름에 가린 달을 바라보며 씁쓸하게 속삭였다.

"그러게. 왜 그런 건 안 될까."

영원히 붙잡아두고 싶은 시간이다. 할 수 있다면 꼭 붙잡고서 그녀가 위험하지 않게, 그녀의 곁에 조금이라도 더 오래 머물고 싶은 마음. 하지만 부질없는 욕심이다.

'가질 수 없는 것을 욕심내지 말자. 지금 순간순간을 소중히 해야 해.'

그보다 더 중요한 건 죽음이 코앞으로 다가온 그녀를 지키는 것. 윤성은 세단 몰래 백하령에 대해서 알아보고 있었다. 그러던 와중 걸려든 것은 바로 J그룹에서 의료 관광 사업 책임자를 뽑는 투표에서 그녀가 백영진에게 참패를 당했다는 것이다. 시기적으로 계산했을 때, 그 이후로 그녀가 변했다. 천재현과 돌연 약혼을 발표한 것도 바로 다음 날이었고. 그렇다면 의료 관광 사업 책임자가 되기 위해 천강진 이사장의 힘이 필요했다는 말인데……. 하지만 대체 어떻게 천강진 이사장을 움직인 거지? 그 짧은 사이에 백하령은 도대체 무엇으로 천강진 이사장을 흔든 것일까.

회색빛 눈동자가 차갑게 가라앉았다. 천강진과 백하령, 두 사람 사이에 엮여 있는 비밀. 그 비밀이, 필요했다.

그로부터 며칠 후, 드디어 연극 날이 밝아왔다. 세단은 머리를 양 갈래로 묶고 빨간 망토 옷을 입고서 약간 어색한 미소를 지었다. 솔직히 이 나이에 이런 옷을 입고 양 갈래 머리를 하게 될 줄은 꿈에도 생각지 못했으니까.

"생각보다 잘 어울리세요, 선생님."

"하하하. 빈말이라도 고맙다."

"빈말 아닌데."

"우와……."

그때, 밖에서 짧은 탄성이 들리더니 늑대 복장을 한 윤성이 걸어 나왔다. 마치 제 옷을 입은 것처럼 너무나도 잘 어울렸다. 타이트한 의상 덕분인지 탄탄한 몸매가 적나라하게 드러났고, 불만에 가득 찬 눈빛이 모르게 그 모습마저도 섹시한, 굉장히 묘한 매력이 넘치는 늑대였다.

"저거 진짜 동화에 나오는 늑대 맞니?"

"역시 마성의 부교수님. 뭘 입어도 진짜 잘 어울리시네요. 부러워요, 박 선생님."

"하하하하."

어느새 그녀의 앞으로 다가온 윤성은 굉장히 기분이 저조한 어조로 입을 열었다.

"이거 대체 언제 끝나는 거야?"

"한 30분 정도 할 것 같은데……."

"하아……."

"생각보다 훨씬 잘 어울리세요! 닥터가 늑대 모습으로 변하면 그런 느낌이 나겠구나……. 보름에 이렇게 변해도 나름 괜찮을 것 같아요!"

"시끄러."

그때, 멀리서 연극을 시작한다는 말이 들려왔고 윤성이 먼저 걸음을 돌리면서 짧게 속삭였다.

"잘 어울리네."

세단은 그의 속삭임을 또렷하게 듣고서는 살짝 붉어진 얼굴로 손거울을 집어 들었다.

"뭐, 그렇게 나쁘진 않네."

소아병동 로비에서 연극은 시작되었다. 아이들은 환한 표정으로 박수를 쳐주었다. 이렇게만 보면 전혀 아픈 아이들처럼 보이지 않았다. 그만큼 착하고 사랑스러운 아이들.

1년에 한 번뿐이기에, 어쩌면 이 순간을 기다리는 아이들도 있을 수 있으니까 세단은 최선을 다해 연기해 보겠노라고 다짐하며 굉장히 익살스럽고 과장된 몸짓으로 아이들의 웃음을 유도했다.

"그럼 어머니, 심부름 다녀올게요!"

"꼭 명심해야 해! 숲에는 늑대가 있어. 나쁜 도둑들도 많고. 그러니까 절대로 한눈팔지 말고 곧장 할머니 집으로 가야 한다!"

"걱정 마세요!"

세단은 경쾌하게 말하면서 길을 떠나는 척했다. 여기까진 괜찮았다. 그런데 숲 속으로 배경이 바뀌면서 나무 뒤에 숨어 있는 윤성을 보고는 그녀의 시선이 저절로 그에게로 향했다. 뻐딱하게 서 있는 늑대의 모습은 사악해 보이면서도 매력적이었다. 빨간 망토가 늑대를 사랑해 버리는 내용의 영화가 왜 나오게 되었는지 알 것 같아. 저런 늑대라면 빠질 수밖에 없지. 뭔가 나쁜 남자의 느낌이 물씬 나잖아?

'하지만 이건 동화야. 박세단, 정신 차리자!'

세단은 애써 숨어 있는 윤성을 피해 길을 걷는 척했다.

윤성은 그런 그녀의 옆모습을 바라보며 웃으면 안 되는 역할이면서도 자꾸만 옅은 미소를 지었다. 그리고 마침내 윤성이 그녀의 앞에 등장해야 할 순간, 연극을 지켜보던 남자아이 하나가 소리쳤다.

"이제 빨간 망토는 큰일 났다! 늑대한테 어디 가는지 전부 말해 버려서, 할머니가 잡아먹히고 말 거야! 동화책에서 읽었어! 빨간 망토도 잡아먹힌다고!"

"진짜? 진짜?"

"할머니가 잡아먹히는 거야?"

"빨간 망토도 잡아먹혀? 그럼 어떡해!"

하나둘 퍼져 나가는 이야기에 삽시간에 아이들은 동요하며 금방이라도 울 것처럼 눈물이 그렁그렁해지기 시작했다. 아이들을 진정시키는 간호사들과 보호자들도 난감했지만, 가장 난감한 건 연극을 준비한 이들이었다. 물론 동화에선 할머니도 빨간 망토도 살아난다. 늑대는 사냥꾼에게 죽게 되지만. 문제는 늑대가 할머니와 빨간 망토를 삼키는 게 나오고, 늑대의 배를 가르는 장면도 나온다는 것.

세단이 치프에게 다가가 곤란한 표정으로 속삭였다.

"왜 이런 동화를 고른 거야! 지금 생각해 보니까 좀 잔인하잖아!"

"아, 아니, 저는 아이들에게 엄마 말씀 잘 듣고 치료 잘 받아야 한다는 뭐, 그런 교훈을 주고 싶어서……."

"차라리 결말을 다 말해주고 시작할까요? 잔인해 보이는 건 죄다 빼버리고?"

"그럴까……."

그때 윤성이 세단의 손을 잡아당겼고, 그녀는 흠칫하며 그를 바라보았다.

"무슨 일 있어요?"

"네가 원하는 스토리로 가보자."

"네?"

"늑대가 빨간 망토를 사랑하는 이야기."

"지금 그게 무슨……."

"넌 내 대사에 맞춰 따라오기만 해."

그렇게 윤성은 다시 아이들 앞으로 돌아갔다. CS 사람들은 그가 대체 뭘 하려고 하는지 의아한 표정으로 그를 지켜보았다.

윤성은 짧게 심호흡을 하고서 다정한 표정으로 입을 열었다.

"빨간 망토가 어머니 말씀을 듣지 않고 딴 길로 가버리면 아마 빨간 망토가 위험해질 거야. 나는 빨간 망토를 좋아하니까, 무사히 할머니 집으로 갈 수 있도록 도와줘야 해."

윤성의 대사에 웅성거리던 아이들이 다시금 연극에 집중하기 시작했다.

"나쁜 사람들이 빨간 망토를 위험하게 하지 않도록, 내가 지켜줘야지.

내가 일부러 겁을 주면, 딴 길로 새지 않고 할머니 집으로 곧장 갈 거야."

대사와 함께 이야기는 새롭게 진행되었다. 세단은 눈치 빠르게 윤성을 보고 겁에 질린 척하면서 곧장 할머니 집으로 가는 척했고, 윤성은 그런 세단의 뒤를 끝까지 따르며 빨간 망토가 무사히 할머니 집에 도착할 수 있도록 지켜주었다.

그렇게 마침내 빨간 망토가 할머니 집에 무사히 도착했고, 늑대는 사냥꾼을 피해 달아나려고 했지만, 세단이 그런 윤성을 살며시 불렀다.

"늑대님!"

이대로 빠지면 이야기가 완벽하게 끝나는데. 윤성이 의아한 표정으로 고개를 돌리자, 세단이 그의 손에 꽃을 쥐어주면서 말했다.

"당신이 사실은 아주 착하고 마음이 따뜻한 늑대라는 걸 알아요. 고마워요, 늑대님. 할머니 집까지 오는 동안 저를 지켜주셔서."

그러곤 윤성의 볼에 뽀뽀를 했고, 그는 살짝 얼빠진 표정을 짓다 이내 피식 웃고 말았다. 그녀는 그만 들을 수 있도록 귓가에 속삭였다.

"진짜 끝내줬어요!"

세단은 쑥스럽게 웃으면서 돌아섰고, 윤성 역시 돌아섰다. 동화 내용과 완전 달랐지만 아이들은 오히려 더 좋아하며 박수를 쳐주었다. 아무래도 연극은 성공적인 것 같았다.

마지막으로 모든 이들이 나와서 아이들에게 인사를 했다.

"감사합니다."

"와아아아아!"

"늑대 아저씨, 멋져요!"

"빨간 망토 언니도 예뻐요!"

윤성은 마지막으로 아이들에게 전해주고 싶은 이야기를 했다.

"우리들도 여러분에게 오늘 연극에 나온 늑대 같은 사람들이에요. 때론 우리가 무섭기도 하고 두려울 수도 있겠지만, 전부 여러분을 위해서, 여러

분이 건강한 모습으로 사랑하는 부모님 곁으로 돌아갈 수 있도록 최선을 다해 여러분을 지켜주고 있는 거예요. 그러니까 아파도, 미워도 조금만 참고 의사 선생님들을 믿고 좋아해 주면 의사 선생님들도 무척이나 기쁠 거예요."

"네에!"

치프가 아이들에게 전하고자 했던 이야기를 훨씬 더 효과적으로 전해 주면서 이렇게 연극은 성공적으로 마무리되었다.

병원에 두고 온 자료가 필요했던 재현은 어쩔 수 없이 오랜만에 병원을 찾았다. 병원 분위기가 어쩐지 평소보다 활기차 보이는 듯했다. 그는 실장실로 향하다가 일부러 CS 쪽과 가까운 복도를 걸었다. 혹시 우연이라도 세단을 볼 수 있지 않을까 하는 기대감 때문이었다.

그리고 정말로 세단을 볼 수 있었다. 기뻐해야 하는데. 이름이라도 한번 부르고 인사라도 해야 하는데, 재현의 흔들리는 시선 안으로 세단이와 마윤성, 그 남자가 함께 들어왔다.

그는 가만히 세단을 바라보았다. 무슨 대화를 하는지 연신 웃음이 끊이질 않았다. 자세히 보면 말을 하는 건 대부분 세단이었다. 그런데 더 놀라운 건 마윤성, 그의 표정이었다. 무심한 척하고 있었지만 눈가가 다정하게 반달을 그리고 있었다. 천하의 마 교수가 저런 표정이라……. 두 사람의 표정 전부 자신은 한 번도 본 적 없고, 모르는 모습이었다.

'사랑을 하면 저런 표정이 되는구나. 누군가를 너무나도 좋아해서, 너무나도 사랑해서 저렇게 웃고, 저렇게 바라보는구나.'

자신이 세단을 바라보는 표정은 어떤 표정일까. 저렇게 행복하게 웃고 있을까? 마윤성, 저 사람처럼 한없이 다정하고 부드러운 모습일까?

'아니, 나는 저 사람처럼 웃지 못해. 세단이가 내게 저렇게 웃어주지 않으니까. 저렇게 바라봐 주지 않으니까. 나는, 나는 절대로 가질 수 없는

모습이야.'

사랑받는 남자의 모습. 사랑하는 여자와 같은 마음으로, 같은 설렘으로 함께 있을 수 있는. 사랑하는 사람에게 사랑받을 수 있는 너무나도 놀라운 기적 같은 순간.

'나는 아니야. 나는, 아닌 거야.'

재현은 걸음을 돌렸다. 순간 심장이 찌릿해 가슴을 움켜쥐며 난간을 붙잡았다.

"하아, 하아……."

결국 그는 숨을 헐떡이며 그 자리에 주저앉았다. 심장이 아픈 건가? 마음이 아픈 건가? 이런 나약한 내가…….

"너무, 싫다……."

무사히 연극을 마치고 세단은 윤성의 앞에 불쑥 나타나서는 배시시 미소를 지었다.

"거 봐요, 결국 사랑할 수밖에 없다니까."

결국 그녀의 그 말도 안 되는 이야기대로 흘러가 버렸다. 하지만 윤성은 어찌 되었든 상관없다는 표정으로 웃고 말았다.

"그래, 그러네."

"근데 어떻게 그런 설정과 대사가 바로 나온 거예요? 진짜 너무 멋졌어요."

그는 세단을 가만히 바라보았다. 늑대가 빨간 망토를 지켜줘야 한다는 말. 그 말은 사실이니까. 누군가로 인해 죽을 운명인 그녀를, 너무나도 사랑하는 그녀를, 늑대는 지켜줘야 하니까.

"의국 가면 아주 난리 나겠죠? 아무리 공개 연애라지만."

"난 의국 안 갈 거야. 네가 알아서 해."

"빡센 마녀 힘을 보여줘야겠네."

"수고해."

그렇게 윤성이 지나치려고 하자, 세단은 스쳐 지나가는 말로 살며시 속삭였다.

"그런데 닥터, 닥터는 왜 나한테 좋아한다고 말 안 해줘요?"

"……."

"그러고 보니까 처음부터 지금까지 나는 많이 해줬는데 닥터는 한 번도 안 해준 것 같아서. 물론 아직 익숙하지 않으니까 하는 게 서툴 수는 있지만, 그래도 한 번은 해주면 좋을 텐데……."

돌아선 윤성의 표정이 한없이 낮게 흔들렸다. 세단은 윤성을 힐끔힐끔 쳐다보면서 은근 기대하는 눈빛을 띠었다. 하지만 시간이 흘러도 그의 입술은 굳게 닫혀 있었다. 그때, 타이밍 좋게 뒤에서 누군가 세단을 불렀다.

"박 선생님!"

"가봐, 급한 일인 것 같은데……."

"……네."

세단은 조금 서운한 표정으로 걸음을 돌렸고, 윤성은 그제야 고개를 돌렸다. 좋아한다는 말. 사랑한다는 말.

"……난 할 수가 없어."

그 말을 입 밖으로 내뱉는 순간, 정말로 걷잡을 수가 없게 될 것 같다. 네 곁을 떠나는 게 너무너무 힘들어질 것 같아서, 그래서 절대로 말을 할 수가, 없다.

윤성은 어렵사리 걸음을 옮겨 연구실로 향했다. 그런데 몇 발자국 떼기도 전에 걸음을 멈췄다. 복도 끝에 기대어 있는 한 남자, 바로 천재현이었다. 그런데 어딘지 모르게 표정이 어두웠다. 상태가 썩 좋지 않아 보였다.

윤성은 무시하고 지나가려다 결국 그의 앞으로 다가갔다.

눈을 감고 있던 재현은 발걸음 소리에 천천히 눈을 뜨고서 윤성을 바라보았다.

"……마 교수님."

"오랜만입니다. 그런데 어디 불편하신 겁니까?"

"아닙니다. 요즘 통 잠을 못 자서 약간 현기증이 난 것뿐입니다. 그럼 갈 길 가시죠."

재현은 애써 정신을 차리고서 윤성의 곁을 스쳐 지나갔다. 그러다 문득, 저도 모르게 세단의 이름을 입에 담았다.

"세단이, 잘 지내고 있습니까?"

"직접 가서 보면 되는 거 아닙니까?"

"제가 세단이를 보면, 세단이가 곤란해지니까. 그건 싫습니다."

"……."

"그렇다고 세단이 이렇게 포기하는 거 아닙니다."

단호한 재현의 목소리에 윤성은 고개를 돌려 그를 빤히 쳐다보았고, 재현 역시 차가운 시선으로 윤성을 똑바로 보았다.

"제가 세단이 많이 좋아하는 거, 친구가 아니라 남자로서 좋아하는 거, 알고 계시죠?"

"……."

"모르고 계셨다고 해도 상관없습니다. 절대로 이렇게 쉽게 물러나는 거, 아니라는 겁니다."

"그렇게 말하기엔 본인이 너무 위태로운 거 아닙니까?"

"……세단이는 제가 좋아하는 여자이기 이전에 제겐 너무나도 소중한 친구입니다. 세단이 울리지 마세요. 지금 모습 그대로 지켜주세요. 솔직히 지금 세단이, 너무 좋아 보이고 예뻐 보이니까."

"……."

"그러니까 지금은 한발 물러나 있는 겁니다. 하지만 조금이라도 방심하고 세단이 힘들게 하면, 그 틈으로 제가 끼어들 겁니다. 그게 친구로서든, 남자로서든."

재현은 다시 걸음을 옮기려고 했다. 그 순간, 가슴에 둔탁한 통증이 느껴지면서 저도 모르게 신음을 내뱉었다.

"흐윽!"

윤성은 그제야 재현의 상태가 생각보다 훨씬 안 좋다는 걸 깨달았다.

"이봐요, 천 실장! 천재현 씨!"

"하아, 하아!"

재현은 가슴을 두드리며 결국 그 자리에 주저앉고 말았고, 윤성은 재빨리 그의 호흡과 맥박을 살폈다.

'호흡이 거칠고 맥이 너무 빨라. 게다가 심장에서 잡음이 들린다.'

"정신 차려요! 천재현 씨!"

윤성은 재현의 이름을 부르면서 가슴에 손을 댔다. 셔츠 단추를 푼 순간, 그의 눈빛이 움찔하며 한곳을 응시했다.

윤성은 재현의 가슴에 난 흉터에서 눈을 떼지 못했다. 저 위치. 저 흉터 모양.

'심장이식 수술 자국인데…….'

그가 심장이식을 받았다는 건가?

재현은 그가 무엇을 보고 있는지 깨닫고 흠칫 놀라며 얼른 그의 손을 뿌리치고선 재빨리 옷으로 몸을 가려 버렸다. 그러곤 애써 호흡을 가다듬으려고 했지만, 쉽게 되질 않았다. 숨이 차오르고 가슴으로 찌릿한 통증이 멈추질 않았다. 이런 모습, 이자에게 들키고 싶지 않았는데…….

"움직일 수 있습니까?"

윤성은 대답 없이 입술만 꽉 깨물고 있는 재현을 부축했다. 아무래도 제대로 검사를 받아봐야 할 것 같았다. 다른 환자도 아니고 심장이식 수술을 받던 환자라면 지금 이 증상을 그냥 넘겨서는 안 된다.

재현은 어쩔 수 없이 윤성에게 몸을 기대고서 낮은 목소리로 속삭였다.

"아까 본 흉터는, 잊어주십시오."

"알겠습니다."

"……고맙습니다."

그렇게 윤성은 재현을 데리고 일단 자신의 연구실로 향했다.

"뭐라고? 재현이가 쓰러져? 어디가 어떤데. 설마!"

[마 교수님 말씀에 의하면 그렇게 심한 건 아니라고 합니다.]

"일단 내가 가겠네."

[알겠습니다.]

재현이 쓰러졌다는 말 한마디에 강진의 표정이 무너져 내렸다. 그는 재빨리 병원으로 향했다.

로비로 들어선 그를 알아본 이들이 인사하려고 했지만, 강진의 눈엔 그 어느 것도 보이질 않았다. 그저 곧장 윤성의 연구실로 향하면서 오직 한 가지만을 간절하게 빌었다.

'부디 아무 일도 아니기를. 다시금 그때의 끔찍한 날로 돌아갈 수는 없어, 절대로!'

그렇게 연구실에 도착한 강진은 노크도 잊고 벌컥 문을 열었고, 이미 그가 오는 걸 알고 있었던 윤성은 천천히 몸을 일으켜 세워 살짝 고개를 숙였다.

"이사장님."

강진은 떨리는 목소리를 숨길 새도 없이 물었다.

"우리 재현이는? 재현이는 어떻습니까? 무슨 일이 있는 겁니까? 많이 안 좋은 건가요? 설마 또 심장에 무슨 문제가……."

"심장에 또 문제가 있었냐고 묻는 것을 보니, 이번이 한 번이 아닌 모양입니다."

그는 그제야 자신이 말실수를 했다는 걸 깨달았지만, 어차피 그러면 자신이 말을 하지 않아도 눈치챘을 거라고 생각했다.

"천재현 실장이 예전에 심장이식 수술을 받은 적이 있는 겁니까?"

역시나.

강진은 망설임 없이 고개를 끄덕였다.

"잠시 앉아도 될까요? 많이 놀라서……."

"그러시죠. 차라도?"

"아닙니다, 아니에요."

강진은 소파에 앉아서는 잠시 긴 숨을 내쉬었다. 그러곤 저를 바라보고 있는 윤성을 향해 예전을 떠올리며 어렵사리 입을 열었다.

"선천성심장질환. 재현이는 태어날 때부터 심장에 장애가 있었습니다. 저희 집안 유전병이었지요. 하지만 제가 괜찮았기에 재현이도 괜찮을 것이라고 믿었습니다. 하지만 오히려 제가 괜찮아서 그 병을 재현이가 받게됐더군요."

"……."

"제대로 뛸 수 없었고, 조금만 무리를 해도 심장에 바로 이상이 생겼습니다. 언제 어떻게 쇼크가 일어나서 죽을지 모르는 아찔한 순간들이 너무나도 많았지요. 더군다나 아이 엄마도 많이 아팠고, 재현이가 태어나서얼마 지나지 않아 숨을 놓았습니다. 저 혼자 그 모든 걸 감당하기가 너무나도 어려웠죠. 아내도 잃었는데, 남은 자식까지 잃을 수는 없었습니다."

어떻게든 재현이를 살리기 위해 필사적이었다. 심장이식밖에 방법이 없다는 얘기를 듣고 해외까지 수소문해서 적합한 공여자를 구하려고 했지만, 그 어느 하나 맞는 것이 없었다. 그때는 정말로 신이 자신을 버렸다고생각했었는데…….

"기적처럼 공여자를 찾았습니다. 이식수술도 성공했고요. 지금까지 너무나도 잘 자라주어서 얼마나 고마운지 모릅니다. 그런데 설마 이제 와서부작용이 나타난 겁니까?"

심장이식 수술은 워낙 위험하고 어려운 수술이라 경과가 좋았다고 하더라도 훗날 부작용이 생길 수도 있었다. 아주 만에 하나이긴 했지만. 강진은 그것이 두려웠다. 또다시 그때와 같은 악몽을 겪게 될까 봐. 아들을 영영 잃을 수도 있다는 그 두려움 속에서 하루하루를 그렇게 다시 살게 될까 봐.

윤성은 재현의 비밀일 수도 있는 일을 듣고선 고개를 가로저었다.

"이식된 심장에는 이상이 없습니다. 그냥 피곤이 많이 쌓였고, 스트레스가 갑자기 심해져서 신경과민으로 나타난 발작이라고 보시면 됩니다. 지금은 또 많이 안정되었고요. 크게 걱정하실 필요는 없을 듯합니다."

"마 닥터, 부탁입니다. 이번 기회에 조금 더 정밀 검사를 해주세요. 사실 재현이가 심장이식수술을 받은 것은 비밀입니다. 그래서 제대로 정기적으로 검사를 받지 못했습니다. 특히나 재현이가 미국으로 유학을 간 뒤로는 더더욱. 마 닥터라면 믿을 수 있을 것 같습니다. 부탁드립니다."

강진은 윤성을 향해 고개를 숙이며 부탁했고, 윤성은 그 모습에 조금 당황했다. 한국재단 이사장이 아닌 한 아이의 아버지로서 요청했다. 그만큼 과거가 아직도 두려움으로 남아 있는 것이겠지.

"알겠습니다. 그렇게 하도록 하지요."

"감사합니다, 정말 감사합니다, 닥터."

강진은 재현을 만나기 위해 실장실로 들어갔다. 재현은 소파에 누워 있다가 강진을 보고선 흠칫 놀라며 얼른 몸을 벌떡 일으켜 세웠다. 하지만 강진의 표정은 영 좋지 못했다.

"미국에서 돌아온 이후로 한 번도 병원에 가지 않았다고 들었다."

"아, 그게……."

"혹시 모르니까 계속해서 검사를 받아야 한다고 몇 번이나 말하지 않았어! 그런데 이렇게 무리까지 하면서."

재현은 지친 표정으로 소파에 몸을 기댄 채 다소 차가운 목소리로 대꾸했다. 솔직히 말이 부드럽게 나갈 수가 없었다.

"저를 이렇게 무리하게 만든 건 아버지 아닌가요?"

"재현아."

"제 몸은 제가 알아서 하겠습니다. 전 지금 건강해요. 조금 무리한 것뿐입니다. 쉬면 괜찮아져요. 그때의 어린애가 아니란 말입니다."

재현은 더 이상 강진과 할 말이 없었다. 아버지의 얼굴을 더는 보고 싶지 않아 그대로 그를 지나쳐 나가려고 했지만, 강진이 그런 재현의 어깨를 붙잡았다.

"마 닥터가 널 검사해 주시기로 했다. 그러니까 오늘 시간 전부 다 빼."

재현은 생각지도 못한 말에 고개를 가로저었다.

"싫습니다."

"천재현!"

"딴 사람은 몰라도 마 교수는 싫습니다, 절대로!"

가장 약한 모습을 보이고 싶지 않은 사람이다. 세단이만큼이나 절대로 보이고 싶지 않아.

"그래도 받아! 마 닥터는 국내뿐만 아니라 해외에서도 흉부의로서는 최고로 인정받는 사람이야. 그 사람에게 검사를 받고 괜찮다는 말이 나와야 나는 안심할 것 같다."

"그래도 그 사람만큼은……."

강진은 재현의 두 어깨를 꽉 붙잡으며 떨리는 어조로 애원했다.

"제발, 제발……. 그래야 내가 안심할 수 있을 것 같아. 두 번 다시 그때처럼 너를 잃을 것 같은 두려움을 느끼게 하지 말아다오. 부탁이다, 재현아. 제발……."

그는 고개를 숙이며 힘겹게 재현의 어깨를 붙잡았고, 재현은 입술을 깨물었다. 아버지가 이토록 작아 보였던 순간은 아주 예전, 자신이 시한부 판정을 받았을 때 이후로 처음이었다. 자신이 또 아버지를 이토록 불안하게 만든 것인가. 이렇게 또 약한 모습을 보이도록 한 것인가. 두 번 다시 그런 모습 보이게 하지 않겠다고. 한국재단 이사장으로서의 멋진 모습만 보고 싶었는데…….

'어쩔 수, 없는 건가.'

"알겠습니다."

"……."

"검사, 받겠습니다. 그러니까 아버지, 제 앞에서 고개 숙이지 마세요, 절대로."

천재현, 너 정말 바닥까지 추락하는구나. 결국 바닥까지, 가고 마는구나.

재현은 스스로 윤성을 찾아갔다. 이미 검사를 하기 위한 준비는 모두 마친 상태. 그의 검사는 극비이기에 이사장이 믿고 있는 몇몇 의사들이 검사를 진행할 예정이었다. 어차피 그리 어려운 검사는 아니었으니까.

"환자도 왔으니 시작할까요?"

윤성은 제자리로 돌아가려고 했다. 그러자 재현이 그에게 한 가지를 부탁했다.

"이번 일, 세단이는 알지 않았으면 좋겠습니다."

"그 말은 즉, 박 선생은 천재현 실장이 심장이식 수술을 받았다는 걸 알고 있다는 뜻으로 알아들으면 되겠습니까?"

"예. 그래서 항상 제 걱정을 심하게 했죠. 이제야 조금 안심하고 있는데, 이번에 알게 되면……. 그러니까."

"말하지 않겠습니다. 오늘 천재현 실장에 관한 일은 절대 제 입에서 밖으로 나가는 일, 없을 겁니다."

"감사합니다."

그렇게 재현의 심장 검사를 시작했다. 초음파 검사부터 시작해서 심전도 검사, 혈압 검사, 여러 CT 검사까지 하니 굉장히 많은 시간이 소요되었다. 물론 검사를 받는 재현도 굉장히 피곤했다. 그렇게 검사가 끝나고, 재현은 지친 표정으로 윤성에게 걸어갔다.

"다 끝난 겁니까?"

"예. 결과는 조금 기다려야 할 겁니다."

"따로 연락 주시죠."

"알겠습니다."

윤성은 재현의 CT 사진을 확인한 순간, 표정이 딱딱하게 굳어지면서 검사실을 나가려던 재현을 급하게 붙잡았다.

"천재현 씨."

"무슨 일이죠?"

윤성은 여전히 CT 사진에서 시선을 떼지 못하고 있었다.

"심장이식 수술을 한 게 언제입니까?"

"무슨 문제라도 있는 겁니까?"

"관련 기록 같은 건 없습니까?"

"여기 없을 겁니다. 여기서 받은 수술이 아니니까."

그는 그제야 고개를 올려 재현을 바라보았다. 한국대병원에서 받은 수술이 아니다? 하긴 이곳에서 받았다면 병원 관계자 절반이 알고 있겠지.

"다른 병원에서 받았다고요? 그래서 언제?"

재현은 뭔가 느낌이 이상했지만 기억을 더듬어 이식수술을 받은 날짜를 말해주었다. 그러자 윤성의 표정이 점점 더 어둡게 가라앉았다.

"문제 있는 겁니까? 결과가 그렇게 빨리 나오나요?"

"……아닙니다. 좀 더 확인한 후에 연락드리겠습니다."

"세단이한테는 절대로, 절대로 말하지 말아주십시오. 마지막으로 부탁드립니다."

그렇게 재현이 사라지고 나머지 의사들도 윤성에게 인사를 한 뒤 사라졌다.

그는 검사실에 홀로 남아 재현의 심장 검사 결과를 다시 살펴보았다.

처음, 초음파 검사를 할 때는 별 느낌이 없었다. 그런데 CT 촬영과 더불어 검사를 진행할수록 재현의 가슴에서 뛰고 있는 심장이 너무나도 낯익었다.

어딘가 낯익은 듯한 심장. 워낙 많은 임상 경험을 했고, 인간보다 월등한 오감으로 인해 한 번 만진 심장이나 기록으로 본 심장에 대한 것도 얼추 머릿속으로 떠올릴 수 있었다. 그런데 지금 재현의 심장은, 지난번 세단의 아버지, 박일준 환자에게 오기로 한 심장과 비슷했다. 게다가 천재현의 수술 날짜는 박일준 환자가 진단 오류로 수술이 취소되고 난 뒤 얼마 지나지 않아서. 설마, 그 심장인 건가? 하지만…….

윤성은 고개를 가로저었다. 쉽게 판단해서는 안 돼.

그는 자신의 손을 바라보다 이내 꽉 움켜쥐었다.

늦은 밤. 검사 결과를 꼭 보고 싶다는 천강진의 부탁에 윤성은 검사 결과를 가지고 이사장실을 찾았다. 이사장실로 향하는 그의 표정은 무척이나 딱딱하게 경직되어 있었다.

"닥터, 이렇게 늦은 시각까지 정말 미안합니다."

"아닙니다. 검사 결과 심장엔 아무런 문제가 없습니다. 이식 상태 역시 양호합니다. 그저 스트레스성인 것 같습니다."

강진은 그제야 크게 안도하며 가슴을 쓸어내렸다. 그러고는 윤성에게 나지막이 부탁했다.

"이번 일은 꼭 비밀로 해주십시오. 부탁드립니다."

"알겠습니다."

"저녁이라도 같이 할까요? 시간이 좀 늦긴 했지만. 아니면 술이라도 한잔……."

"아닙니다. 내일 수술 일정이 있어서요."

"나중에 크게 한번 대접하도록 하겠습니다."

"그전에."

윤성은 잠시 말을 멈추었다가 이내 자연스럽게 되물었다.

"심장 공여자를 찾기 쉽지 않았을 텐데. 설령 찾았다고 해도 적합 검사까지 치러야 하니, 정말 큰 행운이었겠습니다."

"예, 정말 기적이었습니다. 지금도 그 순간을 잊을 수 없을 정도로 말입니다."

"그렇군요. 그런데 박 선생 아버지도 천재현 실장과 같은 병이던데."

"아, 맞습니다. 그래서 그 당시 더더욱 유감이 컸지요. 그래서 재현이가 더 마음 아파했었습니다. 저도 그게 지금까지도 마음에 남아 있고요."

캐묻는 것이 아닌 그저 자연스럽게, 윤성은 그렇게 천강진 이사장을 흔들었다. 확실한 물증은 없었지만, 자꾸만 마음에 걸리는 불편한 심증.

하지만 그의 모습이 너무나도 자연스러워서 꼬투리 잡을 만한 흠이 없었다.

"예전에 허락하신 기록을 살펴보니, 부적합 판정을 받은 공여자가 어느 병원으로 이동했는지 기록이 없더군요. 혹시 아십니까?"

"저도 거기까진 모르겠습니다. 담당 코디네이터의 일이니까요. 아마 순서에 맞게 돌아갔겠지요."

강진은 묘한 시선으로 윤성을 바라보았다. 예전부터 느꼈지만, 박 선생에 대해서 왜 저렇게 알려고 하는 거지? 그것도 그 일을 들먹이면서.

"혹시 천재현 실장의 간략한 수술 기록을 볼 수 있을까요? 그 기록을 본다면 제가 조금 더 심장 상태를 제대로 파악할 수 있을 것 같아서 말입니다."

"해당 병원에 문의해 보도록 하겠습니다."

"이사장님이 번거롭게 그러실 필요는 없고, 그 병원이 어디인지 알려만

주시면 이사장님의 동의하에 제가 요청하도록 하겠습니다."

하지만 강진은 정중하게 고개를 가로저었다.

"죄송합니다. 아무리 마 닥터라고 하지만 이번 일은 정말로 언론에 새어 나가면 안 되는 사항이라, 그래서 수술까지 다른 병원에서 진행한 겁니다. 제가 직접 요청하도록 하겠습니다."

"아닙니다. 제가 무리한 요구를 한 것 같습니다. 그럼 쉬십시오. 다음에 다시 뵙겠습니다."

"다시 한 번 감사드립니다, 마 닥터."

그렇게 윤성은 이사장실을 빠져나왔다. 그리고 걸음을 옮기면서 머리를 빠르게 굴렸다.

천재현의 심장과 박일준 환자의 심장. 일단 그 당시 장기이식을 담당했던 코디네이터를 찾아야 한다. 공여자의 심장이 어디로 이동했는지. 천재현은 어디서 심장이식 수술을 받았는지.

아직 확실한 게 아무것도 없는 이상 단정 지을 수는 없다. 게다가 설사 그 심장이 천재현에게로 갔다고 하더라도 전혀 문제될 건 없는 일이다.

'그런데 뭐가 이렇게 찜찜한 걸까.'

천강진 이사장 역시 너무나도 태연하게 입을 열었다. 혹시라도 자신이 잘못 판단한 것일 수도 있으니.

오히려 윤성은 그러길 바랐다.

햇살 좋은 일요일이 다가왔다. 윤성은 일부러 오프를 내고서 하루 종일 집에 틀어박혀 있었다. 바로 그 당시 심장이식을 담당했던 코디네이터를 찾기 위해서.

그는 이사장이 눈치채지 못하게 조사를 했지만, 워낙 오래된 일이라서 그리 쉽지가 않았다. 하지만 포기할 수 없었다. 자꾸만 맴도는 이 불안감을 없애기 위해서라도 이건 너무나도 위험하면서도 매우 중요한 일이 될 테니까.

그때 익숙한 발소리가 들렸다. 그리고 곧장 윤성을 부르는 세단의 목소리. 그녀도 오프였다. 지금껏 가만히 있었던 것이 신기할 정도였다.

"닥터! 닥터! 집에 있는 거 알아요! 내 말도 엄청 잘 들리면서! 얼른 문 열어줘요!"

이젠 너무나도 당연하다는 듯 제 집을 들락날락하는 그녀도 기가 막혔지만, 이 상황을 점점 자연스럽게 받아들이고 있는 자신도 점점 무서워지고 있었다.

윤성은 퍽퍽한 눈을 문지르며 조금 쉴 생각에 문을 벌컥 열었다. 그리고 바로 코앞이면서도 화사하게 꾸미고 나타난 세단을 향해 무심한 시선으로 입을 열었다.

"무슨 일이야?"

"무슨 일이 있어야 닥터 집에 오나요? 우리 그런 사이 아니잖아요."

"그래도 난 적당한 거리가 있는 그런 사이였으면 좋겠는데, 서로의 공간은 지켜주고."

"닥터의 공간을 지켜주려고 온 거예요."

세단은 윤성을 지나쳐서는 안으로 들어왔다. 그러고는 저번보다 더 엉망인 집을 보고선 이럴 줄 알았다며 혀를 찼다.

"이것 봐요, 더 엉망이잖아. 닥터의 공간은 지금 아주 위험하다고요. 바퀴벌레한테 점령당하기 일보 직전이란 말씀!"

"나중에 치우면 돼."

"닥터는 오늘 쉬어요. 내가 오늘 닥터의 집을 아주 완벽하게 청소해 줄게요."

"뭐?"

그러고 보니 세단은 그냥 온 것이 아니었다. 그녀는 뭔가가 가득 든 봉투를 함께 가지고 왔다. 그녀는 거기에서 앞치마 하나를 꺼내 야무지게 차려입고서 두 주먹을 불끈 쥐어 보였다.

"오늘 내가 청소, 빨래, 밥까지 완벽하게! 해줄게요. 기대하세요."

갑자기 무슨 생각인 거지? 청소? 빨래? 밥?

윤성은 홀로 의지를 불태우는 세단이 너무나도 불안하기만 했다. 이 여자가 그런 걸 할 줄 아는 거야? 정말로?

하지만 그가 그렇게 불안해하거나 말거나 세단은 잔뜩 들떠 있었다.

마치 신혼부부 같잖아! 이런 거 꼭 한 번 해보고 싶었다고!

'잘할 수 있어. 빨래도, 요리도, 청소도 전부! 어젯밤에 인터넷으로 배웠으니까! 의대를 수석으로 합격한 똑똑한 머리가 어딜 가겠어? 아주 완벽하게 해서 닥터를 깜짝 놀라게 해줘야지. 이 정도면 최고의 아내가 될 자격이 충분하다는 걸 보여주고 말겠어!'

의지가 너무나도 활활 타오르는 세단을 보면서 윤성은 불안한 마음에 입을 열었다.

"그냥 얌전히 있다가 점심 먹고 가. 이번엔 볶음밥 정도 할 만한 재료가 있을 거야."

매번 라면만 먹이는 게 미안해서 윤성은 생애 처음으로 시장이라는 곳에 가서 몇 가지 식재료를 샀다. 언제 그녀가 들이닥칠지 모르기 때문에.

윤성은 그녀의 어깨를 붙잡고서 소파에 앉히려고 했지만, 세단은 고개를 가로저으며 몸을 빙그르르 돌렸다.

"안 돼요! 금요일에도 수술 일정 세 개나 있었죠? 닥터 피곤하잖아요. 그러니까 쉬세요. 집안일은 내가 알아서 다 할 테니까. 나 완전 잘해요. 사랑받는 아내가 될 자격을 충분히 갖추고 있다고요."

"아내?"

"아무튼 기대해요. 내가 볶음밥이 아니라 완전 맛있는 거 해줄게요. 그러려고 내가 장도 봐왔어요."

윤성은 여전히 문 앞에 놓여 있는 정체불명의 봉투를 바라보았다.

"그러니까 저 봉투가 재료들이다?"

그러고 보니 무슨 냄새가 나긴 나는 듯싶었다. 생닭과 각종 채소와 고추장까지.

"닭볶음탕 하려고?"

"어떻게 알았어요?"

"냄새로."

"코도 귀신이네. 그럼 내 요리가 얼마나 완벽할지도 금방 알 수 있겠네요. 닥터는 바쁜 것 같으니까, 일 해요. 오늘은 나 신경 쓰지 말고, 공기라고 생각해요."

오히려 세단이 윤성의 등을 떠밀었고, 어쩔 수 없이 그는 자리에 앉아 연신 왔다 갔다 하며 분주하게 움직이는 그녀를 바라보았다. 어차피 그녀가 이 집에 있으면 제대로 조사를 할 수가 없었다. 아직은 그녀가 몰라야 하는 일이니까.

세단은 먼저 어질러진 물건부터 치우기 시작했다. 윤성은 콧노래까지 흥얼거리며 청소를 하는 세단을 가만히 바라보다 슬며시 입을 열었다.

"천재현 실장 심장이식 수술 했다던데."

그러자 그녀는 흠칫 놀라며 고개를 들었다.

"그걸 어떻게 알아요? 비밀인 건데……. 설마 재현이가 어디 아파요?"

"아니야, 그런 건. 이사장님이 내게 천재현 실장의 종합 검사를 부탁했었어. 그래서 알게 된 거야. 원래 비밀이지만 넌 알고 있다기에."

살짝 불안하게 흔들렸던 눈동자가 안도감에 가라앉으며 세단은 고개를 끄덕였다.

"닥터가 해주면 좋을 것 같아요. 안 그래도 요즘 너무 많이 피곤해 보이는데. 건강에도 소홀해 보이는 것 같고. 그러면 안 되는 거잖아요. 하지만 예전처럼 내가 뭐라고 할 수는 없으니까."

"천재현 실장은 심장이식에 성공했고, 박 선생 아버지는 그렇게 돌아가셨으니 마음이 무거웠겠어."

윤성은 세단의 미묘한 변화라도 놓치지 않기 위해 바라보았지만, 세단은 전혀 아무렇지 않은 듯했다.

"아빠가 돌아가신 건 마음이 무거웠지만, 재현이라도 기적을 받아서 정말이지 다행이라고 생각했어요. 만약 둘 다 잃었다면 전 정말 버틸 수 없었을 거예요. 끝까지 절 도와주신 이사장님께도 감사하고, 재현이에게도 고마워요."

그녀는 이사장과 천재현에 대한 믿음이 굉장히 강했다. 그 어떤 것도 의심의 여지가 없을 정도로.

윤성은 그 뒤로 말을 아꼈다. 더더욱 그녀가 눈치채지 못하게 조사해야 한다고 생각했다. 결과의 일은 나중에 생각하기로 하고.

드디어 거실 정리를 끝낸 세단은 후련한 마음으로 빗자루질을 하기 시작했다. 그 흔한 청소기가 없었다. 하나 사다 놓을까? 그런데 생각보다 먼지는 나오지 않았다. 그럼 결국 물건만 어지럽힌다는 뜻인데.

"대체 왜 정리를 안 하세요? 그냥 서랍에만 넣어도 깔끔할 텐데……."

윤성은 그녀의 움직임을 살피면서 저도 모르게 씁쓸하게 속삭였다.

"너무 공허해서."

"……."

"주위에 아무것도 없으면, 가끔 정말 외로워질 때가 있거든."

비질을 하던 그녀의 손끝이 움찔했다. 그러곤 천천히 고개를 들어 윤성과 시선을 마주했다. 생각지도 못했던 그의 한마디. 처음으로 그가 외롭다는 말을 했다.

그녀는 조심스럽게 그에게 다가갔다. 그러곤 눈높이를 맞추고서 입을 열었다.

"나는 닥터에게 우리 가족 이야기를 해줬어요. 그만큼 닥터를 믿고 좋아하니까, 내 나약한 모습도 보여줄 수 있다고 생각했다고요."

"……."

"그러니까, 닥터도 내게 조금이라도 말해줘요. 닥터의 가족 이야기. 아버지와 어머니는 어떤 분이셨어요?"

가족이라는 말에 윤성의 표정이 차갑게 흔들렸다. 세단도 그걸 느낄 수 있었다. 별장에 갔을 때도 얼핏 느꼈었다. 그에게 가족이 많이 아픈 구석이라는 것을.

윤성은 낮은 숨을 삼키며 세단의 손을 꽉 붙잡고서 기억을 더듬었다.

"아버지는 늑대인간이었고, 어머니는 평범한 인간이었어. 어머니가 먼저 아버질 사랑하셨어. 하지만 그게 오래가진 못했지. 특히나 내가 태어난 뒤 어머니는 더더욱 아버지를 멀리하셨어."

"……."

"난 그 이유를 알지 못한 채 내가 못나서 어머니가 날 싫어한다고 생각했어. 어머니가 곁에 없는 날엔 아버지도 집에 없었어. 아버지는 나보단 어머니가 더 소중했으니까."

홀로 집에 있는 날이 많았다. 그럴 때는 항상 몸을 최대한 끌어안았다.

"혼자 있는 밤이 무서워서 물건들을 내 옆에 두었어. 옆에 뭔가 있다는 느낌이 들었으면 했거든. 특히나 어머니의 물건, 아버지의 물건. 그게 지금도 습관이 됐나 봐. 옆에 아무것도 없으면 좀 허전해."

세단은 그의 손을 한 번 더 붙잡았다. 그가 정리정돈을 안 하는 것에 이런 이유가 있는 줄 몰랐다. 많이 외로워서. 혼자 있는 게 너무 무서워서, 엄마와 아빠가 곁에 있어주었으면 하는 마음으로 엄마와 아빠의 물건을 두었던 거다. 조금이라도 함께 있다는 느낌을 받고 싶어서. 그나마 자신은 어릴 적에 아빠와 엄마가 계셔주셨다. 여기저기 놀러 다닌 기억도 조금은 있다. 하지만 닥터는 어릴 적부터 철저히 혼자였던 거야. 쭉 혼자였던 거야.

윤성은 더는 말하지 않았다. 아버지와 어머니 사이에 일어난 각인. 그로 인해 벌어진 끔찍한 비극. 늑대인간에게 사랑이 얼마나 치명적인 것인지, 한쪽만의 영원한 사랑이 얼마나 무섭고 비참한 것인지. 그래, 그녀는 알 필요 없는 얘기다. 그 순간이 오기 전에 자신이 떠나면 되니까. 절대로 어머니처럼 그렇게 아파하지 않도록. 그런 비극적인 결말로 치닫지 않도록.

공기가 차분하게 가라앉았다. 세단은 뭐라고 위로할 말이 없었다. 감히 자신이 어쭙잖게 위로할 수 없는 일이었다. 닥터는 닥터 나름대로 지금껏 잘 버텨왔으니까. 이렇게 훌륭한 의사가 되어서.

그래서 그저 말없이 윤성을 꼭 안아주었다. 그 역시 부드럽게 파고드는 그녀의 온기에 눈을 감고서 머리를 그녀의 가슴에 기대었다. 나지막이 울리는 심장 소리가 듣기 좋았다. 두 팔로 그녀의 허리를 꽉 끌어당겼다. 좀 더 오래 이러고 있고 싶을 만큼.

세단은 그를 꽉 붙잡았다.

지난날, 너무나도 외로웠다면 앞으로는 그러지 않아도 된다. 지금껏 혼자 있었던 시간만큼 그보다 더 많이 자신이 그의 옆에 있어주면 되니까. 마음껏 사랑해 주면 되니까.

"이제 내가 옆에 있어줄게요. 아무런 온기 없는 물건이 아니라, 내가. 내가 이렇게 닥터 안아줄게요."

윤성은 스르르 눈을 떴다. 하지만 이 온기도 곧 없어질 온기다. 밀어내야 할 온기다. 결국은 다시 혼자로 돌아가야 한다.

너무 익숙해지지 말자. 너무 익숙해져서 욕심내지 말자. 이 순간만, 이 순간만 마치 긴 꿈을 꾸고 있다고 생각하면서.

"고마워."

꿈에서 깨어날 때까지, 조금만 더 이대로, 이렇게……

날씨가 제법 화창했다. 물론 조금 쌀쌀하긴 했지만 햇살이 좋아서 빨래 널기엔 아주 딱이었다. 하지만 세단은 오늘 그저 그런 빨래를 하려는 것이 아니었다.

그녀는 안방으로 들어가 끙끙대며 이불을 가져왔다. 윤성은 순간 당황한 표정으로 벌떡 몸을 일으켜 세웠다.

"그건!"

"아, 이불 빨래하려고요. 모처럼 날씨가 너무 좋은 거 있죠? 이럴 땐 이불을 빨아서 널어야 해요."

"아니, 그건 진짜 괜찮아."

"에이, 한번 청소를 시작했으면 끝을 봐야죠! 게다가 이불 빨래야말로 청소의 끝판왕이라고요. 꽃 중의 꽃!"

그러면서 결코 물러서질 않는다. 대체 뭘 보고 왔기에!

세단은 화장실에서 그나마 큰 대야를 가지고 와서는 베란다에 두고 따뜻한 물을 틀어 세제를 뿌렸다. 어느새 하얀 거품이 일어나자 그녀는 만족스런 표정을 띠며 이불솜을 빼낸 뒤 이불 커버를 대야 안에 집어넣었다. 자고로 이불 빨래는 발로 밟는 것이라 하였다.

"오오! 완전 신기해! 발이 쏙쏙 들어가요!"

하지만 글로 읽었을 뿐, 직접 해보는 건 처음이었다. 사실 오늘 그녀의 청소와 빨래, 요리는 전부 다 글로 배운 것들. 실전으로는 처음이었다.

세단은 열심히 이불을 밟았다. 발에서 느껴지는 거품의 간질간질한 느낌이 제법 좋았다. 그래서 더 신나게 밟다가 거품에 그만 미끄러졌고, 몸이 휘청하는 순간, 윤성이 재빨리 뒤에서 그녀를 안아주었다.

"하아……"

"오, 나이스 캐치."

"일을 더 만드는 느낌이야."

"설마요! 분명 빨래는 잘 되고 있을 거예요."

윤성은 우울한 표정으로 이불을 바라보았다. 과연 그럴까······.

결국 윤성도 양말을 벗고서 같이 대야 안으로 들어갔다. 하지만 그의 덩치까지 감당하기엔 대야가 너무 좁았다. 그래서 본의 아니게 서로를 안고서 블루스를 추듯 이불을 밟았다. 맨발과 맨발이 살짝살짝 닿으면서 꼼지락꼼지락하는 느낌이 묘했다. 게다가 이렇게 계속 붙어 있자니 자꾸만 시선이 가고, 부끄러운 기분이 파고들었다. 세단이 자꾸만 뒷걸음질을 치자 윤성이 그런 그녀를 끌어당기며 낮게 속삭였다.

"그러다가 넘어져."

"닥터는 쉬어도 된다니까요."

"이러다 어느 세월에 다 끝내? 얼른 하고 얼른 끝내야 해 떨어지기 전에 널 보내지."

"저녁 먹고 가도 되는데······."

"내가 안 돼."

세단은 그의 팔을 붙잡고서 빨개진 얼굴로 고개를 푹 숙였다. 원래 이불 빨래가 이렇게 야릇한 거였어? 너무 딱 붙어 있는 것 같은데······. 그가 말할 때마다 숨결과 더불어 작은 떨림까지 온몸으로 느껴질 정도로!

'으아, 안 되겠다.'

세단은 이 어색하고 묘한 공기를 깨뜨리고자 손에 거품을 묻히고선 그대로 그의 얼굴에 살짝 묻혔다.

"뭐하는 거야?"

마치 생크림을 묻힌 듯한 모습에 세단은 피식 웃었다.

"원래는 카푸치노 거품 같은 거 묻혀서 뽀뽀해 줘야 하는데."

"그게 뭐야."

"거품 키스 몰라요? 예전에 엄청 인기 많았어요!"

"그 무슨······."

윤성은 세단이 방심한 사이에 거품을 똑같이 얼굴에 묻혀 주었다.

"아!"

"주는 대로 받는 거지."

"우와…… 쪼잔해."

결국 두 사람은 빨래하던 거품으로 장난을 시작했다. 여기저기 묻히고 바르고 튕기고, 그 덕에 주변이 아수라장이 되고 있었지만, 윤성과 세단은 신경 쓰지 않았다. 그녀는 까르르 웃었고, 윤성은 엷은 미소를 지었다.

철퍼덕!

"아윽……."

이불 빨래 위로 세단이 주저앉아 버리면서 장난은 일단락되었다. 주변은 물론이고 서로의 모습도 엉망이었다.

"청소를 하러 온 건지 더 더럽히려고 온 건지."

"그래도 재미있었죠?"

세단은 일으켜 달라고 손을 뻗었다. 윤성은 순순히 손을 잡았지만, 그녀의 눈빛이 순간 묘하게 반짝이면서 그대로 그를 확 끌어당겼다.

철퍼덕!

"푸하하하하!"

결국 윤성도 같이 넘어지고 말았다. 서로 거품 범벅이 된 모습에 세단은 더 크게 웃었고, 그는 허탈한 표정으로 그녀를 바라보았다. 그러다가 서로의 시선이 허공에서 뒤엉켰고, 이내 세단이 살며시 웃으며 그의 어깨를 끌어당겨 그대로 입을 맞추었다.

얼굴에 아직 거품이 남아 비누 맛이 느껴지는 듯했다. 하지만 이내 차츰차츰 온전히 마윤성, 그 남자만 느껴졌다.

윤성 역시 자연스럽게 눈을 감고서 그녀의 뒷목을 감싸 안았다. 비누 거품 향이 물씬 풍기면서 부드럽게 번지는 달달함에 온 감각이 민감하게 반응하기 시작했다.

세단은 숨을 내쉬며 그의 회색빛 눈동자를 바라보았다.

"나름 거품 키스……."

"청소가 목적이 아니었던 거지?"

"아니에요! 청소가 목적이었어요! 이건 보너스고!"

"어련하겠어."

윤성은 그녀를 안아 올리듯 일으켜 세워주었다. 그러고는 엉망이 된 베란다를 보며 한숨을 내쉬었다.

"내가 뒷정리할게요."

"됐어. 넌 가서 좀 씻어. 그러고 있으면 감기 걸려."

"네……."

처음 그의 집 욕실을 쓸 때는 무척이나 낯간지럽고 쑥스럽고 그랬지만, 이젠 제법 태연하게 그의 샴푸를 쓰고, 옷도 막 빌려 입었다.

욕실에서 나온 세단에게서 풍겨오는 샴푸 향과 젖은 모습이 다시금 그를 흔들었지만, 윤성은 고개를 돌려 버렸다. 지난번처럼 그렇게 속수무책으로 무너질 순 없었다.

"빨래 마저 해야 하지 않아?"

"그렇죠. 이불은 널기만 하면 될 것 같고, 나머지 빨래는 세탁기가 하면 돼요. 근데 세제를 얼마나 넣더라? 대충 눈짐작으로 넣으면 되나?"

스치듯 혼잣말로 중얼거리는 말을 다 듣고선 윤성은 다시 불안해졌다.

"빨래 안 해봤어?"

"물론 해봤죠!"

"그런데?"

"닥터 거는 양이 좀 많네요. 하지만 뭐 어떻게든 되겠죠!"

천진난만하게 웃는 모습에 윤성은 고개를 가로저으며 세단의 손에 들려 있던 빨래를 낚아챘다.

"됐어. 내가 할게."

"할 수 있어요!"

"넌 가서 밥이나 해."

세단은 시계를 확인했다. 그래, 배가 고플 시간이지. 지금까지는 좀 실패한 것 같지만, 요리만큼은 아주 끝내주게 해내리라!

"닭볶음탕은 기대해도 좋아요!"

그녀는 얼른 부엌으로 향했다. 윤성은 빨래를 세탁기에 넣으면서 믿음이 가지 않는 어조로 외쳤다.

"그건 해본 거 확실해?"

"당연히! 어제 인터넷에서 배웠죠."

"뭐?"

"에이, 걱정 마요. 나 의대 수석이에요. 머리 엄청 좋다니까."

세단은 온갖 재료를 다 꺼내 들었다.

윤성은 거실로 나와서는 노래를 흥얼거리며 재료를 준비하는 그녀의 뒷모습을 바라보았다. 자신의 옷을 입고, 어설프게 앞치마까지 두르며 자신의 부엌에 서 있는 모습. 신혼부부 흉내를 내보고 싶은 모양인데…….

탕탕!

도마를 내려찍는 둔탁한 소리에 그는 흠칫 놀랐다. 뒤이어 들리는 목소리.

"이거 생각보다 안 잘리네. 손질된 닭을 살 걸 그랬나? 그래도 내 손맛을 보여주려면 역시 닭 손질부터 하는 거지. 암!"

탕! 탕! 탕!

"아우, 근데 왜 이렇게 질겨? 토종닭이 아닌가?"

윤성은 급하게 부엌으로 향했다. 세단은 식칼을 들고서 닭을 난도질하고 있었다. 이게 정말 신혼부부의 모습이라는 거야? 호러 영화가 아니고?

결국 그는 칼을 휘두르는 세단을 붙잡아 멈추었다.

"어? 왔어요?"

"그냥 손질된 닭을 사면 되지, 무슨 손맛!"

"에이, 들었어요? 그건 듣지 말지."

"비켜봐."

"거의 다 잘랐어요! 내가 계속 하면 돼요!"

"이러다 닭이 너덜너덜해지겠어. 넌 그냥 양념 만들어. 내가 할게."

윤성은 그녀의 손에서 칼을 빼앗았다. 이대로 있다간 닭뿐만 아니라 그녀의 손가락도 무사하지 못할 것 같았다.

결국 세단은 약간 시무룩한 표정으로 양념을 만들기 시작했다.

그래, 닭볶음탕의 꽃은 양념이야. 닭이 아니라고.

마늘 다진 것과 고추장, 참기름, 고춧가루, 물엿, 간장까지 넣어서 마구 휘저으며 그녀는 살며시 맛을 보았다.

"음. 좀 맵나? 더 달게."

물엿을 조금 더 넣었다.

"아니야 조금 더 달게. 더 달게. 달게!"

계속 맛을 보면서 물엿을 마구 집어넣던 세단의 숟가락을 윤성이 빼앗아 버렸다.

"이, 이제 다 됐어요."

그는 잔뜩 굳은 표정으로 양념의 맛을 봤다. 그러곤 더더욱 굳어진 표정으로 고춧가루를 넣기 시작했다.

"왜? 그냥 물엿으로 닭을 버무리지?"

"하하하하. 너무 달아요? 그래도 조리면 좀 괜찮아지지 않을까요?"

"조린다고 단맛이 매운맛 되나? 비켜, 내가 할게."

"닥터가 다 해버리면 오늘 내가 온 의미가 없잖아요! 내가 할게요! 잘할 수 있어요! 닥터는 지금부터라도 조금 쉬는 게…… 악!"

버티는 세단을 윤성은 단숨에 어깨에 들쳐 멨다. 세단은 그의 어깨 위에서 바동거리며 외쳤다.

"내려줘요, 닥터! 진짜 조리법대로 할게요. 네? 마윤성 씨!"

그는 세단을 소파에 내려놓았다. 그러곤 울상이 된 그녀를 보며 속삭였다.

"됐어, 이 정도면."

"그렇지만 닥터 제대로 쉬지도 못했잖아요. 하아……. 미안해요. 내가 괜히 온 것 같아요. 일만 만든 것 같고."

"아니야. 쉬었어. 반대로 네가 제대로 못 쉬었지. 날 위해서 빨래하고, 청소하고, 장까지 보고. 그러니까 이번엔 네가 쉬어."

"하지만!"

"제대로 요리해 준다고, 맨날 라면만 끓여줬잖아. 오늘 하루 날 위해서 힘써준 답례야. 편안하게 쉬면서 기다려."

그는 세단에게서 앞치마를 빼앗아 대충 걸치고서 부엌으로 가버렸다. 세단은 그가 요리하는 모습을 바라보았다.

이것도 나름 나쁘지 않다. 사랑하는 아내를 위해 요리를 하는 남편. 그런 남편을 무척이나 사랑스럽게 바라보는 아내. 비록 집안일은 좀 서툴지만. 그래도 다 괜찮다고 다독여 주는.

'상상이 아닌 현실이 되면 좋을 텐데…….'

처음으로 든 낯설면서도 설레는 생각. 그와 결혼하고 싶다고. 그와 가족이 되어서 이 모든 순간이 자연스러운 일상이 되었으면 좋겠다고. 어느새 세단은 그런 미래를 꿈꾸기 시작했다.

'그래도 요리 정도는 좀 배워야 할 것 같아. 내가 만든 음식을 맛있게 먹는 모습, 꼭 보고 싶으니까.'

고즈넉하면서도 은밀한 분위기가 흐르는 한식당. 특히나 하령이 가는 곳은 정재계 사람들이 주요 이용하는 곳으로, 방음과 더불어 철저한 통제가 이루어지기 때문에 비밀스런 만남이나 은밀한 얘기를 하기에 딱 좋은 곳이었다.

하령은 그녀답지 않게 떨리는 숨을 내쉬고 있었다. 지금부터 그녀가 만날 사람은 정계에서 굉장히 유명한 사람으로, 향후 제게 큰 힘이 되어줄 수 있는 사람이었다. 자신이 먼저 인사를 드리고 만남을 청해도 그쪽이 받아줄지 의문이었는데 오히려 그쪽에서 먼저 식사 약속을 요청했다.

종업원은 하령을 보고서 이미 알고 있었다는 듯 고개를 숙이며 더욱 안쪽으로 안내했고, 마침내 미닫이문 앞에 서서 천천히 입을 열었다.

"백 이사님 도착하셨습니다."

그렇게 미닫이문이 열렸다. 하령은 긴장된 표정을 애써 숨기고서 조심스럽게 안으로 들어갔다. 그리고 그곳에선 한 대표와 그의 부인이 함께 그녀를 맞아주었다.

"오! 어서 와요, 백 이사. 이렇게 따로 보는 건 처음인 것 같군."

"안녕하십니까, 한 대표님. 이렇게 초대해 주셔서 감사드립니다."

"아가씨가 참으로 단정하고 예쁘네요."

"과찬이십니다, 여사님."

하령은 엷은 미소를 지으며 손을 마주 잡고 인사를 나눴다. 잠시 후 음식이 놓였고, 그들은 약간의 담소를 나누며 식사를 시작했다. 사실 하령은 왜 저분이 자신을 먼저 만나고자 했는지 아직까지는 속내를 꿰뚫을 수가 없었다. 그것도 부인과 함께.

'대체 무슨 일이지?'

부인은 하령을 바라보며 엷은 미소를 지었다.

"역시 자리가 자리인 만큼 식사가 편하진 않지요?"

"아, 아닙니다!"

"그럴 리가. 내가 갑자기 백 이사를 부른 이유가 무척이나 궁금할 테지. 안 그런가?"

"……솔직히 그렇습니다."

한 대표는 하령에게 약주를 권했고, 그녀는 조심스럽게 술잔을 쥐었다.

"백 이사와 한국재단의 결합은 무척이나 축하할 일이야. J그룹의 후계자 구도가 나눠지는 모양새이지만, 난 백 이사를 조금 더 믿어."

하령은 심장이 쿵 내려앉으면서 술잔을 움켜쥔 손끝이 떨려왔다.

"감사합니다."

가슴께가 뜨거워지면서 자꾸만 목소리가 떨렸다. 조금씩, 한 걸음 한 걸음 다가가고 있다. 진짜 백하령으로서 J그룹을 가지게 될 그날이.

"내가 조금이나마 백 이사에게 힘이 되었으면 좋겠어."

"말씀만으로도 충분히 힘이 되고 있습니다."

"그렇게 말해줘서 고맙네. 내가 이렇게 오늘 백 이사를 부른 건 한 가지 부탁이 있어서야."

하령은 정신을 바짝 차렸다. 이분이 제게 힘을 주겠다는 건, 그만큼 제게서 원하는 것이 있다는 걸 의미한다. 과연 자신이 이분에게 무엇을 줄 수 있을 것인가. 이분이 원하는 것이 무엇이란 말인가. 그게 무엇이든,

'난 반드시 주어야만 해. 이 기회를 절대로 놓쳐선 안 돼.'

한 대표와 더불어 부인의 표정 역시 약간 어둡게 가라앉았다. 하지만 이내 한 대표가 먼저 천천히 입을 열었다.

"내게 외동아들이 하나 있네. 그런데 심장이 좋지 않지."

"아……."

"곧 미국으로 나가서 치료를 받을 예정이지만, 조금 절차가 필요해서 한 달 정도 국내 치료가 필요해. 그래서 그 아이를 한국대병원에 입원시킬까 하는데……."

"당연히 그렇게 하셔야죠. CS에서만큼은 한국대병원을 따라올 수 없습니다."

"나 역시 그렇게 생각해. 그래서 백 이사에게 부탁하는 거야. 물론 천

이사장에겐 내가 따로 말할 테지만. 백 이사에게 먼저 부탁하고 싶군."

"어렵지 않습니다."

하지만 의문이었다. 왜 천 이사장님께 먼저 말씀하지 않고 자신에게 이 얘기를 하는 건지. 아직 약혼과 더불어 결혼도 하지 않은 상태인데. 제게 부탁하는 것보단 이사장님께 직접 말하는 것이 순서가 아닌가?

"물론 천 이사장이 아닌 백 이사에게 먼저 부탁하는 것이 이상할 테지. 사실⋯⋯."

한 대표는 저도 모르게 말끝을 흐렸고, 옆에 있던 부인 역시 불안한 표정으로 그를 붙잡았다.

"여보, 그래도 거기까진⋯⋯."

"아니. 어느 정도 알고는 있어야 대처를 할 수 있어. 우린 최악까지 생각해야 하오."

"그렇지만⋯⋯."

의미심장한 대화와 더불어 불안해 보이는 부인의 모습. 뭔가 숨겨진 다른 것이 있다.

"사실, 아들 녀석이 심장뿐만 아니라 약간의 충동조절장애가 있네."

"네?"

"쉽게 흥분하고 화를 참지를 못해. 그 때문에 심장에도 무리가 생긴 거야. 하지만 언론에 알려지면 무척이나 곤란해. 아들도 힘들어질 거고."

"원래는 무척이나 착하고 여린 아이예요. 스트레스가 심해서 이런 일이 생긴 거지. 그래서 미국으로 조용히 나가 치료를 받으려고 하는 거예요."

어느새 부인의 눈가엔 눈물이 고이고 있었다. 결국, 제게 먼저 부탁을 하는 이유는 이 사실을 철저히 비밀로 해달라는 건가.

"그러니 주의해서 살펴주게. 절대로 관련 관계자 외엔 병원에서도 알아선 안 돼. 별다른 치료도 필요 없어. 제대로 된 치료는 미국에 나가서 하면 되니까. 그냥, 매일매일 심장에 무리가 없는지 검사만 해주게."

그런 이유라면 차라리 집에서 치료를 받는 것이 나을 텐데. 의사가 자주 드나드는 모습 때문에 그런 건가? 무조건 다 들어줘야 한다고 생각했지만 하령은 조금 곤란한 표정을 지었다. 충동조절장애라면 무슨 일이 어떻게 벌어질지 모른다.

"그런 거라면 CS와 더불어 NP(신경정신과)와도 병행하는 것이……."

"알 만한 사람이 대체 왜 이러나. 백 회장에게서 아무 말도 듣지 못한 건가?"

"네?"

그때 타이밍 좋게 문자가 왔고, 하령은 잠시 양해를 구한 뒤 문자를 확인했다.

〈한 대표님이 무슨 말을 하든 무조건 받아들여. 너에겐 절대로 놓쳐서 안 되는 기회야.〉

역시 회장님은 알고 계시는 건가? 그렇다는 건 천 이사장님도 암묵적으로 동의할 거라는 얘기. 자신에게 먼저 말한 이유는 천 이사장님이 아닌 자신에게 기회를 주려고 하는 것이다. 그렇다면 여기서 괜히 심기를 거스르면 장차 모든 일이 힘들어진다.

"알겠습니다. 제가 모두 맡도록 하겠습니다. 한 대표님, 그리고 여사님은 걱정하지 마십시오."

"고맙네. 백 이사만 믿겠어."

부인 역시 이제야 환해진 표정으로 고개를 끄덕였다. 그 뒤 식사는 한결 편해졌다. 의료 관광 사업 얘기부터 시작해 더 먼 미래까지 대화 주제가 되었다.

하령은 자연스럽게 분위기를 이끌면서 조금 걸리던 불안한 마음을 지워 버렸다.

'그래, 고작 한 달인데……. 별일 없을 거야.'

게다가 이번 기회를 놓치기엔 너무 아깝다. 자신에겐 중요하고 귀한 동아줌이니까.

❖

세단은 윤성과 함께 점심을 먹기 위해 연구실을 찾았다. 하지만 보안 상태가 잠김으로 되어 있었다.

"뭐지? 수술 일정도 없는 것 같던데……."

그녀는 고개를 갸웃하면서 스테이션으로 향했다. 그리고 마침 식사를 하러 가려던 간호사를 붙잡았다.

"김 선생님!"

"어, 박 선생님. 식사 안 하세요?"

"지금 하려고요. 근데 혹시 마 교수님 어디 계신 줄 아세요? 수술 일정은 없는 것 같았는데……."

"잠시 외근 나가셨어요. 좀 바빠 보이시던데, 그래서 미처 말씀 못 드리셨나 봐요."

"아, 외근이요?"

"네."

외근? 외근이라고? 그런 말 나한테는 없었는데…….

세단은 의아한 표정으로 문자도 하고 전화도 걸었지만 통 받지를 않았다. 원래 답장을 하는 성격은 아니지만, 그래도 전화를 하면 받기는 했었는데.

"무슨 일이지? 급한 일인가……."

세단은 시계를 확인하며 걱정스럽게 속삭였다.

"뭔지는 모르겠지만 점심은 먹어야 할 텐데. 자기 먹는 건 신경을 안 쓰니……."

윤성은 세단에게 비밀로 하고 외근이라는 명분으로 어젯밤에 드디어 알아낸 코디네이터를 만나기 위해 장기이식관리센터를 찾아갔지만, 되돌 아온 답은 뜻밖이었다.

"이민지 씨는 지금 이곳에 없는데요."

"없다고요?"

"벌써 몇 년 전에 미국으로 갔다고 들었어요. 한 10년 좀 넘었나요?"

"아…… 그렇습니까? 혹시 왜 갔는지는?"

"저도 모르죠. 갑자기 일을 관두고 미국으로 갔어요. 로또라도 맞은 건 지, 꿍쳐뒀던 돈이 있었던 건지. 소문으로는 잘 살고 있다고 하더라고요."

"다시 한국으로 올 예정은 없는 겁니까?"

"아마도 없을 거예요."

하아, 난감하다. 이런 경우는 생각 못 했는데.

"그러면 혹시 이민지 코디네이터가 담당한 이식 환자 기록을 볼 수는 없습니까?"

"당연히 그건 불가능하죠. 환자 기록 유출은 불법입니다."

조금 다가갔다고 생각했는데, 결국 알아낸 것은 하나도 없었다. 어쩐지 뭔가 계속 막히는 느낌. 10년이 넘었다면 천재현의 수술 이후 얼마 지나지 않아서 미국으로 갔다는 건데…….

"이제 남은 방법은 하나인가."

천재현이 심장이식 수술을 받은 병원을 찾아내는 것. 그건 결국 이사 장에게서 기록을 받든가 아니면,

"천재현에게 직접 묻는 수밖에."

점심을 먹고 의국으로 향하던 세단은 콜이 들어온 걸 확인했다. 문제 는 스테이션이 아니라는 것.

"의국?"

무슨 일인데 의국에서 콜이 와?

세단은 어쩐지 불안한 마음으로 의국을 향해 달렸고, 창문 너머로 비치는 익숙한 그림자에 그만 얼굴빛이 창백하게 굳어졌다. 의국에 있는 사람은 하령이었다.

그녀는 애써 침착하게 숨을 가다듬고서 안으로 들어갔다. 그러자 하령의 무심한 시선이 그녀에게 향했고, 세단 역시 덤덤한 표정으로 살짝 고개를 숙였다.

"여기까지 어쩐 일이시죠?"

그러고 보니 레지던트까지 전부 모여 있는 것 같았다. 벌써부터 한국재단 식구 행세를 하겠다는 건가?

"곧 CS로 아주 중요한 VIP 환자분이 들어올 겁니다. 이곳에서 쭉 치료를 받는 것이 아니라 미국 병원으로 가실 때까지만 악화되지 않도록 검사하고 보살펴 주기만 하면 됩니다."

세단은 하령의 말에 기가 막힌다는 표정을 지었다. 아니, 여기가 무슨 요양병원도 아니고 검사하고 보살펴? 고작 그것 때문에 이렇게 직접 의국에까지 왔단 말이야? 아니지. 이렇게까지 나서야 할 정도로 엄청 대단한 환자라는 거겠지. 병원과 더불어 J그룹, 나아가 백하령에게 굉장히 큰 이익이 걸려 있는.

세단은 하령이에 대해 이렇게밖에 생각할 수 없는 이런 현실이 믿어지지도 않았고, 마음이 불편하기만 했다.

"제가 이렇게 직접 나선 만큼 보안과 안전에 각별히 주의해 주세요. 절대 VIP 환자분이 언론에 노출되는 일 없도록, 다시 한 번 당부 드립니다."

"알겠습니다."

"그럼 담당 주치의는 누가 하겠습니까?"

처음으로 하령이 세단을 똑바로 바라보았다.

뭐지, 저 눈빛은? 설마 내가 했으면 하는 거야?

1, 2년 차 레지던트와 인턴은 서로 손을 들었다. 치료도 아니고 고작 검사와 보살피는 일이라면 굳이 선배님들이 나설 필요가 없었다. 하지만 하령은 단번에 고개를 가로저으며 더더욱 세단을 똑바로 바라보았다.

　"아니요. 굉장히 중요한 환자분인데 고작 1, 2년 차 레지던트, 인턴이 나설 일이 아닙니다. 제 개인적으론 박 선생님이 맡아주시면 큰 걱정 없을 것 같은데……."

　결국 하령은 세단을 지목했고, 레지던트와 인턴들은 웅성거리며 그건 말도 안 된다고 말했지만 세단이 그들을 저지하며 고개를 끄덕였다.

　"네, 그렇게 하도록 하겠습니다."

　"선생님!"

　"그렇지만……."

　"이 정도로 저를 믿어주셔서 감사합니다."

　세단은 형식적인 미소를 지었고, 하령 역시 가면을 쓴 채 어느새 두 사람은 그렇게 친구에서 완벽한 타인으로 돌아서고 있었다.

　"비록 박 선생님이 그때 실수를 하긴 했지만, 유능한 인재니까 믿어보겠습니다. 더 이상 실망시키는 일 없었으면 합니다."

　가시 돋친 말 한마디에 의국 사람들은 발끈했지만 세단은 태연하게 말을 이었다.

　"걱정 마십시오. 환자분께 최선을 다하도록 하겠습니다."

　그렇게 하령은 의국을 빠져나갔고 남겨진 이들은 세단보다 더 화를 냈다.

　"선생님, 선생님이 이런 일까지 하실 필요 없으세요!"

　"맞아요. 게다가 저런 식으로 비꼬는 말까지……."

　"아직 실장님이랑 결혼도 안 했으면서 벌써부터 왜 저렇게……."

　세단은 그들의 수군거림을 끊어냈다.

　"말조심해. 그리고 누가 뭐라고 하든 환자분께 최선을 다해야지. 괜한 말 의국에서 나가게 하지 마. 이상한 소문 돌면 너희들 진짜 나한테 죽을 줄 알아. 알겠어?"

"네."

그들은 볼멘소리로 대답하면서도 백하령에 대해서 조금 다시 보는 듯했다. 게다가 두 사람은 친구라고 하지 않았나?

하지만 다시금 여기저기서 콜이 들어왔고 더는 생각할 새도 없이 바쁘게 의국을 빠져나갔다. 남겨진 세단은 한숨을 내쉬며 여전히 답장도 전화도 없는 휴대폰을 멍하니 바라보았다.

"하아, 아직은 조금 힘드네요……."

타인보다 더 못한 관계가 되어버렸으니까. 그래서 더 보기 힘들고, 더 마음이 불편하다.

오후, 드디어 VIP병실로 환자가 들어왔다. 어찌나 철통보안인지 환자가 병실에 도착할 때까지 그 얼굴을 본 사람도, 환자가 도착했다는 사실조차 모르는 흉부과 사람들도 많았다. CS뿐만 아니라 몇몇 병원 관계자 외에는 환자의 존재조차 모르는 사람이 태반이었다. 주치의가 된 세단 역시 도착 30분 전에 들었을 뿐이다.

'대체 얼마나 대단한 환자인데 이 난리인 거야? 무슨 대통령이라도 되는 거야?'

그녀는 그제야 손에 들어온 환자의 차트를 확인했다.

이름 한인우. 나이 26세. WPW증후군(심실조기흥분증후군)이 있는 AF(심방세동) 환자.

"심방세동 때문에 미국까지 나가서 치료를 해? 이렇게 철통보안 속에 장기 검사를 받으면서? 한국에서도 충분히 치료 가능한데 말이야."

되게 찜찜한데. 게다가 WPW증후군이라면 순환기내과 검사도 같이 병행해야 하는데, 그조차 자신이 해야 하는 상황.

점점 환자에 대한 호기심이 묘한 불안감으로 변해가던 찰나, 마침내 VIP병실에 도착했다. 엄청 비밀, 비밀 하기에 문 앞에 경호원이라도 있을 줄 알았더니 그건 또 아니네. 물론 복도가 부자연스러울 정도로 텅 비고 고요했지만.

세단은 표정을 숨기고서 노크했다. 그러고는 천천히 병실 문을 열자, 햇살 한가운데, 침대 위로 한 남자가 보였다. 창백해 보일 정도로 새하얀 얼굴과 뜻밖에도 붉은빛이 감도는 머리카락이 반짝였다. 게다가 굉장히 까만 눈동자. 전체적으로 유약해 보이는 미남자였다.

"안녕하세요."

해맑은 표정으로 인사를 하는 환자의 첫인상은 그렇게 나쁘지 않았다. 오히려 썩 괜찮은 것 같은데. 그냥 재현이랑 비슷한 상황인 건가? 언론에 노출되면 피곤해지는 것이 싫은, 뭐 그런 거. 환자의 정체까지는 차트에 나와 있지 않았다. 하긴 굳이 알 필요도 없지. 그가 누구든 이곳에서 그는 환자일 뿐이고, 자신은 주치의일 뿐이니까.

"처음 뵙겠습니다. 한인우 씨의 주치의를 맡게 된 CS 펠로우 박세단이라고 합니다. 한 달 동안 잘 부탁드립니다."

"저야말로요. 제가 너무 번거롭게 들어왔죠? 정말 죄송합니다."

"아닙니다."

목소리가 다소 힘이 없기는 했지만 표정과 말투 모두 서글서글한 청년이었다.

'까다롭거나 하진 않아서 다행이야. 한 달 동안 잘 지낼 수 있겠어.'

"그럼 먼저 맥박부터 확인해 볼게요."

세단은 인우의 옆에 앉아서 그의 손을 붙잡았다. 굉장히 가는 손목이었다. 온실 속 화초로 곱게 자란 도련님 느낌.

그녀는 차분하게 맥박을 확인하고 심전도 혈압 검사까지 진행했다. 혈압이 조금 높았다. 아무래도 시간마다 계속 체크를 해야 할 것 같았다.

"혈압이 조금 높긴 하지만 그래도 안정적이에요. 몇 시간 후에 다시 오도록 하겠습니다."

인우는 아무 말 없이 세단을 빤히 바라보았다. 까만 눈동자가 수줍은 빛을 띠고 있었고, 덕분에 세단 역시 시선 돌릴 타이밍을 놓치고서 어설픈 미소를 지으며 그를 바라보았다. 이렇게 더 자세히 보니 정말로 선이 고운 미남이었다. 요즘 말로 꽃미남? 뭐, 그런.

"당분간이지만 잘 지냈으면 좋겠어요."

"저도 마찬가지예요. 여러 병원을 다녔지만, 여기가 가장 마음이 편한 것 같아요. 많이 무섭지도 않고. 박 선생님이 꽤 마음이 들거든요. 그래서 외롭지 않을 것 같아요."

"아…… 다행이에요."

"사실 어릴 적부터 몸이 약해서 친구가 별로 없었어요. 이렇게 다른 사람과 대화를 하는 것도 참 오랜만이에요. 가끔 시간이 있으시면 이렇게 말벗이 되어주셨으면 좋겠어요. 너무 무리한 부탁인가요? 그렇다면 죄송해요."

금방 시무룩해지는 모습에 세단은 안타까운 마음이 들었다. 마치, 어릴 적 재현을 보는 것 같은 느낌이었다.

"아니에요. 제 친구가 예전에 한인우 씨랑 비슷해서 저도 그 마음 잘 알아요. 우리 친하게 지내봐요. 이곳에 있는 동안만큼은 외롭지 않게 마음도 한결 편안했으면 좋겠어요."

"참 착하신 분이세요, 예쁜 얼굴만큼이나."

"하하하, 과찬이세요. 그럼 잠시 후에 뵐게요."

"네. 박 선생님."

세단은 병실을 빠져나왔다. 처음에는 이것저것 걸려서 마음이 불편했는데 막상 환자를 만나보니 언제 그런 마음이 들었었냐 싶었다.

"내가 너무 예민했던 거였어. 굉장히 좋은 사람이잖아. 하령이 때문에 너무 선입견을 가지고 있었던 거야. 주치의로서의 판단만 내리자."

그렇게 세단이 멀어지고, 인우는 여전히 해맑은 미소를 지으며 그녀가 머물렀던 자리를 빤히 바라보았다. 그러곤 약간 서늘한 목소리로 속삭였다.

"예쁘다. 아주, 아주 예뻐."

한 번 더 VIP병실에 다녀온 뒤 세단은 퇴근 준비를 하면서 시계를 확인했다. 어느새 한인우 환자는 제게 누나라고 부르면서 살갑게 대했다. 남동생이 생긴 것 같은 느낌이 나쁘진 않았다. 누나라는 소리도 거의 몇 년 만에 들어보는 것 같고. 그것도 풋풋하고 잘생긴 꽃미남 남동생이라…….

"헤헤, 그나저나 우리 잘생긴 늑대 애인님은 대체 어디 계시기에 아직까지 연락이 안 되는 걸까."

외근 나간 그는 결국 병원으로 돌아오지 않았다. 정말 무슨 일이 있는 건가?

세단은 로비를 나오면서 다시 전화를 걸었다. 하지만 이젠 아예 핸드폰이 꺼져 있었다.

"이럴 거면 왜 핸드폰을 가지고 다니는 거야! 진짜 이럴 때마다 답답하고 걱정돼 죽겠다고."

로비를 빠져나와 병원을 나오자 바로 앞에 윤성이 여유롭게 손은 흔들며 서 있었다.

"하아……."

"미안해. 연락했어야 했는데, 배터리가 다 돼서……."

"어디 갔었어요? 많이 바빴어요? 오늘 외근 나가는 일정이 있었던가."

세단은 얼른 그에게 다가갔다. 고작 한나절 보지 않은 건데도 가슴이 떨릴 만큼 그리움이 밀려들었다.

"좀 알아보고 싶은 환자가 있었거든."

"그래요? 나도 궁금하네."

"걸어갈까?"

"상관없는데, 안 피곤해요?"

"괜찮아. 내일부터는 내가 제대로 데려다주지 못할 것 같아서 그래."

세단은 잠시 의아한 표정을 짓다 이내 뭔가를 깨닫고선 하늘을 바라보았다. 벌써 또 보름이었다.

윤성은 그녀에게 팔을 내밀었고, 세단은 피식 웃으며 그의 팔을 와락 끌어안았다. 어느새 점점, 그리고 깊숙이 윤성과 세단은 서로의 일상으로 이렇게 자연스럽게 물들어가고 있었다.

"닥터와 내가 만난 지도 꽤 됐네요."

"그러네……."

"물론 아프리카부터 시작하면 훨씬 더 오랜 인연이지만, 그땐 이렇게 될 줄 몰랐으니까."

"나도 마찬가지야."

팔짱을 꼭 끼고서 거리로 나오니 날이 어둑했지만, 유난히 반짝이는 빛이 있었다. 크리스마스가 되려면 아직 한참 더 기다려야 하지만, 벌써부터 거리는 그런 분위기를 내고 있었다.

세단은 눈을 반짝이며 거리를 바라보았다. 항상 이 거리를 혼자 걷곤 했었는데. 사랑하는 사람과 함께 걸어가니 거리가 더 예뻐 보이는 것 같았다.

'연인과의 설렘이 이런 거구나……'

"닥터, 진짜 크리스마스 때 광화문에 트리 보러 가지 않을래요?"

윤성은 걸음을 멈추고서 기대감에 부푼 그녀를 바라보았다.

"그게 그렇게 가고 싶어?"

"나 사실 그런 연애다운 연애는 제대로 안 해봤거든요. 내가 진짜로 사랑하는 남자랑, 흔하지만 그래도 연애다운 연애를 해보고 싶어요. 예전엔 그런 거 오글거리고 귀찮기만 했는데 왜 하는지 알 것 같아요."

흔히 흔한 연애라고 하지만 자신에겐 흔하지 않았다. 지금 이 순간순간이 그저 기적 같기만 했으니까. 윤성은 잠시 하늘을 바라보더니 이내 그녀의 손을 끌어당겼다.

"그럼 지금 가자."

"네?"

"언제 가든 상관없다면, 지금 가. 사람 좀 덜 많을 때."

그렇지만 지금은 트리가 없을 텐데……. 뭐, 상관없나? 닥터도 최대한 배려해 준 거니까.

그렇게 세단은 윤성과 함께 광화문으로 가 거리를 구경하고 이번에는 청계천으로 걸음을 옮겼다. 그곳에는 사람들이 제법 모여 있었는데, 등불 축제 준비가 한창이었다.

"와! 땡잡았네요? 저기 트리!"

여러 가지 등불 중에 크리스마스트리를 연상케 하는 등불도 있었다. 그녀는 그쪽으로 폴짝폴짝 뛰어갔고, 윤성 역시 조마조마한 시선으로 그녀를 바라보며 그 뒤를 따랐다. 아래쪽엔 사람들이 더 많았지만, 어느새 그는 인파 따위 신경 쓰지도 않고 세단만을 바라보며 행여나 사람에 치일까 봐 그녀의 뒤에 바짝 붙어 섰다.

"우리 소원 빌까요?"

"무슨 소원?"

"소원은 말하면 안 되죠."

세단은 눈을 감고서 손을 모았다. 비록 조그만 트리지만, 그래도 소원이 이뤄지길 바라면서.

'이 사람을 만나게 해주셔서 감사합니다. 참 많이 아팠던 사람, 제가 더 잘할 수 있게 해주세요. 너무나도 기적 같은 이 순간을 끝까지 함께하고 싶습니다.'

윤성은 간절히 소원을 빌고 있는 세단을 지켜보다 입술을 깨물고서 고개를 돌렸다.

크리스마스 땐 아마, 그녀의 곁에 있을 수 없을 것이다. 그리고 왠지 그녀가 지금 무슨 소원을 비는지 알 것 같아서, 그걸 이뤄주지 못할 것 같아서 그녀에게 계속 시선을 둘 수가 없었다.

소원…… 소원이라. 그는 그런 걸 믿지 않는다. 세상에 신이 있다면 신은 정녕 저를 버린 것이 분명할 테니까. 그러니까 없다고 생각하는 것이 더 편했다. 그래도, 그래도 이 소원만큼은…….

'……저는 곧, 그녀에게 가장 큰 상처를 주게 될 겁니다. 그러니, 잊힐 수 있게 해주십시오. 그녀에게서 저에 대한 기억을 남김없이 지워주십시오. 우연이라도 떠오르지 않게 해주십시오. 대신, 제가 가지고 가겠습니다.'

"소원 빌었어요? 뭐 빌었어요?"

"소원은 말하는 거 아니라며."

"빌었긴 빌었다는 거네요? 닥터가 소원이라니……. 진짜 궁금하다. 그래도 남이 알면 안 이뤄질지도 모르니까 꾹 참을래요. 닥터 소원 꼭 이뤄졌으면 좋겠으니까."

세단은 다른 쪽으로 걸어갔고, 윤성은 말없이 그 뒤를 따랐다.

'저 혼자 기억하고 그리워하며 벌 받을 테니, 그녀는 아주 잠깐만 아프게 하시고, 행복할 수 있도록 해주십시오.'

처음으로, 빌어봅니다.

스테이션은 이른 아침부터 굉장히 분주했다. 웅성거리는 목소리들은 굉장히 경직되어 있었다. 세단은 혼란스런 표정을 한 애정에게 다가갔다.

"무슨 일 있어? 왜 이렇게 소란스러워?"

"무슨 일이긴, 그 일 때문이지."

"오늘도?"

"그래, 오늘도."

세단은 모여 있는 간호사들을 바라보았다. 그중 한 간호사는 굉장히 심하게 떨고 있었다.

"괜찮아? 놀랐지?"

"이번엔 고양이였어, 고양이……."

"지난번에 당직 서던 윤 간호사가 복도에서 수상한 그림자를 봤대. 그 뒤로 자꾸 이런 일이 벌어지고 있잖아."

"진짜 무서워 죽겠어!"

그제부터 병원에서 이상한 일이 벌어지고 있었다. 병원 뜰에서 비둘기나 고양이, 개의 사체가 발견되고 있는 것. 전부 약을 먹고 죽은 것 같은데, 이상한 건 조사했던 사람들이 전부 같은 말을 했다는 것이다.

'혈액이 비정상적으로 부족한데요? 그래서 무게가 이렇게 가벼운 겁니다.'

누군가 이 동물들의 혈액을 일부러 채취해 갔다는 것.

문제는 CCTV 사각지대에서만 일이 벌어져서 누가 이런 짓을 하는지 전혀 감을 잡을 수가 없다는 거였다. 일단 경찰에 신고는 한 상태이지만, 워낙 해괴망측한 일이라 세단도 조금 찜찜하기는 했다.

CS 의국으로 들어가자 역시나 그 얘기가 한창이었다.

"이번엔 고양이였대."

"누가 일부러 동물 학대를 하고 그러는 거 아니야?"

"대체 어느 정신 빠진 사람이……."

"조용!"

세단이 탁자를 두드리며 외치자, 사람들은 그제야 입을 다물고서 그녀에게 인사를 했다.

"괜한 소문에 휘말리지 말고 우린 우리 일이나 잘하자고. 컨퍼런스 준비 끝났어?"

"네!"

"그럼 가자. 그리고 환자들 앞에서는 절대로 말조심해. 괜한 일에 동요하게 하지 말고."

"알겠습니다."

병원 측에서는 이번 일이 크게 번지지 않기를 바라고 있었다. 특히나 환자들 귀에 들어가지 않게. 사실 그렇게 좋은 일도 아닌데 괜히 병원 이미지만 나빠질 수 있으니까.

컨퍼런스를 마치고 세단은 의국 레지던트들이 전부 나갈 때까지 기다렸다가 얼른 윤성의 앞을 가로막았다.

"닥터!"

세단은 등 뒤에 뭔가를 숨긴 채 해맑은 표정을 지었다. 하지만 앞에 선 윤성의 표정은 그리 썩 좋지가 못했다. 지금부터 그녀가 제게 무엇을 줄지 알고 있었으니까. 그리고 역시나.

"짜잔!"

바로 그녀가 직접 만든 점심 도시락이었다. 집으로 찾아와 청소 아닌 청소를 해주고 간 이후, 닥터의 점심은 자신이 책임지겠다고 하면서 이렇게 계속 도시락을 건네주고 있었다.

"고마워. 근데 귀찮게 매번 이럴 필요 없어. 이럴 시간에 한숨이라도 더 자."

"자는 것보다 닥터를 위해서 도시락 만들 때가 나한테는 힐링 타임이에요. 내가 이렇게 안 챙겨주면 먹는 거 진짜 신경 안 쓰잖아요. 요즘 5대 영양소를 골고루 넣으려고 연구하고 있어요!"

"하하. 그래, 고마워."

세단은 엄지손가락을 척 올렸다. 그에게 맛있는 요리를 해주고 싶어서 틈틈이 온갖 요리 사이트와 블로그, TV, 책 등을 섭렵하고 있었다. 특히 건강보양식들로만!

윤성은 도시락을 꽉 붙잡았다. 이번엔 대체 어떤 음식일까. 한숨이 절로 나올 것 같았다. 기본 음식도 잘 못하면서 자꾸만 어디서 말도 안 되는 보양식을 하겠답시고 그녀의 음식은 점점 실험적인 음식이 되고 있었다. 하지만 그래도 그는 그것을 차마 먹지 않을 수가 없었다.

"그러고 보니 오늘 당직이던데? 원래 아니잖아."

"아, 인우 심박이 좀 불안정해서요. 당직 서면서 계속 체크를 해야 할 것 같아요."

윤성은 인우라는 이름에 움찔했다. 얼마 전에 VIP병실로 들어왔다던 세단의 환자. 얘기만 잠깐 들었을 뿐 그 역시 얼굴 한 번 본 적이 없었다. 그만큼 철저히 보안 유지를 하고 있는 상태. 처음엔 별로 신경 쓰지 않았는데, 어느 순간 세단의 입에서 그 낯선 이름이 다정하게 새어 나왔다.

"많이 친해졌나 봐."

"남동생 생긴 느낌? 가만히 보고 있으면 얼마나 귀엽고 예쁜지 몰라요. 남자애가 나보다 예쁜 것 같아. 아, 그래서 엄청 비교되는 것 같아요."

말은 그렇게 하면서도 예뻐서 어쩔 줄 모르는 모습에 윤성의 표정이 더더욱 딱딱하게 굳어졌다.

"환자와 적당한 선을 지켜. 넌 그게 문제야. 감정적으로 너무 물러."

"그냥 눈이 가요. 예전 나 같기도 하고. 재현이 같기도 하고. 그래서 안쓰럽고……."

그가 말이 없자 세단은 슬그머니 고개를 들었다. 어쩐지 윤성의 표정이 영 좋지 않아 보였다. 그러고 보니 아까부터 목소리도 좀……. 순간, 세단은 엷은 미소를 지으며 속삭였다.

"설마, 지금 질투?"

"하? 내가? 설마."

"헤헷."

"웃지 마."

윤성은 뭔가 들켜선 안 되는 걸 들켜 버린 기분에 낯 뜨거움이 밀려들었다.

질투? 질투라니. 그런 유치한 걸! 하지만 뭔가 기분이 좋진 않았다. 비밀에 쌓인 데다 주치의인 세단도 말을 아끼는 상황. 얼핏 듣기론 심방세동이라는데, 그 때문에 장기 입원을 하면서 미국까지 간다라…… 윤성은 되도록이면 세단의 일을 엿들으려고 하지 않았다. 그녀가 기분 나쁠 수 있으니까. 겁을 먹을 수도 있고.

안 그래도 병원에 도는 수상하고 기이한 일 때문에 티를 내진 않았지만 윤성은 굉장히 신경이 곤두서 있었다. 이것도 혹시 그녀에게 다가오는 불행이 아닐까 해서. 그래서 알아보고 싶었지만 하필.

'보름……'

그는 오늘 병원에 남아 있을 수가 없었다. 그래서 되도록이면 그녀가 레지던스에 있었으면 했는데…….

세단은 피식 웃으며 윤성의 손을 꽉 잡았고, 그는 애써 불안한 마음을 눌렀다. 그렇게 함께 복도를 걸어가던 중, 윤성의 눈동자가 움찔했다. 잠시 후, 재현이 나타났다.

재현은 세단과 윤성을 보고선 잠시 멈칫했지만, 이내 웃으면서 먼저 인사했다. 세단 역시 윤성의 손을 한 번 꽉 잡았다가 놓아주고서 어색함 없이 재현을 맞았다.

"재현아, 오랜만이다. 왜 이렇게 보기 힘들어? 이렇게 땡땡이 막 쳐도 되는 거야?"

"그러게. 아빠한테 엄청 혼날 것 같아서 이렇게 나왔지. 잘 지내지? 애정이도 잘 있고?"

재현과 세단에 대한 소문은 이미 헛소문으로 사라진 상태였다. 전부 윤성 덕분이었다. 게다가 세단은 더 이상 친구를 잃을 수 없었다. 물론 예전처럼 거리낌 없이 다가갈 수는 없겠지. 하령이 재현을 좋아하고, 재현이 자신에게 아직 조금의 미련이 있다는 걸 알고 있는 이상, 하령의 마음도 배려를 해야 한다.

"근데 너 얼굴색이 너무 안 좋다. 제발 네 건강은 네가 좀 챙겨."

"또, 또 잔소리 시작이다, 시작. 마 교수님께는 잔소리 안 해요? 나한테는 엄청 심하게 하는데."

윤성은 말없이 그런 그를 바라보았다.

"교수님은 나한테 더 잔소리하지. 그래도 이렇게 능글능글 피해가는 걸 보니까, 너답다."

재현은 진심으로 웃었다. 일부러 웃으려고 노력하는 것이 아니라 진심으로. 윤성의 곁에 세단이 있는 모습을 봐도 저번처럼 아프진 않았다. 지금은 그저 그녀를 보고, 얘기를 나누는 것 자체가 너무 좋았으니까.

그때, 세단은 콜이 들어온 걸 확인했다. 인우였다.

"미안, 나 가볼게. 급한 콜이라서……. 닥터, 나 가볼게요."

"그 VIP병실 환자야?"

"네, 인우요. 퇴근하기 전에 불러요. 얼굴 보고 싶으니까."

인우라는 말에 재현의 표정에 의아함이 감돌았고, 윤성은 그걸 느낄 수 있었다.

"알았어. 가봐."

그녀는 재현에게 나중에 다 같이 만나자고 말하고서 복도를 뛰어갔다. 어느새 텅 빈 복도 위로 재현과 윤성이 남겨졌다. 재현은 미간을 찡그리며 인우라는 이름을 더듬거렸다. 그냥 이름만 같은 건가? 하지만 VIP병실이라면 맞을지도.

"혹시 세단이가 말한 환자, 한인우입니까?"

"아는 사람입니까?"

"아, 조금……."

재현은 말을 아꼈다. 한인우. 한 대표님의 외동아들. 안다면 알고 모른다면 모른다고 해야 할까. 한인우가 초등학생 나이쯤에 몇 번 만난 적이 있었다. 고작 그뿐인데 왜 이렇게 기억에 남는 거지? 뭔가 다른 게 있는 것 같은데……. 하지만 워낙 오래된 기억이라 잘 떠오르질 않았다. 그런데 이 병원에 입원해 있는 건가?

"세단이에게 비밀 지켜줘서 감사합니다."

"환자의 정보를 함부로 말할 수는 없지요. 부탁이 아니더라도 그렇게 했을 겁니다."

"감사합니다. 그럼……."

재현은 윤성의 곁을 그렇게 스쳐 지나가려고 했다. 하지만 윤성은 그런 재현을 붙잡았다.

"천재현 씨."

"네?"

윤성의 표정엔 망설임이 가득했지만, 이내 재현을 똑바로 바라보며 입을 열었다.

"조만간 시간을 좀 내주십시오. 중요하게 물어보고 싶은 얘기가 있습니다."

"아……. 알겠습니다."

"그럼."

재현은 그의 뒷모습을 바라보며 의아한 표정을 지었다. 중요하게 할 말? 그것도 나한테? 대체 그게 뭐지?

VIP병실로 올라간 세단은 언제나처럼 침대에 앉아 저를 기다리고 있는 인우에게 환한 미소를 지으며 인사를 건넸다. 그의 손에는 스케치북과 연필이 쥐어져 있었다.

"안녕, 인우야. 오늘은 좀 어때?"

"항상 기분은 좋아요, 누나. 이 병원에 있는 동안에는 마음이 편안한 것 같아요."

"그래? 다행이다. 네 심장도 그래야 할 텐데."

세단은 서둘러 심박수를 확인했다. 하지만 심박수는 여전히 불안정했다. 인우는 세단을 가만히 바라보다 입을 열었다.

"애인 도시락은 오늘도 전해줬어요?"

서로 이런저런 얘기를 하다 보니 결국 이런 얘기까지 나오고 말았다. 물론 아직 이름 같은 구체적인 건 모르지만, 이 병원에 애인이 있다는 것 정도는 알고 있었다.

"응, 전해줬어. 물론 아직 내가 부족한 거 다 알고 있는데, 그래도 좋다고 먹어줘서 너무 고마워."

"나도 그렇게 먹어줄 수 있는데."

"말만으로도 고맙다. 하지만 넌 음식 함부로 먹으면 안 돼. 너만 더 아파져. 병원 음식은 입에 맞아?"

"네. 하지만 나도 누나 음식 먹고 싶어요. 나도 건강해지고 싶다."

금방 시무룩해지는 모습에 세단 역시 덩달아 기분이 좋지 않았다. 그래서 조금 망설이다가 그의 붉은 머리카락을 쓰다듬어 주었다.

"괜찮아. 곧 건강해질 거야. 그러면 내가 꼭 맛있는 도시락 싸줄게."

인우는 그녀의 손길을 느끼면서 다시금 세단을 빤히 바라보았다. 세단은 어느새 저 눈길에 익숙해지고 있었다. 처음엔 너무 빤히 쳐다봐서 조금 부담스러웠지만.

'그만큼 사람이 그리운 거겠지.'

"누나, 누나는 볼수록 예뻐지는 것 같아요. 그 애인 덕분인가?"

"응?"

"누나는 모르지만, 그 애인에 대해 말하거나 생각할 때 티가 나요. 누나 얼굴이 더 예뻐 보이니까. 진짜 궁금하다, 누구인지……."

"하하하하. 그렇게 너무 비행기 태우지 말라니까."

인우는 예쁘다는 말도 저렇게 서슴없이 하곤 했다. 처음엔 너무 민망하고 오글거렸는데, 점점 익숙해지고 있는 자신이 조금 무서웠다. 이러다 너무 뻔뻔해질까 봐.

'닥터가 알면 아주 난리날 거야.'

"오늘은 뭐 그렸어?"

"매번 똑같죠. 하늘이요. 여기서 보이는 건 고작 하늘뿐이니까."

세단은 인우의 스케치북을 바라보았다. 인우는 그림이 취미였다. 하지만 단순히 취미라고 하기엔 실력이 너무 좋았다. 매번 같은 하늘이라고 해도, 항상 그가 그리는 하늘은 다채로웠다. 구름 모양이 달랐고, 해의 방향이 달랐고, 가끔은 새나 나비도 있었다. 그가 이 병원에 있는 동안의 시간이 고스란히 담겨 있다고 할까?

그리고 가끔은 노을이 지는 하늘을 그릴 때가 있었는데, 그때는 처음으로 채색을 하곤 했다. 붉은색이 제일 좋다면서, 붉은 하늘을 마음껏 칠하는 거였다.

그렇게 한창 그림을 보고 있을 때, 인우가 천천히 입을 열었다.

"요즘 흉흉한 소문이 있다면서요?"

세단은 생각지도 못한 말에 움찔했다.

"그걸 어떻게 알았어? 신경 쓰지 마. 별일 아닐 거야. 곧 범인도 잡힐 거고."

"참 가여워요. 얼른 끝났으면 좋겠어요."

"뭐가?"

"동물이 죽는 거."

인우의 까만 눈동자가 파르르 떨렸다. 세단은 한숨을 내쉬며 고개를 끄덕였다. 여린 마음에 많이 무서웠던 모양이다. 그나저나 대체 소문이 어떻게 여기까지 흘러들었는지는 알 수 없는 일이었다.

'입단속을 더 시켜야겠어. 여기까지 소문이 돌았다면 다른 환자들도 장담할 수 없겠어.'

"그래, 얼른 범인 잡고 끝내야지. 걔들이 무슨 잘못이야."

"맞아요. 걔들은 잘못이 없는데……."

"아, 시간 늦었다. 조금 있다가 다시 올게."

세단은 마지막으로 혈압을 체크하고서 자리에서 일어섰다. 그러자 인우가 재빠르게 그녀의 손목을 붙잡았다. 그런데 그 힘이 제법 세서 그녀는 저도 모르게 짧은 비명을 지를 뻔했다.

'보기보다 힘이 꽤 세잖아.'

"누나."

"왜 그래? 무슨 일 있어?"

그러자 인우가 아주 환하게 웃으면서 속삭였다.

"더 예쁜 모습, 더 예쁜 모습만 보여주세요."

"으응?"

"기다릴게요."

세단은 조금 고개를 갸웃했지만 이내 대수롭지 않게 넘기며 가볍게 웃었다.

"너 자꾸 그러지 마. 나 진짜 뻔뻔해진다고. 그래도 기분이 썩 나쁘진 않네. 고마워."

"오늘 당직이라고 하셨죠?"

"아무래도 계속 네 심박을 체크해야 할 것 같아."

"미안해요, 누나. 나 때문에 피곤하죠?"

"아니야. 난 네 주치의잖아. 절대로 부담 갖지 마."

"네, 그래도 고마워요, 누나. 나중에 그림 하나 선물로 드릴게요."

"우와, 진짜? 엄청 기대할게."

"네, 저도 얼른 그리고 싶어요."

세단은 인우를 다독인 후 병실을 빠져나갔다. 인우는 그녀의 뒷모습을 빤히 바라보며 미소를 잃지 않았다. 하지만 세단은 몰랐다. 항상 부드럽고 다정하기만 하던 그의 목소리가 가끔은 이렇게 차갑게도 바뀐다는 사실을…….

"슬슬 기다리기 지루한데……."

2. 그가 절대로 해주지 않는 말

인우를 만난 뒤, 차트 확인을 위해 스테이션으로 간 세단은 반가운 얼굴을 보고선 환한 미소를 지었다.

"은정 씨!"

스테이션에는 애정과 예전에 같이 일했던 최은정 간호사가 함께 서 있었다.

은정은 세단을 보고선 엷은 미소를 지으며 손을 흔들었다.

"박 선생님."

세단은 콩콩 뛰어와서는 그녀를 꼭 껴안았고, 은정 역시 그런 그녀의 등을 톡톡 두드리며 속삭였다.

"잘 지내셨죠? 어쩜 더 예뻐지신 것 같아요."

"진짜 너무 오랜만이야! 자주 오겠다고 해놓고선 이제야 오는 건 뭐야?"

"죄송해요. 어쩌다 보니 그렇게 됐어요."

그녀는 참 실력 좋은 간호사였는데, 돌연 일을 그만두어 많은 소문을 낳기도 했었다. 세단은 그저 아까운 간호사가 그만 두어 아쉬웠었다.

"다시 일할 생각 없어? 은정 씨 센스 하며 능력 하며 너무 아까워서 그래."

"그래, 세단이가 최 선생을 진짜 아끼긴 했잖아. 자기 그만둘 때 엄청 아쉬워했었어."

잠깐 틈을 내서 근황을 얘기하던 세단은 은정을 붙잡았지만 그녀는 단호하게 고개를 가로저었다.

"죄송해요. 저 사실 신혼이에요."

"어머, 결혼했어?"

"대체 언제? 왜 말을 안 했어!"

애정은 처음 듣는 얘기인 듯 당황한 기색이 역력했고, 세단 역시 얼떨떨한 표정으로 은정을 바라보았지만 그녀는 살며시 심플한 결혼반지를 보여주었다.

"그냥 가족들만 불러서 조촐하게 했어요. 번잡한 게 싫어서……."

"그래서 일을 그만둔 거구나. 그래도 굳이 그럴 필요 없잖아? 나도 결혼했는데, 뭘."

애정은 이해할 수 없다는 듯 말했다.

"지금 생활에 충실하고 싶어요. 일하면서 두 가지를 동시에 이루긴 힘들잖아요. 특히 간호사라는 직업은 더더욱 그렇고요. 일보단 지금 결혼 생활이 훨씬 중요하고 행복해요. 하루하루, 남편이랑 더 오래 같이 지내고 싶어요."

은정은 잠시 결혼반지를 매만지며 떨리는 목소리로 속삭였다.

"지나 버리면 다시는 오지 못할 더없이 소중한 시간이니까."

세단은 조금 부러운 시선으로 그녀를 바라보며 저도 모르게 입을 열었다.

"결혼하면 어때? 많이 좋아?"

"왜? 결혼하고 싶어? 마 교수님이랑?"

"아니, 뭐, 그냥……. 남들은 결혼을 늦게 하라는 둥, 최대한 미루라는 둥, 결혼한 순간 연애와는 달리 지옥이 시작된다는 둥, 그런 말이 많잖아."

"솔직히 사랑하는 사람이라지만, 그래도 지금껏 살아온 시간이 달랐던 사람과 만나서 새로운 가족을 만드는 건데 쉽지는 않지. 아무리 절절히 사랑했다고 해도 결국 그 사랑도 조금씩 변하는 거니까, 사랑만으로는 살 수 없고."

조금씩 변한다라…….

"하지만 변한다는 의미가 나쁜 의미로 변하는 건 아니야. 서서히 익어 간다고 할까? 연애할 때는 콩깍지가 씌어서 그 사람의 전부를 그저 철부지처럼 좋아만 했다면, 시간이 지날수록 그 사람의 단점도 보이고, 나와 다른 점도 보이기 시작하지. 그걸 이해하거나, 닮아가거나, 아니면 서로 양보하면서 가족이 되는 것 같아. 그렇게 완벽한 내 편이 생기는 거지. 그건 진짜 기분 좋은 일이야."

완벽한 내 편. 내가 유일하게 기대어 울 수 있는 장소가 되어주는…….

그때, 애정에게 콜이 떨어졌다. 은정 역시 시계를 확인하며 인사를 했다.

"저도 가봐야 할 것 같아요. 잠깐 지나가다 들른 거라서……."

"언제 한번 남편이랑 다 같이 보자."

"너무 좋아 보여. 행복해 보이고. 남편을 정말 사랑하나 봐. 아니면 그만큼 남편이 잘해주는 건가?"

"잘해줘요. 제 모든 걸 다 줘도 아마 남편이 준 것만큼 주지 못할 것 같아요. 그만큼 아주 많이 사랑해요. 영원히, 오랫동안 지금 이 순간이 이어졌으면 좋겠어요."

사랑한다고 말하는 은정의 표정이 세단은 너무나도 부러웠다. 결혼. 새로운 가족. 그 사람과 영원히 함께한다는 약속.

"아, 급하다. 미안해. 나 먼저 가볼게. 최 선생, 꼭 다시 연락해!"

"네!"

애정은 급하게 스테이션을 나섰고, 잠시 후 세단에게도 콜이 떨어졌다. 이젠 정말 인사를 해야 했다.

"꼭 다시 연락해야 해. 아무리 신혼이 좋지만, 잊지 말라고!"

"알겠어요. 그리고 조만간 볼 일이 생길 것 같아요."

"응?"

"얼른 가보세요."

"알았어. 은정 씨도 조심해서 들어가."

세단은 은정에게 손을 흔들었고, 은정은 그 뒷모습을 흔들리는 시선으로 바라보다 이내 천천히 걸음을 뒤로 돌렸다.

오랜만에 병원에 나온 재현은 할 일이 너무나도 많았다. 그러다 아버지에게 전화가 오면 바쁘지 않은 척을 해야 했다. 아버지와는 예전처럼 사이가 가깝지는 못했지만, 그렇다고 멀어질 수도 없었다. 아버지를 미워할 수 없다. 아버지가 어릴 적, 자신을 살리기 위해 얼마나 하루하루 피를 말리는 심정으로 버텼는지 너무나 잘 알고 있기에. 그래서 오늘도 아버지와 저녁 약속을 한 터였다.

"하아, 일이 줄지를 않네."

이제 코앞으로 다가온 학술 대회 일정을 살피던 재현은 한인우라는 이름을 떠올렸다.

"한인우, 한인우라."

사실, 일도 일이지만 좀 전부터 한인우에 대한 생각이 머릿속에서 떠나질 않았다.

"뭐지? 분명 뭔가 다른 기억이 있는데……."

한인우를 처음 만난 건 인우가 초등학생이고 자신이 중학생일 때였다. 사람들과 어울려 노는 것보단 혼자 그림 그리는 걸 좋아하는 아이였다고 기억했다. 그러고 보니 그림을 참 잘 그리긴 했지. 특히 데생이 기가 막혔는데. 요즘도 그림 그리나?

"그런데 어디가 아파서 입원한 거야. 보아하니 병원에 입원한 사실도 비밀인 것 같은데……."

자신도 마찬가지였지만 보는 눈이 많은 사람들은 언론을 피해서 입원 사실을 비밀로 하고 거의 숨어 지내듯 치료를 받기도 했다. 한 대표님이라면 그럴 수도 있지.

그때, 일정표를 확인하던 재현의 눈동자가 흔들렸다. 떠오를 듯 떠오르지 않았던 기억 하나.

그림, 그림……. 그래, 한인우! 이제야 뭔가가 떠오른다. 데생은 기가 막혔는데 항상 채색은 없었다. 그러다가 우연찮게 채색한 걸 보며 흠칫했던 기억이 있다.

붉은색. 온통 붉은색 투성이였다. 모든 그림을 붉은색으로 칠하곤 그 앞에서 황홀한 표정을 짓던 눈동자.

"세상에 붉은색만큼 아름다운 색은 없어요. 그렇죠? 하지만 이런 물감은 진정한 붉은색을 나타낼 수 없는 것 같아요."

"뭐?"

"피. 피 말이에요. 피만큼 아름다운 붉은색은 없어요. 살아 숨 있는 피는 그들의 감정을 고스란히 담고서 정말로 아름답게 빛나는 것 같거든요. 그래서 참 아쉬워요. 그런 색으로 내 그림을 칠하면 정말 완벽할 텐데."

어린아이가 하는 말치고는 꽤 섬뜩했다. 그래, 그래서 기분이 이상했던 거야. 그 앤 조금 이상했으니까. 어딘지 모르게 핀트가 나간 듯한 말이며 행동……

재현은 잠시 머뭇거리다가 이내 휴대폰을 들어 누군가에게 전화를 걸었다. 얼마 지나지 않아 하령의 목소리가 들려왔다.

[네가 웬일로 먼저 전화를 주는 거야? 또 나와 무슨 거래를 하고 싶어서?]

"한 대표님 아들, 우리 병원에 있는 거 알지?"

[그런데, 왜? 그게 무슨 문제가 되는 거야?]

"뭐 때문에 입원하고 있는 거야?"

분명 백하령은 알고 있다. 재현은 왠지 그런 느낌이 들었다.

[그냥 심장이 안 좋아서야. 곧 미국으로 갈 거고, 그때까지만 그곳에서 치료를 받는 거야. 더 나빠지지 않도록. 하지만 이건 비밀이야. 특히 언론에 노출되면 안 돼. 한 대표님이 특별히 당부하신 일이니까.]

"너한테? 아버지가 아니라?"

[이사장님도 알고 계신 일이야.]

"그래, 알았어. 그 외엔 아무것도 없다는 말이지?"

[……없어.]

재현은 전화를 내려놓았다. 단순한 심장 이상이라……. 그래, 그렇겠지. 대체 뭐가 걱정인 거야, 한재현. 어릴 적엔 호기심에 그런 말을 할 수도 있지.

"그래, 그런 거야. 괜한 걱정 말자……."

하령은 굳은 표정으로 휴대폰을 바라보다가 이내 전원을 꺼버렸다. 한인우가 심장 때문에 입원한 건 맞지만, 그 사실을 숨기는 진짜 이유는 그의 충동조절장애 때문이었다. 하령은 입술을 깨물었다. 며칠 전 이사장님과 따로 식사를 하면서 얘기를 했을 때, 이 사실을 이사장님은 전혀 모르고 계시는 것 같았다.

결국 자신과 한 대표님, 그리고 백 회장님과의 비밀.

하령은 고개를 가로저었다.

"별일 없어. 듣자 하니 굉장히 얌전하고 착하기만 하다고 하던걸. 충동 조절장애가 그렇게 심한 것도 아닌 것 같으니까."

조금만 지나면 돼. 한인우가 병원에 있을 시간은 얼마 안 돼. 조금만 더 지나면 아무도 모르게 끝날 수 있어.

조금 불안하긴 했지만, 하령은 모든 불안을 그저 눈감아 버렸다.

퇴근 시간이 되었을 때 세단은 윤성과 잠시 병원 밖으로 나와 간단하게 밥을 먹었다. 괜찮다고 하는데도 윤성이 억지로 세단을 데리고 나온 것이다.

"이렇게라도 안 하면 아무것도 안 먹을 거 아니야."

"닥터가 그런 말하면 안 되죠! 스스로 거의 챙겨 먹는 것도 없으면서. 오히려 제가 닥터 때문에 같이 밥 먹는 거예요."

윤성은 그저 피식 웃었다. 그녀는 하늘을 바라보았다. 점점 어두워지자 불안한 마음으로 그의 등을 떠밀었다.

"얼른 가요. 이러다 늦겠어요."

"괜찮아. 가려고 마음만 먹으면 금방이야."

"그래도 괜히 나 때문에 지체돼서 달이 떠버리면 닥터가 곤란해지잖아요."

윤성은 자신만 감당하던 무게를 세단까지 알게 되면서, 함께 신경 쓰고 불안해하는 모습을 보고 싶지 않았다. 이건 내 문제다. 그녀까지 신경 쓸 필요가 없.

"너 먼저 가. 너 가는 거 보고 갈게."

"그럼 나 가면 바로 가야 해요. 알겠죠?"

세단은 얼른 걸음을 돌렸다. 하지만 윤성은 그 모습을 잠시 바라보다 순식간에 그녀의 앞으로 다가왔다. 세단이 흠칫 놀라는데 그가 그녀를 끌어당겨 제 품에 꼭 안았다.

"닥터…… 이러다 늦으면!"

"내 정체 때문에 네가 떨 필요 없어. 넌 절대로 신경 쓰지 않아도 돼."

"……"

"이건 내 문제고, 내 무게야. 너까지 그걸 감당할 필요는 없어."

"그래도 혹시나 닥터가 괜한 일에 휘말려서 나랑 멀어지게 되는 건 싫어요."

"뭐?"

세단은 고개를 들고서 윤성을 바라보았다.

"난 닥터가 세상에 늑대인간이라고 알려져도 상관없어요. 전혀 아무렇지 않아요. 그래도 난 여전히 당신 사랑할 테니까. 너무 좋아할 테니까. 하지만 닥터는 아니잖아요. 알려지면, 그렇게 되면, 나 떠날 거잖아요. 내가 아무리 괜찮다고 말해도 닥터는 그렇지 않을 테니까. 그렇게 가버릴 테니까."

"……"

"그게 싫어서 그런 거예요. 그래서 지켜주고 싶은 거라고요. 솔직히, 내 이기심이에요. 닥터랑 계속 같이 있고 싶은 내 욕심."

세단은 윤성의 손을 꽉 붙잡았다.

"혼자 감당하지 말아요. 조금이라도 나한테 좀 기대 봐요. 그렇게 나랑 상관없는 일이라고, 당신 혼자 감당해야 할 일이라고 할 때마다, 언제라도 날 떠날 수 있는 사람처럼 선을 긋는 것 같아서 무서워요."

문득 애정이 한 말이 떠올랐다.

"시간이 지날수록 그 사람의 단점도 보이고, 나와 다른 점도 보이기 시작하지. 그걸 이해하거나, 닮아가거나, 아니면 서로 양보하면서 가족이 되는 것 같아. 그렇게 완벽한 내 편이 생기는 거지. 그건 진짜 기분 좋은 일이야."

서로가 서로에게 기대고, 약한 모습, 혼자만 간직했던 모습도 보여주면서 그렇게 가족으로 익어가는 것. 세단은 윤성과 그런 관계가 되길 바랐다. 하지만 자신은 그런 미래를 꿈꾸는데, 그는 그런 미래를 전혀 생각조차 하지 않는 것 같았다.

윤성은 세단을 가만히 다독여 주었다. 자신의 말 하나하나가 그녀를 이토록 불안하게 만들 줄 몰랐다. 잘 숨기고 있다고 생각했는데. 조금씩 떠나야 할 시간에 대한 초조함이 결국 이렇게 보였던 걸까?

점점 온몸으로 보름달의 기운이 느껴졌다. 놓아주고 싶지 않았다. 오늘 밤은 그녀와 함께하고 싶었다. 그 역시 얼마 남지 않은 시간, 조금이라도 그녀의 곁에 있고 싶은 마음뿐이었으니까. 어렵사리 그녀를 놓아주면서 밀려드는 이 상실감이 지독히도 싫었다.

"미안해."

그래서 짧게나마 내뱉어보는 사과. 그리고 그 사과에 세단은 고개를 가로저으면서 웃으며 그를 놓아주었고, 윤성은 묵직한 숨을 삼키고선 그대로 그녀의 눈앞에서 사라졌다.

그가 사라지자마자 세단의 입가에 맴돌던 미소도 함께 사라졌다. 미안하다는 말. 사실 그 말을 듣고 싶은 게 아니었다.

괜찮다고. 내가 하는 걱정은 그저 걱정일 뿐이라고. 내 옆에 계속 있어 줄 거라고, 떠나지 않을 거라고. 그리고 사랑한다고. 사실, 그 말이 듣고 싶었는데. 지금껏 그가 한 번도 해주지 않은 말들이다. 여전히 그는 자신과 보이지 않는 선을 긋고 있다.

처음엔 그저 그가 너무 좋아서. 그저 눈앞에 있어주는 것이 너무나도 기뻐서 알지 못했었는데 이젠 차츰차츰 느껴진다. 그가 절대로 제게 해주지 않는 말이, 그 말을 해주지 않는 것이, 결국은 언제라도 내 곁을 떠날 수 있다는 그런 틈을 주고 있는 것 같았다.

"조금, 무서워……."

세단은 서서히 하늘 위로 떠오르고 있는 보름달을 바라보며 그렇게 서 있었다.

병원으로 돌아온 세단은 로비에서 이제 막 병원에 도착한 강진과 마주쳤다.

"이사장님!"

"세단아, 당직이니?"

"네, 재현이 만나러 오신 거예요?"

"그래. 요즘 너무 바쁜 것 같아서 이렇게라도 내가 일부러 보러 와야지. 그러고 보니 너랑 이렇게 얘기하는 것도 오랜만이구나. 미안하다. 밥 한 번 사준다고 했는데, 영 시간이 나질 않아서."

세단은 고개를 가로저었다.

"아니에요! 신경 쓰지 마세요. 나중에 사주시면 되잖아요. 오히려 제가 이사장님 얼굴 볼 면목이 없어요. 실망만 안겨 드리고……."

"그때 일을 아직도 마음에 담아두고 있는 거니? 그러지 마라. 이미 다 끝난 일인데. 앞으로 더 잘하면 되잖니. 그런데 아까 누구랑 같이 있던 것 같던데……."

"아, 마 교수님이요."

강진은 묘한 시선으로 세단을 바라보았다. 그러다가 시계를 잠깐 확인하고서는 조심스럽게 물었다.

"이왕 이렇게 된 거, 잠시 시간 되면 차라도 한잔하겠니? 재현이는 일 끝나려면 조금 걸릴 것 같아서……."

"아, 네."

세단은 강진과 함께 이사장실로 향했다. 강진은 넉살 좋게 웃었고, 세단 역시 오랜만에 강진과 웃음꽃을 피웠다.

강진은 돕겠다는 세단을 억지로 소파에 앉혀놓고서 직접 커피를 내려주었다.

"여전히 설탕을 많이 넣어서 마시는구나."

"아, 이런 것도 기억하고 계셨어요?"

세단은 조금 뭉클해진 마음으로 커피 잔을 움켜쥐었다. 강진은 그녀의 맞은편에 자리를 잡았다.

"널 본 지 오래되었지 않니. 이젠 거의 가족이나 마찬가지지."

"그저 감사할 뿐입니다. 이사장님이 아니었다면, 전 버티기 힘들었을 거예요."

"내가 널 섭섭하게 하고 서운하게도 했을 텐데. 특히 재현이는……."

세단은 조금 움찔했다. 그때의 일을 이렇게 당신 입으로 직접 꺼내실 줄은 몰랐다.

"내가 너에게 해주는 이 모든 도움이 재현이 때문이라고 넌 그렇게 생각할 수도 있으니까."

"처음엔 그렇게 생각하기도 했어요. 그래서 서운하기도 했지만, 지금은 괜찮습니다. 재현이는 제게 둘도 없이 소중한 친구예요. 친구로서 굉장히 아끼고 좋아하고요. 하지만 그건 사랑과는 다른 감정이에요. 그걸 깨닫게 되었고요."

강진은 흔들림 없는 세단의 말에 조금 안심했다. 이젠 정말 재현이만 제대로 정리하면 되는 거니까.

'그래, 백하령 그 아이의 말이 맞을지도 몰라. 서로 좋은 조건이고, 좋은 관계야. 그대로 결혼까지 하게 된다면 이젠 정말 진실로 묻어버릴 수 있어.'

"그걸 알게 되었다는 건, 네가 정말로 사랑을 알게 되었다는 건데, 내 짐작이 맞니?"

세단은 처음으로 강진의 시선을 피하며 헛기침을 하면서 어쩔 줄 몰라 했다. 세상에. 이사장님과 이런 얘기를 하게 될 줄이야! 아빠한테 남자 친구의 존재를 알릴 때 이런 기분일까?

강진은 쉽사리 말을 하지 못하는 세단을 보면서 자신이 그녀를 데려온 진짜 이유를 넌지시 던져 보았다.

"마 닥터가 널 굉장히 아끼더구나."

"네?"

"내가 마 닥터를 알게 된 건 아프리카에서의 우연한 만남 덕이었지. 그를 한국으로 데려오고 싶어서 참 오랜 시간 공을 들였어. 그럼에도 절대 고집을 꺾지 않았지. 그만큼 남과 관계를 맺거나 부탁이라는 것을 하는 사람이 아니야. 그런데 그런 마 닥터가 내게 부탁을 했다. 너를 위해서 말이야."

처음 듣는 이야기. 그가 이사장님께 부탁을 했었다고? 대체 무슨 부탁?

"네가 윤리위원회에 회부될 뻔했을 때, 마 닥터가 널 믿어달라고 했었지. 아무것도 묻지 말고 그저 믿어달라고."

세단의 눈동자가 흔들렸다.

"그는 널 그냥 믿는다고 했어. 네가 스스로 마 닥터의 퍼스트에서 물러났지만, 그는 기다리는 것 같더구나. 널 자신의 퍼스트라고 계속 생각하면서."

전혀 몰랐었다. 그런 부탁을 했었다니.

강진은 눈에 띄게 놀라는 세단의 반응에 점점 확신을 가지게 되었다. 세단과 마 닥터. 마 닥터가 그렇게 세단에 관한 일에 감정적으로 보였던 이유.

지금까지 그는 윤성을 한국으로 오게 만든 그 환자, 반드시 지켜주고 싶다던 그 환자를 찾으려고만 했었다. 그를 찾으면 어쩌면 그를 계속 이곳에 둘 수 있을지도 모르니까. 그런데 전혀 예상하지도 못한 뜻밖의 존재가 나타난 것이다.

"마 닥터인 거니?"

"……."

"네가 사랑하게 된 사람 말이다."

결국, 들켜 버렸다. 그가 이렇게 알아챌 정도로, 숨길 수 없을 만큼 그를 보고 싶어 하고 있다.

"네, 마 교수님을 아주 많이 사랑하고 있어요."

믿을 수 없던 생각이 현실로 나타나자 강진은 헛숨을 내쉬었다. 마운성, 그 사람이 사랑을 한다고? 누군가와 그렇게 깊은 연을 맺었다는 건가?

"정말 놀랍구나. 마 닥터가 사랑이라니. 물론 의사로서는 정말 좋은 의사지. 아주 훌륭한 의사야. 하지만 남자로서는 잘 모르겠구나."

"그게 무슨?"

"아니, 어쩌면 마음이 바뀌었을 수도 있지."

세단은 불안한 시선으로 강진을 바라보았다. 대체 무슨 말을 하고 있는 거지?

"사실 닥터는 3개월만 우리 병원에 있기로 했단다."

순간, 심장이 불안하게 뛰어올랐다.

"그는 다시 한국을 떠나기로 되어 있어. 그래서 학술 대회 책임자를 맡아달라는 부탁도 끝까지 거절했지. 그만큼 완강하게 한국에 있지 않겠다고 했었는데……."

그가, 떠난다고 했다고? 한국을?

"원래 마 닥터는 3개월 동안만 일하기로 계약을 했단다."

"3개월…… 계약직이요?"

"그래. 정식 교수 자리를 준다고 하는 것도 마다했지. 솔직히 그렇게 한국으로 오지 않겠다고 한 사람이 직접 자리를 마련해 달라고 연락해 온 것도 놀라운 일이었다."

"그게 언제쯤이었나요?"

"1년 전쯤이었을 거야."

1년 전이라는 말에 세단은 움찔하며 두 손을 꽉 붙잡았다. 1년 전이라면 아프리카에 있었던 그때다. 그리고 보니 그에게 제대로 물어보지 않았어. 왜 그때 사라졌냐고. 그리고 왜 다시 이렇게 한국에, 그것도 이곳에 나타났냐고.

"혹시 이사장님은 교수님이 왜 한국으로 오셨는지 알고 계신가요?"

강진은 잠시 세단을 빤히 바라보았다. 그리곤 묵직한 어조로 조심스럽게 입을 열었다.

"한국에 지켜줘야 할 환자가 있다고 했었다. 그 환자의 주치의로 온 거라고."

지켜줘야 할 환자? 주치의? 하지만 한 번도 그런 말을 한 적은 없었는데. 그런 낌새도 느낀 적이 없었고…….

"그 환자가 누구죠? 이 병원 환자인가요?"

"아니. 그것까진 나도 모른다. 잠깐 알아보려고 했지만 소용없었어. 내가 괜한 얘기를 꺼낸 것 같구나."

"네? 아……."

"너무 그렇게 걱정하지 마렴, 세단아. 이젠 마 닥터도 생각이 바뀌었겠지. 한국에 남아 있어야 할 큰 이유가 생겼으니까 말이야. 마 닥터는 무척이나 너를 아끼고, 생각하는 것 같았어. 이건 진심이다. 마 닥터를 믿어보렴."

"알고 있어요. 저도 그를 믿으니까요."

세단은 억지로 불안감을 숨기며 엷은 미소를 지었다. 강진은 시간을 확인하고서 자리에서 일어섰다.

"재현이를 만나야겠다. 덕분에 근심을 덜었구나. 마 닥터가 계속 우리 병원에 있어준다면 CS의 발전에 아주 큰 도움이 될 거야. 그리고 축하한다, 좋은 인연을 만나게 되어서."

"감사합니다."

강진은 세단의 어깨를 두드려 주었다. 함께 이사장실을 빠져나온 두 사람은 서로 반대편으로 헤어졌다.

세단은 강진이 사라진 후에 멍하니 걸음을 옮기며 그가 한 얘기를 되뇌었다.

한국을 떠날 거라고? 지켜야 할 환자 때문에 한국으로 왔다고? 대체 그 환자가 누구지? 그리고 과연 정말로 그는 생각이 바뀌었을까? 나로 인해. 정말로 한국에 계속 있어줄까?

그는 단 한 번도 내게 내 옆에 계속 있어줄 거라고, 쭉 함께할 거라고 말해준 적이 없다. 더군다나 사랑한다고 말한 적도 없다. 빈말이라도 거짓말을 하지 않는 사람이니까. 지킬 수 없을 약속이라는 걸 알아서. 그래서 말해주지 않은 걸까? 그렇게, 내게서 멀어질 틈을……

"아니야, 아닐 거야. 그가 날 떠날 리가 없어. 그럴 리가 없어. 그럴 리가……"

세단은 휴대폰으로 날짜를 확인해 보았다. 그때부터 3개월이라면 이제 얼마 남지 않은 시간.

그녀는 아닐 거라고 스스로를 다독이면서도 불안감을 누르지 못한 채 다급하게 전화를 걸었다. 창문 너머로 무섭게 쏟아지는 보름달. 휴대폰 너머로 울리는 신호음이 너무나도 길게만 느껴져서, 점점 초조함이 두려움이 되어 그녀를 움켜쥐려는 순간.

[무슨 일 있어?]

낮고 깊은 목소리가 울리면서 순식간에 두려움이 사라졌다.

"어디예요? 어디 있어요?"

하지만 목소리를 듣자마자 밀려드는 또 다른 감정, 평소보다 조급하게 파고드는 그녀의 목소리에 윤성의 목소리가 한층 딱딱하게 굳어졌다.

[왜 그래? 무슨 일 있어?]

"어디 있냐고요. 내 말에 대답해 줘요. 지금 어디 있어요!"

결국, 산산조각으로 흩어지는 그녀의 불안한 감정이 고스란히 전해졌는지 그가 짧게 속삭였다.

[레지던스…….]

"진짜예요? 진짜?"

[박세단.]

강하게 붙잡는 목소리에 세단은 그제야 정신을 차릴 수 있었다.

하아, 대체 지금 뭐하고 있는 거지? 박세단. 대체 무엇에 이렇게 흔들리고 있는 거야.

그녀는 무너지듯 벽에 몸을 기댄 채 떨리는 손으로 휴대폰을 붙잡았다. 이미 다 들켜 버렸을지도 모르지만, 세단은 침착하게 숨을 고르면서 떨리는 목소리를 억눌렀다.

"미안해요."

[진짜 왜 그래? 무슨 일 있는 거지? 제대로 대답해.]

"아니에요. 그냥 갑자기 너무 보고 싶어져서. 그래서 그런 거예요."

[그렇게 숨기지 마. 네가 그렇게 숨기면, 나 진짜 돌아버릴 것 같아. 지금은 당장 달려갈 수도 없는데…….]

숨기지 말라고? 그렇다면 당신은 지금 나한테 뭘 숨기고 있는 건데? 당신이야말로 나한테 너무나도 많은 걸 숨기고 있잖아.

세단은 입술을 꽉 깨물었다. 더 이상 어떤 대화도 할 수 없을 것 같았다. 몇 마디를 더 하면, 다시금 감정이 폭발할 것 같았으니까.

그때,

[내가 갈까?]

"……."

[내가 갈게. 거기서 조금만 기다려…….]

다정하게 파고드는 목소리. 그 목소리 가득 담긴 감정은 그저 걱정과 안타까움, 그리고 간절함이었다.

"그러지 마요. 나 진짜 괜찮아요. 그리고 와도 나 닥터 얼굴 제대로 못 봐요. 지금부터 인우한테 가 있어야 하니까."

[…….]

"내가 괜히 어리광 부린 거니까, 그냥 잊어요."

[…….]

"사랑해요."

[알아.]

당신도 나한테 사랑한다고, 사랑한다고 말해주면 안 돼요?

하지만 끝내 세단은 그 뒷말을 잇지 못한 채 휴대폰을 내려놓았다. 손이 부들부들 떨렸다.

심장이 미친 듯이 두근거렸지만, 예전의 두근거림과는 달랐다. 그저 마냥 기쁘고 설레서 두근거리는 것이 아닌, 초조함이 뒤섞인 떨림.

보름달을 바라보는 세단의 그 눈빛이 금방이라도 부서질 듯, 위태롭기만 했다.

윤성은 끊긴 전화를 멍하니 바라보았다. 어느새 손끝으로 힘이 들어가면서 울컥 화가 밀려들었다. 분명, 휴대폰 너머 그녀의 목소리 가득 불안한 마음이 전해졌다. 온몸으로 그 감각을 느낄 수가 있었다. 그래서 당장에라도 달려가고 싶은데. 그러고 싶은데. 그럴 수가 없어서 가슴이 너무나도 답답했다.

윤성은 신경질적으로 휴대폰을 내려놓고 창가로 걸음을 옮겼다. 틀어놓은 뉴스에선 깜빡이는 빛과 함께 아나운서의 목소리가 적막한 공간을 채우고 있었다.

[내일 저녁, 시간당 100개 이상의 유성우 극대기를 보실 수 있을 전망입니다. 이는 9년 만에 찾아오는 최고로 아름다운 우주쇼로서, 운이 좋으면 붉은 하늘을 보실 수 있을……]

그는 커다랗게 떠오른 보름달을 바라보았다. 시리게 부서져 내리는 달빛. 남들에겐 그저 아름답고 아름다운 보름달이었지만, 그에겐 남들과 자신이 다르다고 일깨우는 낙인과도 같았다.

그 아래에서 은빛 머리카락이 아름답게 떨어져 내렸고, 보름달을 품은 황금빛 눈동자가 강렬한 빛을 품고서 일그러지고 있었다.

정말이지 이번 보름달은 너무나도 길게만 느껴졌다. 숨이 막힐 정도로 길게.

늦은 밤. 세단은 매 시간마다 병실을 찾아 인우의 심박을 살폈다. 다행히 평균을 되찾은 것 같았다. 마지막으로 한 번만 더 체크하면 될 것 같아서 알람을 맞춰두고 돌아서려는데, 자고 있는 줄 알았던 인우가 눈을 동그랗게 뜨고서 저를 빤히 바라보고 있자 세단은 저도 모르게 흠칫 놀라 입을 열었다.

"뭐야. 안 잤어? 아니면 나 때문에 깬 거야?"

"잠이 좀 안 와서요."

"그래도 푹 자야지."

"표정이 안 좋아 보여요, 누나."

"아, 티가 났어?"

애써 잊고 있었는데. 티가 난 건가?

"웃고 있는데 슬퍼 보여요. 무슨 일 있어요? 혹 애인이랑 싸운 거예요?"

"그런 거 아니야. 괜히 나 혼자 조금 불안해하고 있는 거야. 내가 그 사람을 너무나도 좋아해서. 그 사람이랑 계속 함께하고 싶은데, 혹시 그렇게 되지 못할까 봐. 혹여나 그가 떠나 버리면, 나는 어떻게 해야 할까. 그런 생각……."

"그 사람이 누나를 그렇게 불안하게 만드는 거예요?"

"응? 아, 미안. 내가 괜한 소리 했다. 잊어. 아무것도 아니야."

세단은 고개를 가로저었다. 대체 누구한테 무슨 소리를 하고 있는 거야. 아무리 말할 상대가 필요하다고 하지만.

"푹 자. 많이 나아졌으니까, 무리하면 안 돼."

인우의 이불을 꼼꼼히 봐주고서 돌아서려는 찰나, 인우가 세단의 손목을 꽉 붙잡았다. 아까도 느꼈지만, 생각보다 힘이 꽤 세다. 제대로 붙잡히면 빠져나오지 못할 정도로.

"왜?"

"누나. 오늘 누나 참, 예뻐요."

그의 까만 눈동자가 묘한 빛을 띠고 세단을 물끄러미 바라보았다. 달빛에 서린 인우의 붉은 머리카락이 더더욱 기묘한 분위기를 만들었다.

"그럴 리가. 나 지금 되게 이상할 텐데."

"아니에요. 내가 본 모습 중에 지금이 제일 예뻐요."

아무래도 녀석이 자신을 위로해 주는 것 같았다. 힘내라고.

"고마워. 너 때문에 좀 웃는다."

"내일은 당직 아니죠?"

"아마."

"내일도 있어주면 안 돼요? 사실 요즘 통 잠을 못 자요. 악몽을 꾸거든요. 그래서 많이 무서워요."

세단은 인우를 잠시 바라보다 천천히 머리카락을 쓰다듬어 주었다.

"알았어. 내일도 있어줄게."

"고마워요, 누나."

그렇게 세단이 떠나고, 인우는 천천히 몸을 일으켜 앉아 그녀가 떠난 빈자리를 바라보며 서늘한 미소를 지었다.

"오늘이 가장 예쁜 모습이었어. 서늘하고 쓸쓸한 달빛과 참 잘 어울리는, 불안하면서도 초조한 표정. 기다린 보람이 있었어. 게다가 내일은 붉은 하늘이 되는 밤. 아주, 마음에 들어."

창가로 시선을 돌린 인우의 눈동자가 지독히도 섬뜩하게 일그러졌다. 이내 메마른 웃음소리가 연신 병실을 울렸다.

세단은 긴 복도를 걸었다. 다른 생각을 하지 않으면 초조한 마음이 자꾸만 새어 나온다. 예전에 그에게 이런 말을 한 적이 있었다.

"만약 떠나야 하면, 나한테는 꼭 말해줘요. 말도 없이 사라지면 나 바보같이 하염없이 기다릴지도 모르니까. 당신을 좋아하는 여자로서, 그 정도는 요구할 수 있다고 생각해요."

그때도 이런 불안한 마음이었다. 금방이라도 바람처럼 그가 사라질 것 같아서. 그래서 그런 말로라도 그를 붙잡아두고 싶었다. 하지만 이젠 다르다. 이젠 그가 떠나는 모습, 자신의 옆에 그가 없는 모습은 상상조차 하고 싶지 않았다. 아빠가 떠나고, 엄마가 떠나고, 홀로 견뎌야 했던 그 악몽 같은 시간을 다시금 되풀이하게 될 것 같은 느낌. 겁이 났다. 진심으로, 겁이 났다.

이른 아침. 윤성은 병원에 오자마자 세단부터 찾았다. 어젯밤부터 날선 감각이 그녀에게로 이끌었고, 윤성은 곧장 연구실로 향했다. 그곳에 그녀가 있었으니까. 본능적으로 그녀를 찾을 수 있었으니까.

그리고 문을 열자마자 윤성은 흠칫했다. 순식간에 세단이 다가와 그를 와락 끌어안은 것. 윤성은 세단을 안은 채로 천천히 연구실 문을 닫았다.

"어제 무슨 일 있었던 거야. 그렇지? 제대로 대답해 봐."

하지만 세단은 윤성을 끌어안고서 머리를 가슴에 묻을 뿐이었다. 대답하지 않는 그녀가 답답해서 미칠 것만 같았다. 대체 어제 무슨 일이 있었기에!

"박세단!"

"닥터가 떠날 때, 나한테는 말해달라고 한 거 있잖아요."

"뭐?"

"나한테 말하고 떠나달라고 말했던 거. 기억하죠?"

"그래……."

"그거 거짓말이에요."

세단은 그제야 고개를 들었다. 그녀의 손길은 무척이나 절박하게 그의 옷자락을 움켜쥐고 있었다.

"그런 말, 나한테 절대로 하지 마요. 절대로 떠나지 말아요. 여기 있어야 해요. 내 옆에 있어야 해요. 당신이 뭐가 됐든 난 상관없으니까, 무조건 내 옆에 있어야 한다고요!"

뒤엉킨 감정들이 무질서하게 흐트러졌다. 지금 그녀의 모습은, 딱 그랬다.

"제대로 말을 해봐. 그래야 내가……."

윤성은 말을 이을 수가 없었다. 세단이 그대로 그를 끌어당겨 억지로 입을 맞추었다. 숨을 쉴 수 없을 만큼, 그의 입술을 빨아 당기며 갈급하게 채우는 숨결은 혼란 속에 흔들리고 있었다.

윤성은 세단의 어깨를 붙잡았다. 하지만 차마 밀어낼 수가 없었다. 온 몸으로 전해지는 뒤틀린 감정. 지금 그녀는 극도의 불안감에 휩싸여 있었다. 그리고 그것을 어떻게든 떨쳐내기 위해 자신을 붙잡고 있었다. 아주 간절하게, 간절하게, 어린아이처럼.

세단은 연신 그에게 자신을 밀어붙였고, 윤성은 뒷걸음질 치다 결국 책상에 부딪히면서 몸이 휘청였다. 세단은 그런 그를 밀어뜨리고서 그의 목 뒤를 힘껏 끌어안으며 더욱 아찔한 숨을 내쉬었다.

참을 수 없는 유혹이 밀려들었다. 그녀의 숨결이 그의 정신을 마구잡이로 어지럽혔고, 도발하듯 움직이는 몸짓과 가파르게 파고드는 체온에 숨이 막힐 듯한 욕망이 뜨겁게 혈떡였다. 마침내 그녀가 그의 셔츠 자락을 벗기려던 순간, 윤성은 이를 악물고서 세단의 손목을 붙잡았다.

"박세단!"

"……."

"대체 어디서 뭘 들은 거야? 왜 이러는 건데. 날 봐. 날 제대로 보고 말을 해봐!"

세단은 입술을 깨물고서 그의 얼굴을 오롯이 바라보았다. 이렇게 보고 있는데도, 분명 이렇게 손으로 붙잡고 있는데도 금방이라도 흔적조차 남기지 않고 사라져 버릴 것 같았다.

그녀는 너무나도 두려운 그 말을, 정말로 떠날 거냐고, 그럴 거냐고 그에게 물으려고 입을 달싹였다.

삐삐삐—

하지만 그 순간, ER(응급실)에서 콜이 떨어졌다. 세단은 그 날카로운 소리에 애써 정신을 차리고 그에게서 멀어졌다. 하지만 윤성이 그녀를 다시 붙잡았다.

"말하고 가."

"ER에서 오는 연락이에요. 급한 환자일지도 몰라요."

"……."

"시간 많잖아요."

결국 윤성은 세단의 손을 놓아주었고, 그녀는 그렇게 연구실 밖으로 달려 나갔다. 멀어지는 발소리에 그는 책상을 짚고서 눈을 감았다. 아직도 온몸으로 그녀가 맴돌고 있었다. 순간 정말로 자제력을 잃을 뻔했을 정도로 강렬했던 느낌. 그만큼, 지금 그녀는…….

'너무나도 위태로워. 대체 왜 이러지? 이것도 운명과 관련이 있는 건가?'

그렇다면 조금 더 빨리, 빨리 움직여야 해.

세단은 숨이 턱까지 차오를 정도로 달렸다. 지금 이 순간만큼은 엉망인 제 모습을 지워 버리고 싶었으니까. 여자 박세단이 아니라, 의사, 빡센 마녀 박세단으로 있고 싶었으니까.

그렇게 ER에 도착하자 레지던트가 그녀를 다급하게 불렀다.

"박 선생님!"

세단은 환자에게 다가갔다. 호흡곤란을 일으킨 이 환자를 세단은 알고 있었다.

"박장욱 씨?"

예전에 자신이 맡았던 환자로 그는 폐암 환자였다. 하지만 분명 치료가 돼서 퇴원했었는데. 설마, 전이된 건가?

세단은 호흡을 살피면서 모니터를 체크했다. 레지던트가 차트를 건네주었고, 확인한 그녀의 표정이 딱딱하게 굳었다. 예상한 대로 종양이 전이되었다. 그것도 뇌로. 상황이 굉장히 좋지 않았다. 뇌로 전이된 속도가 너무나도 빨랐고, 폐에서 제거했던 종양 역시 재발한 상황.

"대체 왜, 왜 이제야 병원에……."

"보호자분 도착하셨습니다."

세단은 재빨리 고개를 돌렸다. 그런데 보호자로 들어온 사람은 바로,

"은정 씨?"

은정은 고개를 숙였다. 세단은 믿을 수 없다는 시선으로 그녀와 환자를 번갈아 바라보며 입을 열었다.

"그럼, 남편이⋯⋯."

그녀는 천천히 고개를 끄덕이고서 여전히 정신을 차리지 못하고 있는 환자 곁으로 다가가 손을 꼭 잡았다.

세단은 떨리는 시선으로 두 사람을 바라보았다. 어느새 레지던트가 다가와 속삭였다.

"일단 호흡은 안정되었지만, 차트에서 확인하신 것처럼 상황이 매우 좋지 않습니다."

"일단 NS(신경외과)에 연락해."

"알겠습니다."

그녀는 은정에게 다가갔다. 은정은 남편의 손을 잡은 채 세단을 올려다보았다.

"조만간 다시 보게 될 거라고 했죠?"

"⋯⋯이런 식이 될 줄은 몰랐지만."

"죄송해요. 저도 이렇게 빨리 병원에 오게 될 줄은 몰랐어요."

세단과 은정은 함께 응급실을 나왔다. 그녀는 은정에게 커피를 권했지만, 고개를 가로저었다. 어쩐지 굉장히 덤덤해 보이는 모습이었다.

"언제 만난 거야? 설마 여기서?"

은정은 천천히 고개를 끄덕였다.

"네. 여기서 장욱 씨를 간호하면서 사랑하게 됐어요. 어쩌면 끝이 정해져 있을지도 모르지만, 그래도 순간순간을 소중하게 여기고 사랑하고 싶어서. 그래서 결혼까지 결심했고요."

그럼 이렇게 될 줄 알고 있었다는 건가? 이별을 준비한 채로 시작을 했

단 말이야?

"되도록이면 빨리 퇴원할 수 있게 해주세요."

"퇴원은 안 돼. 지금 종양이 폐뿐만 아니라 뇌까지 전이됐어. 상황이 너무 안 좋아. 장기간 입원을 하면서 치료를 받아야 해."

"그럼, 달라지나요?"

"뭐?"

"그 사람 나을 수 있냐고요. 살 수 있는 건가요?"

"그건……."

"없다면 퇴원시켜 주세요. 전 지금 이 시간조차도 너무나 아까워요. 그이도 마찬가지예요. 이미 그걸 알고 시작했으니까요. 살아 있는 순간에 열심히 사랑하자고. 그렇게 약속했으니까."

"하지만!"

"부탁드릴게요, 박 선생님."

그렇게 은정은 퇴원에 대한 강경한 의지를 보이며 다시 응급실로 돌아갔다. 그녀는 어느새 호흡이 정상으로 돌아오고 정신을 차린 장욱의 손을 잡고서 행복한 표정을 지었다.

어떻게 저럴 수 있지? 끝이 보이는 시작이다. 결코 행복할 수 없는 그 끝이, 그게 얼마나 무섭고 끔찍한 일인데. 그렇게 사랑하다가 떠나가 버리면, 남겨진 사람은 얼마나 견딜 수 없이 힘든데. 그 시간 동안만 행복하면 되는 거라고? 그게 가능해? 그럴 수 있어?

'아니, 틀려. 그건 싫어. 그건 말도 안 돼!'

은정과 박장욱 환자는 퇴원 수속을 밟지 못했다. 의료진이 최선을 다하겠다며, 조금 더 지켜보자고 한 의견을 받아들인 것.

세단은 온몸에 힘이 쭉 빠져서는 이마를 짚고서 복도 의자에 힘없이 앉았다. 그러다 누군가 다가오는 기척이 느껴지더니 이내 익숙한 온기와 커다란 손이 그녀의 고개를 끌어당겼다. 뜨거운 체온, 빠르게 뛰어오르는 심장 소리가 들렸다. 세단은 가만히 눈을 감고서 속삭였다.

"아침 일은, 나중에 말해줄게요. 지금은 너무 피곤해서……."

"그래."

"그때 제대로 듣고, 제대로 답해줘야 해요."

윤성은 대답 대신 그녀의 머리카락에 입을 맞추었다. 서로가 서로의 불안감을 달래기 위한 입맞춤이었지만, 그 누구도 예전처럼 마음이 쉬이 가라앉지 않았다. 그만큼 감정이 위태롭게 흔들리고 있었다.

"오늘은 같이 퇴근하자."

"같이 있어도 되는 거예요?"

"라면 먹으러 와."

그 말에 세단은 피식 웃으며 그제야 고개를 들었다.

"그 말, 상당히 위험한 말인 거 알아요? 아직도 보름인데? 괜찮아요? 나한테는 안 괜찮다면서요."

"참아보지 뭐."

"안 참아도 되는데."

"네가 그렇게 당기지만 않으면 돼."

세단은 그의 어깨에 머리를 기댄 채 잠시 동안 따스하게 번지는 그의 체온을 느끼다 이내 몸을 일으켜 세웠다.

"그런데 미안해요. 오늘도 나 당직이에요."

"그 환자?"

"네."

윤성은 여전히 그 환자가 거슬렸다. 아무래도 세단 몰래 한 번이라도 봐야 할 것 같았다. 대체 어떤 환자인지.

그 순간 그에게 콜이 떨어졌다. 아직 수술 일정이 몇 개 남아 있었다.

"내일은 절대로 당직 잡지 마."

"알겠어요. 같이 밥 먹고 데이트하면서 내 얘기에 대답해 줘요."

그는 그녀에게 다가가 살짝 헝클어진 머리카락을 느릿한 손길로 쓸어내려 주었다. 그리고 뒤이어 울리는 나직한 목소리.

"기억해. 난 너의 모든 것을 느낀다는 걸. 지금 네가 이렇게 불안해하는 것도, 두려워하는 것도 전부. 그런데 내가 아무것도 해주지 못하는 것 같아서, 너무나도 무력하게 느껴져."

윤성은 천천히 세단에게서 멀어졌다. 세단은 그의 뒷모습을 바라보면서 귓가에 맴도는 그의 목소리를 붙잡으며 마음을 다잡았다.

지금 나 때문에 그까지 불안하게 만들고 있다. 그러니까 혼자 끙끙대지 말고 직접 물어보자. 그가 떠날 리가 없어. 예전에는 그랬을지도 모르지만 지금은 달라. 그가 날 아프게 할 리 없어.

"내일, 내일 전부 다 물어보는 거야."

벌써 날이 저물고 있었다. 세단은 인우에게 향했다. 그러고 보니 어젯밤에는 그 이상한 일이 벌어지지 않았다. 인우에게 말해줘야겠네. 어쩌면 요즘 통 잠을 자지 못하는 이유가 그 일 때문일지도 모르니까. 내심 신경 쓰고 불안해하는 것 같았으니.

병실로 가던 도중, 세단은 누군가를 발견하고서 걸음을 멈추었다. 이제 막 퇴근을 하던 재현 역시 세단을 보고서 가볍게 손을 흔들었다.

"퇴근이야?"

"보아하니 넌 당직인 것 같은데, 펠로우가 뭐 이렇게 부지런해? 밑의 애들은 그냥 놀아?"

"아니야. 내가 남은 거야. 살펴야 할 환자가 있거든."

"혹시, 한인우?"

"뭐야. 너 인우 알고 있어?"

"뭐, 아주 잠깐?"

"그래? 그럼 인우한테 물어봐야겠네. 너 알고 있냐고."

"아마 기억 못 할 수도 있어. 예전에 아주 잠깐 본 거라서."

잠깐은 아니지만, 그래도 그 일 이후 점차 멀어진 건 사실이었다.

"요즘도 녀석 그림 그려?"

"너도 아는구나? 잘 그려. 가끔 깜짝 놀랄 정도로."

"혹시 말이야. 여기저기 붉은색을 칠한다거나, 붉은색을 지나치게 좋아 한다거나 뭐 그런……."

"응?"

"아, 아니다."

"실없기는. 넌 병실에 올 수 있을지도 모르니까 가끔 와줘. 요즘 많이 외로워하거든. 나 아니면 그 병실에 들어갈 수 있는 사람이 몇 없어."

"그래서 가만두지 못하는 거야?"

"그런가? 그럴지도. 마치 예전에 너 같아서 자꾸만 마음이 가."

"하여튼 박세단. 알았어. 조만간 갈게."

재현은 잠시 망설이다 이내 그녀의 머리카락을 가볍게 헝클어주었고, 세단은 예전처럼 밉지 않게 그를 노려보며 먼저 돌아섰다. 재현은 미간을 찡그렸다. 왜 자꾸 뭔가가 이렇게 거슬리는지 모르겠다. 어릴 적에는 그래, 그럴 수도 있는 거지. 하지만 그때의 그 기억이 강렬하긴 했다.

"피. 피 말이에요. 피만큼 아름다운 붉은색은 없어요."

"피, 피라……."

재현은 어렵사리 걸음을 뒤로 돌리면서 아무래도 조만간 직접 얼굴을 봐야겠다고 생각했다. 그렇지 않으면 이 찝찝함이 영 가시지 않을 것 같았으니까. 그때, 그의 휴대폰이 울렸다.

"아, 강 비서."

[실장님이 저번에 부탁하신 분에 대해서 알아냈습니다.]

"한인우?"

[예.]

사실 계속 찜찜한 마음에 한인우에 대해서 약간의 조사를 부탁했었다.

"그래서 어디가 어떻게 아픈 거야?"

[그게, WPW증후군에 의한 심방세동이랍니다.]

고작, 심방세동이라고?

[그런데 약간 의아한 부분이 있습니다.]

"그게 뭔데?"

['미스터 한'이라는 이름으로 해외에서 현대미술가로 활동한 경력이 있습니다. 그런데 한 가지 일에 휘말려서 급하게 한국으로 귀국했던 것 같습니다.]

"일이라니?"

[붉은색을 자유자재로 활용하는 현대미술가로 마니아층에서 유명한데, 한 전시회에 출품된 작품에 동물의 피가 섞인 안료가 쓰였다고 합니다.]

피, 피라고? 설마……

그럼 녀석이 정말로, 정말로 피를 사용했단 말이야?

세단은 병실 안으로 들어갔다. 그런데 어쩐지 병실 안은 캄캄했고, 창문에 비치는 불빛만이 유일하게 흔들리고 있었다. 인우는 여전히 웃으면서 그녀를 반겼다.

"누나."

"뭐하는 거야? 불 켜고 있지 그래. 요즘은 날도 빨리 어두워지는데."

그녀가 스위치를 켜려고 하자 인우가 급하게 막았다.

"잠시만, 아주 잠시만요. 곧 붉은 하늘이 나타날 거예요. 여기가 밝으면 잘 안 보이잖아요."

"붉은 하늘?"

"네. 곧 붉은 유성우가 쏟아질 거니까요."

세단은 인우의 옆으로 천천히 다가갔다.

"붉은 유성우라고? 우와. 정말 멋지겠는데?"

그녀는 그의 심박을 확인했다. 이젠 정말로 안정적인 것 같았다.

"아주 좋아, 이제. 근데 너 혹시 재현이 알아?"

"천재현 형이요?"

"오! 알고 있네? 모를 거라고 하던데. 너 아직 그림 그리냐고 묻더라."

"다른 건 안 물어요?"

"음. 그냥 붉은색 좋아하냐 뭐, 그런 얘기?"

그러자 갑자기 인우가 피식피식 웃더니만 이불자락을 꽉 움켜쥐었다.

"그 형도 참 멋졌는데……."

"아, 맞다! 그리고 오늘은 그 이상한 일이 일어나지 않았어. 그래도 범인은 잡아야겠지만. 그래도 다행이야. 그렇지?"

"이제 안 일어날 거예요."

"응?"

"그건 이제 시시해졌거든요."

세단은 의아한 표정으로 인우를 바라보았다. 하지만 인우는 여전히 환한 미소를 짓고 있었다. 그러다 갑자기 세단의 손목을 덥석 잡았다. 여전히 엄청난 힘이다. 그런데 예전보다 훨씬 더 꽉 움켜쥐는 바람에 세단은 저도 모르게 신음을 뱉어냈다.

"으윽, 인우야?"

하지만 인우는 세단을 놓아주지 않았다. 오히려 점점 그녀를 향해 다가왔다. 그의 새하얀 얼굴이 점점 더 일그러지며, 붉은 머리카락 사이로 까만 눈동자가 섬뜩하게 빛을 냈다.

"인우야!"

세단은 저도 모르게 몸을 뒤로 젖혔지만 인우가 강하게 그녀를 끌어당겼다.

"악!"

"누나, 오늘 참 예뻐요. 참, 예뻐. 기다린 보람이 있어요."

어느새 인우는 세단의 어깨를 끌어당겼고, 그녀는 두려움에 가득 찬 눈빛으로 그런 인우를 밀어내려 했다.

"너 지금 뭐하는 거야. 비켜! 인우야! 한인우! 하아!"

짧은 비명과 함께 세단은 천천히 시선을 아래로 내렸다. 그리고 떨리는 눈빛으로 입술을 깨물었다. 자신의 손목에 주사가 박혀 있었다.

대체, 이게 무슨······.

"잠시만 자요, 누나."

그와 동시에 정신이 점점 혼미해지기 시작했다. 자꾸만 무거워지는 눈꺼풀. 세단은 안간힘을 쓰며 인우에게서 벗어나기 위해 발버둥 쳤지만, 몸이 무겁게 가라앉기 시작하면서 자꾸만 아래로, 아래로 떨어지기 시작했다.

"너······ 대, 대체······ 무슨······ 나······."

결국 세단은 인우의 품 안으로 쓰러지고 말았다. 그는 세단의 머리카락을 차분하게 쓸어내리며 서늘한 어조로 다정하게 속삭였다.

"그 어여쁜 모습이 담긴 피. 난 누나의 피를 원해요. 동물 따위가 아니라 진짜 감정이 살아 있는 피. 그 피로, 아주 예쁜 그림을 그려줄게요. 누나에게 선물로 주기로 했으니까. 기대해요, 누나."

세단은 미약하게 남아 있는 의식을 움켜쥐며 입술을 빠끔거렸다. 지금 이 순간, 떠오르는 사람은 오직 하나.

'닥, 터······ 닥, 터······.'

마윤성!

쨍그랑─!

날카로운 파음과 함께 윤성의 손에서 컵이 와장창 부서져 내렸다. 하지만 부서진 컵보다 더 차갑게 일그러진 건 바로 그의 황금빛 눈동자였다. 주변으로 팽팽하게 날 선 공기가 흐르며, 그의 기운이 심상치가 않았다.

머릿속으로 파고든 세단의 목소리. 아주 절박하게 외친 그 목소리…….

"마윤성!"

"세단아."

짧은 속삭임과 함께 그의 모습이 순식간에 사라져 버렸다.

피가 섞인 안료로 그려진 그림. 안료에는 동물의 피가 다량으로 섞여 있었다고. 한바탕 난리가 일어날 법도 했건만 한 대표의 힘으로 무마시키고 급하게 한국으로 귀국. 그래서 이를 아는 사람은 거의 없다고 했다. 한 대표에게 그 정도 일을 덮어버리는 것은 일도 아니었을 것이다. 특히나 한국에서 일어난 일도 아니고 해외에서, 가명으로 벌어진 일이었으니.

심방세동으로 입원했다고 하지만 재현은 그게 다가 아닐 거라는 생각이 들었다. 불안했다. 대체 그들이 뭘 숨기고 있는 거지? 게다가 요 며칠 일어난 기이한 사건.

"뭔가 있어. 분명 뭔가가…….""

재현은 로비로 향하던 걸음을 뒤로 돌렸다. 세단과 녀석이 단둘이 있는 것이 불안했다. 녀석이 세단을 자꾸만 부르고 있다.

외로움을 탄다고? 그런 아이가 아니야. 절대로 외로움이나 쓸쓸한 감정을 느낄 아이가 아니라고. 어릴 적부터 혼자 있는 걸 더 좋아했는데. 혼자만의 세계에 갇혀서, 그래서 그런 말도 안 되는 그림을 그렸던 거라고!

재현은 다급하게 VIP병실로 뛰어가기 시작했다. 텅 빈 복도 가득 그의 발소리가 날카롭게 울렸다. VIP병실로 향하는 복도에는 인적 하나 보이지 않았다. 그저 형광등 불빛만이 서늘하게 깜빡이고 있는 공간. 창문 너머로 붉은 달이 을씨년스럽게 떠올라 있었다.

초조한 마음을 누르며 인우의 병실로 뛰어가던 그의 걸음이 우뚝 멈춰
섰다. 그리고 떨리는 시선 너머로 이제 막 문을 열고 나온 인우와 마주쳤
다. 하지만 그는 혼자가 아니었다. 휠체어에 쓰러진 듯 앉아 있는 세단이
있었다.

인우는 재현을 발견하고선 당황하기보단 오히려 환하게 웃으며 손을 흔
들었다.

"어, 재현이 형! 오랜만이네요!"

"너 지금. 세단아! 박세단!"

재현은 그녀에게 달려가려고 했지만, 인우가 그 앞을 가로막았다.

"조용히 해요! 누나 깨잖아요."

"뭔 개소리야. 저리 비켜! 세단이한테 무슨 짓을 한 거야!"

"한 발만 더 다가오면, 누나가 어떻게 될지 몰라. 그러니까 그 입 닫아."

반갑게 외치던 목소리는 어느 순간 섬뜩함을 품고서 서늘하게 가라앉
았다. 재현은 움찔한 채 제자리에 멈춰 섰다.

"뭐?"

"얼마나 기다린 순간인데, 형이 나타나서 초를 치면 안 되지. 안 그래?"

인우는 축 늘어진 세단의 얼굴을 쓰다듬고서 귓가에 나직이 속삭였다.

"형이랑 잠깐 얘기하고 올게요, 누나. 조금 더 자요."

재현은 그 모습을 기가 막힌 표정으로 바라보았다. 인우는 어느새 성
큼성큼 다가와서는 다시금 눈가를 부드럽게 늘어뜨리며 입을 열었다.

"타이밍 참 안 좋게 나타났네요."

"병원에 요즘 기이한 소문이 돌았지. 병원 뜰에서 동물들 사체가 발견
되고 있다고. 누군가 일부러 약을 먹여서 죽인 것 같은데, 이상하게."

"전부 피가 모자랐다는 얘기?"

"해외에서는 피가 섞인 안료를 써서 문제를 일으켰다던데. 전부 네가
한 짓이야?"

"와! 형, 나에 대해서 꽤 자세히 알고 있네요? 그 일은 아빠가 꽤 꼼꼼하게 덮었는데. 역시 형도 나랑 비슷하게 금수저를 물고 태어나서 그런가?"

"한인우!"

"어릴 적 형한테 한 말도 기억해요? 피처럼 아름다운 붉은색은 없다고. 감정이 고스란히 담긴 붉은색이 세상에서 제일 아름답다고."

"……."

"지금 누나의 피는 내가 원하는 완벽한 재료예요. 불안정하고, 초조하고, 쓸쓸한 감정이 고스란히 담긴. 그래서 아주 마음에 들어요."

순간, 인우는 재현의 어깨를 강하게 붙잡아 끌어당겼다. 그리고 낮게 퍼지는 속삭임.

"그래서 내가 가지려고요."

"너 설마……."

"누나의 피로, 내 생애 아주 완벽한 작품을 만들려고요. 붉은 유성우가 가득한 이 밤, 아주 딱이죠? 근사하지 않아요? 내 오랜 소원이 이뤄지는 거라고요. 생각만 해도 짜릿해 미치겠어요."

재현은 인우의 손을 거칠게 떼어내면서 외쳤다.

"너 지금 제정신이야!"

"나 제정신 아닌데? 내가 정말로 여기 심방세동 때문에 입원했을 것 같아요?"

재현은 더 이상 저 정신 나간 녀석의 말을 들어주고 싶지 않았다. 세단이를 구해야 한다. 저 미친 짓거리에 세단이가 잘못될 수는 없다.

하지만 재현이 한 발자국 나아가기도 전에 인우가 순식간에 재현의 얼굴을 향해 주먹을 날렸다.

퍽!

"윽!"

재현은 저도 모르게 휘청이며 뒷걸음질 쳤지만 인우는 망설임 없이 다시 재현을 향해 주먹을 휘둘렀다. 엄청난 속도와 더불어 엄청난 힘이었다. 게다가 사람을 때리는 것에 망설임이나 거리낌 따위도 없었다. 인우는 정말 재현을 죽일 듯이 공격했다. 재현은 인우를 피하려고 했지만 결국 명치 쪽으로 주먹을 맞고 말았다.

"욱!"

엄청난 통증이 밀려들면서 결국 재현은 무릎을 굽혔다. 인우는 얼굴색 하나 바꾸지 않고 엎어진 재현의 등을 발로 마구 밟기 시작했다. 마치 쓰레기를 발로 치우는 것처럼.

재현은 옆으로 쓰러진 채 숨을 헐떡였다. 인우는 그제야 발길질을 멈추고 안타까운 표정을 지었다.

"그래도 형이라서 이 정도로 봐주는 거예요. 형은 죽이면 꽤 파장이 클 테니까. 하지만 더 이상 내 일을 방해하면, 뭐가 되었든 치워 버릴 테니까 가만있어."

그는 재현의 주머니에서 휴대폰을 찾아 꺼내고는 그대로 던져 버렸다. 혹시 일이 끝나기 전에 누군가를 부르면 곤란하니까.

확실히 일처리를 한 뒤 돌아선 순간, 재현의 손이 꿈틀거리며 마지막 발악을 하듯 인우의 발목을 붙잡았지만, 그는 비릿한 미소를 지으며 그대로 재현의 손을 밟아버렸다.

"악!"

비명소리를 뒤로 하고 인우는 세단에게 다가갔다. 여전히 정신을 잃은 상태인 그녀의 모습에 만족하고 휠체어를 끌고서 반대편으로 사라졌다.

재현은 어떻게든 일어나려고 했지만 다리에 힘이 들어가질 않았다. 제대로 숨도 쉴 수가 없었다. 하지만 이대로 가다간 세단이가, 세단이가…….

'빌어먹을, 빌어먹을!'

삐삐삐—

그때, 타이밍 좋게 저 멀리 그의 휴대폰에서 전화가 울렸다. 던지긴 했지만 아예 박살이 나진 않은 듯했다. 누구라도 좋았다. 누구라도 도움을 청해야 했다.

재현은 거의 바닥을 기다시피 다가가 휴대폰을 움켜쥐었다. 그리고 액정에 떠오른 이름.

백하령.

"하아…… 하필이면……"

그래도 지금은 아무 손이나 잡아야 했다.

"여보, 세요……"

[너 목소리가 왜 그래. 무슨 일 있어?]

재현은 밀려드는 통증을 애써 억누르며 한 글자, 한 글자 똑바로 내뱉었다.

"한인우, 한인우 그 자식, 미쳤어. 지금 세단이 납치해서 뭔 짓을 할지 몰라."

[뭐? 누가 누굴 납치해?]

"당장, 지금 당장, 경찰에……. 경찰에 신고해, 얼른!"

[넌 어디야. 넌 괜찮아? 무사해? 천재현!]

길게 말을 할 상황이 아니기에 재현은 전화를 끊었다. 그래도 하령이에게 연결이 닿아서 다행이다. 곧 경찰들이 올 테니까. 그때까지 어떻게든 세단이를 지켜야 해.

재현은 부들부들 떨리는 다리에 힘을 잔뜩 주고서 억지로 몸을 일으켜 세워 인우가 사라진 방향으로 걷기 시작했다.

심방세동 때문에 입원한 게 아니라면 대체 뭐야. 제정신이 아니라고 했는데, 대체 뭐냐고!

'세단아, 박세단. 제발, 제발 무사해야 해. 제발!'

전화가 갑자기 뚝 끊겼다. 하령은 떨리는 목소리로 재현의 이름을 계속 불렀지만 소용이 없었다. 그녀는 바싹 마른 입술을 깨물고서 재현이 한 말을 더듬었다.

한인우가 세단이를 납치했다고? 뭔 짓을 할지 몰라? 설마 충동조절장에 때문인가? 하지만 그렇다고 갑자기 이렇게 극단적으로…….

"일단 경찰에 신고, 신고부터……."

하령은 휴대폰을 들어 올렸다. 그리고 112를 누르려다 문득 손가락을 멈추고서 잠시 망설이더니 백 회장에게 전화를 걸었다. 찰나의 신호음 끝에 들려온 목소리. 하령은 침착하게 상황 설명을 했다. 물론 자신도 대체 일이 어떻게 돌아가는지 알 수가 없었지만.

"그래서 한인우 쪽에 문제가 생긴 것 같습니다. 경찰에 협조를 구할까요?"

[그럴 필요 없다. 어차피 경찰이 와도 눈 가리고 아웅이야. 오히려 수습하기 더 피곤해질 뿐.]

"네? 하지만!"

[일이 새어 나가 한 대표님이 곤란해져서는 안 돼. 병원에 내가 붙여놓은 경호원이 몇 있어. 네가 직접 가서 사태를 수습해라.]

하령은 경호원이라는 말에 휴대폰을 꽉 움켜쥐었다.

설마 미리 이런 일을 대비하고 있었다는 건가?

"설마 회장님은 이런 일이 일어날 것을 예상하고 계셨다는 겁니까?"

[병원에서 기이한 일이 벌어졌다지? 동물의 사체가 발견되는……. 아마 경찰에 신고를 해도 제대로 수사하지 않았을 거다. 내가 막았으니까.]

"대체 뭐 때문에……."

[모두 한인우가 벌인 일이니까. 한 대표님이 당부하신 일이기도 했고.]

"단순한 충동조절장애가 아니란 말씀입니까?"

[일단 그건 나중에. 가서 사태부터 수습해. 그게 제일 급한 일이야! 네

가 책임지고 마무리 지어. 한 대표님도 그러길 바라신다. 때문에 천강진 이사장에게도 비밀로 하고 바로 너에게 부탁한 거야.]

하령은 휴대폰을 내려놓으며 두려움에 떨었다. 대체 뭘 숨기고 있는 거지? 대체 뭘 덮고 있는 거야!

하지만 이러고 있을 시간이 없었다. 분명 재현이도 휘말린 거야. 목소리가 굉장히 안 좋았어. 혹시라도 재현이가 다치게 된다면······.

하령은 휴대폰을 움켜쥐고서 곧장 병원을 향해 달려갔다.

인우는 세단을 병원 B동 창고로 데려갔다. 신축 건물이 들어서며 버려진 공간. 하지만 텅 비어 있어야 할 그곳에는 온갖 그림, 특히나 붉은색이 가득한 그림들이 섬뜩하게 양 벽면을 채우고 있었다.

그는 콧노래까지 부르며 기분 좋게 주머니에서 주사기를 꺼내 들었다. 그러곤 능숙하게 약을 채워 넣고서는 세단의 손목에 다시 주사 바늘을 찔러 넣었다.

잠시 후, 늘어져 있던 그녀가 움찔하면서 이내 눈을 몇 번 깜빡였다. 마치 잠에서 깨어나는 기분이었다. 하지만 순식간에 조금 전 일이 떠오르면서 세단은 재빨리 몸을 일으켜 세우려고 했지만, 몸이 밧줄로 꽁꽁 묶여 있었다. 그리고 바로 옆에서 들려오는 목소리.

"잘 잤어요, 누나."

인우는 다정한 목소리로 말하며 세단의 앞에 쪼그리고 앉았다. 세단은 겁이 났지만 애써 침착하게 그를 노려보았다.

"한인우, 너 지금 이게 뭐하는 짓이야. 당장 풀어!"

"에이, 풀어줄 거면 내가 뭐하려고 이렇게 힘들게 묶었겠어요. 안 그래요?"

인우는 휠체어의 손잡이를 잡고서 세단에게 바짝 다가갔다. 여전히 해맑은 미소를 지은 채 한 손으로 그녀의 얼굴을 쓰다듬었다. 그 손길에 소름이 돋고 저절로 몸이 부르르 떨렸다.

평소의 인우가 아니다. 아니, 이 모습이 본모습인가?

세단은 상황을 정확히 파악했다. 지금 이 녀석에게 납치당했다는 사실을.

"대체 뭘 하려는 거야? 뭘 하려고 날 여기로 데려온 거야?"

"주변을 봐요."

그녀는 기계적으로 시선을 돌렸다. 주변으로 온통 붉은색의 그림이 가득했다.

"혹시 말이야, 여기저기 붉은색을 칠한다거나, 붉은색을 지나치게 좋아한다거나 뭐, 그런……."

재현이 했던 말이 떠올랐다. 재현이는 뭔가 눈치를 챘던 건가? 이 아이가 이상하다는 걸?

그때, 인우가 주머니에서 신문 조각 하나를 세단에게 보여주었다. 불어로 적힌 아주 작은 기사 한 줄.

"이건 미스터 한이라는 미술가에 대한 기사예요. 동물의 피가 섞인 안료를 사용해 그림을 그려 파문을 일으켰다는 뭐, 그런 얘기죠. 그 미스터 한이, 바로 나예요."

세단은 흔들리는 시선으로 인우를 바라보았다.

"병원에서 벌어진 기묘한 일들. 그거 전부 내가 한 거예요. 여기 있는 그림들이 바로 그 아이들의 혼이 담긴 그림들이고. 너무 예쁘죠?"

"하아……."

그럼 동물의 사체에서 피가 없어졌다는 게, 이 아이가 그 피로 저 그림들을 그렸다는 말이야? 저렇게 천진난만한 얼굴을 하고서 이렇게 끔찍한, 끔찍한 짓을…….

"난 피의 붉은색이 좋아요. 피에는 그들의 온갖 감정이 담겨 있어서 그 어떤 붉은색보다 아름답죠. 지금까지는 동물의 피밖에 쓰지 않았지만, 이젠 사람의 피가 보고 싶어요."

인우의 눈동자가 기대감에 가득 차 무척이나 반짝거렸다.

"사람의 시신을 보면서 인체를 완벽하게 알게 되었어요. 이젠 정말 제대로 된 감정을 담은 역작을 그리고 싶어요. 그 첫 번째가 누나예요."

뒤틀린 환희의 시선이 세단을 옭아매기 시작했다.

"누나의 지금 이 모습. 쓸쓸하고 외롭고, 불안정한 그 감정! 그림 그려 준다고 했죠? 지금 그려줄게요. 아주 완벽한 누나의 모습을……. 아주 아름다울 거예요. 누나는 나만의, 아주 최고의 뮤즈가 될 거예요."

환희의 시선에는 어느새 광기가 서려 인우는 자신만의 세상에 갇힌 듯 보였다. 하지만 최고로 행복해 보였다. 이런 끔찍한 일이 그에겐 아주 행복하고 즐거운 일에 불과했다.

인우는 세단의 손목을 움켜쥐었다. 다른 손에는 어떤 약인지 모를 주사기가 쥐어져 있었다.

"걱정 마요. 아프진 않을 거예요. 마취해서 피만 뽑을 거니까. 조금 많이 뽑으면 어지럽긴 하겠지만……."

세단은 온몸을 비틀면서 인우를 밀어내기 위해 안간힘을 썼다.

"대체 그런 약품은 어디서 구하는 거야? 그리고 시신을 본 적 있다고? 대체 어떻게……. 이건 말도 안 돼. 인우야, 정신 차려. 이런 짓을 하면 안 된다고! 나중에 알려지기라도 하면!"

순간, 인우의 입꼬리가 섬뜩하게 치켜 올라갔다.

"누나 바보예요? 내가 지금 이 자리에 어떻게 있는 것 같아요? 심방세동? 정말 그것 때문에 숨어 지낸다고?"

"그럼……."

"반사회적 인격장애. 그중 나는, 소시오패스라고 하더라고요."

소시오패스.

자신의 성공이나 원하는 것을 위해서는 수단과 방법을 가리지 않고 나쁜 짓을 저지르며, 이에 대해 전혀 양심의 가책을 느끼지 않는 사람. 의학적으로는 반사회적 인격장애라고 말한다. 그럼 심방세동이 아니라 소시오패스를 감추기 위해서, 사람들의 눈까지 속이고 이렇게……

"사실 미국으로 갈 때까지 얌전히 집에만 있으려고 했는데, 너무 답답하고 심심해서. 그림도 그리고 싶었고. 그래서 나온 거예요. 내가 원하는 건 뭐든 할 수 있으니까. 다 괜찮다고. 왜냐면 난 남들보다 더 우월한 존재니까. 그러니까 해도 되는 거야."

"……"

"세상에 돈과 권력으로 할 수 없는 건 없거든요. 내가 그들에게 조금의 돈만 쥐어줘도. 아니면 뭔가 엄청난 걸 주겠다고 약속만 해도 내가 숨기고 싶은 건 숨기고, 거짓도 진실로 만들 수 있어요. 지금도 이렇잖아요? 한국재단 이사장, 백 회장, 그리고 백하령이라고 했던가……"

세단은 믿을 수 없는 사실에 고개를 가로저었지만, 인우의 목소리는 점점 커다란 독이 되어 파고들었다.

"그들 역시 전부 돈과 더 많은 권력을 위해서 이렇게 날 필사적으로 감싸주고 있는 거예요. 물론 몇몇은 내가 소시오패스인 걸 몰랐겠지. 그래도 이건 알고 있었어. 충동조절장애. 아버지는 그렇게 거짓말을 하셨거든. 하지만 아무도 그런 말을 뻥긋도 하지 않았지? 그저 심방세동이라고 숨기면서 당신한테만 날 맡긴 거잖아."

충동조절장애……. 그런 말을 들어본 적도 없다. 그냥 WPW증후군에 의한 심방세동. CS 검사만으로도 충분하다고.

그런데 아니었어? 백하령도, 이사장님도 알면서 숨긴 거야? 돈? 권력? 정말 그것 때문에……

"아니야. 이사장님은 그럴 리가…… 그러실 분이 아니야."

그녀는 초점을 잃은 시선으로 메마른 목소리를 내뱉었다. 하지만 인우는 그런 그녀를 잔인하게 짓밟았다.

"세상에 남들보다 높은 자리에 앉은 사람들, 권력 가진 사람들을 믿지 마요. 그들은 그 자리의 달콤함을 너무나도 뼈저리게 잘 알아서 그걸 지키기 위해서라면, 더 큰 달콤함을 위해서라면, 그것이 독으로 바뀌는 줄도 모르고 전부 다 소시오패스가 될 수 있는 자들이니까. 순진하게 믿다가 제대로 뒤통수 맞을지도 몰라요. 날 봐요. 누나가 날 너무 믿어서 결국 이렇게 됐잖아."

인우는 주사기를 움켜쥐었다.

"이 일은 절대로 세상에 알려지지 않을 거예요. 내가 바라지 않거든. 내가 원하지 않거든. 내 어머니와 아버지가 원하지 않는 일이거든! 미스터 한이 결국 누군지 밝혀지지 못한 채 흐지부지 끝난 것처럼. 격리 치료를 받아야 할 내가 VIP병실에서 심방세동으로 CS 치료만 받은 것처럼……."

인우의 목소리가 세단을 뒤흔들며 마침내 옴짝달싹도 못하게 하고서 손목을 붙잡았다. 새하얀 그녀의 손목을 피로 물들이기 위해서. 고작 자신의 말도 안 되는 행복을 위해서.

그리고 이 어린아이의 말도 안 되는 잔혹한 행복을 정말로 그 돈과 권력이 지켜주고 있었다.

세단은 더는 저항할 수가 없었다. 그저 눈을 질끈 감고서 점점 조여오는 공포심을 애써 내뱉지 않았다. 그리고 간절히, 간절히 한 사람만을 떠올렸다.

그리고 마침내 인우가 세단의 손목으로 주사를 박으려는 순간,

쾅!

엄청난 폭발음이 일었다. 인우가 '뭐야!' 하고 외치며 고개를 돌리기도 전에 그의 몸이 붕 떠오르더니 이내 꽝음과 함께 저만치 날아가 버렸다.

"윽!"

인우는 낮은 신음을 토해내며 몸을 일으켜 세우려고 했지만, 다시금 몸이 떠오르면서 이번엔 반대방향으로 날아갔다.

"컥!"

벽에 부딪친 인우는 헛숨을 토해냈고, 그림은 엉망으로 박살 나고 말았다. 그는 숨을 헐떡이며 보이지 않는 뭔가를 향해 소리쳤다.

"뭐야! 누구야, 누구냐고!"

날카로운 바람 소리와 함께 어둠 속에서 짙은 인영이 세단의 옆으로 스르르 나타났다.

어느새 달빛이 창문으로 흘러들며 어둠의 장막이 걷혔다. 차갑게 부서지는 은빛 머리카락 사이로 살기가 내려앉은 섬뜩한 황금빛 눈동자가 위태롭게 인우를 노려보고 있었다.

세단은 돌아보지 않아도 제 어깨를 감싸는 뜨거운 체온에 그가 왔다는 걸 느낄 수가 있었다. 순간 눈물이 울컥 쏟아질 것만 같았다. 공포와 두려움에 갈피를 잃었던 감정들이 녹아내리면서 저도 모르게 떨리는 손으로 그를 붙잡았다.

"여, 여긴 어떻게…… 어떻게……."

목소리에 가득 담긴 울음에 윤성은 사나운 분노를 악물었다. 그리고 그녀의 가는 손을 세게 움켜쥐었다.

그녀가 무사하다, 그녀가…….

그 사실 하나에 두려움과 절망으로 굳게 닫혀 있던 입술이 작은 안도의 숨을 토해냈다.

재현은 절뚝거리는 다리로 계속 걸었다. 인우가 어디로 사라졌는지는 모른다. 그래도 이 방향으로 갔으니까. 그렇게 멀리 가진 못했을 테니까.

"세단아, 박세단, 세단아! 제발, 제발, 대답해!"

참으려고 해도 밀려드는 통증이 자꾸만 숨을 거칠게 틀어막았다. 하지만 멈출 수가 없었다. 이대로 세단이가, 세단이가 잘못되면…….

자꾸만 불안감이 밀려들었다. 생각하지 않으려고 해도 불안감이 슬금슬금 그의 발목을 붙잡았다. 결국 재현은 답답한 마음을 토해냈다.

"대체 어디로 간 거야. 어디냐고!"

그 순간, 휴대폰에서 짧은 소리가 들렸다.

재현은 다급하게 휴대폰을 들어 올렸다. 그리고 문자 내용을 확인했다.

⟨구 건물 B동 창고. 그곳에 그놈이 갔어.⟩

"구 건물, B동 창고……."

그는 황급히 걸음을 뒤로 돌렸다. 그런데 문자를 보낸 사람은 누구지? 하지만 깊이 생각할 틈이 없었다. 그곳에 세단이가 있다. 지금은 세단이를 구하는 게 더 중요해!

재현의 머리 위로 섬뜩한 달빛이 아른거렸다. 그리고 그 빛 너머로 윤성은 멀어져 가는 재현의 모습을 바라보다 이내 순식간에 모습을 감추었다.

"닥터?"

말이 없는 그의 모습에 세단은 걱정이 앞섰다. 그걸 알면서도 윤성은 차마 무슨 말을 할 수가 없었다. 그는 천천히 시선을 돌려 묶여 있는 그녀를 바라보았다. 차가운 분노를 삼키며 그녀를 풀어주고는 그제야 떨리는 손으로 세단의 얼굴을 부드럽게 감쌌다.

세단은 얼굴에 와 닿는 그의 온기에 파르르 떨리는 입술을 깨물고서 마른침을 삼켰다. 그의 손길이 핏기마저 사라진 그녀의 입술을 매만지며 그제야 나직한 목소리를 내뱉었다.

"다치지 않았어? 어디, 어디 상한 건……."

"없어요. 난 괜찮아요. 그런데 닥터가 여길 오면 어떡해요. 그것도 그 모습으로!"

세단은 불안한 시선으로 윤성의 어깨 너머 아직 몸을 제대로 가누지 못하는 인우를 바라보았다. 하필이면 달빛이 너무 밝아서 그의 모습을 들킬 것 같았다.

"얼른 가요, 얼른! 난 괜찮으니까!"

"지금 그걸 말이라고!"

순간, 윤성의 눈빛이 번뜩이면서 세단을 안고 순식간에 옆으로 몸을 피했다. 그리고 찰나에 쾅 하는 소리와 함께 날아온 그림이 두 사람이 있던 자리에 박혔다.

인우는 어느새 비틀거리며 몸을 일으키고는 윤성과 세단을 노려보며 비릿하게 입술을 말아 올렸다. 달빛 아래 드러난 윤성의 기묘한 모습에 인우의 비틀린 입술 너머로 날카로운 웃음이 쏟아졌다.

"뭐야. 저 괴물 새끼는……."

윤성의 품 안에서 세단은 움찔했다. 결국, 들키고 말았어.

"대박. 진짜 뭐야? 뭐 저런 게 다 있어? 진짜 괴물이 여기 있잖아!"

잔인하게 쏟아지는 폭언 속에서 윤성은 덤덤하다 못해 냉정했다. 익숙했고 당연했다. 그래서 이미 무뎌진 말이다. 하지만 그 무뎌짐이 세단은 너무나도 마음이 아팠다.

"닥터, 얼른 가요. 저런 말 듣지 말고 얼른 가요……."

"난 괜찮아. 신경 쓰지 마."

"하지만……."

"지금 상황에선 나 말고 널 걱정해. 엄청 무서웠잖아. 지금도 이렇게 떨고 있을 만큼!"

윤성은 세단을 자신의 뒤로 숨기고 인우를 바라보았다. 인우는 윤성을 무서워하기는커녕 오히려 호기심이 가득한 눈을 하고 있었다. 이미 그의 시선엔 세단은 안중에도 없었다. 그보다 더욱 새롭고 놀라운, 뮤즈를 발견하고 말았으니까.

"진짜 뭐야. 뭐지? 괴물 맞아? 아님 다른 건가? 그게 뭐든 그 피, 참 궁금하네."

"……"

"누나보다 더 궁금해. 더 예뻐. 완전 끝내줘!"

순간 바람 소리가 스치는가 싶더니 윤성의 손이 인우의 멱살을 거칠게 움켜쥐고서 공중으로 들어 올렸다.

인우는 숨이 턱 막히는 상황에서도 가까이 다가온 윤성에게서 눈을 떼지 않았다. 시리게 떨어지는 은빛 너머로 살아 움직이는 듯한 황금빛 눈동자가 정말이지 매혹적이었다. 그 시선에 오롯이 담겨 있는 제 모습이 살이 떨릴 만큼 짜릿했다.

"흐흐, 흐흐흐! 네가 뭐든 정말 갖고 싶군. 갖고 싶어. 내 완벽한 작품으로 만들고 싶어!"

음영이 드리워진 윤성의 얼굴이 서슬 퍼렇게 떨리며 이내 자각조차 하지 못할 만큼 야멸찬 목소리가 사납게 울렸다.

"감히, 누굴 건드려."

"뭐?"

"네가 감히 누굴 건드려!"

윤성은 인우를 벽에 향해 거칠게 밀어뜨렸다. 여전히 그의 손은 인우의 숨통을 쥐고 있었고, 갈비뼈가 부러진 듯 우지끈 하는 소리와 함께 인우는 울컥 피를 토해냈다.

"우욱!"

하지만 이를 바라보는 윤성의 시선은 지독히도 싸늘했다. 인우 역시 마찬가지였다. 그는 피범벅이 된 얼굴을 하고서도 오히려 놀라운 사실을 알아낸 듯 뱀처럼 입을 놀렸다.

"하, 뭐야. 설마 했는데 정말로 누나 구하러 온 거야? 그럼 혹시 당신이, 누나 애인?"

"닥쳐."

"어쩐지 누나가 널 보는 시선이 애틋하다 싶었지. 히히히! 그럼 누나를 불안하고 초조하게 만든 사람이 당신이란 말이네."

처음으로 그의 눈동자가 움찔했다. 그리고 인우는 그 모습을 놓치지 않았다. 설마 했던 생각이 확신으로 바뀌고, 인우는 윤성의 어깨 너머로 보이는 세단을 빤히 바라보며 그를 뒤흔들기 시작했다.

"누나가 왜 그렇게 애인에 대해서 불안해하고, 떠날까 봐 초조해했는지 알겠네. 이런 모습이라면, 이런 괴물이라면 그래, 나라도 곁에 있을 수 없지. 떠나야겠지. 사람이 아닌데. 같이 섞일 수가 없는데."

속삭이듯 울리는 인우의 목소리가 가시가 되어 처음으로 윤성에게 제대로 박혀들었다. 그녀가 불안해하던 이유. 그 이유가 이거였나? 자신이 떠날까 봐? 그걸 벌써 눈치챈 거야?

하지만 윤성은 억지로 정신을 차렸다.

"너 같은 녀석한테 계속 괴물이니 뭐니 소리 듣기 거북한데?"

"그래도 난 겉으로는 사람이지. 당신은 뭐야? 사람이 아닌 건가? 그래서 누나를 떠나려고? 아니면 떠나지 않을 거라고 자신 있게 말할 수 있어?"

차가운 불꽃이 순식간에 타오르면서, 억지로 분노를 참느라 경직된 턱이 파르르 떨렸다. 다른 누구도 아닌 이런 녀석한테 듣고 싶지 않은 말. 하지만 떠나지 않을 거라고 단호하게 말할 수가 없었다.

그 찰나의 흔들림에 인우는 엷은 미소를 짓더니 이내 재빠르게 주머니에서 주사기를 꺼내 그대로 윤성의 손을 긁어버렸다. 주르르 흘러내리는 뜨거운 피. 하지만 고통 따윈 삼키며 윤성은 인우를 잡은 손을 놓지 않았다. 안 그래도 뒤에서 불안하게 바라보는 세단의 시선이 느껴졌다.

"하? 아프지도 않아? 정말 괴물이었네. 그래도 피는 붉어, 아주."

"그 입, 닥치라고 했어."

"누나를 위해 참는 건가? 그 정도로 사랑하는 거야? 아니지. 떠날 거니까 그 정도는 아니지. 대체 왜 다가갔을까. 잠깐의 호기심? 나처럼 가지고 놀려고?"

내쉬던 숨결이 잔뜩 어그러지면서 스스로도 주체하지 못할 힘이 인우의 숨을 조이기 시작했다. 당장에라도 이 녀석을 찢어 죽여 버리고 싶은 충동이 일었다.

잠깐의 호기심? 그딴 게 아니야. 난 절대로 그녀를 그렇게 생각하지 않아. 나는 그녀를. 그녀를……!

"크으으윽!"

숨이 넘어갈 듯, 소름 끼치는 절규가 울려 퍼졌지만 윤성은 손을 풀지 않았다. 정말로 이대로 인우를 죽일 것처럼, 지금 그의 모습은 정말로 흡사 잔혹한 늑대와도 같았다.

"나는 절대, 절대, 절대!"

그때, 타박타박 뛰어오는 소리가 들리더니 이내 뒤에서 다정한 온기가 그의 손을 붙잡았다.

"그만……."

"……."

"이러다 죽어요. 이런 녀석한테 휘말리지 마요. 닥터는 그런 사람 아니잖아!"

세단의 목소리에 윤성은 인우를 잡았던 손을 스르르 풀었다. 인우는 그대로 기절하고 말았고, 세단은 가쁜 숨을 몰아쉬며 그의 얼굴을 붙잡고 자신을 똑바로 보게 했다. 차갑게 휘몰아치던 시선이 그녀를 담는 순간 가라앉기 시작했다.

그녀는 바늘에 찔린 손에서 묻어나는 피를 보고선 그 손을 감싸 안으며 고개를 숙였다.

"미안해요, 나 때문에, 내가, 내가……."

세단의 떨림이 온몸으로 느껴졌다.

윤성은 살짝 일그러진 시선으로 피가 묻지 않은 손을 뻗어 그녀의 고개를 들어 올렸다.

"나를 봐."

"……."

"나를 똑바로 봐. 지금, 네 얼굴이 가장 보고 싶어."

간곡한 그의 목소리에 세단은 결국 눈물을 투두둑 떨어뜨리면서 그제야 윤성의 얼굴을 똑바로 바라보았다. 너무나도 보고 싶었던 얼굴. 미치도록 간절하게 보고 싶었던 사람…….

윤성은 그녀의 모습을 눈에 담고, 담고, 또 담으며 떨어지는 눈물 위로 입을 맞추었다.

불규칙적으로 흩어지던 숨이 서서히 제자리를 찾아가고 있었다. 갈피를 잃었던 심장도 마찬가지. 한순간, 잃었던 모든 것을 찾은 것처럼. 그 짧은 사이에, 그는 그렇게 그녀를 찾아 헤매고 있었다.

그때, 귓가로 낯익은 목소리가 들렸다.

"박세단! 박세단! 세단아!"

점점 가까워지는 목소리는 세단에게도 들릴 정도로 커졌다. 세단은 서둘러 그에게서 벗어나려고 했지만, 윤성은 그녀를 놓아주지 않았다.

"재현이에요."

"나도 알아."

"그럼 얼른 피해야죠! 그 모습 들키면 어떡해요! 난 이제 괜찮아요. 재현이가 왔으니까. 그러니까 어서 가요!"

"……."

"어서요!"

하지만 그의 손이 세단을 놓질 않았다. 이대로 그녀의 곁을 떠나고 싶지 않았다. 천재현, 그에게 보내고 싶지 않았다. 아직도 떨고 있는 그녀

를, 떠나라고 말하면서도 자신을 간절히 바라보고 있는 그녀를. 지금은,
지금은…….

"박세단!"

벌컥 문이 열리면서 재현의 목소리가 크게 울렸다. 세단은 당황했지만
윤성은 침착하게 고개를 돌렸다.

재현은 잠시 눈을 찡그렸지만 이내 서서히 보이기 시작하는 창고의 풍
경에 경악을 금치 못했다. 벽에 걸린 그림들은 전부 붉은색으로 칠해져
있었다. 매캐한 냄새와 더불어 숨 막힐 듯한 공기.

그러다 시선이 닿은 곳에 두 인영이 있었다. 어느새 달빛이 구름에 가
려 자세히 보이진 않았지만.

"세단아?"

분명 세단이와 다른 누군가. 하지만 인우는 아니야. 누구지? 얼핏 빛이
나는 것 같다. 은빛 머리카락. 그리고 굉장히 낮고 거친 호흡.

재현은 저도 모르게 한 걸음을 앞으로 당겼다.

세단은 이쪽으로 걸어오는 재현의 발소리에 더더욱 다급해진 마음으로
윤성의 손을 억지로 떼어냈다.

"어서 가요!"

달빛이 다시금 서서히 빛을 되찾기 시작하고, 재현의 시야가 밝아지려
는 순간, 윤성은 이를 악물고서 순식간에 재현의 옆을 스쳐 지나갔다.

엄청난 바람이 일었고, 재현은 흠칫하며 고개를 돌렸지만 아무것도 보
이지 않았다. 아무것도. 하지만 분명.

'뭔가가 내 옆으로 지나갔어. 뭔가가……. 뭐지? 그건 대체…….'

"재현아!"

세단은 혹여 재현이 뭔가를 눈치챌까 봐 다급하게 그를 불렀고, 재현
은 그제야 세단을 향해 달려갔다.

"세단아, 괜찮아!"

바닥에 널브러진 세단은 여기저기 조금 뒹군 흔적이 있었지만 그래도 다친 곳은 없어 보였다.

그녀가, 무사하다. 무사해.

그는 재빨리 세단을 안았다. 그녀는 혹시 몰라 정신을 잃은 척 눈을 감아버렸고, 재현은 다급하게 그녀의 이름을 불렀다.

"세단아, 세단아! 정신 차려, 박세단!"

이럴 시간이 없었다. 재현은 재빨리 세단을 업고서 창고를 나갔다. 그리고 타이밍 좋게 도착한 하령이 재현을 불렀다.

"재현아!"

구 건물 B동 창고에 있다는 재현의 문자를 받고서 하령은 다급하게 이곳으로 달려왔다. 그리고 엉망이 된 몰골을 하고 있는 재현의 모습에 잔뜩 일그러진 표정으로 그를 붙잡았다.

"괜찮아? 어디를 얼마나 다친 거야!"

차마 어디 하나 손을 댈 수가 없었다. 하지만 재현은 그런 하령에게 차갑게 외쳤다.

"세단이는 안 보여?"

"뭐?"

"됐어, 됐고. 경찰은? 경찰은 어디 가고 경호원뿐이야?"

"그, 그게……."

하령과 함께 도착한 경호원은 재빨리 창고로 가 기절한 인우를 데리고 나왔다.

하령은 어떻게든 재현을 보내기 위해 세단을 핑계로 내세웠다.

"경찰은 곧 올 거야. 일단 내가 먼저 여길 수습하려고 온 거고. 너도 너지만 세단이도 많이 안 좋은 것 같은데 얼른 병원부터 가. 그게 우선 아니야?"

"……나중에 다시 보자."

하령에게 일을 맡기는 것이 꺼림칙하기는 했지만 그녀의 말대로 세단이가 더 급했기에 재현은 어렵사리 걸음을 옮겼고, 하령의 눈짓에 다른 경호원이 재현을 부축했다.

그들이 완전히 사라진 후에야 하령은 조금 긴장을 풀어내며 여전히 정신을 잃은 채인 인우를 바라보았다.

대체 무슨 일을 벌인 거지? 도대체 백 회장님과 한 대표님은 무엇을 서로 주고받았기에…….

"일단 이분은 제가 데리고 가겠습니다. 한 대표님이 급하게 모셔오라고 하셔서…….."

"그렇게 하세요. 보는 눈 없도록 조심하고요."

"네."

재현은 세단을 입원실로 데려가 안정을 취하게 하고 잠시 자리를 비웠다. 그사이에 세단은 천천히 눈을 뜨고서 몸을 일으켜 세웠다. 무섭긴 했지만 다친 곳은 없었다. 전부 그가 지켜준 덕분에……. 하지만 그가 다치고 말았다. 마치 아프리카에서처럼. 그래도 괜찮겠지? 늑대인간이니까. 금방 나을 거라고 그랬으니까. 아직 저렇게 달도 떠 있으니까 금방 괜찮아질 거야.

그가 그렇게 흔들리는 모습은 처음이었다. 괴물이라고 불릴 때도 안타까울 정도로 냉담했는데, 다른 말에 그가 흔들리고 말았다.

인우가 무슨 말을 하는지 제대로 들리진 않았지만, 하필이면 너무나도 뚜렷하게 들렸던 하나.

"그래도 난 겉으로는 사람이지. 당신은 뭐야? 사람이 아닌 건가? 그래서 누나를 떠나려고? 아니면 떠나지 않을 거라고 자신 있게 말할 수 있어?"

그는 대답하지 않았어. 그 상황에서도 대답을 하지 않았어…….

세단은 이불을 꽉 붙잡고 눈을 질끈 감았다. 애써 생각을 다른 곳으로 돌리려고 해도 또 다른 말이 머릿속을 맴돌며 그녀를 괴롭혔다.

"한국재단 이사장, 백 회장, 그리고 백하령이라고 했던가……. 그들 역시 전부 돈과 더 많은 권력을 위해서 이렇게 날 필사적으로 감싸 주고 있는 거예요."

"세상에 남들보다 높은 자리에 앉은 사람들, 권력 가진 사람들을 믿지 마요. 그들은 그 자리의 달콤함을 너무나도 뼈저리게 잘 알아서 그걸 지키기 위해서라면, 더 큰 달콤함을 위해서라면, 그것이 독으로 바뀌는 줄도 모르고 전부 다 소시오패스가 될 수 있는 자들이니까. 순진하게 믿다가 제대로 뒤통수 맞을지도 몰라요. 날 봐요. 누나가 날 너무 믿어서 결국 이렇게 됐잖아."

이번 일에도 하령이가 있다. 그리고 하령의 아버지와 이사장님까지…….

인우가 말하는 돈과 권력. 하지만 아직은 잘 모르겠고, 알고 싶지도 않았다. 그것 때문에 하령이를 잃었다. 그러니까 더는 그렇게, 그렇게 누구도 잃고 싶지 않아.

입원실에서 빠져나와 엘리베이터 쪽으로 걸어간 재현은 고개를 돌렸다. 그 앞에 하령이 애써 침착한 표정을 가장하며 서 있었다.

"너 많이 다쳤어."

"알아."

"가자. 내가 데려다줄게."

그녀는 손을 뻗었지만, 재현은 그 손을 피한 채 벽을 짚고서 걸음을 옮겠다.

"한인우는?"

불안한 시선으로 재현을 바라보며 하령은 어렵게 입을 열었다.

"한 대표님이 데려갔어."

"하? 뭐? 그냥 그렇게 데려가? 그런 짓을 벌이고도 그냥 그렇게 갔다고! 경찰은? 부르지도 않았지? 처음부터 부를 생각도 없었던 거지!"

"······미안해."

"나한테 사과할 게 아니라 세단이한테 해야지! 걔가 무슨 꼴을 어떻게 당했는지 알아? 제대로 설명해 봐. 도대체 왜 이런 일이 생긴 건지. 단순한 심방세동이 아닌 거지? 그렇지! 처음부터 심방세동으로 언론까지 피하는 건 말이 안 된다고 생각했어. 대체 넌 뭘 숨기고 있는 거야? 어떤 자식을 세단이한테 맡긴 거야!"

잔뜩 억눌린 목소리가 분노를 토해내며 하령을 흔들었다. 도저히 참을 수가 없었다. 이 모든 상황을 그저 방관만 한 그녀를.

하지만 하령은 그 어떤 말도 할 수가 없었다. 그런 자신이 한편으론 조금 무서웠다. 정말로 재현이 말처럼 이렇게까지 된 상황에서도 자신은,

'계산을 하고 있어. 정말로 말해도 되는지. 내 말 한마디에 내 위치가 어떻게 흔들리게 될지······.'

재현이 다시금 사납게 하령을 다그치려는 찰나, 멀리서 강진이 걸어오고 있었다.

"아버지······."

하령은 재현의 말에 흠칫 놀라 고개를 돌렸다. 그는 눈에 띄게 창백해진 얼굴이었다. 이사장님은 지금 이 상황에 대해서 전혀 모르고 계실 텐데······.

천강진은 속내를 알 수 없는 표정으로 하령에게 다가와 손을 뻗었다.

"이사장님?"

"휴대폰 좀 빌려주겠나?"

"네?"

"어서."

위압감이 느껴지는 묵직한 한마디에 하령은 결국 자신의 휴대폰을 강진에게 건네주었다.

그는 망설임 없이 백 회장에게 전화를 걸었다.

[한 대표님이 이번 일을 수습한 것에 나름 만족하셨다. 나머지 일도 부탁하마. 그리고 납치당했다던 그 여자는⋯⋯.]

"백 회장."

[⋯⋯.]

"아무리 지난날 내가 그런 일을 했다고 하지만 두 번은 안 돼. 다른 사람 목숨을 더는 위험하게 할 수 없어. 게다가 내 병원에서 나 몰래 이렇게까지⋯⋯. 솔직히 아주 불쾌하네."

하령은 불안한 시선으로 강진을 보았다. 재현은 알 수 없는 말이 오가는 것을 지켜보았다. 분명 백 회장이라고 했는데. 지난날? 그게 뭐지?

[다, 알고 있었군. 숨긴 건 미안하네. 하지만 이 사실을 알리겠다? 한 대표님이 가만히 있지 않을 거야. 그게 무슨 의미인지 모르진 않을 텐데? 나뿐만 아니라 한국재단도 위태로워져.]

"⋯⋯."

[이번만 덮어. 조용히 넘어가. 그 피해자 의사, 재현이 친구이자 그 사람 딸 맞지? 이렇게 빚이 생기는군. 참 유감이야. 하지만 한편으론 자꾸 우리랑 안 좋게 엮이고 있어. 악연이 계속 악연으로 엮이는 건 좋지 않아. 훗날에는 분명 더 큰 악연으로 부딪히게 될 수 있으니까.]

"그래서?"

[재현이를 위해서라도 좀 멀리 치우는 게 좋겠어.]

"내가 알아서 할 일이야."

[그래. 자네가 알아서 하겠지. 그럼 이번 일은 덮는 걸로 알고 넘어가겠네. 자네가 알고 있다면, 뒤처리 깔끔하게 부탁하네. 자네의 마지막 경고는 알아들었으니까. 이번이 마지막이야.]

그렇게 전화가 끊기고 강진은 무거운 표정으로 휴대폰을 하령에게 돌려주었다. 하령은 흔들리는 시선으로 강진을 바라보았지만 그는 아무런 말이 없었다. 분명 뭔가를 알고 계시는 것 같은데. 어디서부터 어떻게…….

"뭔가 알고 계신 거죠? 말씀해 주세요, 아버지!"

강진은 재현의 모습을 살폈다.

"치료부터 받아야겠다. 김 과장에게 내가 말해놓으마."

"말씀부터 해주세요. 백 회장님과 대체 뭘 감추고 계신 거예요!"

"……인우는 심방세동이 아닌 충동조절장애 때문에 여기 입원한 거다."

"하?"

"하지만 그것도 위장이야. 사실은, 반사회적 인격장애. 소시오패스다. 특정한 것에 지나치게 집착해서, 그것을 위해 살인 충동까지 느끼고 있어. 그 사실을 숨기고 있는 거다."

재현은 그만 말문이 막혀 버렸다.

소시오패스? 살인 충동이라고?

재현은 사나운 눈으로 하령을 노려보았지만, 하령은 크게 놀란 얼굴로 고개를 가로저으며 변명했다.

"난, 몰랐어. 이번엔 진짜로 몰랐어! 그냥 충동조절장애로만 알고……."

"이 일은 내가 알아서 처리하마. 우리 병원에서 생긴 일이니까. 재현이 넌 제대로 치료받고."

강진은 잠시 세단이 머물고 있는 병실 쪽을 바라보다 돌아섰다.

강진이 사라지고 단둘이 남게 되자 재현은 미련 없이 돌아섰다. 하지만 하령이 재빨리 그의 앞을 가로막았다. 아무 말 없는 모습이 더 두려웠다.

"정말로 믿어줘. 난 진짜로 몰랐어, 진짜!"

"아니. 혹여 알았다고 하더라도 넌 숨겼을 거야."

덤덤하게 내뱉는 재현의 한마디에 하령은 그대로 심장이 쿵 떨어져 나가는 느낌이 들었다.

"……뭐?"

"충동조절장애라는 걸 숨긴 건 사실이잖아. 거기서 다른 병이었다고 하더라도 넌 똑같이 숨겼을 거라고. 네가 원하는 걸 얻기 위해서. 아니야?"

"나, 나는…… 나는……."

"백하령. 너 진짜 무서운 애가 됐구나. 진짜 무서워. 이렇게까지 할 수 있을 줄 몰랐는데. 정말 이것이 네 진심이라는 걸 뼈저리게 깨닫게 됐어. 아무리 지금은 멀어졌다고 하지만 그래도 넌 세단이 친구였잖아! 이대로 정말 세단이가 잘못된다면, 괜찮을 수 있어? 아무렇지 않을 수 있냐고! 처음엔 그래도 널 조금이라도 믿었는데, 이젠 진짜 모르겠다. 정말, 아무렇지 않을 것 같아서. 그럴 것 같아서……."

"……."

"앞으로가 더 무서워. 소시오패스라고? 그게 그렇게 멀고 먼 병은 아닌 것 같다."

하령은 재현을 붙잡을 수가 없었다. 감추지 못할 만큼 손이 떨려왔으니까. 정말로 덩그러니 버려진 느낌이 들었다. 하지만 재현이 말한 대로, 자신은 무섭게 변했는지도 모른다. 재현과 세단의 비밀을 숨기고, 감추고, 그걸 이용하겠다고 마음먹은 그 순간부터.

"나는, 더 이상 내가 아니야. 하지만 후회할 순 없잖아. 후회하면 정말로 끝인데."

그러니까 계속 가야지. 끝까지 가는 수밖에 없잖아. 그렇게 계속 가다 보면, 언젠가는 너도 반드시 날 이해해 줄 거야. 그럴 거야.

재현은 대충 치료를 받고 다시 세단에게 향했다. 그녀는 아직도 자고 있었다. 많이 놀라서 그런 거라고, 다친 곳은 없다고 했다. 재현은 헝클어진 그녀의 머리카락을 쓸어내렸다. 지금 이렇게 제 눈앞에 무사히 있어주어서, 이렇게 손으로 만질 수 있어서 너무나도 감사할 뿐이었다.

재현은 휴대폰을 꺼냈다. 액정은 금이 갔지만 그래도 전원은 들어왔다. 그는 문자 하나를 뚫어져라 쳐다보았다. 세단이 있는 곳을 알려준 누군가. 그리고 인우로부터 세단을 구한 누군가.

재현은 잠시 망설이다 문자가 온 번호로 전화를 걸었다. 하지만 전화는 꺼져 있었다.

"누구지, 대체……."

은빛 머리카락, 짐승의 그것 같았던 거친 호흡, 온몸으로 전해지던 소름 돋는 차가운 느낌.

얼핏 본 것은 그게 전부. 솔직히 눈으로 보고도 믿어지지 않아서 허상을 본 게 아닌가 하는 착각이 들 뿐이었다. 하지만 허상은 아닌데. 분명 아닌데…….

사람 같지 않았던 기묘한 인영.

'마윤성……'

저도 모르게 누군가의 이름을 내뱉고서 재현은 흠칫했다.

"하, 지금 무슨 말도 안 되는……."

재현은 갑자기 떠오른 이름에 헛웃음이 돌았다. 자각조차 없이 내뱉고 말았다. 여기서 그 사람이 왜 나오냐고.

"재현아……."

잔뜩 잠긴 세단의 목소리에 재현은 정신을 번쩍 차리고 고개를 들었다.

"깼어? 좀 더 자지. 아직 10시도 안 됐어."

"나, 레지던스에 가고 싶어."

"지금? 그냥 있어. 넌 좀 쉬어야 해."

"쉬어도 거기가 편해. 괜한 소문 돌게 하고 싶지 않아."

그보단 닥터가 걱정이었다. 아무리 괜찮다고 스스로를 다독여도 머릿속에서 떠나질 않았다.

"그게 나을 것 같아?"

"응……."

"알았어. 데려다줄게."

"넌 좀 괜찮아? 다친 것 같던데."

"나아졌어. 신경 쓰지 마. 지금은 네가 더 힘들잖아."

재현이 잠시 병실을 비우고, 세단은 물끄러미 창문을 바라보았다. 여전히 둥근 달이 떠 있었다.

재현은 세단을 레지던스까지 데려다주었다. 혼자 걸을 수 있다고 말했는데도 재현은 끝까지 집 앞까지 따라왔다.

"너도 얼른 들어가서 쉬어."

"내일 굳이 병원에 나오지 않아도 돼."

"아니야. 가서 할 일이 있잖아."

"그건 그렇지만……."

세단은 억지로 웃으면서 재현의 등을 떠밀었다.

"나 진짜로 괜찮아. 환자 아니라니까? 오늘만 좀 힘들고 내일이면 다시 나아질게. 그나마 난 얼굴이라도 괜찮지. 넌 지금 얼굴에 피멍 들었어. 가서 그 멍이라도 좀 가라앉혀."

"알았어. 진짜 괜찮은 건지, 아니면 괜찮은 척하는 건지는 모르겠지만 그래도 그럴 정신이 있다니 다행이다."

재현은 세단이 떠미는 통에 애써 알겠다고 하면서 걸음을 돌리려다 저도 모르게 그녀의 옆집을 바라보았다. 그러고 보니 그가 그녀의 옆집에 산다고 들었는데.

"마윤성 교수님 말이야."

"응?"

"옆집에 산다고 했지?"

"아, 응……."

"저 집이야?"

재현은 손가락으로 가리키다가 이내 그쪽으로 걸음을 옮겼다. 세단은 당황해서는 저도 모르게 재현을 붙잡았다.

"왜, 왜 그러는데?"

"괜찮다고 말하긴 하지만, 그래도 후유증이라는 게 있으니까. 마 교수님 오늘 일찍 퇴근하신 거 들었어. 그럼 집에 있을 거 아니야. 네 남자 친구니까, 너 좀 봐달라고 하려고."

"그럴 필요 없어! 나 진짜 괜찮아!"

재현은 어쩐지 불안해 보이는 세단의 모습에 자꾸만 창고에서 보았던 그 의문의 인영이 떠올랐다.

뭐가 이렇게 신경 쓰이는지 모르겠지만. 저도 모르게 마윤성, 그를 떠올린 것도 그렇고. 묘하게 거슬리는 게…….

재현은 그대로 윤성의 집 문을 두드렸다. 세단은 재현을 말리려고 했지만 소용이 없었다. 뭔가 확신에 찬 눈빛으로 문을 두드리는 그의 모습에 세단은 숨이 막힐 듯이 심장이 쿵쾅거렸다.

'뭐지? 재현이가 뭔가를 봤나? 눈치를 챈 건가? 여기서 안 된다고 말리면 더 의심할 것 같아.'

"마 교수님! 집에 계신가요? 마 교수님!"

그래, 그가 나올 리가 없어. 그럴 리가 없지. 그 모습으로 재현이 앞에 나올 수가 없잖아. 괜히 걱정하지 마. 자연스럽게 재현을 돌려보내면 돼.

세단은 문을 두드리는 재현의 손을 붙잡았다.

"교수님 집에 안 계신가 봐. 괜히 그렇게 소란 떨지 말고 그냥……."

하지만 그때, 철컥 하는 소리와 함께 문이 열렸다. 세단은 눈을 크게 뜨고서 움켜쥔 재현의 손을 툭 떨어뜨렸다.

뭐지? 아직, 밤인데 그 모습으로, 그 모습으로 나올 리가 없는데!

'설마, 정체를 밝히려는 거야?'

3. 모든 것은 신기루였다

벌컥 문이 열리면서, 세단은 혹시 이대로 그가 정체를 밝히고 사라질까 봐, 그런 불안감에 저도 모르게 재현의 앞을 가로막아 버렸다.

오해를 한다고 해도 좋아. 의심이 더 커진다고 해도. 지금만 어떻게 막으면!

"재현아, 우리 그냥!"

"마 교수님……."

재현은 세단의 어깨 너머로 모습을 드러낸 윤성을 바라보았다. 세단은 파르르 떨리는 시선으로 재현을 바라보다 아주 천천히 고개를 돌렸다. 그런데, 문을 열고 나온 윤성의 모습은 평소와 똑같았다. 조금 창백해 보이고 피곤한 기색이 가득한 걸 빼면.

'늑대인간의 모습이, 아니야…….'

세단은 다급하게 하늘을 바라보았다. 그런데 달이 제대로 보이지 않았다. 대신 붉은 유성우로 인해 하늘이 붉은빛을 띠고 있었다.

'그러고 보니 오늘 유성우가 내린다고. 그래서 보름달의 기운이 약해진

건가?'

윤성은 문고리를 꽉 붙잡고서 낮은 숨을 삼키며 불편한 기색이 역력한 시선으로 재현을 바라보았다.

"대체 무슨 일입니까? 이 밤중에 그렇게 문을 크게 두드리고."

"아, 죄송합니다. 그런데 어디 안 좋으신 겁니까?"

"감기 기운이 좀 있습니다."

"마 교수님이 감기라……. 조금 의외네요."

"저도 사람입니다. 근데 고작 그런 거 물으려고 오신 건 아닐 테고."

재현은 자신의 말도 안 되는 의심을 탓하며 미안한 표정으로 입을 열었다.

"세단이가 오늘 입원을 좀 했었습니다. 자세한 내용은 후에 물어보시고, 혹시 후유증이 있을지도 모르니까 마 교수님이 좀 살펴주셨으면 하는데……."

윤성은 그제야 그녀를 보았다. 여전히 낯빛이 좋지 않아 보이는 모습에 저도 모르게 거친 호흡을 삼키며 그녀의 손목을 잡고 끌어당겼다.

세단은 그대로 그에게 안겨들었다. 몸이 너무나도 뜨거웠다. 원래도 비정상적으로 체온이 높지만 이건 그 정도 수준이 아니었다. 게다가 식은땀과 더불어 심박수도 이대로 터지는 게 아닌가 싶을 정도로 기이하게 꿈틀거렸다.

'닥터, 진짜 아픈 거야?'

윤성은 여전히 재현을 바라보며 세단을 안은 손에 힘을 가할 뿐이었다.

"이렇게 직접 친절하게 말해주셔서 감사합니다. 저도 감기 때문에 조금 힘들었는데, 오늘 밤은 서로 같이 돌봐주면 되겠군요."

재현은 심장에 다시 알싸한 통증이 일었지만, 이내 엷은 미소를 지으며 고개를 끄덕였다.

"그럼 좋겠네요, 서로 의사니까. 저도 마음이 편할 것 같습니다."

"천 실장님도 몸이 불편해 보이시는데…… 몸조심하십시오. 조만간 천 실장님께 물어보고 싶다고 한 거, 물어볼 생각이니까."

세단은 윤성의 말에 움찔하여 고개를 들었지만, 재현을 바라보는 그의 시선이 심상치가 않아 보였다.

'대체, 뭐지?'

"그게 뭔지 모르겠지만, 기대하고 있겠습니다. 그럼 이만."

재현은 세단을 한 번 더 살핀 뒤 천천히 걸음을 돌렸다. 이내 뒤에서 문이 닫히는 소리가 들렸다. 그는 살짝 걸음을 멈추고서 씁쓸한 한숨을 내쉬었다. 제 손으로 세단이를 저자에게 보내는 날이 있을 줄이야. 그래도 마 교수와 함께 있다면 안심이었다.

'말도 안 되는 그 쓸데없는 생각은 지우자. 문자의 주인이 누구인지, 거기 있었던 사람이 누구인지는 나중에, 나중에 밝히면 돼.'

그보단 마윤성, 대체 그는 내게 무엇을 물어보려고 하는 거지? 어쩐지 나를 보는 눈빛이 굉장히…… 사나웠는데…….

윤성은 문을 닫고 재현의 발소리가 완전히 멀어진 후에야 뜨거운 숨을 내쉬며 느리게 눈을 감았다.

"닥터, 괜찮아요? 많이 아픈 거예요?"

그는 열기 때문에 흐릿한 시야로 세단을 바라보았다. 그제야 그녀가 완전히 제 곁으로 돌아온 느낌이 들었다. 윤성은 살며시 입술을 말아 올리며 비틀거리는 몸을 온전히 그녀에게 기대었고, 세단은 잔뜩 굳은 표정으로 윤성을 품에 안았다.

"어디 좀 봐요. 열이 너무 나. 평소보다 체온이 더 높은 거죠? 열나는 거 맞죠? 설마 상처 때문에……."

그녀는 윤성의 상처를 살피려고 했지만, 윤성은 세단이 꿈쩍하지 못하도록 강하게 끌어안으며 귓가에 입을 맞추었다.

열기에 취한 뜨겁고 낮은 음색이 어느새 그녀를 다정하게 감싸 안았다.

"놀라지 마. 녀석이 주사에 뭔가를 넣었나 봐. 그것 때문에 조금 어지럽지만, 곧 괜찮아질 거야. 말했잖아? 난 스스로 회복이 가능하다고."

윤성은 불안해 보이는 세단의 눈동자를 가만히 바라보았다. 그의 모습이 다시 서서히 변하고 있었다. 쏟아지던 유성우가 멈췄는지 달이 온전히 제 빛을 찾아가며 까만 머리카락 위로 은빛이 쏟아지고, 세단을 품은 눈동자 역시 황금빛으로 출렁이며 위험스럽게 떨렸다.

"놀랐어요, 갑자기 나와서……."

"달의 기운이 잠시나마 가려져서 다행이야. 혹시라도 조금 의심했다면 이걸로 완전히 풀렸을 거야."

"그러게 왜 그런 거예요. 얼른 피했어야지. 닥터답지 않았어. 내가 얼마나 조마조마했는데……."

"네 옆에 내가 있고 싶어서."

뜻밖의 한마디에 세단은 숨을 멈추었다. 달뜬 심장이 빠르게 요동치며 그의 애달픈 음색에 저도 모르게 주춤했다. 윤성은 한 팔로 그녀의 허리를 감싸고 다른 손으로 그녀의 머리카락을 움켜쥐며 한쪽 뺨을 오롯이 품었다.

"천재현이 아니라 내가 끝까지 너랑 있고 싶었어. 널 그대로 두고 가고 싶지 않아."

귓가에 그의 낮고 뜨거운 음색만이 가득 차올라 온몸으로 감미롭게 뻗어가는 느낌에 세단은 움찔하여 그의 어깨를 붙잡았다. 위험하면서도 은밀한 속삭임.

그녀의 뺨을 쓰다듬던 손길이 차츰 아래로 내려가며 입술을 쓸어내렸다. 그 손길이 너무나도 나긋하면서도 위태로운 열기를 뿜어내고 있었다.

"계속, 아주 많이. 네 걱정만 했어."

처음으로 약해진 감정을 속삭였다. 정말이었으니까. 그녀의 비명 소리를 듣고, 달려가는 내내 이대로 그녀를 잃을까 봐 얼마나 불안했는지 모른다.

바로 옆에 있으면서도 지키지 못할 뻔했다. 이러다가 마지막 그날, 그녀를 제대로 지켜주지 못한다면? 그래서 그녀를 잡은 이 손을 영영 놓치게 된다면?

"닥터? 닥터, 날 봐요."

세단은 다급하게 윤성을 불렀다. 어쩐지 넋을 잃은 것처럼 멍한 그의 시선에 그녀는 강하게 그를 붙잡았다. 저를 이토록 걱정해 주는 것도, 그만큼 생각해 주는 것도 너무 기쁘고 설렜다.

"날 똑바로 봐요. 닥터답지 않게 왜 그렇게 나약한 말을 해요. 나 닥터가 걱정되기도 했지만, 너무 보고 싶어서 이렇게 온 거예요. 당신 얼굴 제대로 보여줘요."

그녀는 윤성과 제대로 눈을 마주했다. 그러곤 엷은 미소를 지으며 불안해 보이는 그를 다정하게 다독여 주었다.

"당신, 모르죠? 내가 얼마나 불안한지. 그때처럼 사라질까 봐, 그럴까 봐, 그게 얼마나 무서운지……."

"……."

"이제야 당신도 누군가 없어질지도 모르는 불안감을 느낀 거니까, 나한테 잘해요. 절대로 멀어지지 말고 항상 내 옆에 있어야 해요. 나는 절대로 당신 떠나지 않을 거니까. 내가 잘못되는 일은 없어요."

대답을 원하고 한 말이었지만 윤성은 그녀가 원하는 대답을 해주지 않았다. 그저 세단에게 살며시 다가가 입을 맞추고, 그녀의 숨결을 한껏 머금고서 짧고도 길었던 순간의 불안을 털어내고 있었다.

그녀 역시 조금 더 깊게, 조금 더 강하게 그를 취하면서 온전히 그를 느끼고 싶어 했지만 목에 가시처럼 걸려 있는 불안감까지 완전히 떨쳐낼 수는 없었다.

'계속 내가 원하는 대답을 하지 않고 있어. 그 짧고 사소한 대답 하나 제대로 해주지 않아.'

빙 둘러서 그런 걸까? 직접적으로 얘기를 해야 하는 걸까? 두렵지만, 무섭지만 제대로 마주 봐야 하는 걸까?

격렬한 호흡 끝에 두 사람은 천천히 서로를 놓아주었다. 세단은 여전히 뒤로 숨긴 그의 손이 걸렸다. 그래서 괜찮다는 걸 억지로 잡아끌어 상처를 살폈다. 제대로 긁힌 덕분에 깊이 찢어진 상처가 눈에 들어왔다.

"구급상자 있죠?"

"있으면?"

"상처 치료하려고요."

"괜찮아, 그냥 둬도……."

세단은 윤성을 억지로 일으켜 세웠다. 그리고 단호한 목소리로 소리쳤다.

"아프리카 때도 그러더니! 닥터는 자기 자신이 아픈 건 신경도 안 쓴다니까요! 아무리 놔두면 그냥 낫는다고 해도 아픈 건 똑같잖아요. 그리고 내가 안 괜찮아요. 내가 속상하다고요! 그러니까 가만히 치료 받아요."

윤성은 군말 없이 세단의 손에 끌려가면서 피식 웃었다.

"하여튼 쓸데없이 고집은."

"근데 재현이한테 물어본다는 게 뭐예요?"

순간 그의 눈동자가 움찔했지만 세단은 미처 살피지 못했다.

"뭐, 그냥, 나중에 얘기해 줄게."

세단은 지금 중요한 건 그게 아니라고 생각했는지 이내 대수롭지 않게 고개를 끄덕였다. 그녀는 윤성을 억지로 침대에 눕히고서 구급상자에서 밴드와 약품을 찾기 시작했다. 찢어진 부분은 봉합을 해야 했지만, 지금은 도구가 없어서 임시방편이라도 해야 했다.

"내일 병원 가서 봉합해요."

"이 정도 상처는 내일 아침이면 멀쩡해질 거야."

"어디 봐요."

세단은 고개를 돌려 손짓했고, 윤성은 순순히 침대 옆쪽으로 몸을 숙였다. 세단은 윤성의 이마에 제 이마를 대고서 눈을 감았다.

"열도 아까보단 떨어진 것 같아요."

"그러게 걱정 말라니까."

하지만 세단은 윤성의 상처를 계속 살폈다. 윤성은 그 모습을 가만히 바라보다 나직이 이름을 불렀다.

"세단아."

순간 세단은 전기에 감전된 사람처럼 몸을 움찔했다. 처음이었다. 그가 이름을 부른 건. 윤성은 그녀와 손가락을 엮고서 살며시 끌어당겼고, 세단은 가만히 고개를 들었다. 이윽고 그의 입술이 그녀의 입술 위로 속삭이듯 파고들었다.

뜨겁게 더듬어오는 혀끝이 순식간에 입술을 벌리며 깊숙한 숨을 토해냈다. 서늘하게 빛나는 은빛 머리카락이 그녀의 새하얀 목덜미 위로 간지럽게 내려앉았고, 감미롭게 시작한 키스는 턱을 밀어 올리며 어느새 격렬한 움직임에 사로잡혔다. 그는 세단의 혀를 더듬으며 입술을 마음껏 취했다. 타액이 뒤섞이고, 타는 듯한 뜨거운 전율이 한꺼번에 밀려든다. 진한 그의 체취에 세단은 저도 모르게 야릇한 신음을 내뱉었지만, 윤성은 그 신음마저도 빨아들이며 멈출 수 없는 소용돌이 속으로 그녀를 밀어 넣었다.

세단은 달콤하면서도 격하게 속삭이는 그의 입술을 받아들이며 두 손으로 그의 은빛 머리카락을 한가득 끌어안았다. 짜릿한 호흡이 점점 야릇하게 뒤엉키며 온몸이 흐물흐물 녹아내릴 것만 같았다.

오늘 밤은 심장이 제대로 남아나질 못할 것 같았다. 평소보다 은근히 적극적이면서 어쩐지 사랑스러워 보이는 모습까지!

이게 바로 저 달의 힘이란 말인가! 정말이지 사랑스럽고 사랑스러운 달이 아닐 수 없구나!

이른 새벽. 세단은 윤성의 침대에서 깊은 잠에 빠져 있었고, 윤성은 한숨도 자지 못한 채 그녀의 옆을 지키며 허공을 응시하고 있었다. 원래의 모습으로 돌아온 윤성의 까만 눈동자엔 지독히도 냉랭한 기운이 감돌았다.

결국 그는 복잡한 표정을 띠며 세단의 이불을 잘 다독이고는 깊이 잠든 것을 다시 한 번 확인했다. 저도 모르게 허무한 미소가 스쳤다. 남녀가 한 공간에, 그것도 자신이 가장 위험한 순간인데도 이렇게 저를 믿고 잘도 자다니.

물론 윤성은 예전처럼 보름달의 기운에 잠식당하지 않았다. 그건 조금 신기한 일이었다. 하지만 매 순간순간 위태롭게 흔들리긴 했다. 오직 박세단, 그녀에게만 흔들리고, 무너지고, 떨리며 영원히 움켜쥐고 싶었다.

"하……."

윤성은 거칠게 고개를 가로저으며 자리에서 일어섰다. 지금, 너무 위험한 생각이 파고들었다. 절대로 말도 안 되는. 설마, 설마…….

'각인……. 아니야, 절대.'

그는 방을 빠져나와 서재로 향했다. 그저 머릿속이 너무나도 복잡하고 답답해서 그런 것뿐이다. 왜냐면 파헤친 진실이 너무 가혹했으니까.

윤성은 책상 서랍을 열어서 자료를 하나 꺼냈다. 그것을 응시하는 그의 눈동자 위로 낮은 분노가 휘몰아쳤다.

그가 손에 쥔 것은 바로, 천재현의 심장 수술 기록이었다.

아까, 재현을 피해 먼저 창고를 빠져나왔던 윤성은 멀리서 세단이 무사히 입원실에 들어가는 것을 지켜보았다. 예전과는 차원이 다른 불행이 세단을 죽음으로 이끌자 윤성은 더는 지체할 시간이 없다는 걸 판단하고서 심장기증센터에 억지로라도 들어가 자료를 훔칠 생각이었다. 그런데 바로 그때, 믿을 수 없는 대화를 듣게 됐다.

"이번만 덮어. 조용히 넘어가. 그 피해자 의사, 재현이 친구이자 그 사람 딸 맞지? 이렇게 빚이 생기는군. 참 유감이야. 하지만 한편으론 자꾸 우리랑 안 좋게 엮이고 있어. 악연이 계속 악연으로 엮이는 건 좋지 않아. 훗날에는 분명 더 큰 악연으로 부딪히게 될 수 있으니까."

"재현이를 위해서라도 좀 멀리 치우는 게 좋겠어."

천강진 이사장과 백하령의 아버지, 백 회장과의 전화 통화 내용. 하지만 그들의 대화에서 계속 언급되는 사람은 바로 세단이었다. 그 사람의 딸, 계속되는 악연, 그리고 멀리 치워 버린다는 얘기까지…….

수상한 느낌에 윤성은 계속해서 이사장의 뒤를 밟았고, 마침내 하령이 이사장에게 하는 엄청난 대화까지 듣게 되었다.

하령은 재현과 헤어진 뒤, 곧장 강진의 뒤를 쫓았다.

"이사장님!"

이사장실까지 쫓아온 하령은 주변에 아무도 없는 걸 살피고 그의 앞으로 다가가 고개를 숙였다.

"제대로 말씀드리지 못하고 숨긴 것은 정말로 죄송합니다. 하지만 저도 거기까지는 정말로 몰랐습니다!"

강진은 무심한 듯 무거운 시선으로 제 앞에 고개를 숙이고 있는 하령을 바라보았다. 그리고 이내 비틀린 입술에서 흘러나오는 어조는 무척이나 싸늘했다.

"백 회장의 사생아라더니, 너에게도 그 피가 흐르긴 흐르나 보구나."

"……."

"아마 알았다고 하더라도 넌 숨겼을 거다. 처음부터 한인우의 상태가 중요했던 것이 아니니까."

강진은 재현과 똑같은 말을 했다. 하령은 이를 악물고서 고개를 들어 강진을 똑바로 바라보았다.

"그게 뭐가 잘못이죠? 이사장님도 저와 다를 것이 없지 않습니까. 결국 이번 일을 덮으실 거 아닌가요? 이사장님도 저도 그리고 모두! 전부 다 똑같은 거 아닙니까!"

그래, 전부 똑같아. 근데 왜 나만 비난받아야 하지? 왜 나만 그런 눈빛을 받아야 하는 거냐고!

"약속, 명심해 주십시오. 아직 제가 그것을 가지고 있다는 사실도 잊지 말아주십시오."

강진은 이젠 그저 하령이 안타까웠다. 처음엔 참 괜찮은 아가씨라고 생각했다. 양녀라는 꼬리표를 달고서도 그 자리에서 인정받으려 노력하고, 절대로 굽히지 않고 꼿꼿하게 사는 태도가 대견하기도 했다. 그런데 지금의 모습은 점점 위약해지고 있었다. 견고한 듯 보이나, 그 속은 잔바람에도 위태롭게 흔들리고 있는 모습.

"이대로 가다간 저 아이, 벼랑 아래로 떨어질 거야. 제자리에 서 있을 힘도 없어질 거라고."

"그래, 나 역시 다를 것이 없지. 너를 비난하고 책망할 자격도 없다. 모두 내가 스스로 만든 업보니까."

"……."

"재현이를 위한다는 명목으로 한 사람의 목숨을 가볍게 여긴 내 업보. 그만 나가 봐라. 너와, 그리고 백 회장과의 약속은 계속 지켜질 테니까."

하령은 차오르는 눈물을 꾹 참고 돌아서 이사장실을 빠져나왔다.

윤성은 하령의 뒤를 쫓았다. 날카롭게 박힌 이야기들. 천재현을 위해서 한 사람의 목숨을 가볍게 여겼다? 백하령이 가지고 있는 그것. 대체 뭘 가지고 있기에. 그것이 백하령이 갑자기 변해 버린 이유인가?

'천강진 이사장과 백하령이 엮여 있는 이유……'

윤성은 단서를 찾을 수 있을지도 모른다는 생각에 끝까지 하령을 쫓았다.

그리고 마침내 하령은 오피스텔에 도착하자마자 허겁지겁 뭔가를 찾아 움켜쥐었다. 건물 건너편에서 윤성은 귀에 바짝 집중했다. 그리고 이내 들려오는 목소리.

"내가 잘못한 건 없어. 없다고. 전부 다 똑같잖아. 전부 다 원하는 걸 갖기 위해선 뭐든 하는 거잖아. 재현이랑 세단이를 위해서라도 이 진실은 밝혀져선 안 돼. 재현이가 그 심장을 가지고 있는 한, 절대로 안 되는 거니까. 그 사실이 밝혀지면 가장 상처받는 건 두 사람이니까! 밝혀져서 좋을 게 없는 거라고!"

하령의 절규에 윤성은 귀를 의심했다. 그리고 하령이 잠시 자리를 비운 사이, 그는 곧장 오피스텔로 향했다. 하령이 걸어갔던 복도를 그대로 걷는 내내 말도 안 되는 퍼즐이 자꾸만 머릿속으로 이어지고 있었다.

마침내 하령의 집 앞에 선 윤성은 힘으로 문을 억지로 열고서 안으로 들어갔다. 뒷감당 같은 걸 생각할 여유가 없었다.

화장실에서 물이 쏟아지는 소리와 백하령의 흐느낌이 뒤엉켜 들리는 가운데 불을 켜지 않은 집 안에서 그의 얼굴 위로 어두운 음영이 서렸다. 그는 하령이 서 있던 곳으로 걸어갔다. 그러곤 그녀가 열었던 서랍을 똑같이 열었다. 커다란 서랍 속에 들어 있는 건 USB 하나. 윤성은 이내 그것을 움켜쥐고선 재빨리 모습을 감췄다.

그는 그렇게 천재현의 심장에 관한 모든 진실을 알게 되었다. 혹시나 하는 짐작조차 감히 떠올릴 수 없었던 일이, 결코 보여서는 안 되는 진실이 되어 윤성을 가로막았다.

천재현의 심장은 원래는 세단 아버지의 것이었다. 세단 아버지가 받은 부적합 판정은 모두 거짓. 또한 그들은 천재현의 응급도를 조작, 가짜 이름으로 그의 존재를 철저히 숨겼다. 심장이식을 둘러싸고 겉으로 드러난 진실은 모두 만들어진 가짜.

결국 천강진 이사장, 백하령, 백 회장. 이들이 이런 식으로 연결고리가 엮여 이 잔혹한 진실을 감추고, 거짓으로 위장을 하고 있었다.

세단의 불행에 가장 가까이 있는 사람들. 천재현, 천강진, 백 회장, 백하령. 이 넷 중에 그녀를 죽게 할 자가 있다. 이들 중에 대체 누가 그녀를 죽음으로 이끌 사람인 거지?

윤성은 자료를 서랍 속에 숨기고 세단이 잠든 방으로 들어갔다. 고요한 공간, 그녀의 숨소리만이 나지막이 울리고 있었다.

그는 그녀를 물끄러미 바라보다 고개를 숙이고서 헝클어진 머리카락을 쓸어내렸다. 앞으로 남은 시간은 고작 한 달 남짓.

하지만 이건 생각했던 것보다 훨씬 더 끔찍했다. 그녀에게 가장 큰 트라우마. 지금까지도 절대로 잊을 수도 없고 무뎌질 수도 없는 기억.

물론 그녀가 강하다는 것은 안다. 하지만 이 일에서만큼은 견고한 척하는 모래성과 같아서 사실이 밝혀지면 금세 부서지고 말 거다. 어디서부터 어디까지 부서질지 짐작도 할 수 없을 만큼. 믿고 있었던 이들을 한꺼번에 가장 잔인하게 잃게 될 것이다.

무수한 위선의 가면을 벗겨내는 일. 결코 열리지 말아야 할 판도라의 상자를 건드리는 것처럼.

처음 그녀를 지켜야겠다고 결심했을 때 윤성은 그저 빚을 지기 싫을 뿐이라고 말했었다. 하지만 그보다 더 큰 이유는, 거슬렸던 것 같다. 자신을 빤히 바라보던 눈동자. 괜찮다고 하는데도 억지로 다가와서는 치료해 주던 그 손길. 보름달이 떠올랐던 그 밤, 그 밤의 기운에 취한 척 그녀를 끌어안으며 품 안에 감돌던 그 온기를 잃고 싶지 않아서……. 그건 지금도 마찬가지. 하지만 더욱 간절하고 절박하게, 반드시 지켜야 할 존재가 되었다. 제 목숨을 걸어서라도.

윤성은 애처로운 손길로 그녀를 붙잡으며 이마에 무겁게 입을 맞추었다.

"네가 앞으로 아플 모든 것, 내가 다 가져갔으면 좋겠어. 전부 다……."

아침, 세단은 병원으로 출근하자마자 곧장 이사장실로 향했다. 이사장님께 연락이 온 것이었다. 걸음을 내디딜 때마다 불안감이 엄습했다. 어젯밤 인우가 했던 말들, 정말로 그게 사실일지도 모른다는 두려움.

마침내 이사장실 앞에 멈춰 선 세단은 잠시 머뭇거리다가 이내 문고리를 잡아당겼다. 그러자 하루 사이에 굉장히 수척해진 강진이 엷은 미소를 지으며 그녀를 반겨주었다.

"어서 오너라. 몸은 좀 괜찮니?"

"괜찮습니다."

"말 편하게 하렴."

세단은 조금 불편한 기색을 감추지 못한 채 강진의 맞은편에 앉았다. 어색한 공기가 흘렀다. 그를 만나면서 이토록 무거운 분위기는 처음이었다.

강진은 세단의 앞에 차를 내어주고선 짙은 한숨과 더불어 속에서 맴돌던 말을 어렵사리 내뱉었다.

"일단, 너에게 먼저 미안하구나."

"……."

"한인우에 대해 숨긴 건 사실이니까. 물론 나도 뒤늦게 알게 되긴 했지만, 그래도 자세히 살피지 못한 내 책임이 크다."

세단은 천천히 찻잔을 들어 올렸다. 차를 마실 기분은 아니지만 뭐라도 잡고 있지 않으면 그대로 떨림을 들켜 버릴 것 같았다.

"현재 한인우는 머리를 많이 다쳤는지 해리성 장애를 보이고 있단다."

"해리성, 장애요?"

"그래. 어젯밤 일을 기억하지 못해."

그건 조금 다행이었다. 만약 정확히 기억하고 있었다면, 분명 닥터에 대해서 이런저런 말이 오갔을 테니까. 물론 그가 이곳의 의사라는 사실은 모르지만 그래도 괜한 구설에 오르는 건 피하는 게 상책이었다.

"한인우가 너에게 해서는 안 될 짓을 한 걸 잘 알고 있다. 결코 용서받지 못할 일이고, 반드시 처벌을 받아야 하는 일이지만 다행히 누구도 크게 다치지 않았으니까."

"……."

강진은 무거운 낯빛으로 세단에게 간곡히 부탁했다.

"이번 일을 이대로 조용히 넘어가 주지 않겠니?"

"……네?"

"한인우에 대한 걸 이대로 덮어주었으면 좋겠구나. 이건, 내가 너에게 부탁하는 거란다."

다시금 인우의 목소리가 귓가에 맴돈다.

그게 정말 사실인 걸까? 이사장님도 결국 힘을, 권력을 지키기 위해서 이번 일을 이렇게 덮고자 하시는 걸까? 그 순간, 세단은 움찔했다. 강진이 갑자기 고개를 푹 숙이며 사죄를 하기 시작했다.

"정말로 너에겐 입이 열 개라도 할 말이 없구나. 하지만 세단아, 부탁한다. 나는 이 병원을 끝까지 지키고 싶구나. 나를 위해서가 아니라 이 병원의 식구들, 그리고 환자들, 그 전부를 지키고 싶어. 이번 일이 자칫 언론을 통해 알려지면 병원이 위태로워질 거야."

강진은 간절한 어조로 말을 이었다.

"그러니 부탁한다. 이번 일만 덮어주면 안 되겠니? 그냥 조용히 넘어가

주면 안 되겠니? 한인우 측에서도 원한다면 너에게 직접 사죄하고 싶다고 하더구나. 너에게 이런 부탁을 하는 내가 면목은 없지만……."

세단은 마치 옛날로 돌아간 것 같은 기분이 들었다. 아버지의 심장이 부적합 판정을 받았을 때, 그때도 이사장님은 당신이 잘못하신 것처럼 진심으로 사죄를 하셨었다. 솔직히 이번 일도 이사장님의 직접적인 잘못은 아닌데. 잘못이 있다면 이것을 숨긴 한인우와 더 나아가서는 모른 척 방관한 백하령…….

"정말로 미안하구나. 정말로, 정말로……."

세단은 강진의 어깨를 붙잡고서 고개를 들게 했다. 그가 이번 일을 덮으려고 하는 마음도 이해가 됐으니까. 그리고 그녀 역시 이번 일을 너무 크게 만들고 싶지 않았다. 자칫하면 닥터의 정체를 들킬 수도 있기에 세단은 오히려 그가 숨기려고 하지 않고 모두 말하며 이렇게 사과해 줘서 고마웠다. 역시 이사장님은 그들과 다르다.

'이사장님은 달라. 다른 분이야.'

"이사장님 말씀대로 하겠습니다. 그러니까 고개를 드세요."

"세단아……."

"인우는 반사회적 인격장애 환자예요. 아주 많이 아픈 환자고 저는 의사고요. 물론 이번 일은 아주 많이 잘못되었지만, 인우도 많이 반성하면서 꼭 제대로 된 치료를 받게 하고 싶어요. 그럼 저는 이번 일을 그냥 넘기는 게 아니라 제대로 된 사과를 받고 용서하고 싶어요."

"고맙구나, 세단아. 너에겐 정말이지……."

"이사장님은 제게 너무 좋으신 분이에요. 그래서 이사장님을 끝까지, 끝까지 믿고 싶어요."

강진은 믿고 싶다는 세단의 말에 표정이 한층 어두워졌지만 이내 마주 잡은 손을 꽉 붙잡고서 속삭였다.

"너에게 끝까지 좋은 사람으로 남고 싶구나."

그렇게 세단은 자리에서 일어섰다.

"후유증이 있을지도 모르니까 휴가를 주마. 조금 쉬도록 하렴."

"신경 써주셔서 감사드려요. 아, 그런데."

그녀는 잠시 망설이다가 강진을 똑바로 보며 물었다.

"혹시 닥터가 여기 남겠다고 한 번이라도 말한 적이 있었나요?"

강진은 불안해 보이는 세단의 얼굴을 응시하다가 이내 고개를 가로저었다.

"아니, 아직은 없었단다."

"……네, 알겠습니다."

세단은 조용히 이사장실을 빠져나갔다. 온몸에서 힘이 빠지는 기분이 들었다. 가장 묵직하게 가슴께에 박힌 그 하나가 여전히 숨이 막히게 했다. 그녀는 잠시 눈을 감았다가 뜨며 정신을 바짝 차리고선 걸음을 옮겼다. 계속 이렇게 불안에 떨면서 의심과 의문을 품은 채 그와 마주하고 싶지 않았다.

'무섭지만, 부딪쳐야 해.'

괜한 기우에 휩쓸리지 말자. 이곳을 떠날 거라는 말, 지금도 유효한 거냐고 솔직하게 물어보는 거야. 그럼 분명 닥터는 아니라고, 내 옆에 있을 거라고 그렇게 말해줄 거야. 그럼 난 그런 닥터를 꼭 안고서 좋아한다고 말해줄 거야. 그리고 이번엔 꼭 듣고 싶어.

'닥터의 입으로 날 사랑한다고, 좋아한다고 하는 말, 꼭 듣고 싶어.'

강진은 이사장실에서 이번 일을 마무리 지었다. 인우는 한 대표를 따라 미국으로 가게 되었다. 강진이 세단에게 말한 해리성 장애는 사실이었다. 그는 어젯밤 일을 전혀 기억하지 못한 채 멍하니 앉아만 있었다. 한 대표는 차라리 잘되었다고 했다. 아무래도 아들을 미국으로 데려가는 것은 치료보다는 감금의 목적이 더 큰 듯싶었다. 한 대표 입장에선 이젠 아들이

걸림돌밖에 되지 않는 것이겠지.

강진이 병원에 남아 있는 한인우에 대한 모든 자료를 없애 버리기 위해 자리에서 일어나려는 순간, 문이 벌컥 열리면서 재현이 들어왔다.

"어쩐 일이냐? 몰골을 보니 아직 다 나은 것도 아닌 것 같은데."

"대체, 왜 이러시는 겁니까."

"무슨 말이지?"

재현은 잔뜩 일그러진 표정으로 책상을 부술 듯 내려치며 외쳤다.

"아버지께서 이러실 수 있으십니까! 왜 이번 일을 이렇게 그냥 덮어버리시는 겁니까!"

"난 한국재단의 이사장이다. 그러니 이 재단을 무슨 수를 써서라도 지킬 의무가 있어."

"의무요?"

"이번 일에 세단이가 휘말리고 상처받은 건 미안하게 생각하지만, 어쩔 수가 없구나. 그리고 네가 이렇게 나설 일도 아니야. 세단이와 이미 얘기가 끝난……."

"지금껏, 이렇게 지키신 겁니까."

재현의 메마른 절규 앞에 강진은 입을 다물었다.

"그럼 이보다 더한 것도 하신 적이 있으십니까? 그렇게 이 자리를 지키신 거냐고요! 아버지가 말했던 무게가 이런 겁니까? 그런 거예요?"

"……"

대답 없는 강진을 두고 재현은 돌아섰다. 그러곤 문을 열고 나가면서 짧게 속삭였다.

"제발 저는 더 이상, 아버지께 실망하고 싶지 않습니다. 부탁드립니다."

강진은 재현이 사라진 빈자리를 바라보며 제자리에 털썩 주저앉았다.

이보다 더한 것이라……. 그래, 이 재단보다 더 소중한 걸 지키기 위해서 가장 끔찍한 일을 저지르고 말았지. 하지만 재현아, 넌 끝까지 몰랐으면 좋겠구나. 그 무게를 감당하는 건 나 하나로 족하니 말이다.

이사장실을 빠져나온 재현은 치밀어 오르는 화를 꾹 누르며 세단을 찾으려고 했다. 그녀에게 너무나도 미안하고 또 미안했다. 그 얼굴을 마주보고 무릎이라도 꿇고 싶을 만큼.

그때 재현의 발밑으로 그림자가 서리면서 하령이 그의 앞을 가로막아 섰다.

"이번에도 네 뜻대로 돼서 참 좋겠어, 그렇지?"

"세단이한테 가려고?"

"너도 같이 갈래? 아니, 너도 같이 가야지. 너야말로 세단이 앞에 무릎 꿇고 빌어야 하니까 말이야!"

"그럼 난 갈 테니까, 넌 가지 마. 아직 너랑 나 계약 안 끝났어. 그러니까 가지 말라고."

너무나도 괜찮아 보이는 모습. 재현은 그런 하령의 얼굴이 치가 떨리다 못해 이젠 정말 지긋지긋했다.

"이미 세단이와도 말이 끝난 일이야. 괜히 네가 들쑤시지 마. 이사장님께 맞서지 말라고. 세단이 때문이라면 더더욱 그러지 마. 너랑 세단이를 위해서 하는 말이야. 둘 다 상처받아. 둘 다 다친다고!"

재현은 이제야 하령이 똑바로 보였다. 수척한 표정과 더불어 흔들리는 눈동자는 예전의 백하령이 아니었다.

대체 그녀는 뭘 알고 있는 걸까. 백하령과 아버지, 그리고 백 회장 사이에 뭔가가 분명 있는데. 그때의 그 통화도 그렇고. 지금 생각해 보니, 돌연 약혼이 결정된 것도 수상했다.

"……그래, 좋아. 일단 내가 한 거래고 약속이니까. 하지만 백하령, 네가 뭘 숨기고, 뭘 가지고 이렇게 뒤흔들고 있는지는 모르겠지만, 절대로 모든게 네 뜻대로 되진 않을 거야."

일단 재현은 한발 물러서기로 했다. 자신에게 집중된 시선을 웬만큼 돌린 뒤 알아내야겠다. 자신이 모르고 있는 그것. 아버지와 백 회장, 게다가 백하령까지 엮여 있는 그 불길한 무언가를.

병원을 나서려던 재현은 누군가 앞을 가로막자 걸음을 멈추었다. 오늘은 참 아침부터 뜻밖의 사람들을 만나게 되는 것 같았다.

"일부러 절 기다리고 계셨던 겁니까?"

윤성은 흰 가운 차림으로 재현에게 가볍게 인사를 한 뒤 바로 본론으로 넘어갔다.

"시간 괜찮으십니까."

"그 물어보고 싶다는 것 때문에?"

"예."

"그럼 없어도 만들어야죠. 마 교수님이 그런 표정으로 대체 무얼 물어보시려는지 저도 궁금하니까."

재현과 윤성은 병원 근처 카페로 향했다. 이른 시간이라 그런지 카페에는 사람이 그렇게 많지 않았다. 그들은 구석진 곳에 자리를 잡고 앉았다.

"무슨 일입니까?"

재현이 먼저 어색함을 깨뜨리며 입을 열었다. 윤성은 조금 망설이는 듯했지만 이내 그를 똑바로 바라보며 용건을 꺼냈다.

"박 선생이 가진 트라우마를 잘 알고 계실 거라 생각합니다."

"……."

"그 트라우마의 과거를 조금 더 자세히 알았으면 합니다."

윤성은 그것을 핑계로 재현의 진심을 보려고 했다. 과연 그는 정말로 이 모든 일을 모르는 것인지, 단 한 번도 의심해 본 적이 없는 것인지. 다른 누구도 아닌 자신의 아버지가 한 일이다. 게다가 그 심장으로 다시 산 것이나 다름없으니까. 알면서도 덮었을 확률도 있다.

물론 그가 그녀를 좋아하는 감정이 진심이라는 것은 안다. 하지만 윤성은 세단에게 남아 있는 시간이 얼마 남지 않은 이상, 모든 것을 의심하기로 했다. 특히나 알게 된 진실이 가장 가까이에 있는 사람으로부터 숨겨진 거짓이었으니까.

윤성은 모든 감각을 오롯이 재현에게 집중했다. 조금이라도 그가 흔들린다면, 거짓을 말하거나 숨기는 듯한 모습을 보인다면…….

'난 절대로 당신을 믿을 수 없어.'

"세단이의 과거를 알고 싶으신 겁니까? 어느 정도는 알고 계실 텐데."

"가장 가까이에서 본 사람이라면 더 제대로 알려줄 수 있지 않을까요?"

"알아서 어쩌시려고?"

"박 선생은 참 좋은 의사입니다. 더 발전될 가능성도 많고요. 하지만 한 가지 결점이 있습니다. 바로 환자와의 라포. 박 선생은 너무 감정적이어서, 그 관계에 깊이 파고들어 스스로를 불안하고 위태롭게 만듭니다. 한 번 맺은 관계가 끊어지는 것을 극도로 두려워하지요."

지금껏 윤성이 세단을 지켜보면서 느낀 것은 그거였다. 관계에 대한 믿음이 무척이나 조심스러운 건 사실이지만, 한 번이라도 닿았던 관계가 흔들리는 모습에선 더더욱 위태로웠다. 의사, 특히나 죽음과 가장 가까이에 있는 외과의로서는 약점이라고도 할 수 있는 점이었다.

"의사로서 환자를 살리고 싶어 하는 것은 당연합니다. 어떻게든 조금이라도 더 살 수 있도록 최선의 노력을 다해야 하죠. 하지만 모두 살릴 수는 없습니다. 그건 절대로 불가능한 일이죠. 어느 정도는, 냉정하게 판단하고 덤덤하게 넘길 수도 있어야 합니다."

재현은 윤성이 무슨 말을 하고 싶어 하는지 알 것 같았다. 세단은 그 덤덤하게 넘겨야 할 것도 끔찍한 상처로 새긴다는 것이다. 어떻게든 환자를 살리기 위해서 무리하게 되고, 무모하게 행동하게 되고, 결국은 위험을 자처하게 된다.

한 명만 살릴 수 있는 상황에서 무리하게 전부를 살리려 하고, 어쩔 수 없는 상황에선 스스로를 책망하고 자책한다. 의사로서의 냉정함을 잃고, 냉정함을 잃은 의사는 결국 실수를 낳게 마련이다. 죽음을 두려워할 수는 있지만, 결코 피하거나 주저앉으면 안 된다. 외과의는 죽음을 항상 가까이에 두어야 하니까.

"박 선생은 그 트라우마를 이겨내야 합니다."

"쉽게 되지는 않겠죠. 세단이는 가장 사랑하는 부모님을 허무하게 잃었으니까. 그것도 병원 측의 실수로 말입니다. 물론 서로가 잘 해결하고 넘어갔다고 하지만, 미처 뱉어내지 못한 울분이 세단이 마음에 남아서 그게 트라우마가 된 건 아닌지, 전 그렇게 생각합니다."

재현은 서서히 식어가는 커피를 바라보았다. 그리고 조금씩, 조금씩 세단과의 과거를 그에게 이야기해 주었다. 윤성은 이미 알고 있는 사실보다는 그 말을 하고 있는 재현에게 더 집중했다. 눈빛이나 목소리, 나아가 심박수까지도. 조금이라도 흐트러지는 곳은 없는지, 어긋나는 것은 없는지, 거짓으로 숨기려고 하는 것은 없는지.

하지만 천재현, 그는 그 어느 것도 숨기거나 감추는 것이 없었다.

"천재현 씨의 심장이식 수술 이후, 박 선생 아버지가 돌아가셨다고 들었습니다. 마음이, 편하진 않았을 텐데."

재현은 텁텁한 미소를 지었다.

"뒤늦게 알게 된 일이지만, 그때 세단이 옆에 있어주지 못한 것이 지금까지도 아픕니다. 살아줘서 고맙다고, 너라도 살아줘서 고맙다고 말하던 세단이를 차마 똑바로 보기도 힘들었죠."

세단도 그렇게 말했다. 재현이라도 살아주어서 감사하다고, 그렇게 말했었다. 그만큼 너무나도 강한 믿음이 천재현과 이사장에게 있었으니까. 그만큼 그들을 너무나도 소중하게 여기고 있었으니까.

"제가 이 얘기를 마 교수님께 전부 해드리는 이유는 세단이를 힘들게 하고 싶지 않아서입니다."

"······."

"예전에도 말했죠? 절대로 세단이를 포기하는 게 아니라고. 예전에 저의 섣부른 고백으로 관계가 일그러질 뻔했습니다. 그렇게 세단이와 멀어질 뻔했죠. 세단이에겐 소중한 친구를 잃는 것과 마찬가지. 그래서 지금은 잠시 뒤에서 지켜보는 겁니다. 친구로서, 아직까지는."

재현은 매서운 눈빛으로 윤성에게 강한 경고를 주었다. 윤성은 뭔가 확신을 가지고서 마지막으로 물었다.

"혹시, 강준석이라는 사람을 아십니까?"

"강준석? 아니요. 모르는 이름인데······."

재현은 갑자기 쌩뚱맞게 '뭐지' 하는 눈빛으로 윤성을 보았고, 그는 엷은 미소를 아무것도 아니라고 말했다.

그래, 그에게 거짓은 없다. 오로지 그녀를 위하고 걱정하는 마음뿐이다. 그리고 얘기를 하면서 한 가지 확실하게 깨닫게 된 것은,

'그녀를 죽게 할 운명의 그 사람. 그 사람이, 천재현은 아니야.'

천재현도 어떻게 보면 피해자였다. 진실이 드러날 경우, 가장 견딜 수 없는 상처와 고통을 끌어안아야 할 사람은 그녀뿐만 아니라 천재현도 마찬가지였다. 그 네 사람 중 유일하게 진실을 모르고, 진실을 알게 될 경우 유일하게 아파할 사람.

"솔직하게 말해주셔서 감사합니다."

윤성은 병원을 핑계로 먼저 자리에서 일어섰다. 그러곤 마지막으로 재현에게 마 교수가 아닌 그녀의 남자, 마윤성으로서 짧은 충고를 했다.

"천재현 씨, 세단이를 걱정하고 위하는 그 마음이 집착이 되지 않길 바랍니다."

재현은 박 선생이 아닌 세단이라고, 그의 입에서 처음으로 흘러나온 이름에 움찔하며 고개를 들었다. 지금까지 봤던 그의 모습과는 사뭇 달라 보였다.

"친구라는 관계를 제대로 생각해 보십시오. 친구는 원하는 목적을 위해 이용하는 관계가 아닙니다. 천재현 씨는 정말로 순수하게 세단이와 친구관계를 지키고 싶은 것인지, 아니면 자신의 오래된 마음을 놓을 수가 없어 친구라는 관계를 이용하며 붙잡고 있는 것은 아닌지 잘, 생각해 보십시오."

"……."

"그녀에 대한 마음에서 모순이 생기진 않는지 똑바로 보길 바랍니다. 정말로 당신이 세단이를 위해서, 그녀가 행복하길 바란다면 말입니다."

남겨진 재현은 그의 말을 계속 곱씹다가 이내 메마른 웃음을 토해냈다. 아주 제대로 꿰뚫리고 말았다.

그렇게 티가 나는 건가? 예전에 백하령도 그런 말을 했었지.

"어쩌면 네 이기적인 마음에 걔만 힘든 거 아니야?"

"무의식중에 강요하는 걸지도 몰라. 너만 모를 뿐이지. 그리고 네가 그 아일 놓아야 그 애가 그나마 덜 힘들 거야. 안 그러면 네가 그 애를 망칠 수 있어. 나중에 가서 후회하지 마. 너희 둘은 서로에게 독이야."

그래, 순수한 친구는 아니지. 친구라는 관계를 이용하는 거지. 친구라는 가면을 쓰면 세단이는 항상 제 손을 잡아주고 옆에 있을 테니까. 하지만 그 관계에서 벗어나면, 정말 모든 게 끝나게 되니까. 세단이는 자신을 좋아하지 않으니까. 한 번도 자신 때문에 그 심장이 떨린 적이 없었으니까.

결국 재현은 결코 인정하고 싶지 않았던 것을 인정할 수밖에 없었다.

세단은 단 한 번도 자신을 남자로서 좋아한 적이 없다. 이건 자신이 아파서도 아니고, 떠날까 봐 두려워서도 아니다.

그녀와 오랜 시간을 함께 보내며 그저 한결같은 마음으로 바라보았다. 애정마저도 세단이한테는 네가 딸이라고 은근슬쩍 속삭이기도 했었다.

그런데 갑자기 나타난 마윤성, 저 남자에게 그녀의 심장이 뛰기 시작했다. 관계를 맺는 것을 두려워하던 그녀가 먼저 다가간 남자. '믿고 싶다'가 아닌, 그대로 믿어버린 남자. 사랑을 받는 것이 아닌, 주기 시작한 유일한 남자.

자신이 준 믿음이 작아서가 아니다. 세단은 자신을 그저 좋아하기만 했고 마윤성은 사랑하기 때문이다.

얼핏 느끼고 있었지만 인정하고 싶지 않았다. 놓치고 싶지 않았다. 이대로 끝내고 싶지 않았다.

'이대로, 이대로 세단이를……'

재현은 천천히 눈을 감았다. 카페에서 흐르던 음악 소리가 사라지고 자꾸만 윤성의 말이 귓가에 맴돌며 허한 숨이 입안에서 감돌았다. 정말 집착이 되고 미련이 되었을까.

처음 세단을 만났던 날이 떠올랐다. 제 손을 잡고 웃어주던 그 얼굴을 잊지 못해서, 그때부터 지금까지 쭉 좋아했다.

"있지. 내가 사랑하는 여자의 옆에 가장 좋은 남자는 오직 나뿐이야. 다른 남자가 얼마나 멋지고 근사하든 말든, 오직 내가 그 옆에 있고 싶은 거라고."

하지만 이젠 조금씩, 그 좋아한다는 의미를 바꿔야 할지도 모르겠다.

내가 사랑하는 여자 옆에 가장 좋은 남자는 내가 아닌, 그녀가 사랑하는 남자라고…….

윤성은 병원에서 세단을 찾았다. 하지만 휴가를 받고 먼저 퇴근했다는 말만 돌아오자 의아한 표정으로 휴대폰을 바라보았다. 문자 한 통도 없이, 제게 한마디 말도 없이 가버린 건가? 그러고 보니 그때,

"누나가 왜 그렇게 애인에 대해서 불안해하고, 떠날까 봐 초조해했는지 알겠네. 이런 모습이라면, 이런 괴물이라면 그래, 나라도 곁에 있을 수 없지. 떠나야겠지. 사람이 아닌데. 같이 섞일 수가 없는데."

불현듯 떠오른 어젯밤의 기억에 윤성은 눈을 가늘게 뜨고 생각에 잠겼다. 그 녀석이 말한 대로 분명 그녀도 그런 걱정을 하고 있었다.

왜 그런 의심을 하기 시작한 거지? 눈치챌 만한 행동은 한 적이 없는데. 어떻게……

'하지만 좀 더, 몰랐으면 했는데.'

일을 마치고 윤성은 곧장 레지던스로 달려갔다. 그러곤 하루 종일 연락 한 번 없었던 그녀를 걱정하며 문을 두드리자, 세단이 얼굴만 쏙 내밀며 어색한 웃음을 지었다. 분명 뭔가를 숨기는 듯한 모습.

"뭐하는 거야?"

세단은 조심스럽게 문을 닫고서 밖으로 나왔다.

절대로 그에게 집 안 모습을 들켜선 안 된다. 아직은 절대!

"헤헤, 빨리 퇴근하셨네요."

"뭘 그렇게 숨겨?"

"숨기는 거 없어요."

딱 봐도 어색한 티가 났지만, 윤성은 굳이 따지지 않고 넘어갔다. 그러곤 가만히 고개를 숙여 그녀의 모습을 빤히 바라보았다.

"왜, 왜요? 내 얼굴에 뭐 묻었어요?"

"맛있는 냄새가 나."

"네?"

"요리하고 있었나 봐."

"아하하하하……. 역시 코도 좋아."

"왜 말도 없이 간 거야? 걱정했는데."

윤성은 천천히 손을 뻗어 그녀의 허리를 끌어당겼다. 세단 역시 그의 손길에 스스럼없이 그에게 안겼다. 서늘한 바람이 불었지만, 여전히 그의 품은 뜨겁기만 했다. 게다가 그의 회색빛 눈동자에 가득 담긴 제 모습을 보고 있자니 심장이 자꾸만 간질거리면서 기분 좋은 열기가 피어올랐다.

"이제 내 걱정 마요. 나 이제 완전히 다 나았는데, 이사장님도 괜히 휴가를 주셨네요."

"그 일은, 괜찮은 거야?"

윤성은 세단과 이사장이 주고받은 이야기를 전부 들었다. 물론 그러면 안 되지만, 이사장이 위험한 사람이라는 걸 알게 된 이상 그녀와 단둘이 무방비하게 둘 수는 없었다.

"다 들은 거예요?"

"미안."

"괜찮아요. 하지만 이제 걱정 말아요. 다 들었으면 알잖아요. 이사장님을 믿어요. 좋은 분이시니까."

"……그렇게 믿어?"

"믿고 싶어요. 예전에도 말했지만, 제겐 가족 같은 분이시니까."

그 한마디에 윤성은 자꾸만 마음이 무거웠다. 이사장에 대한 세단의 견고한 믿음. 이 믿음이 완전히 산산조각 나는 일인데 그 진실을, 어떻게 그녀에게 말할 수 있을까. 정말로 그들이 말하는 것처럼 차라리 모르는 편이 나을까?

그는 세단의 머리카락을 쓸어내렸다. 어쩐지 그녀가 움직일 때마다 달콤한 냄새가 점점 더 진해지고 있었다. 대체 뭘 하다가 나온 건지…….

세단은 귓가에 스치는 그의 손길을 가만히 느끼며 천천히 입을 열었다.

"닥터, 내일 병원에 안 가면 안 돼요?"

"갑자기 무슨 소리야?"

"땡땡이치면 안 되냐고요. 닥터는 우리 병원에서 가장 아끼는 외과의니까 살짝 엇나가도 봐주실 것 같은데."

"갑자기 왜?"

"내일 닥터랑 좀 놀고 싶어서요."

세단은 익살스러운 표정을 지으면서 그의 귓가에 대고 나지막이 속삭였다.

"내일 닥터의 시간, 전부 나한테 줘요."

"뭐?"

"마윤성이라는 남자, 나한테 전부 달라고요."

윤성은 고개를 들려고 했지만 세단이 그를 더욱 꽉 끌어안고서 말을 이었다.

"내가 요 며칠 불안했던 이유, 말해준다고 했죠? 내일 말해줄게요. 오랜만에 우리 데이트도 좀 하면서."

그가 아무런 반응도 보이지 않자 세단은 살짝 움찔하고서 손을 풀었다.

설마 화났나? 너무 막무가내로 말해서? 하지만 어쩐지 화나 보이는 표정은 아닌데……

"역시, 안 되려나. 내일 바빠요? 급한 수술 일정 있어요?"

그때, 굳게 다물어진 그의 입꼬리가 부드럽게 말려 올라가더니 이내 한 손으로 그녀의 이마에 가볍게 꿀밤을 먹였다.

"아!"

"아직 몸 상태 다 회복된 거 아니니까 얼른 가서 자. 이상한 거 하지 말고. 내일 비실비실하면 같이 안 나갈 거야. 너 병원 데려가서 재울 거라고."

"알겠어요! 절대로 비실비실 안 거려요! 아! 그런데 오늘은 절대로 마음대로 엿듣지 마요."

"평소에도 안 엿들어. 이사장실에서의 일은, 걱정돼서 그런 거야."

그녀는 기분 좋게 윤성에게 손을 흔들고서 레지던스로 들어가려고 했다.

"박세단."

"네?"

순간, 윤성이 성큼 다가가서는 입술을 가볍게 머금었다. 세단은 저도 모르게 움찔했지만, 이내 스르르 눈을 감고서 입술 위로 간지럽게 움직이는 그를 느꼈다.

"초콜릿 맛이 나."

"그, 그래요? 방금 초콜릿 먹어서 그런가 봐요."

그의 한마디에 세단은 속으로 뜨끔했지만, 애써 태연한 척 그의 어깨를 슬쩍 밀었다.

윤성은 한 손으로 제 입술을 쓸어내리며 혀로 살짝 핥았다. 한순간 그 모습에 홀려서 세단은 마른침을 꿀꺽 삼켰다.

저 남자, 오늘 왜 저렇게 위험한 거야!

윤성은 귓불이 붉게 달아오른 그녀의 모습을 보고선 피식 웃으며 등을 가볍게 밀었다.

"푹 자라고 주는 키스야. 얼른 들어가서 쉬어."

"내일, 봐요."

세단은 두근거리는 심장을 꽉 붙잡고서 얼른 집으로 들어갔다.

윤성은 문이 완전히 닫히는 것까지 지켜보았다. 미소가 감돌던 그의 입매가 차분하게 가라앉았다.

다행히 내일 수술 일정은 없었다. 중요한 일도 없고. 그러니 내일 하루 정도는 오프를 낼 수 있을 것이다. 하지만 어쩐지 조금, 두려웠다. 내일 그녀를 만나고, 그녀가 제게 해줄 말을 듣는 것이. 어쩐지 그 말을 들으면 난생처음으로 욕심냈던 이 모든 것이 끝날 것 같다는 느낌이 들었다.

세단은 거칠게 숨을 내쉬며 가슴을 두드렸다.
"하아. 오늘따라 왜 저렇게 멋진 거야. 평소에도 멋지긴 했지만!"
게다가 들킬 뻔했다. 초콜릿 향이 난다니. 오감이 좋은 애인을 만나니 깜짝 선물하기도 쉽지가 않다.

그녀는 얼른 부엌으로 달려갔다. 중탕을 하던 초콜릿이 그새 굳어 있었다. 세단은 울상을 짓고서 다시금 심기일전하여 초콜릿을 녹이기 시작했다.

세단은 내일 그에게 깜짝 선물로 줄 미니 초코 컵케이크를 만들고 있었다. 요리엔 젬병이라 열심히 노력한 결과였다. 사실은 커다란 케이크를 만들어주고 싶었는데, 그건 사실상 무리였다.

"일단 이번엔 미니 컵케이크로 하고, 다음엔 진짜 큰 생일 케이크를 만들어야지. 그래도 뭐, 맛은 있을 거야. 내 사랑이 아주 듬뿍 담겨 있으니."

사실 단순히 선물로 주려고 만드는 케이크가 아니라 생일 케이크였다. 결국 그의 생일이 언제인지는 듣지 못했는데 내내 그게 마음에 걸렸다. 씁쓸한 표정으로 생일 따위 기억 안 난다고 말하던 그 모습이.

지금까지 누구도 그의 생일을 축하해 준 적이 없는 것이다. 한 번도 박수를 치면서 태어나 줘서 고맙다는 그런 말을 들어본 적이 없는 것이다. 그래서 세단은 이번에 그에게 이 조그만 케이크를 주면서 말하고 싶었다.

태어나 줘서 고맙다고. 지금 내 앞에 있어줘서 고맙다고. 그렇게 박수를 치면서, 함께 축하하고 싶었다.

'그리고 물어보는 거야. 내 곁에 있어줄 거냐고. 계속, 함께 있어줄 거냐고.'

어쩐지 프러포즈 같기는 하지만, 뭐 어때!

세단은 요 며칠 불안했던 마음을 애써 털어내며 내일을 위해 스스로에게 단단히 기합을 불어넣었다.

　이른 아침부터 세단은 윤성의 집 초인종을 눌렀다. 잠시 후 문이 열리고 잠이 덜 깬 얼굴의 윤성이 나왔다.

　"의외네요. 일찍 일어나고 부지런할 줄 알았는데."

　"요즘 통 잠을 못 자서 그래."

　잔뜩 잠긴 목소리가 낮게 흘러나왔다. 어젯밤, 윤성은 처음으로 귀를 닫고 잠을 푹 청했다. 정말로 많이 피곤했었으니까.

　"나 때문이에요? 내가 걱정돼서?"

　"아니라고는 못 하지."

　세단은 안쓰러운 표정으로 윤성의 뺨을 쓰다듬었다. 그러곤 조심스럽게 그의 집으로 걸음을 옮겼다.

　"넌 왜 이렇게 일찍 온 거야?"

　"아침밥 해주려고요."

　"뭐?"

　세단은 윤성을 억지로 방에 밀어 넣고는 엷은 미소를 지으며 속삭였다.

　"좀 더 자요. 내가 말했잖아요, 오늘은 닥터의 시간을 전부 나한테 달라고. 그러니까."

　그녀는 그의 볼에, 그리고 입술에 쪽 소리 나게 뽀뽀를 하고선 나직하게 속삭였다.

　"지금부터 닥터는 온전히 내 거예요."

　세단은 윤성의 부엌에서 분주하게 움직였다. 열심히 노력한 결과 이제 간단한 아침상 정도는 차릴 수 있게 되었다. 그때 그 닭볶음탕은 잊어라, 이 말이지.

　잠시 후, 한 상 가득까지는 아니지만 그래도 꽤 정갈한 상이 차려졌다. 고슬고슬한 밥에 예쁘게 말린 계란말이와 더불어 맑은 조개미역국까지.

세단은 만족스런 표정을 지었다. 코끝으로 샴푸 향이 스치면서 이제 막 씻고 나온 윤성이 살짝 의아한 표정으로 상을 바라보았다.

"어때요? 괜찮죠? 그죠? 물론 반찬이 별로 없기는 하지만……."

윤성은 식탁에 앉아 미역국을 떠먹었다. 달지 않다. 계란말이도 달지 않다. 모든 음식이 간이 적당하게 되어 있었다.

"맛있어."

그가 먹는 모습을 조마조마하며 지켜보던 세단의 입꼬리가 살며시 말려 올라갔다.

"진짜요? 진짜 맛있어요?"

"맛있어, 진짜. 고마워."

게다가 고맙다는 말까지. 세단은 그제야 입이 찢어질 듯 환한 미소를 지으면서 윤성의 맞은편에 앉아 자신도 밥을 먹기 시작했다. 그의 칭찬은 항상 짧고 간결했지만, 세단은 그 나름대로 최고의 칭찬이라는 걸 알기에 이른 아침에 일어났던 피로함이 전부 날아가는 기분이 들었다.

같이 아침을 먹고, 윤성은 세단의 집 앞에서 그녀를 기다렸다. 아침밥을 해주고 설거지까지 하기에 그냥 그대로 나가면 되는 줄 알았더니 그게 아니었다.

"무슨 소리예요! 이제부터 꾸며야죠! 닥터만 멀끔하게 가고 나는 이렇게 가라고요? 그건 절대로, 절대로 안 돼요! 조금만 기다려요, 조금만!"

그렇게 말하고선 한 시간이 넘도록 안 나오고 있었다.

이게 정말로 잠깐만 기다리는 거 맞아? 이럴 거면 뭐하러 아침을 차려주러 온 건지. 자신도 바쁘면서 말이야.

하지만 윤성은 느긋하게 기다렸다. 기다리는 시간이 그렇게 지루하거나 하진 않았으니까. 그때, 귓가로 그녀의 발소리가 들리면서 이내 문이 벌컥 열리며 세단이 살짝 거친 숨을 내쉬며 모습을 드러냈다.

"다, 닥터, 미안해요. 많이 기다렸어요?"

"별로."

윤성은 아침과는 전혀 달라진 세단의 모습을 신기한 듯 빤히 바라보았다.

빨간색 긴 니트 원피스에 하얀 코트를 걸친 채, 굽슬굽슬하게 내려온 머리카락이 무척이나 사랑스러웠다. 사랑을 하면 점점 예뻐진다는 말이 맞는 것 같았다. 그녀는 정말로 점점 더 예뻐지고 있었으니까.

윤성은 세단의 손에 들린 작은 쇼핑백을 가리켰다.

"그건 뭐야?"

그러자 세단은 쇼핑백을 자신의 뒤로 슬쩍 숨기며 헤실거렸다.

"헤헤, 비밀이에요."

그녀는 그의 팔을 와락 끌어안았고, 윤성도 더는 묻지 않은 채 함께 걸음을 옮겼다.

"그래서 내 시간을 전부 가져다가 어디에 쓸 건데?"

"영화 보고 싶어요."

"영화?"

"네! 영화 보고 남산 갔다가 카페에서 차 마셔요. 서로 마주 보면서 소소하게 얘기도 하고."

"평범하네."

"예전에도 말했잖아요. 난 이런 평범한 거, 누가 봐도 너무 다정하고 사랑스러워 보이는 연인들의 데이트를 해보고 싶다고요. 남들한테 이 멋진 남자가 내 애인이다, 자랑하고 싶기도 하고. 사실 닥터랑 나랑 제대로 된 데이트는 못 했잖아요. 놀이공원 때도 그랬고!"

의외로 데이트다운 데이트를 해본 적이 없었다. 이래저래 방해 요소가 너무 많았어.

윤성은 너무나도 평범한 그녀의 소원에 피식 미소를 지었다. 그리곤 팔에 매달린 세단을 떼어냈다.

"그럼 팔짱이 아니라."

그녀의 허리를 끌어당기며 귓가에 속삭였다.

"이게 더 낫지 않나?"

너무나 가깝게 파고든 그의 체온에 세단은 발그레해진 모습으로 고개를 숙였다. 이건 뭔가 좀 부끄러운 것 같은데…….

"오늘."

"……."

"예뻐. 아침에도 예뻤지만."

뜻밖의 한마디에 세단은 더더욱 고개를 들 수가 없었다. 얼굴이 그야말로 익다 못해 터질 것만 같았다. 하지만 어쩐지 오늘…….

'아주 느낌이 좋아!'

영화 데이트의 정석은 로맨틱코미디겠지만 세단은 액션이 보고 싶었다. 보고 싶은 영화를 고르고선 윤성은 먼저 표를 끊겠다고 가버렸고, 세단은 커다란 팝콘을 품에 안고서 매표소에 서 있는 그를 멍하니 바라보았다.

다른 이들의 시선을 단번에 사로잡을 만큼 그는 너무나도 멋지고 근사했다. 특히 이런 평범한 공간에 자연스럽게 서 있는 모습을 보니 더더욱 묘한 설렘이 있었다.

'정말, 꿈만 같다.'

윤성은 영화표 두 장을 끊고선 조금 얼떨떨한 표정으로 제 손에 쥐어진 표를 응시했다. 사실 영화관에 와서 표를 끊고 영화를 보게 될 것이라곤 꿈도 꾸지 않았다. 시끌벅적한 곳에서 사람들과 뒤엉켜 시간을 보낸다는 건 상상도 한 적이 없으니까.

하지만 점차, 그녀와 함께 있으면서 그녀가 하고 싶은 걸 같이 하고 싶어졌다. 그렇게 하면 그녀가 웃었으니까. 그 모습을 자주, 아주 많이 보고 싶었으니까. 얼마 남지 않은 시간 동안 웃는 얼굴만 가득 머릿속에 새겼으면 했다. 훗날 그나마 마음이 아프지 않게, 조금이라도 웃으면서 그리워할 수 있도록.

어느새 그의 시간은 그녀를 중심으로 돌고 있었다.

고개를 돌려 저를 기다리고 있는 세단을 보았다. 자각하지 못할 만큼 자연스럽게 입술을 말아 올리며 그녀에게로 걸음을 당기려는 순간,

"남자 둘이서 이게 뭐냐?"

"그러게. 서로서로 미팅 좀 주선해 보자고, 나도 시커먼 남자랑 영화 보기 싫으니까."

"저기 저 여자처럼 귀여운 여자면 좋은데."

"어디어디? 캬, 딱 봐도 네 스타일이기 하네. 친구랑 왔나? 대시해 봐."

세단을 향해 키득거리는 남자들의 목소리에 윤성은 잔뜩 굳어진 표정으로 성큼성큼 다가가서는 세단의 앞에 섰다.

세단은 어쩐지 화가 난 듯한 그의 표정에 마른침을 삼키며 어색하게 웃었다.

"하하하. 내가 갈 걸 그랬죠? 아직 닥터 사람 많은 데는 불편할 텐데. 미안해요."

그는 잠시 멈칫하다 아직도 이쪽을 바라보고 있는 남자들의 시선을 느끼고선 그녀를 향해 살짝 고개를 숙였다.

"팝콘 맛있겠네."

"좋아해요? 닥터는 단 거 싫어하는 것 같아서 캐러멜을 적게 넣었어요."

"하나 줘봐."

"……네?"

"하나, 줘보라고."

세단은 잘못 들었나 싶어 눈을 끔뻑거렸지만, 윤성은 살며시 입을 벌리며 그녀를 기다렸다.

'서, 설마 진짜? 진짜로?'

그녀는 팝콘 하나를 쥐어서 그의 입에 넣어주었다. 윤성은 팝콘을 입으로 베어 물면서 그녀의 손가락을 살짝 핥고 지나갔다. 세단은 들고 있던 팝콘을 전부 놓칠 뻔했다. 그의 혀가 스치는 순간, 전기에 감전된 것처럼 온몸에 찌르르한 전율이 스쳤다. 미묘하고 야릇한 느낌. 하지만 윤성은 그런 세단에게서 시선을 떼지 않고 회색빛 눈동자 가득 그녀를 가둔 채, 낮고 깊이 있는 울림으로 속삭였다.

"맛있네."

"그, 그래요? 다행이다."

설마 보름달이 떴나? 그건 아닌데. 대체 이 남자 왜 이렇게 적극적이야. 왜 이렇게 위험한 거냐고! 진짜 심장이 남아나질 않겠어!

윤성은 자연스럽게 그녀의 허리를 감싸고서 고개를 돌렸다. 그녀를 쳐다보던 남자들은 겸연쩍은 표정을 지으며 힘없이 걸음을 돌리고 있었다.

그는 굉장히 만족스런 표정을 짓다가 자신의 유치한 행동에 조금 기가 찼다.

'하아, 마윤성. 고작 이런 거에 질투 같은 유치한 걸……'

하지만 손끝에서 아침보다 한껏 달아오른 그녀의 체온과 더불어 심장 소리가 아주 빠르게 들려왔다. 어쩐지 그 모습이 썩 만족스럽기도 했다.

몇 시간 후, 상영관을 빠져나온 세단의 표정은 그야말로 기진맥진이었다. 영화가 어떤 내용이었는지 기억조차 나지 않았다. 바로 마윤성, 이 남자 때문에!

영화관이 이토록 어둡고 야한 공간인지 미처 몰랐다. 그냥 영화만 보면 될 줄 알았는데, 집중은 개뿔. 바로 옆에 그가 있어서 조그만 움직임도 신경 쓰였다. 팝콘을 먹을 때마다 손가락이 스치는 것에 신경 쓰느라 화면은 눈에 보이지도 않고, 소리도 들리지 않았다. 게다가 조금 전 그 엄청난 행동의 감각이 머릿속을 맴돌면서 혼자서 액션이 아닌 19금 영화 한 편을 본 듯한 느낌!

"영화 재미있었어?"

윤성이 그녀의 뒤에서 불쑥 나타났고, 세단은 흠칫 놀라며 억지로 입꼬리를 올렸다.

"그럼요! 너무 재미있었어요! 닥터는요? 불편하진 않았어요?"

"나름 볼 만했어. 어두워서 더 좋았고."

"네?"

"사람들 시선이 의식 안 되니까."

"아……."

이런 자신에 비해 그는 정말로 태연하게 영화에만 집중한 것 같았다. 아무튼 선수. 아주 들었다 놨다. 혼을 쏙 빼놓는다니까!

윤성은 영화관이 썩 마음에 들었다. 주변이 어두워서 그녀를 마음껏 바라봐도 아무도 몰랐고, 그녀조차도 눈치채지 못했으니까.

그렇게 두 사람은 영화 내용은 안중에도 없었던 것 같았다.

영화를 본 것도 아니고 안 본 것도 아닌 채로 영화관을 나온 세단은 윤성과 함께 남산으로 향했다. 남산에 처음 가는 건 아니었지만 오늘은 뭔가 느낌이 달랐다. 친구와 오는 것과 사랑하는 사람과 오는 것은 다르니까. 게다가 정말로 꼭 하고 싶었던 것도 있었고!

케이블카 안에서 윤성은 북적거리는 사람들 틈에서 꽤나 긴장한 듯했지만 그래도 세단의 옆을 지키고 있었다. 마침내 밖으로 나와 상쾌한 공기를 마주한 윤성은 묵직한 한숨을 내쉬었다.

"괜찮아요?"

"답답했어, 그냥."

"내려갈 때는 그냥 걸어서 갈까요?"

"괜찮겠어? 그런 높은 구두 신고. 괜히 내려가다가 발 삐끗하는 거 아니야? 박 선생 잘 넘어지잖아."

"넘어지려고 하면 닥터가 잡아주면 되죠."

"하여튼."

윤성은 세단과 손을 잡고 팔각정이 있는 곳으로 향했다. 복잡한 서울 도심 속에서 유일하게 시끄러운 소리가 덜했다.

세단은 여기저기를 힐끔거리다 이내 뭔가를 발견하고선 속으로 예스를 외치며 그를 이끌었다.

"닥터, 얼른요. 얼른."

"뭐야?"

그녀에게 이끌려 간 곳은 웬 자물쇠가 주렁주렁 달려 있는 곳이었다. 게다가 그 앞에 모여 있는 사람들은 왠지 전부 연인처럼 보였다.

"저게 대체 뭐야?"

"자물쇠예요, 자물쇠."

"자물쇠?"

이해가 안 간다는 듯한 윤성의 표정에 세단은 쿡쿡 웃으면서 가방에서 커다란 자물쇠와 펜을 꺼내 들었다. 사실 자신도 이런 걸 쓰게 될 줄은 몰랐다. 처음 남산에 왔을 때, 그리고 가끔 드라마에 나왔을 때도 '주렁주렁 달린 저 자물쇠가 대체 뭔 의미야' 하면서 감흥조차 없었으니까. 하지만 역시 사랑에 빠지면 유치해진다고 했던가.

"자물쇠에 메시지를 써서 여기에 다는 거예요."

"대체 무슨 의미가 있는 거지?"

"사랑하는 연인들끼리 너랑 나랑 영원히 묶어둔다, 뭐, 이런 의미 아닐까요?"

윤성은 영 내키지 않는 표정으로 다른 사람들이 펜스에 자물쇠를 다는 모습을 바라보았다.

"별 이상한 걸 다 하는군. 박 선생, 의외로 이런 미신 좋아하나 봐."

"저도 처음엔 유치하다고 생각했는데 닥터랑은 이상하게 하고 싶어요. 그만큼 내가 닥터를 엄청 좋아하나 봐요."

세단은 자물쇠에 '마윤성♡박세단', 그리고 '영원히 함께'라고 적었다. 윤성은 그녀가 쓴 문구를 떨리는 시선으로 바라보았다. 특히나 '영원히 함께'라는 글귀.

그녀는 자물쇠를 뒤집고서 그에게 펜을 쥐어주었다.

"닥터도 뭐 하나 적어요."

하지만 그는 적을 것이 없었다. 뭐라고 적어야 할지 알 수가 없었으니까.

머뭇거리는 윤성에게 세단은 가볍게 입을 열었다.

"그냥 사랑한다고 적거나, 아니면 나랑 똑같이 적어도 돼요."

그녀는 살짝 긴장한 채로 윤성을 바라보았지만, 그는 펜을 꽉 움켜쥐기만 하고선 아무것도 적지 않았다. 사랑한다는 말을 쉽게 할 수 없었다. 영원히 함께하겠다고, 지키지 못할 약속 또한 할 수 없었다. 자물쇠로 엮어서 영원히 묶어둘 말을 윤성은 세단에게 단 하나도 해줄 수 없었다. 전부 다 지키지 못할 테니까.

끝내 윤성은 펜을 내려놓았다. 그러곤 텅 빈 뒷면의 자물쇠를 말없이 세단에게 건네주었다. 자물쇠를 움켜쥔 세단은 왠지 손이 무겁게만 느껴졌다. 사소한 한마디도 결국 그는 제게 약속해 주지 못한 거니까. 그제야 이번 데이트가 그저 평범한 데이트가 아니라고 마음이 외치는 것 같았다.

세단은 자물쇠를 달고서 윤성의 옆에 서서 서울을 한눈에 내려다보았다. 어느새 달달하게만 스미던 마음이 점점 차분하게 가라앉았다.

윤성은 왠지 미안한 마음에 그녀의 어깨를 감싸 안았다. 세단은 그의 어깨에 머리를 기대고서 나지막이 속삭였다.

"여기, 참 마음에 들어요. 그렇죠?"

"응. 저 아래보다 덜 시끌벅적해서 좋아."

"앞으로도 닥터랑 이곳에 왔으면 좋겠어요. 적어도 올해 말이나 내년 초쯤 한 번은 더 오겠죠?"

"……."

"다시 왔을 때 저 자물쇠가 계속 여기 있으면, 그땐 나한테 하고 싶은 말 꼭 다시 써줘요."

그는 대답 없이 그녀를 더욱 꽉 끌어안으며 눈을 감았다. 자물쇠에 쓰고 싶었던 말. 그는 지금 그 말을 가슴으로 되뇌고 있었다. 차마 입 밖으로 내뱉을 수 없는 말. 스스로에게도 감히 욕심낼 수 없는 말을 가슴으로만 새기고, 지우고, 새기고, 지우고 있었다.

차가워진 몸도 녹일 겸 점심을 먹기 위해 작은 레스토랑으로 향했다. 세단은 윤성을 먼저 자리로 밀어 넣고서는 계산대로 다가가 무어라 소곤거린 뒤, 환하게 웃으며 쇼핑백을 건네주었다.

"무슨 얘기한 거야?"

"엿들은 거 아니죠?"

"전에도 말했지만 함부로 안 들어."

간단히 음식을 주문한 뒤, 윤성은 세단이 아침부터 내내 계속 가지고 있던 쇼핑백이 사라진 것을 눈치챘다. 대체 무슨 꿍꿍이속으로 저렇게 웃고 있는 건지.

그때 주문한 음식과 함께 초가 꽂힌 조그만 미니 컵케이크가 나왔다. 윤성은 의아한 표정으로 고개를 들었고, 세단은 짧게 박수를 치면서 말했다.

"생일 축하해요."

"생일?"

"닥터가 생일 안 가르쳐 주니까 그냥 내가 정했어요. 생일날 닥터한테 꼭 하고 싶은 말이 있었으니까."

윤성은 저도 모르게 실소를 지었다. 이건 또 무슨 엉뚱한 상황일까. 그럼 계속 가지고 다니던 그 쇼핑백 안에 든 게 케이크였단 말이야?

세단은 컵케이크를 그의 앞에 수줍게 내밀고서 살며시 속삭였다.

"태어나 줘서, 그리고 내 옆에 와줘서 고마워요. 아주 많이많이 사랑해요. 앞으로는 닥터 생일마다 내가 옆에서 이렇게 축하해 주고 싶어요."

초콜릿 향이 익숙했다. 바로 어제 그녀에게서 풍기던 향기. 그럼 이걸 준비하고 있었던 건가. 그때 별장에서 한 말을 맘에 담아두고서?

윤성은 어색하게 케이크를 바라보았다. 이런 촛불 켜진 케이크도, 누군가에게 태어나 줘서 고맙다는 말을 듣는 것도 처음이었다.

그에게 생일은 사실은 난 태어나지 말았어야 하는 게 아닐까, 스스로도 그렇게 생각해서 아예 머릿속에서 완전히 지워 버린 날이었다. 그런데 생애 처음으로, 이 세상에 태어난 것이 감사하다는 마음이 들었다. 그녀를 만나고, 그녀를 좋아하게 되고, 그녀를 지킬 수 있게 되어서.

"고마워."

"촛불 불어야죠!"

그는 말없이 불을 껐고 세단은 박수를 치면서 입가에 스치는 그의 미소를 보며 좋아해 주어서 다행이라고 생각했다.

"먹여줄까요?"

윤성은 케이크와 그녀를 바라보더니 먼저 그녀의 입에 넣어주었다.

"너무 달까 봐 그래요? 그래서 내가 일부러 다크초콜릿으로……."

말을 채 끝맺기도 전에 윤성은 그녀의 턱을 끌어당겨서는 입술을 한껏 베어 물었다. 혀끝에서 달콤하고 부드러운 맛이 감돌았다. 그는 한 번 더 짧게 입을 맞추며 초콜릿 향이 가득한 그녀의 입술을 머금었다.

"맛있네, 아주."

세단은 순간 숨을 꾹 누르고서 화르르 달아오르는 열기를 주체할 수가 없었다.

이, 이렇게 열린 장소에서. 이, 이, 이런!

"다, 다음엔 더 큰 케이크 만들어줄게요. 그러니까, 진짜 생일도 꼭 가르쳐 줘요."

그녀는 애써 다른 음식에 집중하려 했지만, 머릿속이 진정이 되질 않았다. 심장이 거세게 뛰며, 달콤한 열기에 취해 버릴 것만 같았다.

'이러다 진짜 뭔 일 나는 거 아니야? 애정이가 말했던 그, 그……'

세단은 불안했던 마음을 차츰 내려놓았다. 그가 떠날 리가 없다고 믿었다. 표현하지 못하는 건, 그저 그가 미숙하기 때문이라고.

'이렇게나 나를 사랑해 주는걸……'

윤성은 꺼져 버린 촛불 너머로 세단을 가만히 바라보았다. 점점 희미해지고 있는 연기처럼 이 순간도 그렇게 사라질 것이다. 아마 오늘이 그녀에게 받는 처음이자 마지막 생일 축하가 될 테니까.

날이 저물면서 공기가 많이 차가워졌다. 세단은 윤성과 손을 꼭 잡고 덕수궁 돌담길을 걷고 있었다. 찬바람이 스치는 돌담길은 묘한 매력이 있었다. 비록 나뭇잎이 전부 떨어져 을씨년스러웠지만 마치 이곳만 시간이 멈춘 듯, 도심 속에서 고요함을 품고서 나름대로의 낭만을 속삭였다.

세단은 윤성의 보폭에 맞춰 같은 걸음을 내디뎠다.

"여기도 조용해서 괜찮죠?"

"그래."

"연인이 이 길을 함께 걸으면 얼마 안 돼서 헤어진다는 속설이 있었어요. 물론 아주 옛날 말이지만. 요즘은 연인들의 필수 데이트 코스예요."

윤성도 어느새 세단과 보폭을 맞췄다. 그녀가 한 발을 내디디면 그도 한 발을 내디뎠다. 느린 듯 느리지 않게. 빠른 듯 빠르지 않게. 그저 손을 잡고 걷는 것뿐인데도 그녀와 1분 1초까지도 함께하는 것 같아 마음에 들었다.

세단은 윤성의 얼굴을 살짝 훔쳐보며 슬그머니 입을 열었다.

"예전에 늑대에 대해서 오해하지 말라고 했었잖아요."

"그랬었나?"

"그래서 늑대에 대해서 알아봤었어요."

"하여튼. 그래서 뭘 알아냈는데?"

"늑대는 내가 생각했던 동물이 아니더라고요. 평생 딱 한 번의 사랑을 한대요. 한 암컷에게 죽을 때까지 자신의 마음을 맹세하는 거죠. 남에겐 무섭게 보여도 제 아내를 위해선 목숨까지 바쳐 지키는."

"……."

"굉장히 멋진 동물이었어요. 사람보다 나은 순애보를 가진."

세단의 말을 들은 윤성의 표정은 딱딱하게 굳어졌다. 지금 그녀가 말한 것이 각인이었으니까. 늑대인간의 가장 치명적인 약점. 한번 새겨지면 결코 벗어날 수 없는, 죽음이란 극단적인 끝밖에 존재하지 않는 저주.

"정말 너무 멋진 것 같아요."

"글쎄, 과연 그게 멋질까?"

싸늘하게 와 닿은 그의 목소리에 세단은 순간 움찔하며 걸음을 멈추었다. 윤성은 허공을 응시한 채 그녀의 손을 더더욱 꽉 붙잡았다.

"한쪽이 영원히 변하지 않고 다른 한쪽만 변해 버린다면? 그렇다면 괴롭지 않아?"

"으, 다, 닥터……."

"그건 서로가 서로에게 상처 입히는 것에 불과해. 나로 인해 힘들어하는 걸 지켜봐야만 하는 것도 괴롭고, 변해 버린 마음에 피하려고 발버둥 치는데도 피하지 못하고 계속해서 제자리지. 미쳐 버릴 것 같을걸? 어째서 이런 괴물에게 걸렸을까. 그건 순애보 따위가 아니야. 서로에게 악이야, 독이고."

세단은 그의 손을 뿌리칠 수가 없었다. 낮은 신음을 내뱉으며 고개를 들었다. 윤성의 휘몰아치는 회색빛 눈동자가 너무나도 낯설게 느껴졌다.

윤성은 점점 더 강하게 그녀를 움켜쥐었다. 헤어나갈 수 없도록. 빠져나갈 수 없도록. 마치 각인의 고통을 새기듯이. 그러다 이내 씹어 내뱉듯 내뱉어진 한마디.

"저주일 뿐이야."

그 한마디에 세단은 움직임을 멈추었다. 어느 순간 고통도 느껴지지 않았다. 낯설게 느껴지는 그를 바라보고 있노라니 윤성이 뒤늦게 정신을 차리곤 맞잡은 손을 스르르 풀어주었다.

"미안해. 내가 잠시……."

세단은 붉게 달아오른 제 손을 바라보았다. 손바닥 가득 싸한 바람이 느껴졌다. 그에게 닿았던 온기가 삽시간에 사라지며, 심장이 불안정하게 뛰어올랐다. 어쩐지 깊숙이 숨겨져 있던 그의 마음 하나를 본 듯한 느낌이었다. 그리고 그녀의 마음 역시 재촉하고 있었다. 이젠 물어봐야 한다고. 이번 데이트는 절대로 그저 그런 데이트가 아니라고.

하지만 너무 무섭다. 무서워…….

"닥터……."

"……."

입이 자꾸만 떨려왔다. 단어 하나하나가 자꾸만 부서지고 또 부서져 내렸다.

"나, 닥터한테 할 말이 있다고 했죠? 내가 물어보면, 피하지 말고 제대로 답해줘야 해요."

하지만 결국 세단은 어렵사리 말을 내뱉었고, 윤성은 저도 모르게 그녀의 입을 막고 싶었다. 그녀의 불안정한 마음이, 사시나무 떨듯 떨리는 감정이 온몸으로 느껴졌다.

"이사장님께 들었어요. 닥터가, 원래는 3개월 뒤에 떠날 생각으로 한국에 잠깐 들어온 거라는 거."

윤성의 숨소리도 잦아들면서, 세단과 똑같이 마음이 위태롭게 흐트러졌다.

"그거, 아직도 유효한 거예요? 정말로, 떠나는 거예요?"

찰나의 침묵이 그녀를 아래로 끌어 내렸다. 대답이 없다. 그가, 망설이고 있다. 이미 정해진 대답이잖아. 쉬운 대답이잖아. 왜, 그런데 왜 망설이냐고!

"아니죠? 아니잖아. 그렇죠? 물론 한 번도 계속 옆에 있어줄 거라고 말한 적은 없지만, 나한테 사랑한다고 제대로 말해준 적은 없지만⋯⋯. 그건 닥터가 서툴러서 그런 거 맞죠? 그렇죠?"

세단은 윤성의 옷깃을 움켜쥐었다. 엄마를 잃은 아이처럼 손이 떨려서, 붙잡은 옷깃을 놓지 못한다.

"날, 사랑하잖아요. 내 옆에 있어줄 거잖아요. 왜 대답을 못 해요? 이미 정해져 있잖아. 쉽잖아요. 안 간다고, 안 갈 거라고 말하면 되잖아!"

"⋯⋯."

"⋯⋯떠날 거예요?"

위태롭게 흔들리는 그녀의 눈동자가 윤성의 눈빛과 부딪히며 허무하게 부서져 내렸다. 그리고 마침내 잔뜩 억눌린 목소리 너머로 그의 대답이 흘러나왔다.

"⋯⋯그래."

그의 대답은 참으로 쉽고 간결했다. 그리고 그 대답 하나에 그녀의 손에 위태롭게 걸려 있던 옷자락이 스르르 떨어져 나갔다. 마치 모래알이 빠져나가듯, 어쩌면 지금껏 신기루와도 같은 시간에 취해 있었던 건지도 모른다. 그리고 이제야 현실이 보이기 시작한다. 달콤하디달콤한 설렘으로 가득 찼던 심장의 소리가 사라져 간다.

그저 그의 그 짧고 간결한 대답 하나가 머릿속을 공허하게 맴돌며 잔인하게 메아리쳤다.

"⋯⋯떠난다고요? 나는, 그러니까 나는 여기 있는데, 떠나 버린다고?"

나랑, 헤어질 거예요?"

끝내 듣고 싶지 않았던 말이 그녀의 입에서 흘어졌다. 하지만 피할 수도, 거짓을 말할 수도 없었다. 윤성은 너무나도 아프고 아프게 세단을 바라보았다. 귓가에 울리는 그녀의 숨소리가 듣기에도 고통스러울 정도였지만, 윤성은 다시 한 번 아까와 똑같은 대답을 할 수밖에 없었다.

"그래……."

빗방울이 떨어지기 시작했다. 서로를 향해 두근거렸던 심장 소리가 서서히 얼어붙은 유리 조각이 되어 폐부 깊숙이 아프게 파고들었다.

윤성은 불안감이 뒤엉킨 시선으로 저를 바라보는 세단의 눈동자를 똑바로 마주하기가 어려웠다.

이게, 자신의 욕심에 대한 대가다. 조금이라도 그녀에게 다가가고자, 조금이라도 곁에 있고자 한 자신의 욕심이 결국은 이런 파국을 만들고 말았다. 외면한다고 달라질 건 없었는데. 잠깐의 달콤함에 눈이 멀어서, 그 잠깐의 신기루에 홀려 오늘 같은 날을 계속 미뤄왔던 자신의 오만함의 대가다. 하지만 더는 물러날 수 없었다. 이미 균열은, 시작된 것이었다.

짧고 간결한 대답이 잔혹한 울림이 되어 그녀를 움켜쥐었다. 하지만 세단은 갑자기 입꼬리를 말아 올리며 웃었다. 그러곤 뭔가를 피하기라도 하듯 윤성에게서 고개를 돌린 채 입을 열었다.

"이사장님께 들었어요. 치료가 필요한 환자가 있어서 한국에 온 거라고. 누군지는 모르겠지만, 그 사람이 다 안 나은 거예요? 닥터 힘으로도 고치기 힘들어요? 여기서 치료하기 힘들어서 잠시 떠나는 거예요? 그래서 언제 와요? 나 기다릴게요. 기다릴 수 있어요. 지금까지도 잘 기다렸으니까. 시간이 얼마나 걸리든, 내가 기다리면 되니까……."

"그만!"

윤성은 영혼을 잃은 인형처럼 웃고 있는 세단의 어깨를 붙잡았다. 그리고 자꾸만 피하려고 하는 시선을 옭아매며 이를 악물었다.

시리게 내려앉는 적막감. 세단은 어느새 그의 옷자락을 다시 붙잡고 있었다. 그 손끝에서 느껴지는 절망감과 두려움에 윤성은 숨이 막힐 것만 같았다.

세단은 그에게 간절히 애원하고 있었다.

'제발, 말하지 마요. 아무 말도 하지 마. 하지 마. 하지 말라고!'

이미 벌어진 일이다. 그것이 지독하다 할지라도, 그녀를 갈기갈기 찢어놓을지라도 멈출 수는 없었다. 꿈에서 깰 시간이다.

"기다리지 마."

"……."

"다시는, 오지 않을 거야."

미치도록 흔들리던 세단의 눈동자가 한순간 멎으면서 뜨겁게 휘몰아치던 심장이 이내 싸늘하게 식어가기 시작했다.

"도대체, 그 환자가 누구예요?"

"……."

"나한테 뭘 숨기고 있는지 제대로 말해요. 나한테 왜 이러는 건데!"

감정과 감정이 부딪히며 일그러지듯 괴음을 토해냈다. 세단은 느낄 수 있었다. 이건, 예전처럼 기다린다고 그가 오는 게 아니라는 걸, 자신이 아무리 기다리고 기다려도 진짜로 이 남자는 가버릴 거라는 걸. 아니, 처음부터 이 남자는 내게 온 것이 아닌 걸까? 지금껏 나는 정말로 헛된 꿈에 사로잡혀서 바보처럼 해피엔딩이라고 믿고 있었던 걸까. 사실은 새드 아니, 배드엔딩이었던 걸까.

"내가 아프리카에서 한국으로 온 이유는 누군가를 살리기 위해서야. 그 여자에게 빚을 졌거든. 괜찮다는 날 치료해 주고, 옆에 있어주겠다고 하고, 난생처음 유일하게 나를 안아준 여자이기도 해. 그게 거슬렸어, 아주. 그래서 그녀가 죽을 운명이라는 걸 알고 그 빚을 갚기 위해서, 그 거슬림을 없애기 위해서…… 그래서 네 곁으로 온 거야."

세단은 믿을 수 없단 얼굴로 그를 올려다보았다. 닥터가 한국으로 온 이유. 살려야 할 환자. 지켜야 할 환자가, 나였다고?

"······나라고요?"

"그래. 하지만 널 살릴 방법이 있어. 그래서 내가 널 지키려고······."

순간, 세단은 그에게서 뒤로 물러섰다. 자신이 죽는다는 말보다 결국 그가 자신에게 일부러 다가왔다는 사실이 머릿속을 메우기 시작했다.

그럼, 그때 그가 말한 빨간 망토 이야기가 거짓말이 아니라는 거야? 그럼 혹시 지금도.

"그때 그 빨간 망토 이야기."

"······."

"그 이야기가 거짓말이 아니었네요? 그럼 닥터는 지금 나한테 일부러 이러는 거야. 그렇죠? 나 지켜주려고 일부러 이렇게 못되게 구는 거죠?"

헛된 희망이라고 할지라도, 구차하고 구질구질하다고 할지라도, 그래도 마지막까지 그를 붙잡고 싶었는데······.

"아니, 그건 그냥 동화일 뿐이야."

끝까지 참, 잔인하다. 끝까지 잔인하게 모든 걸 부숴 버린다.

결국 가슴속에 응어리졌던 불안함이 날 선 목소리가 되어 터져 나왔다. 세단은 더 이상 그에게 한 발자국도 다가갈 수가 없었다. 너무 아파서. 지금도 너무너무 아파 죽을 것 같아서.

"날 동정한 거예요? 내가 언제 그 빚 갚아달라고 했어요? 내가 언제 그랬냐고요! 난 의사예요. 어느 상황에서라도 다 그렇게 구했을 거라고요!"

윤성은 속수무책으로 무너지기 시작하는 세단을 붙잡으려고 했지만, 그녀는 그의 손길을 거칠게 뿌리쳐 버렸다.

"난 당신을 사랑했어요. 동정도 뭣도 아니라 정말로 사랑했다고요. 그런데 당신은, 날 사랑하긴 했어요? 지금까지 나를, 나를······."

처음부터 그랬듯, 지금도 역시 윤성은 사랑하냐는 말에 대답이 없다.

그래, 이런 상황에서도 절대로 거짓을 말하지 못하는 거겠지. 결국 그는, 날 사랑한 적이 없다. 동정과 연민으로, 그리고 스스로에 대한 그 같잖은 의무감과 거슬림 하나에 날 지켜주겠다고, 그저 잠깐 내 옆에 있어준 것뿐.

그걸 바보같이 이제야 알았다.

"……남들은 쉽게 내뱉을 수 있는 그 사랑이라는 단어, 난 쉽게 말할 수 없어."

어느새 빗방울이 굵어지기 시작하면서, 내리치는 파편 너머 그의 목소리가 힘없이 부서지고 있었다.

"네가 조금 전에 말했던 그 늑대의 사랑. 그건 우리에게 각인이라고 불리는 거야. 순애보 따위가 아니라 저주지. 네가 마음이 변해서 날 떠나려고 해도 내가 널 놓아주지 못해. 죽을 때까지. 정말로 죽어서야 끝나게 되는 거야. 그렇게 널 힘들게 만들 거라고."

"……"

"우리 부모님은 그렇게 불행해지셨어. 널 그런 운명에 엮이게 할 수는 없잖아. 내가 네 발목을 붙잡고 널 불행하게 만든다면, 난 나를 용서하지 못해. 내가 감당해야 할 불행을 너까지 감당하라고 내가 어떻게 그러냐고!"

눈앞이 자꾸만 하얗게 변했다.

차라리, 말하지 말지. 그냥 아무 말 말고 돌아서지. 그와 함께 조금이라도 나아갔다고 생각했는데. 같은 마음일 거라고 그렇게 생각했는데. 제자리였다. 나의 착각이었던 거야.

"날 믿지 못했다는 거네요? 내 사랑이 변할까 봐? 처음부터 당신은 끝을 생각하고 날 만났다는 거네요."

목소리가 덤덤하게, 그렇게 부서지고 또 부서졌다.

"끝을 생각하고 만난 사람한테, 처음부터 끝을 정해놓은 사람한테, 나는 바보처럼 미련하게 매일매일을 생각했던 거네. 날 사랑한다고 말하지 않아도 그건 그저 당신이 표현하는 게 서툰 것뿐이라고. 당신 몫까지 내가 더 많이 표현하면서 그렇게 당신과 가족이 되고 싶다고 생각한 내가 참, 한심했던 거네."

얼마 떨어지지 않은 거리. 몇 걸음 되지 않는 이 거리. 조금 전만 해도 이런 거리 따위 성큼성큼 걸어서 없애 버릴 수 있었지만 아마도 이젠, 이보다 점점 더 멀어지게 될 거다.

"내가 사랑한다고, 좋아한다고 외쳤던 말이 한 번도 당신에게 닿았던 적이 없었던 거네요. 날 한 번도 제대로 봐주지 않았던 거야. 날 사랑한 적 없었던 거죠? 그냥 내가 원하는 형태로 있어준 것뿐이었네요. 당신과 나는 한 번도 같은 시간을 공유한 적이 없었어."

같이 걸어도 같이 걷는 게 아니었고, 같이 있어도 같이 있는 게 아니었고, 키스를 할 때도, 안을 때도, 그보다 더한 감정으로 두근거렸던 것도 전부 다, 나 혼자만의 착각이었던 거야.

"미안해요. 내가 당신한테 제대로 믿음을 주지 못했던 거겠죠. 내가 당신한테 부족한 사람이어서. 어차피 당신이 말한 끝을 정해야 한다면……. 오늘 해요. 오늘, 끝내요."

가냘프게 단어 하나하나가 흩어지고 있었다. 눈앞이 자꾸만 뿌예졌다. 마지막으로 그녀를 오롯이 보고 싶은데. 그녀를…… 그녀를…….

"떠날 때는 나한테 말해달라고 했었죠? 지금이네요. 덕수궁 돌담길을 연인과 함께 걸으면 헤어진다는 그거, 미신인 줄 알았는데. 그게 우리가 될 줄 몰랐어, 진짜."

세단은 물끄러미 윤성을 바라보았다. 그가 지금 어떤 생각을 하는지, 어떤 표정을 하고 있는지 전혀 보이지 않았다. 지금 이렇게 서 있는 건 자신의 어리석은 미련 같았다. 언제라도 자신이 놓아버리면 끝나 버리는 관계였던 거다.

그래서 그녀는 아주 천천히 걸음을 돌렸다. 그리고 앞만 보고 걸었다.

돌아보지 말자. 멈추지 말자. 지금 그가 제 손을 잡는다고 할지라도.

"박세단!"

망설이던 그의 손끝이 세단을 붙잡았지만, 세단은 이를 악물고서 그의 손을 냉정하게 뿌리쳤다.

"이제 나한테 오지 마요. 그냥 나 혼자 내버려 둬요. 내가 도대체 왜 죽는다는 건지는 모르겠지만, 지켜주지 마요. 날 정말로 위한다면, 지켜주고 싶은 마음만큼은 진심이라면…… 당신, 절대로 내 눈앞에 나타나지 마."

그가 제 손을 잡는다고 할지라도 돌아서지 말자. 잊자. 모질게. 아주 독하게 잊어버리자. 문득문득 떠오르는 일도 없게. 추억이란 같잖은 말조차도 남아 있지 않게. 그라는 존재를 완전히 내 머릿속에서 박박 지워 버리는 거야. 쉬운 일이야. 예전에도 잘했잖아. 할 수 있을 거야. 그렇지 않으면, 내가, 내가 살 수 없을 것 같아. 내가 정말, 죽어버릴 것 같다고…….

잇새로 억눌린 흐느낌이 새어 나오고, 두 눈 가득 맺혀 있던 눈물이 마치 멍울처럼 가슴에 번지면서 결코 지워지지 않는 상처가 늘어난 듯 알싸한 통증이 스며들었다.

그 억눌린 울음소리가 윤성의 귓가를 처참하게 때렸다. 숨을, 쉴 수가 없었다. 뿌리친 그 손 그대로, 모든 시간이 멈춰 버린 것처럼 그는 멍하게 서서 멀어지는 그녀를 하염없이 바라보았다.

눈앞에서 그녀가 사라지고, 손안에 그녀의 온기가 사라져 가면서 모든 감각이 갈피를 잃었다.

윤성은 홀로 빈 돌담길에 서서 음울하게 울리는 절규에 눈을 감았다.

내가 그녀를 울리고 말았다. 웃는 얼굴만 보고 싶었는데 결국, 울리고 말았다.

아프게 하고 싶지 않았는데. 절대로 그 손을, 그녀가 내밀었던 그 손을, 잡는 게 아니었는데…….

윤성은 느꼈다. 한 번도 제대로 뛰어본 적 없었던 심장이 이제야 조금씩 숨을 내쉬었는데⋯⋯. 그 심장이 이젠 정말 영원히 멈춰 버렸다는 것을, 아마 두 번 다시 뛰는 일은 없을 거란 걸. 그녀가 아니면, 그녀가, 아니면⋯⋯.

굳게 닫혀 있던 입술이 점점 허물어졌다. 저 때문에 아프다고 울부짖는 그녀에게 연신 속삭이고 싶었던 말. 처음부터 지금까지 쭉 속삭이고 싶었던 말. 목 끝에 위태롭게 걸려 있던 그 말 한마디가 이미 떠난 그녀를 더듬으며 덧없이 사라져 갔다.

"사랑한다. 아주 많이, 사랑해. 박세단⋯⋯."

단 한 순간도 널 사랑하지 않은 적이 없었어. 그래서 더더욱 널 놓아줄 수밖에 없어.

듣는 이 없고, 갈 곳을 잃은 진심은 그렇게 얼어붙고 말았다.

신기루는 사라지고, 서로의 가슴에 커다란 상실감만을 드리운 채 그녀는 떠났고, 그는 영원히 멈춰 버렸다.

동이 트지도 않은 새벽. 세단은 그와 헤어져서는 마치 나사 빠진 인형처럼 창가에 머리를 기댄 채 무엇 하나 생각할 수도, 움직일 수도 없었다. 현실감이 없었다. 그저 머릿속이 뿌연 안개로 가득했다. 제대로 앞이 보이지 않았고, 뭘 해야 하는지도 망각한 듯싶었다. 아니, 정말 그저 눈을 감고 파고드는 생각 따윈 전부 다 지워내고 멈춰 버리고 싶었지만, 시간만 야속하게 흘러갔다.

"⋯⋯병원 가야지. 출근해야 해. 일하자, 일."

세단은 억지로 무거운 몸을 일으켜 세웠다. 지금은 일하고 싶었다. 일이라도 하면서 몸을 혹사시켜야 아무 생각도 안 할 수 있을 것만 같았다. 하지만 출근 준비를 하던 그녀의 손이 멈칫했다. 그리고 이내 메마른 실소가 새어 나왔다.

"피할 수가 없네. 그 사람. 한동안, 피할 수도 없잖아."

만나지 않으려고 해도 만날 수밖에 없었다. 적어도 한 달 동안 그는 병원에 있을 테니까. 하지만 세단은 마음을 단단히 먹었다. 그에게 휘둘리지 말자. 그를 만나기 전으로 돌아갔다고 생각하자. 박세단, 넌 할 수 있어. 그래, 할 수 있을 거야.

그렇게 세단은 병원으로 출근했다. 하지만 의국으로 들어가지 못한 채, 연신 복도만 서성이다 어렵게 컨퍼런스실로 들어갔다. 가장 구석진 자리에 앉아 세단은 고개를 숙였다. 그의 시선이 느껴지는 것만 같았다. 심장이 다시금 불안하게 꿈틀거린다.

'보지 마. 보지 마. 날, 보지 마……'

컨퍼런스는 평소처럼 진행되었다. 레지던트들의 목소리와 윤성의 목소리가 뒤엉켜 들렸다. 하지만 이상하게 다른 목소리는 그저 웅웅거릴 뿐이고 그의 목소리만이 선명하게 들려온다. 마치 괜찮냐고, 괜찮아질 거라고 말하는 것처럼.

'하, 박세단. 너 진짜 미쳤구나.'

그녀는 입술을 깨물고서 완전히 고개를 묻어버렸다. 그리고 윤성은 그런 그녀를 외면할 수가 없었다.

바들바들 떨리은 어깨. 멀리서도 느껴지는 힘겨운 호흡이 가슴으로 저릿하게 파고들었다. 많이 힘들어 보이는데 달래줄 수가 없었다. 그녀를 저렇게 만든 건 자신이니까. 윤성은 애써 고개를 돌렸다. 지금 조금 아파하고 잊으면 된다. 지금은 미칠 듯이 아프고, 모든 걸 잃은 것처럼 상실감에 사무쳐도 그래도 잦아진다. 괜찮아질 거다.

컨퍼런스가 끝나고 세단은 곧장 자리를 떠났다. 윤성은 떠나는 그녀를 바라보았다. 저렇게 고통스러워하는 그녀에게 그 진실을 말할 수는 없었다. 남은 한 달 동안, 멀리서 맴돌며 지켜야만 한다. 처음부터 이랬어야 했는데. 너무 큰 욕심을 부리지 말았어야 했는데.

"하아……."

그는 느리게 눈을 감았다. 자꾸만 가슴 위로 답답하고 저릿한 통증이 감돌았다. 스스로 회복할 수 없는 그런 통증이…….

세단은 박장욱 환자의 차트에 적힌 NS(신경외과)의 소견을 읽었다. 뇌로 전이된 종양은 당장 수술을 해야만 한다고. 하지만 너무 위험한 위치에 자리 잡은 터라 완전히 제거하기는 힘들었다. 그래도 일단 수술 날짜를 잡기 위해 병실 문을 열다가 세단은 잠시 걸음을 멈추었다. 병실의 유리창 너머로 은정의 웃음소리가 흘러나왔다. 처음 입원했을 때보다 더 마른 남편의 손을 꼭 잡고서 티 없이 맑은 미소를 짓는 그녀의 얼굴은 정말로 행복해 보였다.

세단은 그 모습을 이해할 수가 없었다.

끝이 정해져 있는 시작. 그걸 알고도 저렇게 웃을 수 있다고? 행복하게, 아무렇지도 않게? 난 그걸 견디지 못해서 그 사람과 이렇게 끝을 내고 만 걸까.

결국 수술 날짜를 조금 미뤄달라는 그들을 설득하지 못한 채, 세단은 한숨을 내쉬며 의국으로 돌아왔다. 그런데 웬일인지 레지던트와 인턴들이 한자리에 모여 있었다. 그리고 마윤성, 그 역시도.

세단은 재빨리 고개를 돌렸고, 윤성은 덤덤하게 제자리에 서서 그녀를 눈으로 좇았다.

"병원에서 의료 기구 업체를 바꾸기로 했어요. 어떤 업체를 선정할지 선생님들의 의견을 듣고 있으니까, 여기 청진기들을 사용해 보시고 투표해 주세요."

탁자에는 여러 청진기들이 놓여 있었다. 레지던트와 인턴들은 적극적으로 나서서 청진기를 확인하느라 소란이었지만 세단은 그럴 수가 없었다. 어떻게 하다 보니 남은 사람은 윤성과 그녀뿐이었다. 아무래도 두 사람이

사귀는 사이라고 알려져 있다 보니 배려를 한 듯싶었다.

'이래서 사내 연애가 힘든 거구나. 헤어져도 헤어졌다고 제대로 말도 못하고. 안 보려고 해도 이렇게 보게 되고.'

게다가 다른 사람이 그의 심박을 듣게 할 수는 없었다. 그렇게 되면 그가 이상하다는 걸 의심할 테니까.

윤성은 불편해하는 그녀를 보고선 먼저 입을 열었다.

"불편하면, 내가 자리를 피할게."

"아니에요. 공과 사는 구별해야죠."

그녀는 윤성과 어느 정도 거리를 유지하고선 고개를 내린 채 청진기로 그의 심박을 확인했다.

여전히 남보다 배는 빠르게 뛰는 심박수. 헤어졌으면서, 아직도 이런 걸 신경 쓰는 자신이 싫다.

그녀가 아주 가까이에 있었다. 손을 뻗으면 닿을 정도로. 예전엔 이것이 너무나도 익숙했는데, 이젠 닿을 수 없는 거리가 되었다. 자신의 심장에 귀 기울이고 있는 그녀의 손끝이 떨리고 있었다. 윤성은 저도 모르게 습관처럼 손을 뻗어 다독이려고 했지만.

"날 위로해 주지 마요."

"……."

"난 이렇게 힘들어 죽겠는데, 당신은 그렇게 아무렇지 않은 표정으로 아무렇지 않게 위로하려고 하지 마요. 진짜, 비참해지니까."

"……미안해."

순간, 그의 심장 소리가 불안정하게 뛰어오르기 시작했다. 아까보다 더 빠르게, 더욱 빠르게. 세단은 움찔했지만 이내 서늘한 시선으로 그의 회색빛 눈동자를 똑바로 바라보았다.

착각하지 않을 거야. 더 이상 당신한테 그렇게 휘둘리지 않을 거야.

"심박수가 평소보다 더 빠른 것 같네요. 설마 나 때문에 그런 거예요?"

그녀의 속삭임에 윤성의 눈빛이 흔들렸다. 하지만 곧 그 목소리는 차가운 불꽃이 되어 그의 심장을 더욱 타들어가게 만들었다.

"예전이라면 이렇게 말했을 거예요. 당신이 날 사랑하고 있다고 착각했었으니까. 하지만 걱정 마요. 나도 이젠, 내 심장 소리가 들리지 않아요."

"……."

"당신만 보면 바보처럼 쿵쾅거리던 내 심장 소리가 이젠 들리지 않는다고요."

4. 나의 심장 소리가 닿기를

사랑을 하면, 그 사람 때문에 자신의 심장이 너무 쿵쾅거려서 귓가에 오직 제 심장 소리만 부끄러울 정도로 들리지만, 사랑이 식어가면…… 그 심장 소리 역시 사그라들어서,

"그래서 지금 닥터의 심장 소리가 더 크게 느껴지나 봐요."

그제야 그 사람의 심장 소리가 들린다.

윤성은 저도 모르게 입술을 깨물었다. 시리게 파고드는 그녀의 목소리를 따라 다시금 가슴이 욱신거렸다. 지금 그는 점점 더 가파르게 숨을 내쉬는 제 심장 소리가 들렸다. 뛰면 뛸수록 점점 더 아릿한 통증을 일으키는 심장은 여전히 그녀를 향하고 있었다.

하지만 윤성은 엷은 미소를 지으며 속삭였다.

"다행이네, 지워가고 있어서."

그리고 그 한마디에 세단은 더는 버티지 못한 채 청진기를 내려놓고 곧장 의국을 빠져나갔다.

그녀의 발소리가 멀어지고 나서야 윤성은 억지로 참고 있던 신음을 짧게 내뱉었다.

"하아!"

"어머, 교수님, 괜찮으세요?"

"어디 아프신 거예요?"

그가 가슴을 움켜쥔 채 고개를 숙이자 옆에 있던 레지던트들이 다가왔지만, 윤성은 슬쩍 몸을 피하고서 어렵사리 입을 열었다.

"괜찮아, 건드리지 마."

바짝 경계 어린 눈빛과 날 선 목소리에 레지던트들은 움찔하며 슬그머니 자리를 피했다.

숨이 막힐 정도로 빠르게 뛰어오르는 심장을 꽉 붙잡았다. 전혀. 그래, 전혀 괜찮지가 않다. 온몸의 감각이 그녀에게 민감하게 반응하며 자꾸만 그녀를 부르고 있었다. 하지만 그는 이를 악물었다. 이렇게 아픈 것도 익숙해져야만 한다. 이게 맞는 거니까. 하지만 생각보다 훨씬 더 힘든 것 같다. 앞으로 평생 이렇게 매 순간순간 아파하고 그리워해야 하는 걸까.

'감당해야 해. 견딜 수 있어. 괜찮아질 거야.'

차츰차츰 통증이 잦아들면서 윤성은 스스로를 향해 철저히 되새겼다. 절대로 두 번 다시…….

'그녀에게 가면 안 돼.'

의국을 빠져나온 세단은 앞만 보고 걸음을 옮겼다. 복도 가득 그녀의 발소리가 위태롭게 울렸지만 걸음을 멈추지 않았다. 자꾸만 그의 엷은 미소와 함께 다행이라는 말이 귓가에 맴돈다.

청진기 사이로 뜨겁게 들려왔던 그의 심장 소리에 자꾸만, 혹시, 어쩌면, 하는 바보 같은 기대감을 품고서 두근거렸다. 아직도 이 빌어먹을 심장은 그에게 미련을 보이는 것이다. 이 소리가 그에게 들릴까 봐, 듣고 있을까 봐, 일부러 그렇게 외면했던 거다.

세단은 벽을 짚고서 자리에 멈춰 섰다. 이내 입가로 실소가 흩어졌다.

"나, 진짜 지금 뭐하고 있니."

말로는 잊을 거라고, 모질게 지울 거라고 온갖 허세 섞인 말로 그를 밀어내고 있으면서, 정작 전혀 잊으려고 하지 않잖아. 정말 잊을 수 있을까. 한 달이 지나고, 그가 떠나면 그때는 잊을 수 있을까. 혹시라도, 만약 혹시라도 그가 없어진 뒤에도 잊지 못한다면. 그렇게 되면…….

"빡센!"

멀리서 애정이 그녀를 발견하고서 손을 흔들었다. 세단은 그녀를 보는 순간 참고 있던 게 울컥 올라와 그대로 그녀를 향해 달려가 와락 끌어안아 버렸다.

"악! 박세단, 너 이게 뭐하는 거야!"

"……."

얘가 아침부터 뭘 잘못 먹었나? 세단을 밀어내려고 버둥거리던 애정이 멈칫했다. 그녀가 떨고 있었다. 그렇다고 우는 건 아니지만 금방이라도 울 것 같은 느낌. 애정은 그제야 그녀에게 무슨 일이 있다는 걸 알고선 심각한 어조로 입을 열었다.

"왜 그래? 무슨 일 있어?"

"헤어졌어……."

"뭐?"

"마윤성 교수님이랑 헤어졌다고."

공허한 속삭임에 애정의 표정이 삽시간에 딱딱하게 굳어졌다. 애정은 세단을 억지로 떼어내고선 그녀의 얼굴을 똑바로 바라보았다. 그리고 애정은 말을 잇지 못했다.

울고 있었다. 눈물이 없고 소리가 없다고 울지 않는 것이 아니다. 지금 그녀는 온몸으로 고통스럽다고 절규하며 눈동자 가득 소리 없는 울음을 토해내며 그렇게 울고 있었다.

"그래서 울었어?"

애정은 왜 헤어졌는지는 묻지 않았다. 세단은 뜻밖의 질문에 짧게 입을 열었다.

"……아니."

돌담길에서 그와 헤어진 직후 말고는 울지 않았다. 원래라면 아주 소리를 지르면서 울어야 하는데. 아주 추할 정도로 그렇게 울어야 하는데……. 그렇게 슬픔을 내뱉어야 하는데 그러지 못했다.

"그냥 울어. 너 지금 얼마나 위태로워 보이는지 알아? 너 원래 헤어지면 그러잖아. 술 마시고 울고 털어내고."

그래, 정말로 애정이 말처럼 그렇게 해야 하는데…….

"……그게 안 돼."

"……."

"술을 마실 수도 없고, 울지도 못하겠어. 지금 울어버리면 멈추지 못할 것 같아."

"세단아."

다른 이별처럼 굴 수가 없는 이유는, 스스로 멈추지 못할 것 같아 무서워서였다. 아빠를 보내고 엄마가 떠났을 때는 거의 한 달 정도를 매일 울었다. 아무것도 먹지 못하고 계속 울고 울고 또 울다가 실신할 정도로 슬픔을 견디지 못했었다. 그런데 지금도 그럴 것 같았다. 그렇게 울다가 그 울음소리가 혹시라도 그에게 닿을까 봐……, 그래서 울 수 없었다.

"날 떠나겠다고 한 건 그 사람인데, 난 지금도 바보처럼 그 사람이 참 아파. 걱정되고."

그가 걱정하고 아파할까 봐, 내가 무너지는 것보다 그를 더 염려하며 두근거리는 심장이, 감정이 진심이다. 아직도 너무 좋아해서, 여전히 너무 너무 좋아하고 있어서…….

"겁이 나, 이대로 벗어나지 못할까 봐. 평생 이렇게 그를 계속 그리워하면서 살게 될까 봐. 밀어내려고 해도, 외면하려고 해도, 나도 모르게 제자리에 서 있게 될까 봐. 애정아, 나 그게 너무 겁이 나."

그리고 그걸 감당하기가 너무나도 버겁기만 했다.

그렇게 감정을 조금이나마 토해내고서 세단은 애써 괜찮다고 말하며 콜을 핑계로 자리를 떠나 버렸다.

애정은 그녀가 걱정되었다. 헤어졌다는 것도 놀랐지만 생각했던 것보다 훨씬 괜찮은 척하는 것이 더 눈에 밟혔다. 애정은 예전에 두 사람이 만약 헤어지게 되면 세단이 엉망진창으로 망가질지도 모른다고 염려했었다. 그런데 그 만약이 현실이 된 지금 그나마 저렇게 버티고 있는 건 또 예상하지 못한 일이었다.

'전부 교수님을 위해서야. 교수님한테 그런 모습 보여서 힘들게 하고 싶지 않으니까 꾹꾹 억누르고 있는 거라고.'

하지만 저렇게 계속 억누르다가 결국엔 그녀 자신도 감당하지 못할 만큼 한계에 다다르면,

'그렇게 되면 너무 위험한데. 대체 갑자기 왜 헤어진 거야. 교수님이 떠난다고?'

심각한 표정으로 스테이션에 들어온 애정은 다른 간호사들의 대화 속에서 마 교수님의 이름이 들리자 고개를 휙 돌렸다.

"이거 이틀 전에 마 교수님이 부탁했던 자료야. 좀 전해주고 올래?"

"네, 안 그래도 박상현 환자 2차 약물검사 받아야 해서요."

"잠깐!"

애정은 막 떠나려는 간호사의 어깨를 덥석 잡고서는 어색한 웃음을 지으며 입을 열었다.

"마 교수님께 가는 거라면 내가 가도 될까?"

"네? 하지만……."

"나도 좀 볼일이 있어서. 내가 다 물어볼게. 처리할 것도 내가 다 처리

하고. 알았지? 미안해."

애정은 자료를 거의 빼앗다시피 해서 얼른 연구실을 향해 달렸다. 그를 만난다고 뭔가 해결될 건 아니지만, 그래도 두 손 놓고 있을 수는 없었다.

그렇게 윤성의 연구실 앞에 도착한 애정은 짧게 심호흡을 하고서 문을 두드렸다.

"마 교수님, 계신가요? 저 한애정입니다. 잠시 들어가겠습니다."

애정은 조심스럽게 연구실 문을 열었다. 그리고 이제 막 자리에서 일어선 윤성과 눈이 마주친 그녀는 저도 모르게 눈을 크게 떴다. 평소와 같은 모습인 듯하면서도 뭔가 느낌이 달랐다. 그리고 어딘지 모르게 익숙한 느낌.

애정은 윤성에게 자료를 건네주었다.

"이거 부탁하신 자료입니다."

"아, 감사합니다."

"교수님, 저 여쭤볼 게 있어서 일부러 왔어요."

그래, 왜 익숙했나 싶었는데, 방금 전 세단의 모습과 똑같았다. 소리 없는 울음이 그의 회색빛 눈동자에 가득 느껴졌다. 하지만 이쪽이 더 차갑고 공허해서, 보고 있는 자신의 마음이 아려왔다.

'이걸 세단이가 보면 더 아파할 거야. 안 그래도 마 교수님만 걱정하던데. 서로 이렇게 아파하고 그리워할 거면서 대체 왜 헤어진 거야?'

애정은 도저히 이 상황이 납득이 가질 않았다. 그렇다고 아픈 상처를 들쑤시며 물어볼 수도 없고.

"저기, 무슨?"

윤성은 물어볼 것이 있다면서 입을 꾹 다물고 있는 애정을 의아한 표정으로 보았다. 애정은 잠시 망설이다 이내 세단이의 이름을 내뱉었다.

"세단이한테 얘기 들었어요."

"……그렇군요. 그래도 다행이네요, 한 선생님한테라도 기댈 수 있어서.

그렇다면 박 선생을 잘 부탁드립니다. 제가 얼른 박 선생 눈앞에서 사라져야 하는데, 아직은 좀 더 이곳에 있어야 해서 말입니다."

애정은 그에게서 세단을 보았다. 자신이 아프고 무너지는 것은 신경도 쓰지 않고 오직 서로가 아픈 것만 이렇게 걱정하고 있으니.

'무슨 이별이 이래? 뭐 이딴 이별이 다 있냐고.'

"교수님은 괜찮으세요?"

윤성은 살짝 고개를 들었다.

"제가 보기엔 교수님도 좀 울어야 할 것 같은데."

"네?"

"전 지금 교수님의 동료 간호사로서 온 게 아니라 세단이의 친구로서 온 거예요."

"그건……."

"교수님이랑 세단이랑 어쩜 이렇게 똑같은지. 제가 보기엔 완전 천생연분이거든요. 두 사람이 왜 헤어졌는지, 뭐 때문에 헤어졌는지 저 그런 건 안 물어요. 그건 진짜 오지랖이니까. 그런데 두 사람 다 오직 서로만 생각하고 자기 자신은 별로 생각하지 않네요. 자신이 지금 얼마나 아픈지, 얼마나 힘든지는 뒷전이고 오직 상대방이 얼마나 힘들까, 얼마나 아플까만 생각하고 있어요. 솔직히 이게 무슨 이별인지 전 모르겠네요."

"……."

"세단이도 교수님도, 조금은 자신을 풀어주세요. 아픈 건 아프다고 말해도 된다고요. 의사들이 환자들에게 그렇게 말하잖아요. 아픈 걸 참지 말라고, 아픈 건 그냥 아프다고 말하라고. 마 교수님, 참 인간미 없을 정도로 완벽하다고 생각했는데 세단이와 마찬가지로 인간관계는 서투시네요."

애정은 더 이상 그에게 할 말이 없었다. 세단과 똑같은 상황인데 무슨 말을 더 할까. 그래도 혹시 조금은 이 서툴고 못난 커플에게 도움이 되지 않을까 해서 한마디를 덧붙였다.

"조금 더 오지랖을 떨자면, 전 자기 자신이 덜 아프려고 하는 게 이별이라고 생각해요. 사랑이 오직 서로를 위하는 거라면, 이별은 상대방이 사라지고 오직 나 자신을 위해서, 나 자신이 아픈 게 싫으니까 선택하는 거라고요. 무슨 이유인지는 몰라도 헤어졌는데도 나는 보이지 않고 상대방만 생각하면서 끊임없이 힘들다면, 차라리 눈에 보이는 곳에서 같이 아픈게 낫지 않을까 싶네요. 결국 지금 이렇게 괴롭다는 건 아직도 마음이 많이 남아 있다는 거니까."

뼈 있는 말을 건네고 애정이 연구실을 나가자 윤성은 문이 닫히는 소리와 함께 모든 소리를 닫아버렸다. 닫혀 버린 귓가로 애정의 말이 연신 맴돌았다. 그리고 그 말 한마디에 다시금 묵직한 통증이 가슴에 멍울졌다. 그는 자조적인 시선으로 고개를 떨어뜨렸다.

"아파할 자격 같은 거…… 나한테는 없지."

애써 담담한 척했던 얼굴이 한순간에 일그러지면서, 꽉 움켜쥔 주먹이 터질듯이 가늘게 떨렸다.

그녀를 울게 만들었는데, 저렇게 힘들고 아프게 만들었는데, 마음껏 아파할 자격 따위 있을 리가……. 울 자격도 없다. 아무런 자격이 없다.

차라리 못된 놈이라고 욕이라도 할 수 있도록 철저히 나쁜 놈이 되어야 했다. 익숙한 일이다. 그런데 그 익숙한 일이 왜 이렇게, 왜 이렇게 미칠 것같이 힘든 거지?

그는 이별이 서툴렀다. 만남이 있어야 이별도 가능했기에 그는 이렇게 절절하게 이별을 해본 적이 없었다.

그녀라면 괜찮지 않을까. 그녀라면 영원히 함께할 수 있지 않을까. 그렇게 수백 번, 수천 번 생각해도 수백 번, 수천 번 그날의 일이 떠오르면서 아버지의 말이 다시 그의 발목을 붙잡았다.

"미안해…… 내가 당신 앞에 나타나서. 당신을, 사랑해 버려서…….."

사랑해서 미안해야 하고, 사랑하면 할수록 두려워지는.

그렇다면 어머니는 정말로 아버지를 사랑한 걸 후회만 했던 걸까. 정말 마지막까지, 모든 것이 끔찍하기만 했을까?

그는 처음으로 어머니와 아버지를 제대로 떠올렸지만 그 어떤 답도 내릴 수가 없었다.

서둘러 박장욱 환자의 수술 날짜를 정해야 하는데, 자꾸만 미루고 있는 터라 NS에서도 곤란한 눈치였다. 그래서 이번엔 세단이 팔을 걷고 나서서는 은정을 조용히 불러 설득하고 있었다.

"이대로 수술하지 않으면 점점 더 고통스러워질 거야. 박장욱 씨의 목숨을 더이상 장담할 수가 없어. 함께 있는 시간이 더 짧아진다고. 이젠 결정해야 해."

은정은 서글픈 미소를 지으면서 고개를 끄덕였다.

"제가 선생님께 괜한 걱정을 끼쳐 드리고 있었네요."

"그게 아니라……."

"알겠습니다. 안 그래도 말씀드리려고 했어요. 남편과 이런저런 할 말이 많았거든요."

세단은 여전히 담담해 보이는 은정의 얼굴에 이런 말을 물어보면 안 되는 걸 알면서도 저도 모르게 입을 열고 말았다.

"정말로 괜찮은 거야? 끝이 이렇게 분명한데, 정말로 그 순간이 행복하기만 하다면 정말로 그렇게 괜찮을 수 있는 거야?"

"……."

"생각보다 훨씬 아파. 정말 견디기 힘들 정도로 아픈 거야. 아무리 지금이 행복하다고 하지만, 행복한 만큼 더 아픈 거라고."

은정은 어쩐지 위태롭게 흔들리는 것 같은 세단을 바라보았다. 무슨 일이 있는 것 같았다. 하지만 그녀는 묻지 않고 처음 남편과 만났던 순간을 떠올리며 엷은 미소를 지었다.

"괜찮지 않아요. 하루하루 눈을 감고 뜨는 게 무서울 정도인걸요. 혹시라도 오늘, 아니면 내일 그 사람이 사라질지도 모르니까."

"그런데 도대체 왜……."

"하지만 제 선택을 후회하진 않아요. 먼저 다가간 건 저예요. 그 사람은 절 계속 밀어냈죠. 이러면 안 된다고, 너와 영원히 함께한다는 약속을 절대로 할 수 없다고, 사랑한다는 말도 너에게 쉽게 하는 건 죄라고."

세단은 은정의 말 속에서 윤성의 목소리가 함께 들려오는 듯했다.

"나 혼자 견딜 무게를 너까지 감당하게 하고 싶지 않다고. 그렇게 외면했던 사람을 끝까지 당긴 건 저예요. 제가 너무 좋아서 당겼어요. 너무 너무 사랑해서, 그 무게까지 내가 감당하겠다고 그렇게 당겼는데. 그런 그 사람한테 후회한다고, 힘들다고, 괜찮지 않다고 말하는 건 제가 나쁜 거겠죠."

"……."

"안 그래도 나 때문에 힘든 사람 더 힘들게 할 순 없잖아요. 남들보다 배는 사랑하고, 마음껏 사랑하고, 미친 듯이 사랑해야죠. 떠나는 날, 그 사람도 그리고 나도 후회하지 않았다고, 사랑할 수 있어서 너무 감사했다고, 그렇게 작별할 수 있도록."

은정은 떨리는 두 손을 꼭 붙잡고 자꾸만 흔들리는 목소리를 마지막으로 힘껏 내뱉었다.

"그러니까 저는 마지막까지 남편이랑 행복한 신혼을 즐기고 싶어요. 평생 후회가 남지 않게. 훗날, 남편이 내 걱정 않고 떠날 수 있도록……."

은정의 말 한마디 한마디가 가슴으로 깊이 박혀들었다. 그래서 세단은 그녀가 떠난 뒤에도 한동안 움직일 수가 없었다. 자신이 참 이기적인 사람이었다는 걸 깨달았으니까.

그를 당긴 건 자신이다. 상처가 많은 그 사람, 평범하지 않은 그 사람, 그래서 억누르고 숨기는 것이 익숙한 그 사람을 당기고 안은 건 자신인데.

'너무 쉽게 생각했어.'

감당하겠다는 둥, 같이 가자는 둥 말만 번지르르하게 했지만. 너무 쉽게 생각했던 거야. 나도 아직 트라우마에서 벗어나지 못했으면서……. 닥터는 나보다 더 아프고 힘든 사람인데. 총격을 당하고, 남들에게 괴물이라고 손가락질당하고, 게다가…… 그 각인이라는 걸로 인해 무슨 일이 어떻게 일어났는지는 모르겠지만, 그걸로 인해 불행해진 부모님을 눈앞에서 본 사람이야. 그에겐 그 모든 것이 너무나도 무서울 텐데. 자기 자신은 생각하지도 않고 오직 나를 위해서 내린 결정일 텐데. 나는 내 감정만 소중해서, 내 감정만 중요해서 그에게 내 서운한 감정만 밀어붙이고, 더 아프게 만들었어.

세단은 고개를 숙였다. 질끈 감은 눈에서 눈물이 새어 나왔다.

빨간 망토 이야기는 거짓이 아니다. 그의 이야기고, 닥터의 진심이다. 그걸 나는 너무, 너무…….

'쉽게 생각한 거야. 나는, 그 사람 옆에 있을 자격이 없어. 없다고…….'

결국 세단은 입술을 꽉 깨물고서 한 손으로 제 얼굴을 가렸다. 쏟아지는 눈물을 버텨낼 수가 없었다. 이젠 정말로 그에게 스스로 갈 용기까지 사라져 버렸다.

윤성은 며칠째 세단이 퇴근하는 시각에 맞춰서 길을 나서고 있었다. 그녀는 멀리서 보아도 굉장히 지친 모습이었다. 특히나 눈 주위가 붉어진 게 자꾸만 신경에 거슬렸다.

'울었나.'

하지만 울음소리는 들리지 않았는데…….

그는 그녀가 걷는 속도에 맞춰서, 도로 하나를 사이에 두고 그녀와 함께 걸었다. 해가 짧아지면서 어둠이 빨리 찾아왔다. 그녀의 걸음은 공허했고, 그 역시 공허했다. 함께 마주 걸어야 할 걸음이 짝을 잃은 채 그리움에 사로잡혀 억지로 앞을 향하는 게 버겁게만 느껴졌다.

모퉁이를 돌면서 그녀의 모습이 사라졌다. 이 길로 쭉 올라가면 레지던스였다. 윤성은 눈을 감고 귀를 바짝 열었다. 그녀가 레지던스로 올라가는 걸음 소리가 들렸다. 보지 않아도 눈앞에 세단의 모습이 그려졌다. 축 처진 어깨와 웃음을 잃은 눈. 자꾸만 그 모습만이 뇌리에 맴돌며 묵직한 통증으로 변했다. 마침내 그녀의 소리가 완전히 사라지고, 그제야 윤성은 눈을 떴다. 씁쓸하다 못해 쓰린 허전함이 감돌았지만 윤성은 견뎌냈다.

조만간 레지던스도 비워야 할 것 같았다. 가까이에 있으면 그녀가 더 힘들어할 테니까.

그는 걸음을 다른 방향으로 돌렸다. 길거리에서 때 이른 크리스마스 캐럴이 흘러 나왔다. 세단은 크리스마스에 함께 광화문에 가자고 했었다. 청계천 등불을 보곤 간절히 소원을 빌었던 그녀. 물어보진 않았지만 분명 자신을 위한 소원이었을 테지. 항상 그녀 자신보단 나를 먼저 생각했었으니까. 좋아한다는 말, 사랑한다는 말 실컷 듣고 싶었을 텐데도 한 번도 해주지 않은 나를 원망하기는커녕 서툰 거라고 이해했다고, 오히려 자신이 더 많이 해주면 된다고 생각했다고, 그렇게 바보처럼, 미련하게.

홀로 걸음을 내디딜 때마다 그녀의 모습이 물밀 듯 밀려들면서 그는 바보처럼 피식 웃었다.

"하아……."

덧없이 흩어지는 한숨이 차갑게 부서졌다. 입매가 서글프게 휘늘어졌다. 계속, 하루 종일 박세단이 떠나질 않았다. 이렇게 미친놈처럼 굴면 어쩌자는 건지. 이렇게 계속 그녀만 떠올리면서 이러다가 정말로 그녀에게 가버릴까 봐, 붙잡아 버릴까 봐, 그런 미친 짓을 하게 될까 봐. 아니, 그보단 1분 1초도 제대로 숨을 쉴 수가 없었다. 아파서, 못 견디게 아프고 끔찍해서.

조금이라도, 조금이라도 그녀를 잊어내고 싶었다. 아주 조금이라도…….

그때, 포장마차가 보였다. 술이라는 걸 마시면 좀 잊을 수 있을까. 조금이라도 지워낼 수 있을까. 예전에 그녀가 그랬던 것처럼.

윤성은 처음으로 뭔가에 기대서라도 이 고통에서 벗어나고 싶다는 생각을 하며 포장마차 쪽으로 걸음을 옮겼다.

세단은 몇 시간 동안 멍하니 소파에 앉아 있었다. 힘이 쭉 빠지면서 제대로 걸을 수가 없었다. 누울 수도 없었다. 누워서 잠들면, 꿈에 그가 나올까 봐. 지금도 문득문득 떠오르는 걸 꾹 참고 있는데, 꿈에 나오면 정말로 깨고 싶지 않아서 영원히, 정말 영원히 눈만 감고 있을 것 같았다.

"일단 뭘 좀 먹자."

그녀는 비틀거리는 걸음으로 주방으로 가 냉장고를 열었다. 그런데 냉장고를 열자마자 눈에 보이는 건 그에게 초코 케이크를 만들어주고 남은 초콜릿이었다.

"이게 남아 있었네……."

세단은 허탈한 표정을 지으며 초콜릿을 꺼내 무의식적으로 한입 베어 물었다. 그런데 그토록 달다고 해주었던 초콜릿이 너무나도 쓰다. 입안으로 초콜릿의 쌉쌀한 맛이 감돌면서 쓴물이 울컥 밀려드는 것 같았다.

남아 있는 초콜릿을 전부 버리려는 순간,

쿵쿵쿵!

갑자기 문 두드리는 소리가 크게 들렸다. 세단은 살짝 긴장한 표정으로 천천히 걸음을 옮겼다.

대체 누구지? 초인종을 누르면 되는데 왜 저렇게.

쿵쿵쿵!

어느새 긴장을 넘어 이젠 공포가 스멀스멀 피어올랐다.

"누, 누구세요?"

아무 말이 없었다. 세단은 덜컥 무서워졌다.

"……박세단."

그러다 문을 넘어온 목소리에 세단은 한 치의 망설임도 없이 벌컥 문을 열었다. 그리고 정말로 그가 서 있었다. 그것도 술에 잔뜩 취해서는 금방이라도 넘어질 듯 비틀거리는 채로.

"닥터?"

"하아, 박세단……. 진짜, 박세단이네……."

갑자기 해맑게 웃는가 싶더니 그는 거의 무너지듯 세단을 끌어안았고, 그녀는 휘청이며 그를 붙잡았다.

대체 얼마나 마신 거야! 이렇게 망가진 모습은 처음인데!

세단은 당황스러움을 넘어, 걱정되는 마음에 그의 얼굴을 보려고 했다.

"닥터? 정신 차려요. 닥터? 닥터!"

하지만 윤성은 세단의 허리를 아이처럼 꽉 끌어안고서 머리를 그녀의 가슴에 기댄 채 꼼짝도 하지 않았다.

"대체 얼마나 마신 거야. 내일 수술 일정 없던가? 정신 차려요, 닥터! 닥……."

"미안해……."

순간, 울음 섞인 그의 목소리가 스치면서 가슴으로 정말 말도 안 되는 물기가 전해졌다. 심장이 내려앉는 기분에 세단은 저도 모르게 손을 뻗었다.

윤성은 천천히 고개를 들어 그녀를 바라보았다. 세단은 파르르 떨리는 입술을 깨물고서 그의 눈동자에 맺힌 눈물을 닦아냈다.

그가, 울고 있었다. 천하의 마윤성, 그 사람이 지금, 울고 있었다.

세단은 어렵사리 윤성을 소파에 앉혔다. 그에게서 나는 술 냄새가 지독했다. 여기까지 어떻게 왔는지 신기할 정도였다.

"물 좀 가져올게요."

세단이 그에게서 조금 벗어나려고 했지만, 윤성은 그녀의 손목을 잡고 놓아주질 않았다. 세단은 하는 수 없이 그에게 붙잡힌 채 고개 숙인 그를 무거운 시선으로 바라보았다.

그의 눈물은 어느새 멎어 있었다. 물론 주르르 흐르거나 펑펑 쏟아진 정도는 아니었다. 하품을 하면 살짝 맺힐 정도. 하지만 그가 눈물을 보인 이유를 알기에, 세단은 숨 쉬는 것도 잊을 정도로 넋을 잃고 말았다.

그는 괜찮은 줄 알았다. 너무나도 담담한 표정으로 돌아섰기에 정말로 괜찮은 줄 알았다. 하지만 이렇게 힘들어하는 모습을 보일 줄이야. 고작 술에 무너질 정도로. 정말로 이렇게 아이처럼 무너진 모습을 보일 줄이야.

세단은 여전히 제 손목을 꼭 잡고 있는 그의 손길을 아프게 바라보았다.

"이런 걸 바란 건 아니에요."

내가 아픈 만큼 당신도 아팠으면 좋겠다고 바라진 않았다. 오히려 그를 걱정했고 염려했다. 너무 괜찮아 보이는 그에게 서운하긴 했지만 한편으론 다행이라는 바보 같은 생각을 하기도 했었다. 그래서 오히려 지금 가슴이 너무나도 텁텁했다.

그녀는 미동조차 보이지 않는 그의 얼굴을 보기 위해 좀 더 몸을 숙였다. 그런데 정신을 잃은 줄 알았던 그가 살며시 고개를 올리며 그녀의 눈동자를 가만히 바라보았다. 그러다 그의 입꼬리가 부드럽게 말려 올라가며 나직한 목소리가 새어 나왔다.

"박세단. 세단아……."

취기에 젖어 흔들리는 그의 목소리가 너무나도 달콤하게 이름을 부르자, 세단은 울컥하는 마음을 꾹 누르며 살짝 고개를 끄덕였다.

"그래요, 나예요."

윤성은 손목을 움켜쥔 손에 조금 더 힘을 가하며 혼잣말을 하듯 중얼거렸다.

"네가 그리웠어, 아주 많이, 보고 싶었어. 잊으려고 술까지 마셨는데, 하아. 이렇게 꿈에 나오는 건 반칙이야."

그는 또 다른 손으로 그녀의 얼굴을 더듬었다. 따스하게 퍼지는 익숙한 온기에 그녀와 헤어진 이후, 텅 비어버린 채 차곡차곡 상처만이 쌓여 아팠던 통증이 그제야 조금씩 사그라지는 것 같았다.

윤성은 이게 전부 꿈이라고 생각했다. 꿈이 아니라면 절대로 있을 수 없는 일이니까. 잊으려고 술을 마셨는데, 결국엔 이렇게 꿈으로 나타나다니. 아무리 발버둥 쳐도 조금이라도 벗어날 수가 없다니…….

그래도 꿈속의 그녀는 저를 바라보고 손을 마주 잡아준다. 자신을 외면하지 않아서, 이렇게 마음껏 보고 만질 수 있어서, 너무 좋았다.

그의 손길이 스칠 때마다, 세단은 잇새 사이로 억지로 누른 흐느낌이 새어 나올 것 같았다. 보고 싶었다니, 그리웠다니. 그런 말로 이렇게 다시 흔드는 당신이 오히려 반칙이야.

"그럼 날 잡아요. 잡으면 되잖아. 이렇게 힘들어하면서, 그냥 있으라고 하면 되잖아요!"

또다시 마음을 그에게 쏟아내고 말았지만, 윤성은 한껏 낮아진 어조로 힘겹게 고개를 가로저었다.

"그러면 안 돼. 난, 그렇게 하면 안 돼."

그의 목소리가 애처롭게 떨리기 시작했다. 이런 모습도 처음이었다. 그가 절대로 드러내 보인 적 없었던 일면을 엿본 느낌.

"네가 원하는 평범하디평범한 것들을, 그 사소한 것들을 난 해줄 수 없어. 난 아무것도 줄 수 없어. 내가 다가갈수록, 사랑하면 할수록 내가 아프고 네가 아파. 그러니까 아주 잠깐일 거야. 곧, 사라져 줄게."

꽉 붙잡고 있던 그의 손이 점차 힘을 잃기 시작했다. 마치 천천히 놓으려고 하는 것처럼.

"네가 원하는 대로 내가 사라져 줄게. 그러니까 넌 더 좋은 사람 만나서 네가 원하는 평범한 사랑을 해. 내가 해주지 못했던 것, 내가 해주고 싶었던 것, 다 해줄 수 있는 그런 사람 만나서……. 그때까지, 내가 너 지켜줄 테니까……."

진심과 거짓이 뒤섞인 말 한마디, 한마디가 그녀의 심장을 문지르며, 눈가가 자꾸만 시큰거렸다.

사랑하면 할수록 아프다고 말하는 이 사람. 나는 그저 쉽게 말했던 모든 평범한 것들이 그에겐 부담이 되고, 안타까움이 되어 이렇게 아파하고 있을 줄 몰랐다.

차마 말을 맺지 못하는 그를 보면서 세단은 결국 윤성을 꽉 끌어안았다.

"내가 당신에게 부담이 돼서 미안해요. 사랑한다고, 사랑해 달라고 그렇게 쉽게 말해서 미안해요. 당신을 좋아하는 내 마음이 당신을 더 힘들게 한다면, 내가 잊어볼게요. 잘 견뎌볼게요. 이젠 절대로 당신 힘들지 않게 할 거예요. 내 걱정 말아요. 잘 살아볼게요. 그럴 수 있어요. 우리, 잘 헤어질 수 있을 거예요. 그럴 거예요. 그러니까 닥터……."

위태롭게 부서지던 목소리 틈에서 결국 울음이 새어 나오고 말았다. 그를 안은 손끝이 파르르 떨리고, 어깨가 들썩이며 지금껏 꽉 막혀 있던 슬픔을 쏟아냈다.

"다시는, 다시는 이런 모습 보이지 마요. 천하의 마윤성이 이게 뭐예요. 절대로 울지 말고, 무너지지도 말아요. 난 닥터의 이런 모습 보고 싶지 않아요. 그러니까 제발, 제발……."

세단은 입술 가득 울음을 내뱉었고, 윤성은 그녀와 마지막으로 눈을 마주했다. 서로의 눈동자가 끊임없이 괜찮다고, 괜찮다고 서로를 다독였다.

그립고, 그립고 또 그리운, 앞으로도 계속해서 그리울 얼굴. 윤성의 눈동자 위로 취기가 사라져 가면서 눈물로 엉망이 된 그녀의 얼굴을 가볍게 닦아주고선 천천히 자리에서 일어나 사라졌다. 세단은 제 얼굴에 남아 있는 그의 뜨겁고 다정한 온기를 더듬으며 남아 있는 울음을 전부 다 쏟아냈다.

멈출 수가 없어서 지금껏 답답하고 괴로워도 제대로 울지 못했는데, 이젠 멈출 수 있을 것 같았다. 그를 위해서라도, 오늘 이후로 두 번 다시 울지 않을 것이다. 절대로, 절대로……

레지던스를 빠져나온 윤성의 표정이 차갑게 굳어지면서 묵직한 숨을 내쉬었다. 멎은 줄 알았던 통증이 다시금 온몸을 엄습하자 그는 미간을 찡그렸다.

처음엔 술 때문에 정말로 취해서, 그냥 달콤한 꿈이라고만 생각했는데. 그녀가 와락 안겨든 순간, 순식간에 술기운이 사라지면서 모든 것이 현실로 돌아오며 그녀의 목소리가 귓가를 강하게 때렸다.

사랑한다고, 사랑해 달라고 말해서 미안하다고 외치던 말…… 철저히 나쁜 놈이 되려고 했는데 오히려 더 미안해하면서 무너지던 그녀의 모습이 뇌리를 맴돌며 이루 말할 수 없는 통증이 조여들었다.

모든 것이 너무나도 혼란스러웠다. 처음엔 이게 옳은 일이라고 생각했다. 이렇게 해야 한다고 믿었다. 아버지와 같은 선택을 해서 어머니를 불행하게 만든 그 지독한 저주를 자신은 되풀이하지 않겠다고 생각했는데……

"내가 계속 그녀를 울리고 있어. 계속, 아프게 하고 있어……."

그녀를 너무 많이 힘들게 만들었고, 사랑해서 미안하다는 말까지 하게 만들었다. 아버지가 했던 말을 그대로 그녀가 내뱉게 만들었다.

윤성은 주먹을 꽉 움켜쥐고서 눈을 질끈 감았다.

'내가 뭘 잘못하고 있는 거지? 도대체 뭘……'

아침 컨퍼런스 시간. 윤성과 세단은 오히려 어제보다 더 태연하고 침착하게 서로를 의식하고 무시하며 회의를 진행했다. 마치 어젯밤에 아무 일도 없었다는 듯이, 너무 자연스러운 분위기가 오히려 더 부자연스러워 보이긴 했지만, 두 사람은 그걸 느끼지 못하고 있었다.

"NS에서 내일 박장욱 환자 수술 일정을 보내왔습니다. 그에 따른 매뉴얼 대로 오늘부터 금식에 들어갈 예정입니다."

윤성은 박장욱 환자의 차트를 확인했다. 그는 세단이 이 환자를 유독 신경 쓰고 챙기고 있다는 사실을 알고 있었다. 듣지 않으려고 해도 몇 번 귀에 들린 적도 있었고, 예전에 알고 지내던 간호사의 남편이라는 것도 알고 있었으니까. 특히, 최근에 가장 거슬리게 들었던 대화 중 하나.

"정말로 괜찮은 거야? 끝이 이렇게 분명한데, 정말로 그 순간이 행복하기만 하다면, 정말로 그렇게 괜찮을 수 있는 거야?"

그때의 떨리는 목소리에서 묻어 나오던 불안감에서 윤성은 느낄 수 있었다. 그녀가 그 환자의 상황과 자신의 상황을 똑같이 본다는 사실을. 때문에 환자를 대하는 것에 있어서 사적인 감정이 섞여 있다는 것도.

환자의 상태는 굉장히 안 좋았다. 만약 이 환자가 잘못된다면, 그녀도 분명 감정적으로 무너지게 될 게 뻔했다.

컨퍼런스가 끝나고, 세단은 형식적으로 윤성에게 인사를 한 뒤 회의실을 빠져나갔다. 윤성은 그녀의 뒷모습을 불안한 시선으로 바라보았다.

괜찮은 척, 태연한 척하던 표정은 회의실을 나오면서 살짝 무너졌다. 도대체 언제쯤 정말 괜찮을 수 있을까. 도대체 얼마나 더 지나야 하는 걸까. 그가 눈앞에 보이지 않으면 나아지려나? 하지만 그가 없어져도 괜찮지 않으면 어떡하지? 이런 모습, 그에겐 들켜선 안 돼.

세단은 애써 이를 악물었다. 그나마 일을 할 때는 아무 생각하지 않을 수 있었다. 억지로라도 일에 집중할 수 있었으니까.

그녀는 박장욱 환자 병실 앞에 섰다.

"들어가겠습니다."

세단은 조심스럽게 병실 안으로 들어갔다. 장욱은 세단의 등장에 웃는 얼굴로 몸을 일으켜 세우려고 했지만 세단이 얼른 만류하고서 주위를 둘러보았다.

"은정 씨가 오늘은 안 보이네요?"

"제가 잠시 집에 다녀오라고 했어요. 부탁한 게 있거든요."

"그래요? 몸은 좀 어떠세요?"

"항상 똑같죠."

세단은 그의 맥박, 심박수, 혈액 등 기본적인 것을 살폈다.

"내일 아침에 수술하는 거 아시죠? 오늘부터 금식에 들어갈 겁니다."

"어제 은정이한테 들었어요."

겉으로 보기에도 그의 낯빛은 병원에 들어오기 전보다 훨씬 안 좋았다. 하지만 세단은 절대로 포기하고 싶지 않았다. 반드시, 그를 살리고 싶었다.

"포기하면 안 돼요. 은정 씨랑 마지막이니 끝이니, 그런 얘기는 절대로 미리 하지 마시고요. 계속 함께 행복해지셔야죠. 저도 최선을 다할 거예요."

장욱은 밝은 미소를 지으며 세단에게 감사의 인사를 전했다.

"선생님께는 항상 감사드려요. 이전에 입원했을 때도 반드시 나을 수 있다고 하셨잖아요. 두 발로 걸어서 이 병원 나가게 해줄 거라고, 그렇게 씩씩하게 제게 말씀하셨잖아요. 그게 참 힘이 되고 위로가 됐었어요. 그래서 은정이를 만났고, 결혼까지 하면서 지금 너무 행복하고요."

"더 많이 행복해지셔야죠. 마음 차분하게 가지세요. 최고의 의료진들이 장욱 씨를 돌봐 드릴 거예요. 이번엔 은정 씨랑 둘이서 씩씩하게 퇴원할 수 있도록 할 거라고요."

"예, 힘내야죠."

"그럼 저녁때 다시 올게요."

세단은 그와 파이팅 넘치는 인사를 하고서 입원실을 빠져나왔다. 어떻게든 살리고 싶었다. 은정과 장욱은 자신처럼 사랑하면서도 헤어져야 하는 그런 이별을 맞이하게 하고 싶지 않았으니까.

'일단은 내일 수술이 중요해. 뇌에 퍼진 종양부터 잡아야 조금이라도 희망이 생길 테니까.'

스테이션을 지나가던 세단은 저를 기다리고 있던 애정을 발견할 수 있었다.

"장욱 씨 병실에서 나오는 거야? 좀 어때? 듣자 하니 내일 수술이라던데."

아는 사람인 만큼 애정도 이번 수술에 굉장히 관심이 많았다.

"수술이 잘되길 바라야지. 하지만 잘될 거야. 우리 병원, CS만큼 NS도 실력 좋으니까."

"넌 좀 어때? 밥은 먹었어?"

덤덤하게 물어보는 애정의 말에 세단 역시 덤덤하게 대답했다. 이것도 그녀 나름의 배려라는 걸 세단은 알고 있었다.

"괜찮아지려고 노력 중. 밥은, 그러고 보니 어제도 안 먹었네."

"괜찮아지려고 노력 중이라면 밥은 제대로 먹어! 나도 예전에 실연당해서 몇 날 며칠 굶어봤는데, 이건 살이 빠지는 것도 아니고 괜히 기운만 빠져서 내 손해야, 내 손해!"

그러다 애정은 세단의 어깨 너머로 누군가를 발견하고선 환한 미소를 지으며 손을 흔들었다.

　　"천재현!"

　　세단도 그제야 고개를 돌렸다. 재현도 그들을 발견하고선 곧장 이쪽으로 걸어왔다.

　　"와, 웬일로 이 시각에 이렇게 다 모여 있어?"

　　"그러는 너는 이제야 출근하는 거냐? 역시 아버지 병원이라 아들은 아주 농땡이야, 농땡이. 요즘 갑을관계가 이슈인 거 알지?"

　　"이거 왜 이래. 나도 바빠. 외근 때문에 늦은 거야."

　　"너 시간 좀 있으면 세단이랑 밥 좀 먹어라."

　　재현이 의아한 얼굴로 세단을 바라보았지만, 그녀는 괜찮다는 듯 손사래를 쳤다.

　　"됐어. 그냥 나 혼자 대충 먹을게."

　　"그 대충이 마음에 걸려서 안 되겠다. 시간 되지? 너도 밥은 먹을 거 아니야."

　　"나야 아주 땡큐지."

　　재현은 장난스럽게 세단의 어깨를 끌어당겼고, 그녀는 밉지 않게 그를 흘겨보며 하는 수 없이 함께 병원 식당으로 향했다.

　　"여기서 먹어도 돼? 그냥 나가서 먹어도 되는데."

　　"내가 바빠서 안 돼. 그리고 대충 먹기만 하면 되지."

　　"얼마나 안 먹었기에 애정이가 저렇게 난리야."

　　"겨우 두 끼 안 먹었어."

　　"그렇게 바빠? 그리고 보니 안색이 안 좋다."

　　재현은 세단의 낯빛을 살펴보았다. 안 본 사이에 얼굴이 많이 상해 보였다. 하지만 어쩐지 미묘하게 다른 분위기가 풍긴다. 그는 본능적으로 마윤성을 떠올리고 조심스럽게 입을 열었다.

"혹시, 마 교수님이랑 무슨 일 있는 거야?"

"별일 없어. 그냥 일이 좀 많아."

세단은 어색하게 웃으며 화제를 돌렸다. 그에게 윤성에 관한 일로 기대거나 칭얼거리고 싶지 않았다. 괜한 걱정을 끼치고 싶지도 않았고.

재현 역시 그녀가 일부러 피한다는 걸 깨닫고 더는 묻지 않았다.

"그나저나 나 너한테 미안한 일 있는데. 이제야 겨우 말하게 되네."

"뭐가?"

"인우에 대한 일. 아버지가 그렇게 처리해서 미안해."

"그건 이사장님이랑 내가 잘 끝낸 일이야. 네가 마음 쓰고 미안해할 필요 없어. 그리고 그냥 넘어가는 거 아니야. 제대로 사과 받을 거야."

"세단아……."

"난 이사장님이랑 널 믿어. 네가 생각하는 것보다 훨씬 소중하게 생각하고 있고. 네 잘못도, 이사장님 잘못도 아니야. 네가 그렇게 생각하고 있는 줄도 몰랐다. 알았으면 더 빨리 내가 말했을 텐데."

어느새 음식이 간단하게 차려졌다. 세단은 억지로 수저를 들었지만 마치 모래알을 씹는 듯 아무런 맛이 느껴지지 않았다. 하지만 애써 음식을 씹어 삼켰다.

"하령이는 너한테 사과하러 왔었어?"

재현의 조심스런 말에 세단은 쓴웃음을 지었다. 아마 재현도 하령과 제 사이가 변했다는 것을 알게 된 모양이었다.

"아니, 하지만 난 하령이 미워해도 넌 미워하지 마."

"그건 장담 못 하겠다."

세단은 생각보다 차가운 재현의 반응에 고개를 들었다. 딱히 하령을 위해서 이런저런 말을 하고 싶지는 않았지만, 재현과 하령이 멀어진 이유에 혹시라도 자신이 끼어 있다면 그것만큼은 풀고 싶었다.

"하령이가 날 미워하는 건 충분히 이해할 수 있어."

"무슨 말이야?"

"하령이가 너한테 제대로 말 안 했니?"

전혀 모르겠다는 재현의 표정에 세단은 잠시 머뭇거리다 입을 열었다.

"하령이가 널 많이 좋아해. 아주 오랜 시간부터 널 좋아했나 봐."

"그건, 말도 안 돼."

재현은 실소를 지었다. 좋아하다니. 누굴? 자신을?

"걔는 그저 자기가 원하는 걸 얻기 위해서 이번 약혼을 이용하는 거야. 절대로 날 좋아해서⋯⋯."

"하령이가 참 아플 만하네. 너까지 그렇게 하령이를 대하고, 그런 눈으로 보고 있었다니. 하령이가 그런 애가 아니라는 거 너도 알잖아. 무슨 이유로 걔가 그렇게 변했는지는 몰라도 널 좋아하는 마음은 진심이야."

그날, 비가 쏟아지던 그날. 재현을 좋아하기에 제게 보였던 그 질투와 미움 박힌 진심이 거짓은 아니라고 생각했다. 오히려 꼭꼭 숨겨두었던 것을 그렇게 겉으로 전부 드러내 보이며 야멸치게 말했기에 더더욱 그렇게 느낄 수 있었다. 그래서 하령과는 정말로 이렇게 멀어질 수밖에 없겠구나 생각했었다.

"그 마음을 그렇게 부정당하고, 외면당해서 그 아픈 마음이 모나게 나타났을 거야. 하령이는 날 싫어할 수 있어. 물론 나도 하령이를 용서할 수는 없지만. 그렇지만 재현아, 네가 나 때문에 삐뚤어지고 잘못된 시선으로 하령이를 보는 거라면, 바로 보도록 해."

세단의 말에 재현은 혼란스러운 표정을 지었다. 백하령이 자신을 좋아하고 있다고? 하지만 약혼 발표날, 그녀는 자신을 좋아하는 감정은 전혀 없다고 그렇게 말했었는데. 설마 일부러 그렇게 말한 건가? 만약 세단이 말이 사실이라면⋯⋯.

재현은 헛숨을 내쉬었다. 만약 그렇다면 자신은 하령에게 너무나도 못할 짓을 많이 했다. 매번 세단을 대신해서 하령을 붙잡고 마음 아프고 가습 아프게 할 이야기를 많이 했었으니까. 자신이 무심코 내뱉었던 말이 돌이 되어 그녀에게 던져졌겠구나.

"정말, 정말 그건 몰랐어……."

세단은 수저를 내려놓았다. 혼란스러워 보이는 재현을 보면서 하령이와 잘못된 것이 있다면 제대로 풀었으면 했다. 솔직히 그녀는 아직까지도 하령이 아프고 안타까운 친구였다.

그때 세단의 휴대폰이 울렸다. 의국이었다. 콜이 아니라 전화라는 사실에 세단은 괜히 불안해졌다.

"여보세요?"

[선생님, 큰일 났습니다. 박장욱 환자의 상태가 위독합니다!]

"그게 무슨 말이야? 갑자기 왜!"

휴대폰 너머로 간호사의 날카로운 목소리가 스쳤다.

[심박이 불안정하게 떨어집니다! 바이탈 수치가…….]

세단은 더는 지체하지 않고서 바로 병실로 달려갔다. 재현은 심각한 분위기에 덩달아 그녀를 쫓아갔다.

'안 돼, 안 돼, 제발!'

마침내 병실에 도착한 세단은 눈앞에 보이는 아수라장에 숨이 막혀왔다.

의사와 간호사들이 긴박하게 움직이고 있었다. 그 속에 박장욱 환자가 가쁜 숨을 힘겹게 내쉬고 있었다. 그런데 그녀가 보이질 않았다.

"선생님!"

세단은 정신을 똑바로 차리고서 장욱의 앞으로 다가갔다.

"대체 뭐야. 갑자기 무슨 일이야?"

레지던트가 그녀에게 차트를 건네주면서 침착하게 상황 설명을 했다.

"발작과 함께 심박이 불안정해지면서 호흡이 제대로 이루어지지 못하고 있습니다. 일단 호흡기를 채워서……."

삐이—

불길한 소리가 날카롭게 울렸다.

모니터 선이 일직선을 그리더니, 갑자기 헐떡이던 호흡이 사라지면서 주변이 순간 침묵했다.

"어레스트!"

그녀는 차트를 내던지고서 장욱의 흉부를 압박하기 시작했다.

"CPR 시전, DC기(제세동기) 준비해, 빨리!"

"네!"

세단은 환자의 흉부를 세게 누르면서 모니터를 확인했다. 바이탈이 멈췄다. 심박이 돌아오지 않는다. 갑자기 왜, 왜, 왜!

"보호자는!"

"잠시 자리를 비웠는데, 지금 바로 오고 계십니다!"

흉부를 압박하는 손끝이 자꾸만 떨렸다. 절대로 이대로, 이대로 끝날 수 없어!

"DC기 준비 완료!"

"200줄, 에피(심근력 강화 및 혈관 수축 작용제), 아트로핀 원 앰플(항콜린성 약품, 심박수 증진 효과)."

"에피, 아트로핀 원 앰플 완료. 200줄 차지 완료."

그녀는 환자의 심장을 깨우기 위해 외쳤다.

"물러나, 샷!"

쿵 소리와 함께 환자의 몸이 들썩였지만 모니터는 여전히 기분 나쁜 소리만 낼 뿐 전혀 미동이 없었다.

"한 번 더, 샷!"

속절없이 시간이 흘러간다. 조금만 더 시간이 지나 버리면 가망이 없다.

"200줄 다시! 아니, 더 올려!"

쿵! 쿵! 쿵!

제발, 조금만이라도 심장이 뛰어주길 바라는 마음으로 간절하게 모니터를 바라보았지만 소용이 없었다.

"선생님!"

"빌어먹을."

세단은 다시 흉부 압박을 시도했다. 아예 환자의 위에 올라탄 채로, 온몸에 힘을 가했다. 강하게, 더 강하게. 제발 돌아와 달라고. 이렇게는 안 된다고. 아직, 아직은!

'제발, 살아야 해요. 살아야 해요. 이대로 죽으면 안 돼요. 제발, 제발. 당신은 은정 씨랑 끝까지 행복해져야 한다고요!'

땀이 비 오듯 흘렀다. 모니터의 녹선은 가혹할 정도로 변화가 없었다. 주변의 공기가 무겁게 가라앉았다. 그것은 체념이었다.

이미 알고 있다. 가망이 없다는 것을. 미친 듯이 텅 빈 가슴을 두드리는 손끝은 이미 희망이 없다고 느끼고 있었지만 세단은 도저히 손을 뗄 수가 없었다.

"제발, 제발, 제발!"

그때 너무나 작고 연약한 목소리가 들렸다.

"그만, 해주세요……."

힘겹게 움직이던 손도 멈췄다. 묵직한 적막 속에 가냘프게 들려온 은정의 목소리.

세단은 천천히 고개를 돌렸다. 그녀의 눈동자가 파르르 떨렸다. 지금껏 태연하게 괜찮다고 말했던 사람이 금방이라도 무너질 듯 바들바들 떨리는 손으로 입을 가린 채 울음 섞인 속삭임을 내뱉었다.

"이제, 그만하고, 편하게…… 보내주세요……."

세단은 결국 눈을 감았다. 그리고 천천히 환자에게서 손을 거두고서, 눈물이 뒤엉킨 시선으로 결코 하고 싶지 않았던 그 말을 내뱉을 수밖에 없었다.

"박장욱님 오후 2시 심정지, 사망하셨습니다."

그 말을 끝으로 은정의 오열이 시작되었다. 그녀는 긴 잠에 빠진 남편을 붙잡고서 애끓는 절규를 토해내며 그렇게 마지막 작별 인사를 시작했다.

세단은 귓가로 잔인하게 울리는 울음소리를 더 듣지 못하고서 자리를 피했다. 뒤따라온 재현과 이 소란에 호출됐던 애정 역시 입을 틀어막고 어쩔 줄 몰라 했다. 재현이 얼른 세단을 붙잡았지만, 그녀는 힘없이 속삭였다.

"나, 잠깐 혼자 있을게."

"괜찮아? 안색이 너무 안 좋아!"

"괜찮아, 미안해."

그녀는 조용히 재현을 밀어내고 혼자 걸었다. 걸음을 내디딜 때마다 머릿속으로 괜찮다고, 괜찮다고 연신 되뇌었지만 끝내 그녀는 잔뜩 일그러진 목소리로 내뱉었다.

"괜찮…… 괜찮지, 않아. 하나도. 하나도 괜찮지 않아. 안 괜찮다고!"

난 아무것도 못 했어, 아무것도! 닥터한테도! 저 환자에게도! 그저 말뿐이었다고!

결국, 세단은 무너지고 말았다.

수술을 마치고, 수술 경과를 확인하던 윤성이 순간 흠칫하며 눈을 크게 떴다.

"괜찮지, 않아. 하나도. 하나도 괜찮지 않아. 안 괜찮다고!"

그녀의 절규. 그때 또 다른 목소리가 파고들었다.

"내일 NS로 수술 들어가기로 했던 박장욱 환자, 결국 심정지로 사망했대."

"상태가 안 좋긴 했지만 갑자기 이렇게……."

"너무 늦었던 거지."

윤성은 순식간에 상황을 판단하고서 세단의 절규가 들린 방향으로 몸을 돌렸다. 그리고 그쪽에서 애정과 재현이 다급하게 달려오고 있었다.

"교수님, 혹시 세단이 여기 안 왔어요?"

"아니, 아니요. 그런데 지금……."

"내가 어떻게든 옆에 있었어야 했는데! 교수님, 제발. 세단이 옆에, 옆에 있어주세요. 지금 세단이 옆에 교수님이……."

윤성은 더 이상 대꾸하지 않고서 곧장 달리기 시작했다. 머뭇거림 따윈 존재하지 않았다.

재현은 그렇게 달려가는 윤성의 뒷모습을 보면서 공허한 시선을 내비쳤다. 애정은 그런 재현의 어깨를 툭 치곤 입을 열었다.

"이제 됐어?"

"고마워."

사실 윤성을 찾아 세단에게 보내려고 했던 것은 애정이 아니라 재현이었다. 오늘 아침에 봤을 때부터 세단은 표정이 좋지 않았고, 재현은 분명 그 이유가 마윤성 때문이라고 생각했다. 어쩌면 기회일까 싶었지만, 조금 전 금방이라도 무너질 듯, 너무나도 무서웠던 그녀의 모습을 본 순간 지금 그녀를 붙잡아줄 사람은, 그녀가 간절히 바라고 보고 싶어 하는 사람은 자신이 아닌 마윤성, 저 남자라고 그렇게 생각했다. 이게 친구로서 옳은 선택이니까. 그런 거니까.

세단을 향해 달려가는 내내 윤성은 불안하고, 초조하고, 두려워 미칠 것만 같았다. 제 눈앞에 그녀가 없고, 제 손끝에 그녀가 닿지 않는다는 생각에 한순간이나마 그녀와 멀어질 생각을 한 자신을 조롱이라도 하듯, 심장은 더욱더 고통스런 비명을 내뱉으며 연신 그녀의 이름을 울부짖었다.

자신의 어리석은 선택. 그녀를 위한답시고, 상처 주고 싶지 않다는 핑계로 결국엔 무서워서 숨은 거다. 피한 거다. 비겁하게, 너무나도 비겁하고 비열하게!

정말로 그녀를 잃게 될까 봐 두렵다. 영영 그녀를 보지 못하게 될까 봐 무섭다. 이제야 깨닫고 말았다. 이제야 겨우!

나는 절대로 그녀를 떠나지 못해. 멀어질 수 없어. 그녀와 있고 싶어. 영원히 그 곁에 있고 싶어. 죽어도 보내고 싶지 않아!

"박세단!"

윤성은 의국으로 달려갔지만 그녀는 보이지 않았다. 어쩐지 평소와 다른 윤성의 모습에 레지던트들이 움찔하며 그를 부르려고 했지만, 윤성은 사나운 기세로 몸을 돌렸다.

'어디지? 어디 있는 거야!'

그는 귀를 열고 모든 감각을 그녀에게 집중했다. 그리고 마침내 그녀의 소리가 들렸다.

'병원, 옥상!'

도저히 병원 안에 버티고 있을 수가 없었다. 새하얀 공간, 숨 막히게 파고드는 약 냄새. 그 모든 것들이 가슴을 답답하게 했고, 은정의 울음소리와 심박이 멈추던 차가운 소리가 어지럽게 뒤엉켜 결국 세단은 도망치듯 계속 걸었지만 갈 곳이 없었다. 이 모습으로 또 아빠한테 갈 수는 없었으니까. 결국 세단은 옥상으로 몸을 피하고서 문까지 걸어 잠가 버렸다.

탁 트인 곳으로 나와 차갑게 몰아치는 바람을 맞으니 정신을 차릴 수 있었다.

그녀는 텅 빈 하늘을 바라보며 그제야 제 속마음과 마주했다.

단 한 순간도 괜찮은 적이 없었다. 그와 헤어졌을 때도, 그가 술에 취해 찾아왔을 때도, 괜찮다고 끊임없이 말하면서 스스로를 다독였지만 하나도 괜찮지가 않다.

그가 떠나 버리는 것도 싫다. 가지 말라고 붙잡고 싶다. 그를 아프게 하더라도, 상처 입히게 되더라도, 가지 말라고 내 옆에 있어달라고 그렇게 말하고 싶다.

그를 절대로 잊지 못할 것 같다. 시간이 흐르면 무뎌지고 잊힌다는 건 거짓말. 눈앞에 그가 보이지 않는다고 해서 찾지 않을 거라고 막연하게 생각했던 것도 거짓말.

전부 다, 전부 다 거짓말…….

그 순간,

"박세단, 너 거기 있지? 대답해, 박세단!"

다급하게 들려오는 윤성의 목소리에 세단은 정신을 번쩍 차렸다.

"대답해, 세단아. 제발 대답해 봐!"

그가 왔다. 어젯밤처럼, 그가 숨어버린 자신을 찾아왔다. 하지만 그는 날 찾으면 안 돼.

"안 돼. 안 돼…….”

"세단아! 거기 있는 거지? 이 문 열어, 얼른!"

세단은 고개를 가로저으며 뒷걸음질 쳤다. 정신이 나갔나 봐. 지금 무슨 생각을 한 거지? 다시 그를 잡겠다고? 다시 그를 힘들게 하겠다는 거야? 내 이기심 때문에?

'안 돼. 그러면 안 돼. 박세단, 정신 차려!'

세단은 어제처럼 쉽게 문을 열어주지 않았다. 두 번 다시 어제처럼 무너지는 그의 모습을 보고 싶지 않았다. 그런 모습을 바라지 않았다.

'지금 내가 문을 열면, 난 정말 내 손으로 그를 밀어낼 자신이 없어.'

"돌아가요."

그녀는 목소리에 힘을 주고서 고개를 돌렸다. 그리고 문밖에서 윤성은 그녀의 목소리를 듣고서야 안도의 숨을 내쉬며 다시 그녀를 불렀다.

"일단 문 열어. 문 열고 말해. 내 얼굴 보고 말하라고!"

"이러지 마요. 날 내버려 둬요. 자꾸 이러면 우리가 어떻게 헤어져! 계속 내가 닥터한테 이런 식으로 기대면 어떡하냐고요!"

"……."

"끝까지 감당하지 못할 거라면 다가오지 마요. 난 못 견뎌요. 아무리 이해하려고 해도, 버려보려고 해도 난 솔직히 모르겠어요. 그냥 너무 힘들어요. 끝이 보이는데도 그 순간 행복하다면 괜찮다고 말하는 그거, 난 감당 못 해요. 그래서 정말로 살리고 싶었어요. 그러고 싶었다고요. 그런데, 그런데……."

윤성은 문에 머리를 기댄 채 문고리를 잡고서 간절히 속삭였다.

"알아. 아니까, 제발 문 좀 열어봐. 응? 세단아, 제발!"

"싫어요. 그냥 나 좀, 나 좀 그냥 혼자 내버려 둬요. 더 이상 당신한테 흔들리고 싶지 않다고!"

문고리를 움켜쥔 그의 손에 힘이 들어가면서 눈빛이 번뜩였다. 더는 어쩔 수가 없었다.

결국, 쾅 소리와 함께 윤성이 그대로 문고리를 부수고 문을 열어버렸다. 세단은 고개를 돌리고 도망치려 했지만 그가 뒤에서 와락 끌어안자 울음 섞인 목소리로 그를 밀어내려고 했다.

"이러지 마요. 나 지금도 충분히 힘들고 너무 괴로우니까. 당신 가지 말라고 붙잡고 애원할 것 같단 말이에요. 내 욕심만 채우려고 당신 그렇게 붙잡을 것 같단 말이에요. 그러니까 제발 그냥 가요. 날 내버려 둬요……."

그녀를 움켜쥔 손에 힘이 가해지면서 갈급함과 간절함이 뒤엉킨 목소리가 애처롭게 귓가에 와 닿았다.

"널, 혼자 못 두겠어. 네 옆에 내가 없는 게 싫어."

"하아……."

"다시 한 번, 날 붙잡아 줘. 미안해, 너무 미안해. 그러니까 가라고 하지 마. 제발, 세단아……."

세단은 얼빠진 사람처럼 멈춰 섰다.

지금, 내가 뭘 들은 거지? 지금 그가 내게 무슨 말을 한 거지?

다시금 파고든 그의 목소리에 그녀는 그대로 모든 것이 묶여 버리고 말았다.

"사랑해."

"……."

"사랑해, 세단아. 널 아주 많이, 사랑해……."

너무나도 간절히 바라고 바랐던 말을 내뱉은 순간, 가슴 깊숙이 맴돌던 통증이 사라졌다. 숨이 되돌아오고 다시는 뛰지 않을 거라 여겼던 심장이 뛰어올랐다.

그는 어리석게도 이제야 깨닫고 말았다. 이미 그녀를 만난 순간부터, 아니 어쩌면 그녀를 만나기 훨씬 이전부터 나는…….

'나는 그녀에게, 각인되어 있었던 거야…….'

그의 입에서 나직이 속삭여지는 '사랑해'라는 말과 온몸으로 전해지는 그의 떨림에 윤성에게서 벗어나려던 그녀의 움직임이 멎으면서 이내 흐느낌이 새어 나왔다.

"하아……."

그토록 듣고 싶었던 말. 너무나도 간절히 바라던 말. 하지만 이제 와서, 이제 와서 그런 말을 하면…….

"어떻게, 이제 와서 그런 말을 하는 거예요. 그렇게 말하면 나보고 어쩌라고. 난 진짜 당신 놓아주지 못할 것 같은데……."

윤성은 세단의 몸을 돌렸다. 여전히 그녀는 자신과 눈을 마주치지 못하고 있었다. 하지만 상관없었다. 이렇게 제 손에 닿아 있었으니까. 이렇게 눈앞에 있었으니까.

그는 갈급함이 가득한 손길로 그녀를 꽉 끌어안았다. 성마른 목소리로 애타게 그녀를 붙잡았다.

"놓지 마. 다시 잡아줘. 이런 내가 너무 이기적이고 못났다는 거 알지만, 한 번만 더 나에게 기회를 줘."

세단은 입술을 꽉 깨물었다. 익숙하고 달콤한 체온이 자꾸만 자신을 끌어당겼지만, 세단은 예전처럼 그 품에 안길 수가 없었다. 그리고 그럴수록 윤성은 더더욱 그녀에게 속삭이고 또 속삭였다.

"내가 약했어. 내가 약해서 비겁하게 피한 거야. 아버지와 같은 선택을 하지 않겠다고 했지만, 결국 아버지보다 더 최악의 선택을 한 거야. 아버지는 그래도 어머니를 끝까지 믿었는데, 네 말처럼 난 널 위한다는 핑계로 너마저 믿지 못하고 피하고 도망쳤어."

자신의 존재가 이 세계에서 이방인이고, 타인이며, 저주받았다고 손가락질 받은 것도 사실이지만 자신 역시 이 세계를 멀리하고, 다가가지 않았으며, 스스로 그것을 당연하다고 여기며 도망친 것도 사실이다. 그런 텅 빈 세계에 유일하게 걸어와 준 사람이 그녀인데. 손을 내밀면서 아무렇지 않게 다가와서는, 그저 나라는 사람이 좋다고. 마윤성, 그 이름을 처음으로 제대로 불러주며 똑바로 바라봐 주었던 사람.

처음 만난 그 순간부터 흔들린 거다. 그 온기에 취해서 이끌렸던 거다. 차츰차츰이 아니라 처음부터 그녀에게 이 심장이 사로잡혔고, 자신의 전부가 되어버렸다.

"난 네 웃는 얼굴이 좋아서 그 웃음을 지켜주고 싶었어. 그런데 내가 옆에 있으면 어머니처럼 너도 서서히 그 웃음을 잃어갈 거라고 생각했어. 나로 인해 네가 죽어갈 거라고만 생각했다고. 그런데 오히려 내가 널 끝도 없이 울리고 있었어. 나 때문에 네 웃음이 사라지고……."

"나는 점점 죽어갔죠."

세단은 그제야 고개를 들었다. 눈물이 뒤엉킨 그녀의 시선 안으로 윤성의 모습이 위태롭게 걸렸다. 눈물에 젖어 아른거리는 그의 모습이 아직까지도 신기루 같아서 세단은 너무나도 두려웠다.

"맞아. 넌 어머니와 다른데. 어머니와 다른 사람인데⋯⋯."

"⋯⋯."

"쉽게 떠날 수 있을 거라 생각했어. 너도, 그리고 나도. 심장 소리도 곧 멈출 거라고, 괜찮아질 거라고, 그렇게 생각했는데. 아니야. 귀가 멀어버릴 정도로 내 심장 소리가 계속 울려. 네가 자꾸 생각나. 끊임없이, 1분 1초도 멈추지 않고 네 생각만 나서 진짜 돌아버리겠어. 그런데 네가 보이지 않으면 여기가⋯⋯."

윤성은 주먹으로 제 가슴을 마구 두드렸다.

"여기가 너무 아파서 네 생각을 멈추지도 못해! 날 용서해 줘, 세단아. 널 못 놓겠어. 놓을 수가, 없어⋯⋯."

표현이 서툴다고 생각했던 사람에게서 절절한 고백이 끊임없이 들려왔다. 그는 지금 절박했다. 이대로 그녀를 놓칠까 봐. 자신의 실수로 인해서 정말로 그녀에게 자신을 향한 심장 소리가 들리지 않을까 봐. 너무 늦어서 자신이 들어갈 틈이 사라져 버렸다면.

꽉 다문 입술이 파르르 떨렸다. 소리 없이 흐르는 눈물이 날렵한 턱 선을 타고 바닥으로 투두둑 떨어졌다.

윤성은 마지막으로 있는 힘껏 그녀에게 외쳤다. 난생처음으로 사랑하게 된 여자에게 나를 봐달라고, 제발 나를 봐달라고. 불안함과 두려움을 꾹 누르고서 그렇게 다시 한 번 붙잡고 외쳤다.

"나는 너밖에 사랑해 본 적이 없어. 네가 처음이고, 마지막이야. 이게, 나의 각인 같아."

그리고 그 고백의 끝에 선 세단은 심장이 다시금 서서히, 그러다 폭풍처럼 휘몰아치며 뛰어오르는 것을 느낄 수 있었다.

그녀의 손이 천천히 위로 올라가서 그의 가슴을 두드렸다. 한 번, 그리고 한 번, 또다시 한 번. 그를 향한 원망과, 그리움과, 간절함이 뒤엉켜 세단은 미친 듯이 그를 두드렸다.

"왜 이렇게 늦게 말해주는 거예요. 왜 이렇게 나 아프게 만들고…… 정말, 정말……."

그녀의 손끝에 뒤섞인 안타까운 감정이 그의 가슴으로 스미면서 윤성은 아무 말 없이 그저 그녀를 꼭 안았다.

세단은 헤어지던 날 놓아버렸던 그의 옷자락을 다시금 꽉 붙잡고서 속삭였다.

"이제 마음껏 사랑해도 되는 거예요? 당신에게 나, 부담이 아니고, 날 사랑해서 당신이 아파하는 것도 아니에요?"

윤성은 그녀의 손을 강하게 붙잡았다. 그리고 쉴 새 없이 흐르는 눈물 위로 입을 맞추며 속삭였다.

"네가 없으면 내가 더 아파. 이젠 네가 없으면 내가 살 수 없을 것 같아. 그러니까 계속해서 날, 사랑해 줘……."

세단은 윤성의 허리를 끌어안았다. 지금껏 그가 견뎌왔을 아픔과 상처가 고스란히 느껴지는 것 같았다. 먼저 손을 뻗는 것이 낯선 사람. 이렇게 제게 오는 길이 너무나도 멀고 멀었을 사람. 하지만 와주었다. 이렇게, 다시 와주었다. 그거면 된다. 많이 아팠지만, 그래도 이렇게 와주었으니까.

그의 품 안에서 그의 심장이 그 어느 때보다 빠르고 뜨겁게 뛰어오르는 것을 느낄 수 있었다. 아프리카에서 처음, 그가 자신을 원하고 있음을 느꼈던 그때처럼.

그는 나를 원한다. 처음부터 그랬다. 서로의 아픈 기억 때문에 너무 많이 돌기는 했지만, 그는 나를 사랑하고, 나 역시 그를 너무나도 사랑한다. 이렇게 사랑하는데 어떻게 헤어질 수 있을까. 그런 이별이 어디 있을까.

세단과 윤성은 서로의 얼굴을 바라보았다. 이제야 하나의 감정으로 섞인 시선이 한없이 사랑스럽게 서로를 부르고 있었다.

윤성은 떨리는 손으로 그녀의 얼굴을 만지고 또 만졌다. 두 번 다시 놓치고 싶지 않은 사람. 처음이자 평생을 사랑할 여인.

"내 곁에 있어. 내 시선이 닿지 않는 곳으로 절대로 가지 마. 영원히, 함께 있어줘."

마침내 그의 고백이 그녀에게 전해졌다.

세단은 떨리는 손길로 그의 눈가를 쓸어내렸다. 손가락에 마른 눈물이 맺혔다 사라졌다.

"예전에도 말했지만 지금도 마찬가지로 당신을 사랑해요. 앞으로 내 마음이 지금과 똑같다고 장담할 수는 없어요. 시간이 지나면 두근거림이 잦아들 수도 있겠죠. 하지만 그 잦아든 틈으로 익숙함과 편안함이 생길 거예요. 그렇게 또 다른 설렘으로 나는 당신과 가족이 되고 싶어요."

결국 프러포즈 같은 말을 자신이 먼저 내뱉고 말았다. 하지만 누가 먼저 하든 그게 무슨 상관이야. 그저 함께한다는 것이 중요하지.

눈가를 스친 손끝이 서서히 아래로 향하면서 그의 입술 끝에 조심스럽게 매만졌다. 윤성은 그녀의 입술 끝에서 다시 한 번 뜨겁게 속삭였다.

"사랑해, 세단아. 사랑해. 온갖 소리가 내 귓가에 들리지만, 내 심장 소리만큼 크게 들리지 않아. 단 한 순간도 잦아들지 않았어. 널 새긴 이후로 단 한 번도……."

그녀는 두 팔로 그의 뒷목을 부드럽게 끌어당기고서 은밀한 목소리로 그의 호흡을 삼켰다.

"나도 마찬가지예요. 내 심장 소리밖에 안 들려요. 귀를 막고 듣지 않으려고 해도 그럴 수가 없어요. 사랑해요, 사랑해요……."

서로를 향한 고백이 어지럽게 뒤엉키면서 이내 두 사람의 호흡이 하나가 되어 사라졌다.

그녀를 껴안은 손에 자꾸만 힘이 들어갔다. 채워도 채워도 채워지지 않았다. 짧고도 길었던 틈을 완전히 없애 버리기 위해서 두 사람은 서로를 끊임없이 갈구하며 솔직하고 간절하게 뜨거운 호흡을 거침없이 삼키며 아래에서부터 서서히 달아오르는 뜨거움을 느꼈다.

쓰디쓴 상실감만이 감돌던 가슴 안으로 달콤한 충만함이 차오르기 시작했다. 결코 지워지지 않을 낙인을 새기듯, 윤성과 세단은 서로의 손가락을 빈틈없이 엮으며 길고 긴 키스를 나누었다.

세단은 한층 밝아진 표정으로 씩씩하게 걸음을 옮겼다. 은정과 장욱을 만나야 했다. 아직 그는 자신의 환자다. 그가 가는 마지막 길을 끝까지 지켜보는 것도 의사로서 자신이 해야 할 일이다. 이제 도망치지도 않고 피하지도 않을 것이다.

세단은 헝클어진 머리카락을 단정하게 틀어 올리고 장욱의 병실로 향했다. 병실은 이미 비워져 있었고, 텅 빈 침대 옆에 은정이 앉아 있었다. 세단은 그녀의 옆으로 다가가 앉았다. 인기척을 느낀 은정이 살짝 고개를 들어 세단을 바라보았다. 한결 나아진 안색에 세단은 저도 모르게 옅은 미소를 지었다.

"장욱 씨의 마지막을 선생님이 보내주셔서 너무나도 다행이에요. 많이, 힘드셨죠?"

박장욱 환자의 마지막을 본 사람은 다른 누구도 아닌 자신이었다. 그때 그는 웃고 있었다. 무척이나 행복하게.

"그만해 달라고 말해야 했던 은정 씨보단 덜 힘들었지."

"남편이랑 약속한 거예요. 어젯밤에, 혹시 수술이 잘못될 수도 있으니까 참 많은 이야기를 했었는데, 지금 생각해 보니 그게 긴 인사였던 것 같아요. 오늘 아침에도 갑자기 제게 이걸 찾아와 달라고 했었거든요."

은정의 손에 쥐고 있는 것은 통장이었다. 통장을 움켜쥔 그녀의 손이 바들바들 떨리면서 한껏 억누르고 있던 감정이 다시금 밀려들고 있었다.

"그 사람은 정말 끝까지 저만 생각하면서 마지막을 준비했었던 거예요."

그녀는 떨리는 손으로 통장을 열었다. 차곡차곡 모아온 돈과 단정한 필체로 적힌 짧은 메시지. 그 통장에는 은정을 위한 장욱의 진짜 인사가 담겨 있었다.

—절대로 밥은 굶으면 안 돼. 이걸로 맛있는 거만 많이 사 먹어.

—넌 뭘 입어도 예쁘지만, 그래도 계절마다 예쁜 옷도 많이 사 입어야 해.

—여기저기 가고 싶은 곳이 참 많았지? 너무 위험한 곳에 가지 말고, 너무 힘들게 다니지도 말고.

—그렇게 조금만, 조금만 더 날 기억해 주고 그 뒤엔 더 좋은 사람 꼭 만나서, 다시 행복해져야 해.

통장의 맨 마지막 장엔 조금 더 긴 메시지가 적혀 있었다.

—지금 네 옆에 있는 그 사람이랑 꼭 제대로 된 결혼식을 올리고 신혼여행도 떠나도록 해. 널 가장 아름답고 행복한 신부로 만들어주고 싶었어. 이렇게라도 너에게 해줄 수 있어서 다행이야.

그 통장은 장욱이 은정의 행복을 위해서 남겨둔 돈이었다. 자신의 행복은 여기서 멈추었지만, 그녀의 행복은 영원하길 바라면서.

은정은 마지막 페이지를 꼭 붙잡고서 그것을 가슴으로 끌어안았다.

"그 사람 말대로 할 거예요. 그 사람 조금만 더 기억한 뒤에, 그 사람이 질투할 만큼 더 좋은 사람 만나서 행복하게 사는 모습 보여줄 거예요. 그렇게 내 가슴 한쪽에 영원히 묻을 거예요. 나중에 다시 만나게 되면 잘했다고, 잘 살았다고 칭찬받을 수 있을 만큼. 먼저 떠난 그 사람 아프지 않게, 나 걱정하지 않게, 그렇게……."

결국 은정은 다시 울음을 터뜨렸다. 그녀 나름대로 그와의 길고 긴 안

녕을 받아들이고 있었다. 세단은 그녀가 마음껏 울 수 있도록 지켜보며 속삭였다.

"장욱 씨, 마지막까지 너무 행복해했어. 나한테 계속 자랑하던걸. 숨을 놓던 그 순간도 참 편안해 보였고. 은정 씨가 장욱 씨 그렇게 편하게 갈 수 있도록 한 거야. 그러니까 은정 씨, 행복해져. 반드시 행복해져야 해."

끝이 보이는 사랑, 끝이 정해져 있는 행복. 처음엔 결코 이해할 수 없었고 절대로 말도 안 되는 일이라고 생각했지만, 이젠 그 마음을 조금은 이해할 수 있을 것 같다고, 세단은 그렇게 생각했다.

병실 밖에서 윤성은 은정과 세단의 말을 듣고 있었다. 처음엔 그녀가 걱정되는 마음에 따라왔지만, 이제는 오히려 자신의 마음이 이상해지면서 묘한 여운이 감돌았다.

사랑이라는 감정이 영원하지는 않지만 조금씩 다른 형태로 변해가는 것 같았다. 그것은 마음이 작아지는 것이 아니라 각자 더 소중한 모습으로 변해서 간직해 나가는 것.

그는 아버지와 어머니를 떠올렸다. 예전엔 이렇게 생각하는 것 자체만으로도 괴롭고 힘들었는데, 요즘 들어선 특히 한 번도 궁금한 적이 없었던 어머니가 궁금해졌다.

아버지를 사랑했었던 어머니. 하지만 그 마음이 변하면서 불행해졌던 어머니. 정말 어머니에게 남은 건 완전히 미움뿐이었을까. 그저 아버지를 두려워하기만 했던 걸까.

궁금하지만, 이미 어머니는 이 세상에 계시지 않는다. 게다가 이젠 어머니의 모습도 희미할 뿐이다. 그것이 처음으로 조금 씁쓸하게 느껴졌다.

병실을 빠져나온 세단은 애정의 연락을 받고 스테이션으로 향했다. 그녀를 기다리고 있던 애정은 손을 가볍게 흔들면서 휘핑이 듬뿍 담긴 마끼

아또를 건네주었다.

"자, 마셔."

"감사."

세단은 혀에 닿자마자 진하게 퍼지는 달달함에 살짝 몸을 떨었다. 역시 커피는 혀가 뽑힐 만큼 단 게 최고다.

"괜찮아?"

"나보단 은정 씨를 걱정해야지."

"그렇게 말하는 걸 보니 넌 살 만해졌나 보네."

애정은 이제야 좀 살아 있는 사람처럼 생기가 넘치는 세단의 표정을 보며 말했다.

"교수님이랑 다시 잘된 거야? 얼굴을 보아하니 사랑의 키스라도 받은 것 같다?"

세단은 왠지 모를 쑥스러움에 슬며시 고개를 끄덕였다. 애정은 그 모습에 그녀의 등짝을 향해 아주 강력한 스매싱을 날렸다.

퍽!

차진 소리가 복도 가득 울릴 정도로 매서운 손맛이었다.

"악! 이게 무슨 짓이야! 아윽!"

비명을 내지른 세단은 등골이 오싹해질 정도로 따끔한 통증에 아까와는 다르게 온몸을 부르르 떨었다.

애정은 잔뜩 성난 목소리로 외쳤다.

"제발 사랑싸움 좀 요란하게 하지 마! 대체 이게 뭐하는 짓이야? 솔직히 교수님한테도 이번에 실망했어. 사귄 지 얼마 안 돼서 벌써 한 번 헤어진 거잖아!"

"아니, 그건……."

"너 이렇게 많이 힘들게 만들고, 울게 만들고! 너 설마 키스 한 방에 그냥 훅 넘어가 버린 거 아니지? 이참에 그냥 완전히 갈라서는 게 어때? 이

언니가 너만 바라볼 수 있는 남자로 제대로 중매 서줄 테니까!"

세단은 그녀의 투정이 전부 다 애정 어린 걱정이라는 걸 알고 있었다. 이번에도 알게 모르게 엄청 신경 쓰고 있었을 테니까. 오히려 조금 미안하기까지 했다.

그녀는 애정의 어깨 너머로 얼핏 보이는 윤성의 모습에 쿡쿡 웃으며 속삭였다.

"교수님, 이제 죽어라 나만 볼 거야. 게다가 나도 눈이 너무 높아져서 교수님만 한 남자 아니면 성에 차지도 않고."

"뭐?"

세단은 뒤쪽을 보라고 눈짓했고, 애정은 그제야 뭔가를 눈치채고 고개를 휙 돌렸다. 바로 뒤로 윤성이 서 있는데도 애정은 전혀 거리낌 없는 표정으로 태연하게 입을 열었다.

"들으셨어요?"

"네, 아주 쿡쿡 쑤시는 말이더군요."

오히려 윤성이 긴장했다.

"도로 주워 담을 생각은 없어요. 사실은 사실이니까."

"저도 변명하지 않겠습니다. 제 잘못이었으니까."

윤성은 세단을 바라보았다. 그녀는 애정이 듬뿍 담긴 시선으로 그를 향해 엷은 미소를 보내주었다. 그 미소에 그의 입꼬리도 살며시 곡선을 이루었다.

"앞으로는 걱정하는 일, 두 번 다시 없을 겁니다. 이젠 제가 세단이를 더 많이 사랑하거든요."

거침없이 사랑한다고 말한 윤성은 세단의 손목을 끌어당겨서는 제 품에 쏙 안아버렸다.

"한 선생한테는 정말 감사합니다."

고개까지 숙이는 그의 태도에 애정은 잠시 얼빠진 표정을 짓다가 이내 피식 웃어버렸다. 모로 가도 서울만 가면 된다고, 두 사람이 좋다면야. 게다가 그의 눈빛과 분위기가 많이 달라졌다. 정말로 세단이가 사랑스러워 견딜 수 없다는, 진정 사랑에 빠진 남자가 여기에 있었다.

윤성은 세단의 귓가에 나직이 속삭였다.

"나 잠시 일이 있어. 퇴근하고 로비에서 봐."

"알았어요."

그는 잠시 머뭇거리다 볼에 짧게 입을 맞추고선 먼저 걸음을 돌렸고, 세단은 적극적인 그의 애정 공세에 어쩔 줄 몰라 하며 화르르 달아오른 열기를 손으로 식혔다. 그리고 그 모습을 애정이 굉장히 아니꼬운 시선으로 지켜보았다. 이것들이 내가 있다는 사실은 까먹고 있구만?

"이젠 아주 대놓고 활활 타오르는구나. 이래서 늦게 배운 도둑질이 무섭다고 하지. 얌전한 고양이가 먼저 부뚜막에 올라가고."

"그만 놀려."

하지만 결코 싫지 않은 목소리였다. 싫을 리가 있겠는가? 아주 온몸이 간질거려 미칠 것만 같다!

"내가 준 선물은 잘 가지고 있지?"

"응? 뭐?"

갑자기 무슨 선물?

"비장의 무기 말이야! 이게 어디서 돼먹지도 않게 순진한 척은."

세단은 그제야 아까와는 다른 의미로 얼굴이 화르르 달아올랐다. 젠장, 아직 닥터가 근처에 있을 텐데!

"야, 넌 좀! 고 입을 그냥!"

"오늘이 바로 그 무기를 쓸 날이야. 한 번 헤어진 연인이 다시 뜨겁게 만나서 긴긴밤 뭐로 지새겠냐? 그냥 밥 먹고 쎄쎄쎄 하고 놀 거야? 다 큰 성인 남녀가? 정말 그런 거라면 난 이제 마 교수님을 좀 의심……. 우욱!"

결국 참다못한 세단이 애정의 입을 틀어막고 낮은 목소리로 외쳤다.

"제발 좀 조용히! 교수님 듣는다고!"

하지만 세단도 알 수 없는 긴장감과 묘한 설렘으로 살짝 몸이 뜨거워졌다. 애정이가 준 그걸 어디다 뒀더라? 정말 꺼내놔야 하나…….

그 뜨거움은 퇴근 후 얼마 안 가 쥐구멍에라도 숨고 싶은 부끄러움과 함께 싸늘하게 식어버리고 말았다.

"내려주세요……."

"자업자득이야. 그냥 가만히 있어. 오히려 바란 거 아닌가?"

"아니라니까요!"

세단은 한 손으로 얼굴을 가린 채 온갖 우거지상을 쓰고 있었다.

다시 재회한 기념으로 손을 꼭 잡은 퇴근길, 괜히 애정의 말에 신경 쓰며 그를 너무 의식한 나머지, 다가오는 그를 저도 모르게 피하다가 발을 헛디뎌 아주 제대로 넘어지고 말았다. 그 결과 발목까지 삐어서는 결국, 이렇게 그에게 안겨 레지던스에 도착하고 말았다. 안긴 건 좋지만, 볼썽사납게 넘어진 그 모습을 그에게 보인 게 그냥 너무나 창피했다.

'젠장, 한애정. 괜히 엉뚱한 말을 해서는! 아우!'

윤성은 세단을 거의 들쳐 메고선 집 안에 들어가 세단을 소파에 내려놓았다. 그리고 발목을 살피려는데, 그녀는 자꾸만 바둥거리며 그를 밀어내려고 했다.

"저 진짜 괜찮아요. 그러니까 이제 그만 가세요. 진짜 너무 쪽팔려서!"

연약한 척하면서 우아하게 픽 쓰러진 것도 아니었다. 퍽 소리가 날 정도로 완벽하게 대자, 대자였다고!

윤성은 어느새 얼음팩을 가져와 살짝 부어오른 곳에 찜질을 하며 살벌한 어조로 속삭였다.

"예전에 네가 말했지? 닥터는 괜찮아도 내가 안 괜찮다고. 나도 안 괜찮아. 도대체 두 눈 뜨고 가만히 걸어가는데도 어떻게 이렇게 발목이 성할 날이 없는 거지? 벌써 세 번째야. 눈을 떼지 못할 정도가 아니라 아예 조그맣게 만들어서 주머니에 확 넣고 다니고 싶어."

"주머니에 넣고 다니고 싶다니. 보통 그런 말을 그렇게 무섭게 해요?"

분명 닭살스럽고 로맨틱한 대사인데, 성난 그의 입에서 나오니 살얼음판을 걷는 듯 몹시도 살벌했다.

그때 그의 회색빛 눈동자가 위험스런 빛을 띠며 점점 어둡게 가라앉기 시작하더니, 이내 발목을 마사지하던 그의 손길이 한순간 달라지기 시작했다. 부기가 남아 있는 곳을 하나하나 더듬고 쓰다듬으며 주무른다. 하지만 아까와는 다르다. 아까는 손끝에서 힘이 느껴졌는데, 지금은 부드럽고 섬세한 손길이 마치 애무를 하는 듯했다.

그 때문에 세단은 기분이 이상해졌다. 안쪽에서부터 간질간질하게 피어오르는 열기에 그녀는 낮은 신음을 삼키며 그의 손을 밀어내려고 했다. 하지만 그의 움직임이 점점 더 노골적으로 변하더니 이내 발목을 살며시 들어 올려서는 발등에 입을 맞추었다.

세단은 그의 돌발적인 행동에 저도 모르게 입술을 꽉 깨물고 소파를 붙잡았다.

대, 대체 이게 무슨!

여전히 그의 입술은 그녀의 발등에 닿아 있었다. 입술이 벌어지면서 생각보다 더 낮은 목소리가 귓가에 자극적으로 내려앉았다.

"아까 한 말은 경고이자 진심이야. 제발 위험해지지 말라는 경고. 그리고 정말로 널 나한테 가둬 버리고 싶은 진심."

"……."

"난 평범한 인간이 아닌 늑대인간이라서, 맹수의 본성이 남아 있어. 늑대가 평생 한 여자에게 맹목적이듯 나 역시 그래. 그만큼 질투도, 소유욕도 네가 감당하기 벅찰 만큼 어마어마하지."

그는 고개를 들고서 세단을 가만히 올려다보았다. 어둠에 일렁이는 그의 회색빛 눈동자에 세단은 이미 그에게 완전히 빨려들어 간 듯했다.

"난 너의 머리부터 발끝까지, 네가 내쉬는 공기마저도 전부 가지고 싶거든."

그녀는 메마른 침을 꿀꺽 삼키며 그를 내려다보았다. 어느새 그는 보름달 이전과 이후의 경계가 모두 무너진 느낌이 들었다. 솔직한 본능 그대로. 하지만 나쁘진 않았다. 정말로 이 남자의 어두운 면까지 전부 보고 가진 느낌이 들었으니까.

예전에도 그랬지만, 지금도 마찬가지다. 이 남자가 내게 온전히 미치는 모습을 보고 싶다는 생각. 자신의 전부를 탐하고 싶어 하는 그 눈빛을 가지고 싶다는 묘한 흥분.

윤성은 세단이 말이 없자 자신이 지금 너무 나갔다는 생각을 하고선 재빨리 그녀에게서 멀어졌다.

"미안. 지금은 조금 심했어. 미안해."

자신이 생각해도 놀랄 만큼 강렬한 소유욕이었다. 각인을 인정하고, 점점 더 그녀를 사랑하게 되면서 거침없이 달려가려는 자신의 모습이 제게도 너무 어색하게만 느껴졌다.

윤성은 조금 머뭇거리며 그녀의 머리카락을 차분하게 쓸어내렸다.

"좀 쉬어. 오늘, 많이 피곤할 테니까. 내일 보자."

그러곤 그녀의 입술을 짧게 머금고 멀어지려는 순간, 그녀가 그의 뒷목을 강하게 휘감으며 깊게 입을 맞췄다. 윤성의 눈동자가 크게 흔들렸다. 애써 억눌렀던 열망이 다시금 빳빳하게 고개를 들어 올렸다.

"가지 마요."

"……"

"내 옆에, 있어줘요."

그녀의 달뜬 한마디에 그는 욕망에 짙게 흔들리는 목소리로 어렵게 말을 내뱉었다.

"그게, 무슨 말인지 아는 거야?"

'당연히 알지. 내 나이가 몇인데.'

부끄러움은 아까보다 더했지만 여기서 멈추고 싶진 않았다. 그만큼 그녀는 지금 진심이었다.

"예전과는 달라. 솔직히, 지금도 참기 너무 힘들어. 예전 같은 자제력을 내게 바라지 마."

세단은 그의 목덜미를 훑으며 가슴 아래로 천천히 손가락을 움직였다. 손바닥 가득 차오르는 그의 성난 심장 소리가 금방이라도 터질 듯 위태로웠다. 그만큼 아주 간절히 자신을 원하고 있었다.

"나도 한 번 말했었죠? 나한테 미치는 모습 보고 싶다고. 한 번도 달라진 적 없어. 당신을 원해요. 나도 당신과 같아요. 당신이란 남자, 내가 남김없이 가지고 싶어."

두 사람의 시선이 서로를 갈구하며 어지럽게 뒤엉켰다. 윤성은 낮은 신음을 내뱉고선 그대로 그녀를 번쩍 들어 올려서는 있는 힘껏 그녀의 입술을 짓눌렀다. 달큰한 열기가 등줄기를 타고 내렸다. 세단은 두 팔과 두 다리로 그에게 완전히 몸을 밀착하고, 윤성의 옷자락을 끌어당기며 온전히 그에게 모든 것을 맡겼다.

윤성은 그녀를 안고서 함께 방으로 향했다. 지금 이 순간, 서로의 존재 외에는 아무것도 필요하지 않았다.

'너를 원해.'

'당신을 원해요⋯⋯.'

이젠 그 무엇도 두 사람을 멈출 수 없었다. 잠시 후, 덜컹 하는 소리와 함께 방문이 닫혔다.

윤성은 세단의 뒷목을 부드럽게 끌어당겼다. 수줍게 자신을 맞이하며 혀끝을 휘감는 그녀의 달뜬 숨결이 그 어느 때보다 달콤하고 짜릿하여 단 한 순간도 놓칠 수가 없었다.

수없이 갈망하고, 제 자신을 억누르며, 심장이 아플 정도로 간절히 원했던 이 순간.

그는 그녀를 천천히 침대 위로 내려놓았다. 세단은 점점 아래로 내려앉는 제 몸이 화르르 타오르며 열기에 젖어가는 것을 느꼈다.

마침내 완전히 침대에 누운 세단은 자신의 위에서 저를 물끄러미 바라보는 그의 회색빛 눈동자에 뒤늦게 부끄러운 감정이 휘몰아쳤다. 그의 눈앞에서 천천히 벌거벗겨지는 기분이랄까? 그리고 보니 그 속옷을 입지도 못했네. 갑자기 이렇게 될 줄은 몰랐으니까. 게다가 생각해 보니,

'내가 먼저 유혹한 거잖아!'

생각이 거기까지 미치자, 세단의 얼굴이 불타는 고구마처럼 빨갛게 달아올랐다. 세단은 무의식적으로 손을 올려 얼굴을 가려 버렸다.

윤성은 그 모습이 어쩐지 사랑스러워 낮게 웃고는 고개를 아래로 숙여 그녀의 귓가에 입을 맞추었다.

"얼굴 보여줘. 네 얼굴이 보고 싶어."

귓가에 바로 와 닿은 그의 은밀한 속삭임은 마치 꿀을 바른 듯 달콤하면서도 진한 수컷의 느낌까지 위험스럽게 묻어나왔다. 그리고 그 수컷에게 모든 것이 무장 해제되는 기분이다.

그녀는 천천히 손을 내려 어느새 바짝 다가온 그를 바라보았다. 방 안은 어두웠지만, 창문 너머로 들어온 희미한 빛이 그의 얼굴에 서린 음영을 두드러지게 만들어 묘한 분위기를 자아내고 있었다.

굵은 선을 지닌 얼굴과 딱딱하면서도 강인한 턱 선을 중심으로 날렵하게 떨어지는 콧날. 이미 몇 번이고 거듭된 키스로 인해 살짝 젖어 있는 입술은 나긋한 미소를 그리고 있었고, 그 입술이 벌어질 때마다 움직이는 목젖이 굉장히 섹시하게 느껴졌다. 그의 타들어갈 듯한 잿빛 눈동자가 강렬한 빛을 뿜으며 그녀를 담고 있었다. 온몸을 사슬처럼 옭아매는 저 거부할 수 없는 눈빛.

'진짜, 미치겠네!'

"그, 그렇게 쳐다보지 마요. 나 지금 무진장 가슴 떨리니까. 그 눈동자를 볼 때마다 얼마나 떨리는지 알아요?"

"나는 네 시선."

어느새 그의 입술이 그녀의 눈에 닿으며 뜨거운 흔적을 남겼다.

"네 숨결."

느릿하면서도 매끄럽게 움직이는 그의 입술이 그녀의 떨리는 입술을 지그시 누르며 조금 더 아래로 내려갔다.

그는 어린 새처럼 파르르 떨고 있는 그녀의 심장 소리를 느끼며 더욱 낮은 목소리로 속삭였다.

"너의 존재 자체가 나한테 얼마나 자극적인지 알아? 네 앞에선 모든 순간 보름달 아래 있는 것 같아. 아니 이젠, 보름달도 상관없어."

그의 낮고 강한 목소리가 점차 그녀의 모든 것을 지배하기 시작했다.

"네가 손끝에 와 닿을 때마다 온몸이 타들어갈 것 같아. 내 감각이 조절이 안 돼. 오직 너만 원해. 너를 갖고 싶어. 네 안을 오롯이 나로만 가득 채우고 싶어. 네가 나만 바라볼 수 있도록, 그렇게……."

무슨 말을 하기도 전에, 그가 세단을 자신의 품 안으로 가두며 목덜미 위로 뜨거운 입술을 문질렀다. 모든 행동 하나하나에 그녀를 소유하고픈 뜨겁고 위험스런 욕망이 흘러나왔다. 세단은 그의 뜨거운 감정을 온몸으로 느끼며 달뜬 호흡을 전혀 숨기지 않았다.

그녀 역시 이토록 강렬하게 누군가를 갖고 싶다는 생각을 한 적이 없었다. 그런 지독한 관계가 맺어지면, 정말 헤어 나올 수 없을 것 같았으니까. 하지만 그의 앞에선 그런 망설임조차 할 수가 없었다. 처음으로 제 모든 것을 주고 싶은 남자. 그에게 전부를 내어주고 그의 사랑을 온전히 가지고 싶었다. 그래서,

'가장 사랑스런 여자가 되고 싶어…….'

세단의 손이 그의 서늘한 머리카락을 지나 뺨을 스치며 점점 아래로

내려갔다. 마침내 드러난 그의 단단하고 매끄러운 맨가슴에, 세단은 잠시 주춤하다 손을 뻗었다. 맨살에서 손바닥으로 바로 느껴지는 심장 소리. 가장 원초적이고 가장 강렬히 휘몰아치는 그의 심장 소리. 저 소리를 내 안에 가득 채우고 싶어.

그녀의 손길과 시선에 그가 잔뜩 쉰 목소리로 속삭였다.

"오래오래, 나랑 같이 살자."

"……."

"앞으로 너의 모든 시간 속에 내가 있었으면 좋겠어."

세단은 어쩐지 뭉클한 마음으로 조심스레 입을 열었다.

"설마, 그거 프러포즈하는 거예요?"

"그런가……."

"뭔가 닥터답네요."

"처음이라 그래. 그리고 마지막일 테고."

사랑한다는 고백도, 영원이란 말도 조심스럽고 하기 힘들었던 그가 처음으로 말해주는 미래는 그 어떤 프러포즈보다 아름답고 감미롭기만 했다.

달콤한 프러포즈 후는 그야말로 연인들의 시간이었다. 옷자락이 벌어지고 서늘한 공기가 와 닿자 세단은 저도 모르게 파르르 떨었다. 그의 손이 닿자 찌릿하면서도 뭐라 말할 수 없는 전율에 세단은 저도 모르게 허리를 꼿꼿하게 세우며 몸을 움찔했다.

접촉이 깊어질수록 세단은 몸을 움츠리려고 했지만, 윤성은 과감하게 그녀를 끌어당기며 모든 것을 해방할 수 있도록, 시선과 손길과 호흡으로 그녀를 속박했다.

세단은 그의 단단한 팔뚝을 붙잡고 제 것이 아닌 것 같은 몸을 비틀었다. 윤성은 아주 부드럽게, 그리고 조심스러우면서도 과감하게 그녀의 몸을 열려고 했다.

"하아, 닥터!"

그의 손길이 점점 아래로 내려갔고, 세단은 본능적으로 몸을 굳혔지만, 그의 감미로운 목소리에 서서히 긴장을 풀었다.

"괜찮아, 괜찮아. 세단아."

녹아내릴 듯, 애절하면서도 단호한 음색이 흐른다. 그 음색에 취해 온몸이 부드러워졌다.

"흐으으으윽!"

결코 누구도 닿은 적 없는, 깊숙이 숨겨져 있던 은밀한 그곳이 자극당하자 세단은 더 이상 입을 막을 수가 없었다. 등줄기로 찌릿찌릿한 것이 스쳐 지나가며, 머릿속이 빙글빙글 돌기 시작했다.

점점, 두 사람의 시선은 엉망으로 헝클어졌다. 윤성은 다시금 그녀의 입술을 탐하며, 그녀의 들뜬 호흡까지도 삼켜 버렸다. 이미 무아지경이었다. 오직, 그를 원한다. 그리고 그녀를 원한다. 이미 본능만이 머릿속을 지배했다.

그에게 철저히 지배당하며 세단은 깊은 곳에서부터 뜨거워지는 것을 느꼈다. 윤성 역시 그것을 느끼며 입가에 짙은 미소를 지었다.

그는 다시금 그녀의 머리카락과 목덜미에 입을 맞추고, 그녀의 모든 것을 점령했다.

세단은 그를 품고서 조금 망설이는 듯한 그에게 속삭였다.

"나를 어서, 어서 안아줘요."

그리고 온 마음으로 그를 품었다.

세단은 난생 처음 느껴보는 어마어마한 자극에 숨조차 쉴 수 없었지만, 그를 오롯이 느낄 수 있었다. 그래서 참을 수 있었다.

"하아아아."

윤성은 이대로 날아가 버릴 것 같은 한줌의 이성을 가까스로 붙잡고서 그녀를 다정하게 매만졌다.

"괜찮아?"

윤성이 걱정 어린 눈빛으로 물었지만, 세단은 차마 대답하지 못하고 고개를 끄덕였다. 그는 그녀의 반응을 하나하나 살피며 이제야 천천히, 아주 조심스럽게 움직였다.

서로의 손을 꽉 붙잡고 온몸을 흔들었다. 세상이 흔들린다. 그러나 멈출 수가 없었다. 이대로 함께 온몸이 녹아내릴 것만 같았다.

"하아, 하아, 아, 아아아! 유, 윤성 씨!"

"세단아, 세단아!"

연신 쳐올려지는 격렬한 파도 위에 세단은 모든 것을 그에게 맡긴 채 절정으로 달려가고 있었다. 가슴과 가슴이 맞닿아 느껴지는 거대한 울림은 상상 그 이상이었다. 체온과 체온이, 심장과 심장이 서로에게 가장 가깝고 완벽하게 하나가 되어가고 있었다.

윤성은 가빠오는 호흡을 삼키고서 흐트러진 머리카락 사이로 수줍게 달아오른 그녀의 얼굴을 바라보았다. 세단 역시 한순간도 그에게서 시선을 떼지 못했다. 그를 마음껏 바라보고, 마음껏 취하고 싶었으니까.

어느새 짙게 흔들리는 그의 목소리가 그녀에게로 흠뻑 쏟아져 내렸다.

"너를 아주 많이."

"……"

"사랑해."

그 말을 끝으로 세단은 더는 아무 말도 할 수 없었다. 서로를 에워싸는 열기는 한층 더 뜨겁게 일렁였고, 창문 너머의 불빛이 사라지면서, 다시는 놓치지 않을 두 사람의 손가락은 더욱 강렬하게 엮이고 있었다.

아직 해가 밝아오지 않은 새벽. 윤성은 어젯밤의 떨림이 고스란히 남은 채로 그녀를 꼭 끌어안고 있었다. 세단 역시 잠들지 않았다. 사실 한숨도 잘 수가 없었다. 몸 안에서 감도는 열기가 사그라지지 않았다. 이렇게 그에게 꼭 안겨 그의 심장 소리를 마치 음악처럼 듣고 있는 게 너무나도 편안하고 좋았다.

"닥터……."

그는 미소를 지으며 그녀의 헝클어진 머리카락위로 입술을 눌렀다.

"응……."

"우리 저번에 갔던 별장에 다시 가요."

"맘에 들었나 봐."

"나도 점점 닥터를 닮아가나 봐요. 조용한 곳이 좋아져요."

그는 그녀의 뒷목을 부드럽게 끌어당겨서는 이마에 달콤하게 키스하며 속삭였다.

"별장에도 가고 남산에도 다시 가. 저번에 자물쇠에 쓰지 못한 메시지도 다시 써야 하잖아. 그 돌담길도 다시 가고. 시간은 많으니까, 다시 다 해보자. 아! 관람차에서 하려다가 못 한 키스도 말이야."

"……앞으로 쭉?"

윤성은 고개를 내렸다. 어느새 세단은 그를 바라보고 있었다. 그러자 그는 다정한 목소리로 그녀를 다독였다.

"그래. 계속, 계속 같이 있자. 그렇게 될 수 있도록, 내가 널 지킬 테니까."

세단은 그제야 자신이 죽을 운명이라던 그의 말이 생각났다. 너무 정신이 없고 허무맹랑한 얘기라서 생각조차 하지 못하고 있었다.

"닥터, 예전에 말한 거 말이에요. 내가 죽을지도 모른다는……."

"……."

"그게 뭔지 제대로 말해줘요. 이제 서로한테 숨기는 거 없기로 했으니까. 게다가 이건 내 일이잖아요."

윤성 역시 뒤늦게 그녀에게 그런 말까지 했었다는 걸 떠올렸다. 그래, 이젠 그녀도 알아야 했다.

그는 잠시 허공을 응시하며 무거운 목소리를 내었다.

"네가 죽게 될 거라는 말은 1년 전에 아프리카에서 들었어. 널 살릴 수 있는 방법도 함께. 그래서 난 선택을 했고, 두 번 다시 오지 않을 거라 생각했던 한국으로 이렇게 오게 된 거야."

윤성은 하나도 빠짐없이 전부 그녀에게 말해주었다. 영감이 했던 말, 그리고 이렇게 한국으로 오기까지의 과정…….

세단은 솔직히 너무 당황스러웠다. 그가 갑자기 사라졌던 이유가 자신 때문인 것도 모자라 그가 한국에 온 이유 역시 자신 때문이라니. 게다가 가장 지독한 운명으로 엮인 사람 때문에 내가 죽는다고?

"네가 살 수 있는 방법은 하나야. 운명의 그날, 네가 그 사람과 함께 있지 않으면 돼. 그래서 난 네 곁에서 쭉 그 사람을 찾고 있었어. 내가 너에게 낯선 사람, 낯선 곳을 조심하라고 했던 이유가 바로 이것 때문이야."

"하아…… 그랬던 거예요?"

"그동안 너에게 벌어진 불행은 전부 다 우연이 아니야."

그것도 그런 거였다고? 하지만 쉽게 믿어지지 않았다. 너무 현실 같지가 않아. 하긴, 눈앞에 있는 그의 존재도 솔직히 현실적이진 않지.

"그럼 대체 누구죠? 나한테 지금 가장 지독한 운명으로 엮인 사람은, 당신인데."

가볍게 내뱉은 말에 윤성의 낯빛이 창백하게 일그러졌다. 그러고 보니 한 번도 자기 자신은 생각해 본 적이 없다. 그녀에게 가장 가까이 다가온 사람, 그녀가 위험했던 모든 순간에 같이 있었던 사람. 어쩌면 그녀에게 제일 위험한 사람은 바로 자신일지도 모른다. 또한 지독한 운명이라면…….

'각인…….'

세단은 그의 얼굴을 두 손으로 꽉 붙잡고선 쪽 소리를 내며 입술에 뽀뽀를 해주었다.

"혹시 했는데, 지금 괜히 이상한 생각하고 있었죠?"

"응?"

"닥터는 날 구해준 사람이에요. 내가 위험할 때마다 날 지켜준 사람이고, 내 행운의 아이템이라고요. 닥터가 없었으면 난 정말로 위험했을 테고, 많이 힘들고 아팠을 거예요."

"……."

"만약 내가 정말로 죽을 운명이라면, 그런 나를 지켜주러 온 사람도 닥터예요. 그리고 꼭 지켜줄 거라고 믿고 있어요. 아마 난 닥터 때문에 반드시 살 거예요."

그렇기에 세단은 무섭지도, 두렵지도 않았다. 그가 자신의 옆에 있으니까. 끝까지 함께할 테니까. 비록 앞으로 그 어떤 일이 벌어진다고 해도.

'괜찮아. 반드시 괜찮을 거야.'

윤성은 세단의 말에 엷은 미소를 지으며 불안했던 마음이 한순간 사라지는 것을 느꼈다. 세단 역시 그의 미소에 덩달아 웃으며 다시금 그의 품으로 쏘옥 파고들었다. 그리고 아까 전 그가 했던 말을 천천히 되뇌며 입을 열었다.

"두 번 다시는 한국으로 오지 않을 거라고 생각했다면, 그만큼 한국이 싫었던 거예요?"

"싫었다기 보단 무서웠지."

"……가족 때문에?"

"그래."

윤성은 자연스럽게 너무나도 아팠던 과거의 이야기를 풀어놓았다. 그녀는 말없이 그의 이야기를 들었다.

늑대인간이었던 아버지를 먼저 좋아했던 어머니. 밀어냈지만, 끝까지 포기하지 않고 아버지를 쫓아다녔다고.

"마치 예전의 너처럼."

"아버님이 닥터처럼 엄청 근사하셨나 봐요."

"글쎄, 난 아버지에 대한 기억이 별로 없어. 아무튼, 역시 운명은 운명이었던 거지. 아버지는 어머니를 사랑하게 되면서 각인이 깨어났고, 끝까지 행복할 거라고 믿었어."

어머니가 아버지의 정체를 알게 되었어도, 한동안은 그 행복이 이어졌다. 하지만 어머니의 사랑이 식어가고, 아버지의 존재를 차츰차츰 두려워하기 시작했다.

"나를 낳고 난 뒤에 어머니는 완전히 무너지셨지. 아버지와 나를 너무나도 무서워하셨어. 당신이 괴물을 낳았다고 생각하기도 했었고. 당신 자신도 그렇게 변해 버리면 어쩌나 두려워했던 것 같기도 하고."

"……"

"사실 난 내가 늑대인간인 줄 몰랐어. 그냥 어머니가 날 싫어한다고 생각했지. 아버지 얼굴은 거의 본 적이 없어. 아버진 나보단 어머니가 더 소중했고, 어머닐 더 사랑하셨으니까."

처음엔 가장 숨기고픈, 가장 지독한 밑바닥을 그녀에게 보여준다는 게 두렵고 싫었지만, 왠지 말을 하면 할수록 마음이 가벼워지는 것 같았다. 이런 기분은 처음이었다.

"그 별장에서 아버지가 처음으로 내게 말씀하셨어. 넌 인간이 아니라고. 아마 평생 아프고 아프고 또 아프게, 그리고 가장 고독하고 외롭게 살아가게 될 거라고. 그때 아버지 모습을 처음으로 제대로 본 것 같아. 아버지는 많이 고단해 보였어. 안타까워하던 모습. 울고 있는 듯한 그 황금빛 눈동자. 그리고 내게 참 많이 미안해 하셨고."

세단은 어쩐지 그 모습이 자연스럽게 머릿속으로 그려졌다. 닥터가 자신에게 처음 자신이 늑대인간이라고 밝히던 그 모습이 그랬으니까. 많이 힘들고, 고단하고, 지쳐 보였었다. 간절하게 저를 바라보던 그 눈빛 역시도.

"그 다음 날, 어머니가 돌아가셨어. 내 눈앞에서 자살을 하셨지. 아버지도 어머니를 뒤따라가셨어. 사랑해서 미안했다고 되뇌던 그 모습이 절대로 잊히지가 않아. 그 모습이 지독한 악몽이 되어 날 괴롭혔어. 그래서 한국을 벗어나고 싶었어. 절대로 돌아오고 싶지 않았지. 다시는 그때의 기억에 사로잡히고 싶지 않았으니까."

그가 다시 한국으로 오겠다고 결심하는 데까지는 아주 많은 용기와 준비가 필요했다. 그리고 용기를 내게 해준 사람이 바로 그녀였다. 그녀를 죽게 할 수가 없어서, 그냥 그렇게 내버려 둘 수가 없어서 그는 어렵게 용기를 내고 한 걸음을 내디뎠던 것이다.

세단은 어쩐지 떨고 있는 듯한 그를 꽉 안아주며 속삭였다.

"나는 당신이 무섭지 않아요. 당신은 그저 내가 가장 사랑하는 사람이에요. 그걸 잊지 말고 믿어요."

"알아, 믿어. 네 옆에 있으면 악몽을 꾸지 않아. 나도 모르는 사이에 널 의지하고 너에게 기대게 돼."

"근데 정말 부모님에 대해서 안 좋은 기억밖에 없어요? 어머니와 아버지에게 정말 아무런 좋은 기억도?"

윤성은 묵직한 한숨을 내쉬며 고개를 가로저었다.

"사실 기억이 제대로 안 나. 그런데 요즘은, 기억해 보고 싶어. 특히 어머니에 대해서……."

아이는 혼자 어른이 되었다고 생각했다. 어머니를 잊고서 그렇게. 하지만 매번 악몽 속에서 어머니를 보는 건, 어쩌면 조금 그립고 보고 싶은 마음이 있기 때문에 그 시간을 헤매고 있는 건 아닐까? 무섭고 두려운 기억에 가려져 잊혔던 무언가가 있지 않을까.

세단은 윤성의 변화가 기뻤다. 아이의 걸음마와도 같지만 그래도 첫 발을 내딛기 시작했으니까. 늑대인간이라는, 이방인이라는 굴레에 제 자신을 가두고 있던 그가 그렇게 천천히, 그리고 조금씩 세상으로 나아가려고 하는 것. 그 첫 시작이 그가 그토록 기억하고 싶지 않았던 어린 시절을 다

시 마주 보는 것이라고 세단은 생각했다. 그리고 닥터뿐만 아니라,

'나도. 나도 내 트라우마를 이겨내야 해.'

윤성은 조금 어두운 눈빛으로 세단을 바라보았다. 아직 모든 걸 다 말한 게 아니다. 그녀의 트라우마, 그것의 원인이 된 아버지의 죽음에 얽힌 진실을 말해줘야 하는 걸까? 혹시 그 진실을 알게 된 순간, 그것 때문에 그녀가 잘못되진 않을까. 그냥 묻어둔 채, 지금처럼 자신이 지키면 안 되는 걸까. 어차피 알아도 달라지지 않을 건데. 더 아프기만 할 텐데. 모든 진실의 끝이 행복은 아니니까, 차라리 모르는 편이 나을 때도 있으니까.

그는 떨리는 숨을 그녀 몰래 삼키며 눈을 감았다. 도저히 판단할 수가 없었다. 냉정하게 결정하고 선택하기엔, 그는 이미 그녀를 너무 많이 사랑하고 있었다.

재현은 백 회장과 천강진 이사장, 그리고 백하령 사이에 분명 뭔가가 있음을 깨닫고 그것을 알아내려고 고군분투했지만, 하나같이 접근하기 어려운 위치에 있는 사람들이다 보니 알아내기가 영 쉽지가 않았다. 하지만 작은 것부터 천천히 알아가던 와중 어렵게 발견한 것은 약혼 발표 전날 밤, 백하령과 아버지가 은밀한 만남을 가졌다는 것이었다.

이 약혼에 자신이 모르는 뭔가가 있는 건 분명했다. 그리고 그걸 알아낸다면…….

'분명 연결고리를 찾아낼 수 있겠지.'

하지만 더 이상 평범한 방법으로 접근하기는 불가능했다. 그렇다면 마음에 들진 않지만 자신이 가지고 있는 권력이라는 걸 이용해서 정보를 빼내는 방법뿐이었다.

일단 재현은 병원으로 출근할 준비를 했다. 요즘 들어 자신의 행동 하

나하나가 아버지에게 보고되고 있음을 알고 있었다. 자연스러운 모습을 보여야 한다. 그래야 아버지의 눈을 피할 수 있을 터였다.

'그래야 정보든 자료든 빼돌릴 수 있을 테니까.'

그때 휴대폰이 울렸다. 확인하니 전혀 모르는 번호였다. 어쩐지 불안한 느낌에 재현은 전화를 받을까 말까 고민했다. 그도 그럴 것이, 지난번 모르는 번호로 온 문자에 세단이가 어디에 갇혀 있는지 상세히 적혀 있었다. 그래서 모르는 번호로 오는 전화나 문자는 어딘지 모르게 꺼림칙하기만 했다.

'마치 누가 날 지켜보고 있는 느낌이야…….'

벨은 계속 끊어지지 않았고, 결국 재현은 전화를 받았다.

"여보세요?"

[천재현 군인가?]

"……백 회장님?"

[하하, 너무 갑작스럽게 전화를 해서 실례가 아닌지 모르겠군.]

"아, 아닙니다. 잘 지내셨습니까."

휴대폰을 움켜쥔 손끝이 파르르 떨렸다. 다른 누구도 아닌 J그룹의 백건 회장에게서 이렇게 개인적으로 전화가 오다니, 대체 무슨 일이지?

[나야 뭐, 매번 좋지. 내일 잠시 만나고 싶은데…… 개인적으로 말이야. 가능하겠나?]

"괜찮습니다."

[그런가? 고맙네. 긴 얘기는 내일 만나서 하도록 하지.]

"예, 알겠습니다."

그렇게 짧은 몇 마디와 함께 전화가 끊겼다. 재현은 긴 숨을 내쉬고서 꺼진 휴대폰을 멍하니 바라보았다.

저쪽에서 먼저 만나자고 하다니, 이건 기회인가? 어차피 제대로 된 정보를 얻으려면 호랑이 굴로 직접 들어가야 할 터였다. 하지만 생각했던 것보다 훨씬 긴장되고 떨렸다. 백건 회장을 만난 건 몇 번 되지 않았다. 게다가 이렇게 개인적으로 통화를 한 것은 처음. 표면적으로 하령이와 약혼을 할 거라고 하지만 아직 집안끼리 제대로 만난 적은 없었다.

'이거, 정신 바짝 차려야겠어.'

그렇지 않으면 저 사람에게 압도당해 그대로 휘말리고 말 것이다.

이른 아침, 세단은 이젠 제법 익숙하게 앞치마를 두르고서 아침밥 준비를 했다. 보글보글 된장찌개를 끓이고, 계란찜도 하고 김도 굽고, 자투리 채소를 모아 채소 볶음도 만들었다. 예전엔 무식하게 글로만 요리를 배웠다면, 지금은 직접 몸으로 부딪치며 요리 실력을 늘려가고 있었다.

제 스스로 뿌듯해하면서 채소를 볶던 세단의 손이 순간 움찔했다. 뒤에서 익숙한 샴푸 향이 훅 밀려들면서 뜨겁고 단단한 손길이 그녀의 어깨를 다정하게 파고들었다.

윤성이 그녀의 목덜미에 짧게 입을 맞추며 속삭였다.

"일찍 일어났네."

잔뜩 잠긴 목소리가 나른하게 울리면서 점점 내려가는 손길이 그녀의 허리를 한껏 끌어안았다. 점점 노골적인 스킨십과 어리광에 아침부터 심장이 쿵쾅거렸다.

'죽겠다, 죽겠어!'

게다가 그에게서 자신의 샴푸 향이 난다는 것도 뭔가 묘한 느낌을 주었다.

"채소 볶음 좋아해요?"

"한 번도 안 먹어봤어."

세단은 볶은 채소를 그의 입에 넣어주었다. 그러자 그의 입꼬리가 부드럽게 말려 올라가면서 나직이 속삭였다.

"요리 솜씨가 점점 느는 것 같아."

"내가 한번 하겠다고 마음먹으면 아주 끝장을 보거든요. 의대 수석을 그냥 한 게 아니라니까요. 그리고 사랑받는 아내가 되어야죠."

"그 남편 누군지 엄청 좋겠네."

"그렇죠? 엄청 좋겠죠?"

윤성은 손을 뻗어 가스레인지의 불을 꺼버렸다. 그러곤 자연스럽게 그녀를 돌려세워 입술을 머금으려는 순간, 그들을 방해하는 게 있었다.

세단의 휴대폰이 울린 것이다. 세단은 겸연쩍게 웃으면서 전화를 받기 위해 거실로 나갔다. 어쩐지 윤성이 바라보는 시선에 불만이 가득한 듯했다.

"여보세요?"

전화를 받은 세단은 점점 얼굴색이 환해지더니 이내 높아진 음색으로 외쳤다.

"오케이, 알겠어. 바로 갈게!"

전화를 끊고 세단은 환호성을 질렀다. 윤성은 의아한 시선으로 그녀를 바라보았다.

"왜 그래?"

"드디어 연락이 왔어요! 박은숙 환자, 언주 어머니에게 공여자가 나타났다고요!"

공여자는 26세 뇌사 환자. 응급도에서 충분히 승산이 있었다.

그녀의 표정엔 그저 기뻐하는 모습만이 역력했다. 윤성은 그 모습을 바라보며 조심스럽게 입을 열었다.

"이젠 안 무서워? 심장이식, 무서워했잖아."

"괜찮아요. 언주 어머니에게 너무나도 큰 기적이 일어난 거잖아요. 언주의 부탁을 들어줄 수 있다는 희망만 생각할 거예요. 전부 다 잘될 거예요."

세단은 윤성을 꼭 끌어안고서 마음껏 기뻐했다. 그는 그런 그녀의 모습에 한껏 풀어진 눈빛으로 말했다.

"예전에 너한테 꼴통이라고 한 거, 그거 이제 취소야."

"……네?"

"넌 앞으로 더 좋은 의사가 될 거야."

왠지 모르게 그 짧은 한마디가 마음을 때려 울컥했다. 그가 지금 네가 가는 방향이 맞다고 말해주는 것 같아서, 처음으로 그에게 제대로 인정받은 것 같아서…….

5. 감추고, 숨기고, 덮어도

　재현은 단정한 정장 차림으로 J그룹 본사로 향했다. 어디 근처 식당이나 호텔 라운지 같은 곳에서 보자고 할 줄 알았는데 예상외로 본사로 직접 방문할 것을 요청해서 솔직히 조금 놀라던 차였다.

　로비로 들어선 그가 잠시 두리번거리며 안내 데스크 쪽으로 이동하려는 찰나, 누군가 그의 이름을 불렀다.

　"천재현 실장님?"

　"아, 네."

　"회장님께서 기다리고 계십니다."

　미리 마중을 나온 비서를 따라 그룹의 가장 꼭대기 층에 도착한 재현은 마른침을 삼켰다.

　재현은 애써 태연한 척하며 정신을 바짝 차렸다. 마침내 회장실 앞에 도착한 비서가 재현의 방문을 알렸고 곧이어 그는 회장실 안으로 안내되었다.

　"오, 어서 오게."

"안녕하십니까."

재현은 정중하게 고개를 숙였고, 백 회장은 손사래를 치면서 재현의 어깨를 끌었다.

"그런 딱딱한 인사는 접어두자고. 우리 곧 가족이 될 사이가 아닌가. 아니, 이젠 한 가족이나 다름없지. 한국재단과 우리 J그룹은 동반자나 마찬가지가 되었으니까 말이야."

그들에게 가족이란 이런 것이었다. 함께하는 사업 파트너 그 이상도, 그 이하도 아닌.

그는 다소 씁쓸한 미소를 지으며 백 회장의 맞은편에 자리를 잡았다. 잠시 후, 비서가 두 사람 앞에 차를 놓고 나갔다. 향이 좋은 다즐링 홍차였다.

"홍차를 좋아하나?"

"즐기지는 않습니다."

"홍차의 시작을 유럽이라고 아는 사람이 많지만, 사실 홍차는 중국에서 먼저 마셨다네."

백 회장은 찻잔을 들어 올리고선 입꼬리를 여유롭게 올렸지만 눈빛만큼은 서늘하기 그지없었다.

"그만큼 누가 먼저 시작했느냐는 중요하지 않아. 누가 그것을 더 널리 알리고, 얼마나 제대로 이익을 얻었느냐가 중요하지."

재현은 어색하고 무거운 분위기 속에서 억지로 홍차를 마셨다. 하지만 입안이 더더욱 씁쓸하기만 했다.

백 회장은 재현의 행동 하나하나를 눈으로 살폈다. 마치 뭔가를 꿰뚫어 보려는 듯 살벌하고 날카로운 시선이었다. 그리고 곧 찻잔을 내려놓으면서 본론을 꺼냈다.

"내가 이렇게 자네를 따로 보자고 한 이유는, 곧 의료 관광 사업 책임자에 관한 마지막 투표가 진행될 것이기 때문일세."

"알고 있습니다."

"의료 관광 사업은 이제 단순히 한국재단과 J그룹의 협력 사업이 아니야. 더 긴밀하고 넓은 패밀리 경영의 하나지. 그러니 자네가 그 투표에서 귀중한 한 표를 던져 주었으면 해."

재현은 뜻밖의 제안에 살짝 굳은 시선으로 백 회장을 바라보았다. 갑자기 자신에게 투표권을 주겠다니. 이건 J그룹 내의 문제이고, 더 나아가서는 후계자 결정에 있어 중요한 투표라고 알고 있다.

"제가 감히 그런 중요한 자리에 참석하는 건……."

"자네와 같이 일할 사람이니 영 관련이 없다고는 할 수 없지. 그리고 그런 중요한 자리에 참석해야 어느 정도 책임감을 느끼지 않겠나. 자네가 어떤 위치에 있는지도 제대로 자각할 수 있을 테고."

"……"

"천 이사장이 자네를 무척이나 아끼고 있어. 자네는 상상도 못할 정도로 말이지. 그러니 실망시키지 말고 잘하도록 해."

뼈 있는 경고였다. 함부로 나서지 말라. 너 역시 우리와 같은 배를 탄 사람이다. 그러니 괜히,

'신경 쓸 일 만들지 말라 이건가.'

그 뒤로 이어지는 말은 그다지 중요하지 않았다. 투표가 끝나는 대로 조만간 미뤄둔 약혼식을 올리자는 얘기와, 얼핏 결혼식 얘기도 나오는 듯싶었지만 재현의 귀에는 아무 말도 들리지 않았다. 그리고 백 회장에게 전화가 걸려오면서 자리는 정리되는 듯했다.

"2차 투표 전에 소소한 자리를 마련할 생각이야. 그때 다시 보도록 하지. 자네의 공정하고 값진 한 표를 기대하겠네."

"예, 조만간 다시 뵙겠습니다."

재현이 회장실을 빠져나가고, 때마침 걸려온 전화에 백 회장의 입술 위에 그려져 있던 미소가 단번에 사라졌다.

"그래, 말해봐."

[공여자를 찾았습니다. 그래서 대표님이 백 회장님을 뵙고자 하십니다.]

"흠, 그래? 좋아. 자리를 마련해 봐."

[네.]

백 회장은 살짝 난색이 짙은 표정으로 중얼거렸다.

"생각보다 빠르군. 시기가 좋지 않아. 뭐, 어쩔 수 없나……."

회장실을 빠져나온 재현은 배웅하겠다는 비서를 거절하고 혼자 복도를 걸었다. 등골에서 식은땀이 흐르는 듯했다. 한인우와 관련하여 자신이 움직인 게 그새 백 회장의 귀에 들어간 모양이었다. 그런 사소한 일까지 그의 귀에 닿을 만큼, 아버지와 백 회장, 그리고 하령이의 관계가 긴밀하다는 얘기고.

이렇게 되면 정말로 정보를 모으기 쉽지 않을 텐데…….

"천재현 실장?"

그때 생각지도 못한 이가 재현의 이름을 불렀다.

"백 이사님."

"회장님을 뵈러 왔다는 얘기를 듣고 기다리고 있었습니다. 길이 엇갈리지 않아서 다행이군요."

백 회장의 장남, 이번 의료 관광 사업을 맡게 될 가장 유력한 후보인 백영진 이사였다.

"저를요? 대체 왜……?"

'뭐지? 이자가 왜 나를…….'

영진의 눈빛이 매섭게 번뜩였다. 성큼 다가오는 그는 백 회장을 닮아 묘한 기운이 느껴졌다. 하지만 재현은 그 기운이 영 껄끄럽고 마음에 들지 않았다. 특히나 그는 하령이 굉장히 두려워하는 사람이었다.

'속내를 감추는 사람치고 믿을 만한 사람은 없지.'

"회장님이 천 실장을 부른 이유 때문이지요. 의료 관광 사업에 관한 투표에 천 실장이 중요한 한 표를 던지게 되었으니까."

"소문이 빨리 도는 건가요, 아니면 이사님이 엿들으신 건가요."

순간 영진의 표정이 차갑게 가라앉았지만, 이내 입술을 비틀며 낮게 속삭였다.

"날 그렇게 경계하지 마시죠. 우린 좋은 사업 파트너가 될 수 있을 테니까요. 내가 이렇게 천 실장을 기다린 이유는 이 중요한 투표에 혹여나 사적인 감정이 개입되는 건 아닌지 우려가 돼서 말입니다."

말을 빙 둘러서 하고 있지만, 결국 목적은 하나다. 하령에게 표를 주지 말라는 것.

"예를 들면 하령이를 말씀하시는 건가요?"

"이런 자리에선 그렇게 친근하게 말할 필요는 없지요."

그는 굉장히 사납게 하령을 끊어냈다. 재현은 잠시 머뭇거리다 이내 한마디를 내뱉었다.

"죄송합니다. 그래도 제 약혼녀인지라 저도 모르게 친근하게 말해 버렸네요."

제 입으로 이런 말을 하게 될 줄은 몰랐다. 하지만 이 자리에서 자신마저 그녀를 외면할 수는 없었다.

재현은 영진과 하령 사이가 굉장히 좋지 않다는 걸 알고 있었다. 예전부터 그가 그녀를 무시하고 멸시했다는 것도. 그래서 하령은 그의 눈치를 살피며 몹시도 두려워했었다. 그건 지금도 마찬가지지만 상황은 조금 바뀌었다. 영진의 눈에 하령은 더더욱 눈엣가시일 테니 잠시라도 그녀의 편을 들어주고 싶었다. 예전에 파티에서 하령의 흑기사로 나섰던 것처럼. 지금도 그런 의미로 아주 잠시.

그때, 영진이 재현의 어깨를 강하게 붙잡고는 서슬 퍼런 눈을 하고서 속삭였다.

"설마 하령이에게 뭔가를 기대하는 건가? 헛수고하지 마. 그 아이에게선 절대로 아무것도 나오지 않아. J그룹의 후계자? 웃기는 소리. 잘못하다간 아주 처참하게 버려질걸?"

억지로나마 하던 존댓말까지 던져 버리고 갑자기 변해 버린 영진의 모습에 재현은 미간을 찡그리며 어깨를 움켜쥔 그의 손을 거칠게 떼어냈다.

"지금 이 무슨!"

"너도, 그리고 천 이사장님도 다들 속고 있는 거야! 하긴, 회장님이 너무하셨지. 사생아 따위와 자네를 맺어주려고 하다니."

'사, 생아?'

재현은 움직임을 멈추고 영진을 바라보았다. 대체 이게 무슨 말이야? 사생아라니, 누가 사생아라고? 설마.

"하령이가……."

"그래, 그 아이는 입양아가 아니라 사생아야. 결코 J그룹의 일원이 될 수 없는! 그래서 세상까지 속이고 있는 판국에 그 아이가 후계자가 될 수 있을 리가 없지. 회장님이 지금 괜히 그 아이에게 희망 고문을 하고 있어. 그러니 너도 그 아까운 표를 괜히 쓸모없이 낭비하지 말라고."

영진은 비릿한 어조로 속삭였다.

"그 아이를 이용하느니 나와 좋은 관계를 이어가는 게 더 이익일 거야. 그럼 적절할 때에 내가 이 약혼을 깰 수 있게 도와줄 테니까. 어때?"

재현은 저도 모르게 헛숨을 내쉬었다. 그래서 백영진은 이토록 조급하게 나오는 건가? 입양아라면 전혀 기회가 없겠지만 사생아라면 말이 다르다. 그것도 백 회장님이 버리지도 않고 너무나도 많은 것을 은근히 하령에게 쥐어주고 있으니까. 아닌 척해도 그는 지금 불안한 거다. 이런 식으로 흥분한 감정을 고스란히 보일 정도로.

"그걸 결정하는 건 제 문제입니다. 백 이사님이 말씀하신 대로 공과 사는 확실히 구별해야죠."

"뭐?"

"그리고 뭐 얼마나 대단한 비밀을 저에게 말해주신지는 몰라도 전 하령이가 양녀든 사생아든 별 관심이 없습니다. 제게 중요하지도 않고요. 하령이는 그저 제 오랜 친구일 뿐입니다. 그래서 친구로서, 당신 같은 사람한테 그런 모욕을 받는 게 기분 나쁠 뿐입니다."

영진은 뜻밖의 재현의 반격에 얼굴빛이 붉으락푸르락 기이하게 변했다.

"제 약혼은 제가 알아서 깨든 말든 하겠습니다. 그러니 백 이사님은 신경 끄시죠. 아니면 이런 가십거리에도 관심을 둘 정도로 시간이 많으십니까? 그렇진 않을 텐데요."

"이런 건방진!"

"게다가 하령이가 그저 그런 사생아는 아닌가 봅니다. J그룹의 유력한 후계자이신 백 이사님이 이토록 안절부절못하는 모습이라니. 그렇다면 저는 이쪽 세계의 사람들처럼, 누구의 손을 잡아야 더 큰 이득을 챙길 수 있을지 좀 더 정확히 따져 봐야겠군요. 좋은 정보 감사합니다. 그럼 전 이만."

재현은 먼저 등을 돌렸다. 이런 식으로 그와 적이 되고 싶진 않았지만.

'뭐, 어쩔 수 없지.'

하령은 자신이 사생아라는 걸 아마 최근에 안 듯싶었다. 그래서 그렇게 필사적으로 변해야 했던 걸까.

'그래서 그렇게 절박했던 건가······.'

컨퍼런스를 끝내고 회진까지 다 돌고난 뒤 세단은 관상동맥 수술이 필요한 환자에 대한 조언을 듣기 위해 윤성과 얘기를 나누고 있었다. 그런데 그런 두 사람을 바라보는 의사와 간호사들의 눈초리가 심상치 않았다. 심지어 주변에 있던 환자와 보호자들까지도.

윤성과 세단은 스테이션에서 아주 다정하게 손을 잡고 서 있었다. 그것도 그냥 손을 잡고 있는 것이 아니라 깍지까지 끼고서 서로의 눈을 바라보는 게 아주 깨가 쏟아지는 모습이었다.

"지금 내 눈에 보이는 광경이 헛것이 아니지?"

"마 교수님이, 웃고 계신다?"

"헛것이 아니네. 마 교수님이 진짜로 웃고 계신 거야?"

게다가, 찔러도 피 한 방울 안 나온다는 말이 있을 정도로 매정하기 그지없는 천하의 마 교수님이, 꿀이 떨어질 듯한 시선으로 세단을 바라보며 웃고 있었다.

여자들은 또 그 모습에 넋이 나가 버렸고, 남자들은 속으로 혀를 차며 같은 생각을 했다.

'마성의 부교수님에서 마성의 빡센 마녀가 될 판이야. 대체 박 선생님한테 어떤 매력이 있기에 마 교수님이 저런 모습을!'

하지만 주변의 시선이 그러거나 말거나 세단과 윤성은 오직 서로에게 푹 빠져서는 그 무엇도 들리지 않고 보이지 않았다. 게다가 지금 두 사람은 정말로 공적인 일을 하고 있었으니까.

"그럼 날짜를 그렇게 정해서 보호자와 한 번 더 상의해 보도록 할게요."

"그래, 박 선생이라면 제대로 해낼 거야."

그들은 자연스럽게 박은숙 환자가 있는 병실로 들어갔다. 이사장님의 배려로 1인실을 사용하고 있는 그녀는 혈색은 여전히 좋지 않았지만, 마음만큼은 평온한 상태를 유지하고 있었다. 병실로 들어서자 언주가 환하게 웃으며 세단을 반겨주었다.

"선생님!"

"우리 언주 잘 있었어?"

세단은 언주를 꼭 안아주었고, 언주는 세단에게 안긴 채로 윤성에게도 미소를 지으며 인사했다. 수술 집도는 윤성이 할 테지만 전반적인 환자 관리는 세단이 맡고 있었다.

잠시 후 간호사가 언주와 함께 병실을 나섰고, 은숙은 살짝 굳은 표정으로 세단과 윤성을 바라보았다. 두 사람이 같이 병실은 찾은 적은 거의 드문 일이기에 안 좋은 소식인가 싶어 불안해진 탓이었다.

"무슨 문제가 있는 건가요?"

은숙은 떨리는 시선으로 세단을 바라보았고, 그녀는 잠시 망설이다 입을 뗐다.

"사실, 관리센터에서 연락이 왔습니다. 심장 공여자가 나타났다고."

"저, 정말요? 그럼 이식을 받을 수 있나요?"

은숙은 순식간에 눈물이 차올라서는 세단을 꼭 붙잡았다. 하지만 세단은 아직 확답을 주진 않았다.

"아직 확답을 드릴 수가 없습니다. 응급도에 따라 대상자로 결정되면, 기초 검사와 더불어 적합 판정을 받아야 합니다. 하지만 응급도 면에서는 걱정하지 않으셔도 될 것 같습니다."

"정말, 감사합니다. 감사합니다!"

"언주와 함께 무사히 집으로 돌아가실 수 있도록 최선을 다하도록 하겠습니다."

윤성도 한마디 보탰고, 세단은 그녀와 조금 더 얘기를 나눈 뒤 병실을 빠져나왔다.

밖으로 나온 세단의 호흡이 약간 떨렸다. 윤성은 그녀가 여전히 조금 두려워하고 있다는 걸 느낄 수 있었다. 하지만 이렇게 차츰차츰 나아가는 거겠지. 한꺼번에 모든 것이 달라질 수는 없을 테니까.

'그래, 그녀가 먼저 걸음을 뗐다는 것이 중요해.'

"아직 공여자와 적합 판정이 난 건 아니야. 그건 명심해. 너무 실망하지 말라는 소리야. 적당한 라포를 지켜."

"네."

"그리고 적합 판정을 받고, 이식 수술이 진행되면 네가 꼭 내 퍼스트로 들어와 줬으면 해."

"당연하죠. 그때도 부탁드렸잖아요. 이 수술, 꼭 들어가고 싶다고. 반드시, 잘될 거예요."

세단은 어느새 환하게 웃었고, 윤성은 그 모습에 저절로 입꼬리를 늘어뜨리며 손을 내밀었다. 그리고 너무나도 자연스럽게 그녀가 그의 팔을 꽉 끌어안았다.

"조금 더 시간 돼요?"

"한 20분 정도는?"

"지금 장욱 씨 장례가 치러지고 있어요. 같이 갈래요?"

"……그래."

장례식 분위기는 차분했다. 나이에 맞지 않게, 갑작스럽게 세상을 떠나는 것을 악상이라고 한다지만 장욱은 너무나도 행복하고 평온하게 자신의 생을 마무리하였다. 그렇기에 어떻게 보면 호상이라고 할 수도 있었다.

세단과 윤성은 조금 멀리서 장욱과 은정을 지켜보았다. 요즘은 잘 들리지 않는 곡소리가 희미하게 울렸다. 곡소리를 잘해야 망자가 좋은 곳으로 간다는 속설이 있었다. 은정은 온 마음을 다해 장욱을 떠나보내며, 그렇게 구슬픈 곡소리로 가는 걸음 살펴가라며 배웅을 해주는 듯했다.

병원은 생과 사가 공존한다. 누군가는 다시금 살아갈 희망을 얻고, 누군가는 아주 긴 작별을 하며 다음 생을 기약하는. 그리고 그런 그들의 생과 사를 함께하는 의사들이 있었다.

세단은 마지막으로 장욱의 영정 사진을 눈에 담고 고개를 돌렸다. 이제 그녀는 다시 자신을 기다리고 있는 환자들에게로 가야 한다. 생을 위해서 치열하게 싸우고 있는 그들에게 도움이 될 수 있도록, 찰나의 행복이 아닌 더 먼 미래의 행복을 지켜줄 수 있기를 바라면서.

윤성은 고민하고 또 고민하던 일에 대해 결단을 내렸다.

'말하지 않는 것이 낫겠어.'

이제 겨우 일어나기 시작했고, 걷기 시작했다. 그런 그녀에게 그 진실은 그녀를 다시 넘어뜨리는 것밖에 되지 않는다. 진실의 끝이 행복만은 아니다.

'괜찮아, 괜찮을 거야.'

윤성은 다른 병동으로 향했고, 세단은 환자 차트를 확인하고서 스테이션으로 향하던 도중 누군가를 발견하고서 걸음을 멈추었다.

"고 과장님이잖아."

스테이션에서 고 과장이 간호사들과 몇 마디를 하더니 이내 씨익 웃으면서 사라지는데 뭔가 영 껄끄러운 기분이 들었다.

"박 선생님."

그때, 그녀를 먼저 발견한 간호사가 인사를 건넸다. 세단도 그제야 웃으면서 인사했다. 그리고 고 과장이 사라진 곳을 힐끔 보았다.

"고 과장님한테 새 환자분 들어오셨어요?"

"아, 네, VIP병동으로 들어오셨어요."

"그래요?"

세단은 대수롭지 않게 흘려 듣곤 들고 있던 차트를 간호사에게 넘겨주었다. 이젠 VIP병동과는 조금 거리를 두고 싶었다. 게다가 고 과장님이 데려간 환자라면 아마 돈과 더불어 진급과 관련해서 얻어지는 뭔가가 있는 환자일 터. 그는 예전부터 승진이라면 목을 매었고, 환자도 가려 받기로 유명한, 정말 상종하고 싶지 않은 의사였으니까.

세단은 윤성의 연구실에서 함께 도시락을 먹은 뒤 심장이식 공부를 하고 있었다. 아직 적합 판정이 난 것도 아니고, 자신이 직접 집도를 하는 것도 아니지만 그래도 미리 알아두면 도움이 될 테니까. 물론 그와 같이 공부하는 게 영 심장에는 좋지 못했지만.

"제일 중요한 건 빠른 속도야. 공여자에게서 심장이 적출된 순간, 최대한 빠르게 수혜자에게 심장이 이식되어야 해. 박 선생의 지금 속도도 꽤 빠른 편에 속하지만, 더 빠르면 좋지."

윤성은 세단의 뒤에서 이것저것 짚어주었다. 세단은 그의 목소리 때문에 귓가가 간지러워 자꾸만 몸을 움찔거렸다. 예전 치환술을 공부하던 때와는 차원이 달랐다.

'다를 수밖에 없지! 그때와 관계의 깊이가 다른데!'

게다가 일에 집중하며 울리는 목소리가 더 섹시하다고!

"집중해, 괜히 심장 빨라지지 말고."

하지만 그는 세단의 그런 미묘한 반응을 다 잡아내고서 덤덤하게 핀잔을 주었고, 세단은 붉어지는 얼굴을 애써 누르며 퉁명스럽게 내뱉었다.

"마음대로 듣지 마요!"

"집중!"

순간, 세단은 울컥하는 마음에 고개를 휙 돌려서는 그가 피할 새도 없이 윤성의 가슴에 손을 턱하니 올렸다. 윤성이 당황하는 사이 세단은 씨익 웃으며 말했다.

"닥터도 이렇게 빠르게 뛰고 있으면서. 나만 의식하는 것처럼 그렇게 말하고. 치사해요."

그는 붉어진 귓불을 숨기며 세단의 손을 떼어냈다.

"알았으니까, 다시 집중하자, 우리 둘 다."

"근데 이사장님께는 말씀드렸어요? 계속 병원에 남아 있을 거라고. 이사장님이라면 닥터한테 정식으로 교수직을 맡기려고 하실 텐데."

그의 눈빛이 살짝 떨렸다. 솔직히 말하자면 그는 이 병원에 남아 있을

지에 대해서는 제대로 결정을 하지 못했다.

"사실, 한국에는 있겠지만 이 병원에 남을지는 아직 결정하지 못했어."

"왜요? 뭐가 마음에 안 들어요? 우리 병원 꽤 좋아요. 이사장님도 환자분들 굉장히 아끼시고, 의사들을 존경하시고 또……."

"이사장을 참 많이 믿고 있군."

세단은 어쩐지 미묘하게 어긋난 듯 보이는 윤성의 반응에 몸을 완전히 그를 향해 돌리고서 진지한 표정을 지었다.

"그러는 닥터는 이사장님에 대한 얘기가 나오면 좀 이상해져요. 이사장님이랑 뭐 안 좋은 일 있었어요? 이사장님이 당신을 데려오려고 오래전부터 공을 들였다던데. 그럼 그만큼 인연이 있었다는 거 아닌가요?"

"그렇긴 했지."

"그럼 왜……."

세단이 조금씩 불안해하자 윤성은 손을 뻗어 그녀를 안아주었다.

"불안해하지 마. 절대로 널 떠나는 일은 없을 거야. 난 오직 너만 믿어."

"알아요, 나도 그래요."

세단은 윤성의 품에서 그의 손을 꽉 붙잡았다. 혹시 닥터가 이러는 이유가 자신이 죽는다는 그 말과 관련이 있는 걸까?

"닥터, 그…… 내가 죽는다는 그 말이요. 그거 혹시 미신 같은 거 아닐까요? 그러니까 너무 신경 쓰지 않아도 되지 않을까요?"

"나도 그랬으면 좋겠는데……."

윤성은 세단을 안은 손에 힘을 주었다. 그 진실을 알지 못했다면 그저 그렇게 생각했을지 모른다. 영감이 뭔가를 잘못 안 거라고. 그 말을 모두 신뢰할 수는 없다고. 하지만 그녀에게 엮여 있는 운명이 너무나도 지독하고 가혹해서, 영감의 말을 결코 무시할 수가 없었다.

그때 세단의 휴대폰이 울었다. 그녀는 그의 품에서 빠져나와 전화를 받았다.

"여보세요? 아, 네!"

윤성은 그녀의 표정을 보며 어디서 전화가 왔는지 알 것 같았다.

"박은숙 환자가 대상자로 확정되었나요?"

잔뜩 기대에 찼던 눈동자가 흔들리고 낯빛이 창백하게 일그러졌다.

"……아니라고요?"

그리고 그 한마디에 윤성 역시 의아한 표정으로 귀를 바짝 열었다.

[여러 가지 기초 검사와 응급도에 따라서 박은숙 환자는 안타깝게도 대상자로 결정되지 못했습니다.]

휴대폰을 움켜쥔 세단의 손끝에 힘이 들어갔다. 분명 확신이 있었다. 기본 검사에서도 충분히 적합했고, 그녀는 당장 심장이식을 하지 못하면 목숨이 위험했다. 그런데 응급도에서 밀렸다니!

"응급도에서 밀렸다니, 하지만 박은숙 환자는!"

[죄송합니다. 박은숙 환자보다 우선순위가 있었습니다. 그럼…….]

"저, 저기 잠깐!"

하지만 전화는 그대로 끊어져 버렸고, 세단은 황망한 표정으로 멍하니 끊겨 버린 신호음을 듣고 있었다. 윤성은 그런 그녀를 바라보다 천천히 다가와 휴대폰을 내려놓았다.

"세단아."

"다른 것도 아니고 응급도에서 밀렸대요. 다른 환자가 이식받기로 했다는데……. 하지만…… 하지만! 차트 좀 다시 봐야겠어요!"

세단은 윤성에게서 벗어나 곧장 연구실을 빠져나왔다. 물론 이식센터에서 이미 결정된 사항을 바꿀 수는 없지만 조금이라도 착오가 있었다면? 뭐라도 할 수 있는 데까지는 해야 한다.

'기다렸는데. 언주도 얼마나 기다리고 있었는데!'

의국에 도착한 세단이 문고리를 돌리려는 찰나, 고 과장의 목소리가 밖으로 새어 나왔다.

"강은지 환자에게 이식될 심장이 지금 막 이식센터에서 최종적으로 결정이 됐다. 26세 뇌사 환자로부터 받은 심장이야. 환자와 보호자 모두 기대를 가지고 계신 만큼, 최고의 의료진들이 최선이 아닌 최고의 성과를 보여주어야 해."

"알겠습니다."

"그런데 박 선생이랑 마윤성 교수는 어디 있는 거지?"

말을 들은 세단은 저도 모르게 손을 떨었다.

26세 뇌사 환자의 심장. 그렇다면 설마 고 과장님 환자에게 심장이식이 결정된 건가? 그 VIP병실로 들어온, 그 환자도 심장이식이 필요한 환자였어?

어떻게 이렇게 무서운 우연이 있을까. 어떻게 이런 무서운 우연이…….

어느새 다가온 윤성이 세단의 뒤로 다가와 손을 맞잡고선 의국의 문을 열었다. 세단은 흠칫했지만, 윤성은 아무렇지 않은 표정으로 그녀와 함께 의국 안으로 들어갔고, 모든 이들의 시선이 그들에게로 향했다.

"오, 마침 잘 왔구만."

세단은 침착하게 입술을 깨물고 고 과장을 향해 고개를 숙였다.

"과장님 오셨습니까."

윤성 역시 그에게 살짝 고개를 끄덕였다. 고 과장은 윤성을 보곤 살짝 위축이 되기도 했지만 직위를 내세워 고개를 빳빳하게 들었다.

"이번에 VIP병동으로 심장이식 수술이 필요한 환자가 들어온 사실은 알고 있지? 조금 전 이식센터에서 이식 대상자로 결정이 되었어. 그래서 최고의 의료진을 꾸려 여러 검사와 함께 수술을 진행할 참이야. 물론 집도는 내가 하겠지만, 마 교수는 날 좀 도와줬으면 하는데……."

그때, 세단이 참지 못하고 앞으로 나섰다.

"먼저 그 환자의 차트를 볼 수 없을까요?"

"조만간 내가 환자에 대한 브리핑을 하도록 할 거야."

"그래도 미리 차트를 봐야……."

하지만 고 과장은 단호하게 손사래를 치며 어림도 없다는 듯 말했다.

"보호자 요청으로 주치의가 아니면 진료 차트를 함부로 공개하지 못하게 됐어. 이식수술에 필요한 환자의 상태는 내가 브리핑하겠다는데 뭘 이렇게 나서는 거야!"

차트를 숨기려는 모습이 왠지 이상했다. 그것도 곧 이식수술을 해야 하는 환자에 대한 정보를 너무 숨기는 것 같았다. 게다가 보호자께서 당부했다고? 이거 왠지.

'인우 때와 비슷한데…….'

하지만 세단은 괜한 억측을 자제했다.

감정이 앞서선 안 돼. 이성적으로 판단해야 해.

"사실, 저도 이식센터에서 심장 공여자를 기다리고 있었습니다. 어제 거의 확정적이라는 답변도 받았었고요."

"그런데?"

"그런데 방금 대상자로 결정되지 못했다는 연락을 받았습니다. 응급도에서 밀렸다고 하는데, 아무래도 고 과장님의 환자분으로 결정이 된 것 같습니다. 그래서 환자의 차트를 비교하고 싶은데……."

순간 의국이 술렁였다. 세단도 차마 말을 제대로 마치지 못했다. 이게 얼마나 위험한 발언인지 그녀 역시 깨달은 순간, 아니나 다를까 고 과장이 그녀를 향해 서슬 퍼런 어조로 외쳤다.

"지금, 박 선생 무슨 말을 하고 있는 거지?"

"……죄송합니다."

"지금 네가 얼마나 건방지고 위험한 발언을 한 줄 알아? 다른 장기도 아니고 심장은 공여자가 극히 드물고 조건도 까다로워서 수혜자로 결정되기가 무척이나 힘들지. 철저히 응급도에 따라 결정되는 일이야. 그래서 강은지 환자도 전에 있던 병원에서 이미 심장이식을 신청해 둔 상태였고, 오랜 기다림 끝에 결정된 사항이야. 그런데 네 환자가 탈락했다고 해서 이렇게 나오는 건 즉, 내가 응급도 조작이라도 해서 그 심장을 빼돌렸다는 거야? 넌 그렇게 생각한다는 거야!"

결코 있어서도, 감히 일어나서도 안 되는 무서운 일을 고 과장이 직접 입에 담자 의국 안의 분위기는 순식간에 무겁게 변했다. 모두가 침묵한 채 숨소리조차 제대로 내지 못했다. 그만큼 고 과장의 분노는 하늘을 찔렀고, 세단은 자신의 잘못을 인정할 수밖에 없었다. 지나친 억측과 감정을 추스르지 못해 벌어진 실수였다.

"정말로 죄송합니다."

"네가 감히 날 뭐로 보고. 게다가 이사장님을 뭐로 보고!"

"다시 한 번 죄송합니다."

"박세단, 건방 떨지 마. 아무리 이사장님이 너를 아낀다고 해도 넌 아직 멀었어! 이딴 식으로 나대지 말라고!"

화를 참지 못한 고 과장이 손을 치켜드는 순간, 세단은 눈을 질끈 감았다.

"여기까지 하시죠."

윤성은 고 과장의 손목을 꽉 움켜쥐고서 서늘한 시선으로 그를 바라보았다. 고 과장은 그런 윤성의 눈동자에 저도 모르게 움찔하고서는 헛기침을 내뱉으며 손을 거칠게 빼냈다.

"흠흠! 이번 일, 이렇게 넘어가 주는 걸 다행으로 여겨. 이번 수술에서 박 선생 넌 빠지고!"

"알겠습니다. 다시 한 번 죄송합니다."

고 과장은 잔뜩 성을 내고서 의국을 빠져나갔다. 남겨진 세단은 고개를 숙인 채 움직이지 않았다. 특히 제 옆에 서 있는 그를 볼 면목이 없었으니까.

레지던트와 인턴들은 윤성과 세단의 눈치를 살피며 얼른 의국에서 나갔고, 단둘이 남게 된 상황에서 세단은 잔뜩 가라앉은 어조로 입을 열었다.

"닥터, 제가 잘못……."

"뭐가."

"네?"

"고개 들어. 나한테까지 죄송하다는 말하지 말고."

하지만 세단은 쉽게 고개를 들 수가 없었다. 사실 마음이 좀 급했다. 박은숙 환자는 기다릴 만큼 기다렸고, 이제 한계에 다다르고 있었다. 그런데 또 언제까지 기다릴 수 있을지…….

윤성은 무거운 한숨을 내쉬며 손을 뻗어 그녀의 얼굴을 감쌌다.

"박세단."

"제가 괜한 억측을 한 거죠? 환자한테는 너무 큰 기대하지 말라고 말했으면서, 오히려 제가 더 기대하고 있었나 봐요. 100% 될 거라는 확신 말이에요. 그래서 환자에게 너무 미안하고, 내 자신에게 너무 쪽팔려서 말도 안 되는 트집을 잡았던 거예요. 라포가 너무 깊어서, 감정적으로 결국 또 이런 실수를 한 거겠죠?"

윤성은 세단을 바라보면서 그런 거라고 대답을 해야 했지만 쉽사리 입이 떨어지지 않았다. 사실 그도 지금 의심을 하고 있었다. 거의 확실시됐던 환자가 밀려나고 이번에 VIP병동으로 새로 입원한 환자가 대상자로 결정됐다. 환자에 대해 자꾸만 숨기려고 하던 고 과장이 먼저 입에 담은 말도 마음에 걸렸다.

'응급도 조작.'

이 상황이 낯설지 않았다. 하필이면 한 달도 남지 않은 시점에서 그녀의 과거와 너무나 비슷한 상황이 펼쳐지다니. 마치 도돌이표처럼…….

결국 그는 그녀의 어깨를 잡고서 자신 쪽으로 당기며 낮은 어조로 속삭였다.

"이건 라포가 아니야. 네가 의사로서 제대로 의문을 가지고 있는 거야."

"네?"

세단은 고개를 번쩍 들었다. 지금 그가 무슨 말을 하고 있는 거지?

"나도 의심스러워, 고 과장의 지금 행동이……."

"그, 그럼……."

"그냥 이렇게 덮고 넘어갈 일이 아니야. 내가 어떻게든 환자 차트를 확인해 보도록 할게. 그러니까 일단 넌 모른 척하고 있어."

"하지만 닥터!"

윤성은 그녀의 어깨를 다독여 주고서 의국을 빠져나갔다. 남겨진 세단은 덜컥 드는 생각에 몸을 떨었다. 지금 닥터는 절대로 일어날 수 없는, 일어나서는 안 되는 일을 입에 담고 있었다. 혹시나 응급도가 조작된 것은 아닌지, 그로 인해 박은숙 환자에게 가야 할 심장을 다른 이가 가로챈 것은 아닌지.

자신이야 순간 이성적이지 못해서 실수를 했다 치지만, 어째서 닥터까지……. 하지만 이 일을 깊게 파헤치다가 닥터가 잘못된다면? 분명 병원에서 그를 가만두지 않을 텐데…….

하지만 세단은 윤성을 말릴 수가 없었다. 그를 걱정하는 마음과 더불어, 혹시라도 이번 일에 잘못이 있다면 그것을 바로잡고 환자를 구해야 한다는 생각도 들었기 때문이었다.

J그룹을 빠져나온 재현은 밀려드는 두통에 미간을 찡그리며 답답한 넥타이를 풀어냈다. 별로 알고 싶지 않은 진실을 엿본 느낌이다. 그래서 뭔가 찜찜하고 기분이 썩 좋지가 않았다.

"재현아?"

익숙한 목소리에 재현은 고개를 돌렸다. 그러자 그곳에 하령이 있었다. 그녀는 잠시 굳은 시선으로 그를 바라보다 이내 빠른 걸음으로 재현의 앞으로 다가왔다.

"재현아, 너 여긴……."

재현은 떨고 있는 하령의 눈동자를 잠시 살피더니 조심스럽게 입을 열었다.

"너도 대충 아는 것 같은데? 내가 여기 온 이유."

"……."

"나 지금 좀 피곤해서 그런데, 나가는 길이면 나 좀 병원에 데려다줄래? 백 회장님이랑 단둘이 만났더니 진이 다 빠진다."

진짜로 힘든 기색이 역력한 표정으로 웃는 재현에 하령은 잠시 당황하다 얼른 고개를 끄덕이고서 함께 차로 향했다.

재현은 하령의 옆자리에 앉아서는 가벼운 숨을 내쉬며 몸을 한껏 의자에 기댔다. 하령은 그 모습을 불안한 시선으로 살피면서 차에 시동을 걸고선 출발했다. 재현은 잠시 눈을 감았다. 하령은 여전히 그런 그의 모습을 곁눈질로 살폈다.

오늘 아침, 엄청난 소식이 들려왔다. 백 회장이 의료 관광 사업 투표권을 재현에게 주겠다고 한 것. 재현은 그 한 표로 인해 판세가 어떻게 돌아갈지 감이 잡히질 않았다. 솔직히 자신에게 유리할지 불리할지 판단이 서지 않을 정도로 지금 자신과 재현의 관계는 불안정했으니까.

'좋지 않아. 예전의 친구 사이로는 절대로 돌아가지 못하게 됐으니까.'

"내가 너한테 많이 잘못했었다."

순간, 하령은 저도 모르게 브레이크를 밟을 뻔했다. 그리고 차마 고개도 돌리지 못하고 정면만 응시했다. 지금, 뭐라고 들은 거지? 분명 재현이가, 재현이가 제게…….

'잘못, 했다고?'

마침 신호에 걸려 차를 멈춘 하령은 핸들을 꽉 움켜쥐고 고개를 돌렸다. 하지만 재현은 여전히 눈을 감고 있었다. 그녀가 천천히 입을 열려는 순간, 재현의 목소리가 한층 부드럽게 울렸다.

"세단이를 아주 많이 좋아해. 내 어린 시절 유일한 친구였고, 내겐 전부라고 생각한 적도 있을 만큼 소중하니까. 그건 지금도 마찬가지야. 하지만 차츰차츰 그 감정을 바꾸려고 해. 진짜 친구로, 세단이와 똑같은 감정으로 다가갈 거야. 하지만 아직까진 내게 시간이 필요해."

"······왜 갑자기 그런 말을 하는 거야?"

재현은 그제야 눈을 뜨고 하령을 똑바로 바라보았다.

"그동안 화가 나서 눈에 보이지 않았던 것들이 제대로 보이기 시작했거든. 아니, 내가 보지 않으려고 했던 것들이지. 내가 너에게 너무 이기적이었다는 것도."

하령은 재현에게서 시선을 뗄 수가 없었다. 하지만 곧 신호가 바뀌었고, 그녀는 다시 차를 출발시켰다가 이내 도로를 벗어나 차를 멈추었다. 혹시나 하는 마음이 들었다. 하지만 그걸 확인하기 위해서 내뱉어야 할 말이 너무나도 두렵고 떨려서, 자꾸만 혀끝이 바싹 말랐다. 차마 내뱉지 못하는 말이 입가를 맴돌았다. 재현은 그 모습을 바라보다 먼저 그 말을 내뱉었다.

"네가, 날 좋아할 거라고 전혀 생각지도 못했어."

그리고 그 말 한마디에 하령의 눈에서 눈물이 뚝 떨어졌다. 그녀는 당황했지만, 눈물이 멈추지 않았다.

"너도 나와 똑같은 마음으로, 그렇게 대답 없는 돌만 던졌겠구나, 생각했어. 그런데 그렇게 생각하다 보니까····· 넌 더 아팠겠구나, 더 힘들었겠구나. 오히려 내가 너에게 돌을 던지고 있었구나. 그 돌을 넌 그저 그렇게 맞고만 있었겠구나. 그런 생각이 들더라."

하령은 고개를 숙였다. 주변이 지나치게 밝지 않아서 다행이었다. 억지로 입술을 꽉 깨물고서 손등이 하얗게 타들어갈 정도로 힘을 주었다. 흐느낌이 새어 나가지 않도록. 그런 모습을 그에게 보이고 싶지 않았으니까. 이건 마지막 자존심이었다. 자신의 모든 것이 무너져도, 그를 좋아하는 마음만큼은 끝까지 제대로 지키고 싶었던, 그랬던…….

그리고 재현은 그제야 하령의 모습이 제대로 보였다. 항상 뻣뻣하게 고개를 들고, 차가운 가면을 쓴 채 치열하게 그 자리에서 버티려고 애쓰던 여자는 없고, 여린 어깨를 바들바들 떨며 어떻게든 울음을 참아보려고 안간힘을 쓰는, 우는 것조차도 버거워하는 여자가 거기에 있었다. 가면을 쓴다는 건, 자신의 약한 모습을 감추기 위한 것이다. 그렇기에 지금껏 그녀는 얼마나 무수한 가면을 쓰면서 제 자신을 숨기고, 감추고, 견뎌내려고 했을까.

재현은 손을 뻗었다. 그러곤 하령의 눈물을 조심스럽게 닦아주었다. 그 손길에 하령은 더 이상 울음을 억누를 수가 없었다.

"재, 재현아……."

"예전에 내가 너의 흑기사가 되어주었던 것처럼, 친구로서 내가 널 지켜줄 수 있으면 좋겠다. 하지만 너와 같은 마음이 될 수 있을지 없을지는 솔직히 지금은 모르겠어."

"……."

"우리, 서로 시간을 갖자. 너도 다시 예전으로 돌아왔으면 좋겠어."

"……."

"괜찮아. 하령아, 다 괜찮을 거야."

하령은 눈을 질끈 감았다. 맺혀 있던 눈물이 주르르 흘러내렸다.

처음 사생아라는 진실을 알게 되고 그 USB를 받게 되었을 때, 그때 나는 너에게 위로를 받고 싶었다. 넌 그저 괜찮냐고 묻고, 나는 그냥 괜찮다고 말하고 싶었다. 그때 그랬다면 조금은 달라졌을까. 나는 다른 선택을 했을까.

'이미 늦어버렸어, 재현아. 나는 이제 예전으로 돌아갈 수 없어⋯⋯.'

날이 어둑해지고 하나둘 가로등불이 밝아올 때 두 사람은 병원에 도착했다.

"곧 있으면 만찬이 열릴 거야."

"백 회장님께 들었어. 그때 나랑 같이 가자."

먼저 제안하는 재현의 말에 하령은 입꼬리를 움찔했다. 심장이 두근거린다. 하지만 이 두근거림을 순수하게 기뻐할 수가 없었다.

"의료 관광 사업의 책임자로 내가 발탁된다면⋯⋯ 약혼, 중단할게."

뜻밖의 말에 재현은 고개를 돌렸지만 하령은 진심인 듯했다.

"지금 바로 중단할 수는 없어. 솔직히 난 이번 약혼을 어떻게든 이용하고 싶으니까. 그건 정말로 미안해."

"아니야. 내가 네 흑기사 해준다고 했잖아."

"⋯⋯다시 너에게 제대로 고백할 거야."

이번엔 하령도 제대로 재현을 바라보았다. 서로의 시선이 처음으로 강하게 얽히면서, 하령은 아주 조금, 이 두근거리는 감정을 내비쳐 보았다. 아주 조금, 욕심을 내보았다.

"그때 제대로 대답해 줘."

그리고 그 진심에 재현은 망설임 없이 고개를 끄덕였다.

"그렇게 할게."

재현은 하령을 향해 엷은 미소를 지은 채 그렇게 자리를 떠나려고 했다. 그 순간, 하령이 살짝 머뭇거리는 어조로 재현을 붙잡았다.

"너도 조금은 세단이와 거리를 두는 게 좋지 않을까?"

"⋯⋯."

"네가 진심으로 세단이와 친구가 되려고 하는 거라면, 서로에게 시간이 필요할 거야. 네 감정도 그렇게 가벼운 건 아니잖아. 안 그래? 그리고 세단이도."

"무슨 말이야?"

"세단이가 네 고백을 거절한 이유가 단순히 네가 아파서는 아닐 거야. 그런 걸 겁먹고 돌아설 아이가 아니잖아."

재현은 어느새 음영에 가려 표정이 제대로 보이지 않는 하령을 바라보았다.

"분명 다른 이유도 있었을 거야. 이런 말 하긴 힘들지만, 세단이 아버지가 심장 부적합 판정을 받은 이후 얼마 지나지 않아서 네가 심장 수술을 받았다며. 겉으론 아닌 척하고 괜찮다고 해도 마음이 아팠을 거야. 널 보면 더 그랬을지도 모르고. 그러니까 서로에게 시간을 두는 게 좋아. 약간의 거리를 두는 것도."

어느 순간, 서로의 표정이 보이지가 않았다. 하지만 하령은 침착하게 말을 맺었다.

"미안해, 내가 괜한 오지랖을 떤 거라면. 하지만 너도 그리고 세단이도 내겐 소중한 친구니까."

"알아. 생각해 볼게. 고마워."

"그래. 그럼 만찬 때 보자."

하령이 떠나고, 환하게 불 켜진 가로등 아래에 선 재현의 표정은 두려움에 차 있었다.

'하령이가, 그걸 어떻게 알고 있는 거지?'

예전에 그녀에겐 그저 심장이식 수술을 받았다는 것 말고 말하지 않았다. 언제 수술을 받았는지, 그게 세단이 아버지 때와 시기가 비슷했는지에 대해선 절대 말해준 적이 없는데, 대체 그걸 어떻게 알고…….

'누구지? 누가 말해준 거지? 대체 누가 왜…….'

그때, 재현의 휴대폰이 깜빡였다. 바로 세단에게서 온 전화. 재현은 조금 떨리는 시선으로 그것을 보다가 전화를 받았다.

"세단아, 무슨 일이야?"

[재현아, 지금 병원이야? 잠시, 나 좀 볼 수 있어?]

"……그래, 알았어. 지금 갈게."

어쩐지 다급한 것 같은 세단의 목소리에 재현은 점점 커지는 의문과 두려움이 더 큰 물보라로 번지는 것을 느끼며 무겁게 걸음을 뒤로 돌렸다.

재현과 헤어진 하령은 곧장 오피스텔로 들어왔다. 오랜만에 마음이 가벼웠다. 오랜만에 이렇게 웃어보는 것 같았다.

그녀는 편한 옷으로 갈아입고, 뭘 먹기 위해 주방으로 들어갔다. 지독한 스트레스와 압박감에 요새 뭔가를 먹으면 전부 다 토해내기 일쑤였는데 지금은 어쩐지 식욕이 도는 듯했다.

재현은 분명 제게 표를 던져 줄 것이다. 그 한 표를 시작으로 간절히 원하던 그것을 마침내 손에 쥘 수 있겠지. 약혼은 깨지겠지만, 솔직히 자신도 이런 약혼을 바라진 않았다.

'한발 물러나서, 재현이에게 천천히 다가갈 거야. 그리고 다시 고백하면 돼. 그래, 다 잘될 거야. 시간이 흐르면 잊혀져. 잊으면 영원히 묻어 버리면 돼. 단단하게 묻어 버린 자리 위로 다른 인연을 덮고 또 덮으면서 그렇게 지워 버리면 돼. 그렇게 되면 재현이도, 세단이도 그리고 나도…….'

"전부 행복해질 거야……."

하령은 잠시 시선을 먼 곳으로 두었다. 그러다 천천히 걸음을 옮겨서는 USB를 넣어둔 서랍을 바라보았다. 모든 일이 끝나면, 이것부터 없애야 한다. 흔적을 남길 수는 없으니까. 그렇게 서랍을 연 순간, 낯빛이 창백하게 일그러진 하령은 허겁지겁 서랍을 뒤지기 시작했다.

"어디 있지? 어디 갔어. 대체 어디 간 거야!"

서랍을 통째로 뜯어내고 그 안까지 더듬었지만 USB는 없었다. 하령은 바들바들 떨리는 손길로 이내 서랍까지 밀쳐 버렸다. 쾅 소리와 함께 그녀의 심장 역시 떨어져 내리는 것 같았다. 아직까지도 두렵고 무서운 마음에 USB를 매번 확인하지 않았던 게 실수였다. 그게 자칫 다른 사람의 손에 들어가기라도 한다면……. 이 사실이 새어 나가면, 그래서 세단이, 아니 재현이, 아니!

"아니야. 그럴 리가 없어. 그게 없어질 리가 없어. 분명!"

하령은 혼비백산한 얼굴로 신발도 신지 않은 채 오피스텔을 빠져나가 경비실로 내달렸다. 며칠 전 문이 고장 난 적이 있었다. 하지만 그저 고장이라고 생각했는데. 혹시, 그때라면.

'말도 안 돼. 누가? 대체 누가! 설마 백영진? 아니야. 그는 이 사실을 전혀 몰라.'

찾아야 해. 찾아야 해. 반드시 찾아야 해!

미친 사람처럼 맨발로 계단을 뛰어 내려간 하령이 곧장 경비실 문을 벌컥 열자 보안요원이 흠칫해서는 놀란 눈으로 그녀를 보았다.

"가, 갑자기 무슨 일이십니까?"

"집에 도둑이 들었던 것 같아요. 며칠 지났지만, 그래도 복도 CCTV를 확인할 수 있을까요?"

"네? 하지만……."

"지금 당장 확인해!"

하령은 더 이상 이성을 챙기고 있을 여력이 없었다. 그렇게 CCTV를 돌려보던 하령의 눈동자가 순간 멎으면서 이내 헛숨을 삼키고 말았다. CCTV에 찍힌 건 한 사람이었는데 모습이 너무나도 이상했다.

기묘한 은빛 머리카락과 매섭게 꿈틀거리는 황금빛 눈동자. 그저 화면뿐인데도 등골이 오싹해지는 이상한 느낌.

대체 저건 뭐지? 누구기에 우리 집을…….

순간, 화면으로 남자의 얼굴이 뚜렷하게 들어오자 하령은 저도 모르게 말도 안 되는 이름을 내뱉었다.

"마윤성, 부교수?"

CCTV에 찍힌 기묘한 남자의 모습. 한 번도 본 적이 없는 모습인데, 얼굴을 본 순간 하령은 저도 모르게 마윤성을 떠올렸다. 하지만 머리색도, 눈동자색도, 게다가 분위기마저도 너무나도 다르다.

'뭔가, 사람 같지 않은 이상한 모습이야.'

하지만 얼굴이 너무 닮았다. 대체 뭐지? 정말로 마윤성 부교수라면, 대체 왜 저런 모습으로 여기에……. 설마 위장 같은 건가?

함께 CCTV 화면을 보고 있던 보안요원이 수상한 남자를 가리키며 하령에게 물었다.

"저 남자가 도둑인 겁니까?"

하령은 그제야 정신을 차리고서 짧은 고민을 하다 이내 고개를 가로저었다.

"아니요, 아는 사람이에요. 좀 더 앞으로 돌려볼 수 있을까요?"

"아, 네."

그때 밖에서 누군가 보안요원을 불렀고, 그는 잠시 양해를 구하고서 자리를 비웠다. 그사이에 하령은 재빠르게 CCTV 화면을 돌리고서 마윤성을 닮은 그 남자의 행동을 주시했다. 그러다 저도 모르게 짧은 비명을 내질렀다.

"하아!"

눈으로 보고도 믿어지지가 않는 상황에 하령은 기겁했다.

도대체, 저게 뭐지? 정말, 사람이 맞는 거야? 어, 어떻게…….

보안요원이 다시 돌아오는 소리가 들리자 하령은 재빨리 화면을 다른 곳으로 돌려 버렸다.

"죄송합니다. 좀 더 살펴볼까요?"

"아무래도 경찰에 의뢰해서 확인해야 할 것 같아요. CCTV 자료를 주실 수 있을까요?"

"아니 그건 좀⋯⋯."

보안요원은 경찰의 요청 없이 함부로 CCTV 자료를 복사해줄 수는 없다며 난색을 표했다. 하지만 하령은 막무가내로 자료를 요청했고, 결국 협박까지 서슴지 않았다. 잠시 후 경비실을 나서는 하령의 손에는 작은 USB 하나가 들려 있었다. USB를 움켜쥔 하령의 눈동자 위로 두려움과 불안함이 뒤엉켰다.

"대체, 그 사람. 정체가 뭐야?"

하지만 하령은 마음을 단단히 붙잡았다. 무조건 되찾아야 한다. 설령 악마가 그것을 가져갔다고 하더라도 반드시, 반드시 되찾아야만 한다.

세단은 아무도 없는 병원 옥상에서 제자리를 맴돌고 있었다. 이번 일에 재현까지 끌어들일 생각은 없었지만, 아무리 생각해도 부탁할 사람이 그 밖에 없었다.

잠시 후 옥상 문이 열리더니 재현이 모습을 드러냈다.

"세단아, 무슨 일이야? 갑자기 이런 곳에서⋯⋯."

"미안해, 재현아. 갑자기 불러서. 혹시 바쁜 일 있었니?"

세단은 평소와 다른 재현의 옷차림새를 살폈다. 격식을 갖춘 복장을 보아하니 뭔가 중요한 일이 있었던 듯싶었다.

재현은 그런 그녀의 시선에 재빨리 호탕한 미소를 지으며 고개를 가로저었다.

"아니야. 다 끝났어. 지금 막 병원에 도착한 참이었는데 네가 타이밍 좋게 부른 거지. 혹시 저녁은 먹었니? 같이 밥이라도 먹으면서 말하면 안 되는 일이야?"

"누가 들으면 좀 그래서⋯⋯."

그는 그제야 세단의 표정이 영 말이 아니라는 것을 알아챘다. 그래, 처음부터 이렇게 인적 드문 곳으로 부른 이유가 있겠지.

재현은 세단에게 좀 더 가까이 다가가서 물었다.

"무슨 일인데 그래?"

세단은 잠시 망설였지만, 어차피 마음먹은 거 여기서 계속 시간을 허비할 수는 없었다.

"너한테 이런 부탁하는 거 너무 미안하지만 아무리 생각해도 너밖에 없어."

"말해봐."

그녀는 떨리는 목소리를 가다듬고서 최대한 침착하게 재현에게 상황 설명을 했다. 설명을 들은 재현의 낯빛이 점점 어둡게 굳어지면서 이내 입술을 꽉 깨물었다.

"그래서 강은지 환자가 전에 입원했던 병원의 진료 차트가 필요해."

윤성이 지금의 환자 차트를 어떻게든 가져온다고 해도, 그전 차트가 없으면 대조가 불가능했다. 그래서 세단은 너무 엄청난 일이지만, 이렇게 재현에게 부탁할 수밖에 없었다. 얼핏 듣기론 그 환자는 성환병원에서 여기로 넘어왔다고 들었다. 성환병원이라면 한국대병원과 MOU를 체결한 곳이니 재현이라면 어떻게든 방법이 있을지도 모른다는 생각을 한 것이다.

"잠깐이라도 상관없어. 아주 잠깐이라도!"

"하지만 환자의 진료 기록을 동의 없이 볼 수는 없어. 그것도 타 병원의 진료 기록이라면 더더욱……."

"나도 알아. 하지만 저들이 정말로 해서는 안 될 짓을 저질러서 정말로 간절한 한 생명이 억울하게 사라져 버린다면…… 난 내가 할 수 있는 모든 것을 해서라도 그 환자를 구해야 해."

세단은 자꾸만 이번 일이 신경이 쓰였다. 아빠는 부적합 판정을 받아서 어쩔 수 없이 그 기회를 잃었지만, 언주 어머니는 어쩌면 천금 같은 기회가 주어졌는데 그 기회를 확인해 보지도 못하고 빼앗기는 것일지도 모른다.

"······내가 어떻게든 해볼게."

"재현아."

"걱정하지 마. 네가 얼마나 어렵게 부탁한 건지 잘 알아. 그러니까 나도 최대한 노력해 볼게. 그리고 이건 너 혼자만의 문제가 아니야. 정말로 고 과장이 그런 비리를 저질렀다면, 이건 한국대병원으로서도 절대로 그냥 넘어갈 수 없는 사항이야."

"고마워."

재현은 세단의 어깨를 다독여 주고선 함께 옥상을 빠져나왔다. 그녀의 몸에 냉기가 서려 있었다. 얼마나 오래 저곳에서 고민했을지 눈에 훤히 보이는 듯했다.

그는 세단을 의국에 데려다준 뒤, 싸늘한 표정으로 휴대폰을 들어 올렸다.

"김 비서? 뭐 하나 은밀하게 알아봐야겠어."

내키지 않는 방법이지만, 앞으로의 의문점을 풀기 위해서는 어쩔 수 없었다. 자신의 권력을 이용해서 정보를 빼내야 하는 일. 특히나 응급도 조작이라니, 절대로 말도 안 되는 일이다.

'혹시 이번 일을, 하령이도 알고 있을까?'

하지만 재현은 이내 고개를 가로저었다. 아직 명백히 밝혀진 일도 아니고, 하령을 먼저 의심할 수도 없는 일이다. 이성적으로 생각하자, 이성적으로!

다음 날, 이른 새벽이었다. 세단은 일부러 당번을 자청해 의국에 남아 있었다. 윤성을 어제 그 일 이후로 보지 못해 불안해하던 찰나 덜컹 문 소리와 함께 윤성이 의국으로 들어왔다.

"다, 닥터······."

"미안해. 늦었지?"

세단은 그대로 달려가 그를 와락 끌어안았다. 윤성은 세단을 꽉 안아 주며 천천히 퍼지기 시작하는 온기에 안도의 숨을 내쉬었다. 세단 역시 온몸으로 느껴지는 그의 뜨거운 체온과 빠르게 뛰어오르는 심장 소리에 불안했던 마음이 잦아드는 것 같았다.

윤성은 귀를 바짝 열고 이쪽으로 다가오는 소리가 없다는 걸 여러 번 확인했다. 그리고 세단을 의자에 앉히고서 무거운 표정으로 품에서 차트 를 꺼내 들었다.

"이걸, 어떻게……."

"몰래 빼왔어."

사실 빼오는 건 그렇게 어려운 일이 아니었다. 고 과장의 움직임을 살 핀 뒤 그의 능력으로 과장실에 들어가 눈 깜짝할 새에 차트를 꺼내 빠져 나왔으니.

하지만 세단은 그가 위험한 일을 했다는 사실이 마음에 걸렸다.

윤성은 세단의 마음을 알아채고는 그녀의 어깨를 강하게 붙잡았다.

"지금은 나보단 환자 생각부터 해. 이 차트에 기록된 것만 봐서는 그 환 자가 대상자로 결정된 것에 문제가 없어."

세단은 애써 마음을 가다듬고 차트를 꼼꼼하게 확인했다. 심장 기초 검사 결과도 일치했고, HLA 검사 역시 통과했다. 응급도도 높았기 때문 에 대상자로 결정된 것에 전혀 의아한 부분이 없었다. 하지만 공여받기로 한 심장의 기록이 눈에 띄었다.

"……박은숙 환자와도 일치하네요."

심장의 일부 기록이 그녀와 일치했다. 물론 좀 더 정밀 검사를 받아야 알 수 있는 일이지만.

세단은 무거운 마음으로 차트를 내려놓았다.

"이 차트로는 아무것도 알 수가 없어. 설사 응급도를 조작했다고 하더 라도 이미 이 차트엔 조작된 내용이 담겨 있을 테니까."

"대조할 수 있는 방법이 있어요. 아마 재현이가 구해줄 거예요."

세단의 입에서 재현의 이름이 나오자 윤성은 움찔했다. 하필이면 천재현이라니. 그녀와 그가 하필이면 이번 일에 엮이게 되다니.

'단순히 우연일까? 아니면……'

윤성은 천천히 손을 뻗어 그녀의 허리를 끌어당겼다. 세단은 순순히 그의 손길에 이끌려 그의 넓은 어깨에 머리를 묻었다. 한숨도 제대로 자지 못했기에, 솔직히 지금 제정신이 아니었다.

"어떤 결과가 나오길 바라는 거야?"

그의 물음에 세단은 잔뜩 가라앉은 어조로 진심을 속삭였다.

"제가 잘못 판단했기를 바라요. 언주 어머니가 대상자로 결정되지 못한 것은 마음 아프지만, 예전에 인우가 말했던 그런 끔찍한 이야기가, 그것도 이 병원에서 벌어지진 않았으면 좋겠어요."

인우는 돈과 권력만 있다면 거짓도 진실로 만들 수 있다고 했다. 그 얘기를 들었을 땐 헛소리라고 생각했고 믿고 싶지 않았다. 그런데 요즘 들어 그 헛소리가 자꾸 귓가를 맴돈다. 그것이 헛소리가 아닌 진실일 수도 있다고, 인우의 말이 거짓이 아닌 사실일 수도 있다고, 자신이 너무 순진하게 믿지 말아야 할 것을 믿고 있을지도 모른다는…….

윤성은 불안하게 울리는 그녀의 심장 소리를 제대로 다독여 줄 수가 없었다. 이미 그녀의 과거에 한 번 벌어졌던 일이다. 그녀가 너무나도 믿고 있는 사람들이 거짓과 거짓으로 묻어버린 진실.

윤성과 세단은 한참 동안 서로를 끌어안은 채 나름대로의 안정을 찾으려고 했지만, 각자의 불안감에 사로잡혀 처음으로 서로에게 위로가 될 수 없었다.

고 과장을 돕기로 결정된 레지던트들은 바쁘게 움직이며 그의 뒤를 따라다녔다. 세단은 일단 침묵했다. 윤성 역시 마찬가지. 그는 고 과장의 어시 요청을 거절한 상태였고, 그 때문에 고 과장이 윤성을 보는 눈빛이 더더욱 싸늘할 수밖에 없었다.

세단은 재현의 연락을 받고 윤성의 연구실로 향했다. 이미 재현은 연구실 앞에 도착한 상황이었고, 윤성은 재현의 표정에서부터 뭔가 심상치 않음을 느꼈다.

"재현아……."

"일단 들어가서 얘기하자."

윤성은 연구실 문을 잠그고 블라인드를 쳤다. 공기가 순식간에 팽팽해졌다. 세단은 두 손을 꽉 붙잡고 재현을 바라보았다.

"어떻게 됐어?"

"강은지 환자가 성환병원에 입원했었다고 했지?"

"그래, 맞아."

"그 환자는 성환병원에 입원한 적이 없어. 물론 서류상으론 입원했다고 나오지만."

"뭐?"

재현은 자료를 세단에게 넘겼고, 윤성도 세단의 뒤에 서서 자료를 함께 읽었다.

"그 환자는 자택에서 치료를 받았을 뿐, 다른 사람을 강은지 환자인 것처럼 속여서 입원 기록을 만든 거야."

자료를 움켜쥔 세단의 손이 바들바들 떨렸다. 더군다나 자료에 나와 있는 대로라면, 강은지 환자의 병세는 한국대병원에 입원함과 동시에 급격히 악화되었다. 하지만 이건 말도 안 된다. 갑자기 이렇게, 이렇게……. 마치 지금의 심장을 기다렸다는 듯.

세단은 가쁜 숨을 내쉬었고, 윤성과 재현의 눈빛은 딱딱하게 굳어졌다. 결국 우려하던 일이 현실로 벌어지고 말았다.

심장이식 대상자를 선별하는 과정에서 중요한 것은 환자들의 응급도였다. 가장 우선되는 기준은 에크모(ECMO:체외막 산소화 장치)를 부착한 환자, 그다음은 호흡기를 달고 있거나 강심제를 정맥주사로 한 달 이상 투여하고 있는 입원 환자, 나머지는 대기 기간과 나이순에 따라 결정됐다. 그런데 여기서 우선순위가 가장 뒤로 밀리는 경우는 바로 집에서 대기를 하고 있는 환자다. 이 경우는 대상자로 거의 선별되지 않는다. 그만큼 응급도에서 밀리게 되니까. 그런데 강은지 환자의 경우는 집에서 대기했음에도 대상자로 선별 가능한 응급도가 나온 것이다.

모두 조작이다. 다른 환자를 내세워 성환병원에서 오랜 기간 입원했다는 증거를 만들고 갑작스럽게 병이 악화되었다는 기록까지…….

'처음부터 전부 다 거짓이었어.'

예전에도 이런 일이 있었다. 몇 년 전, 어느 대학 병원에서 뒷돈을 받고 응급도를 조작하여 순서를 가로챘던 사건이 알려져 큰 난리가 난 적이 있었다. 심장은 이식 받기 힘든 장기라 돈과 권력이 있는 사람들은 이런 식으로 순서를 사들여 남의 생명을 가로챘다. 그런데 이런 일이 정말로 이렇게, 이렇게…….

세단은 황망하게 허공을 응시했고, 재현도 너무나도 엄청난 사건에 가볍게 입을 열 수가 없었다. 다른 곳도 아닌 한국대병원에서 이런 일이…….

윤성은 세단과 재현을 바라보며 주먹을 움켜쥐었다. 과거의 일이 다시 반복되고 있다. 그것도 그 당사자들의 눈앞에서. 마치, 숨기려고 했던 진실이 스스로 세상 밖으로 나오려고 하는 것처럼. 아무리 숨기려고 해도 그럴 수 없다고 말하는 것처럼.

그때, 그가 눈빛을 차갑게 번뜩이며 고개를 들었다. 익숙한 발소리가 귓가에 울렸다.

"마윤성, 교수……."

똑똑똑—

"마윤성 교수님 계신가요?"

하령이 연구실 문을 노크하자, 세단과 재현은 의아한 표정으로 고개를 들었다. 하지만 윤성은 태연하게 걸음을 옮겨 문을 열었다.

"계셨군요."

"무슨 일이시죠?"

"잠시 얘기를……."

순간, 윤성의 어깨 너머로 재현과 세단을 발견한 하령의 시선이 불안하게 흔들렸다. 윤성은 그런 그녀의 미묘한 변화를 눈치채고 몸을 비켰다.

"안으로 들어오시겠습니까?"

하령은 쉽사리 발걸음을 옮길 수가 없었다.

윤성은 더 이상 이 모든 상황이 우연이 아니라는 걸, 더 이상 감추고 숨겨서는 안 된다는 걸 깨달았다. 과거, 그때의 일에 얽힌 모든 이들이 결국 이렇게 모이게 되었으니까.

재현이 윤성의 옆으로 와 서자 하령은 저도 모르게 흠칫하며 입술을 깨물었다.

"여기까진 무슨 일이야?"

하령은 재현의 표정을 조심스럽게 살피며 입을 열었다.

"마윤성 교수님께 개인적으로 할 말이 있어서 왔어. 그러는 너는……."

"나도 마찬가지야. 하지만 내 볼일은 끝났어."

하령은 잠시 머뭇거리다 윤성을 향해 말했다.

"잠시 자리를 옮겨 얘기할 수 있을까요?"

"그러죠."

윤성은 세단과 눈을 마주했다. 세단은 불안하긴 했지만 그를 믿고 윤성을 보내주었다. 윤성과 하령이 함께 자리를 비우고, 재현은 뒤늦게 묵직한 한숨을 내쉬었다.

"이번 일은 절대로 그냥 넘어갈 수 없어. 하지만 세단아, 넌 일단 여기서 멈춰."

"하지만!"

"여기까지 온 것만으로도 너에겐 너무 위험해. 알잖아. 이런 일에 괜히 얽히게 되면, 아무리 아니라고 해도 괜한 소문이 나게 돼. 이제부터는 나한테 맡겨. 내가 할 일이야. 의사인 네가 할 일이 아니라고."

"재현아……."

세단은 재현도 많이 불안해하고 있다는 것을 느낄 수 있었다. 그렇겠지. 당연한 일이었다. 다른 어디도 아닌 이 병원에서 이런 일이 생겼으니까. 세단은 괜히 자신까지 나서서 재현을 힘들게 하고 싶지 않았다.

"알았어. 그럼 부탁할게. 제발, 모든 걸 바로잡아 줘. 억울하게 잃어버린 것을 다시 되찾을 수 있도록."

"알았어. 걱정 마."

재현은 환하게 웃으면서 세단의 머리카락을 장난스럽게 헝클였다. 그리고 한편으로는 하령을 떠올렸다. 대체 그녀가 마윤성과 무슨 얘기를 그렇게 비밀스럽게 해야 하는지 전혀 감이 잡히질 않았다. 세단의 표정을 보아하니 자신과 마찬가지인 듯싶고.

하지만 괜히 입에 담지는 않았다. 세단을 불안하게 하고 싶지는 않았으니까.

"괜한 생각 하지 말고 편안하게 있어."

"응? 아, 그래."

재현까지 연구실을 떠나고 홀로 남겨진 세단은 참고 있던 긴장이 와르르 무너지자 몸을 휘청였다.

"하아, 하아……."

대체 일이 어떻게 돌아가는 걸까. 하령이는 왜 닥터를 찾아온 거지? 도대체.

'뭐가 뭔지, 아무것도 모르겠어…….'

그녀는 저도 모르게 달력을 확인했다. 그가 말했던 자신의 죽음이…….

설마 이것도 그것과 관련되어 있는 걸까? 대체 그 지독한 운명이 뭐기에. 그 운명에 엮여 있는 사람이, 누구기에…….

재현은 곧장 이사장실로 향했다. 때마침 아버지가 병원에 계셨다.

분명 아버지는 모르고 계실 것이다. 하지만 왜일까. 왜 이렇게 한쪽 가슴이 답답하고 불안할까. 정말로 아버지는 모르는 일일까? 설사 모르는 일이었다고 해도 밝혀진 후엔 어떻게 하실까. 이 일이 언론에 새어 나가면 아무리 고 과장 개인의 잘못이라고 해도 한국대병원에 그 파장이 미칠 것이다. 그럼 아버지는 어떻게 하실까. 한인우의 일도 결국 덮어버렸던 아버지인데…….

'아니야. 아버지를 믿자. 환자의 생명에서만큼은 절대로 가벼운 생각을 하시는 분이 아니야.'

재현은 괜한 기우라고 생각하면서 흔들리는 자신을 붙잡았다.

하령과 윤성은 비상계단으로 갔다. 윤성은 이 근처에 사람이 없다는 것을 확인했다.

"대체 무슨 일이십니까? 이렇게 서로 마주할 정도로 깊은 연은 없다고 생각했는데."

하령은 윤성의 회색빛 눈동자를 침착하게 바라보았다. 이상하게 그의 앞에 서자마자 온몸이 떨렸지만, 절대로 피할 수는 없었다.

"저 역시 교수님과 별다른 인연이 없다고 생각했는데 이렇게 오게 되었군요. 교수님, 제 오피스텔에 오신 적 있으신가요?"

순간 윤성의 눈빛이 움찔했고, 하령은 그 찰나의 흔들림을 놓치지 않고 잡아냈다.

"저에게 아주 소중한 물건이 없어졌습니다. 그래서 CCTV를 확인해 보니, 굉장히 흥미로운 걸 발견했죠."

윤성은 다시 한 번 더 귀를 바짝 열어 이쪽으로 오는 사람이 없는지 경계했다. 지금부터 벌어질 이야기는 그 누구도 들어선 안 되는 얘기였으니까.

"은빛 머리카락에 황금빛 눈동자……. 꽤나 기묘한 모습이었는데, 마윤성 교수님과 무척이나 닮아 있었어요. 왜 지금의 모습과 다를까 생각해 보긴 했지만. 지금 동요하는 교수님을 보니 제가 영 틀리게 짚은 건 아닌 모양이군요. 그렇죠?"

"……."

"아니면 전혀 상관없는 일인가요?"

그때 굳게 닫혀 있던 윤성의 입꼬리가 싸늘하게 올라갔다. 그것을 본 하령은 등골이 오싹해지는 걸 느꼈다.

그의 차가운 시선이 그녀를 움켜쥐고서 서서히 다가오기 시작했다. 그리고 이내 매섭게 파고드는 목소리.

"지금, 지나치게 용감한 거 아닌가?"

"네?"

"백하령 씨에게 아주 소중하다는 그 물건을 내가 가져갔다고 예상한다면……."

"……."

"설마 내가 그 내용을 전혀 모를 거라고 생각하고 이렇게 뻔뻔스럽게 나오는 건지 묻는 거야."

하령은 의심이 확신이 되자 애써 침착한 척하던 것은 모두 벗어던지고 그를 노려보며 사납게 외쳤다.

"어디 있어! 지금 그거, 어디 있냐고!"

"언제까지 숨길 작정이지? 그런 엄청난 사실을 알면서도 세단이에게 병원에서 나가달라고, 이사장까지 들먹이면서 그렇게 그녀를 몰아세운 건가?"

"닥쳐!"

하령은 저도 모르게 손을 뻗었지만 그는 그녀의 손목을 단숨에 움켜쥐었다. 그녀는 그에게서 벗어나려고 했지만 소용이 없었다.

"으윽!"

"굉장히 불안해 보이는군. 심장이 빨리 뛰고 온몸이 무섭다고 비명을 지르고 있어."

마치 자신의 속내를 꿰뚫어 보는 듯한 그의 회색빛 눈동자에 하령은 소름이 끼쳤다.

CCTV에서 봤던 그 모습도 너무나도 기분 나빴는데, 역시 자신이 잘못 본 것이 아니었다.

"당장, 그 USB 내놔. 설마 벌써 다 말한 건 아니겠지? 혹시 다 같이 모여 있었던 이유가⋯⋯."

"아직은 모를 테지만, 영원히 모를 수는 없지."

하령은 그에게 붙잡힌 손을 억지로 떼어내고 파르르 떨리는 손을 꽉 움켜쥐었다. 아직은, 아직은 아무도 모른다. 아무도 몰라. 그에게서 USB만 되찾으면!

"당장 가져오는 게 좋을 거야. 나한테 당신이 찍힌 CCTV 자료가 있어. 당신, 대체 정체가 뭐야? 인간이긴 한 거야? 갑자기 감쪽같이 사라지는 모습도 그렇고. 게다가 그 기묘한 모습까지⋯⋯."

"⋯⋯."

"그걸 내가 세상에 공개해 버리면 당신은 어떻게 될까? 응? 어떻게 될 것 같으냐고!"

"이 상황에서 또다시 협박을 해보시겠다? 지금 자신이 감추고 있는 진실이 더 추악하다는 것을 모르지는 않을 텐데. 난 딱히 잃을 것이 없지만, 백하령 씨는 아니지 않나?"

하령은 싸늘하게 웃으며 속삭였다.

"정말 잃을 것이 없어? 당신의 정체가 세상에 드러나면 아마 당신 옆에 있는 가장 소중한 존재가 힘들어질 텐데?"

"……"

"난 이 방법이 먹혀들 것 같아. 설사 아니라면 더한 것도 할 거야. 당신이 악마라고 해도 상관없어. 난 더 이상 떨어질 바닥이 없거든. 그러니까 날 자꾸 벼랑으로 몰지 마. 자꾸 벼랑으로 몰리다가, 어느 순간 내가 떨어지지 않기 위해서 누굴 떠밀어 버릴지 모르니까 말이야!"

발악에 가까운 광기가 그녀를 휘감았다. 윤성이 눈빛을 매섭게 번뜩이면서 하령의 어깨를 붙잡고 벽 쪽으로 밀어붙였다. 쾅 하는 소리와 함께 하령은 짧은 비명을 삼켰다. 그의 손에 붙잡힌 어깨가 화끈거렸다.

하령은 저도 모르게 눈을 질끈 감았다 떴다. 바로 눈앞에 성난 짐승처럼 선 윤성의 모습에 순간 공포가 그녀의 숨통을 틀어막았다.

차가운 살기에 에일 듯, 그의 회색빛 눈동자가 그녀를 서서히 옥죄고 있었다. 마치, CCTV에서 보았던 그 모습이 보이는 듯싶었다. 회색빛 눈동자가 황금빛 눈동자로 보이면서 그 차가운 불꽃에 온몸이 타들어갈 듯, 너무나도 싸늘한 기운이었다.

윤성은 하령의 어깨를 더욱더 강하게 움켜쥐고 낮게 읊조렸다.

"네가 절대로 건드리지 말아야 할 것이 있어. 박세단. 만약 그녀를 건드리면."

"흐으읙!"

"기억해. 난 결코 너를 가만두지 않을 거야. 경고가 아니야. 이건, 네가 말하는 협박이야. CCTV 속의 내 모습을 기억한다면 잘 새겨둬야 할 거야. 절대로 이게 장난이 아니라는 걸."

머릿속으로 강하게 파고드는 목소리가 독처럼 퍼져 갔다.

윤성은 하령을 놓아주고는 그대로 그곳을 빠져나갔다. 그녀는 저도 모르게 그 자리에 주저앉았다. 떠나는 그를 붙잡을 수가 없었다. 막혔던 숨이 돌아오면서, 하령은 결국 헛구역질을 토해냈다.

"우욱, 욱!"

그 어떤 가면으로도 감출 수 없을 만큼, 그저 너무 무서웠다. 정말로 그가 자신을 죽일지도 모른다는 공포심에 숨조차 쉴 수 없었다. 대체, 저 남자 정체가 뭐지? 인간이, 아닌 거야?

하지만 아무리 그래도 USB는 돌려받아야 해. 반드시, 무슨 수를 써서라도!

비상계단을 빠져나온 윤성은 사납게 일그러진 표정을 숨기고 복도를 빠르게 걸었다.

썩 내키지는 않았지만, 지금 백하령에게 할 수 있는 건 뼛속까지 깊숙이 공포심을 새겨 넣어 잠깐이라도 입을 막는 것뿐이다. 하지만 이건 그저 임시방편일 뿐.

'아직은 모를 테지만, 영원히 모를 수는 없어.'

이건 그녀에게 하는 말이자 자신에게 하는 말이기도 했다. 과거와 똑같은 일이 다시 벌어지고 있다. 거짓으로 얼룩진 진실을 이젠 외면하고 숨길 수 없다. 찰나의 달콤함에 눈이 멀어, 그것이 영원할 거라 착각해서는 안 된다. 오히려 더 늦게 밝혀질수록 거짓은 더욱더 썩어가며 지독한 악취를 풍긴 채 끔찍한 실체로 드러나게 될 것이다. 그로 인해 그녀가 다치는 일이 생긴다면, 그 누구도 용서하지 않을 것이다. 그 누구도.

윤성의 눈빛이 살벌하게 꿈틀거렸다. 흡사 먹잇감을 눈앞에 둔 늑대와도 같은 섬뜩함에 그의 주변으로 공기마저 매섭게 휘몰아쳤다.

그 시각, 또 다른 곳에서도 날 선 공기가 흐르고 있었다.

이사장실 문이 열리면서 백 회장이 안으로 들어섰고, 강진은 참고 있던 분노를 터뜨리며 외쳤다.

"내가 분명 그때의 일을 끝으로 더 이상 병원에선 그 어떤 일도 용납하지 않을 거라고 했을 텐데. 지금 뭐하는 짓이야!"

"그렇게 언성을 높여도 되는 건가?"

백 회장은 느긋하게 소파에 앉아 강진을 보았다. 강진은 그런 그의 작태를 더는 눈감아줄 수가 없었다.

"한 대표, 그리고 강 대표! 자네가 그들과 어떤 식으로 얽히든지 난 상관하지 않아. 하지만 한국대병원을 자네의 사리사욕과 탐욕의 도구로 이용하지 말란 말이야! 아니면 처음부터 날 도와준 이유가 이걸 위해서였나!"

백 회장은 강진을 향해 여유로운 눈짓으로 싸늘하게 입꼬리를 올렸다. 그 눈빛이 탐욕스런 독사의 그것과도 같았다.

"실장님, 지금은 아무도 들이지 말라고 이사장님께서!"

"급한 일이라고 말하지 않았습니까! 책임은 전부 제가 지겠습니다."

"하지만!"

재현은 제 앞을 가로막은 채 절대로 들어갈 수 없다고 말하는 비서와 실랑이를 벌이고 있었다. 지금 한시가 바쁜데, 이러고 있을 시간도 없는데!

"백 회장님께서……."

백 회장이라는 말에 재현의 표정이 딱딱하게 굳어졌다. 이 시기에 백 회장과 아버지가 만나고 있다고? 이게 과연 우연일까?

"실장님!"

재현은 비서를 밀치고 안으로 들어갔다. 떨리는 호흡을 애써 가다듬으며 발소리까지 낮추고 조심스럽게 문고리를 붙잡았다. 괜찮다고, 아무 일도 없을 거라고 다독이던 목소리가 점점 필사적으로 바뀌었다. 제발 괜찮을 거라고, 제발 아무 일도 아닐 거라고. 제발, 제발!

하지만 안에서 들려오는 말에 문고리를 움켜쥔 손이 파르르 떨렸다. 모든 것이 그 자리에서 멈춰 버리고 말았다.

"처음부터 한국대병원을 자네 권력의 도구로 쓰기 위해 날 이용한 건가? 그래, 그렇게 이용하기 위해서!"

백 회장의 입술이 비릿하게 올라갔다. 그는 안타까운 눈으로 강진을 바라보았다.

"우리들은 사업가야. 남들보다 조금 더 크게, 좀 더 많이 가진 사업가. 그래서 우린 좀 더 큰 판에서 좀 더 막대한 이득을 위해 움직여야 하지. 고작 쌈짓돈이 왔다 갔다 하는 게 아니잖아. 몇 백 억, 몇 천 억, 몇 조가 될지도 모르는 부가가치를 위해서."

"……."

"그래, 맞아. 내가 자네를 도와준 이유는 J그룹의 미래를 위해서야. 아무런 기반 없이 의료 사업에 뛰어드는 것보다는 한국재단이라는 탄탄한 기반을 가지고 움직여야 손해를 줄이고 더 큰 이득을 얻을 수 있지. 그리고 또 다른 한편으로는, 그런 이득을 위해 다소 눈감아줘야 할 일도 깔끔하게 처리할 수 있고."

"자네, 지금!"

"그럼 설마 내가 자네 아들을 정말로 걱정해서 그렇게 움직였다고 생각했나? 그렇게 순진한 사람 아니잖아. 그런데 자네의 말에도 모순이 있군. 아무리 내가 의도적으로 도왔다고는 해도, 결국 그것을 선택한 것은 자네였어. 나에게 도와달라고 했던 건 자네라고! 설마 그 죄를 내게만 덮어씌우려는 건가? 정말로 깨끗하게 고개 숙이면서 남들에게 그런 청렴결백한 모습을 보였다고 해서, 정말 자네마저도 그렇게 스스로를 속이고 자기 합리화를 하고 있는 거야?"

백 회장의 날카로운 말에 강진은 그만 입을 다물고 말았다. 온몸이 부들부들 떨렸지만, 자신이 저지른 죄에 대해서는 결코 어떠한 변명도 할 수가 없었다. 이러니저러니 욕해도 결국은…….

'나도 저자와 별다르지 않은 종류의 인간이야…….'

"자기 자신에게 한 거짓말에 자신마저도 속고 있다니. 내가 자네를 잘 못 봤군. 참으로 약해 빠졌어."

강진은 서슬 퍼런 시선으로 백 회장을 노려보며 굳게 다문 입을 어렵게 열었다.

"대체 왜 이렇게 말도 안 되는 승계 싸움을 만들고 있는 거지? 자네가 순순히 백하령 그 아이에게 J그룹을 넘겨줄 리가 없어. 사생아라는 사실을 숨기기 위해 입양이라는 거짓을 씌우고 자네 눈앞에 가둬두고 있는 거 아니었나? 그런데 왜 재현이까지 끌어들여서!"

"그 아이도 조금 자각할 필요가 있어. 겁 없이 나서다가 자네도 힘들어 지잖나. 한국재단 후계자라는 본인의 위치를 알고 경거망동하지 말아야 지. 그리고 하령이는……."

그때, 짧게 울린 노크 소리에 백 회장과 강진은 입을 굳게 다물고서 낮 게 가라앉은 시선으로 침묵을 유지했다.

강진은 재빠르게 걸음을 옮겨 문을 벌컥 열었다. 그러자 비서가 두려운 표정을 지은 채 몸을 벌벌 떨고 있었다.

"뭐지? 내가 말하기 전까지는 그 누구도 얼씬하지 말라고 했을 텐데!"

"죄, 죄송합니다. 차라도 드려야 할 것 같아서……."

"필요 없으니, 당장 물러가!"

비서는 겁에 질린 표정으로 재빨리 사라졌고, 백 회장은 천천히 자리에 서 일어나서는 강진의 어깨를 한 번 꽉 붙잡고서 말했다.

"이번 일에 괜히 끼어들지 마. 내가 알아서 잘 수습할 테니까. 혹여 끼 어들어서 우리가 숨기려고 하는 진실들이 밖으로 새어 나가는 그런 불상 사는 없길 바라네. 아무리 자네가 지금 후회한다고 해도 이미 소용없는 일이니까."

"……."

"끝까지 함께, 잘 해보자고."

그렇게 백 회장은 강진을 향해 엷은 미소를 짓고는 그를 스쳐 지나갔다. 강진은 백 회장의 뒷모습을 의미심장한 눈빛으로 바라보았다. 어느새 문고리를 움켜쥔 그의 손이 하얗게 타들어가고 있었다.

재현은 창백한 표정으로 가빠오는 호흡을 꾹 누른 채 비상계단 쪽으로 몸을 숨겼다. 잠시 후, 백 회장이 엘리베이터를 타고 사라졌고, 그는 그제야 떨리는 호흡을 내뱉으며 난간을 붙잡고 간신히 버텼다. 방금 전 자신이 들은 말이 전부 사실이란 말인가? 고 과장의 개인적인 비리라고 생각했는데. 아버지와 백 회장이, 이번 응급도 조작의 진짜 배후……

어, 어떻게 아버지가…… 아버지가! 하지만 어쩐지 이번 일이 한 번이 아닌 듯했다.

"내가 자네를 도와준 이유는 J그룹의 미래를 위해서야. 그럼 설마 내가 자네 아들을 정말로 걱정해서 그렇게 움직였다고 생각했나? 설마 그 죄를 내게만 덮어씌우려는 건가?"

백 회장의 말이 무섭게 휘몰아쳤다. 생각하지 않으려고 해도 머릿속에서 맴돌고, 맴돌고, 또 맴돌았다. 재현은 난간을 붙잡은 손에 더더욱 힘을 주며 간신히 버티고 서 있었다. 그러다가 순간, 너무나도 끔찍한 생각이 스치자 그는 저도 모르게 가슴을 움켜쥐었다.

"설마. 아니야, 아닐 거야……."

재현은 미친 사람처럼 고개를 마구 가로저었다.

'그래, 아니야. 말도 안 돼. 그건, 절대로 말이 되질 않아. 그래, 아니야. 아니야!'

세단은 미친 듯이 일에 매달렸다. 예전부터 머리가 복잡하거나 견디기 힘든 일이 있을 때는 항상 죽자고 일에 매달렸다. 처음 의대 공부를 시작했던 것도 가족을 모두 잃은 슬픔을 견디기 위해서였으니까. 그것이 습관처럼 남아 있었던 것이다.

옆에서 지켜보는 레지던트들은 전부 박은숙 환자 때문이라고 생각했다.

"이 환자 오늘부터 홀터 검사(24시간 심전도 검사) 들어가. 조금이라도 이상이 보이면 바로 콜하고."

"알겠습니다."

"이 환자는 지난주에는 혈압이 노말레인지(정상 수치)를 보였다가 지금 다시 하이퍼텐젼(고혈압)을 보이고 있어. 절대로 방심하지 마. 환자의 연령을 생각하면 결코 안심할 단계가 아니야."

"네, 주의하겠습니다."

"저, 저기, 박세단 선생님!"

회진 후, 환자의 상태를 하나하나 꼼꼼히 살피던 세단은 저를 찾는 목소리에 저도 모르게 흠칫했다.

은숙은 세단에게 달려와서는 창백해진 낯빛으로 그녀의 옷자락을 꽉 붙잡았다.

"선생님, 시간 있으신가요? 제가 물어볼 것이 있어서……."

세단은 마음을 단단히 붙잡고서 레지던트들을 모두 보낸 뒤 은숙을 바라보았다.

"무슨 일이세요? 안색이 안 좋으신데……."

"아니요! 그게 아니라…… 제가 뭐 들은 게 있어요. 그러니까 조만간 여기서 심장이식 수술이 진행된다고 하던데, 불안한 생각이 들어서요. 물론 축하할 일인데, 그런데…… 이식센터에선 아직 연락이 없나요?"

결국, 우려하던 일이 벌어지고 말았다. 그녀는 지금껏 심장이식에 대해서 병원에 도는 모든 소문과 정보에 귀를 기울이고 있었을 것이다. 그렇다고 지금 환자에게 사실을 말해줄 수 없기에, 세단은 일단 주치의의 가면을 쓰고 거짓을 말해야만 했다.

"정말 죄송합니다. 이번에 박은숙 씨는 심장이식 대상자로 결정되지 못했습니다."

"……네?"

"정말, 죄송합니다……."

세단은 그녀를 향해 고개를 숙였다. 이것은 너무나도 부끄러운 진실을 지금 바로잡지 못하고, 제대로 말씀드리지 못하는 것에 대한 의사로서의 미안함과 죄책감, 그리고 부끄러움이었다.

"아, 아니, 그러니까……."

은숙은 손을 바들바들 떨었다. 옷자락을 움켜쥐었던 손에서 힘이 풀렸다. 눈물이 투두둑 떨어지고, 모든 희망이 산산조각으로 부서져 내리며 가녀린 그녀를 뒤흔들었다.

"죄송합니다, 죄송합니다…… 죄송합니다, 어머님……."

세단은 똑같은 말을 반복할 수밖에 없었다. 죄송하다고, 고작 죄송하다는 말밖에 할 수가 없었다. 지금 그녀가 할 수 있는 것은 이것이 고작이었다. 고작, 이 빌어먹을 사과밖에…….

은숙은 차마 울음을 제대로 뱉어내지도 못하고서 입안 가득 차오르는 오열을 씹어 삼켰다.

"또 기다려야 하나요? 제가 언제까지, 언제까지 기다릴 수 있을까요? 이러다 내가 가버리면 우리 언주는, 언주는……."

"어, 어머님! 어머님!"

결국 은숙은 쓰러지고 말았고, 세단은 재빨리 심박을 확인했다. 주변에 있던 레지던트가 그녀를 업고 달리기 시작했다. 세단은 눈물로 얼룩진 야윈 얼굴을 바라보며 입술을 피가 나도록 꽉 깨물었다. 처음으로 이 병원에서 흰 가운을 입고 서 있는 것이 수치스러웠다. 모든 걸 알면서도 아무 것도 하지 못하는 제 자신이 원망스러웠다.

'조금만 기다려 주세요, 어머님. 반드시 바로잡을 거예요. 절대로 그들에게 빼앗기지 않을 거예요, 반드시!'

은숙을 응급처치하고 의국으로 돌아온 세단의 몰골은 말이 아니었다. 하지만 그녀는 오히려 육체적인 것보다는 정신적으로 견디기가 힘들었다.

세단은 시계를 확인했다. 어느덧 점심시간. 하지만 식욕이 없어 아무것도 먹고 싶지 않았다.

'커피라도 좀 마실까……'

막 의국을 나가려던 세단은 들어오던 레지던트와 마주쳤다.

"점심 잘 먹었어?"

"선생님 아무것도 안 드셨죠?"

"응?"

"이거라도 좀 드세요."

아무래도 티가 좀 많이 난 모양인지, 많이들 걱정을 하고 있는 모양이었다. 아니면 고 과장님과 그런 일이 생긴 이후 신경 썼을지도 모르고. 그래도 이래저래 고마운 마음에 세단은 환하게 웃었다. 하지만 도시락은 영먹지 못할 것 같았다.

"난 괜찮으니까 너희들이나 많이 먹어둬. 오늘부터 한 달 당직 들어가지 않아?"

"선생님, 요즘 얼굴 너무 안 좋으세요. 내일 아침에 수술 들어가시는 거 아니에요? 의사는 체력이 중요하다고 하셨으면서……."

"그냥 지금 밥맛이 좀 없어. 나중에 챙겨 먹을 테니까……."

그때 문이 벌컥 열리면서 윤성이 안으로 들어왔다. 딱딱하게 굳은 표정을 보아하니 아무래도 지금 한 얘기를 다 들은 모양이었다.

'에고…….'

"교수님, 안녕……."

레지던트의 인사가 채 끝나기도 전에 윤성은 세단의 손을 잡아당겼고, 레지던트가 들고 있던 도시락까지 낚아채고서는 짧게 속삭였다.

"고마워, 잘 먹일게."

"아, 네!"

레지던트는 얼굴을 살짝 붉히고서 고개를 끄덕였고, 윤성은 세단이 뭐라고 말할 틈도 없이 거의 그녀를 강제로 끌고 의국을 빠져나왔다.

"다, 닥터, 나 진짜 괜찮은데……."

하지만 그의 표정은 전혀 풀리지 않았다. 오히려 더더욱 차갑게 굳어져서는 그녀를 쳐다보지도 않은 채, 손목을 더욱 꽉 붙잡고 낮게 말했다.

"나한테 거짓말하지 마."

연구실에 도착한 윤성은 세단을 앞세워 들어가서는 문까지 잠가 버렸다. 그러곤 그녀를 억지로 소파에 앉혀서는 묵직한 한숨을 내쉬며 퍽 상해 버린 그녀의 뺨을 쓸어내렸다.

"숨기려고 하지도 말고. 안 괜찮으면서 괜찮은 척 절대로 하지 마."

"닥터……."

"네가 아픈 것이 싫고, 힘들어하는 것도 싫은데, 나한테 그런 거 숨기는 건 더 싫어."

"하아. 알았어요. 나 안 괜찮아. 솔직히 힘들어요. 나 좀, 달래줄래요?"

세단은 제 뺨을 부드럽게 감싼 그의 손을 살포시 끌어당겨서는 천천히 입술을 묻었다.

윤성은 그 모습을 가만히 바라보다 이내 그녀의 입술을 핥았다. 뜨겁고 감미로운 속삭임이 안으로 가득 차오르면서 호흡이 살짝 헝클어졌고, 윤성은 그때를 놓치지 않고 더욱 깊이 파고들며 그 어느 때보다 부드럽고 감미롭게 그녀의 윗입술과 아랫입술을 연거푸 빨아 당겼다.

"닥터, 하아! 그만……."

윤성은 살짝 입술을 떼어냈다. 그러곤 짧은 입맞춤을 한 뒤 살짝 고개를 들었다.

"더 달래줄 수 있는데……."

"더는 내가 못 버텨요. 지금도 심장이 터질 것 같아……."

윤성은 터질 듯이 빨갛게 달아오른 그녀의 얼굴을 보곤 낮게 웃으며 도시락을 열었다. 직접 수저까지 들고서 먹여주려고 하자 세단은 부끄러운 마음에 얼른 고개를 가로저었다.

"내, 내가 먹을게요!"

하지만 윤성은 수저를 든 채 계속 세단을 바라보았다. 세단은 도저히 그의 앞에서 입을 벌릴 수가 없었다.

"진짜 내가 먹을게요!"

"이게 싫어? 그럼 입으로 먹여줄까?"

"네?"

너무 놀란 나머지 세단은 입을 떡 벌렸고 그 사이로 윤성은 잽싸게 숟가락을 집어넣었다.

"우욱!"

얼결에 음식을 먹은 세단은 입으로 먹여 주겠다던 그의 말을 계속 곱씹으며 얼굴을 붉혔다.

"요즘 닥터 정말 많이 변했어요. 예전엔 다가가는 것도 엄청 질색하고, 조금만 대화가 길어져도 뚝 끊어버리고 그랬는데."

처음 그를 만났던 때가 생각났다. 분명 닥터 때문에 걸려 넘어진 건데도, 오히려 다가오지 말라고, 만지지 말라고 온갖 화를 다 냈었지. 호의를 건네도 무시, 또 화만 잔뜩 내고.

'정말 뭐 이런 개싸가지가 다 있나 했었고.'

"그런데 요즘은 스킨십도, 표현하는 것도 점점 편해지는 것 같아요. 특히 부끄러운 말을 너무 잘하는 것 같아. 심장이 남아나질 않을 것 같다니까."

윤성은 계속해서 그녀의 입에 밥과 반찬을 집어 넣어주며 말했다.

"좋아하는 사람한테 좋아한다는 말을 잔뜩 표현해 줘야 쓸쓸하지 않다면서. 그래서 나도 노력 중이야, 네가 쓸쓸해하는 거 싫으니까."

"……"

"그리고 지금껏 널 많이 쓸쓸하게 만들기도 했었고. 난 너한테 너무나도 벅찬 감정들을 아주 잔뜩 받았어. 그래서 외롭지 않았고, 따뜻하고 다정해서 좋았어. 그러니까 이번엔 내 차례야."

심장이, 다시금 그를 향해 미친 듯이 떨리기 시작했다.

"예전에도 한번 말했지? 네가 울 수 있는 장소가 되어줄 거라고. 그런데 이젠 달라. 절대로 널 울게 하고 싶지 않아. 네가 많이, 아주 많이 웃기만 했으면 좋겠어. 내가 널 그렇게 행복하게 만들고 싶어."

그의 다정한 한마디가 진한 위로가 되어 밀려들었다. 서툴지만, 서툰만큼 솔직하게 자신을 사랑해 준다. 어떻게 이런 남자를 사랑하지 않을수가 있을까. 어떻게 바라보지 않을 수가 있을까.

세단은 슬그머니 그의 소맷자락을 붙잡아 당겼고, 윤성이 그 수줍은유혹에 다시 다가가려는 순간, 그의 눈빛이 흔들리면서 이내 몸을 일으켜세웠다. 세단도 그의 행동에 살짝 긴장하는 찰나, 문 두드리는 소리와 함께 재현의 목소리가 들려왔다.

"교수님, 안에 계신가요? 세단이랑 같이 나가셨다고 하던데, 지금 같이 계시죠?"

윤성은 살짝 굳은 시선으로 문을 응시했다. 어쩐지 목소리가 이상했다. 게다가 그에게서 느껴지는 기운 역시 보통 때와는 다른데…….

"닥터? 안 열어주는 거예요?"

"아, 응……."

그는 천천히 걸음을 옮겨 연구실 문을 열었다. 세단은 널브러진 수저를 보고선 조금 전의 일이 떠올라 화끈거리는 얼굴을 얼른 식히고서 고개를 돌렸다.

"어서 와. 무슨 일······."

하지만 말을 채 끝까지 맺질 못했다. 재현의 표정이 심상치가 않았다. 가까이에서 본 윤성 역시 그의 상태를 알아차렸다. 불안감과 두려움이 뒤엉켜 굉장히 불안정한 모습이었다.

"재현아······."

불길한 느낌에 세단은 벌떡 일어났다. 그는 분명 이사장님께 다녀온다고 했었다. 그런데 다녀온 이후 저런 모습이라면, 설마······.

"세단아, 아무래도 이번 일은 아버지의 도움을 받을 수 없을 것 같아. 아니, 오히려 더 큰 벽이 생긴 것 같아."

"그게 무슨 말이야?"

"이번 일에 백 회장이 연루되어 있어. 강은지 환자의 보호자는 강 대표라고, 현재 정계에서 꽤 유명한 사람이야. 백 회장은 재계뿐만 아니라 정계에도 깊숙이 손을 내밀고 있어. 한인우 알지? 그의 아버지인 한 대표도 마찬가지로 백 회장이 공을 들이고 있는 인사들이야."

도대체 재현이가 무슨 말을 하고 있는 거지?

재현은 일그러진 표정으로 바싹 마른 목소리를 힘겹게 내뱉었다.

"아마 아버지는 이번 일을 한인우 때처럼 덮으려고 할지 몰라. 백 회장이 연루되어 있다는 건, 아버지도 어느 정도 관계가 있다는 거야."

"아니야······ 그럴 리가 없어. 그때와는 상황이 달라. 환자에 관한 일이야. 이사장님이 그런 짓을 하실 리 없다고!"

"아버지는! 처음부터 전부 알고 계셨어. 알고 계시면서도 지금껏 나서지 않았다는 건, 결국 그 일을 방관하시는 거고, 그건 암묵적 동의야. 모르겠니?"

재현은 바들바들 떨리는 손으로 세단의 어깨를 붙잡았다. 그녀는 그의 손끝에서 엄청난 공포와 절망감을 느낄 수 있었다. 재현의 눈동자가, 울고 있었다. 지금 그 누구보다 이 상황이 믿어지지 않고, 믿고 싶지 않고, 외면하고 싶은 건 재현이다.

"우리 아버지, 아니 이사장을 믿지 마. 이 바닥에 있는 사람들은 전부 똑같아! 자신의 이익과 권력을 지키기 위해서 무슨 짓을 할지 모른다고! 그게 그 자리를 지키는 무게라고 생각하는 사람들이야! 아무도, 아무도 믿지 마……."

"재현아……."

결국 그는 고개를 떨구고 말았다. 세단은 차마 그 어떤 말도 쉽사리 내뱉을 수가 없었다.

어쩌면 조금씩 균열이 생기고 있었던 건지도 모른다. 믿었던 모든 것이 조금씩 부서지는 느낌이 든다.

윤성은 세단의 뒤로 다가왔다. 그녀는 자연스럽게 그에게 몸을 기댔다. 그렇게 이사장에 대한 믿음도 자연스럽게 무너지기 시작했다. 이젠 점점 한계인 건가.

그는 마음의 준비를 했다. 그녀에게 모든 것을 말해줄 준비를. 그녀뿐만 아니라 스스로에게도.

"지금 가장 힘든 건 재현이에요……. "

세단은 그의 품에서 낮게 속삭였다. 윤성은 그런 그녀를 향해 고개를 숙였다.

"그렇겠지."

"재현이에게 전부 다 맡길 수는 없어요. 그렇다고 이번 일을 그냥 덮을 수도 없고요. 언주 어머니께 난 죄송하다고 고개 숙이는 것밖에 할 수 없었어요. 너무나도 무능력하고 비참했다고요."

"……."

"우리 아버지와 다르잖아요. 언주 어머니에겐 기회가 있는 거잖아요. 그 기회를, 이런 식으로 빼앗길 수는 없어요. 어른인 내가, 주치의인 내가, 의사인 내가 지켜줘야 해요. 언주도 나처럼 힘들게 만들 수는 없어요!"

아버지와 다르다라……. 아니, 다르지 않아. 어쩌면 더더욱 끔찍할 수도 있어.

"세단아, 사실……."

윤성이 뭐라 말을 하려는 순간 세단은 그의 품에서 벗어나며 속삭였다.

"걱정 마요. 나 절대 이대로 안 무너져."

세단은 여전히 고개를 숙이고 있는 재현에게 침착하게 말했다.

"내가 직접 백 회장님을, 만나보겠어."

"그게 무슨 말이야, 안 돼!"

세단의 말이 떨어지기가 무섭게 윤성과 재현이 동시에 소리쳤다. 특히 재현은 성난 표정으로 강하게 반대했다.

"만나서 어쩌려고! 네가 만난다고 해결될 일이 아니야. 오히려 네가 위험해질 수도 있어!"

"알아. 그래도 만나볼래."

"박세단!"

이번엔 윤성이 고개를 가로저었다. 만난다니. 일부러 피해도 모자랄 판국에 만나서 대체 뭘 하려고! 그녀를 위험하게 만들 수 있는 사람이다. 이제 영감이 말한 시간까지 얼마 남아 있지 않은 와중에 도대체!

하지만 세단은 단호했다.

"한번 만나보고 싶어. 하령이가 있는, 인우가 말했던 그쪽 세계가 대체 무엇인지. 이런 엄청난 짓을 저지르는 사람들은 대체 어떤 표정을 하고 있는지, 어떤 마음으로, 도대체 무엇 때문에 이렇게까지 해야 하는지, 한번 들어나 봐야겠어."

그리고 어쩌면 조금이라도 돌이킬 수 있을지도 모른다. 그래도 그들도 사람인데, 감정이 있는 사람일 텐데, 누군가의 부모이고 또 누군가의 자식이었을 텐데.

재현은 어떻게든 대화를 해보려는 세단의 의지를 읽을 수 있었다. 하지만 그건 그야말로 꿈같은 얘기다. 세상은 영화나 드라마의 해피엔딩처럼 호락호락하지 않으니까. 그녀는 아직 그들을 모른다. 특히나 백 회장은 경영에서 잠시 물러나 있는 것처럼 보이지만, J그룹의 실질적인 오너에다 재계뿐 아니라 정계까지 영향력이 미치는, 그야말로 뼛속까지 사업가이다. 고작 말 몇 마디로 설득당해 이득을 포기할 사람이 아니다. 오히려 그 독사 같은 세 치 혀를 휘둘러 그녀를 상처 입힐지도 모른다.

하지만 재현은 세단을 잘 알고 있다. 여기서 아무리 안 된다고 말려도 무모하게 밀고 나갈 거다. 차라리 공식적인 자리에서 제대로 만나 그녀가 스스로 안 된다는 걸 자각하고 물러나길 바라야 할 뿐.

'이번 일은 내가 어떻게든 돌려놓을 거야. 아버지와 맞서 싸우는 한이 있더라도……'

"하아…… 좋아. 하지만 설득이니 타협이니 그런 말은 하지 마. 넌 그 사람이 어떤 사람인지 제대로 알 필요가 있어."

재현의 반 허락에 윤성이 그를 노려보았다. 하지만 재현은 그의 시선을 무시하고 그녀에게 말했다.

"내일 J그룹에서 주관하는 만찬이 열려. 의료 관광 사업의 책임자를 뽑는 마지막 투표 전에 열리는 행사야. 거기에 오면 백 회장을 만날 수 있어. 나도 관계자니까 널 초대할게. 하지만 마 교수님이랑 같이 와. 너 혼자는 믿을 수가 없어."

재현은 그제야 윤성을 바라보았다. 그는 재현의 눈빛에서 어쩔 수 없다는 걸 느낄 수 있었다. 그래, 차라리 그녀가 공식적인 자리에서 만나는 편이 낫지. 뒤로 몰래 만나다가 더 큰 문제가 생길지도 모르니까.

"다시 한 번 말하지만, 절대로 네가 먼저 그 일을 입 밖에 꺼내면 안 돼."

"알았어. 고마워, 재현아."

"내가 너를 백 회장과 만나게 해주는 건, 이게 얼마나 위험한 일인지 네가 스스로 알길 바라서야. 그들은 절대로 말이 통하지 않는 사람들이라는 걸 깨닫기 바라서고. 이번 일은 내가 해결할 거야. 장차 한국대병원, 한국재단을 이끌어갈 사람으로서 옳은 일을 하려는 거라고."

하지만 그 옳은 일을 오롯이 혼자 감당해야 하는 재현이가 버거워 보였다. 그것도 어쩌면 아버지와 맞서야 할지도 모르는데.

그리고 뭔가 더 할 말이 있는 듯 잠시 머뭇거리던 재현은 이내 윤성에게 부탁했다.

"잠시 세단이와 단둘이 얘기할 수 있을까요?"

"그러죠."

윤성은 순순히 고개를 끄덕이고서 연구실을 빠져나갔다. 그러곤 귀를 닫을까 하다가 왠지 천재현의 표정이 너무 마음에 걸려서 결국 귀를 열고 그들이 하는 대화를 엿들었다.

윤성이 연구실을 나가자, 아까부터 표정이 좋지 않았던 세단 역시 어렵사리 입을 열었다.

"혹시 이 일을 하령이도 아는 거니?"

"그건 아직 모르겠어."

모르겠다고 대답하는 재현의 안색이 아까보다 더더욱 안 좋았다. 세단은 설마 하는 표정으로 그에게 가까이 다가가 억지로 손목을 붙잡고 맥박을 쟀다.

"너 지금 괜찮아? 혹시 심장에 무리 온 거 아니야?"

"아니야. 괜찮아."

"그래도 무리하지 마. 스트레스는 심장에 안 좋아. 그래서 너한테 전부

떠맡기고 싶지 않았던 거야."

재현은 힘없는 미소를 지었다.

"이 상황에서도 내 걱정하는 거야? 넌 지금 네 환자만 걱정해야지. 의사인 넌 오직 환자만 생각해. 이건 내가 할 일이야. 내가 흔들리면, 그저 나 하나만 흔들리는 거지만 네가 흔들리면, 널 믿고 있는 환자들도 힘들어져."

"그런 말 하지 마. 솔직히 너도 걱정돼 죽겠어. 너 지금 너무 위태로워 보여. 너무 많은 걸 한꺼번에 혼자 감당하려고 하는 것 같다고!"

재현은 세단의 손을 붙잡았다. 예전에 그녀를 처음 만났을 때처럼. 고작 이렇게 잡아주는 손에 위로받고, 모든 걸 가진 것 같았던 그때처럼.

"세단아."

"……."

"내가 심장 수술을 받고, 얼마 지나지 않아서 너희 아버지가 돌아가셨어."

세단은 갑자기 뜬금없이 예전 일을 입에 담는 그를 의아하게 바라보았다.

"그래. 근데?"

"너희 아버지와 나, 똑같은 병이었어. 그런데 너희 아버지는 그렇게 돌아가시고, 난 살아났지. 너희 가족이 그토록 간절히 바라던 심장이식을 받고서 말이야. 그때, 그래도 조금은 원망스럽지 않았어? 내가 조금, 밉지 않았냐고……."

너무 무서워서 차마 묻지 못했던 말이었다. 지금껏 왠지 모르게 너무 미안하고 미안해서 외면했던 말. 그런데 지금 그 말을 내뱉는 그는 그 어느 때보다도 두려움에 사로잡혀 있었다. 분명 그녀라면.

"그런 말이 어디 있어! 너 지금껏 그렇게 생각했던 거야? 너 바보야? 그럼 반대의 입장이었으면 넌 나 원망하고 미워했겠네?"

"……."

"넌 너고 우리 아빠는 아빠야. 난 너라도 살아서 다행이라고 생각했어. 혹시라도 너마저 잘못되는 건 아닌지, 너무 무서웠다고. 그때 너마저 잘못되었다면, 난 정말로 견디지 못했을 거야. 그땐 정말 원망했겠지. 미워했을 거야. 세상이 뭐 이렇게 엿같냐고."

분명 그녀라면 괜찮다고, 다행이라고 말했을 거다. 재현은 세단의 저 걱정 어린 말도, 너무나도 순수한 저 진심도 제대로 볼 용기가 나질 않았다.

백 회장과 아버지가 나누었던 대화. 그 대화에서 유추할 수 있었던 불길한 가설에 더욱더 심장이 옥죄는 느낌이 들었다.

재현은 간신히 연구실을 빠져나왔다. 그리고 멀리 떨어진 곳에서 기다리고 있는 윤성을 잠시 바라보다 고개 숙여 인사하고는 그대로 다른 방향으로 떠났다. 윤성은 미묘하게 어긋난 그의 표정을 읽고 그를 붙잡으려고 했지만 이내 허망하게 손을 내려 버렸다.

'혹시, 눈치챈 건가? 대체 백 회장과 천강진 이사장이 무슨 말을 했기에. 대체 무슨 말을…….'

무작정 걸어가던 재현의 눈동자 위로 갑자기 눈물이 차올랐다. 이번 일에 숨겨진 모든 것을 그는 제대로 파헤칠 생각이다. 그런데 자꾸만 두렵고 무서운 생각이 밀려든다. 이번 일을 파헤치면서, 혹시라도 자신이 생각한 그 말도 안 되는 일이 맞는다면?

세단의 아버지와 똑같은 병이었던 자신. 세단의 아버지가 부적합 판정을 받자마자 자신은 병원을 옮겼고, 옮긴 병원에서 적합한 심장을 찾았다면서 곧장 수술을 받았던 그 놀랍고도 놀라운 일이 정말로 기적인지, 아니면…… 아니면……

'거짓으로 만들어낸 신기루인지…….'

마치 심장이 관통당한 듯 묵직한 통증에 재현은 숨을 헐떡이며 고개를 숙였다. 지독한 혼돈이 그를 서서히 끌어당기고 있었다. 더는 생각하지 말라는 악마의 달콤한 속삭임과, 진실을 똑바로 봐야 한다는 또 다른 잔혹한 외침이 동시에 울렸다.

하지만 만약, 정말로 그것이 모두 다 거짓이라면.

'난 살지 말았어야 했어. 세단아…… 난, 그냥 죽었어야 했어…….'

악다문 입술이 하얗게 부서져 내리며, 그 위로 쓰디쓴 눈물이 타들어 갔다. 주머니에서 휴대폰이 연신 울렸지만 그는 그저 눈을 질끈 감은 채 어둠 속에 자신을 숨겼다.

6. 판도라의 상자가 조금씩······.

이른 아침. 세단은 예정되어 있던 수술을 진행한 뒤, 곧장 오프를 내고 레지던스로 돌아왔다. 드디어 오늘 밤이었다. 처음엔 긴장 같은 걸 몰랐는데, 막상 당일이 되니 다른 의미로 영 신경이 쓰였다. J그룹에서 여는 만찬. 공개적인 행사라 그런지 뉴스에서도 언급될 정도였다. 재계뿐만 아니라 정계의 사람들도 모이는 거대 규모의 파티라고.

"하하하. 점점 더 실감이 안 나네."

저런 파티에 조촐하게 갈 수는 없지. 일단 헤어숍 예약을 하고 옷도 차려입어야 하는데. 드레스? 아니면 그냥 깔끔한 복장으로 가면 되나? 도통 그런 데를 가봤어야 알지!

"애정이한테 물어볼까? 하지만 들키면 완전 난리 날 텐데······."

이래저래 고민하다가 인터넷이라도 뒤져볼 생각에 몸을 일으킨 순간, 타이밍 좋게 초인종이 울렸다.

"택배 왔습니다!"

"택배요?"

뜬금없이 택배라니. 뭘 시킨 적이 없는데. 뭐지?

세단은 의아한 표정으로 일단 진짜 택배기사인지 확인을 한 뒤 조심스럽게 문을 열었다. 그러자 택배기사는 커다란 택배 상자를 세단에게 안겨준 뒤, 뭐라고 물어볼 새도 없이 바삐 가버렸다.

"이게 뭐야?"

굉장히 크고 고급스러운 상자였다. 세단은 재빨리 발송지와 발송인을 확인했다.

"부티크 벨벳 로즈, 천재현? 설마…….."

세단은 얼른 집 안으로 들어와 상자를 열어보았다. 그러자 탄성이 절로 나오는 굉장히 아름다운 드레스가 그 안에 담겨 있었다. 그에 어울리는 구두와 가방까지…….

"대박 천재현. 네가 재벌은 재벌이구나. 우와, 이게 다 얼마야?"

감히 손이 떨려서 옷을 만져 보기도 두려웠다. 딱 봐도 0이 몇 개가 붙어 있을지 감이 오질 않았다. 살아생전 이런 드라마 같은 일이 벌어지다니.

"그래, 잠깐만 빌리자. 고맙다, 재현아."

그런데 이거 사이즈는 맞으려나? 너무 딱 붙어서 뱃살 다 드러나는 거 아니야?

그때 또다시 초인종 소리가 울렸다. 오늘따라 왜 이렇게 손님이 오는 건지. 또 뭔가가 있는 건가?

"누구세요!"

"나야."

뜻밖의 목소리에 세단은 당황스런 표정으로 시계를 확인했다. 아직 병원에 있어야 할 그가, 왜!

그녀는 재빨리 문을 열었고, 그 앞에 윤성이 너무나도 태연한 표정으로 서 있었다.

"다, 닥터? 왜 이 시각에……. 오늘 수술 일정 있었잖아요!"

하지만 그는 아무 말 없이 대뜸 그녀의 집 안으로 쑥 들어가 버렸고, 세단은 잠시 황당한 표정을 짓다 이내 정신을 차리고서 그를 뒤따라 들어갔다.

"닥터? 닥터!"

윤성은 단번에 드레스가 담긴 상자를 바라보며 슬쩍 미간을 찡그렸다. 세단은 그가 뭘 보고 있는지 알아차리고 왠지 쑥스러운 마음에 상자의 뚜껑을 닫아버렸다.

"재현이가 보냈지 뭐예요? 아무래도 내가 이런 걸 잘 모르니까 챙겨준 것 같아요. 하지만 너무 비싸 보여서 빌려 입고 얼른 돌려줄 거……. 닥터?"

윤성은 세단의 손에 들려 있던 상자를 멀리 치워 버리고는 그녀의 방에서 코트 하나를 챙겨서는 얼이 빠져 있는 그녀에게 입혔다.

"뭐하는 거예요? 어디 나가요?"

"옷 사러."

"네?"

뜬금없이 무슨 소리야? 옷을 사다니?

"아니, 갑자기 무슨……. 설마 드레스요? 드레스라면 저기 있잖아요. 뭐하러 또 사요? 그리고 저거 그냥 재현이한테 빌린 거라니까요? 내가 저런 걸 언제 또 입는다고!"

하지만 윤성은 버티는 세단의 손목을 단번에 당겼다. 그러곤 굉장히 마음에 안 든다는 표정으로 단호하게 말했다.

"내가 사줄게."

"아니, 그러니까 뭐하러 그런……."

"천 실장이 주는 드레스 네가 입는 거, 싫어."

"네?"

"박 선생은 다른 남자가 주는 선물을 그렇게 덥석덥석 잘 받아?"

세단은 오랜만에 그야말로 박장대소가 터질 것만 같았다. 설마 지금 이 남자, 저런 걸로 질투하는 거야? 진짜로? 단단히 마음에 안 든다는 눈빛과 토라진 듯 굳게 다문 입술까지. 설마가 현실로 나타나자 세단은 저도 모르게 입술을 꽉 깨물었다. 그렇지 않으면 정말로 크게 웃어버릴 것 같아!

'아으! 이 남자, 갑자기 이렇게 귀여워져도 되는 거야? 정말 꽉 깨물어 주고 싶네!'

스스로 내뱉고도 부끄럽고 어이없는 말에 윤성은 더더욱 입을 꽉 다물어 버렸다. 하지만 순간 아주 기분이 울컥한 건 사실이었다.

수술을 마치고 그는 곧장 레지던스로 향했다. 그런데 귓가에 또렷하게 들리는 세단의 목소리에 설마 하고 갔더니 저런 드레스가. 아무리 도움을 주기 위한 거라고 하지만, 다른 남자가 그녀를 생각하며 저런 걸 샀다는 것 자체가 마음에 들지 않았다. 그리고 그걸 그녀가 입는다니……. 역시 생각하면 할수록 불쾌했다.

그렇게 윤성은 세단을 차에 태웠다. 세단은 생각하면 할수록 그가 귀여워서 결국 참고 있던 웃음을 조금 내뱉고 말았다. 그녀의 웃음소리에 그의 입꼬리도 슬쩍 풀어졌다. 웃는 모습의 그녀가 좋았다. 요즘 통 제대로 웃질 못했으니까. 이렇게 조금이라도 웃음을 찾아줄 수 있다면…….

윤성은 그녀의 안전벨트를 꼼꼼히 살펴주고 잠시 가만히 얼굴을 바라보았다. 몰래 피식피식 웃던 세단은 그의 강렬한 눈빛에 웃음기를 꾹 누르고서 어색하게 그를 바라보았다.

'내가 웃어서 기분 나빴나?'

"오늘 밤, 그 자리에서 네가 가장 아름다울 거야."

"……."

"널 최고의 여자로 만들어줄게. 그러니까 절대로 기죽지 말고 당당하게

서 있는 거야."

나름대로의 위로와 위안이 그녀에게 스며들었고, 세단은 씩씩하게 대꾸했다.

"내가 어디 가서 기죽을 사람으로 보여요? 나 빡센 마녀예요. 게다가 혼자가 아니잖아요. 당신이 내 옆에 있을 건데. 그러니까 난 오늘 그 누구보다 빛날 거예요. 다른 여자들의 시기 질투를 너무 받는 거 아닌지 몰라."

세단은 그의 머리카락을 쓸어 올리고서 좀 더 가까이 다가가 그의 눈동자에 가득 담긴 제 모습을 바라보았다.

"언제나 너무 고마워요. 아주 많이많이 사랑해요. 닥터는 정말 내게 너무너무 귀하고 벅찬 사람이에요."

윤성은 그녀의 이마에 가볍게 입을 맞추고 아래로 내려와서는 그녀의 입술까지 뜨겁게 머금었다. 한마디 말보다 더 깊고 진한 그의 사랑이 느껴져 어느새 그녀의 입꼬리가 부드럽게 말리면서 조금 더 깊이 그를 당기고 있었다.

부티크 앞에 멈춰 선 윤성의 표정은 복잡 미묘했다. 그의 팔 한쪽을 꼭 끌어안고 있던 세단은 그가 왜 이러는지 알고서는 슬며시 속삭였다.

"지금이라도 그냥 재현이가 준 거 입을까요?"

"아니, 들어가지."

윤성은 비장한 얼굴로 그녀와 함께 부티크로 향했다. 아마 그의 인생에서 이런 날은 처음이겠지. 여자의 옷을 사주려고 이런 곳에 직접 발걸음을 하다니. 하지만 세단은 이 모든 상황이 그저 즐겁고 두근거리기만 했다.

자동문이 부드럽게 열리고, 점원이 그들에게 다가와 화사한 미소를 띠며 인사말을 건넸다.

"어서 오십시오, 고객님. 어떤 옷을 보여 드릴까요?"

"파티에 입을 드레스를 고르려고 왔습니다. 그녀에게 어울리는 가장 아름다운 옷으로 부탁드립니다."

생각보다 조곤조곤 침착하게 말하는 윤성의 모습에 세단은 새삼 놀랐고, 상대편 점원도 멀끔하고 근사한 얼굴을 흘끔거리며 살짝 붉어진 시선으로 안내했다.

"이리로 오십시오. 때마침 새로 들어온 신상이 있답니다."

간드러지는 점원의 목소리에 윤성은 애써 태연한 척했지만 수술방에 있을 때보다 더 긴장한 상태였다. 차라리 수술방에서 어려운 수술을 하는 게 더 편할 것 같았다.

그들이 도착한 곳에는 다채로운 빛깔의 드레스의 향연이 펼쳐졌다. 세단은 눈을 휘둥그렇게 뜨면서 탄성을 질렀다.

"우와!"

"저런 거 좋아하는 거야?"

"세상에 예쁜 옷 싫어하는 여자가 어디 있어요?"

"고객님, 이리로 와서 일단 마음에 드는 드레스를 골라보세요."

윤성은 어색한 표정으로 머뭇머뭇 서 있었다. 보통 드라마나 영화 속에서 보았던 남자 주인공들의 옷 사주기와는 사뭇 달랐다. 그들은 굉장히 거만하고 익숙한 손짓으로 옷을 골랐지만, 지금 닥터는 여유롭기는커녕 긴장한 기색이 역력해 보였다.

세단은 그 모습이 너무나도 귀여웠다. 천하의 마윤성 교수님이 이런 곳에서 저렇게 약한 모습을 보이다니! 포스만 보면 아주 그냥 이 부티크를 통째로 사버릴 것 같은데 말이지.

세단은 윤성을 배려하는 마음에 살며시 속삭였다.

"여기 앉아 있어요. 드레스는 내가 알아서 적당히 고를게요."

"……그래."

물론 직접 가서 골라주면 좋겠지만, 윤성은 벌써 살짝 지친 듯 근처 의자에 털썩 주저앉고서는 묵직한 숨을 내쉬었다. 정말이지.

'두 번은 못 올 곳이야.'

잠시 후, 드레스룸의 커튼이 사르르 열리면서 아찔한 붉은색 드레스를 입은 그녀가 등장했다. 온몸을 감싸는 실크 소재에 무릎을 살짝 덮는 길이에 등 뒤로는 과감하게 트임을 준 굉장히 관능적인 드레스였다.

"이거 어때요?"

그녀는 수줍게 웃으며 속삭였지만, 윤성의 눈동자엔 차가운 불꽃이 일었다. 그는 자리에서 벌떡 일어나서는 그녀의 어깨를 붙잡고 도로 안으로 밀어 넣었다.

"어, 어, 왜요!"

"다른 거 입어."

"네?"

"다른 거."

어쩐지 살벌한 목소리에 세단은 마른침을 꿀꺽 삼키고서 얼떨결에 고개를 끄덕였다.

"아, 알았어요."

뭐지? 마음에 안 드는 건가? 내가 보기엔 예쁜데…….

이윽고 다시 커튼이 열리고 이번엔 좀 긴 드레스를 입은 세단이 나왔다. 하지만 누드 톤의 색상 때문에 오히려 더 아찔해 보였다.

세단은 긴장된 표정으로 그를 바라보았고, 그는 두 번 볼 것도 없다는 듯 짧게 외쳤다.

"패스."

"응?"

"패스!"

그 뒤로도 모든 드레스가 퇴짜를 맞았다. 속이 다 비치는 시스루라던가, 옆 라인이 지나치게 파인 옷이라던가, 아니면 어깨가 다 드러난 옷이라던가.

결국 윤성도 세단도 모두 지치고 말았다. 씩씩거리며 그녀가 먼저 소리쳤다.

"대체 뭐예요! 그렇게 하나같이 다 나한테 안 어울린단 말이에요? 대체 뭘 입어야 예쁘다고 해줄 건데요?"

"좀 더 얌전한 옷은 없는 거야?"

"하지만 드레스가 전부 다 이런 건데!"

세상에. 그가 이토록 보수적일 줄이야.

하지만 세단의 생각과는 달리 윤성은 지금껏 입고 나온 모든 드레스가 그녀에게 너무 잘 어울린다고 생각했다. 너무 예쁘고 사랑스러워서, 그런 모습을 다른 남자들이 볼 생각을 하니 저도 모르게 분노한 것이다. 그래서 가능하면 노출이 거의 없는 옷으로 고르고 싶었는데…….

결국 점원이 중간에 나와 그의 마음에 들 법한 옷을 찾아 꺼내와 보여주었다.

"손님, 이 드레스는 노출이 거의 없고 천 역시 무난한 소재로, 손님이 원하시는 드레스라 생각합니다."

물론 점원이 보여준 옷도 어깨와 가슴 부분이 시스루 처리가 되어 있었지만, 그나마 무늬가 있어 노출이 덜해 보였다. 그렇게 우여곡절 끝에 드레스와 구두, 그리고 그에 걸맞은 액세서리를 산 윤성은 큰일을 치른 듯 피곤해 보였고, 세단은 오늘 하루 자신을 위해 고생해 준 그에게 살며시 입을 맞추며 속삭였다.

"오늘 너무 고마워요."

"고작 이걸로는 안 되는데."

윤성이 그녀의 허리를 부드럽게 끌어당기며 좀 더 깊숙이 그녀의 입술을 탐하려는 순간, 세단의 눈동자가 다른 쪽으로 향하면서 반짝였다.

"어머."

그녀의 시선 끝에 닿은 것은 너무나도 아름다운 웨딩드레스를 입고 있는 예비 신부의 모습이었다.

"여기서 웨딩드레스도 볼 수 있나 봐요."

웨딩드레스를 입은 신부를 사랑스럽게 바라보는 신랑의 모습도 너무나도 좋아 보였다.

세단은 조금 부러운 시선으로 그들을 바라보며 그의 어깨에 살며시 머리를 기대었다.

"너무 예쁘죠? 생애 단 한 번, 가장 특별한 순간에 세상에서 가장 아름다운 여자로 만들어주는 옷이에요. 언젠가 닥터가 나한테 꼭 입혀줘야 해요."

윤성은 가만히 고개를 숙여 그녀를 바라보았다. 순간, 제 눈앞에 새하얀 웨딩드레스를 입은 그녀의 모습이 보이는 듯했다. 상상만으로도 너무나도 아름다워서 윤성은 저도 모르게 귓불이 붉어지면서 이내 고개를 휙 돌려 버렸다.

"왜 대답이 없어요!"

세단은 대답을 재촉했지만 윤성은 멀리서 타이밍 좋게 자신을 부르는 직원의 목소리에 얼른 자리를 떠나 버렸다. 세단은 그의 뒷모습에서도 느껴지는 쑥스러운 감정에 피식 웃어버렸다.

"하여간."

그녀는 다시 고개를 돌려 예비 신혼부부를 바라보았다.

언젠가는 자신도 닥터와 저런 모습일 수 있겠지. 그 누구보다 행복한 모습으로, 저렇게 아름답게…….

윤성은 멀리서 세단을 바라보았다. 마음이 울컥하면서 속에서 뜨거운 무언가가 올라오는 느낌이 들었다. 이제는 정말로 그녀와 더 먼 미래를, 행복을 그려볼 수 있게 되었다. 예전엔 감히 상상조차, 생각조차 할 수 없었는데. 아마 세상에서 가장 아름다운 신부가 될 테지. 내, 아내……. 그 벅차고 설레는 단어가 입안에서 맴돌자 심박수가 귓가에 쟁쟁거릴 정도로 빠르게 울렸다.

하지만 한편으론 마음이 무거웠다. 그 행복한 미래를 위해서, 그녀는 너무나도 아픈 현실을 딛고 일어나야 할 테니까.

영감이 말했던 그 3개월의 마지막이 다가오고 있었다. 윤성은 이번 만찬이 끝나면 그녀에게 모든 걸 말할 생각이었다. 앞으로 나아가기 위해선, 과거부터 제대로 보아야만 하니까.

그날 저녁, 세단은 시간에 맞춰서 헤어숍을 나섰다. 그리고 그 앞에 윤성이 그녀를 기다리고 있었다. 서늘한 바람이 불자 윤성은 그녀의 코트 자락을 여며주었다.

드디어 그들은 차를 타고 호텔로 향했다. 세단은 긴장감을 감출 수가 없었다. 입안이 마르고 손끝이 아릿하게 아파왔다. 윤성은 그런 그녀의 상태를 느끼면서 마침내 호텔 앞에 차를 세웠다.

"하아. 너무 떨리네요."

윤성은 그녀에게 손을 내밀었고, 그녀는 그 손을 가만히 움켜쥐었다. 뜨겁고 다정한 체온이 그녀의 안으로 빠르게 파고들었다. 마치 몸속에 활화산을 품은 것처럼, 금방이라도 터질 듯 열기가 이글거렸다. 어둠 속에서 그의 회색빛 눈동자가 그녀를 이끌었다.

"난 너의 모든 걸 느낄 수 있다는 거 알지? 항상 기억해. 네 옆에 내가 있다는 거. 내가 널 지켜줄 거라는 거."

"알아요. 닥터는 내 행운의 아이템이니까."

긴장과 동시에 두려움이 몰려왔지만, 그와 함께 있으니까. 그의 말대로 강해져야 한다. 주눅 들지 말고, 긴장하지 말고.

윤성의 손길이 그녀의 어깨를 타고 내려가며 코트를 움켜쥐고서 살며시 끌어당겼다. 그녀의 입술이 살며시 벌어졌고, 틈으로 달뜬 호흡을 가로지르며 뜨거운 혀끝이 그녀의 안쪽을 더욱 깊숙이 휘저었다. 그녀의 코트 자락이 완전히 벗겨졌다. 너무나도 아름답게 빛나는 모습. 윤성은 그녀의 새하얀 목을 감싸며 더욱 짙은 흔적을 새겼고, 세단은 입술과 입술 사이에서 느껴지는 환희에 몸을 떨며 애써 숨을 가다듬었다.

"그럼, 갈까."

"네……."

윤성은 차 문을 열어주었다. 세단은 어느새 긴장이 싹 풀려서는 평소의 모습으로 그가 내민 손을 잡고 걸음을 내디뎠다. 두 사람은 그야말로 완벽한 한 쌍이었다.

평소에도 멋졌지만 지금 윤성은 더더욱 근사했다. 까만 머리카락을 단정하게 올렸고, 블랙 정장 슈트가 그의 단단한 몸 위로 매끄럽게 떨어졌다. 붉은색 행커치프가 강렬하면서도 섹시한 분위기까지 더했다.

그의 에스코트를 받으며 걸어가는 세단은 그의 말처럼 오늘 밤 최고로 아름다웠다. 매번 늘어뜨렸던 머리칼은 단정하게 위로 틀어 올려 가늘고 새하얀 목선을 드러냈고, 몸 전체를 감싸는, 그 바람에 몸매가 그대로 다 드러나는 타이트한 드레스로 인해 아름다운 자태와 은밀하면서도 우아한 미가 두드러졌다.

세단은 윤성의 든든한 손길 아래, 허리를 꼿꼿하게 세우고 당당하게 호텔로 들어섰다.

드디어 만찬이 열리는 날. 하지만 하령의 얼굴은 그야말로 엉망진창이었다. 윤성과 만난 이후, 그녀는 제대로 잠도 이루지 못할 정도로 극심한 불안감과 공포에 사로잡혀 있었다.

며칠 전부터 재현은 갑자기 전화를 받지 않았고, USB는 여전히 마윤성의 손에 있다. CCTV로 협박을 해보려고 해도 그가 어떻게 나올지 모르고, 또한 그가 정말로 USB의 존재를 밝혀 버리면 잃을 게 많은 건 그의 말대로 자신이었다. 그래서 섣불리 움직일 수도 없었다.

'무서워⋯⋯.'

아직까지도 그를 마주했을 때의 그 매섭고 싸늘한 눈빛이 잊히지가 않았다. 심장을 옥죄는 것 같던 목소리 역시. 맹수 앞에 맨몸으로 내던져진 느낌이었다.

하령은 갑작스런 한기에 파르르 떨었다. 어떻게든 그의 입을 막고 USB를 되찾아야 하는데. 마윤성. 대체 그는 그것의 존재를 어떻게 안 거지? 그리고 왜 가져간 거지? 도대체 그는 누구야!

"이제 정말 얼마 남지 않았는데. 이제 조금만, 조금만 더 있으면!"

생각지도 못했던 변수와 방해물에 하령은 미칠 것만 같았다.

최종 투표일이 얼마 남지 않았다. 이제는 영진과 대등하게 겨룰 수 있을 정도로 자신 쪽으로 사람들이 많이 모였다. 여기서 무너질 순 없어, 절대로!

그때 휴대폰이 울렸다. 무척이나 기다리던 벨소리에 하령은 황급히 전화를 받았다.

"여보세요?"

[나야.]

하령은 재현의 목소리를 듣고서야 긴장을 내려놓고 침착하게 숨을 내쉬었다.

"무슨 일 있었어? 왜 그렇게 전화가 안 됐던 거야?"

[미안. 좀 바빴어. 이래저래.]

그러고 보니 어쩐지, 목소리가 퍽 상한 것 같았다.

"목소리가 너무 안 좋아. 그렇게 바빴던 거야? 너무 무리하는 거 아니니?"

[괜찮아. 신경 쓰지 마. 내가 오늘 데리러 가려고 했는데 못 갈 것 같아

서 전화했어. 그냥 호텔 앞에서 만나자.]

"알았어. 그렇게 할게······."

하령은 저도 모르게 휴대폰을 꽉 움켜쥐었다. 뭔가, 느낌이 좋지 않았다.

[그리고 미리 말해둬야 할 것 같아서 그런데······.]

"응?"

[오늘 파티에 세단이가 올 거야. 마 교수님이랑 같이.]

그리고 그 느낌은 결코 빗나가지 않았다. 그것도 하령에게 있어서는 아주 최악의 형태로.

"무, 무슨 말이야, 그게? 그들이 거기 왜 와!"

결국 애써 억누르고 있던 감정이 날카롭게 새어 나오고 말았다. 재현은 침묵했다. 하지만 이미 터진 감정은 주체할 수가 없었다.

"세단이랑 마 교수님이 왜, 대체 왜 오는 거야?"

[······확인할 것이 있어서 불렀어.]

"그게 뭔데?"

[그건 오늘 밤 알게 될 거야. 그런데 백하령, 너 왜 그래?]

하령은 순간 정신을 차리고 억지로 감정을 추스르려고 했지만, 이미 속수무책으로 뒤엉킨 속은 쉽게 정리되지 않았다.

[왜 그렇게 날카로워? 세단이랑 마 교수님 오는 게 널 그렇게 불안하게 만드는 거야?]

"아, 아니야. 난 괜찮아. 그냥, 그냥······."

[내가 더 이상 너한테 실망하는 일, 없기를 바라. 너에 대한 믿음을 더 이상 깨는 일도 없기를 바라. 만약, 네가 조금이라도 이번 일에 관련이 있다면 난 더 이상 너를, 백하령으로 마주 보지 못할 거야.]

그의 차가운 목소리가 귓가에 박히면서 묵직한 통증이 그녀의 심장을 움켜쥐었다. 전화가 끊기고 날카로운 신호음이 울리는 동안 짙고 메마른 호흡이 입가에서 부서져 내렸다. 덩그러니 버려진 그녀의 앞에 재현의 말이 웅웅거렸다.

대체 재현이가 무슨 말을 한 거지? 실망이라니. 믿음이라니. 이번 일이라니…….

설마, 마윤성 그자가 무슨 말을 했나? 세단이가 확인할 거라니, 그것도 그 남자랑 같이. 대체 뭘?

하령은 움켜쥔 휴대폰을 아래로 내렸다. 하얗게 부서진 입술에서 비릿한 피 맛이 느껴졌다. 그녀는 천천히 고개를 돌렸다. 커다란 전신거울 속 자신의 모습이 보였다. 잔뜩 헝클어진 모습. 언제나 빛나고 아름답던 모습은 온데간데없고, 그저 불안감과 초조함에 사로잡혀 한없이 일그러진 추악한 모습이 고스란히 비쳤다.

"하지 마……."

그녀는 휴대폰을 움켜쥔 손에 점점 힘을 주더니, 이내 거울을 향해 그것을 그대로 집어 던져 버렸다.

쾅!

산산조각으로 부서진 거울 파편 아래로 무너져 내리면서 붉게 일그러진 모습이 흩어졌다.

"하지 마, 재현아. 그러지 마……."

머릿속을 맴도는 날카로운 통증.

백하령으로 보지 않겠다는 말. 그런 말…….

"너마저 내가 백하령이 아니라고…… 아니라고 하지 마. 제발, 제발, 제발!"

그 통증은 갈 곳을 잃은 채, 그녀의 안에서 그렇게 소리 없이 서서히 망가지고 있었다.

전화를 끊은 재현은 다소 가라앉은 시선으로 잠시 휴대폰을 바라보았다. 목소리가 이상했다. 전해지는 감정 역시 칼날처럼 날카로웠다. 그런 모습을 보인 적은 거의 없었는데. 요즘 들어 무척이나 불안해 보이더니 대체 뭐 때문에 그러는 거지?

'최종 투표 때문에? 아니면 자신이 사생아라는 트라우마?'

이유가 무엇이든, 약혼 발표 이후부터 그녀는 조금씩 변했다. 당당하고 매사에 자신감이 넘쳤던 백하령은 이제 그 어디에도 보이지 않았다. 재현은 그게 마음이 아팠다.

'설마 이번 일에 하령이까지 연루되어 있진 않겠지.'

솔직히 그 누구도 믿을 수 없는 상황이었지만, 재현은 이번만큼은 아니길 간절히 빌었다.

호텔 연회장에서 열린 만찬 파티는 규모는 작았지만 내로라하는 정재계 인사들도 참석해서 꽤 묵직한 분위기를 풍겼다.

세단과 함께 파티장에 도착한 윤성은 벌써부터 북적거리는 사람들의 모습에 인상을 찡그렸다.

"괜찮아요?"

"좁은 공간에 소리가 너무 많아. 그런데 전부 다 재미없는 말을 하는 사람들뿐이군."

"힘들면 말해요. 잠깐 나가 있어도 돼요."

윤성은 고개를 가로저으며 대신 그녀의 허리를 능숙하게 휘어 감았다. 이런 공간에 한시라도 그녀를 혼자 두고 싶지 않았다. 불쾌한 공기가 가득한 곳이다. 모인 사람들은 한결같이 미소를 짓고 있었지만 그 미소는 모두 거짓일 뿐, 그 누구도 진짜 얼굴을 보이이지 않았다. 마치 가면무도회 같았다.

세단은 많은 사람들 틈에서 재현을 찾기 시작했다. 그런데 그런 그녀를 응시하는 낯선 시선이 있었다. 그는 바로 백 회장이었다. 세단의 얼굴을 잘 알고 있었던 그는 그녀가 이곳에 온 게 의외였다.

'천재현인가……. 그렇다고 해도 여긴 왜 온 거지?'

백 회장은 와인 잔을 만지작거리며 세단을 바라보았다. 처음엔 별로 신경 쓰고 있지 않았는데, 고 과장이 불안해하며 제게 전한 말이 있었다. CS 펠로우 박세단 선생이 의심을 하기 시작했다고. 하필이면 그 환자의 주치의였다고.

과거의 일도 그렇고, 지금의 일도 그렇고, 최근엔 한인우의 일 역시. 어쩐지 원치 않게 계속해서 얽히면서 점점 거슬리는 존재가 되고 있었다.

'역시 그때 치워 버렸어야 했는데. 마음이 약해서는 후원이랍시고 의사로 만들어 옆에 두고 있을 줄 누가 알았겠어.'

백 회장의 시선이 세단의 옆에 있는 남자에게로 향했다. 그가 누군지 알아챈 백 회장의 눈이 가늘게 떨리면서 와인 잔을 움켜쥔 손에 힘이 들어갔다. 이런 식으로 보는 건 처음인데 상당히 분위기가 묘한 남자였다. 멀리서 그저 보기만 하는데도 살벌한 기운이 느껴졌다. 한국대병원 CS에서 천재 외과의로 알려져 있지만, 그가 해외에서 더 유명하다는 걸 그는 알고 있었다.

'마윤성, 이라고 했던가.'

그는 느릿하게 와인을 한 모금 머금고 세단과 윤성의 모습을 빠르게 훑었다. 아무래도 지금은,

'저 여자와 특별한 관계인 것 같은데…….'

입술을 늘어뜨리고서 그는 잔을 든 채 그들이 있는 곳으로 천천히 걸음을 옮겼다.

그의 기척을 느낀 윤성은 저도 모르게 움찔하며 세단을 자신의 뒤로 끌어당겼다.

"닥터?"

이쪽으로 다가오는 남자를 바라보는 윤성의 얼굴이 차게 굳었다. 세단

역시 그의 어깨 너머로 보이는 남자의 모습에 저도 모르게 눈동자가 파르르 떨렸다.

'백건, 회장······.'

세단은 저도 모르게 그의 옷자락을 움켜쥐었다. 결국 이렇게, 만나게 되었다.

"한국대병원 CS 마윤성 부교수님 맞습니까? 그리고 뒤에 계신 아가씨는 박세단 선생 같은데······."

백 회장은 먼저 손을 내밀었다. 윤성은 그 손을 바라보며 잠깐 망설였지만, 괜히 수상한 모습을 보일 필요가 없다고 느끼며 그 손을 마주 잡았다.

"저희를 꽤나 잘 알고 계시는군요, 백 회장님."

"한국대병원과 J그룹은 이제 한 가족이나 다름없지요. 그러니 CS에서 가장 유명한 의사 두 분을 모를 수 없는 일이고 말입니다. 게다가 박 선생에 대해서는 하령이에게 얘기 많이 들었습니다."

윤성과 손을 마주 잡은 백 회장은 저도 모르게 움찔했다. 굉장히 뜨거운 체온은 둘째치고 가까이에서 본 그는 한낱 외과의라고 하기엔 뿜어내는 기백이 굉장히 살벌했다. 특히나 묘한 빛을 품은 회색빛 눈동자는 여러 감정을 품고서 이글거리고 있었다.

세단은 쿵쾅거리는 마음을 가다듬고 엷은 미소를 지으며 윤성의 옆으로 다가서며 인사했다.

"저도 TV에서 자주 뵈었습니다. 처음 뵙겠습니다. 한국대병원 CS 펠로우 박세단이라고 합니다."

그러곤 천천히 고개를 들어 백 회장을 마주했다. 이렇게 직접 만난 적은 처음이었다. 하령이에게 얘기도 몇 번 들어본 적 없었으니까. 그런데 직접 마주한 그는 무척이나 거대한 호랑이 같았다. 입은 웃고 있었지만, 상대방을 꿰뚫어 볼 듯한 날 선 시선이 온몸이 휘감으며 아주 천천히 옥죄는 느낌이 들었다.

'무서운 사람이다.'

세단은 저도 모르게 그의 기에 눌러 자꾸만 떨리는 손끝을 꽉 움켜쥐었다. 윤성은 그녀가 걱정되었지만 섣불리 움직이지는 않았다.

"천 실장의 초대를 받은 것입니까? 그런데 천 실장은 아직 도착하지 않은 것 같군요."

백 회장은 주위를 둘러보았다. 하지만 천재현과 백하령의 모습은 아직 보이지 않았다.

세단은 그를 똑바로 바라보았다. 떨리지만, 무섭지만, 그래도 이건 기회다. 지금 눈앞에 이곳에 온 목적이 있었으니까.

윤성이 채 말릴 새도 없이 그녀가 백 회장을 향해 바싹 마른 입술을 열었다.

"초대를 받은 건 맞지만, 회장님을 한번 만나뵙고 싶어서 이 자리에 왔습니다."

"나를? 영광이군요. 게다가 우연인지는 모르겠지만 나도 박 선생을 한번 만나보고 싶었습니다. 천강진 이사장이 무척이나 신뢰하는 인재라고 하더군요. 이번 의료 관광 사업에 큰 보탬이 될 거라고 말입니다."

백 회장의 눈동자 위로 퍼런 기운이 짧게 스쳤고, 윤성은 그걸 느끼고 세단의 손을 꽉 붙잡았다. 여기서 그만 멈추라는 뜻이었지만 세단은 그의 손을 조심스럽게 밀어냈다.

"시간 되시면 잠시 얘기를 할 수 있을까요?"

"그럴까요?"

그는 윤성에게 다음에 보자는 짧은 인사를 남기곤 먼저 등을 돌렸다. 윤성은 그의 뒷모습을 불쾌하게 노려보면서 세단을 향해 성난 어조로 말했다.

"단둘이서는 절대로 안 돼."

"내가 오늘 파티에 온 목적은 이거예요. 갔다 올게요."

"하지만!"

"무슨 말을 하는지 들으면 되잖아요. 그리고 위험할 것 같으면 닥터가 나 데리고 나와 줘요. 그리고 이런 공식적인 자리에서 그가 대체 뭘 할 수 있겠어요."

"위험한 사람이야. 느낌이 좋지 않아."

사람은 보통 뭔가를 숨기려고 할 때 미묘한 변화가 나타나게 마련이다. 하지만 저 남자는 전혀 그런 기색 없이 철저하게 모든 것을 숨기고 있었다. 감정 변화가 전혀 보이지 않았다.

"나도 알아요. 그러니까 더 조심할게요."

물러나지 않겠다는 세단의 눈빛에 윤성은 묵직한 한숨을 내쉬며 그녀를 한 번 꼭 안아준 뒤 어렵사리 놓아주었다. 점점 멀어지는 그녀의 발소리와 희미해지는 온기에 마음이 불안해졌다. 그래서 그는 더더욱 신경을 바짝 곤두세우고 그녀를 향해 귀 기울였다.

세단은 숨을 억지로 내쉬며 휴대폰을 꽉 움켜쥐었다. 무서웠다. 하지만 호랑이를 잡으려면 호랑이 굴로 들어가야 하는 법.

'정신 똑바로 차리자, 박세단!'

혼자가 아니야. 그가 있잖아. 그가, 함께할 거야.

잠시 후, 장내가 소란스러워지더니 사람들의 시선이 한곳을 향해 집중되었다. 바로 재현과 하령이 함께 도착한 것. 지금 여기서 가장 주목받는 이들이었다. 공식석상에 이렇게 함께 모습을 드러낸 적은 처음이라 두 사람에 대한 사람들의 관심이 어마어마했다. 한국재단의 후계자와 그의 약혼녀이자 이번 의료 관광 사업에서 다크호스로 떠오른 J그룹의 신데렐라, 백하령.

지난번 1차 투표 때만 해도 J그룹의 후계자는 백영진일 거라고 확신했지만, 백하령이 천재현의 약혼녀가 되고, 백 회장이 천재현에게 투표권을 줌으로써 은근히 백하령을 밀어주고 있는 듯한 모양새에 승계 구도는 한 치 앞을 내다볼 수 없게 되어버렸다.

사람들은 점차 그들의 주변으로 몰려와 인사를 겸한 눈도장 찍기에 바빴고, 재현은 익숙지 않은 자리에서 최대한 인내심을 끌어올리며 안면 근육을 왕창 써야만 했다. 하지만 이런 자리에 익숙한 하령이 오늘은 굉장히 불편한 기색으로 주변을 두리번거리고 있었다.

'어디지? 어디 있는 거야!'

재현은 의심스런 눈으로 하령을 살폈다. 역시나 뭔가가 이상하다.

"나 잠시 자리 좀……."

"어, 그래."

재현은 윤성과 세단을 찾기 위해 자리를 비웠고, 하령은 남아 있는 사람들에게 눈웃음으로 인사를 대신하며 백 회장의 비서를 조심스럽게 불러들였다.

"회장님은?"

"잠시 따로 만나실 분이 계시다면서 자리를 비우셨습니다."

"누구?"

"여자분이신데, 이사님 친구분이라고 들었습니다. 한국대병원 의사라고."

순간, 하령의 표정이 창백하게 일그러지면서 애써 웃고 있던 입꼬리가 딱딱하게 굳어졌다.

설마 세단이가 회장님을 만나는 건가? 단둘이? 도대체 왜? 설마, 마 교수한테 다 들어버린 거야? 그래서 이 파티에 온 거야? 재현이가 말한 그 확인해 보겠다는 것이…….

'안 돼. 말하면 안 돼. 회장님께, 말하면 안 돼!'

혹시라도 회장님에게 세단이가 그 일을 알고 있다는 게 밝혀지면, 내가

USB를 잃어버렸다는 것도 알게 될 거다. 그런 치명적인 실수를 들켜 버린다면……

저 멀리 영진의 모습이 보였다. 여전히 그의 주변에는 영향력 있는 사람들이 수없이 몰려 있었다. 한 치 앞도 알 수 없는 상황에서 조금이라도 빈틈을 보인다면, 끝이다.

'내 실수를 회장님께 들켜 버리면, 난 끝이야. 겨우 주신 기회인데, 회장님은 정말로 날 버리실 거야. 버리시고 말 거야!'

백 회장은 텅 빈 호텔 라운지로 들어갔고, 세단은 그의 뒤를 따라 안으로 들어가기 전 휴대폰을 끄는 척하면서 녹음 버튼을 눌렀다.

세단은 백 회장에게서 응급도 조작에 관한 얘기를 끌어낼 참이었다. 대화로 해결할 수 없다면, 약점이라도 쥐어서 협상을 해야 한다. 이들은 잃을 게 많은 사람들이니까. 이렇게라도 해서 자신 쪽으로 유리하게 만들어야 한다.

"앉아요. 차? 아님 와인?"

"아니요. 전 괜찮습니다."

"그래요? 아주 좋은 와인인데."

그는 잔에 와인을 채우고 세단의 맞은편에 자리를 잡았다. 여전히 그의 얼굴은 웃고 있었다. 하지만 세단도 이제는 안다. 저 웃는 얼굴은 그의 본래 모습이 아니라는 걸. 인우도 그랬고, 하령도 마찬가지. 이들은 모두 저렇게 웃는 얼굴로 자신의 본모습을 감춘 채 상대방을 속이며 원하는 것을 가지고 만다.

'휘말리지 말자. 흔들리지 말자. 침착해, 박세단. 일단, 어떻게 얘기를 꺼내야 하지?'

세단은 초조함을 숨긴 채 이들처럼 웃어 보았다. 솔직히 잘 웃고 있는지 모르겠지만. 그런데 의외로 백 회장이 먼저 입을 열었다.

"천 실장과 아주 오랜 친구라고 들었어요. 게다가 실력도 아주 뛰어나고. 천강진 이사장이 아주 예전부터 공을 들였다고 하던데…….”

"그저 많은 은혜를 받았을 뿐입니다."

"은혜라기보다는 정당한 대가가 아니던가요?"

"네?"

"아버님이 한국대병원에서 심장병으로 돌아가셨다던데. 병원 측의 실수가 크다고 들었어요."

"아, 그건…….”

세단은 저도 모르게 흐트러질 뻔했다. 저런 것도 알고 있는 건가? 그럼 나에 대해서 조사를 했다는 건가? 대체 왜?

"그래서 흉부외과의가 된 건가요? 용감하군요. 보통 그런 트라우마가 있으면 피하려고 할 텐데. 그래서 그렇게 용감하고 무모한 건가."

허를 찌르는 목소리가 서서히 그녀에게로 파고들었다. 어느새 무덤덤하게 그녀를 응시하는 그의 입꼬리가 차갑게 올라갔다.

세단은 무의식적으로 가파른 숨을 내쉬었다. 그의 기에 눌려 질식되는 기분이 들었다. 그리고 그 모습을 여유롭게 바라보던 백 회장의 목소리가 다시금 짙게 울렸다.

"고 과장에게 들었어요. 환자의 응급도를 의심했다고."

설마하니 그 일을 먼저 저렇게 입에 담을 줄이야. 그것도 저렇게 아무렇지도 않은 표정으로, 너무나도 뻔뻔하고 태연하게.

세단은 저도 모르게 움켜쥔 손에 힘을 주었다. 이제는 아까처럼 억지로 웃을 수가 없었다.

"의심한 것이 아닙니다. 그저 약간의 의문을…….”

"그게 의심이죠. 아니면 확신인가?"

"……"

"오늘 나를 만나러 온 것도 그것 때문 아닌가요? 고 과장의 환자가 심장을 가로챘다. 응급도 조작을 했다. 그리고 거기에 내가 관여되어 있는 것 같다."

둔탁한 뭔가가 머리를 쾅 때린 기분이 들었다. 숨이 턱까지 차오르는데 차마 삼킬 수도 내뱉을 수도 없었다. 백 회장의 목소리는 높낮이 없이 덤덤했지만, 그 덤덤함 속에 무서운 심연이 자리 잡고 있었다.

그의 약점을 잡기 위해 온 것인데 오히려 자신이 수렁에 빠진 기분이었다.

"박 선생 감이 좋군. 어떻게 알아냈는지는 몰라도…… 그래, 내가 지시한 일이에요."

마치 당연한 일을 했다는 듯이, 대체 그게 무슨 잘못이냐고 말하는 것처럼. 도대체 저 사람은, 저 사람은……

"왜 그랬냐고 묻는다면, 그 심장이 내게 꼭 필요했기 때문이라고 대답하죠. 내게 엄청난 부가가치를 줄 심장이거든."

세단은 도저히 이 남자와 똑바로 마주할 수가 없었다. 부가가치? 사람의 목숨이 달린 일인데, 부가가치라고?

"어떻게, 어떻게 그런 말씀을 하실 수 있습니까. 곧 의료에 관한 사업도 하실 분이 어떻게 사람의 목숨을 가지고!"

"말 잘했군요. 사업. 그래, 의료 사업. 난 사업가입니다. 그것도 박 선생은 상상도 하지 못할 엄청난 돈을 쥐고 흔드는 사업가죠. 그러니까 이득이 되는 쪽을 생각해야죠. 나아가선 그게 환자들을 위한 일입니다. 내가 돈을 많이 벌어야, 그만큼 환자들에게 좋은 환경을 만들어 줄 수 있으니까. 물론 그만큼 환자들은 또다시 내게 막대한 이익을 줄 테지만."

결국 사람 목숨을 가지고 장사를 하겠다는 것이다. 이미 말이 통하지 않는 사람이다. 인우의 말이 맞았다. 이들은 모두 자신이 원하는 것을 위해서라면 소시오패스가 될 수 있는 자들이었다.

세단은 더 이상 이 역겨운 인간과 마주하고 싶지 않았다. 자리에서 벌떡 일어섰지만 백 회장이 먼저 그녀를 붙잡았다.

"내가 이렇게 곧이곧대로 박 선생에게 얘기한 이유는 경고를 하기 위함이야."

그러곤 그녀의 백에서 휴대폰을 꺼내 들었다. 세단은 그를 말릴 수 없었다. 그를 노려보았지만, 백 회장은 태연하게 녹음 파일을 지우고선 휴대폰을 다시 돌려주었다.

"병원은 계급이 살아 숨 쉬는, 결속력이 단단한 조직이지. 그들은 의외로 굉장히 보수적이어서 그 응집력을 잘 깨뜨리려고 하지 않아. 그래서 의료 사고 소송이 승리하기 어려운 거지. 서로가 서로의 잘못을 알면서도 암암리에 감싸주거든. 그것이 그들의 새하얀 권력이지."

"……."

"아마 이 일을 박 선생이 폭로하게 되면 고 과장과 더불어 CS, 나아가 한국대병원 전체가 흔들릴 거야. 내부 고발자가 되면, 박 선생이 과연 제대로 버틸 수 있을까. 아무리 정당한 일을 했다고 하지만, 그 시선이 그렇게 곱지만은 않을 텐데. 고작 환자 한 명 살리겠다고 당신 목숨을 날릴 필요는 없잖아? 박 선생이 무척이나 유능한 의사라는 걸 알아. 천강진 이사장도 굉장히 믿고 있고 말이야. 여러 환자를 살려야지. 아까운 재능이잖아. 안 그래?"

독사의 혀처럼 날카로운 협박은 그녀를 무릎 꿇리려고 하고 있었다. 이쯤에서 적당히 하고 물러나라고.

하지만 세단은 정신을 똑바로 차리고서 이를 악물었다. 그리고 휘늘어진 시선으로 그의 얼굴 하나하나를 똑똑히 기억하고 또 기억했다.

"고작 환자 한 명이라고 말씀하시는 분이 의료 사업을 하신다는 것이 너무나도 안타깝습니다. 전 의사입니다. 한낱. 장사치가 아니죠. 그래서 고작 환자 한 명이라도 어떻게든 살려야겠습니다. 가능성이 있는데, 살릴 수 있는 기회가 있는데, 그것을 눈 뜨고 빼앗기는 일은 절대로 없을 겁니다. 설령 제가 이 의사 가운을 벗게 되는 한이 있더라도, 오히려 당신 같은 사람을 막아야 더 많은 목숨을 살릴 수 있을 것 같으니까요."

더 이상 주눅 들지도, 두렵거나 무섭지도 않았다. 세단은 선전포고하듯 시원스럽게 말을 내뱉고서 그대로 몸을 돌렸다. 당당하게 라운지를 빠져나가려는 순간, 그의 냉랭한 속삭임이 다시금 그녀의 발목을 붙잡았다.

"겁도 없는 게 건방지기까지 하군. 아버지 때문에 더 끈질기게 구는 건가? 역시 화근은 처음부터 잘랐어야 했는데, 천 이사장이 너무 무르게 생각했어."

아까부터 왜 자꾸 저자가 우리 아빠를…….

"깨끗하게 고개만 숙이라고 했지, 같잖은 키다리 아저씨 노릇을 하라고 했던 게 아닌데 말이야."

무슨 말이야, 저게 대체…….

그녀는 움켜쥔 문고리를 놓고 다시 백 회장을 향해 고개를 돌렸다. 그리고 그때, 벌컥 문이 열리면서 윤성이 그녀의 앞에 나타났다.

"닥터?"

"약속대로, 데리러 왔어."

그는 곧장 그녀의 어깨를 잡고 당겼다. 그러곤 백 회장을 향해 짧게 내뱉었다.

"조만간 다시 보게 될 겁니다."

윤성은 세단을 데리고 그곳을 빠져나갔다. 백 회장은 윤성의 짧은 한마디를 되뇌며 비틀린 미소를 지었다.

"마윤성, 마윤성이라. 정말 재미있군. 아주 재미있어."

윤성은 세단의 어깨를 한 손으로 감싸고서 백 회장의 웃음소리가 희미해질 때까지 걸었다. 그러곤 그제야 오롯이 그녀를 볼 수 있었다. 그자가 허튼소리를 하기 전에 데리고 나와서 다행이긴 했지만, 손끝에서 그녀의 불안을 느낄 수가 있었다.

"괜찮아?"

세단은 좀 더 그의 품으로 파고들었다. 따뜻하게 스미는 그의 체온에 조금 기대고 싶었다.

"다, 들었죠?"

"응, 들었어."

"재현이 말이 맞았어요. 말로 어떻게 할 수 있는 사람이 아니에요. 상식이 통하질 않아. 말로는 큰소리 떵떵 쳤지만, 솔직히 모르겠어요. 사실을 밝힐 수나 있을까요. 내가 함부로 움직이지도 못하게 할 것 같은데. 이러다가 너무 늦어버리면……."

윤성은 세단의 어깨를 감싼 손에 힘을 주었다. 어지러운 소리가 사방에서 들려왔다. 백 회장과 비슷한 사람들이 하나같이 똑같은 말들을 속삭이고 있었다.

"일단 여길 나가자."

세단이 힘없이 고개를 끄덕이며 그의 커다란 손을 마주 잡으려는 순간, 윤성이 걸음을 멈추고선 낮게 이를 갈았다.

"닥터?"

그의 눈빛이 매섭게 이글거렸다. 세단은 의아한 얼굴로 고개를 돌렸다. 윤성의 시선 끝에 하령이 서 있었다.

"하령아……."

하령은 윤성과 함께 있는 세단을 향해 성큼성큼 걸음을 내디뎠다. 이제껏 누르고 있던 불안감과 두려움이 치솟기 시작하면서 그녀의 이성을 뒤흔들었다.

윤성은 재빨리 세단의 앞을 가로막았다. 하지만 세단이 그의 뒤에서 나왔다. 이 사실을 그녀도 알고 있는지 궁금했다. 여기까지 관련되어 있는지. 알면서도, 백 회장처럼 그녀도 똑같은 생각을 하고 있는 건지.

하지만 먼저 입을 연 것은 하령이었다.

"너, 어디까지 알고 있는 거야?"

"뭐?"

세단은 그제야 하령이 평소와 다르다는 걸 느낄 수 있었다. 조금의 여유도 보이지 않는 일그러진 표정. 아닌 척하면서도 떨리고 있는 어깨와 자꾸만 윤성을 힐끔거리는 시선까지. 자신이 알던 백하령의 모습이 아니었다.

"회장님이랑 무슨 말 했어? 응? 이 남자가 다 말한 거야? 그래서 회장님한테 제대로 확인하고 있었던 거야? 그런 거냐고!"

"대체 무슨 말을 하는 거야!"

윤성이 세단의 앞을 가로막아 그녀를 보호하면서 하령을 매섭게 노려보았다.

"백하령 씨."

씹어 내뱉듯 살벌하게 울리는 윤성의 어조에 하령은 움찔했지만 물러나지 않았다.

"난 더 이상 당신이 무섭지 않아. 당신이 인간이 아니라고 해도 난 이제 두렵지 않다고!"

하령이 악을 쓰듯 내뱉은 말에 세단은 눈을 크게 떴다.

지금 하령이가 뭐라고 한 거지? 인간이 아니라니. 설마, 닥터의 정체를 들킨 거야? 하지만 어떻게?

"박세단."

하령은 윤성의 어깨 너머로 세단을 노려보았다. 윤성은 지금 그녀가 제정신이 아니라는 걸 느낄 수 있었다. 불안감이 극에 다다른 상태.

윤성은 제가 실수했다는 걸 깨달았다. 약간의 공포심으로 입을 막으려고 했는데, 그게 역효과를 일으킨 모양이었다. 아니, 어쩌면 처음부터 그녀는 서서히 망가지고 있었는지도 모른다. 재현과 세단 사이에 숨겨진 진실을 알고, 그것을 어떻게든 숨기려고 했겠지만, 그때부터 이미 그녀의 마음 깊숙한 곳엔 불안이 똬리를 틀었겠지.

"박세단, 너 정말로. 정말로, 네 아버지 일!"

그리고 그 불안은 이성을 마비시키고, 해서는 안 될 실수와 틈을 낳게 마련이다. 도둑이 제 발 저리듯이.

윤성은 재빨리 세단을 끌어안으며 그녀의 눈과 귀를 막아버렸다. 그러곤 그제야 제 실수를 깨닫고서 바들바들 떠는 하령을 향했다. 그의 목소리는 아주 날카로운 섬광이 되어 마치 방아쇠를 당기듯, 그녀의 뇌리에 아주 깊숙하게 파고들었다.

"지금부터 한 발자국만 더 다가오면, 내가 가만두지 않을 거야."

"……"

"그리고 당신은 오늘 일을, 후회하게 될 거고."

그러곤 그는 순식간에 세단을 안고 사라져 버렸다. 눈 깜짝할 새 그들이 사라진 자리에 그저 바람 소리만이 희미하게 울렸다. 홀로 남겨진 하령은 넋이 나간 듯 허공만 응시하다 이내 스르르 그 자리에 주저앉아 버렸다.

그는 정말 인간이 아니었다. 그리고 그걸 박세단은 알고 있는 거야. 아니, 그보단.

"……몰랐어."

세단이는 모르고 있다.

한순간 판단력이 흐려지고 말았다. 그래, 그 남자가 정말로 세단이를 사랑한다면 쉽게 말할 수 없었겠지. 그랬을 거야. 그런데 누구도 아닌 자신이 그 빌미를 주고 말았다. 그 누구도 아닌.

"내가. 내가. 내가!"

윤성은 세단을 안고 그대로 호텔을 빠져나왔다. 그러곤 인적이 드문 공원에 와서야 그녀를 놓아주었고, 세단은 잠시 멍하게 윤성을 보다 이내 잔뜩 화가 난 표정으로 소리쳤다.

"하령이 앞에서 그런 모습 보이면 어떡해요! 하령이가 의심하잖아요!"

아니, 이미 의심하고 있다. 게다가 분명 우리 아빠 얘기를 하려는 걸 그가 막아 세운 거다. 아까 백 회장과 같이 있을 때도 역시.

백하령도 그렇고, 백 회장도 그렇고. 대체 뭐야. 갑자기 우리 아빠 얘기를 왜…….

"말해봐요. 저번에 하령이와 단둘이 만났던 것도 이거 때문이었어요? 설마 하령이한테 들킨 거예요? 그런 거예요?"

"……."

"하령이도 그렇고 백 회장도 그렇고 자꾸만 우리 아빠를 언급하는데, 닥터는 뭔지 알고 있는 거예요? 그래서 아까도 백 회장이 우리 아빠 얘기 하려고 하니까 날 데리고 나온 거죠? 그렇죠? 나한테 아무것도 숨기지 않기로 했잖아요. 뭐라고 말 좀 해봐요!"

무언가가 자꾸만 울컥울컥 밀려들었다. 머릿속이 불안하게 뒤틀렸다. 게다가 어둠 속에서 말없이 자신을 응시하는 그의 회색빛 눈동자가 떨리는 듯했다. 그 떨림 속에서 전해지는 목소리.

'괜찮겠어? 정말로?'

그러니까 대체 뭔가. 대체 나는 모르고 이들은 알고 있는 그게 뭔데!

윤성은 그녀를 향해 한 걸음 다가섰다. 세단은 그런 그를 물끄러미 바라보았다. 매서운 바람이 스쳤지만, 가만히 당겨 안아주는 그의 품에서 세단은 눈을 감으며 그를 다독이듯 속삭였다.

"나한테, 말해줘요."

"앞으로…… 감당하기 힘들고, 많이 무서울 거야. 네가 믿고 있던 모든 것이 무너질 거야. 아프고 상실감도 느끼겠지. 하지만 이거 하나만큼은 기억해. 언제 어느 때나 내가 네 옆에 있어. 절대로 떠나지 않아. 절대로, 너 혼자 아파하게 하지 않아."

더 이상 그 그녀를 속이며 그녀에게 다가가려는 진실을 가릴 수는 없다.

그 어느 때보다 진지하고 단호한 목소리에 세단은 겁이 났지만, 그래도 제 옆에 있어줄 거라고 깊숙하게 되뇌는 그의 말을 믿었다.

윤성과 세단은 서로를 마주 보았다. 이윽고, 그가 입을 열었다.

"당신 아버지가 돌아가신 진짜 이유를, 말해줄게."

윤성은 세단을 자신의 레지던스로 데려가 문제의 그 USB를 꺼냈다.

세단은 처음엔 윤성이 무슨 말을 하는지 이해할 수 없었다. 아빠가 돌아가신 진짜 이유라니. 아빠가 어떻게 돌아가셨는지는 그 누구보다 세단 자신이 더 잘 알고 있다. 아빠의 마지막 손을 잡은 것도 자신이고, 마지막 가시는 길에 미친 듯이 울었던 것도 자신이다. 그때의 기억이 너무나도 아프고 아파서, 지금도 생각하면 괴로워할 정도로 트라우마로 내려앉았는데. 도대체 무슨 진짜 이유?

그리고 USB의 내용을 들었을 때 세단은 아무 말도 할 수 없었다.

눈앞이 새까맣게 변했다. 혼자 덩그러니 남겨진 기분이 들었다. 역겨운 오물이 머리부터 발끝까지 쏟아져 내리는 끔찍한 느낌에 숨을 쉴 수가 없었다.

"……내가, 뭘 들은 거예요?"

"……."

"내가 지금, 무슨 말을 들은 거지? 그러니까 재현이가 이식받은 심장이, 우리 아빠한테 올 심장이었고. 사실 아빠는 부적합 판정을 받은 게 아니라……."

박은숙 환자처럼, 빼앗기고 만 거다. 우리 아빠는 그들에게…… 목숨을 빼앗겼다.

말문이 턱 막혔다. 온몸이 굳어져서 숨을 내쉬어야 하는데 그것마저도 되지 않는다. 누군가 목을 사정없이 옥죄는 것처럼 눈앞이 하얗게 부서지고, 잔인한 풍경이 파노라마처럼 빠르게 스쳐 지나갔다.

미안하다고 사과하던 이사장님. 차갑게 떨어지던 아빠의 손. 미친 듯이 절규하던 엄마의 얼굴. 사실은 이 모든 게 일어나지 않을 수도 있었던 일. 엄마도 아빠도 모두 잃지 않을 수도 있었는데, 그것도 모르고 나는, 나는 그들에게 진심으로 고맙다고 생각하면서!

"하아, 하아, 하아!"

그녀는 제 목을 붙잡고서 결국 무너져 내리고 말았다. 발작과도 같은 증상이 그녀를 덮쳤다.

"세단아, 세단아, 정신 차려. 숨을 쉬어, 박세단!"

"으으윽! 하아!"

결국 그는 그녀의 턱을 억지로 붙잡고서 깊숙이 숨을 불어넣었다. 차갑게 가라앉은 그녀의 몸을 억지로 일으켜 세우면서, 뜨거운 호흡을 그녀의 입안으로 가득 불어 넣으며 속삭였다.

"차라리 울어. 참지 말고, 삼키지 말고 그냥 울어!"

세단은 눈물을 흘리지 않았다. 울지 않았다. 차라리 울분을 토해내고 소리라도 지르면 나을 텐데. 삭이고 삼키는 바람에 그 속이 새까맣게 타 들어가 끝내는 이렇게 부서지고 있었다.

윤성은 세단을 꽉 끌어안았다. 자신의 존재를 그녀가 느낄 수 있게 했다.

"놓지 마. 네 자신을 놓으면 안 돼. 세단아, 내 목소리 들어. 박세단!"

그는 간절하게 애원했다. 그리고 그 간곡한 부름에 어둠 속으로 가라앉던 그녀의 눈동자가 살아났다. 입술을 한껏 깨문 세단은 울지 않았다. 절대로, 울지 않았다.

"울어, 차라리 제발……."

"울지 않아요. 이건 울 일이 아니야. 화를 내고, 분노하고, 소리쳐야 하는 일이에요."

단단히 울리는 목소리에 윤성은 그녀와 눈을 마주했다. 지금 그녀는 움켜쥐면 스르르 빠져나가는 모래라고 생각했다. 그만큼 불안하고 위태롭다고 생각했다. 믿었던 모든 것이 사실이 아니었고, 그것은 그 누구보다 관계를 중요시하는 그녀에겐 커다란 배신이었다.

"나는 아무것도 모르고 이사장님을 은인이라고 생각하고 있었어요. 지금껏, 지금껏 아무것도 모르고! 그러니까 그냥 울고 있을 수는 없어요. 나 혼자 아프다고 그렇게 주저앉아 있을 수는 없다고요!"

가슴이 미어지고, 숨을 쉴 때마다 폐부 깊숙이 지독한 고통이 느껴졌지만 달래고 아파할 여유가 없었다.

윤성은 허한 숨을 내쉬었다. 자신이 잘못 생각하고 있었다. 그녀는 그렇게 약하지 않는데. 그저 울기만 하면서 무너지지 않을 건데.

"미안해. 좀 더 빨리 말하지 못해서. 너무 미안해……."

세단은 자신을 붙잡은 그의 손을 천천히 더듬었다. 그가 빨리 말하지 못한 이유를 충분히 알고 있다. 전부 자신을 위해서였겠지. 만약 지금 이 순간 정말로 혼자였다면, 그가 없었더라면, 그의 염려대로 정말 버티지 못했을 거다. 정말로 무너졌을지도 모른다. 지금 이렇게 두 다리로 버티고 있을 수 있는 이유는, 이렇게 단단하게 버틸 수 있는 이유는.

'당신이, 있어주기 때문이야……'

세단은 윤성과 함께 거실로 나왔다. 그는 불을 켜려고 했지만 세단은 고개를 가로저었다. 윤성은 잠시 부엌에 간 사이 그녀는 소파에 주저앉아서 눈을 감았다.

머릿속이 여전히 혼란스러웠다. 결국 아빠가 돌아가신 이유엔 백 회장과 이사장이 연루되어 있었다. 재현이를, 살리기 위해서.

재현이의 얼굴이 떠올랐다. 지난번에 생뚱맞게 물었었지. 아버지가 죽고 자신이 살아난 것에 대해서. 그때는 별로 이상하다고 생각하지 않았는데, 지금 생각해 보면 재현의 표정이 너무나도 좋지 않았다. 그렇다면 재현이는…….

'알고 있는 건가? 그런 건가?'

아니, 완전히 다 아는 표정은 아니었어. 어쩌면 이번 일 때문에 의심하기 시작했는지도 몰라. 그리고 백하령은…….

"이것 좀 마셔."

윤성은 그녀에게 따뜻한 물을 건네주었다. 세단은 그것을 조심스럽게 받아 들고서 마른 입술을 억지로 적셨다.

"닥터는 언제부터 안 거예요?"

"의심은 천재현이 심장이식 수술을 받았다는 걸 알았을 때, 그의 심장 검사를 해주면서 그 심장이 어딘지 모르게 낯설지 않다는 느낌을 받았어. 확신은."

"……."

"네가 한인우한테 그런 일을 당한 뒤, 천 이사장과 백 회장의 통화 내용이 이상하다는 걸 알았고, 결정적으론 백하령과 천 이사장의 대화를 들은 후였어. 난 널 죽음으로 이끌 지독한 운명의 사람으로 천재현과 천강진 이사장, 백 회장, 그리고 백하령을 의심했어. 모두 너와 가깝고 깊숙이 얽혀 있는 사람들이니까. 하지만 백하령이 갑자기 돌변한 게 이상했지. 널 갑자기 밀어낸 이유, 천재현과의 갑작스런 약혼 발표, 천 이사장과 계속해서 얽히는 이유까지. 분명 백하령이 뭔가 엄청난 것을 알고 있고, 그걸로 천 이사장과 거래를 하고 있다고 느껴서 그 뒤를 캤어. 그리고 결국……."

"그 USB를 하령이에게서 가져왔군요."

"……그래. 아마도 백 회장이 그걸 백하령에게 넘긴 것 같아. 그 이유는 나도 모르지만."

모든 조각이 맞춰진다. 하령이는 모든 사실을 알고 있었다. 알면서도

모르는 척, 아니, 오히려 자신을 병원에서 쫓아냄으로써 불안감마저 없애
려고 했던 거야.

　그녀는 그 진실을 움켜쥐고, 자신이 원하는 걸 손에 넣으려고 했다. 재
현이와 J그룹까지. 사람의 목숨을 그저 부가가치라고 말하는 사람이나,
그걸 이용해서 자신의 욕심을 채우려는 사람이나, 자신에게 소중한 것만
알고 다른 이의 소중한 것을 무참하게 짓밟고 거짓된 사과로 덮어버리는
사람이나 전부 똑같다. 전부 다 추악하다. 그들을 정말 사람이라고 할 수
있을까.

　믿었던 모든 것이 무너져 버렸다. 이젠 누굴 믿지? 누가 진짜고, 누가
거짓이지? 누가 진짜 옳은 거지? 죽음으로 이끌 지독한 운명이라는 것이
바로 이거였나?

　컵을 움켜쥔 그녀의 손이 다시 떨리기 시작했다. 윤성이 그녀의 옆에 가
만히 앉았고, 세단은 자연스럽게 그의 품에 머리를 기대고서 귓가에 울리
는 그의 진실된 심장 소리만을 들었다.

　그는 아무 말하지 않았지만, 그의 심장이 그가 하고픈 말을 대신해 주
는 것 같았다.

　'혼자 아파하지 마. 지금 넌 그때와 달라. 절대, 혼자가 아니야.'

　그래, 절대로 변하지 않을 하나. 내가 끝까지 믿을 수 있는 단 하나.

　"닥터."

　"응……."

　"고마워요."

　커다랗고 든든하게 마주 잡아주는 이 뜨거운 온기가 있기에 결코 무너
지지 않을 것이다. 반드시 모든 것을 바로잡고 박은숙 환자도, 그리고 아
빠도 더 이상 외롭지 않게. 힘들지 않게.

　'이번엔 지킬 거야, 반드시…….'

이른 아침, 세단은 평소와 똑같이 씻고, 머리를 말리고, 간단히 아침을 먹고, 옷을 차려입고서 거울 앞에 섰다. 평소와 똑같지만 전혀 똑같지 않은 하루가 시작되고 있었다.

어젯밤, 윤성은 계속 옆에 있어주겠다고 했지만 오히려 그녀가 고개를 가로저으며 제집으로 돌아왔다. 잠시 혼자 있고 싶었다. 생각을 정리해야 했고, 앞으로 어떻게 해야 할지도 판단해야 했으니까.

그녀는 생각보단 차분했고, 시간은 똑같이 흘렀다. 세단은 거울 속의 자신의 모습을 바라보다 엷은 미소를 지었다.

"그래, 잘하고 있어, 박세단."

이윽고 그녀는 서랍을 열었다. 거기엔 아빠의 사진이 있었다. 사진 속에서 환하게 웃고 있는 아빠를 바라보다 세단은 눈을 감았다. 가슴께를 송곳으로 찌르는 듯, 찌릿한 통증이 밀려들었다.

세단은 사진을 똑바로 보지 못한 채 스스로에게 되뇌듯 속삭였다.

"지금이라도 바로잡을게요. 너무 늦었지만, 그래도 아빠 앞에 사과하게 만들게요. 아빠를 이렇게 만들고도 아무렇지 않게, 태연하게 웃고 있는 그 사람들, 내가 용서하지 않을 거야. 절대로……."

손끝에서 위태롭게 떨리던 사진을 집어넣고 결국 세단은 고개를 숙였다. 아빠에게 너무나도 미안했다. 지금껏 아무것도 모르고 그들에게 감사하다고, 고맙다고 했다. 그것도 아빠의 영정 사진 앞에서 그런 말을 했던 자신을 아빠는 얼마나 원망했을까. 얼마나 미워했을까. 그래서 그녀는 차마 아빠의 얼굴을, 지금은 똑바로 마주 볼 수가 없었다.

세단은 윤성과 함께 병원으로 갔다. 하지만 곧장 향할 곳은 의국이 아니었다. 엘리베이터 앞에 선 세단의 표정은 덤덤했지만 윤성은 그녀를 걱정하지 않을 수가 없었다. 심장이 불규칙적으로 뛰어오르는 것을 느낄 수 있었다. 윤성은 그런 그녀를 걱정 어린 시선으로 살폈다. 드디어 엘리베이터 문이 열리고, 세단은 잡고 있던 그의 손을 풀었다. 그러자 그의 눈동자가 낮게 흔들렸다.

"닥터는 오지 마요."

"그게 무슨 말이야. 혼자 이사장을 만나겠다는 거야?"

"그래요. 그리고 아무것도 듣지 말아줘요. 그냥 날 믿고 기다려 줘요."

"말도 안 돼. 그럴 수는 없어!"

윤성은 엘리베이터 문을 붙잡고서 사납게 일그러진 얼굴로 고개를 가로저었다. 혼자 보내라고? 게다가 아무것도 듣지 말고 그냥 무기력하게 기다려? 그럴 수는 없다, 절대로!

하지만 세단은 완강하게 그를 밀어냈다.

"부탁이에요. 제발, 그렇게 해줘요."

윤성은 지금 그녀의 눈빛을 보고 싶지 않았다. 목소리도 듣고 싶지 않았다. 결국은 속수무책으로 흔들려 버리니까. 놓아줄 수밖에 없으니까.

"차라리 네가 나한테 매달렸으면 좋겠어. 기댔으면 좋겠다고……."

"거짓말. 지금 내 모습이 더 좋잖아요. 그렇죠?"

그는 어쩔 수 없다는 듯 무거운 숨을 내쉬며 두 손으로 그녀의 얼굴을 감쌌다. 그래, 지금 이 모습이 좋다. 견고한 듯 보이기만 하는 모래성이 아니라 진짜로 견고하고 단단하게 쌓아 올린 성처럼, 그녀는 생각보다 훨씬 더 씩씩하게 현실을 마주했고, 진짜 진실을 끄집어내고 제 손으로 거짓을 무릎 꿇리려 하고 있었다.

"잘하고 와. 빡센 마녀의 깡을 보여주라고."

"걱정 마요. 나 얼굴에 철판 까는 거 엄청 잘해요."

세단은 싱긋 웃어주고는 그의 입술에 가볍게 입을 맞춘 뒤 엘리베이터에 올라탔다. 서서히 닫히는 문 사이로 두 사람은 결코 서로의 시선을 놓아주지 않았다. 마침내 완전히 문이 닫히고, 윤성은 마지막으로 그녀의 속삭임을 들으며 귀를 닫았다.

침묵과 함께 그녀의 소리가 사라지자, 스멀스멀 두려움이 밀려들었다.

하지만 윤성은 그녀처럼 마음을 독하게 먹고 그 자리에 서서 기다리기로 했다. 함께 나아가기로 마음먹은 이상, 더 이상 물러나진 않는다. 또한 피하지도, 숨기지도 않을 것이다. 멈춰 있던 시간은 마침내 돌아가기 시작했다. 빠르게 돌아가는 바늘이 멈춰 서는 미래는 어떨지, 아직은 그 누구도 알 수 없었다.

세단은 이사장실 앞에서 걸음을 멈췄다. 움켜쥔 손끝에 힘이 들어갔다. 이건 절대로 두려운 게 아니다. 치밀어 오르는 분노. 하지만 이 분노조차 그녀는 억누르고서 걸음을 한껏 내디뎠다.

"무슨 일로 오셨습니까?"

비서가 그녀의 앞을 가로막았다. 하지만 세단은 비서를 무시한 채 내디딘 걸음을 멈추지 않았다.

"박 선생님! 이러시면 안 됩니다!"

걸음을 멈추지 않는다. 목적지에 다다를 때까지, 애써 한가득 끌어 모은 용기가 사라지지 않도록!

마침내 세단은 문고리를 잡아 당겼다. 비서는 사색이 되어서는 세단을 잡아 끌었지만 강진이 더 빨랐다.

"괜찮아, 놔둬."

"이사장님."

그의 목소리가 울림과 동시에 문고리를 붙잡은 손이 하얗게 질렸다. 단 한 순간도 흐트러짐 없이 단정한 목소리였다. 아빠의 목숨을 빼앗아갔을 때도, 그러고는 뻔뻔하게 자신의 앞에서 아무렇지도 않게 고개를 숙였던 그때도.

순간 시뻘건 감정이 치밀어 올랐다. 머릿속의 이성이 다 타버릴 만큼, 묵직한 발소리가 타박타박 울리면서 마침내 강진의 목소리가 코앞에서 들려왔다.

"이른 시각에 무슨 일이니?"

세단은 허한 숨을 삼키며 잡고 있던 문고리를 놓았다. 탕 소리와 함께 문이 닫히고, 그녀는 허리를 꼿꼿하게 세우곤 강진을 똑바로 바라보며 굳게 다물었던 입을 벌렸다.

"예전에 제가 이사장님께 말했었죠. 이사장님은 제게 너무 좋으신 분이라고. 그래서 끝까지 믿고 싶다고."

강진은 어쩐지 어딘가 달라진 것 같은 세단의 말에 천천히 고개를 끄덕였다.

"그래, 그랬지. 그래서 나는 너에게 끝까지 좋은 사람으로 남고 싶다고 말했었고."

"네, 그렇게 말씀하셨죠. 하지만 이젠 전부 끝인 것 같아요. 더 이상 이사장님을 믿을 수가 없고, 이사장님은 더 이상 제게 좋은 사람으로 남으실 수 없을 것 같아요."

세단은 품에서 뭔가를 꺼내 들었다. 그러고는 강진에게 건넸다. 그는 여전히 의아한 시선으로 그녀가 준 것을 받아 들었다. 그러던 어느 순간, 그의 눈동자가 딱딱하게 굳어지면서 움켜쥔 종이를 갈기갈기 찢어버렸다.

세단은 그 모습을 무심하게 바라보며 입을 열었다.

"찢어버린다고 없어지는 게 아니에요. 지금껏 그런 식으로 덮으려고 하셨겠지만, 절대로 그런 식으로 없어질 수가 없다고요."

"네, 네가 어떻게…… 어떻게!"

세단이 그에게 건넨 것은 재현의 거짓된 심장 수술 기록 사본이었다. 강진은 두려움이 뒤엉킨 시선으로 세단과 찢어진 종잇조각을 번갈아 바라보았다.

그녀는 강진에게 한 발 다가섰다. 갈가리 찢긴 종잇조각 위에서 피를 토하는 심정으로 외쳤다.

"언제까지, 대체 언제까지 저를 속일 생각이셨어요? 언제까지 저를 기만하면서, 어떻게 이러실 수가 있냐고요! 저는 정말로 이사장님을 믿었어요! 진심으로 믿고 가족이라고도 생각했었다고요! 그래서 제게 재현이한테 가까이 다가가지 말라고 하셨던 거였어요? 저에게 잘해주셨던 것도 결국 당신 죄책감 하나 씻어내고자 그러신 거였어요? 전부 다 당신 편하자고, 당신을 위해서!"

세단이 토해내는 말이 강진의 뇌리를 꿰뚫고서 끔찍한 통증과 함께 휘몰아쳤다. 그는 천천히 고개를 들었다. 떨리는 손으로 그녀를 붙들려고 했지만 세단은 그를 거칠게 밀쳐냈다.

"오지 마세요! 그런 가증스러운 얼굴로 더는 제게 오지 마세요!"

"세단아……."

"그렇게 부르지도 마세요!"

"……."

"그냥 정확히 말해주세요. 더 이상 당신의 그 우습지도 않은 감정놀음 보고 싶지 않으니까! 우리 아빠, 우리 아빠…… 가 왜 돌아가셔야 했는지 이사장님 입으로 진실을 똑바로 말씀해 주세요!"

순간, 텁텁한 바람이 부는 듯했다.

강진은 온몸으로 절규하는 세단을 바라보았다. 어쩐지, 생각보다 무섭지 않았다. 어렴풋이 이런 날이 올 거라고, 완전히 숨길 수는 없을 거라고 생각했던 모양이다. 하지만 스스로 나설 용기는 없었기에, 억지로 끄집어 낸 지금이 오히려 숨기고 있었을 때보다 덜 무서웠다. 그래서 그는 제법 차분하게 가라앉은 얼굴로 그때의 일을 처음으로 자신의 입으로 밝히기 시작했다. 자신도 꽤나 오랫동안 묻어두면서, 애써 잊으려고, 떨치려고 했지만 결국 지금껏 발목을 붙잡고 있던 기억이었다.

몇 년 전, 강진은 재현의 주치의에게 재현의 상태가 더 나빠졌다는 소식을 들었다.

"유전적인 문제이기에 나아질 수 있는 치료 방법이 없습니다. 심장이식뿐입니다."

"하지만!"

"쉽지는 않을 겁니다. 그래도 일단은 기다려 보도록 하지요."

기다려 보자는 말이 더없이 무섭게만 느껴졌다. 재현의 엄마가 쓰러졌을 때도, 그렇게 기다려 보는 말만 믿고 애닳아하다가 모든 걸 잃어버렸었으니까.

집으로 돌아온 강진은 캄캄하고 텅 빈 집이 두려웠다. 아내를 잃고, 재현마저 병원에서 지내는 날이 더 많아지면서 이 집은 항상 이렇게 텅 빈 채로 그를 쓸쓸하게 만들었다.

"어머, 이사장님 오셨네요."

그때, 인기척과 함께 살가운 목소리가 들렸다. 몇 달 전부터 이 집에서 가정부로 일하고 있는, 재현의 친구인 세단의 어머니였다. 그녀 역시 남편이 선천성심장질환으로 심장이식을 기다리며 자신의 병원에서 지내고 있었다.

"일찍 오셨네요. 그런데 오늘은 표정이 좋아 보이십니다."

어쩐지 오늘 그녀의 표정이 밝았다. 물기 서린 눈동자로 그녀는 엷은 미소를 지었다.

"그이가, 기증 대상자로 선정되었어요! 어쩌면 심장이식을 받을 수 있을지도 몰라요!"

"하아, 정말 잘되었습니다. CS에 확인해서 저도 계속 알아보겠습니다."

"감사합니다, 이사장님. 정말로 감사드립니다."

감사하다며 눈물을 글썽이는 그녀에게 잘되었다고 말하면서도 그는 한편으론 마음이 무거웠다. 아주 많이, 부러웠다.

얼마 지나지 않아, 일이 터졌다.

아들이 발작과 함께 쓰러졌다는 소식에 강진은 황급하게 병동으로 달려갔다. 이미 주치의와 간호사들이 재현의 상태를 살피고 있었다.

"재현아!"

"이사장님."

주치의는 강진의 앞을 막아섰다. 강진은 숨을 헐떡이며 주치의 어깨 너머로 축 늘어진 재현을 바라보았다.

"이게 어떻게 된 일입니까!"

"재현이가 조금 달렸습니다."

"예?"

"그렇게 주의를 주었는데도. 그 바람에 심장에 무리가 온 듯합니다. 지금은 좀 괜찮아졌습니다."

그냥 달리기만 했는데도. 남들에겐 그저 너무나도 평범한 행동이 재현에겐 죽음과 직결되었다.

강진은 재현의 손을 마주 잡았다. 차갑고, 작았다. 아직은 너무나도 약하고 어리다. 그는 잔뜩 일그러진 숨을 내쉬며 고개를 숙였다.

남들처럼 건강하게 낳아줬어야 했는데. 남들처럼 뛰고, 걷고, 마음껏 숨 쉴 수 있도록, 그렇게 건강하게 낳아줬어야 했는데. 자신이 가져야 할 병을 이 아이가 가져가고 말았다. 자신이 누리고 있는 이 모든 것들의 대가로 이 아이가 이토록 고통 받고 있었다.

'재현아, 걱정하지 마라. 이 아빠가 널 지켜줄게. 남들처럼 건강하게 살 수 있도록 꼭 널 살려줄게.'

심장이식이 급하다. 하지만 갑자기 어디서 심장이 뚝 떨어지는 것도 아니고…….

그 순간, 결코 떠올려선 안 되는 목소리가 스쳤다.

"그이가, 기증 대상자로 선정되었어요! 어쩌면 심장이식을 받을 수 있을지도 몰라요."

말도 안 되는 일이다. 결코 해서도 안 되는 일. 하지만 뭔가에 홀린 것처럼, 강진은 박일준 환자에게 이식될 심장과 재현의 적합 검사를 비밀리에 진행했다. 그리고 결과, 정말 신의 장난처럼 모든 것이 일치했다. 하필이면 그 심장이, 그 심장이!

흔들리는 강진에게 백 회장은 뭘 망설이냐고 속삭였다. 아무리 그래도 제 자식 살리겠다고 남의 목숨을 그렇게 잃게 할 수는 없었다.

그런데 그는 듣고 말았다. 재현이가, 살고 싶다고 하는 것을.

강진에겐 한 번도 내보인 적 없는 약한 속내를 재현이 세단에게 말하는 것을 듣고 말았다.

"사실 나 조금 무서워. 내일이 오지 않을까 봐. 오늘이 마지막일까 봐. 아빠는 엄마도 잃고, 나도 잃고, 그 큰 집에 혼자 남겨지게 될까 봐 너무 미안해. 지금도 매일 나 때문에 고개 숙이고 계시는데…… 그래서 살고 싶어. 계속 살고 싶어. 살아서 아빠한테, 그리고 너한테도 하고 싶은 말이 너무 많아."

재현이 저런 생각을 하고 있을지는 몰랐다. 어린 아들이 살고 싶다고 하는 말에 강진은 울음을 참을 수가 없었다.

뭘 망설이냐는 백 회장의 말. 살고 싶다는 재현이의 바람.

'살리고 싶어. 우리 재현이. 그래, 우리 재현이!'

강진은 결국 돌이킬 수 없는 길을 가고야 말았다. 해서는 안 될 선택을 하면서까지 재현을 살리고 싶었다.

강진은 백 회장의 지시대로 재현을 다른 병원으로 옮겼다. 응급도를 조작하고, 심장을 빼돌렸다. 백 회장은 재현을 가짜 이름으로 숨긴 뒤, 거짓 서류를 만들어 심장이식 수술을 진행했다. 모든 것이 물 흐르듯 완벽했다. 겉으로는 그렇게 보였다.

"아, 아니요. 그럴 리가 없어요. 갑자기 그럴 리가. 그럴 리가 없어요! 다시 한 번 봐주세요! 선생님, 선생님!"

부적합 판정에 세단의 어머니가 쓰러지고, 결국 박일준 환자가 사망했다. 누군가가 가로챈 행복에 다른 누군가의 모든 것이 무너져 내리고 말았다. 물 흐르듯 완벽한 것이 아니었다. 흐르던 강물의 길을 억지로 틀어막아 돌렸기에, 다른 한쪽의 희생으로 완벽해 보인 것일 뿐.

곡소리가 처절하게 울렸다. 장례식장을 찾은 강진은 자신을 책망하고 탓하는 곡소리에 속이 울렁거렸다. 그러다 정면으로 보이는 영정 사진을 보는 순간 숨이 흐트러졌다.

그가 자신을 노려보는 것 같았다. 감히 여기가 어디라고 찾아왔냐면서 호통을 치는 것 같았다. 강진은 그 자리에 멈춰 선 채 파르르 떨리는 주먹을 억지로 움켜쥐었다. 그리고 미리 준비한 대로 세단의 어머니와 세단을 향해 고개를 숙였다.

"미안하구나. 정말로 미안해. 좀 더 주의를 기울였어야 했는데……."

고개를 숙이고, 눈을 감고, 차마 내뱉지 못할 말을 되뇌었다.

당신에게, 그리고 이들에게 절대로 씻을 수 없는 큰 죄를 지었다는 것은 잘 알고 있습니다. 그래도 재현이, 우리 아들을 살릴 수만 있다면 나는 다시 한 번 같은 선택을 할 것입니다. 더한 악마가 되는 한이 있더라도. 살면서, 살아가면서 갚겠습니다. 갚을 수 없다는 걸 알지만, 그래도 조금이라도 갚아보겠습니다. 죄송합니다, 죄송합니다…….

재현은 심장이식을 받아 살았고, 강진은 모든 일을 묻어버렸다. 처음엔 죄책감에 세단이 얼굴을 보기도 힘들었지만, 차츰 익숙해지면서 스스로도 놀랄 정도로 그녀를 향해 웃을 수 있게 되었다. 그저 재현이 살아서 다행이었고, 세단을 후원하면서 그녀가 의사로 성장해 가는 모습에 이걸로 됐다고 생각했다.

하지만 역시 그건 착각이었다. 너무나도 오만하고 무서운 착각. 절대 잊어선 안 되고 용서받을 수도 없고 없어질 수도 없는 일이었는데…….

강진의 이야기가 끝나고 이사장실은 침묵에 사로잡혔다. 끊어질 듯 위태로운 현 위에 서 있는 것처럼 세단은 가쁜 호흡을 내뱉었다. 자신이 알고 있던, 믿고 있었던 과거가 한 줌의 재가 되어 휘날리고, 그 속에서 끔찍한 진실이 잔재가 되어 발밑으로 떨어졌다.

세단의 눈동자가 크게 흔들렸다. 강진이 그때처럼 자신의 앞에 고개를 숙이고 무릎을 꿇고 있었다.

"미안하다. 그때 한 사과에 절대로 거짓은 없었다. 이건 진심이야. 믿어다오! 물론 절대로 용서받지 못할 일이겠지만."

"알면, 하지 마세요."

세단은 무릎을 꿇은 그를 매몰차게 외면하며 뒷걸음질 쳤다. 지금껏 그가 한 사과는 독이 든 사과였다. 스스로가 편해지고자 한 지독히 이기적이고 잔인한 사과에 아무것도 모르고 우리 엄마도, 아빠도, 그리고 나도!

"전부 잃었어요. 전부를 잃었다고요! 그러니까 사과하지 마세요. 더는 저한테 그런 말도 안 되는 사과하지 마시라고요!"

물러서는 세단을 강진은 굳은 시선으로 응시했다. 그래, 이런 사과가 무슨 소용이 있을까. 철저한 위선일 텐데. 저 아이는 이제껏 아무것도 모른 채 저를 믿고, 거짓으로 만들어진 진실에 눈 멀어 있었다.

"그때도 모자라서 이번에도 똑같은 일을 하고 계시는데, 제게 전혀 미안하지 않으시잖아요. 그때의 일을 전혀 미안하게 생각하지 않으시잖아요!"

이번에도 똑같이? 강진의 눈동자가 파르르 떨렸다.

"너……."

서, 설마.

"백 회장과 만난 거니? 설마 그자가 전부 말해줬어? 절대로 순순히 말하진 않았을 텐데. 네가 그자를 건드린 거냐?"

"네. 정말로 대단하시더군요. 그래도 그분은 위선은 떨지 않았어요. 있는 그대로 악을 보여주시니 저도 있는 힘껏 막아보려고요. 이번만큼은 이 사장님 뜻대로 되지 않을 거예요. 과거의 저처럼, 손 놓고 보고만 있지는 않을 거라고요!"

"안 돼! 세단아, 너만 다친다!"

백 회장을 상대하겠다니, 무모하다. 그냥 다치는 걸로 끝나지 않을 수도 있다. 너무나도 절박한 그녀의 마음은 알지만, 그저 절박하다는 걸로 그를 막을 수는 없어!

하지만 세단은 그의 모든 말을 밀어냈다. 강진은 두 눈 똑바로 뜨고 그녀를 보았다. 가늘게 떨리는 어깨와 억눌린 입술이 하얗게 부서지고 있었다. 모든 믿음이 난도질당한 채, 그녀는 지금 이 자리에 있었다. 정면으로 마주하기 힘들었을 모든 것을 기꺼이 받아들이면서, 그렇게 강하게 버티고 있었다.

갚을 수 없다. 그 어느 것으로도 대신할 수 없다. 그래, 이제 그 죄를 받자. 벌을 받자. 내 모자라고 어리석었던 과거에 대한 형벌을 이젠 받을 때가 되었다. 하지만 딱 한 가지…….

"그래, 사과하지 않으마. 너에게 의미 없는 사과, 그저 내 마음 편하자고 하는 사과일 테니. 네가 원하는 대로 벌을 받으마. 하지만 세단아, 이건 내 잘못이다. 내가 아비로서의 욕심으로 저지른 짓이지, 절대로 재현이 잘못은 아니다!"

강진은 주름진 얼굴 가득 뜨거운 눈물을 흘리며 그녀에게 호소했다.

"그 아인 몰라. 아무것도 몰라. 이건 진짜다! 그러니 제발 재현이에겐 말하지 말아다오. 제발! 이 사실을 알게 되면, 재현이는 견디지 못할 거다. 누구보다 견디지 못할 거야. 죽을지도 모른다. 정말이야! 너도 알잖니, 누구보다 너를 소중하게 여기는 아이인데!"

그는 세단의 손을 덥석 붙잡았다. 호소가 아닌 절규에 가까운 비명이었다. 그리고 그 감정이 너무나도 선명해서 그녀는 차마 그 손을 뿌리칠 수가 없었다.

"재현이에겐 죄가 없어, 아무런 죄가 없다! 내가 너를 재현이에게서 떨어뜨리려고 한 이유에도 나쁜 뜻은 없었다. 부탁이다, 세단아. 제발 재현이 좀 살려다오! 너에게도 재현이는 소중한 친구잖니. 재현이라도 살아서 다행이라고 그렇게 말했었잖니! 그러니까 제발!"

그의 손이 힘없이 바닥으로 떨어졌다. 세단은 어떤 말도 하지 않았다. 솔직히 이곳으로 오는 내내 재현을 어떻게 해야 할지 참 많이 생각했지만 결론을 내릴 수 없었다. 정말 재현은 아무것도 모를 테니까. 혹시라도 사실이 밝혀진다면……

"……영원히 모를 수는 없어요."

침묵 끝에 낮게 떨어지는 말에 강진은 고개를 번쩍 들었다.

"그래도 아직은, 아직은 아니다. 제발, 세단아, 네가 그렇게만 해준다면. 내가…… 내가……."

강진이 속삭이는 소리에 그녀의 눈동자가 어지럽게 흔들렸다.

"두 번 다시 날 믿을 수 없겠지만, 그래도 한 번만 더 믿어다오. 어차피 너는 감당하지 못할 일이야. 그러니까, 부탁한다. 내가 저지른 것들, 내가 다 가지고 가마. 거기에 괜히 네가 휘말려서 다칠 필요는 없어. 이건 진심이다."

거대한 적막이 내려앉은 그곳에서 세단은 강진을 바라보기만 했다.

잠시 후, 세단은 휘청거리는 걸음으로 이사장실을 빠져나왔다. 생각을 정리해야 하는데, 그럴 틈도 없이 누군가가 손목을 거칠게 움켜쥐었다. 서슬 퍼런 음성이 그녀를 흔들었다.

"나 좀 봐."

갑자기 나타난 하령이 손목을 낚아채자 세단은 그녀를 뿌리치려고 했다. 하지만 하령은 그녀를 단단히 붙잡고 비상구 쪽으로 끌고 갔다. 붙잡힌 손목이 시큰해졌고, 이내 하얗게 핏기가 가시자 세단은 그녀를 힘껏 밀어내며 외쳤다.

"이게 뭐하는 짓이야?"

하령은 계단 위아래를 살피며 아무도 없다는 걸 확인한 후에야 세단을 똑바로 바라보았다. 그러고는 너무나도 뻔뻔스럽게 입을 열었다.

"결국 알게 된 거지? 네 표정을 보니 답이 나오는데."

"뭐?"

"그래도 생각보단 잘 버티네. 하지만 재현이는 달라. 알면 절대로 못 버텨. 매 순간, 아니 그 심장이 뛰는 걸 느끼는 순간마다 기억하면서 고통스러워할 거야. 아니, 어쩌면 죽어버릴지도 몰라."

"……."

"그러니까 재현이한테는 말하지 마. 재현이가 원했던 일이 절대로 아니었다는 거, 너도 잘 알잖아!"

너무나도 아무렇지 않게, 너무나도 아무렇지도 않은 표정으로 제 앞에서 재현이만 걱정하며 뻔뻔스럽게 입을 놀리는 하령이 세단은 이젠 치가 떨리다 못해 무섭게까지 느껴졌다.

"네 눈엔, 정말로 내가 아무렇지도 않아 보여? 그래, 재현이 잘못은 아니지. 그럼 나는? 대체 내 잘못은 뭔데? 우리 아빠 잘못은 뭐고, 우리 엄마 잘못은 뭔데!"

다시금 그 시뻘건 감정이 치솟는다. 손이 떨리고, 호흡이 떨렸다.

"거 봐. 알아서 좋을 게 없잖아. 차라리 모르는 편이 나았잖아. 그래서 내가 널 병원에서 내보내려고 했던 거야. 이 더럽고 추악한 판에 말려들지 말라고. 그냥 아무것도 모른 채, 너랑 재현이가 지금처럼 알고 있는 것이 진실이라 여기고 그렇게 맘 편히 살면 되잖아! 그런데 왜 자꾸 들추려고 하는 건데!"

하령은 더 이상 눈에 보이는 것이 없었다. 모든 것이 엉망이 되고 있었으니까.

"어차피 바뀌지도 않을 진실인데, 모르면 끝까지 행복할 수 있었어. 전부 다 알 필요 없다고. 진실의 끝이 전부 행복만은 아니잖아. 그냥 거짓을 믿고 행복해질 수도 있는 거잖아!"

신기루. 그건 허황된 신기루에 불과하다. 세단은 그 신기루에 사로잡혀서 헤어 나오질 못하는 건 하령이라는 생각이 들었다.

백 회장이 하령에게 USB를 주었고, 그녀는 그걸로 이사장과 거래를 하면서 재현과의 약혼과 더불어 의료 관광 사업에 대한 주도권도 쥐려고 했을 것이다. 계속 자신과 재현을 위해서라고 말하고 있지만, 결국엔 자기 자신이 원하는 것을 얻기 위해서 그 진실을 제 손으로만 움켜쥐려고 했던 거다.

비틀린 입술 너머로 냉소가 흘러나왔다.

이들은 왜 이렇게도 자기 자신을 속이려고만 하는 걸까. 숨기고, 속이고, 감추는 것이 너무 익숙하다 보니 어느새 자기 자신마저도 속아 넘어가 버리는 걸까.

"더 이상 너랑 그 어떤 말도 섞고 싶지 않아. 예전에 네가 말했지? 서로 안 봤으면 좋겠다고. 그래, 그러니까 우리 보지 말자. 다시는, 보지 말자."

세단은 그대로 하령에게서 몸을 돌렸다.

"나 실은 아무것도 가지지 못했어. 내 것은 아무것도 없었다고. 내 이름조차 내 마음대로 가질 수가 없었지."

또 무슨 말을 하려는 걸까.

"나, 사실은 사생아야. 신데렐라조차 될 수 없었다고! 내가 노력하면 된다고 생각했는데, 처음부터 안 되는 거였어. 이렇게라도 해야 했어. 내가 나로 살기 위해선 무슨 짓이든 해야 했다고. 하지만 나도 마음이 아팠어. 너한테 미안하기도 해! 너랑 재현이랑 그런 악연이라는 사실에, 나도 그리고 너희들을 위해서 난 최선의 선택을 하려고 했어!"

사생아? 입양된 게 아니라, 백 회장이 밖에서 데려온 아이라고?

하령이가 변한 이유가 이거였나. 백 회장이 그녀에게 USB를 주면서 몰아붙일 수 있었던 이유. 그래서 지금까지 계속 진짜 백하령이 되어야 한다고 이렇게…….

하지만 그건 그저 그녀의 속사정일 뿐이다.

세단은 다시 몸을 돌려 하령의 앞에 섰다. 서로의 시선이 부딪치며 차가운 불꽃을 일으켰다.

"날 위해서였다, 재현이를 위해서였다, 이게 최선의 방법이었다."

"……."

"정말 그렇게 생각하니? 그래, 백 번 양보해서 처음엔 그랬다고 치자. 하지만 지금은? 지금 너에게 그 진실은, 아주 달콤한 기회일 뿐이잖아. 안 그래? 그러니까 제발 날 위한다는 소리 좀 집어치워. 네 죄책감과 욕심을 합리화시키지 마. 나를 위해서가 아니라 널 위해서겠지. 넌 그저 네 불행에 아프다고 소리치면서, 그러니까 이 정도는 괜찮은 거라고 어리광 피우는 거야."

하령의 눈동자가 번뜩였다. 세단은 틈을 주지 않았다.

"네가 사생아인 게 뭐. 그게 뭐! 오히려 잘된 거 아니야? 네 진짜 가족을 찾은 거잖아! 난 다 잃어버린 걸, 넌 다 찾은 거잖아! 대체 왜 이렇게 어린애 같니. 왜 이렇게 네 멋대로야!"

하령은 오기가 치밀어 올랐다. 가족? 진짜 가족을 찾은 거라고? 이게 그렇게 아름다운 동화의 엔딩이면 얼마나 좋을까. 만약 그랬다면 얼마나 좋았을까. 오히려 더 멀어져서, 차마 욕심낼 수도 없을 만큼 멀어져서, 조금이라도 그 진짜에 가까이 다가가기 위해서 이토록 필사적으로 발버둥 치고 있는 건데.

"더 이상 너답지 않게 빙빙 돌지 말고 단도직입적으로 말해봐. 솔직히 넌 나한테 아무것도 미안한 게 없잖아. 안 그래? 용서를 구하지도 않으면서 갚잖게 사과를 이용하지 마. 남의 목숨을 부가가치라고 말하며 협박하는 네 아버지나 남의 피눈물 나는 과거를 그저 기회로 이용하면서 날 위해서였다고 포장하는 너나 정말 똑같다. 똑같이 뻔뻔스러워. 사생아라서 그런 거니? 그 핏줄은 원래 그렇게 지독해?"

하령의 입술이 부드럽게 휘늘어졌다. 하지만 그녀를 바라보는 눈빛은 서릿발보다 더욱 매섭고 날카로웠다.

"그래, 맞아. 난 너한테 하나도 미안하지 않아. 이건 내가 진짜 백하령이 될 수 있는 유일한 기회니까. 비 오던 그날, 너랑 더 이상 친구 하지 않겠다고 돌아선 그 순간부터 난 아무것도 후회하지 않기로 했어. 모든 걸 버리고, 모든 걸 걸었으니까."

"그래서 재현이를 좋아한다는 그 마음. 어느새 그 마음도 이용하기 시작한 거니?"

세단의 입에서 나온 재현의 이름에 안색이 변한 하령이 순식간에 그녀의 멱살을 붙잡고 벽으로 밀어붙였다.

"네, 네가 감히. 감히!"

모든 걸 버린 자신이지만, 마지막까지 지키고 있는 그 마음, 마지막까지 지키고 싶은 그 마음, 제게 남아 있는 유일한 진심까지 왜곡당할 수는 없다. 그 마음만큼은, 건드리지 말란 말이야!

"그게 아니라면, 정말로 재현이를 좋아하는 마음만큼은 진심이라면, 제발 지금이라도 좀 멈춰. 과거에 있었던 끔찍한 일을 반복하지 마. 재현이에게 끝까지 숨길 수는 없겠지만 가장 최악의 방법으로 밝혀지진 않아야 하잖아."

하령은 세단의 옷깃을 움켜쥐며 한 글자, 한 글자를 씹어 내뱉듯 말했다.

"잘난 척하지 마. 네가 이겼다고 착각하지도 마. 마윤성, 그 남자! 인간이 아닌 거 알아. 그 증거도 가지고 있어. 네가 사랑하는 그 남자, 다치게 하고 싶지 않으면 그 입 다무는 게 좋을 거야. 네가 계속 날 벼랑으로 밀겠다면, 그래, 좋아. 난 너랑 같이 떨어질 거야. 절대로 혼자 떨어지지 않을 거란 말이야!"

하령의 눈동자가 살벌하게 이글거렸다. 이미 그 안에서 세단을 몇 번이고 갈기갈기 찢어 죽이고 있었다.

세단은 하령의 손목을 덥석 붙잡았다. 그리고 오히려 자신 쪽으로 확 끌어당기며 싸늘한 어조로 그녀의 귓가를 후려쳤다.

"그 남자, 건드리지 마. 예전에는 바보처럼 아무것도 모른 채 죄다 잃어버렸어야 했지만, 이젠 아니야. 나에게 소중한 거 누구도 건드리지 못하게 할 거야. 내가 다 지켜낼 거야. 그 벼랑엔, 너 혼자 떨어져."

세단은 하령을 잡고 있던 손을 차갑게 밀어내고 망설임 없이 비상계단을 빠져나갔다.

"아악!"

홀로 남겨진 하령은 분을 참지 못하고 날카로운 비명을 질렀다. 이젠 정말 코앞인데, 손만 뻗으면 닿을 수 있는데! 왜 자꾸, 왜 자꾸 이런 식으로 훼방을 놓는 거지? 어디서부터 잘못된 거야. 대체 어디서부터!

'그 남자 때문이야. 그 남자가 들추지만 않았어도 여기까지 오진 않았어!'

그 남자도, 그리고 세단도. 둘 다 똑같은 말을 한다. 절대로 서로를 건들지 말라고. 건들면, 가만두지 않겠다고. 아주 눈물겹네. 하지만 그렇다면 너희들도 날 건드리지 말았어야지. 서로가 그렇게 소중하다면 끝까지 입 다물고 있었어야지!

"증거만 없애 버리면 돼. 증거만 없으면, 아무도 세단이 말을 믿지 않을 거야. 그래. 투표만 끝내고, 마윤성 교수를 빌미로 쫓아내 버리면 돼. 그러면 돼."

하지만 무슨 수로!

순간, 하령은 백 회장을 떠올렸다. 자신의 실수를 그에게 들킬 수는 없었지만, 더 걷잡을 수 없어지기 전에.

그래. 더는, 방법이 없다.

세단은 엘리베이터 앞까지 걷고 또 걸었다. 하지만 자신이 제대로 걷고 있기는 한 건지, 감각이 느껴지질 않았다. 거의 쓰러지듯 엘리베이터 안으로 몸을 싣고 벽에 몸을 기댄 채 긴 숨을 내쉬었다. 다리는 휘청거리고, 손은 떨리고, 머리는 새하얗게 변해서 생각이란 것을 할 수가 없었다. 애써 끌어 모았던 힘도 전부 빠져 버렸다.

땡 하는 소리와 함께 엘리베이터 문이 열렸다. 세단이 무거운 눈꺼풀을 억지로 올리고 벽에 기댄 몸을 떼어낸 순간, 뜨거운 체온이 밀려들면서 그녀는 다시 엘리베이터 벽에 가볍게 부딪쳤다.

귓가에 크게 울릴 만큼 뜨거운 심장 소리가 코앞에 와 닿았다. 세단은 천천히 고개를 들었다. 너무나도 당연하다는 듯이, 윤성이 그녀의 시선 안에서 엷은 미소를 짓고 있었다.

"괜찮아?"

"닥터……."

기다려 주었구나. 지금까지, 나를. 계속해서, 기다려 주었어.

그녀는 눈물을 머금은 눈으로 환하게 웃으며 그를 와락 끌어안았다. 윤성은 잠시 떠났던 온기가 다시금 제자리로 돌아온 것을 느끼며, 그녀의 입술을 삼켰다.

엘리베이터가 다시 움직이기 시작했고, 세단은 그를 끌어당기며 더욱 깊숙이 그를 느끼려 했다. 윤성 역시 제 몸을 좀 더 그녀 쪽으로 밀어붙이며 한 치의 빈틈도 없이 서로의 몸을 밀착시켰다. 짧고도 길었던 상실감을 털어내려는 듯 두 사람의 호흡은 너무나도 갈급했고, 속삭임은 점점 더 농밀해져 공기가 뜨겁게 달아올랐다.

세단은 제 손을 단단히 붙잡고 있는 그의 손을 마주 잡았다.

이 남자를 만나지 못했다면 지금쯤 자신은 어땠을까.

예전에 그가 말했었다.

"늑대인간에게 각인이란 운명이야. 너와 나는 운명이었던 거야."

하지만 오히려 내가 이 남자에게 각인되어 버린 것 같았다. 아주 오래전부터 이 남자만을 기다렸던 것처럼. 이젠 정말 그가 없는 자신은 상상조차 할 수 없을 만큼.

깊은 키스가 이어지다가 서로의 호흡이 아쉬움을 품고서 멀어졌다. 세단은 오롯이 자신만을 품은 회색빛 눈동자를 바라보며 달콤하게 속삭였다.

"다녀왔어요."

그리고 그제야 그가 그녀를 맞이했다.

"잘, 다녀왔어."

언제나, 곁에 있어주는 그가 있기에. 설사 넘어져도 다시 일어날 수 있도록 잡아주는 그가 있기에. 밀려들었던 두려움이 사라지고 그 자리로 사랑과 믿음이 차오르면서 다시금 굳건해질 수 있었다. 전혀, 두렵지 않았다.

어느새 엘리베이터가 멈췄고, 윤성과 세단은 연구실로 향했다.

세단은 용기를 내서 말했다.

"이제부터 해야 할 일이 있어요. 솔직히 다시는 믿지 않으려고 했지만,

절대로 믿고 싶지 않았지만……."

"……."

"한 번만 더 믿어보려고요."

그리고 그녀는 여기까지 오는 내내 고민했던 일을 그를 보면서 확고하게 결정 내렸다.

확신으로 빛나는 그녀의 눈동자에 윤성은 예전의 그녀로 돌아왔음을 느끼며 함께 고개를 끄덕였다.

"정말, 죄송합니다."

하령은 백 회장 앞에 고개를 숙이며 USB를 빼앗긴 사실을 솔직히 털어놓았다.

백 회장은 입을 굳게 다물고 있었다. 그 침묵이 더욱 무서웠지만 하령은 물러서지 않았다.

"부주의했던 제 실수입니다. 하지만 다시는 실망시켜 드리지 않겠습니다."

"USB를 가져간 게 마윤성, 그자라고?"

"……네."

고개를 들지 않아도 그의 싸늘한 시선을 느낄 수 있었다. 하지만 하령은 마윤성 교수가 인간이 아닌 것 같다는 말은 하지 않았다. 어차피 해봤자 믿지 못할 이야기고, 이런 상황에선 오히려 역효과였다. 게다가 최후의 카드만큼은 제 손에 쥐고 있어야만 했다.

백 회장이 웃었다. 씹어 내뱉듯 비틀린 웃음소리에 하령은 등 뒤로 소름이 돋는 걸 느꼈다.

"그래, 마윤성이라……. 역시 보통 남자가 아니군. 그래서 내 앞에서 그렇게 기고만장하게 다시 보게 될 거라고 했던 건가? 대체 뭘까. 무척이나 궁금해."

"회장님……."

"하지만 그게 뭐든 어차피 내 사람이 되긴 글렀고. 거슬리기 시작했으니 처리해야지. 네 실수를 눈감아주는 건 이번이 마지막이다."

하령은 재빨리 고개를 들었다.

"일단 넌 한국대병원에서 해줘야 할 일이 있다."

"네?"

"천강진 이사장 옆에서 이사장이 결단을 내릴 수 있게 만들어."

"그게 무슨……."

백 회장은 자신과 강 대표 사이에서 합의된, 응급도 조작에 의한 심장 이식에 관해 하령에게 말해주었다. 그 말을 들은 하령의 낯빛이 창백해졌다. 손끝으로 찌릿한 통증이 스몄다. 그도 그럴 것이, 과거의 일을 반복하고 있었으니까. 그래서 아까 세단이도.

설마 재현이가 제게 했던 그 의미심장했던 말과 세단이가 파티에 와서 확인하겠다고 했던 일이, 이 일이었어?

"실수 없이 처리하도록 해."

"하, 하지만 이미 외부에 일이 새어 나가지 않았을까요?"

"누구? 박 선생?"

"알고 계셨습니까?"

"그러니까 더 거슬린다는 거지. 안 그래도 성가신 인물인데, 천 이사장이 너무 오래 끼고 있었어. 이번 일을 계기로 조용히 처리해야지."

"……."

백 회장은 여유롭게 웃으며 그녀의 어깨를 가볍게 움켜쥐었다. 하지만 그녀에겐 숨이 막힐 듯한 위압감이었다.

"그들은 힘이 없어. 설사 모든 걸 알고 있다고 해도 쉽사리 입을 열지 못할 거야. 그래, 어디서 감히 함부로 입을 놀려. 내가 만든 진실만이 진실이다. 그들이 말하는 건 모두 거짓일 뿐이야. 힘 있는 내가, 그렇게 만들 거니까."

섬뜩한 목소리가 메아리가 되어 그녀의 머릿속을 쟁쟁거렸다.

하령이 자리를 비우고, 백 회장은 커다란 의자에 몸을 기대더니 이내 여유로운 손짓으로 번호 하나를 눌렀다. 신호음이 채 한 번 울리기도 전에 남자의 목소리가 들렸고, 백 회장은 느리게 눈을 깜빡이며 짧게 한마디를 내뱉었다.

"간단히 해줘야 할 일이 있어."

그날 저녁, 레지던스에 도착해서 윤성은 그녀의 얼굴을 감싸며 낮게 속삭였다.

"네 말대로라면 당분간은 불안하니까 같이 지내자."

"어차피 옆집인데 그럴 필요 있어요? 닥터가 계속 듣고 있을 거잖아요."

하지만 윤성은 절대 물러서지 않겠다는 듯 단호했다.

"그냥 같이 있어."

듣는 걸로는 부족하다. 그의 시선이 닿는 곳에 그녀가 있어야만 한다. 곧 보름달이 뜬다. 그리고 보름이 지나면 운명의 그날이 찾아온다.

그의 걱정을 알기에 세단은 피식 웃으며 고개를 끄덕였다.

"알겠어요, 같이 있어요."

차에서 내린 두 사람은 함께 올라갔다.

"집에 먹을 거 있죠?"

"간단히 뭐라도 만들 수 있을 거야."

"그럼 오랜만에 실력 발휘 좀 해야겠네요."

어느새 집 앞에 도착한 윤성은 문고리를 잡았다. 하지만 그 순간, 그의 눈빛이 드러나지 않을 만큼 낮게 일렁였다.

"뭐해요? 안 들어가요?"

세단이 옆에 와 서자 윤성은 자연스럽게 그녀를 밀어내면서 말했다.

"일단 집에서 편한 옷으로 갈아입고 와."

"그럴까요?"

"그렇게 해."

세단은 잠시 망설이다 그게 나을 것 같아서 걸음을 돌렸다.

"그럼 조금 있다가 봐요. 부엌 쪽은 건드리지 마요, 내가 맛있는 거 해 줄게요."

"그래."

그렇게 세단은 옆집으로 들어갔고, 그녀가 방으로 들어가는 소리를 확인한 후에야 윤성은 차갑게 얼어붙은 시선으로 문고리를 노려보았다.

그녀의 말을 듣고 어느 정도 예상은 했지만, 이렇게 빨리 움직일 줄이야. 그만큼 저쪽도 급하다는 거겠지.

그는 낮은 숨을 삼킨 채 마침내 안으로 들어갔다. 집 안은 시커먼 어둠이 숨을 죽이고 있었고, 윤성은 한 걸음, 한 걸음 겁 없이 내디디며 눈을 번뜩였다. 순식간에 시야가 어둠을 거둬내면서 사물이 뚜렷하게 보임과 동시에 귓가에도 인기척이 선명하게 들렸다. 이 집에 누군가가 들어왔다. 아마 목적은 하나.

그는 망설임 없이 서재 쪽으로 걸음을 옮겼다. 그리고 굳게 닫혀 있는 문을 열려는 순간, 그의 입꼬리가 싸늘하게 말려 올라가더니 재빨리 몸을 옆으로 피하면서 뒤에서 날아오는 주먹을 단숨에 붙잡았다.

"윽!"

얼마나 세게 움켜쥐었는지, 붙잡힌 인영이 짧은 신음을 내뱉었다. 어떻게든 빠져나가려는 그를 윤성은 손아귀에 더욱더 힘을 가하며 단숨에 끌어당겼다.

"하아, 하아, 하아!"

어둠에 일그러져 섬뜩함이 감도는 시선이 무심하게 뚝 떨어졌다. 이내 냉기를 가르며 그가 낮게 읊조렸다.

"아주, 많이, 안달이 난 모양이야. 생각보다 더 빠르게 움직이는군. 그래서, 원하는 건 손에 넣었나? 응?"

7. 전부, 쏟아지다

윤성은 그를 붙잡고 서재 쪽으로 귀를 열었다. 한 놈이 아니다. 서재에도 기척이 느껴졌다. 목적은 역시나 USB. 하지만 먼저 이 녀석부터 처리하자. 원하는 걸 얻은 것 같지만, 쉽게 보내주면 의심할 테니까. 그래도 시간이 없다. 곧 그녀가 다시 올 테니.

"대충 저항하는 척은 해야겠지?"

윤성에게 붙잡힌 사람은 자신도 모르게 몸을 떨었다. 이런 일을 한두 번 해본 건 아니지만, 이렇게 습격을 받고도 태연한 자는 처음이었다. 게다가 온몸을 압도하는 이 기운. 특히나 어둠 속에서 번뜩이는 눈동자는 흡사 맹수를 보는 듯 섬뜩했다.

대체 이자는 누구지? 그냥 외과의라고만 들었는데! 자신들이 이곳에 온 목적을 미리 알고 있는 듯한 느낌이었다. 그래도, 정체를 들켜서는 안 돼!

그는 윤성에게서 빠져나가려고 안간힘을 쓰며 고통에 일그러진 목소리로 외쳤다.

"이대로 함부로 날뛰면, 여자가 무사하지 못할…… 윽!"

하지만 말을 채 맺기도 전에 윤성이 그의 멱살을 들어 올리며 그대로 바닥으로 쿵 내리찍었다.

"아악!"

비명 소리가 날카롭게 울렸지만, 윤성은 냉담한 표정으로 차갑게 내뱉었다.

"지금, 그게, 무슨 말이야."

"으으윽!"

하지만 말도 제대로 잇지 못하자 윤성은 신경질을 내며 세단의 소리에 바짝 집중했다. 설마 그녀의 집에도 녀석들이 간 건가? 하지만 그럴 리가 없는데. 그녀의 집에선 아무런 소리도 들리지 않았는데!

그때 현관문이 열리는 소리와 함께 세단의 가쁜 숨소리가 들렸다. 윤성은 재빨리 고개를 돌렸다. 그 시선 끝으로 다른 녀석이 한 손에 칼을 든 채 그녀를 제압하고 있었다.

"가만히 있어! 움직이면 이 여자가 어떻게 될지 몰라!"

여전히 주변은 어두웠고, 윤성은 녀석에게 잡혀 있는 그녀를 바라보았다. 세단은 침착하게 그에게 눈빛을 보냈다.

'난 괜찮아요.'

하지만 이쪽이 괜찮지 않다. 이런 실수를 하다니. 어째서 인기척을 잡아내지 못한 거지? 분명 서재 쪽 녀석과 연락하고 있었을 텐데. 왜 그걸 잡아내지 못한 거야!

순간, 그의 눈빛이 가볍게 떨렸다.

'내가 정말, 듣지 못한 건가? 대체 왜?'

서재 쪽에서 문 열리는 소리가 들렸다. 뒤에서 조심스럽게 다가오는 인기척에 윤성은 차가운 숨을 내쉬며 날아오는 주먹을 가볍게 막아내고선 그대로 녀석을 날려 버렸다.

쾅!

세단을 붙잡고 있던 남자는 윤성의 반격에 움찔하고는 칼자루를 더 세게 움켜쥐었다. 윤성은 그녀 쪽을 살피면서 나지막이 속삭였다.

"저항하는 척만 하려고 했더니, 일을 벌이는군."

세단은 자꾸만 자신의 목을 죄어오는 남자의 손아귀에도 아픈 기색은 커녕 신음 소리 하나 내지 않았다. 무서웠지만 꾹 참았다. 괜히 윤성을 자극할 필요는 없었으니까. 게다가 세단은 이들이 누군지 대충은 알고 있었다. 이렇게 빨리 움직일 줄 몰랐을 뿐.

'닥터는 먼저 알고 있었던 거야.'

아까 자신을 먼저 들여보냈을 때 의심을 했어야 했는데…….

윤성은 세단을 잡고 있는 남자를 향해 성큼 걸어왔다. 그러자 겁에 질린 남자가 뒷걸음질을 치며 외쳤다.

"가까이 오지 마!"

"손, 놔."

"오지 말라고 했어!"

"그 손, 놓으라고."

"이 여자 죽는 꼴 보고 싶어!"

남자는 쥐고 있던 칼을 그대로 세단의 목에 겨누었고, 그 순간 윤성은 이성이 완전히 날아갔다. 그가 남자의 뒤쪽으로 움직이려고 할 때, 세단이 재빨리 소리를 질렀다.

"닥터, 뒤!"

쓰러져 있던 남자 한 명이 윤성을 향해 칼을 휘둘렀다. 윤성은 순식간에 피하면서 남자의 멱살을 잡고 그대로 날려 버렸다. 물건이 부서지는 소리와 함께 낮은 신음이 울려 퍼졌고, 눈 깜짝할 새도 없이 윤성은 세단을 잡고 있던 남자의 뒤쪽으로 다가와 칼을 쥐고 있던 손목을 뒤로 꺾어버렸다.

"아악!"

그 틈에 세단이 재빨리 몸을 옆으로 피했고, 윤성은 남자의 팔 하나를 부러뜨릴 기세로 힘을 주며 벽으로 밀쳐 꼼짝도 못 하게 제압했다.

"아아윽!"

"손, 놓으라고 했지."

고통이 뒤엉킨 비명 소리가 귀를 찔렀다. 세단은 바닥에 주저앉은 채로 침입자들을 공격하는 윤성의 움직임을 좇으려고 노력했다.

늑대인간으로 변한 것도 아닌데, 마치 늑대인간으로 변한 것처럼. 그의 기운으로 인해 공기가 뒤틀리며 질식할 듯한 위압감이 느껴졌다.

윤성에게 붙잡힌 남자는 이를 꽉 깨물었다. 머리가 하얗게 변할 정도로 팔목이 화끈거리면서 고통이 이어졌다. 하지만 그보단, 자신을 똑바로 노려보는 그의 눈동자에 등골이 찌릿할 만큼 두려움이 밀려들었다. 마치 사방에 눈이라도 달린 것처럼 판단하고 순간이동을 하는 것처럼 움직였다.

대체 이건 뭐야. 이건!

"괴, 물……."

잔뜩 억눌린 입에서 흘러나온 한마디에 윤성의 입꼬리가 싸늘하게 말려 올라갔다. 그러곤 온몸이 얼어붙을 듯, 냉혹한 목소리가 귓가로 매섭게 파고들며 공포심이 남자를 짓누르기 시작했다.

"그러게 왜 사람 말을 못 알아듣고."

"으으으!"

"어디다, 손을, 대."

붙잡힌 남자에게서 숨넘어갈 듯한 끔찍한 신음이 울렸다.

"그만해요, 닥터. 이 정도면 됐어요."

그대로 손목을 부러뜨릴 것 같던 윤성이 움찔했다. 바로 밑에서 세단이 그의 옷자락을 잡아끈 것이다.

까맣게 타들어가던 그의 이성이 순간 제자리를 찾았다. 하지만 여전히 차갑게 일렁이는 화를 애써 누르며 윤성은 잡고 있던 손을 놓았다. 그러자 남자는 그 자리에 주저앉아 버렸고, 윤성은 그녀에게로 시선을 돌렸다.

어느새 정신을 차린 녀석들이 잠시 그의 눈치를 살피는가 싶더니 이내 주저앉은 남자를 이끌고 집 밖으로 도망쳤고, 윤성은 알면서도 그들을 그냥 풀어줬다. 처음부터 그럴 작정이었으니까. 그들이 먼저 세단을 건들지만 않았어도 이렇게까지 길어지진 않았을 것이다.

세단은 참고 있던 숨을 크게 내쉬었고, 윤성은 그녀의 몸 구석구석을 살폈다. 그의 눈빛이 낮게 흔들리며 한곳에 멈췄다. 칼이 닿았던 목에서 살짝 피가 묻어났다.

세단도 그것을 눈치채고 얼른 손으로 상처를 가리며 엷은 미소를 지었다.

"괜찮아요. 살짝 긁힌 거야."

"역시 팔 하나 정도는 부러뜨렸어야 했어."

"닥터! 그런 말 하면 못써요. 생명을 다루는 의사가."

하지만 윤성은 정말로 마음에 안 든다는 듯 신경질적으로 머리를 쓸어 올렸다.

"이런 위험한 일에 휘말리게 한 게 미치도록 화가 나고 싫어."

"이미 예상한 일이잖아요. 그리고 꽤 잘되고 있는 거고."

윤성은 자신을 빤히 바라보며 웃는 얼굴에 다시금 한숨을 내쉬며 그녀를 감쌌다.

"네가 잘못됐으면, 정말 돌아버렸을 거야. 그러니까 제발 다치지 마. 이제 위험한 일에 나서지도 말고."

"알았어요. 조심할게요."

"……많이 무서웠지?"

가느다랗게 떨리는 그의 목소리.

이중적인 의미였다. 그들에게 붙잡혀서 무서웠지? 그리고 아까 내 모습, 너무 괴물 같아 무서웠지?

그리고 그 의미를 전부 꿰뚫은 세단은 한숨을 내쉬며 손을 뻗어 그의 헝클어진 머리카락을 차분하게 쓸어내렸다. 그는 마치 커다란 개가 된 듯 얌전히 그 손길을 느끼고 있었다.

"구해줄 걸 알았으니까 하나도 안 무서웠어요. 닥터는 나한테 완전 히어로잖아요. 오히려 난 당신이 더 걱정되던데. 손은 괜찮아요? 그렇게 막 집어 던지면 안 아파요?"

"안 아파. 전에도 말했지만, 내가 힘이 좀 세. 아무튼 미안해. 박 선생 집에도 녀석들이 있을 줄 몰랐어."

"그럴 수도 있지, 뭐. 둘 다 안 다쳐서 다행이에요."

그럴 수도 있지가 아니었다. 솔직히 윤성은 지금도 왜 그 기척을 놓친 건지 이해할 수가 없었다. 평소라면 그럴 수도 있겠지만, 자신의 집 안에 누군가 있다는 걸 안 순간 감각을 최대한 예민하게 곤두세우고 있었는데 그녀의 집에 누군가 있다는 것은 완전히 놓치고 있었다.

묘하게 기분이 좋지 않았지만 그는 이내 고개를 가로저으며, 아직도 주저앉아 있는 그녀를 번쩍 안아 들어서 소파에 내려놓았다. 그리고 그제야 불을 켜자 엉망이 된 집 안 꼴이 보였다.

"안 그래도 어지러운 집인데 더 엉망이 됐네요."

"신경 쓰지 마. 익숙해."

그는 연고와 밴드를 가져와서는 조심스럽게 그녀의 목을 살폈다. 서늘한 살결에 뜨거운 체온이 닿아 번지자, 세단은 왠지 모르게 긴장해서 시선을 다른 곳으로 돌렸다.

"USB는요?"

"가져갔어."

"이게 정말 잘하는 일일까요? 믿겠다고 하긴 했지만……."

낮게 가라앉은 그의 회색빛 눈동자가 기묘한 빛을 품고서 번뜩였고, 여전히 가시지 않은 날 선 어조가 새어 나왔다.

"널 이렇게 위험하게 만들었는데, 다시 배신한다면 이번엔 내가 가만 안 둬."

"……."

윤성은 고개를 들었다. 그러곤 살짝 몸을 앞으로 숙여서는 그녀의 상처 위로 입을 맞추었다. 갑작스럽게 와 닿은 뜨겁고 보드라운 느낌에 순간 세단은 몸을 파닥거리며 그의 단단한 어깨를 붙잡았다. 윤성은 한 손으로 그녀의 머리카락을 한껏 움켜쥐며 상처를 뜨거운 숨결로 달래주었다.

"네가 결정한 일이야. 그러니까 믿어봐. 지금은 네 자신을 가장 믿어야 하니까. 그리고 그게 결정적인 단서가 되어준다는 건 확실하기도 하고."

그리고 그는 그녀가 무슨 대답을 하기도 전에 그 대답을 삼켜 버리며 그녀를 조심스럽게 소파로 밀어뜨리고선 연신 자잘한 숨결에 흠뻑 취하게 했다.

세단은 그가 주는 달뜬 유혹에 심장이 빠르게 뛰었다. 가슴께에 뒤엉킨 채 남아 있던 불안감을 전부 그가 가져가는 듯한 기분을 느꼈다.

그녀는 그의 얼굴을 더듬다가 온몸으로 느껴지는 그의 가파른 심박수를 품고 슬며시 그를 밀어냈다.

"닥터, 우리……."

"……."

"청소부터 좀 해요. 그리고 나, 긴장이 풀려서 배도 고픈데……."

윤성은 헝클어진 시선으로 그녀를 내려다보다 피식 웃으며 몸을 일으켜 세웠다. 그가 멀어지고 나서야 세단은 화끈거리는 얼굴을 손으로 가렸다. 예전보다 표현이 적극적이고 마음껏 자신을 사랑해 주는 그가 좋으면서도 부끄러운 건 어쩔 수가 없었다. 게다가 이렇게 훅 다가오는 건 반칙이야!

하지만 자꾸만 입술이 기분 좋게 늘어진다. 이런 상황에서도, 이렇게 힘들고 절박한 상황에서도 그나마 웃을 수 있는 건. 진심으로 이렇게 웃을 수 있는 건…….

'전부 마윤성, 이 사람 덕분이야…….'

하령은 백 회장에게서 연락을 받았다. USB를 되찾았다고. 그 한마디에 이제껏 참고 있던 긴장이 풀린 하령은 저도 모르게 벽에 몸을 기대었다.

[이제 그쪽 일만 제대로 마무리 지어. 투표 날까지 일을 끌고 가지 말고.]

"예, 알겠습니다."

하령은 다시 마음을 단단히 붙잡고 다리에 힘을 주었다. 전화가 끊기고, 하령은 휴대폰을 내려놓으며 퍽퍽한 눈꺼풀을 내렸다. 이제 다시 걸음을 당겨야 한다. 투표가 드디어 코앞으로 다가왔고, 이것만 제대로 마무리 지으면 드디어 원하는 것이 손에 들어온다. 지금까지 미친 듯이 달려왔던 그 모든 일이 마무리되고, 제자리를 찾는 거야.

'그래, 다 잘될 거야. 세단이가 할 수 있는 일은 없어. 아무것도 없다고!'

늦은 밤, 하령은 아직도 불빛이 새어 나오는 이사장실 앞에 서서는 노크를 하고 안으로 들어갔다. 그리고 강진은 하령을 힐긋 보곤 짤막하게 말했다.

"그만 돌아가라."

"……."

"백 회장의 뜻대로 할 테니까."

"그럼…….."

"어차피 투표일이 코앞이고, 이미 한배를 탔는데 이제 와서 내가 반대한다고 달라지겠니? 내가 백 회장에게 따로 연락하마."

하령은 그의 대답에 천천히 고개를 숙였다.

"잘, 부탁드립니다."

그러고는 무거운 걸음으로 등을 보였다. 솔직히 이번 일만큼은 깊게 연루되고 싶지 않았다.

이상하게 세단의 말이 자꾸만 뇌리에 맴돌았다.

"과거의 일을 반복하지 마. 재현이에게 끝까지 숨길 수는 없겠지만, 가장 최악의 방법으로 밝혀지진 않아야 하잖아."

하령의 뒷모습을 보면서 강진은 저도 모르게 내뱉었다.

"넌 지금의 상황에 만족하는 거냐? 정말, 아무것도 후회하지 않을 자신이 있어?"

문고리를 붙잡은 손에 힘을 꽉 주고 하령은 망설임 없이 대답했다.

"예, 만족합니다. 후회는 없어요."

이사장실을 빠져나오며 하령은 꼿꼿하게 허리를 세우고 더욱 힘 있게 걸음을 내디뎠다. 그러고는 스스로에게 되뇌었다.

'이제 와서 후회하면, 정말로 내겐 남은 것이 아무것도 없어. 비참하게 무너진 패배자가 될 뿐이야. 그러니까 멈추면 안 돼. 끝까지, 끝까지 가야 해.'

강진은 하령의 빈자리를 바라보았다. 후회하지 않는다고 대답했지만 그렇게밖에 할 수가 없는 거다. 스스로를 채찍질하면서, 무너지면 끝이라고, 두 번 다시 기회는 없다고. 그렇게 백 회장에게 키워졌으니까. 어쩌면 휘말리지 않아도 되었을 일에 휘말려서, 벼랑 끝까지 몰린 저 아이도 너무나 가엾다.

강진은 심호흡을 하고서 백 회장에게 전화를 걸었다. 신호음이 몇 번 가지도 않았는데 칼 같은 목소리가 곧장 들려왔다.

[무슨 일인가?]

"강은지 환자, 수술 날짜가 정해졌어. 정말로 이번 일까지야."

[하하하하! 그래, 잘 생각했어.]

휴대폰 너머로 백 회장의 웃음소리가 호탕하게 울려 퍼졌다. 강진은 휴대폰을 잡은 손에 힘을 주었다.

[투표 때 자네도 올 건가?]

"아니. 재현이도 그날 가지 못할 거야. 투표는 미리 해서 보내도록 하지. 기자들도 전부 온다는데 괜히 피곤한 자리에 끼고 싶지 않아."

[그래? 천 실장도 오지 않는다고? 흠. 그럼 그렇게 해.]

강진은 잠시 뜸을 들이다 낮은 어조로 속삭였다.

"만약 백하령이 총책임자로 결정된다면, 정말로 의료 관광 사업을 줄 생각인가?"

[예전에도 그걸 물었던 것 같은데……. 그래, 난 줄 생각이야. 그 아이 힘으로 가져간 거니 빼앗을 생각은 없어. 그 정도는 줘야 모양새가 좋지 않겠어?]

"그 말은?"

[영진이에게 하는 일종의 경고야. 그 아이는 어릴 적부터 J그룹의 후계 자로 너무나도 당연하다는 듯이 거론되었어. 그 때문에 주변으로 쓸데없는 사람들이 몰렸지. 덕분에 너무 건방지고 겁도 없어졌어. 그런 아이에게 이 자리를 맡겼다가는 J그룹은 망할 거야.]

"……."

[내가 어떻게 키워온 그룹인데. J그룹은 나의 모든 것이야. 내가 온갖 구정물을 다 뒤집어쓰면서 키워온 회사라고! 게다가 J그룹이 거느리고 있는 식솔이 몇 명이며, 그로 인해 먹고사는 이들이 몇 명인데! 영진이는 그

무게를 몰라. 하령이는 그 아이를 긴장하게 할 수 있지. 그저 집안의 수치라고만 생각했던 아이가 제 자리를 노리기 시작하니 얼마나 필사적이겠어. 좋은 경고가 되었다고 생각해.]

"그럼 하령이 그 아이는……."

[하령이에게도 좋은 일이지. 의료 관광 사업을 맡고, 대외적으로 이름을 알리면서 한국재단의 사람이 되면 영진이도 훗날 하령이에게 함부로 손을 대지 못할 테니까.]

그럴싸한 말로 포장하고 있지만, 결국 그는 J그룹을 위해서 백하령을 이용한 거다. 자식들을 장기판의 말처럼 사용하면서, 일부러 벼랑 끝에 세워놓고 저울질을 한 것이나 마찬가지.

"넌 그저 그 아일 이용한 거야. 대체 나중에 그 뒷감당을 어떻게 하려고!"

[내가 신데렐라로 만들어줬으니 그 정도 보답은 해야 하는 거 아닌가? 자네는 사람이 어떻게 그렇게 물러! 그러니까 화근이 될 그 아이도 옆에 두고 있는 게 아니야!]

"자네 편하자고 인형처럼 가둔 아이야. 후에 뒤탈이 없으려고, 그 아이 입을 막으려고, 그 허물을 지우려고! 그런데 그 대가를 왜 그 아이가 치르는 거야. 전부 자네 잘못인데! 말려들지 않을 일에조차 말려들게 하고서는!"

휴대폰 너머로 낮은 숨소리가 울리더니 너무나도 태연한 목소리가 흘러들었다.

[말하지 않았나. 내 잘못조차 내 잘못이 아니라고. 내가 원하는 것이 곧 진실이라고. 그게, 자네와 내가 가진 권력이야.]

강진은 더 이상 어떤 말도 하지 않았다. 그는 떨리는 손으로 얼굴을 감싸며 고개를 숙였다. 어둠이 그의 어깨 위로 내려앉았고, 가냘프게 흐트러지는 호흡 속에 그는 괴로운 어조로 속삭였다.

"자네와 나는 너무 많은 죄를 지었어. 너무나도 많고 무거운 죄를, 아이들이 감당할 수 없는 죄를 물려주고 말았어. 이걸 어떻게 다 갚아야 할지, 대체 어떻게……."

이른 아침, 어젯밤에 그 난리를 겪었지만 세단은 정신을 바짝 차린 채 병원에 출근해서는 곧장 박은숙 환자의 병실로 향했다. 요즘 그녀는 매 시간마다 그녀를 살피고 있었다. 다행히 별다른 발작 없이 잘 견뎌주고 있었지만, 절대로 방심할 수는 없었다.

"하트펑션(심장 기능)이 많이 약해져 있어요. 씨저(발작) 일어나지 않게 잘 살펴야 해요. 혹시라도 이상이 생기면 바로 콜하시고요."

"네, 알겠습니다."

담당 간호사에게 당부를 한 뒤, 세단은 병실을 나가려고 했다. 그런데 힘없이 고개를 숙이고 있던 은숙이 세단의 손목을 붙잡았다.

"어, 어머니……."

"지난번에는 죄송했습니다."

"아니에요. 제가 더 죄송합니다."

은숙은 곤히 자고 있는 언주를 보면서 속삭였다. 뭔가 굳게 결심한 듯, 강인한 눈빛으로 세단을 바라보았다.

"기다리겠습니다."

"네?"

"제가 기다려 볼게요. 절대로 언주 두고 쉽게 죽지 않을 겁니다. 그러니까 선생님도 포기하지 마시고, 제게 꼭 힘이 되어주세요."

세단은 숨을 멈추고 떨리는 주먹을 꽉 움켜쥐었다.

"저 조그만 아이가 뭘 알지도 못할 텐데, 오히려 저보다 강하더라고요. 절 다독여 주면서 참을 수 있다고, 같이 기다리자고 하더군요. 엄마는 얼른 건강해질 거라고, 엄마 손 꼭 잡고 씩씩하게 집에 갈 거라고 하더라고요. 그렇게 엄마랑 오래오래, 살 거라고⋯⋯."

울먹이는 목소리 끝에서 세단은 아빠의 목소리가 들리는 듯했다. 옆에서 지켜보는 사람들보다 더 강하게, 그리고 괜찮다는 듯이 위로해 주던 아빠의 목소리가⋯⋯.

"아빠 얼른 건강해져서, 우리 세단이 넥타이도 손수 매어주고, 결혼할 때 손도 잡아주고, 손녀, 손자 손에 용돈도 쥐어주고 해야지. 아니다. 세단이 아빠 옆에 조금 더 오래 있어. 우리 가족끼리 여행도 많이 못 갔잖아. 많이 놀러 다니고, 아빠랑 많이많이 시간 보내고. 그렇게 있다가 결혼해. 알겠지?"

"그러니까 저 끝까지 포기 안 해요. 우리 언주랑 같이 다시 기다려 볼 거예요. 그러니까 선생님. 잘 부탁드립니다."

은숙은 세단의 손을 잡고 연신 잘 부탁드린다고 고개를 숙였고, 세단은 자꾸만 차오르는 눈물을 꾹 누르며 마주 잡은 손을 꽉 붙잡고 속으로 되뇌었다.

'조금만 기다려 주세요, 어머님. 그렇게 오래 걸리지 않을 거예요. 꼭 다 나아서 언주가 그 소원 다 이룰 수 있도록 할 거예요. 꼭, 그렇게 할 거예요.'

재현은 이른 아침부터 출근 준비를 서둘렀다. 파티 때 세단과 윤성을 제대로 만나지 못하고 연락도 못 한 것이 마음에 걸려서 오늘은 잠깐 얼굴도 보고자 했다. 그리고 아버지, 아니 한국재단의 이사장님과 만나러 나갈 생각이었다.

그렇게 준비를 마친 채 오피스텔을 나가려던 재현은 타이밍 좋게 울리는 초인종 소리에 인터폰을 확인했다.

"백하령?"

대체 이런 시각에 왜…….

재현은 잠시 망설이다 문을 열었다. 하령은 한 손에 죽이 든 쇼핑백을 든 채 서 있었다.

"갑자기 무슨 일이야?"

"벌써 출근하는 거야? 그래도 타이밍 잘 맞혔네. 아침 안 먹었지? 들어가도 될까?"

그는 비켜줄 생각 없이 그녀의 옷차림을 빠르게 훑었다.

"고작 아침 주려고 왔다고?"

"그냥 좀 같이 먹고 싶어서 왔어. 어제 너무 많이 피곤했고, 신경도 많이 썼고, 요 며칠 잠도 제대로 못 자서 밥맛이 없어졌거든. 그래도 뭐라도 좀 먹어야 하잖아. 근데 혼자 먹는 건 싫어서……."

"……들어와."

결국 재현은 하령을 집 안으로 들였다. 서늘한 새벽 공기가 채 가시지 않은 집 안은 온기가 별로 없었다.

그녀는 아직 따뜻한 죽을 얼른 식탁에 펼쳤고, 재현은 그녀에게 차가운 물을 건넸다.

하령은 그에게 숟가락을 쥐어주었다.

"먹어. 너도 통 밥을 못 먹고 있을 것 같은데."

"그걸 네가 어떻게 알아?"

"낯빛이 안 좋아 보여서 그냥 짐작한 거야."

"……."

"우리 둘 다 가진 건 많은데 삼시 세끼 챙겨 먹는 것도 어렵다."

하령은 억지로 죽을 삼켰다. 재현은 그런 그녀의 모습을 보며 역시나 억지로나마 숟가락을 들었다. 절대로 편하지 않은 분위기. 그래도 한때는 친구로서 가끔 술도 마시고 이런저런 얘기도 했었는데, 이젠 한마디 한마디가 조심스럽고 불편하기만 했다.

"요즘 병원에 자주 온다면서? 자꾸 아버지를 만나는 이유가 뭐야?"

"아직은 내가 네 약혼녀라서 그런 거야. 그리고 내일이면 투표잖아? 덕분에 할 말도 있었어."

하령은 고개를 숙인 채 괜히 죽을 먹는 데만 신경 쓰는 척했다. 하지만 그는 결국 숟가락을 내려놓았고, 계속해서 그녀로 인해 뒤엉키고 있는 불안감을 입 밖으로 내뱉었다.

"내가 파티 전에 한 말 기억하지? 빙빙 돌리지 않고 단도직입적으로 묻자. 너도, 연루되어 있니?"

끊임없이 고민하고 또 고민했다. 설마 이번만큼은 아니겠지. 아닐 거야. 그럴 거다. 하지만 도저히 의심을 버릴 수가 없었다.

예전의 백하령이 아니니까. 이젠 자신이 알던 백하령은 없으니까.

그리고 하령은 저도 모르게 숟가락을 쥔 손에 힘을 주었다. 오늘 온 이유도 이것 때문이었다. 아니라고 대답하려고. 세단의 말이 계속 뇌리에 맴도는 것처럼 이것만큼은, 그에게 들키면 안 될 것 같았으니까. 그런데 이어지는 말에 하령은 그 어떤 대답도 할 수가 없었다.

"혹시 과거에도 이런 일이 있었어? 그리고 그때 일을 너도 알고 있는 거야?"

그는 이미 의심이 아닌 확신으로 넘어가고 있었다.

"무슨, 말이야?"

"응급도 조작. 그로 인해 다른 사람의 심장을 빼돌리는 일."

결국 하령은 고개를 들고 재현을 바라보았다. 덤덤함을 가장한 그의 눈동자가 미치도록 흔들리고 있었다.

"재현아……."

"놀라지 않는 거 보니까 역시 너도 알고 있었구나. 이번 한 번이 아니야, 그렇지? 과거에도 있었어. 그런 거지? 맞아?"

매 순간순간 떠오르는 의심. 스스로 지워 버리고 싶은 의심. 악마의 속삭임이 계속됐다. 그냥 모른 척하라고. 아무 확신도 증거도 물증도 없으니, 그냥 그렇게 모른 척하라고.

하령은 자리에서 벌떡 일어나서는 그를 붙잡았다. 고개를 저으며 절박하게 외쳤다.

"응급도 조작은, 그래, 사실이야! 하지만 나도 안 지는 얼마 안 됐어. 이건 진짜야, 믿어줘. 그리고 이번이 처음이야. 예전이라니, 과거라니, 대체 무슨 소리를 하는 거야! 혹시 마윤성, 그 사람이 무슨 이상한 소리 한 거야? 그래?"

마윤성?

생각지도 못했던 이름에 재현은 고개를 들었다. 그리고 지난번 파티에서처럼 불안해하는 하령을 보았다.

"그 사람 말 다 거짓말이야. 믿지 마. 아니, 사람이라고도 할 수 없어. 그자, 괴물이야. 아주 끔찍한 자라고. 내가 알아. 증거도 있어. 얼른 병원에서 내쫓아야 해. 넌 지금 그자한테 속고 있는 거라고!"

그리고 그녀가 횡설수설하며 내뱉은 말들은 더더욱 이해가 되질 않았다.

괴물이라니? 누가? 마윤성, 그 남자가? 갑자기 무슨…….

순간, 재현은 잠시 잊고 있던 기억이 불현듯 떠올랐다.

세단과 함께 있던 묘한 인영. 은빛 머리카락과 낮고 거친 호흡을 떠올리자 소름이 돋았다. 그때, 저도 모르게 내뱉었던 이름이.

'마윤성…….'

"세단이도 다 알고 있어. 둘이 무슨 일을 꾸미는지 몰라. 그러니까 재현아!"

재현은 주머니에 있는 휴대폰을 움켜쥐었다. 그러곤 하령을 밀어냈다.

"급한 전화야. 너도 이만 가줄래?"

"······."

"나중에, 다시 얘기하자."

재현은 자리를 비웠고, 하령은 멀어지는 그의 뒷모습을 불안하게 바라보았다. USB를 되찾기는 했지만, 설마 그사이에 무슨 말을 한 건가. 그렇지 않으면 재현이가 어떻게 의심을 할 수 있어. 어떻게!

차라리 내일 재현이 오지 않았으면······. 투표고 뭐고, 재현이 아주 잠시 멀리 떠났으면······. 일이 다 끝날 때까지, 그때까지.

"······그게 재현이를 위한 일이야."

재현은 곧장 화장실로 들어가 휴대폰을 들어 올렸다. 전화가 왔다고 했지만 휴대폰은 그저 고요했다. 그는 기억 저편으로 잠시 밀어두었던 문자 한 통을 다시 열어보았다.

〈구 건물 B동 창고. 그곳으로 그놈이 갔어.〉

한인우가 세단을 납치했을 때, 그녀가 어디 갇혀 있는지 알려주었던 의문의 문자.

그 뒤로 여러 번 연락을 했었지만 항상 휴대폰은 꺼져 있었다.

재현은 마치 뭔가에 홀린 사람처럼 다시 번호를 눌렀다. 그런데 이번엔 신호가 갔다. 날카로운 신호음이 울리는 길고도 짧은 시간, 그와 동시에 그의 심장도 가파르게 뛰어올랐다.

'누구지? 누구야. 설마, 정말로······.'

그리고 마침내 지직거리는 소리와 함께 휴대폰 너머로 누군가의 목소리가 들렸다. 한 명이 아닌 둘. 전화가 연결되기만 했을 뿐 '여보세요'란 말도 없이 먼 곳에서 이어지는 대화에 재현은 귀를 기울였다. 그리고 재현은, 끔찍한 진실과 마주했다.

연구실에서 컨퍼런스 준비를 하던 윤성은 무심코 휴대폰에 시선이 갔

다. 원래 휴대폰을 사용하는 게 익숙하지 않기도 했고, 한인우 사건 이후
로는 정말 필요할 때를 제외하고는 휴대폰을 꺼놓고 있었다. 어차피 병원
에서 쓰는 휴대폰은 따로 있었으니까.

윤성은 휴대폰을 보다가 이내 전원 버튼을 눌렀다. 그런데 전원을 켜자
마자 진동이 울렸다. 바로 천재현.

너무 급한 나머지 이 번호로 그에게 문자를 보냈었는데. 아직도 찾고
있는 건가? 아니면 이미 자신이라고 의심하고 있는 건가?

어떻게 하지. 이걸, 받아야 하나?

그때, 연구실 문이 벌컥 열리면서 그녀가 들어왔다.

"닥터!"

윤성은 저도 모르게 움찔했다. 이번에도 그녀가 오는 소리를 놓쳤다.
습격자들의 인기척을 놓친 이후로 일부러 감각에 집중하면서 모든 소리를
듣고 있었는데 이번에도 놓쳤다.

'그녀가 오는 소리를 전혀 듣지 못했어.'

사소하게, 하나씩 하나씩, 그렇게 감각이 둔해지고 있었다.

'대체, 왜?'

"닥터?"

그는 일단 불안한 감정을 털어내고 웃었다. 그러곤 손에서 울리는 휴대
폰 진동을 느끼며, 잠시 망설이다 이내 통화 버튼을 누르고서 그대로 내
려놓았다.

"컨퍼런스 준비 끝났어요?"

"응. 10분 뒤에 바로 시작할 거야. 넌 어떻게 됐어?"

"일단 내일 오후에 오프를 내긴 했어요."

"그래, 내일이네."

말은 하지 않아도 걱정이 앞서 보이는 그의 얼굴에 세단은 가까이 다가
가서는 자연스럽게 그의 허리를 끌어안으며 엷은 미소를 지었다.

윤성은 그런 그녀에게 살며시 몸을 기대며 머리카락을 천천히 쓰다듬었다.

"꼭 직접 가야겠어?"

어젯밤부터 지금까지 내내 하고 싶었던 말. 하지만 이미 답은 정해져 있었다.

"꼭, 가야 해요."

자신이 말릴 수 없다는 답 말이다. 내일은 J그룹에서 의료 관광 사업의 총책임자를 뽑는 2차 투표가 열리는 날이다. 공정성과 더불어 홍보를 위해 기자들까지 초청하여 공개투표를 한다고 들었다. 그리고 그곳에 그녀가 간다. 모든 일을 마무리 짓기 위해서.

윤성은 잠시 곁눈질로 통화가 연결된 휴대폰을 보면서 조심스럽게 입을 열었다.

"천 실장은 어쩔 거야?"

세단은 저도 모르게 움찔하며 그의 옷자락을 꽉 움켜쥐었다.

재현이. 그래, 재현이.

재현의 잘못이 아니라는 걸 안다. 그래서 그를 미워하지도, 원망하지도 않았다. 재현이도 자신과 똑같은 입장이니까.

"……일단은 숨길 수 있을 때까지 숨겨야죠. 아빠가 받아야 할 심장이 재현이에게 갔다는 거, 그거 알면 나만큼이나 재현이도 절대 못 견딜 거라는 건 사실이니까. 나조차 재현이가 어떻게 나올지 장담할 수가 없는걸요. 솔직히 정말로 재현이가 견디지 못할까 봐 무서워요. 나처럼 재현이도 믿고 있던 모든 이들에게 속은 거잖아요. 아니, 나보다 더 충격받을 거예요. 모든 것이, 거짓이었는데……."

쿵―

재현의 손에 위태롭게 걸려 있던 휴대폰이 그대로 곤두박질쳤다. 바닥에 부딪친 휴대폰은 둔탁한 소리와 함께 화면이 깨져 버렸다. 그리고 그와 동시에 그의 호흡도 산산조각 나면서 모든 것이 암흑 속으로 꺼져 버렸다.

확신과 물증이 없었던, 악마가 그냥 모른 척하라고 했던 그 의심은 결국······.

'역시, 나였어······. 내가, 세단이 아버지 심장을······ 빼앗은 거였어······.'

모든 공기가 사라지고 몸이 아래로 침잠되는 듯 움직일 수가 없었다. 그저 그토록 찾아 헤매던, 의문으로 가득 찼던, 군데군데 비어 있던 퍼즐 조각들이 완벽하게 맞아떨어진다.

아버지와 백 회장이 나누었던 의문의 대화들. 그 주인공은 나였다. 응급도를 조작해서 심장을 가로챈 이번 일처럼, 과거에는 세단의 아버지 심장을 제게 빼돌린 거다. 생각해 보면 너무 이상했는데. 우연이라기엔 너무나도 순식간에 이루어진 행운이었는데.

그리고 이 모든 사실을, 하령이는 예전부터 알고 있었다.

하령이는 이걸로 아버지와 거래를 하고 있었나? 나와의 약혼, 그리고 의료 관광 사업에서의 든든한 뒷배경까지? 약혼 전날 아버지와 만났던 이유가 이거였어?

애당초 아무것도 모른 채, 아니 혹시 하는 의심을 품고도 외면했던 것도 죄다. 무지도 죄다. 나는 너무나도 큰 죄를 짓고 말았다.

재현은 차가운 욕실 바닥에 주저앉은 채 고개를 숙였다. 서늘한 기운이 시리게 파고들었지만 그보다 더한 싸늘함이 그의 마음을 얼어붙게 만들었다.

재현은 마치 죽은 사람처럼 한동안 그렇게 움직이지 않았다. 지금 이 순간, 몸 안에서 느껴지는 제 심장을, 두근두근 뛰면서 살아 숨 쉬고 있는 이 심장을 갈기갈기 부숴 버리고 싶다는 충동이 일었다.

결국 판도라의 상자가 열리고 말았다.

세단이 컨퍼런스 자료를 확인하는 틈을 타 윤성은 휴대폰을 다시 쥐었다. 하지만 이미 통화는 끊긴 상태였다. 아마도 지금쯤이면 천재현도 모든 사실을 알게 되었겠지. 그녀도, 이사장도 천재현에게 숨기려고 했지만 윤성은 이미 그도 어느 정도 짐작을 하고 있다는 걸 알고 있었다. 분명 백 회장과 천강진 이사장의 대화에서 뭔가 의심할 만한 것을 들은 게 분명했다.

하지만 짐작에서 더는 앞으로 나아갈 수 없었겠지. 그만큼 말도 안 되고 끔찍한 일이니.

그래도 자기 나름대로 발버둥 치고 있다는 걸 느꼈다. 더 알고 싶다는 마음과 이대로 모른 척하라는 마음이 치열하게 싸운 끝에, 결국 나아가기로 마음먹은 거겠지.

그렇다면 이젠 정말 천재현, 그자가 감당해야 할 몫이다. 진실을 알고 앞으로 어떻게 할 것인지도, 그자의 몫이다.

자료를 확인하던 세단은 달력을 확인하고는 윤성에게 말했다.

"닥터는 내일 집에 있어요. 보름이잖아요."

그러고 보니 내일은 보름이었다. 하지만 그렇다고 해도 윤성은 그녀를 혼자 보낼 수 없었다.

윤성이 뭐라 할지 알기에 세단은 고개를 저었다.

"보름이잖아요! 위험한 일은 하지 말아요. 그리고 안 그래도 하령이가 뭔가를 하는 것 같은데, 대체 어쩌다가 들킨 거예요? 하령이가 가지고 있는 증거가 뭐예요?"

하령은 증거가 있다면서 협박을 했다. 그때는 아무렇지 않은 척 그를 건드리지 말라고 경고하긴 했지만, 도대체 그 증거라는 게 뭐야?

윤성은 묵직한 한숨을 내쉬며 어렵사리 입을 열었다.

"아마도 USB 가지고 나올 때 CCTV에 찍힌 것 같아. 그땐 그런 걸 신경 쓸 여유가 없었으니까."

"그럼 진짜 위험하잖아요!"

"걱정 마. 그건 내가 알아서 할게."

"하지만!"

그는 고개를 숙여 그녀와 눈을 마주하고는 불안해하는 그녀를 다독였다. 세단은 직접 닿는 스킨십보다 눈을 마주하고 속삭이는 스킨십에 더 약했다. 첫 만남 때도 그렇고, 지금도 그렇고 그의 회색빛 눈동자가 자신을 빤히 바라보고 있으면, 저 눈빛에 묶여서 헤어날 수가 없었으니까.

"솔직히 난 세상에 내가 늑대인간이라고 알려져도 별로 상관없어. 그런 건 안 무서워. 그래도 넌 날 떠나지 않을 거잖아."

차분하게 울리는 말에 세단은 그를 끌어안은 손에 더욱 힘을 주면서 고개를 끄덕였다.

"그럼 돼. 그럼 된 거야. 난 지금 네가 제일 걱정돼."

"……내가 잘못될까 봐요? 그 예언 때문에?"

"그래. 마음 같아선 내일 같이 가고 싶어. 한시라도 널 내 눈이 닿지 않는 곳에 두고 싶지 않아. 내 손이 닿지 않은 곳에서 네가 잘못될까 봐, 이 손을 다시 잡지 못하게 될까 봐, 그게 제일 무서워."

특히나 자신의 힘이 약해지고 있다는 걸 느낀 지금은 더더욱 그랬다. 레지던스에서 습격자의 인기척을 놓치고, 그 뒤로도 사소하게 여러 번. 통제를 못 할 정도로 힘이 강해져서 곤란했던 적은 있어도, 이렇게 약해진 적은 처음이었다. 그 이유는 알 수 없었지만 하필이면 이런 순간에 자신이 너무 무능력하게 느껴져서, 그녀가 위험한 순간에 눈앞에 있지 못할까 봐, 곁에 있어주지 못한 채 그렇게 잃어버리게 될까 봐 불안했다. 살면서 처음 느끼는 불안감에 윤성은 두 손으로 그녀를 끌어당겨 한 치의 틈도 없이 와락 안았다.

너무 사랑해서. 이젠 정말 서로가 없는 삶은 상상도 할 수 없을 만큼 서로의 심장이 되어버려서. 지독하게 번지는 이 울림을 꼭 움켜쥔 채, 마주 잡은 손끝에 힘을 주고서 사랑이 차오르는 만큼, 그만큼 겁이 나는 거였다.

"걱정 말아요. 아무 일 없어. 날 기다리고 있는 운명이 뭔지는 모르겠지만 내일이면 다 끝나요. 더 이상의 위험은 없을 거예요."

"정말 그럴까?"

지금 품에 있는 이 온기를 놓칠 수도, 잃을 수도 없는데…….

"다 잘될 거예요."

세단은 손끝으로 그의 뺨을 쓸어내리다 이내 두 손으로 그의 얼굴을 감싸며 끌어당겼다. 그를 달래는 입술은 뜨거웠고, 내쉬는 숨결은 너무나도 달아서 윤성은 낮은 신음을 삼키며 더욱 깊고 강하게 그녀를 집어삼켰다.

세단은 그의 목을 끌어안고 온기에 녹아내렸다. 온 마음을 다해서 그를 안심시켰다. 내일 그가 오지 못하게. 혹시라도 그의 정체가 드러나서 괴물이라고 손가락질 받는 모습은 절대로 볼 수 없다.

이제 겨우 이방인에서 벗어나기 시작했는데. 모두와 어울리는 다정한 마음을 되찾기 시작했는데. 다시 외톨이가 되게 할 수는 없다. 이 남자가 나를 지키듯, 나 역시 이 남자를 지킬 거다.

다 같이 이곳에서 끝까지.

'행복해질 거야. 이번엔 꼭, 지키고 말 거야.'

해가 질 무렵, 고요한 저택가로 부드럽게 들어선 자동차에서 재현이 내렸다. 그는 알 수 없는 표정으로 거대한 저택 앞에 섰다. 유학을 결정한 뒤, 한국을 떠나고 돌아온 이후로 한 번도 찾아오지 않았던 집으로 돌아온 것이다.

재현은 왠지 모르게 낯선 느낌을 받으며 본가로 들어갔다. 대부분 병원에서 지내느라 솔직히 이 집에선 추억이 별로 없었다. 어머니는 얼굴을 제대로 기억하기도 전에 돌아가셨고, 아버지는 항상 바쁘셨다. 집은 그저 너무 크고 너무 썰렁해서 외로웠던, 그런 곳이었다.

재현은 조심스럽게 현관문을 열고 들어갔다. 예전과 별로 달라진 점이 없는 집은 여전히 온기라고는 찾아볼 수 없었다.

그때, 타박타박 계단 내려오는 소리가 들리더니 강진이 모습을 드러냈다.

"네가 이런 시각에, 그것도 집으로 다 찾아오다니. 별일이구나."

"드릴 말씀이 있습니다."

"나도 너한테 할 말이 있었는데, 저녁은 먹었니?"

강진은 겉으로 표현하진 않았지만, 무척이나 반가워하는 기색이었다. 재현은 저녁을 권하는 아버지의 얼굴을 빤히 바라보았다. 항상 제겐 크고 대단하신 아버지였다. 또한 너무나도 존경스럽고 좋은 아버지였다. 그런 아버지가 아픈 자신 때문에 고개 숙이는 게 싫었고, 저 넓고 단단한 어깨가 나약하게 움츠러드는 모습이 싫었다.

"내일 J그룹 공식 일정은 참석하지 않는 게 좋겠다. 급하게 미국 출장 스케줄이 잡혔어. 내가 이미 백 회장에게……."

"아뇨, 갈 겁니다. 가서, 해야 할 일이 있습니다."

"뭐?"

재현은 강진의 앞에 무릎을 꿇었다. 강진은 놀라서 재현을 일으켜 세우려고 했다.

"재현아!"

재현은 흔들림 없는 시선으로 강진을 바라보며 입을 열었다.

"아버지를 존경하고 좋아했습니다. 절 태어나게 해주셨고, 너무나도 귀하고 값진 세상을 주고 싶어 하셨고, 그 세상에서 유일하게 기댈 수 있는 커다란 버팀목이셨으니까요. 게다가 돈을 좇는 게 아니라 오직 환자를 위하고, 환자만을 생각하며 의료 경영을 하시는 아버지의 신념은, 보잘것 없었던 제겐 너무나도 큰 자부심이었습니다."

"재현아?"

"그런 아버지의 발목을, 제가 잡고 말았습니다."

"그게 무슨……."

"예전에 제가 물었었죠. 그 자리를 지키기 위해서 더한 것도 하신 적 있느냐고. 전 그런 걸 물어볼 자격도 없었다는 걸 깨달았습니다. 처음부터 아버지는 그 자리가 아니라, 저 때문에…… 바로 저 때문에 아버지의 신념을 꺾으셨으니까요. 결국 저 때문에 아버지는……."

한껏 움켜쥔 주먹이 파르르 떨렸다. 재현은 차마 말을 이을 수가 없었다.

강진은 재현의 말에 세상이 무너지는 듯한 충격을 받았다.

재현이가, 알게 되었다. 그때 그 일을. 결국…….

"네 잘못이 아니다. 그래, 그건 절대로 네 잘못이 아니다. 재현아, 네 잘못이 아니야!"

"지금 생각하면 너무나도 기가 막힌, 말도 안 되는 기적인데…… 한 번도 의심하지 않았습니다. 솔직히 너무 기뻤어요. 나도 남들처럼 건강하게 살 수 있다는 사실에 기뻐하기만 했어요. 아버지가 그런 무거운 죄를 짊어지신 것도 모르고, 세단이가 그토록 아파했다는 사실도 모르고, 그저 저도 평범하게 내일을 기다릴 수 있다는 사실이 너무, 기뻤어요."

자꾸만 뜨거운 것이 울컥울컥 치밀어 올랐다. 강진은 네 잘못이 아니라고 외쳤지만, 재현은 고개를 저었다. 그런 식으로 피할 수 없으니까. 이젠, 정말로 아니니까.

"조금씩, 눈치채고 있었는데. 일부러 미루고 외면하고 있었습니다. 그

편이 더 달콤했으니까요. 더 편했으니까요. 설령 그게 사실이라도 내 잘못이 아니라고 생각하기도 했지만…… 아니오, 아버지. 그렇게 외면하기에는 너무 죄가 무거워요. 세단이한테도, 세단이 가족들에게도!"

어째서 진실은 이다지도 쓰고 거짓은 달콤하기만 할까. 아니, 달콤한 것이 아니다. 달콤하다고 믿고서 스스로 세뇌한 것이다. 그게 자신을 서서히 옥죄는 독이라는 사실도 모른 채, 그게 너무 달콤해서, 그걸 지키기 위해 거짓말을 하고 거짓말 위에 또 거짓말을 하면서 그렇게……. 하지만 이젠 깨어나야 한다.

"제가 이렇게 숨을 쉬고 내일을 가질 수 있었던 대가를, 그 죗값을 치를 겁니다. 죄송합니다, 아버지. 절대로 아버지 혼자 감당하게 하지 않을 겁니다. 저 때문에 벌어진 일이니, 제가 모든 걸 감당하겠습니다."

"재, 재현아. 재현아……."

"정말로, 죄송합니다……."

재현은 강진의 얼굴을 보지 않은 채로 자리에서 일어나서는 저택을 빠져나갔다. 강진은 재현의 빈자리를 잠시 멍하니 바라보다 이내 그의 이름을 크게 부르며 뒤쫓으려고 했다. 하지만 순간 시야가 하얗게 변하면서 휘청이는 몸을 주체할 수가 없었다.

"하아!"

결국 강진은 그 자리에 주저앉아서는 숨을 헐떡이며 이미 멀어진 아들을 향해 손을 뻗었다. 주름진 얼굴 위로 눈물이 흘러내렸다.

"재현아, 네 잘못이 아니다. 절대로, 절대로…… 네 잘못이……."

저택을 빠져나온 재현은 몇 걸음 가지 못한 채 참고 있던 눈물을 떨어뜨렸다. 소리 내어 아파할 자격도, 홀로 아픈 척 무너질 자격도 없었다. 지금껏 아무것도 모른 채 세단이에게도, 아버지에게도 너무나도 잔인한 무게를 짊어지게 했다. 특히 지금 누구보다 아프고 괴로울 세단이. 누구보다 고통스럽고 끔찍할 세단이. 세단이가 행복하길 바라면서, 누구보다 웃어

주길 바라면서, 자신은 그런 생각조차 해서는 안 되는 놈이었다. 너무나
도 끔찍한 고통을 주고 있었으니까. 그녀에게서 아버지를 빼앗고, 가족을
빼앗고, 나는 이렇게, 이렇게……

재현은 눈물을 닦으며 이를 악물었다. 그러곤 휴대폰을 들어 세단에게
예약 문자를 보냈다. 지금이라도 바로잡아야만 한다. 내가 몰라서 지나갔
던 일들. 내가 몰랐기에 묵인되어 권력과 협박이 되었을 그 모든 것들. 그
녀를 위해서, 아주 조금이라도.

재현은 눈물로 일그러진 표정을 완전히 삼키고, 자신이 쓸 수 있는 가
장 독한 가면을 쓴 채 그렇게 그 자리를 빠져나갔다.

드디어, 투표 당일이 밝았다.

하령은 일찍부터 모든 스케줄을 정리하고, 마지막으로 주주들과 임원
들에게 전화를 하며 확고한 뜻을 확인했다. 절대로 지난번과 같은 일은
일어나지 않을 거다. 그때처럼 뒤통수 맞는 일, 그들의 손바닥 위에서 비
참하게 무너질 일은 절대 없을 거다.

"그럼, 잠시 후에 뵙겠습니다."

마지막 통화를 끝으로 전화를 내려놓은 그녀의 입가에 묵직한 한숨이
걸렸다. 애써 아닌 척했지만 초조함과 긴장감이 동시에 뒤엉켜 흩어졌다.
하령은 아직까지도 고요하기만 한 휴대폰을 바라보았다. 회장님께 재현이
는 오늘 참석하지 못한다는 말을 들었다. 그래서 미리 투표를 해서 보낸다
고. 차라리 그 자리에 오지 않는 것이 나을 것 같다고 생각했기에 조금이
나마 안심이 되었지만, 왠지 모를 찜찜함이 남아서 하령은 계속 휴대폰을
쥐었다 놓았다 하고 있었다. 그때, 휴대폰 액정이 환해지면서 재현의 이름
이 떠올랐다. 하령은 재빨리 떨리는 목소리를 가다듬었다.

"재현아?"

[그래, 나야.]

"무슨 일이야? 오늘 오지 않을 거라고 들었는데……."

[일정이 변경됐어. 직접 갈 거야.]

"그래?"

[저번에 했던 네 말, 믿어. 이번 투표 잘 마무리하고 다시 얘기하자.]

"고마워, 재현아……."

평소와 같이 그의 목소리가 다정하다. 일정이 변경된 것은 마음에 걸리지만, 그래도 오랜만에 듣는 다정한 목소리에 저도 모르게 심장이 두근거렸다.

그렇게 전화가 끊기고, 하령은 휴대폰을 소중히 끌어안았다. 어느새 그녀의 입가에 옅은 미소가 스쳤다. 아까까지만 해도 일렁이던 불안함이 눈 녹듯 사라져 간다.

'다 잘될 거야. 전부 다, 전부 다…….'

일찍 퇴근해야 해서 아침부터 아주 빡세게 몸을 굴린 세단은 그야말로 녹초가 되어 레지던스에 도착했다. 하루가 어떻게 갔는지 모르겠다. 역시 뭔가를 잊고 싶을 땐 일이 최고라니까. 마침내 그날이 왔는데도 이렇게 덤덤할 수 있으니까.

"정신, 똑바로 차리자."

세단은 깨끗하게 샤워를 하고 깔끔하게 화장을 한 뒤, 중요한 일이 있을 때만 입는 정장을 입고, 마지막으로 넥타이도 단정하게 매었다. 어느새 집 안으로 어둠이 서렸다. 그녀는 불을 켜는 대신 커튼을 걷었다. 어느새 하늘에 뜬 보름달이 시리고 부드러운 빛으로 스머들었고, 잠시 후 뒤에서 뜨거운 체온이 그녀를 안아주었다.

"닥터……."

세단은 그의 손등에 가볍게 입을 맞추며 아주 잠시, 함께 달을 바라보았다. 윤성은 그녀를 안은 채로 불안한 마음을 꾹 눌렀다.

'그녀 말처럼, 이번 일이 잘 풀리면 전부 끝날 거야.'

세단은 든든하게 뒤에서 받치는 그의 품에 조금 더 몸을 기대고서 속삭였다.

"잘하고 올게요. 너무 걱정하지 마요."

"내가 듣고 있을게. 계속, 너랑 함께할 거야."

"고마워요."

세단은 천천히 고개를 돌려 그를 바라보았다. 매번 그렇듯, 보름달 아래 그의 모습에 그녀는 단숨에 홀렸다. 처음 아프리카에서도 그랬지. 무섭기도 했지만, 그보단 너무 신기하고 아름다워서 저도 모르게 손을 뻗었던. 은빛 머리카락 사이로 자신만을 오롯이 품고서 뜨겁게 일렁이는 황금빛 눈동자는 탐하지 않을 수 없을 만큼 매혹적이었다.

세단은 손을 뻗어 그의 서늘한 머리카락을 따라 마치 잘 빚어낸 도자기 같은 얼굴을 타고, 그의 눈동자를 훔친 뒤 코끝으로 내려가 닿기만 해도 녹아내릴 듯한 입술에 멈춰 섰다.

윤성은 그녀의 손길을 느끼며, 그대로 그녀를 집어삼킬 듯 뜨겁게 마주했다. 세단은 그의 강렬한 시선에 살짝 쑥스러워져서는 슬쩍 시선을 내리깔곤 속삭였다.

"행운의 아이템 기를 받는 거예요."

그러고는 단숨에 그를 끌어당겨 입을 맞추었다. 어설프게 파고든 그녀의 입술에 윤성은 진한 미소를 머금고서 그녀의 숨결을 한가득 베어 물었다. 서로의 심장 소리가 마치 음악처럼 끊임없이 울려 퍼지며 머릿속이 요동쳤다.

숨이 막힌 세단이 고개를 들려고 했지만, 윤성은 그녀의 뒷목을 끌어안고 그녀의 호흡을 가르며 더욱 간절하고 집요하게 그녀를 붙잡았다.

세단은 그의 어깨를 붙잡았다. 시야가 점점 무채색으로 흩어지면서 터질 듯한 뜨거움에 가슴이 위아래로 움직였다. 윤성은 온몸으로 그녀를 느끼고 새기며 마지막까지 그녀를 움켜쥐었다.

보름달, 자제하지 못할 만큼 늑대인간의 기운이 절정에 다다르는 날. 온몸의 감각이 뜨겁게 날뛰며, 그녀를 간절하게 원하며 약해졌던 힘이 다시 강하게 꿈틀대고 있었지만, 그래도 왠지 모르게 불안했다. 혹시라도 가장 중요한 것을 놓쳐 버리게 될까 봐.

하지만 만에 하나 놓쳐 버린다고 해도. 해서, 운명대로 흘러간다고 해도 그 운명을 거스를 거다. 운명 따위, 이 손으로 부숴 버릴 거다. 절대로 그녀를 잃을 순 없으니까. 죽음 따위에게 빼앗길 수 없으니까.

7시 40분, 세단은 J그룹 본사에 도착했다. 그녀는 한국재단의 사람으로서 이 자리에 참석했다. 그리 크지 않은 공간이지만, 이미 도착한 주주들과 임원들, 그리고 수많은 기자들이 자리를 가득 채우고 있었다.

웅성거리는 소리와 함께 백 회장과 백영진, 그리고 백하령이 등장했다. 세단은 잠시 몸을 뒤로 숨기고 그들을 서늘한 시선으로 바라보았다. 그들이 단상 위로 올라가자, 많은 이들이 고개를 숙였다. 세단은 머리 위에 높이 떠 있는 '의료 관광 사업'이라 적힌 플래카드를 바라보았다.

고작 이것 때문에, 이것들 때문에…….

하령은 익숙하고 능숙하게, 무수한 가면 속에서 적절한 표정을 짓고는 자리에 앉았다. 하지만 자신의 옆자리가 비어 있었다. 바로 재현의 자리. 아직, 오지 않은 건가? 온다고 했는데. 일정이 바뀐 건가?

그녀는 걱정되는 마음에 그에게 연락을 하려고 했지만, 제 옆으로 영진이 다가오자 재빨리 휴대폰을 내려놓으며 살며시 고개를 숙였다.

"백 이사님, 오늘……."

"혹시 오늘 네가 이긴다고 해도."

"……."

"이게 끝이 아님을 명심해라. 난 분명 너에게 경고했어. 납작 엎드려서 죽은 듯이 지내라고. 겁 없이 나댄 건, 네년이야."

섬뜩하게 스치는 경고. 하지만 하령은 그저 웃었다.

"충고, 감사합니다."

사회자가 단상 위로 올라가 투표 시작을 알렸다. 하령은 떨리는 손을 아래로 숨기면서 여전히 오지 않는 재현의 빈자리를 불안한 시선으로 바라보았다.

정말, 무슨 일이 생긴 건가? 연락이라도 주면…….

결국 재현이 없는 상황에서 투표가 진행되었다. 주주들과 임원들이 직접 의료 관광 사업의 총책임자를 결정하는 투표. 그 긴장감은 무척이나 팽팽했다. 손에 칼만 쥐지 않았을 뿐, 날 선 공기가 마치 소리 없는 전쟁터를 방불케 했다.

세단은 그 모습을 뒤에서 말없이 지켜보았다. 마침내 백하령과 백영진이 함께 단상 위로 올라가 마지막 투표를 진행했다.

그녀는 하령을 눈으로 좇았다. 모든 것을 버리고, 제 자신을 걸면서까지 원하고 탐했던 자리. 하령이 선택한, 하지만 곧 막바지에 다다를 그곳.

어느새 세단의 눈동자가 음울한 빛을 품고서 낮게 흔들렸다.

모든 투표가 끝나고, 잠깐의 휴식과 함께 결과가 집계되었다. 하령은 그 잠시의 틈을 타 홀을 빠져나가서는 재현에게 문자와 전화를 했지만 전혀 연락이 닿질 않았다.

'도대체 어떻게 된 거야, 천재현!'

마침내 투표의 결과가 집계되었다. 하령은 더 이상 떨리는 손을 주체할 수가 없었다. 결과를 장담할 수가 없었다. 하지만 만약, 만약 여기서 지게 된다면…….

'안 돼! 그건 안 돼. 그럴 수는 없어!'

"그럼 투표 결과를 발표하도록 하겠습니다."

타자 소리와 플래시 소리가 울리던 장내가 처음으로 침묵했다.

그리고 마침내. 그토록 고요하던 장내가 술렁이면서 이내 다시금 미친 듯이 타자 소리가 울리고, 여기저기서 환호성 소리가 뒤엉키며 순식간에 혼돈이 찾아왔다. 그리고 그 속에서 하령은 멍하니 전광판에 나온 결과를 바라보았다.

결과는, 한 표 차이로 백영진의 승리.

어느새 카메라는 하령의 뒤를 쫓았고, 기자들의 질문 세례가 줄을 이었지만, 아무것도 들리지 않았다.

'아니야…… 이럴 수는 없어. 이럴 리가 없어. 내가, 내가 뭘 걸었는데. 뭘 버렸는데. 여기까지 오기 위해서 뭘 잃었는데!'

하령은 고개를 돌려 백 회장을 바라보았다. 하지만 그는 이미 그녀를 외면한 상태였다. 심장이 쿵 떨어졌다. 그리고 그제야 저를 쫓는 기자들의 모습이 보였다.

패배자. 자신을 향해 패배자라고 외치는 타자 소리와 패배자라고 깔보는 듯한 카메라의 시선. 다들 비웃고 있었다. 모두가 자신을, 손가락질하고 있었다.

"아니야…… 난 패배자가 아니야. 아직, 아직 아니야!"

하령은 미친 사람처럼 단상 위로 올라가 마이크를 움켜쥐었다.

"아직, 아직 투표자가 한 명 오지 않았습니다. 한국재단의 천재현 실장이 오지 않았습니다! 그러니 이 투표는 끝나지 않았어요. 다른 누구도 아닌 한국재단이 투표하지 않는 건 있을 수 없는 일입니다. 그러니 이 투표는 아직 끝나지 않았어요!"

"하지만 제시간에 오지 않았다는 건……."

"아니요, 올 거예요. 올 겁니다. 오겠다고 했어요. 저보고 믿으라고 했다고요. 그러니까 조금만!"

세단은 하령을 안타깝게 바라보았다. 모든 가면이 벗겨진 채, 필사적으로 서 있는 그녀는 이미 혼자였다. 그 누구도 그녀의 편이 아니었다. 가족이라 불리는 그들도 그녀를 보고 있지 않았다. 그녀에겐 가족도 없었다. 그녀는 그렇게 철저히 혼였다.

'하령아……'

결국 네가 원한 것이 이런 거니? 이래도 후회하지 않아? 이게, 진짜 백하령인 거야? 아니면 이래서 그렇게 진짜가 되려고, 모든 걸 버리면서까지 이들보다 높은 자리를 원했던 거니? 하지만 그렇게 오른 자리에 모이는 사람들이, 과연 진짜 너의 사람일까?

그때, 문이 벌컥 열리면서 재현이 홀 안으로 들어왔다. 기자들과 사람들의 시선이 단숨에 그에게로 향했다. 재현은 말끔한 정장 차림으로 오직 하령을 똑바로 바라보며 걸어오고 있었다.

세단은 당황스런 눈빛으로 시선을 돌렸다.

'어째서 재현이가 여기 온 거지? 분명 오늘 미국으로 갈 거라고 이사장님이 말씀하셨는데…… 이렇게 되면 재현이가 전부, 알게 될 텐데!'

하지만 시선을 돌려 재현을 본 그녀는 흠칫했다.

"재현아……"

그의 표정이 이상했다. 덤덤한 듯 보이지만, 평소와 다른 표정. 마치 딴 사람을 보는 듯한 기분이었다.

'대체……'

하령은 재현의 등장에 그제야 마이크를 움켜쥔 손을 스르르 풀었다. 금방이라도 눈물이 날 것만 같았다.

'와주었어. 재현이가, 와주었어……'

이제 됐어. 재현이가 투표하고 무승부가 되면 재투표를 할 수 있어. 그럼 아직, 승산이 있어!

백영진은 이를 악물고서 뒤늦게 나타난 재현을 노려보았고, 백 회장은 여전히 알 수 없는 표정으로 멀리서 이 상황을 지켜보고 있었다.

마침내 재현이 하령의 앞에 멈춰 섰다.

"미안해."

"아니야. 지금이라도 와주었으니까, 됐어……."

사회자가 급하게 투표용지를 가지고 재현에게 다가왔다.

"지금 바로 투표를 해주셔야 합니다."

하지만 재현은 사회자가 건네는 투표용지를 그저 무심한 시선으로 바라보더니, 이내 그것을 움켜쥐고서 하령이 보는 눈앞에서 찢어버렸다.

장내가 다시금 소란스러워졌다. 한국재단 천재현 실장이라면 백하령의 약혼자로 그녀에게 가장 큰 힘을 실어줄 것이라 생각했는데, 가장 늦게 나타나 투표용지를 찢어버렸다는 것은…….

"지금, 뭐하는 거야?"

하령은 창백하게 일그러진 표정으로 위태롭게 서서 그를 바라보았다. 하지만 재현은 태연하게 찢어진 투표용지를 밟고서 입을 열었다.

"미안해."

"지금 뭐하는 거냐고!"

"내가 오늘 이 자리에 온 이유는 투표하기 위해서가 아니야. 이 말도 안 되는 일을 중단시키려고 온 거지."

"……뭐?"

상황을 지켜보던 백 회장은 처음으로 동요하며 자리에서 일어섰다. 기자들은 이 같은 상황을 한순간도 놓치지 않고서 손가락과 카메라 화면으로 담아내고 있었다.

세단은 뭔가 일이 이상하게 꼬여가고 있음을 느낄 수 있었다. 마치…….

그때.

띠링—

휴대폰이 짧게 울렸다. 바로 재현에게서 온 문자였다. 문자를 읽은 세단은 헛숨을 내쉬었다.

〈약속했지? 모든 걸 내 손으로 돌려놓겠다고. 그 약속 지킬 거야. 세단아, 미안해. 정말로 미안해.〉

설마, 재현이가 다 알게 된 건가? 그럼 이사장님이 하겠다는 일을 재현이가?

하령은 눈앞이 하얗게 변해 휘청거렸다. 생각지도 못했던 이가, 자신에게 등을 보였다. 움켜쥐었다고 생각했던 모든 것이, 허상이 되어 사라지는 것 같았다.

그녀는 연신 아니라고 되뇌면서 극심한 혼란으로 갈라진 목소리로 재현을 붙잡았다.

"그게 무슨 말이야? 재현아, 너 왜 이래. 너 지금 뭐하는 거냐고!"

재현은 위태롭게 저를 붙잡고 선 그녀를 무심한 눈으로 바라보았다.

결국 우리는 이렇게 끝이 나고, 이렇게 벌을 받는 거야.

"아크라 문서에 이런 말이 있지."

그는 하령의 손을 무참히 떼어내고서 그녀를 지나쳐 걸었다.

"The enemy is not the person standing before you, sword in hand. It is the person standing next to you with a dagger concealed behind his back."

그의 차가운 목소리가 무엇을 말하는지, 그 뜻이 무엇인지 이해하면서 그녀는 모든 것을 멈추고 말았다.

"그대의 적은 손에 칼을 든 채 그대와 맞선 사람이 아니라, 등 뒤에 칼을 숨기고 그대의 곁에 서 있는 사람들이다."

"……"

"넌 등 뒤로 칼을 숨긴 채 세단이의 친구라는 가장 가까운 곳에서 가장 잔인한 적이 되었어. 그래서 이번엔, 내가 네 적이 될 거야. 먼저 시작한 건 너야, 백하령. 그리고 그 죗값을 이젠 너와 내가, 모두가 치러야 해.”

재현은 기자들에게로 걸어갔다. 하령은 그제야 정신을 차리고 그를 잡으려 했다. 재현이가 모든 걸 알아버렸다. 그리고 지금 이 자리에서 모든 것을 밝히려고 한다.

‘안 돼! 재현아, 안 돼!’

하령을 지나쳐, 재현은 기자들 앞에 섰다. 여기까지 오는 내내 그는 점점 마음이 가벼워지는 걸 느낄 수 있었다. 늪과도 같았던 과거의 중독에서 벗어나 모든 악연을 끊어내고, 세단에게 진심으로 사과할 수 있을 테니까. 그러니까 오늘 이 자리에서 전부 밝혀야 한다. 모든 걸 끝내야 한다. 저로 인해 시작된 일이니, 제 손으로 끝장을 내야 한다. 그들은 끝까지 은폐하려고 할 테니까. 권력의 달콤함에 취해, 손에 쥔 권력을 지키기 위해서. 이미 괴물이 되어버린 그들은 할 수 없으니.

‘내가 그 방아쇠를 당겨야 해.’

마침내 카메라 앞에, 기자들 앞에 선 재현은 큰 숨을 삼켰다.

‘절대로, 아버지 혼자 감당하게 하지 않을 겁니다. 백 회장 그리고 백하령. 이 일에 관련된 모두가 세단이에게 사과하고 벌을 받을 수 있도록, 그렇게 할 겁니다.’

“모두에게 드릴 말씀이 있습니다.”

이미 굳게 결심한 그는 모든 사실을 낱낱이 밝히려고 입을 열었다.

[그들이 원하는 걸 줘야 나도 원하는 걸 얻을 수 있지. 더 큰 딜을 할 수 있어. 결국 병원도 돈이 오가는 사업이니까.]

그때, 홀 안 가득 누군가의 목소리가 울려 퍼졌다. 그리고 그 목소리에 하령도, 백 회장도 그대로 멈춰 버렸다. 재현 역시 놀란 얼굴이 되어 다시 입을 다물었다.

[그래서 그 심장이, 그 엄청난 딜을 하기 위한…….]

[그래. 내게 엄청난 부가가치를 안겨줄 심장이야. 그러니 가져야지. 응급도 조작이든 뭐든, 그 어떤 걸 해서라도 가져와야지. 어차피 세상은 몰라. 과거의 그때처럼, 내가 원하는 진실로 덮어질 테니까.]

바로 백 회장과 천강진의 대화 내용이었다.

재현은 흔들리는 눈으로 허공을 응시했다.

"아버지……."

사람들은 웅성거리기 시작했고, 백 회장은 자리에서 벌떡 일어나서는 노기 띤 얼굴로 이를 악다물었다. 섣불리 나설 수가 없다. 기자들이 너무 많아. 하지만 대체 누가! 천재현? 아니. 표정을 보아하니 아니다. 그럼 마윤성, 그자? 아니면 박세단, 그 계집애!

하령은 불안에 가득 찬 시선으로 당황한 기색이 역력한 재현을 바라보았다. 대체 누가, 누가……. 그녀는 고개를 돌려 기자들을 바라보았다. 그리고 그 무수한 플래시 세례 속에 마치 뭔가에 이끌리듯 한곳에 시선이 꽂혔다. 바로, 박세단. 세단이가 거기에 있었다. 바로 이 자리에.

'네가, 네가, 왜!'

이미 일이 이렇게 될 것을 예상했기에 세단은 혼란에 빠진 이곳에서 당사자임에도 불구하고 덤덤하게 그들의 모습을 보고 있었다. 그들이 숨긴 판도라의 상자가 열리는 이 순간을.

기자들은 점점 정신을 차리고서 백 회장을 바라보기 시작했다.

마침내.

[벌써 몇 년 동안 재현이한테 적합한 심장을 찾아 헤맸잖아. 국내뿐만 아니라 해외까지. 그렇게 해도 찾을 수 없었던 심장이 지금 나타났다는데 뭘 망설여. 이번 기회를 놓친다면 언제 또 기회가 올지 모르고, 그사이에 목숨을 잃을 수도 있겠지. 그러니까 그냥 가져.]

묻혀 있던 모든 진실이, 수면 위로 떠오르기 시작했다.

"당장 꺼! 저 방송 끄라고! 이게 대체 뭐 하는 짓이야! 경비 어디 있어! 경호실장!"

백 회장은 숨겨왔던 과거가 나오기 시작하자 처참하게 일그러진 표정으로 고함을 쳤다.

"지금 저 방송 뭐야?"

"백 회장이랑 천강진 이사장 목소리 아니야?"

"그럼 두 사람이 응급도 조작으로 심장이식에 불법적으로 관여했다는 거야? 대체 누구의 심장을 누구한테……."

"천재현 실장 이름이 나오지 않았어? 그럼 그가 심장이식을……."

기자들은 재빨리 카메라와 마이크를 들고 백 회장에게 달려들었다. 경호원들이 그들을 막아 세웠지만 장내는 순식간에 아수라장이 되었다.

백 회장은 한발 뒤로 물러나서는 움켜쥔 주먹을 바들바들 떨며 허공을 노려보았다. 저 대화 내용이 어떻게 공개되고 있는 거지? 자신이 남긴 USB 대화 내용이라면 또 모르지만, 강 대표와 관련된 심장이식은 개인적으로 오직 천강진, 그자에게만 한 비밀스런 이야기였다. 그런데 어떻게!

"백 회장님, 저 방송 내용이 사실입니까?"

"저 대화의 주인공이 천강진 이사장님과 백 회장님이 맞습니까?"

"한국재단과 J그룹의 의료 관광 사업 추진 계획에 불법적인 비리가 있었던 겁니까?"

"응급도 조작으로 심장이식에 관여하셨다면, 대체 연루되어 있는 사람이 누구입니까!"

"전혀 모르는 얘기입니다! 저건 다 조작이에요! 음모라고!"

백 회장은 서둘러 홀을 빠져나가려고 했지만, 몰려든 기자들에 비해 턱없이 모자란 경호원들로는 그들을 감당할 수가 없었다.

멀리서 그 상황을 지켜보던 백영진은 재빨리 자리를 떠났다. 일단 일이 어떻게 된 건지 알아봐야 한다. 괜한 일에 휘말려 더 큰 사달을 낼 필요는 없다.

하령과 재현의 주변에도 기자들이 몰려와 공격적으로 질문들을 퍼부었다. 그 속에서 하령은 몸을 움직일 수가 없었다. 그저 그 수많은 사람들 가운데 마치 홀로 딴 세상에 있는 것처럼 상황을 지켜보고 있는 박세단, 그녀만 바라보고 있었다.

그녀는 세단을 노려보며 눈빛으로 속삭였다.

'전부, 네가 벌인 짓이야? 이렇게 될 줄 알고 여기 온 거야?'

세단은 하령의 시선을 똑바로 응시하며 천천히 고개를 저었다.

'질문이 잘못되었어. 이건 내가 벌인 짓이 아니야. 모두 당신들이 자초한 일이야.'

몇 분 뒤, 더 많은 J그룹 경호원이 등장해 기자들을 밀어내기 시작했고, 그 틈에 백 회장은 빠르게 걸음을 옮겼다. 일단 뒷일을 도모해야 했다. 대체 어디서 어떻게 새어 나갔는지 확인한 뒤에 지금 이 자리에 있는 기자들의 입을 막고, 기사가 터지는 것을 막고, 언론을 틀어쥐어야만 한다.

'그래, 이 일이 터지면 나 혼자 죽는 게 아니야. 그러니 다들 절대 날 외면할 수 없겠지. 절대로. 그리고 이 일의 배후에 마운성, 박세단 그것들이 있다면 결코 용서하지 않아. 절대로 용서하지 않아! 감히 나를 건드려? 감히 나를! 그리고 천재현. 천재현, 저 건방진!'

기자들을 피해 자리를 뜨는 데만 집중하던 백 회장은 계속해서 울리는 벨소리에 신경질을 내며 휴대폰을 들었다. 순간 그의 눈동자로 다시금 분노가 서렸다.

그는 흉포해진 목소리로 낮게 속삭였다.

"오늘 참석하지 못한다는 자네 아들이 지금 여기서 무슨 짓을 하려고 했는지 아는 거야? 모든 진실이 낱낱이 까발려지게 생겼어. 자네와 나! 대체 이걸 어떻게 수습할 건가. 대체 어떻게!"

하지만 예상 외로 강진의 목소리는 덤덤했다.

[제대로 수습할 거네. 아니, 이미 오래전에 했어야 했던 일이지.]

"뭐?"

[강은지 환자에게 오기로 한 심장이식은 취소되었네. 원래 받기로 했던 환자에게 돌아갈 거야. 응급도 조작에 관한 조사가 이뤄지면서 고 과장을 비롯한 관련 인사들이 모조리 체포되었어.]

순간, 백 회장은 그 자리에 우뚝 멈춰 섰다. 주변으로 시끄럽게 울리는 목소리가 모조리 멎었다. 휴대폰 너머로 들려오는 목소리만이 쟁쟁거렸다.

USB의 내용뿐만 아니라 다른 비밀스런 대화들까지 전부 노출된 이유. 그래, 한 사람밖에 없지. 내가 아니면, 그곳에서 함께 대화한.

"천.강.진."

참을 수 없는 분노에 백 회장은 지금 이곳이 어딘지, 듣는 귀와 보는 눈이 많다는 사실도 잊은 채 고함을 질렀다.

"자네 짓인가? 자네가 지금 내 뒤통수를!"

[내게 한국대병원은 절대로 자네 같은 한낱 장사치들이 좌지우지할 수 있는 공간이 아니야. 오직 환자들을 위한, 소중한 생명을 지키고 살리는 순수한 의료 경영. 내가 재현이에게 주고 싶었던 신념이 담긴 작은 세상이었어. 그러니 더 이상 자네 손에 놀아나게 둘 순 없네. 그리고 이제 그만하게. 우린 아이들에게 너무 큰 죄와 무게를 짊어지게 했어. 과거의 잘못

은, 우리 손으로 수습하고 마무리해야 해.]

그는 강진의 말도 안 되는 헛소리에 냉소를 머금었다.

"아니, 난 이대로 안 무너져. 무너지려면 자네 혼자 무너져! 전부 입을 틀어막을 거야. 누구도 날 건드리지 못해. 내가 원하는 것이 곧 진실이니까!"

"아니, 진실은 그저 진실일 뿐이야. 누군가 만든 거짓말이 아니라."

전화가 끊기고, 백 회장은 성난 얼굴로 고개를 들었다.

"덮고 숨기고 감추면 된다고 생각하지만, 틀렸어. 인간은 그렇게 완벽하지 않아. 실수를 하게 마련이지. 거짓은 온갖 걸로 덮어야만 하지만 진실은 찰나의 빈틈도 파고들어서 드러나고 말아. 그래서 진실인 거고."

백 회장은 떨리는 시선으로 강진을 바라보았다. 뒤를 쫓아온 기자들은 서슬 퍼런 눈빛으로 강진에게 우르르 몰려가 백 회장에게 했던 질문을 똑같이 쏟아냈다.

그리고 그는 오직 진실만을 말했다.

"모든 것이 사실입니다. 저와 백건 회장은 응급도 조작을 통해 심장이식에 불법적으로 관여하여 의료 경영인으로서 절대로 해서는 안 되는 큰 물의를 일으켰습니다. 모든 책임을 통감하는 바, 주어지는 법률적 책임을 기꺼이 받을 것입니다. 정말로, 죄송합니다."

강진의 말은 엄청난 파장을 일으켰다. 의료계에서 가장 도덕적인 평가를 받고 있는 한국재단에 이런 엄청난 비리가. 그것도 J그룹과 함께…….

그 순간,

"닥쳐! 닥치라고! 그게 어떻게 내 잘못이야! 그건 자네 선택이었어! 자네가 자네 아들을 살리고자 한 일이잖아! 내가 왜! 도대체 내가 왜 그 벌을 받아야 하냐고! 난 잘못한 게 없어. 자네가 원하는 것을 내가 들어주었고, 그에 따른 대가를 받은 것뿐이야! 순수한 의료 경영? 집어치워! 세상이 그렇게 만만한 줄 알아? 아무런 대가 없이, 어떤 의혹도 거짓도 없이 남보다 높은 곳으로 올라갈 수 있다고 생각해? 뒤처지면 끝이야. 무너지면 끝이야. 아무런 대가 없이 이익을 얻는 경영은 없다고!"

절규가 울려 퍼졌다. 강진은 백 회장의 추한 발악을 보며 두 눈을 감았다.

플래시 세례가 쏟아졌고, 백 회장은 카메라를 전부 부숴 버릴 듯 노려보며 외쳤다.

"전부 끌어내! 저것들 전부 치우라고! 허위 기사 따위 올려봐. 죄다 쓸어버릴 테니까! 가만있지 않을 거야!"

그때 J그룹 법무팀 변호사들이 백 회장에게 다가왔다. 그리고는 낮은 목소리로 속삭였다.

"회장님, 지금 검찰에서 소환 요청이 들어왔습니다. 검찰에 출두하셔서 조사를 받아야 한다고……."

"뭐? 검찰 출두? 조사? 무슨 증거로! 저 미친놈이 혼자 지껄이는 말만 믿고 감히 누굴 조사해! 나 백건이야. J그룹의 백건이라고! 너희들은 뭘 멀뚱히 보고만 있는 거야. 저 미친놈을 끌어내고 당장 사태 수습하란 말이야!"

"이미 증거는 자네 자택에서 발견되었을 거야. 그에 따라 곧 본격적인 압수 수색 영장이 발부될 거고."

"……뭐?"

"아주 명백한 증거품이 자네에게 있지 않나."

백 회장은 황망한 표정으로 천강진을 바라보았다. USB. 그럼, 그들이 일부러 USB를 빼앗긴 건가? 내가, 내가 그것을 찾으러 갈 걸 이미 예상하고, 처음부터 이럴 목적으로!

그 모습을 모두 지켜보고 있던 세단은 여전히 자신의 잘못을 인정하지 않는 백 회장의 모습에서 천강진이 제게 했던 약속을 떠올렸다.

"너 혼자 감당할 수 없을 거다. 네가 감당할 필요도 없는 일이고, 처음부터 나 때문에 벌어진 일이니 내가 수습하마. 한 번만 믿어다오, 세단아. 넌 절대로 백 회장을 감당할 수 없어. 내가 원래대로 전부 되돌릴 테니까. 믿을 수 없겠지만, 부디 이번만큼은, 나도 더 이상 그자의 손에 이 병원이 목숨으로 장사하는 곳으로 추락하는 걸 바라지 않는다."

그는 꽤 전부터 이렇게 스스로 진실을 폭로할 계획을 세워두었던 것 같았다. 백 회장과의 은밀한 대화 내용을 전부 녹음 파일로 남겨두며 그때를 기다리고 있었던 것.

"백 회장은 분명히 USB를 되찾으려고 할 거다. 그때 그 USB를 일부러 빼앗기는 척해. 그렇게 하면 그것이 유일한 증거로 백 회장은 파멸할 수 있을 거야. 절대로 빠져나갈 수 없을 거다. 스스로 남긴 유일한 증거를 제 손에 쥐고 있는 셈이니. 백 회장에게 그것이 약점이 될 거야."

그리고 정말 그의 말대로 되었다. 백 회장은 절대 스스로 죄를 인정하지 않을 거다. 옆에서 아무리 말해봤자 소용이 없는 일. 그러니 스스로 제 무덤을 파게 할 수밖에.

상황은 점점 더 극단으로 치달았다. 변호사들은 백 회장을 데려가려 했고, 더 많은 경호원이 몰려와 기자들을 몰아냈다. 어떻게든 발버둥 치려고 하겠지만, 이미 드러난 진실은 어쩔 수가 없다. 저 수많은 기자들의 눈과 귀를 막을 순 없을 테니까. 그리고 이미 천강진은 검찰에 자진 출두하여 백 회장과 함께 몰락할 준비가 되어 있었다.

백 회장은 끝까지 발악하며 외쳤다.

"이걸로 끝이 아니야. 난 이렇게 무너지지 않아. 내가 말하는 게 진실이야. 내가 말하는 게 진실이라고!"

그때, 드디어 세단이 걸음을 내디뎠다. 한 치의 흔들림도 없이, 오롯이 그를 바라보면서 한 걸음, 한 걸음을 걸어가 일그러진 얼굴의 백 회장에게로 다가갔다.

"네년이, 네년이!"

그녀는 고개를 숙이며 짧게 말했다.

"마윤성 교수님이 말씀하셨죠. 다시 보게 될 거라고."

세단은 냉랭한 표정으로 그를 향해 싸늘하게 속삭였다.

"사업가는 정당한 방법으로 돈을 벌려 하고 명예를 지키려 한다는데 한낱. 장사치는 방법보다 결과가 중요하고, 오직 돈을 좇고 돈만 지키려 한다는군요. 그러니까 백 회장님이 말씀하시는 것은 결코 경영도, 사업도 아닙니다. 전에도 말씀드렸듯, 한.낱. 장사치일 뿐이지."

백 회장은 세단을 찢어 죽일 듯이 노려보았다. 하지만 세단은 멈추지 않았다.

"쉽게 빠져나오지 못할 겁니다. 전에도 말했듯, 전 지금 제 의사 가운을 걸고 회장님을 막고 있는 겁니다. 제겐 소위 회장님이 말씀하시는 권력도, 힘도 없어서 아무도 제 말을 들어주지 않겠지만, 회장님은 다르시지요. 힘 있는 회장님이 하는 말이라면 세상이 아주 제대로 들어주겠지요. 안 그렇습니까, 백 회장님."

"너, 너, 너!"

그가 주먹을 치켜 올렸지만, 더 이상의 분란은 더 큰 빌미를 줄 뿐이기에 변호사와 경호원들이 백 회장을 잡고 거의 끌고 가듯 그렇게 홀을 빠져나갔다.

어느새 기자들도 사라졌고, 하령도 보이지 않았다. 남겨진 강진은 길고 긴 한숨을 내쉬며 차마 자신을 보지 못하고 있는 재현에게 걸어갔다.

"재현아."

"……."

그는 이를 악물고 눈물을 참고 있었다.

"나는 지금 바로 검찰에 자진 출두할 생각이다. 네가 아니라, 내가 이 일을 마무리 지을 거야."

"아, 아버지……."

"너에게 존경하는 아버지, 자랑스러운 아버지로 남지 못해서 미안하다. 그리고 넌 절대로 내 발목을 잡은 적이 없어. 언제나 넌 내 자랑스러운 아들이야. 널 너무 사랑하는 마음에 절대로 해서는 안 될 선택을 했고, 그건 내 잘못이지 네 잘못이 아니다."

"……."

"버텨줘서, 고맙다."

끝내 재현은 더 이상 그의 얼굴을 마주하지 못한 채 고개를 숙였다.

강진은 그런 아들을 마지막으로 바라보면서 한 번 강하게 그의 어깨를 잡아주었다. 그리고 지켜보던 세단에게 다가왔다.

"믿어줘서 고맙고, 믿음을 저버려서 미안했다. 정말로, 아주 많이, 미안하구나."

세단은 아무 말도 하지 않았고, 강진은 씁쓸한 미소를 지으며 그렇게 그 자리를 떠났다. 아마 이렇게 보는 건 이번이 마지막일 듯싶었다. 그리고 어느새 홀 안에는 재현과 세단만이 남았다. 한바탕 폭풍이 몰아치고 간 자리엔 고요한 적막이 스쳤다.

재현은 비틀거리는 걸음으로 그녀에게 다가왔다. 진실을 알게 된 이후 이렇게 얼굴을 마주하는 건 처음이었다. 대체 무슨 말을 어떻게 해야 할까. 대체 너에게, 그 어떤 말을 할 수가 있을까. 목숨으로도 갚을 수 없는 죄인데…….

"혹시 하는 생각에 하는 말인데."

그렇게 망설이는 재현에게 세단이 먼저 입을 열었다.

"너 지금 네 목숨을 조금이라도 가볍게 여기는 생각하고 있으면, 내 손에 죽어."

"세단아……."

"네가 괜찮아 보여서 다행이야."

"하, 하지만……."

"우리 아빠가 널 살린 거야. 네 목숨은 우리 아빠 목숨과도 같아. 그러니까 절대로 쉽게 생각하지 말고, 쉽게 살려고도 하지 마. 그러면 진짜 나 너 용서 안 해. 알았지, 재현아."

'재현아'라고 다정하게 속삭이며 제게 예전처럼 미소를 보내는 세단의 말에 결국 그는 참고 있던 눈물을 투두둑 떨어뜨렸다.

세단은 재현을 남겨두고 천천히 돌아섰다. 아마 제대로 울지도 못했을 거다. 속이 시커멓게 썩어 있을 테지. 그러니 마음껏 울 수 있도록, 그렇게 울면서 죄책감과 마음의 짐을 조금이나마 털어낼 수 있도록…….

홀로 남겨진 재현은 울음이 가득 섞인 흐느낌을 토해냈다.

"나, 살아도 되는 거니? 세단아, 나 살아도 되는 거야? 너에게 평생 미안한 마음 가지고, 고작 미안한 마음만 가지고 살아도 되는 거냐고……."

모든 걸 끝내고 밖으로 나온 세단은 긴 숨을 들이마시고 내쉬면서 하늘을 올려다보았다. 까만 하늘 위로 닥터의 눈동자를 닮은 노란 달이 환하게 떠 있었다. 마치 그가 자신을 바라봐 주는 것 같았다. 물론 그는 계속해서 제 옆에 있었다. 그는 자신의 모든 걸 느끼니까.

'나 역시, 그의 모든 걸 느끼는걸…….'

"닥터, 내 말 듣고 있죠? 내가 해냈어요. 이번엔 내가 전부, 전부 지켰어요. 아빠도 조금은 날 용서해 줄까요? 아빠 얼굴을 이제 볼 수 있을까요? 닥터, 보고 싶어요. 아주 많이……."

지금 가장 간절하게 떠오르는 사람은, 마윤성. 아빠만큼 보고 싶고, 아빠만큼 지켜주고 싶은 그가, 지금 아주 많이 보고 싶었다. 그를 꼭 끌어안고 그의 뜨거운 체온, 오직 자신을 향해 뛰어오르는 심장 소리를 온몸으로 느끼면서, 잘 다녀왔다고, 잘했다고, 괜찮다고, 잘 버텼다고, 그 말을 듣고 싶었다.

"나 지금 갈게요. 닥터한테, 갈게요."

돌아가자, 그가 있는 집으로……. 내가 가장 좋아하고 사랑하는 그가 있는 곳으로…….

하령은 변호사와 경호원이 몰려든 틈을 타 재빨리 건물을 빠져나갔다. 아직 끝이 아니라고, 이렇게 무너지지 않을 거라고 외치던 회장님의 목소리가 귓가에 맴돌았지만, 솔직히 모르겠다. 그저 한 가지 확실한 건, 자신은 전부를 잃었다는 것. 어느새 주변엔 아무도 없고, 사랑하는 사람마저 자신을 배신했고, 가족은 처음부터 가족이 아니었다. 그렇게, 혼자 남겨졌다.

하령은 차에 쓰러지듯 몸을 실고서 무거운 눈꺼풀을 깜빡거렸다. 머리가 빙글빙글 돌았다. 차가운 물속으로 가라앉는 것처럼, 들숨과 날숨이 뒤엉키며 먹먹한 통증에 숨을 쉬는 것조차 여의치가 않았다.

'이제 어디로 가야 하지? 대체 난 뭘 해야 하지? 나한테 뭐가, 남은 거지?'

뭘 해야 할지 몰라 멍하니 앉아 있던 하령의 눈빛이 순간 반짝였다. 저 앞으로 바로 세단이 서 있는 게 선명하게 보였다. 하령은 저도 모르게 핸들을 세게 쥐었다.

나를, 내 모든 것을 파멸시키기 위해서였니? USB를 일부러 내어주고서 얼마나 날 비웃었을까. 그래, 넌 네 것을 지키기 위해서였겠지. 마윤성 교수와 서로가 서로를 지켜줄 거라고 같잖게 지껄이면서.

그러고 보니, 자신에게 하나 남아 있는 것이 있다. 그래, 마윤성이 남아 있었어.

그녀는 핸들을 쥔 손에 더더욱 힘을 주며 낮게 속삭였다.

"내가 그를 건드리면 넌 어떻게 될까. 너도 나처럼 모든 것을 잃은 기분을 맛보게 될까? 무너질까? 결국 네 손에 아무것도 없었다는 걸 철저히 깨닫게 될까? 아니, 아니지. 차라리 여기서 널 건드리면, 마윤성은 어떻게 될까."

어떻게 보면 이 모든 것이 그자가 나타나면서부터 꼬인 일인데. 그자가 처음부터 USB를 가져가지 않았더라면, 이 일을 들추지만 않았더라면, 아마 끝까지 아무도 모르고 지나갔을 일이다. 그래, 그럼 모든 것이 완벽했을 거야. 재현이도, 세단이도 아무것도 모른 채 나는 내가 원하는 것을 얻고, 그들 역시 고통스런 상처 따윈 모른 채 행복할 수 있었어!

"전부, 그가 나타나면서 다 꼬여 버렸어. 그래, 그 남자 때문이야……."

잃을 게 없으니 무서운 게 없고, 무서운 게 없으니 끝까지 가봐야지.

하령은 뭔가에 홀린 사람처럼 섬뜩한 시선으로 세단을 노려보았다.

"하아!"

눈을 감고 있던 윤성은 몸을 벌떡 일으켜 세우고선 떨리는 시선으로 허공을 응시했다. 세단이 J그룹으로 향한 뒤, 단 한 순간도 움직이지 않고서 눈을 감고 자신의 모든 감각을 최대한 끌어내어 그녀에게 집중했다. 그녀와 함께 있는 것처럼, 사소한 소리 하나하나도 모두 들으면서. 그런데 연신 시끄럽고 어지럽게 들리던 목소리들이 순식간에 사라져 버렸다. 암흑 속에 빠져 버린 것처럼, 그 어떤 잡음도 들리지 않았다.

힘이, 사라져 버렸다.

윤성은 창문을 향해 시선을 돌렸다. 하지만 여전히 보름달. 다른 날도 아니고, 이렇게 늑대인간의 모습으로 변했는데, 어째서? 도대체 왜!

한순간에 눈도 귀도 멀어버린 것 같은 답답함이 그를 바닥까지 끌어내렸다.

'뭐지? 대체, 뭐야!'

그는 다시 눈을 감았다. 그녀에게, 오직 그녀를 향해서 모든 감각을 집중했다.

그 순간, 날카로운 소리 하나가 스치자 윤성은 눈을 번쩍 떴다. 황금빛 눈동자가 가느다랗게 떨리기 시작했다. 거칠게 몰아쉬는 숨결이 갈피를 잃고 부서져 내렸다.

"마윤성, 그 흉측한 괴물 때문에 모든 일이 어그러졌어. 그자가 들추지만 않았어도 이런 일은 없었어! 서로가 서로를 지킨다고? 웃기는 소리 하지 마!"

낡은 필름이 깜빡거리는 것처럼, 짧게 끊기는 목소리가 잡음을 타고서 지지직거렸다. 온몸으로 섬뜩한 공포가 느껴졌다.

'안 돼!'

그는 그 목소리를 억지로 움켜쥐고서 곧장 레지던스를 빠져나갔다. 엘리베이터를 탈 시간도 없었다. 지금 당장, 그녀에게 가야 한다. 제 눈앞에 그녀가 있어야만 한다!

윤성은 망설임 없이 난간을 잡고서 곧장 아래로 뛰어내렸다.

쿠쿵—

길을 지나가던 사람들은 갑자기 나타난 윤성의 모습에 경악에 찬 비명을 내질렀다.

"악!"

"뭐, 뭐야. 지금 사, 사람이……."

하지만 윤성은 그들의 시선과 비명 따위는 신경조차 쓰지 않고 다리에 힘을 주고서 그대로 뛰어올랐다. 삽시간에 차가운 공기가 몸을 감싸며, 그는 눈에 보이지도 않는 속도로 건물과 건물 사이를 타고서 달리기 시작했다. 그 모습이 마치 하늘을 나는 듯 보였다. 윤성은 지금 자신이 할 수 있는 모든 힘을 끌어올려 그녀를 향해 달렸다.

결국, 백하령이 그녀를 죽음으로 이끌 사람인 건가?

백하령이, 그녀를 죽여?

그녀가 죽는다. 죽는다. 사라, 진다…….

순간, 온몸의 피가 차갑게 휘몰아치기 시작했다.

소리가 끊기고 사라지고 끊기고 사라진다. 하지만 그 잡음 속에 선명하게 들리는 이름은 단 하나였다.

"차라리 여기서 널 건드리면, 마윤성은 어떻게 될까."

"전부, 그가 나타나면서 다 꼬여 버렸어. 그래, 그 남자 때문이야……."

그래, 어쩌면 이 모든 일은 자신이 그녀를 처음 만난 순간부터 시작된 것일지도 모른다. 판도라의 상자의 열쇠를 찾고, 그것을 쥐어준 건 자신이니까.

어쩌면 자신이 한국에 없었다면 이 일은 실체 없이 정말로 묻혔을지도 모를 터. 영원히 감춰질 것이라 여겼던 진실들을 그가 수면 위로 떠오르게 한 거다.

그녀와 우연히 아프리카에서 만나고, 우연히 그녀의 죽음에 대해 들었다. 그녀의 위험한 운명에 자신이 휘말렸다고 생각했지만, 모든 것은 우연이 아니었다. 휘말린 것이 아니라 그저 제자리를 찾아간 거다. 그녀가 자신의 세상이 되고, 자신의 모든 것이 되었고, 그녀와 자신은 처음부터 그렇게 얽혀 있었다.

그녀와 지독한 운명으로 엮인 아주 가까운 사람.

'늑대인간에게 각인이란 운명이야. 절대로 끊어지지 않는 절대적인 것. 아무에게나 각인이 일어나진 않지. 운명으로 이미 널 사랑하기로 정해져 있었던 거야.'

그녀에게, 이보다 지독한 운명으로 얽힌 사람이 또 누가 있을까.

윤성의 걸음이 멎었다.

그리고 눈앞에 그녀를 향해 돌진하는 하령의 차가 보였다. 그는 지금 가장 간절한 이름을 속삭였다.

"세단아……."

그는 힘껏 달렸다. 온몸으로 힘이 사라지고 있음을 느낄 수 있었다. 걸음이 자꾸만 느려졌다. 하지만 마지막까지는 버텨줄 수 있으리라. 그런, 기분이 들었다.

처음으로 자신이 늑대인간인 것에 감사했다. 그녀를 지킬 수 있을 테니까. 이 한 몸으로 그녀를 지킬 수 있을 테니까. 그리고 그토록 싫어했던 각인마저도 고마웠다. 온전히 그녀만 사랑했으니까. 처음이자 마지막으로 오직 그녀만 사랑할 수 있었으니까. 이 숨이 멎는 것이 전혀 아깝지 않을 정도로, 그렇게 미치도록 그녀를 사랑하니까…….

'어차피 네가 없으면 아무 의미 없는 심장이야. 나의 시작은 너였고, 마지막 역시 네가 될 거야, 박세단. 내 마지막을 전부 너에게 줄 수 있어서. 내가 널 이토록 사랑해서, 다행이야.'

그렇게 그는 한 치의 망설임도 없이 그녀를 향해 손을 뻗었다.

눈이 멀어버린 것처럼 액셀러레이터를 밟고 앞을 향해 달려가는 순간, 하령은 세단이 자신을 빤히 바라보고 있다는 것을 깨달았다. 안타깝게 일그러진 눈동자에는 그 어떤 분노도 원망도 섞이지 않았다. 어쩐지 본 적이 있는 것 같은 눈동자에 하령은 울컥했다.

'박, 세단…….'

점점 가까워지는 찰나의 순간, 하령과 세단은 서로를 향한 시선을 피하지 않았다. 찰나가 영원 같았다. 어느새 눈물이 그득 고인 하령의 눈이 커졌다. 뒤늦게 정신을 차린 사람처럼 하령은 입술을 깨물며 브레이크를 급히 밟았다. 희미해진 시야에 더이상 세단은 보이지 않았다.

끼이이익!

그런데 차가 멈추지 않았다. 아무리 브레이크를 밟아도, 차는 오히려 더 빠른 속도로 앞을 향해 달리고 있었다. 하령은 잔뜩 당황해서 재빨리 핸들을 다른 쪽으로 돌렸지만, 뭔가 툭 끊기는 소리와 함께 그 역시 말을 듣지 않았다. 그저 똑바로, 똑바로 세단을 향해 달려간다. 아니, 이건 그녀가 아니라…….

"혹시 오늘 네가 이긴다고 해도, 이게 끝이 아님을 명심해라. 난 분명 너에게 경고했어. 납작 엎드려서 죽은 듯이 지내라고. 겁 없이 나댄 건, 네년이야."

백영진. 그가 제게 했던 경고. 그게, 그저 경고가 아니었나. 나를 죽이겠다는 말이었나. 이 차는 세단이를 향해 달리는 것이 아니라, 나를 죽이기 위해 달리는 거구나.

껍데기뿐인 나는 쓸모가 없으니까. 백하령이라는 잘 만들어진 인형일 필요도 없어졌으니까.

'버려, 진 거야.'

하령은 눈을 감아버렸다. 세단은 걱정되지 않았다. 왜냐면, 그가 올 테니까.

쾅 하는 소리와 함께 바위에 부딪힌 것 같은 충격에 하령은 아주 잠깐 눈을 깜빡였다. 그리고 똑똑히 보았다. 신비롭게 흐트러진 은빛 머리카락과 타오를 듯 매혹적으로 빛나는 황금빛 눈동자. 처음엔 괴물이라 생각했지만, 너무나도 아름다운 그가 세단을 아주 소중히 끌어안고 있었다.

"……마윤성."

'세단이는, 무사하겠구나…….'

엄청난 굉음과 함께 차가 멈춰 섰다. 하령은 큰 충격을 받고 축 늘어졌다. 매캐한 연기가 코끝을 찔렀다. 하령은 아주 편안하게 모든 것을 내려놓았다. 어느새 눈물이 또르르 흘러내렸고, 그녀의 입가로 엷은 미소가 스쳤다.

세단이는 걱정하지 않아도 된다. 그가, 지켜줄 테니까. 반드시 지켜줄 테니까. 서로가 서로를 지킬 거라고, 말도 안 된다고 생각했던 그 말을, 반드시 지킬 테니까.

그렇게 하령은 애써 잡고 있던 마지막 의식을 놓아버렸다.

그저 그가 간절히 보고 싶다는 생각으로, 그렇게 그에게 돌아간다는 생각만 하던 세단은 몇 걸음 가지 못한 채 멈춰 섰다. 귓가에서 일그러지는 자동차 소리. 그 소리를 따라 고개를 돌리자, 서늘한 빛이 번쩍이며 자신을 향해 돌진하고 있었다. 그리고 그 시린 빛 너머로 누군가의 모습이 흐릿하게 보였다.

백하령.

마치 발이 땅바닥이 푹 꺼져 버린 것처럼 움직이지 않았다. 날카로운 빛 때문에 시야가 가렸는데, 그저 하령이라는 것만 알아볼 것 같은데, 왜 그녀의 표정이 보이는 걸까. 그녀의 눈에 고인 눈물이 그 어느 때보다 슬프고 아파 보였다. 그저 생각이다. 상상이고 말도 안 되는 허상이다. 자신을 죽이려고 달려오는데, 대체 무엇 때문에 그녀를 처음 만났을 때가 떠오르는 걸까.

'하령아…….'

귀가 찢어질 듯한 굉음과 함께 라이트 불빛이 가까이 다가온 순간, 무언가 뜨겁고 단단한, 게다가 너무나도 익숙한 심장 소리가 귓가에 울리며 눈물이 날 정도로 그리워하고 기다렸던 체온이 그녀를 와락 감싸 안았다. 세단은 그대로 심장이 터져 버릴 것 같았다. 그의 얼굴이 보고 싶어서, 그녀는 천천히 고개를 들었다. 하지만 떨리던 설렘도 잠시.

"닥, 터……."

그는 그녀를 향해 웃고 있었다. 더없이 사랑스럽다는 듯, 더없이 감사하다는 듯. 그리고 그의 모습은 보름달 아래인데도 불구하고 검은 머리의 원래 모습으로 변하고 있었다.

"괜찮아. 내가 끝까지 널, 지켜줄 테니까……."

쾅!

모든 것이 침묵했다. 아무런 소리도 들리지 않았다. 세단은 눈을 질끈 감고 여전히 자신을 으스러질 정도로 꽉 끌어안고 있는 그의 손길을 느꼈다. 흩어졌던 소리가 다시 윙윙거리기 시작했다.

그녀는 떨리는 숨을 내쉬며 눈꺼풀을 깜빡거렸다. 눈에 보이는 건 오직 그의 단단한 가슴. 조금 더 고개를 들자, 그가 눈을 감고 있었다. 잘못 보았나 싶었다.

왜지? 보름달이 떴는데. 아직 보름인데. 왜, 늑대인간의 모습이 아닌 거지? 그리고 왜, 피하지 않은 거야?

"닥터?"

세단의 목소리에 이끌려 윤성이 희미하게 눈을 깜빡였다. 황금빛이 아닌 회색빛 눈동자. 평소보다 더 다정하고 달콤한 빛이 자신을 향했다.

"괜찮아요? 왜 안 피했어요. 충분히 피할 수 있었잖아. 그리고 왜 지금 모습이……."

"조금……."

가쁜 숨소리가 느껴졌다. 힘겹고 고통스럽게 뒤엉킨 숨소리가 억지로 참아보려고 애를 쓰는 것 같았지만 세단은 온몸으로 느낄 수 있었다. 그가 지금 너무나도 아파한다는 것을. 세단은 뭔가 잘못되었다는 걸 깨달았다. 그에게서 빠져나오려고 했지만, 윤성은 그녀를 더더욱 꽉 붙잡고 속삭였다.

"조금 늦어서, 미안해……."

"이거 놔요, 닥터. 놓으라고요. 이거 놔요!"

하지만 윤성은 끝까지 그녀를 놓아주지 않았다. 잠시나마 이렇게 그녀를 안을 수 있어서 다행이라고, 늦지 않아서 다행이라고, 지금 이 눈앞에 그녀가 있어서, 그래서 다행이라고 오직, 그 생각만 했다. 조금 더, 그녀의 얼굴을 보고 싶은데 더 이상 몸에 힘이 들어가지 않았다. 이토록 아픈 건 태어나서 처음이었다.

정말로 늑대인간의 힘이, 사라진 건가. 그래도 마지막 순간까지 버텨주어서, 너무나도 고마웠다.

"봐요, 닥터. 뭔가 이상해, 이상하니까, 얼른!"

"네 잘못이, 아니야. 그러니까 너무 아파하지 마. 내가 그저, 그저 널 사랑해서…… 사랑해서 그런 것뿐이야."

괴롭게 떨리는 그의 목소리에 그녀의 눈동자가 그보다 더 불안하게 떨렸다.

"내가 널 만난 게, 그 운명이…… 내가 널 죽음으로 이끌 사람이 아니라, 널 살리기 위한 사람이라는 걸, 믿어."

"닥터……."

그녀의 목소리, 말 한마디 한마디까지 꾹꾹 눌러 새기면서 윤성은 사랑한다는 말보다 더 하고 싶은, 항상 부를 때마다 매 순간순간 벅차고 설렜던 그녀의 이름을 마지막으로 담았다.

"세단아…… 세, 단아……."

세단은 더는 참지 못하고서 그에게서 벗어나기 위해 발버둥 쳤다. 그런데 너무나도 손쉽게 그의 손이 스르르 풀렸다. 아니, 풀린 게 아니라 툭 떨어졌다.

그와 동시에 그녀의 시선도 툭 떨어졌다. 아무 생각도 할 수가 없었다. 그저 눈앞에 아프게 와 닿은 붉은색. 피투성이가 된 채 쓰러진, 윤성의 모습이 오롯이 보였다.

"하아, 하아, 하아……."

내뱉는 호흡이 무겁기만 했다. 현실감이 느껴지지 않아서, 차마 손을 뻗어 그를 만질 수도 없었다. 차가운 어둠이 몰려들었다가 다시 눈이 시릴 만큼 새하얀 빛으로 타들어간다.

"⋯⋯닥터, 닥터?"

바싹 마른 입술 너머로 낯선 목소리가 떨어졌다. 그리고 그보다 더 낯설게, 그가 움직이지 않는다. 저를 더없이 다정하고 달콤하게 바라보던 회색빛 눈동자가 완전히 심연에 잠겨 버리고 말았다.

"아니야. 아니야⋯⋯. 닥터는, 괜찮아. 이렇게, 이렇게 있을 리가 없어. 총격을 당해도 무사했으니까. 스스로 회복이 가능하다고, 치료 같은 거 필요 없다고 그랬어. 죽지 않는다고, 절대로 나보다 먼저, 먼저 안 죽는다고⋯⋯."

횡설수설 튀어나오는 낯선 목소리. 자기 자신조차 무슨 말을 하는지, 무슨 목소리를 내는지, 지금 제 모습이 어떤지도 보이지 않았다. 손을 뻗을 수가 없다. 그를, 만질 수가 없다. 온몸이 피로 물들어 그 피가 그를 점점 삼켜 버리는 것 같았다.

"일어나요, 닥터. 왜 안 일어나. 나 벌주는 거예요? 미안해요, 잘못했어요. 그러니까 얼른 일어나서 나 안아줘요. 나 지금 너무 춥고 무서워. 내 목소리 못 들었어요? 나 당신 너무 보고 싶다고, 너무너무 보고 싶다고 계속 말했는데⋯⋯. 이렇게 내 앞에 왔으니까, 얼른, 얼른⋯⋯."

마침내 그녀가 힘없이 늘어진 윤성의 손을 잡았다. 그리고 그대로 얼어 버렸다.

뜨거운 체온이, 느껴지지 않는다. 다급하게 맥을 짚었지만 비정상적일 정도로 빠르게 쿵쾅거리던, 나를 향해 뜨겁게 사랑한다고 속삭이던 심장 소리가 들리지 않았다.

마치, 아빠가 제 곁을 떠나기 직전 잡았던 그 손과 똑같았다. 그때와 똑같은, 아니, 그보다 더한 공포가 결국 그녀를 미치게 했다.

"아니야, 아니야, 닥터는 아니야. 닥터? 닥터? 일어나요. 당장 일어나!

괜찮잖아. 괜찮은 거잖아. 왜 이렇게 누워 있어. 왜 안 일어나! 괜찮다고, 아무것도 아니라고 말해야지. 어서요! 얼른, 얼른, 닥터. 닥터……. 마.윤.성!"

혼돈이 깨지고, 현실이 밀려들었다. 그를 잃을지도 모른다는 현실. 그를 이렇게 영영 보낼지도 모른다는 공포. 손을 뻗어도, 닿을 수 없는, 없는…….

"아아아악!"

그리고 그녀는 항상 마주 안아주던 그를 홀로 끌어안으며 차마 다 내뱉을 수 없는 오열 속에 갇혀 버리고 말았다.

그를 꼭 안고서, 그렇게, 안고서…….

사이렌 소리가 울리고 윤성이 응급차에 실릴 때까지 세단은 어린아이처럼 울음을 멈추지 않고 그의 손을 꼭 붙잡고 있었다. 여러 가지 소리가 뒤엉켰지만 그녀의 귀엔 아무런 소리도 들리지 않았다. 그녀가 기다리는 소리는 오직 하나였다. 그의 목소리. 그의 심장 소리. 오직 그에 관한 소리들…….

응급차에서 세단은 창백하게 질린 윤성의 모습을 가만히 바라보며 손에 힘을 주었다. 싸늘한 체온이 마음에 들지 않는다. 고작 기계에서만 미약하게 들려오는 심박도 마음에 들지 않았다. 한순간에 너무나도 작아진 그의 모습에 차갑게 말라 버린 눈물이 다시금 뜨겁게 차오르며 그의 손등 위로 뚝뚝 떨어져 내렸다.

'일어나요, 제발. 제발…….'

내가 원했던 당신 품은 이런 게 아니에요. 나를 한가득 안아주었던 뜨거운 온기, 사랑한다고 속삭여 주었던 심장 소리, 그런 당신에게 안겨서 나 역시 당신에게 사랑한다고 말하고 싶었어요.

'이런 차가운 체온이 아니야. 이런 심장 소리가 아니야. 내 심장 소리만

들리면 안 돼요. 당신 심장 소리도 들려야 한다고요!'

이윽고 한국대병원 응급실에 도착하고, 이미 연락을 받은 레지던트들이 잔뜩 굳은 표정으로 기다리고 있었다. 피투성이가 된 윤성을 보고서 다들 할 말을 잃고 숨소리조차 제대로 내지 못했다. 그런 그들을 깨운 것은 세단이었다.

"정신 똑바로 안 차려!"

"아, 네!"

응급차 안에서 내내 눈물을 보이던 세단은 더 이상 없었다. 독하게 마음을 다잡은 세단은 윤성을 베드로 옮긴 뒤 침착하게 상태를 살폈다.

"바이탈 지수 불안정하고, 감속손상(Deceleration Injury)에 의한 흉부 손상으로 장기 구석구석 임펜딩 럽쳐(파열이 임박한 상태) 증상이 보입니다. 특히."

"하트 데미지(심장 손상)……."

세단은 짧게 중얼거리고서 고개를 돌렸다.

"수술방 준비는?"

"끝났습니다."

"지금 당장 수술방 들어갈 거야. 집도는 내가 한다."

그렇게 급하게 수술이 결정되었다. 가장 문제가 되는 흉부 쪽 출혈을 잡기 위해 개흉을 해야만 했다. 윤성을 수술방으로 보내고, 세단은 자꾸만 힘이 풀리는 다리에 힘을 주고서 수술 준비를 시작했다. 제 손으로 그의 가슴을 열게 될 줄은 몰랐다. 이런 상황이 생길 거라고는 상상조차 하지 못했다.

그녀는 손을 씻고, 씻고, 또 씻으면서 미칠 것 같은 두려움에 떨리는 손을 꽉 움켜쥐었다.

"제발 정신 차리자, 박세단. 떨지 마. 흔들리지 마. 지금 그 사람 살릴 수 있는 건 나밖에 없어. 제발 정신 차려!"

자신을 향해 강하게 채찍질을 하면서 그녀는 고개를 들어 거울을 바라보았다. 전혀 괜찮지 않은 얼굴. 하지만 세단은 눈을 질끈 감았다 떴다. 괜찮을 거라고, 세뇌라도 해야 한다. 닥터니까. 그 누구도 아닌 닥터니까. 마윤성, 그 사람이니까.

"오래오래, 나랑 같이 살자. 내 곁에 있어. 내 시선이 닿지 않는 곳으로 절대로 가지 마. 영원히, 함께 있어줘."

그래, 그렇게 말했어. 그렇게 말한 사람이 내 곁을 이렇게 쉽게 떠날 리가 없어. 이렇게 떠날 리가 없다고.

너무나도 당연하게 그는 제 옆에 있었다. 한 번 떠났던 적도 있었지만, 다시 곧바로 돌아와 주었다. 지금도 마찬가지다. 아주 잠시, 저렇게 자고 있지만, 분명 자신의 목소리를 듣고 있을 거다. 그러니까 불러야 해. 계속해서 불러서, 그를 데려와야 해.

한 입으로 두말한 적 없고, 거짓말을 하는 사람도 절대로 아니니까.

'내가 데리러 갈 거야. 이번엔 내가, 그를 데려올 거야.'

지금 닥터가 있는 곳엔 내가 없으니까. 그의 시선에 내가 없으니까. 그러니까 여기로 데려와야 해. 내가, 데려와야 해.

세단은 모든 준비를 마치고 수술방으로 들어섰다. 세단은 손을 내밀며 짧게 외쳤다.

"메스."

그렇게 언제 끝날지 모를 수술이 시작되었다. 개흉을 하고, 손상 부위를 살피며 처치하는 그녀의 손놀림은 빠르고 정확했다. 하지만 가속도가 붙어 달려오는 차에 정면으로 부딪친 탓에 장기의 손상 정도가 굉장히 심했다. 그 자리에서 즉사하지 않은 게 다행일 정도로.

심장을 살피던 세단은 저도 모르게 멈칫했다. 출혈이 너무 심했다. 이 정도 출혈이라면, 어쩌면 수술을 마쳐도 의식을 찾기까지 시간이 걸릴지도 모른다. 아니, 의식이 돌아오지 못할 수도 있다.

'그런 생각하지 마. 절대로 아니야. 닥터는 돌아와.'

그녀는 애써 고개를 가로저었다. 하지만 그의 망가진 심장을 본 순간 저릿하게 파고드는 통증까지는 어쩔 수가 없었다. 그 누구보다 건강하고 힘차게 뛰어오르던 심장이 지금은 처참하게 망가져서 너무나도 미약한 숨을 내쉬고 있었다. 마치, 이 사람의 마음이 망가진 것처럼.

세단은 차갑게 느껴지는 메스를 더더욱 꽉 쥐고서 지금 할 수 있는 최선의 노력을 하며 그의 심장을 깨우고 또 깨웠다.

길고 긴 수술은 새벽이 되어서야 끝이 났다. 세단은 가쁜 숨을 몰아쉬며 마스크를 벗었다. 수술은 끝났지만 성공이라고 보기는 힘들었다. 여전히 그의 의식은 돌아오지 않았다. 그를, 제대로 불러오지 못했다. 아직 이 목소리가 그에게, 닿지 못했다.

"하아……."

그녀는 천천히 수술방을 빠져나왔다. 밖에서 기다리고 있던 레지던트와 인턴들이 그녀를 맞았다. 이미 한국재단과 J그룹의 비리가 뉴스화된 상태였다. 직접적인 조사가 아직 다 끝나지 않아서 재현과 세단의 일까지는 알려지지 않은 모양이었다. 세단은 지금으로선 다행이라고 생각했다. 이것저것 시끄러운 상황의 중심에 놓이고 싶지 않았으니까. 지금은, 오롯이 마윤성 그만 생각하고 싶었다.

"선생님……."

"회복실에서 회복 끝나는 대로 병실로 옮겨. 일단 옵져베이션(별다른 처치하지 않고 지켜봄)을 유지해야 해."

세단은 그들을 지나쳤다. 그러자 다른 레지던트 한 명이 어렵사리 그녀에게 말을 걸었다.

"분명 마 교수님은 이겨내실 겁니다. 강하신 분이니까요."

"네. 반드시 선생님 곁으로 돌아오실 겁니다."

그들의 위로에 세단은 힘없는 미소를 지었다. 비틀거리는 걸음으로 향한 곳은 그의 연구실이었다. 보안 상태가 열림으로 되어 있었다. 그래서 그런지 이 문을 열면 그가 평소처럼 자신을 맞아줄 것 같았다. 어서 오라고 하면서 다정하게 안아줄 것 같은 그런 그리운 느낌이 들었다. 하지만 그녀를 반기는 것은 그저 텅 비어 있는 그의 자리였다. 캄캄하고 허한 바람이 스치면서, 애써 기억하고 있는 그의 체온까지 앗아가는 느낌에 세단은 이를 악물었다.

여기저기 그의 모습이 스치며 자신을 어루만진다. 그의 공간 한가운데에서 세단은 그가 앉았던 책상을 쓸어내리다 이내 지친 몸을 내려놓았다. 마치 그가 안아주는 것처럼, 그를 느끼며, 시큰거리는 눈동자를 감고서 속삭였다.

"지금도 듣고 있는 거죠? 계속, 듣고 있죠? 항상 나랑 함께한다고 했으니까, 지금도 함께하고 있다고, 그렇게 믿을 거예요."

그렇게 세단은 눈을 감고 있었다. 꿈에서라도 그를 만나길 바라면서, 기억으로나마 그와 함께하고 있었다.

세단은 회복실에서 입원실로 옮겨진 윤성의 곁을 지켰다. 하지만 곧 날이 밝아오고, 출근을 해야만 했다. 윤성이 자리를 비운 이상, 최고참 펠로우인 자신이 그의 빈자리를 대신해야만 했다. 또한 흉흉한 소문으로 인해 CS가 흔들리지 않도록, 환자들에게 그 영향이 미치지 않도록 마음을 단단히 먹어야만 했다.

세단은 시계를 확인하고 여전히 차가운 그의 손을 꽉 움켜쥐었다. 희미하게 심박이 느껴졌다. 기계로 울리는 무겁고 날카로운 심박이 왠지 마음에 들지 않았다. 닥터의 심장 소리가 저 기계에 갇힌 듯한 느낌이 들었으니까. 그렇게 차갑게 식어버린 것 같았으니까.

그녀는 그의 손에 살며시 입을 맞추고선 속삭였다.

"나, 이제 괜찮아졌어요. 닥터가 걱정하지 않아도 될 만큼. 과거를 똑바로 마주하고 앞으로 나아갈 수 있게 됐다고요. 이젠 과거보다 앞으로가 더 소중하고 중요해요. 이것저것 하고 싶은 게 너무 많으니까."

그 앞으로 나아갈 여러 겹의 시간은 반드시 이 남자와 함께해야 한다. 반드시 이 남자의 옆에, 있어야만 한다.

"지금껏 나 지켜준다고 닥터 혼자 너무 힘들었으니까, 지금 잠시 쉬는 거라고 생각하고 이번엔 내가 기다리면서 지켜줄게요. 하지만 혹시 길을 잃고 있다면, 내 목소리 듣고 찾아와요. 너무 멀리 가지 말고, 혼자 외롭게 헤매지 말고, 얼른 내 목소릴 듣고 돌아오라고요. 늑대인간인 거 들켜도 돼요. 들켜도 절대 닥터 혼자 외롭지 않게 할 거야. 내가 옆에 계속 있어줄 테니까. 그러니까 빨리, 돌아와요."

세단은 깊이 잠든 그의 얼굴을 바라보았다. 빨간 망토를 끝까지 지켜준 그의 동화 속 늑대처럼, 이 남자는 자신을 그런 동화 속에서 살게 해주었다. 그래서 지금 그녀는 동화 같은 순간이 일어나길 간절히 바란다. 잠자는 왕자를 키스로 깨울 수 있는, 동화 같은 기적을.

그녀는 그의 헝클어진 머리카락을 쓸어내리며 파리해진 그의 입술에 온기를 불어 넣듯 깊이 입을 맞추며 속삭였다.

"너무 늦지 않게, 돌아와 줘요."

어느새 그녀의 귀에 날카로운 기계음은 들리지 않았다. 그의 다정한 목소리를 기다리면서, 희미하게 울리는 그의 숨소리를 좇았다.

가장 하고 싶었던 말. 백 번, 아니 천 번을 해도 부족할, 그의 품에 안겨 그의 입술 끝에서 미치도록 되뇌고 싶은 말이 그녀의 떨리는 감정에 얽혀 흘러내렸다.

"사랑해요, 사랑, 해요……."

어느새 이틀이 지났고, 윤성은 여전히 의식이 없었다. 그리고 천강진 이사장과 백건 회장의 검찰 조사가 시작되면서, 병원 내에 세단에 관한 소문이 돌기 시작했다. 직접 물어보는 사람은 없고, 뒤에서 수군거리고 힐 끔거리는 감정 없는 배려에 비련의 주인공이 된 것 같아 마음이 썩 편하진 않았지만, 세단은 모든 걸 기꺼이 감내하며 CS에서의 일에만 최선을 다했다. 이번 일로 가장 큰 타격을 받은 부서가 CS였기에, 불안해하는 환자들에게 그 파장이 미치지 않도록 최선을 다해야만 했다. 그러면서도 틈틈이 쉬는 시간에 윤성의 병실을 찾았다. 상태를 살피고, 의식이 돌아오지 않은 그에게 이런저런 얘기도 잔뜩 해주면서 애써 괜찮은 척, 태연한 척, 세단은 그렇게 그의 옆에서 웃었다. 체력적으로도 정신적으로도 무너지고 있다는 사실을 본인만 알지 못한 채. 그래서 결국 윤성의 병실로 애정이 찾아왔다.

"어, 애정아."

애정은 말없이 병실로 들어와서는 낯빛이 좋지 않은 세단을 살피며 딱딱하게 입을 열었다.

"오늘 뭐 먹었어."

"응?"

"어제는 뭐 먹었는데? 그저께는? 아니, 요즘 뭘 먹기는 했니?"

세단은 취조하듯 묻는 애정의 말에 어색한 미소를 지었다.

"뭐, 그냥 이것저것?"

애정은 참고 있던 한숨을 내쉬면서 가지고 온 죽을 건네주었다.

"빈속에 갑자기 음식 들어가면 놀랄 테니까, 죽이라도 먹어. 안 먹으면 나한테 죽는다."

"고마워, 애정아."

세단은 이번엔 진짜로 미소를 지으며 어렵사리 숟가락을 들었다. 입안이 텁텁해서 아무런 맛도 느껴지지 않았지만, 그래도 기계적으로 숟가락을 움직였다.

애정은 애써 마음을 다잡으며 여전히 잠들어 있는 윤성을 바라보았다. 그녀 역시 재현과 하령, 그리고 강진과 세단의 일까지 전부 알게 되었다. 눈과 귀로 보고 들어도 믿기지 않는데 하물며 세단의 속이 어떨지 차마 상상조차 할 수가 없었다. 이럴 때 그라도 그녀의 옆에 있어줘야 하는데. 혼자서 잘 버티고 있는 것 같지만, 애정은 자꾸만 세단이 걱정되었다. 하지만 먼저 그 일을 입에 담지는 않았다. 고작해야 괜찮냐고 묻는 것밖에 할 수가 없는데, 괜찮지 않은 걸 알면서 묻는 건 보여주기 식의 관심밖에 되지 않는다.

세단도 그걸 알기에 애정이 고마웠다.

"마 교수님은 어쩜 자는 모습도 조각 같니."

세단은 죽 한 그릇을 싹 비우고서 피식 웃었다.

"그렇지? 너무 멋지고 근사하지? 마치 잘 빚어놓은 도자기 같아. 눈썹도 멋지고, 코도 멋지고, 입도 멋지고. 하지만 눈을 떴을 때 오롯이 나를 바라보는 그 회색빛 눈동자가 더 멋져."

"……."

"나를 꼭 안아주는 두 손이 멋지고, 무심한 척하지만 다정하게 달래주는 그 목소리가 멋지고, 오로지 나를 향해 사랑한다고 외치는 심장 소리가 멋져."

"예전에 네가 말했잖아. 마 교수님한테 반한 이유, 온전히 널 사랑해 주는 느낌이 들어서 좋다고. 지금도 변함없는 거야?"

그래, 예전에 그런 말을 했었다. 오직 나만 사랑해 주는 그 사람의 곁이 좋다고. 계속 믿고 싶어지고, 기대고 싶어진다고. 그 마음엔 변함이 없다. 하지만 조금 변한 건.

"이 남자가 나를 사랑해 주는 것보다 내가 더 이 남자를 사랑해 주고 싶어. 내가 더 많이 바라보고 싶고, 내가 더 많이 안아주고 싶어. 사랑한다는 말로는 부족할 만큼, 그냥 이 남자랑 계속 같이 있고 싶어."

관계가 무너지는 것이 싫어서, 상처받고, 떠나가고, 잃어버리는 그 공허함과 아픔이 싫어서. 환자와의 라포조차 지나치게 감정적이 되었지만, 남녀 사이에서는 관계에 미련 두지 않고, 오직 나만 사랑해 주길 바라며 애정결핍까지 느꼈던 그녀가 단단해졌다.

상처를 받으면 받은 만큼 아파하고 다시 일어날 수 있게 된 것. 어쩌면 인연에 너무 집착하고 매달렸던 그녀의 마음이 변한 건지도 모른다.

인연은 그렇게 약하지 않다는 걸 깨달았고, 받는 것만 원했던 그녀가 더 많은 것을 주고 싶은 사람을 만나면서 그녀의 세상은 더 이상 모래성같은 위태로움이 아니라 훨씬 단단하고 견고해졌다.

"강해졌어, 너."

세단은 여전히 윤성에게 시선을 떼지 않으며 입 밖으로 거센 바람을 내뱉었다.

"더 강해질 거야."

처음엔 많이 걱정했는데, 애정은 이 정도면 되었다고 생각하면서 자리에서 일어났다. 개개인에게 무슨 일이 있든, 병원은 항상 바쁘게 돌아가고 있었으니까.

"그럼 가볼게. 밥 꼭꼭 챙겨 먹어. 나중에 마 교수님이 깨어나시면 네 얼굴 보고 놀라겠다."

"알았어. 그런데 애정아."

"응?"

세단은 계속 망설였지만 그래도 반드시 짚고 넘어가야 할 사람을 입 밖에 내뱉었다.

"하령이는, 지금 어때?"

그날 분명, 하령도 크게 다쳤다. 당시에는 그녀까지 볼 겨를이 없었고 그 이후에도 마찬가지였지만 먼저 선뜻 물어보기가 어려웠던 것도 사실이었다.

애정은 잠시 세단을 바라보다 결국 입을 열었다.

"괜찮다고 들었어. 물론 많이 다치긴 했지만, 회복 중이래. 회복이 끝나는 대로 경찰 조사에 들어갈 거고."

경찰 조사. 안 그래도 백건 회장이 모든 혐의를 부인하는 터라 수사가 더뎌지고 있다고 들었다. 이런 와중에 하령이가 과연 경찰 조사에서 무슨 말을 하게 될까.

세단은 하령의 모습을 되뇌며 말없이 고개를 끄덕였다.

응급 수술을 받고, 몇 번이나 죽을 고비를 넘기면서 결국 하령의 숨은 돌아왔고 의식도 깨어났다. 하지만 그저 숨만 돌아왔을 뿐, 그녀는 영혼을 잃은 사람처럼 축 늘어져 텅 빈 눈동자로 허공만 응시할 뿐이었다. 정말로 인형 같았다. 잘 만들어진, 하지만 버려진 인형.

그리고 그런 그녀를 찾아오는 사람도 없었다. J그룹에서도 완전히 그녀를 외면한 상태였고, 언론은 환자의 안정을 핑계로 차단한 상태. 결국 그녀는 이 병원 안에 완전히 갇혀 있는 것과 마찬가지였다.

하지만 하령은 아무것도 생각하지 않았다. 의미 없는 호흡만이 병실을 채우다가 사라질 뿐이었다. 그러다 가끔씩 스치는 생각은 오직 하나.

'모질고 질긴 목숨이다. 대체 뭘 위해서 이렇게 덧없이 숨 쉬며 지금도 살고 있는 걸까, 나는.'

몇 번, 자살 시도도 해보았지만 소용이 없었다. 그저 구질구질하게 질기기만 하다고 하령은 제 자신을 그렇게 생각하면서 어쩌면 이것이 자신에게 내려진 벌이라고 생각했다.

똑똑.

주치의나 간호사를 제외하면 아무도 오지 않는 병실에 울린 낯선 노크 소리에 하령은 스르르 고개를 돌렸다. 잠시 후, 문이 열리면서 천강진이 들어왔다. 하령은 눈을 크게 뜨며 이불을 꽉 움켜쥐었다.

강진은 말없이 하령을 바라보았다. 벼랑 끝에 서 있던 아이가 결국은 추락하고 말았다. 지금의 그녀는 살아도 산 게 아니었다. 이런 상황에서 지금부터 자신이 하려는 일은 어쩌면 저 아이를 더 이상 일어서지도 못하게 하는 잔인한 짓일지도 모르지만, 또 어쩌면 그녀에게 기회를 주는 걸지도 모르기에 강진은 마음을 굳게 먹었다.

"왜, 오신 거죠?"

"너에게 꼭 들려줘야 할 것이 있으니까."

하령은 불안하게 강진을 바라보았다. 그는 잠시 망설이다가 휴대폰에 녹음된 목소리를 들려주었다. 목소리의 주인공은 백 회장이었다. 백 회장이 처음부터 하령을 이용하기 위해 그녀에게 USB를 주었다는 증거가 될 이야기들.

귓가로 날카롭게 파고드는 백 회장의 목소리에 하령은 허한 미소를 지었다. 그리고 그의 말이 끝나기 전에 휴대폰을 덮어버렸다.

"제게 이걸 들려주신 이유가 뭐죠? 이제라도 정신 차리라는 뜻인가요? 그리고 이사장님처럼 자백이라도 하면서 회장님을 몰아세우라고? 듣자 하니 회장님께서 모든 사실을 적극 부인하시면서 J그룹 법무팀을 비롯해 대형 로펌까지 끌어들이고 있다고 하더니, 제 증언까지 필요하신가 보네요."

"너에게 스스로 사죄할 기회를 주는 거야."

그 말에 그녀의 입에서 터져 나온 웃음소리가 날카롭게 병실 안을 채웠다.

"하하하! 정말 제가 아무것도 모르고 그 USB를 받았을 거라고 생각하시나요?"

"……."

"이사장님보다 제가 더 회장님을 잘 알아요. 그래도 절반의 피가 흐르잖아요. 누구 말처럼 아주 지독한 피가 흐르고 있잖아요. 단 한 번도 그분이 저를 위해 USB를 준 거라고 생각하지 않았어요. 저에게 기회라고 말씀하셨지만, 그 기회는 저보단 회장님의 기회라고 생각했고요. 저를 위해서였다면, 정말로 그랬다면 USB를 제게 주어선 안 되는 거였어요. 안 그런가요? 아버지라면, 조금이라도 아버지였다면, 딸에게 그 어떤 짓을 해서라도 원하는 걸 가져야 한다고, 최고가 아니면 안 된다고, 무너지면 끝이라고 말하지 않았겠죠."

처음부터 이용가치일 뿐이었다. 사생아라는 허물조차 입양이라는 방법으로 사회지도층의 배려, 도덕적 선의, 노블레스 오블리주의 이미지로 이용했던 사람이다.

그에게 자신은 피 한 방울 안 섞인 남보다 못한 존재. 그럼에도 그 손을 잡을 수밖에 없었던 건, 그럼에도 불구하고 자신의 가족이었고, 조금이라도 인정받아 가족이 되고 싶었기 때문이다. 그가 가르쳐 준 방법만이 자신이 알고 있는 전부였기 때문이다.

"이만 돌아가 주세요. 앞으로 제가 어떻게 할지는, 그것만큼은 제가 알아서 선택하고 싶습니다. 이사장님도 백 회장님도 그 누구도 아닌 제가 말입니다."

누군가의 이용 가치도 아닌, 누군가의 눈에 들고 싶어서도 아닌, 정말 진짜 백하령으로서 선택하고 싶었다.

강진은 말없이 몸을 돌렸다. 그리고 예전에 그녀에게 물었던 것을 마지막으로 다시 물어보았다.

"이제라도, 후회하지 않는 거냐."

그 질문에 그때와 마찬가지로 하령은 한 치의 망설임도 없이 대답했다.

"후회한다고 해도, 후회한다고 말하지 않을 겁니다. 그렇게 사과하지 않을 거예요. 전 끝까지 사과 안 할 겁니다."

다소 이기적이기까지 한 대답이 어떤 뜻인지 깨달은 강진은 약간의 안심을 품고서 병실을 빠져나갔다.

그가 떠난 뒤, 하령은 강진의 빈자리를 잠시 바라보다 이내 링거를 끊고 옷을 챙겨 입었다. 갈피를 잃은 채 죽어가던 눈동자가 다시 빛나기 시작했다.

쉽사리 끊어지지 않을 정도로 모질고 질긴 이 목숨의 이유가 정말로 자신에게 주어진 벌이라면. 그런 거라면.

'그래, 어디 한번 살아보자. 살아서 내가 한 선택의 책임, 그 벌 받아보자.'

하령은 안 된다고 말하는 의사와 간호사들을 밀치고 병원을 나서 택시에 몸을 실었다.

"강남경찰서로 가주세요."

밥을 먹으라고 말한다고 고분고분 밥을 챙겨 먹지 않을 것 같아서 애정은 틈틈이 시간을 내서 윤성의 병실이나 환자들의 병실에 있는 세단을 끌어다가 식당에 데려다 놓고 밥을 먹였다. 그럴 때마다 그녀를 향한 시선과 수군거림은 끊이질 않았지만, 애정은 그들을 싸늘하게 노려보면서 더욱 당당하게 자리를 지켰다.

"아주 그냥 입이 촉새들이야, 촉새들."

"궁금할 수밖에 없잖아? 게다가 하령이가 자수했다면서."

"……들었어?"

"나도 뉴스 정도는 봐."

하령이 자수를 했다. 백 회장의 모든 비리와 증거 조작을 폭로하면서 어떻게든 묵인하고 빠져나가려 했던 백 회장의 발목을 완전히 잡아버린 것이다. 또한 그녀가 입양아가 아니라 사실 사생아였다는 사실도 밝혀졌다. J그룹의 주가는 나날이 떨어졌고, 한국재단도 마찬가지였다. 그 때문에 재현은 하루하루 눈코 뜰 새 없이 바빠졌다. 하지만 그보다 더 충격적인 것은, 하령이 세단을 죽이려고 했다면서 살인 미수죄까지 자백한 것. 세상은 요즘 백하령의 사소한 사생활, 개인사까지 전부 들쑤셨다. 그녀는 그렇게 대중들 앞에 완전히 벌거벗겨지고 있었다.

처음에 애정은 믿지 않았다. 하령이 그렇게까지 했을 거라고 상상조차 할 수 없었으니까. 하지만 하령 때문에 마 교수님이 저런 상태에 이르렀고, 만약 마 교수님이 아니었다면 세단이 저 자리에 있었을 거라고 생각하니 더 이상 그녀를 옹호할 수가 없었다. 그 때문에 애정은 차마 하령의 이름을 입에 담지 않았다.

세단은 하령과는 조금 더 긴 시간이 필요하다고 생각했다. 상황에 의해서가 아니라 서로가 진심으로 원하는 그 순간 말이다.

"재현이는 요즘 많이 바쁜가 봐. 하긴 왜 아니겠어. 정신없겠지."

애정이 화제를 돌리기 위해 꺼낸 재현의 이름에 세단도 오랜만에 그의 얼굴을 떠올렸다.

그날 이후 세단은 재현을 보지 못했다. 재현은 윤성의 소식을 듣고 애정을 통해 말만 전해왔을 뿐. 아직은 모두가 정리되질 않았으니까.

세단 역시 재현의 얼굴을 여유롭게 볼 겨를이 없었다. 시간이 조금 더 필요했다.

"오늘 저녁에 잠깐 우리 집에 올래? 챙겨줄 게 있는데."

"네 신랑한테 민폐 아니야?"

"오늘 늦게 들어온대. 게다가 있으면 좀 어때? 난 사랑보다 우정이 먼저다."

"얼씨구?"

그 순간 콜이 울렸다. 세단이 무심코 콜을 보다가 사색이 되어서는 벌떡 일어나 달려 나가자 애정도 뭔가 불길한 생각에 뒤이어 달렸다.

몰아치는 숨을 삼킬 겨를도 없이, 세단은 윤성의 병실로 박차고 들어갔다. 그리고 한순간 눈앞이 하얗게 멀어버렸다.

"바이탈 치수 계속 떨어집니다!"

"어레스트(환자의 심장박동이 멈춘 상태)!"

"CPR 준비!"

번잡하게 소리가 울렸다. 말도 안 되는 소음이 뒤엉키는 그 중심에 윤성이 있었다. 날카롭게 울리던 심박이 한 줄로 뚝 끊기고, 위험하다고 외치는 레지던트의 목소리에 세단은 자꾸만 뭔가가 울컥울컥 치밀어 오르는 것 같았다.

위험하다고? 누가? 누가 위험해? 닥터가? 저 남자가? 웃기지 마! 그는 위험하지 않아. 괜찮다고. 저 남자가 누군지 알고 함부로 입을 놀려!

"박세단, 정신 차려!"

애정은 세단의 눈앞으로 와서는 그녀를 일깨웠다.

"애정아……"

"너 주치의 아니야? 이대로 환자 죽게 내버려 둘 거야?"

"누가 죽어. 닥터는 안 죽어. 알지도 못하면서, 그에 대해서 그딴 말 내뱉지 마."

세단은 눈에 힘을 주고 그에게 다가갔다. 레지던트들은 세단을 발견하고 움찔했지만 계속해서 윤성의 심박을 되돌리기 위해 CPR하는 손을 멈추지 않았다. 그리고 마침내 한 번의 출렁임과 함께 심박이 돌아왔지만 그 자리에 있는 사람 모두 표정이 좋지 않았다.

"수술방으로 옮겨."

세단의 낮은 속삭임에 레지던트 한 명이 용기를 내서 입을 열었다.

"하지만 선생님, 마 교수님의 현재 상태는 매우 안 좋습니다. 겨우 심박이 돌아오셨어요. 자칫 개흉을 했다가 다시 어레스트가 오면 장담할 수 없습니다. 잘못하면 테이블 데스로……."

"닥치고, 수술방으로 옮겨. 마 교수님, 그렇게 약한 사람 아니야. 이렇게 가만히 누워 있을 사람이 아니라고. 이대로 지켜보다가 익스파이어(치료 중 환자 사망)하게 내버려 둘 거야?"

레지던트들은 침묵을 유지했고, 결국 그를 수술방으로 옮기기로 결정했다. 세단은 멀어지는 윤성을 보면서 주먹을 움켜쥐었다.

'그래, 그가 죽을 리가 없어. 이렇게 죽을 리가 없다고. 내가 그곳에 없는데, 내가 여기 있는데, 그가 이렇게 떠날 리가 없어……'

세단은 애정을 스쳐 지나면서 짧게 말했다.

"너도 수술방에 들어와 줘."

"알았어."

그렇게 마윤성 교수의 2차 수술이 시작되었다. 상황은 1차 때보다 더욱 안 좋았다. 어레스트가 한 번 왔었고, 수술대 위에서 어떻게 될지 장담할 수 없는 상황. 세단은 시간을 확인했다. 최대한 빠르게 개흉해서 원인을 확인한 뒤 처치해야 한다.

그녀는 자신의 손을 잠시 바라보다 이내 깊게 심호흡을 하고 수술방으로 들어갔다.

그녀의 손놀림은 그 어느 때보다 침착하고 정교했으며 무척이나 빨랐다. 팽팽하게 이어지는 분위기에 지켜보는 레지던트들은 숨조차 제대로 쉬지 못했다. 어시로 들어온 레지던트는 세단의 움직임에 맞추느라 눈도 깜빡할 수가 없었다.

"리트렉터(개흉 수술 시 가슴을 벌려주는 기구)."

순식간에 개흉을 마친 세단의 시선이 떨렸다. 심장의 손상된 부위가 전혀 아물지 않고, 오히려 허혈 증상을 보이고 있었다. 이대로 있다가는…….

삐삐삐―

날카로운 기계음과 함께 수술방의 분위기가 급속도로 얼어붙기 시작했다. 애정은 다급한 목소리로 외쳤다.

"바이탈이 떨어집니다!"

"어레스트!"

"……."

세단은 윤성의 심장을 바라보았다. 그토록 뜨거웠던 그의 심장이 차가워지면서 또다시 숨이 멎었다. 어쩌면 이번엔 정말로 돌아오지 못할지도 모르는……

"선생님? 선생님!"

아니, 반드시 돌아오게 할 거야. 당신, 절대 이대로 못 보내!

"오픈 카디악(개흉 심장 마사지)."

그녀는 윤성의 심장을 직접 잡고 손을 움직이기 시작했다. 더 이상 뛰지 않는 그의 심장에 대고 간절히 외쳤다. 돌아오라고. 지금, 내 손 안에서 뛰고 있는 내 심장 소리를 느끼고 돌아오라고. 그의 심장 위로 보다 뜨거운 간절함을 불어넣으며 외쳤다.

'사랑해요, 사랑해. 내가 이렇게 당신, 부르고 있잖아!'

이렇게 또다시 원하지 않는 이별을 맞고 싶지 않았다. 절대로 끊어질 수 없는 고리를 누군가에게 억지로 뜯기듯, 그렇게 잃을 수는 없었다.

당신을 향한 내 심장 소리가 멎어서, 당신의 심장 소리만 들리며 사랑이 식어가는 그런 상투적인 이별이 아닌데, 내 심장 소리는 지금도 이렇게 미친 듯이 뛰고 있는데, 미치도록 사랑한다고 열렬히 고백하고 있는데, 그 말조차 할 수 없이 멀리 떠나는 신파적인 새드 엔딩을 원하지 않았다. 아니, 결코 이대로 보낼 수 없다.

'절대 나보다 먼저 죽지 않을 거라고 했으면서. 그렇게 약속했으면서! 왜 이러고 있어요. 왜, 왜! 왜 내가 아니라, 당신이…… 당신이!'

"내가 널 만난 게, 그 운명이…… 내가 널 죽음으로 이끌 사람이 아니라, 널 살리기 위한 사람이라는 걸, 믿어."

그래서 이런 식으로 날 지켜준 거라고? 당신 목숨까지 걸어가면서? 아니면 내가 지켜달라고 해서 그런 거야? 내가 괜히 행운의 아이템이니, 히어로니, 그런 되지도 않은 말을 지껄여서…….

손바닥 안에서 그의 심장이 차갑게 식어간다. 주변은 더 이상 아무 말도 하지 않았다. 애정은 이를 악물고 고개를 푹 숙였다. 그 어떤 소리도 들리지 않았다. 그저, 세단이 내뱉는 애처로운 숨소리와 그의 심장을 깨우려는 소리만이 마지막 인사처럼 울릴 뿐.

애정이 세단의 어깨를 잡고서 가느다랗게 떨리는 목소리로 속삭였다.

"세단아, 이제 그만해. 이제, 이제……."

"아니야. 아니야. 아니야!"

세단은 애정의 손을 뿌리치고 다시 심장을 붙잡았다. 더 이상 아무것도 눈에 들어오지 않았다. 오직 이 남자, 이 남자뿐이다. 모두들 몰라서 그래. 그래, 모르니까 이러는 거야.

"절대로 안 죽어. 이 남자 안 죽어! 미안해요. 내가 잘못했어요. 이런 식으로 나 지켜달라고 했던 건 아니라고요! 제발 돌아와요. 이렇게 혼자 가면 안 되지. 그러면 안 되잖아! 당신이 어떤 사람인데, 이렇게 쉽게, 쉽게 이럴 리가 없어."

순간, 이상하게도 그의 마지막 목소리가 떠올랐다. 그저 세단아, 세단아……. 자신의 이름이 그 무엇보다 소중하고 귀하다는 듯, 너무나도 다정하고 사랑스럽게 불러주었다.

그래서 그녀도 혹시나 하는 마음에 그의 이름을 힘껏 불렀다.

"윤성 씨, 윤성 씨, 마윤성! 어서 돌아와. 돌아와요. 제발, 제발! 내 목소리 듣고 돌아오라고, 마.윤.성!"

하지만 끝끝내 그의 심장은 돌아오지 않았다. 완전히 멎어버린 심장에 레지던트들은 숨을 죽이고 천천히 속삭였다.

"테이블 데스."

8. 사랑해, 사랑해

뿌연 안개 속에서 그는 그대로 침잠했다. 고단한 숨을 내쉴 필요도 없고, 애써 움직일 필요도 없으며, 뜨거워졌다가 차가워졌다가 빠르게 뛰어올랐다가 가라앉아 버리는 심장을 의식할 필요도 없었다. 왜냐면 지금은, 그 어떤 것도 느껴지지 않았으니까.

그저 멍하니 눈을 뜬 채 아무것도 보이지 않는 위를 바라보았다. 시간이 멈춰 버린 곳. 순간 웃음이 스쳤다.

'내가, 죽긴 죽었구나.'

그는 천천히 몸을 일으켜 세웠다. 의식한 적도 없지만, 의외로 사방은 밝았다. 나지막한 파도 소리와 낯이 익은 풍경.

"여긴……."

별장. 그래, 아버지의 별장이 있는 곳이었다. 사후에 온 곳이 어째서 아버지의 별장인 걸까. 그저 머릿속의 기억이 보이는 걸까? 그래도 이상했다. 대체 왜 하필, 이곳인 걸까.

그는 잠시 머뭇거리다 이내 별장 쪽으로 걸음을 내디뎠다.

모든 것이 똑같았다. 왜 하필 이곳인지는 여전히 모르겠지만, 그래, 이건 자신의 기억이다. 윤성은 문고리를 잡고 돌렸다. 하지만 쉽사리 안으로 들어갈 수가 없었다. 누군가가 있었다. 커다란 창문 너머로 회색빛 바다를 물끄러미 바라보며 앉아 있는.

'아버지……'

아버지가 그때 그 모습 그대로 똑같은 자리에 앉아 계셨다.

순간 저도 모르게 헛웃음이 나올 뻔했다. 처음엔 긴가민가했는데 이젠 확실하게 알았다.

그래, 그렇구나. 내가 죽어서 아버지가 계신 곳으로 온 건가? 사후세계 같은 건 믿지 않았는데, 정말로 있었던 거야? 그럼 이곳에 어머니도 계시는 건가?

하지만 윤성은 곧 고개를 저었다. 아버지가 계시는데 어머니가 여기 계실 리가 없다. 어머니는 아버지를 떠나고 싶어서, 아버지에게서 벗어나고 싶어서 숨을 놓으셨는데 함께 계실 리가 없었다.

윤성은 잠시 머뭇거리다 아버지에게 다가갔다. 한 걸음, 한 걸음.

솔직히 얼굴이 제대로 기억나진 않았다. 아버지와 제대로 얼굴을 맞댄 적도 몇 번 없고, 어릴 적 기억은 이미 거의 다 부스러져 버렸으니까. 마침내 그에게 가까이 간 윤성은 불안하게 눈을 깜빡였다. 그리고 아버지가 그제야 고개를 돌려 윤성을 바라보았다.

짧게 흔들리는 은빛 머리카락 사이로 그보다 좀 더 짙은 황금빛 눈동자가 깊게 자리했다. 무뚝뚝하게 입을 다물고, 아무런 표정도 없이 윤성을 무심하게 바라보고 있었다. 그렇게 마주한 두 사람은 무척이나 닮아 있었다.

윤성은 마른침을 삼켰다. 기억하지 못한다고 생각했는데, 이렇게 보니 아버지의 얼굴이 떠올랐다. 잊은 줄 알았는데, 잊은 것이 아니었다.

"앉아라."

굳게 다물고 있던 입술이 벌어지면서 낮은 목소리가 울렸다. 윤성은 그 목소리에 저도 모르게 심장이 시큰거렸다. 떨리는 숨을 삼키며 바로 옆에 있는 소파에 내려앉았다. 똑같은 분위기에 똑같은 자리다. 커다란 창문 너머로 파도만이 공허하게 출렁였고, 그때도 시간은 참으로 더디게 갔었다. 어린 시절, 그 무거운 시간을 견디고 있을 때 아버지는 침묵을 가르며 늑대인간의 존재를 말해주었다.

"……꿈이네요. 이건, 꿈인 거네요."

윤성은 창밖을 바라보며 자조적인 어조로 읊조렸다. 그래, 이건 꿈이다. 그저 자신이 보고 싶은 것을 보여주고 있는 것뿐. 사후세계가 아니다. 그럼 아직, 자신은 죽은 것이 아닌 건가?

그는 고개를 돌려 아버지를 바라보았다. 모든 것이 그대로인데 자신만 달라졌다. 소년은 어른이 되었지만, 그런데도 그때 느꼈던 감정이 고스란히 느껴진다. 무섭고, 두렵고, 하지만 그보다 사무치게 스미던 그리움과 온기.

아버지는 말이 없었고, 윤성도 다시 고개를 돌려 아버지가 바라보는 방향으로 시선을 던졌다. 왜 이런 꿈을 꾸고 있는지는 모르겠지만 어쩐지 조금 반갑다는 생각이 들었다.

그때, 침묵하던 아버지가 고개를 돌려 윤성을 바라보았다. 윤성이 그 시선을 느끼고 저도 모르게 긴장한 그 순간, 살가운 손길이 느껴졌다. 윤성은 흠칫 놀라며 고개를 들었고, 아버지는 그런 윤성의 얼굴을 감싸고서 살포시 웃고 계셨다.

아버지가, 웃고 계셨다. 단 한 번도 이런 모습은 상상해 본 적이 없는데. 그럼 이건, 자신의 기억이 아닌 건가? 정말로, 웃고 계시는 건가? 아니면 언젠가 한 번쯤 상상하고 바랐던 소망?

"아버지……."

입안 가득 억눌렀던 이름이 터져 나오고, 그와 동시에 두 뺨 위로 뜨거운 눈물이 투두둑 떨어져 내렸다. 채 막을 수 없는 감정이, 그 옛날 차마 흘릴 수 없었던 눈물이 시간을 돌고 돌아 이제야 흘러내렸다.

"잘, 자라주었구나."

"……."

"이곳이었지. 그래, 내가 너에게 늑대인간에 대해 말해주었던 곳. 그때 나는 너에게 너무 미안하고 미안했다."

"……."

"널 걱정했다. 무척이나, 걱정했어. 앞으로 네가 얼마나 힘들어질지, 얼마나 외롭고 고단한 길을 걷게 될지 난 알고 있었으니까. 그 한없이 무서운 길을 예전의 나처럼 혼자 가야 할 테니까. 하지만 끝까지 네 손을 잡아주진 못했다. 난 너만큼이나 네 어머니가 소중했어. 그 사람을 혼자 보낼 수가 없었다."

어머니. 어머니…….

입안에서 항상 아프고 아프게 맴도는 이름. 아버지는 그 순간까지도 어머니를 사랑했다는 건가. 어머니를, 놓지 못했다는 건가. 그건 늑대인간의 각인 때문일까? 아니면…….

"하지만 이젠 걱정하지 않아도 될 것 같다. 더 이상 네 길 위엔 혼자가 아니지 않니."

"……네?"

"들리지 않니?"

순간 먹먹하던 세상에 뭔가가 울리기 시작했다. 천천히, 천천히, 그러다가 점점 더 크게, 누군가의 목소리가 그를 연신 부르고 있었다.

사랑해요, 사랑해. 내가 이렇게 당신, 부르고 있잖아!

윤성 씨, 윤성 씨, 마윤성! 어서 돌아와. 돌아와요. 제발, 제발! 내 목소리 듣고 돌아오라고, 마·윤·성!

윤성은 자리에서 벌떡 일어났다. 귓가로 파고든 목소리가 머릿속을 울리면서, 이내 멈춰 있던 그의 심장이 그녀의 목소리를 품고 뜨겁게 쿵쾅거리기 시작했다.

심장에서 아무것도 느껴지지 않는 이유는 그녀가 없었기 때문이다. 이미 그녀가 이 심장이 되어버렸으니까.

"하아, 하아, 박, 세단……."

조각조각 흩어져 있던 감정들이 그녀의 이름을 내뱉은 순간 그리움이 되어 밀려들었다. 갑자기 온몸이 텅 비어버린 것처럼 제 자신도 주체하지 못할 외로움에 숨을 쉴 수가 없었다.

박세단, 그녀가 보고 싶다. 그녀를 위해 목숨을 걸었다고, 그녀만 살리면 된다고 생각했지만, 아니다. 살고 싶다. 그녀와 함께 서로의 시간 속에서 끊임없이 살고 싶다. 이대로 놓치고 싶지 않다. 더 한껏, 끌어안아도 모자랄 만큼, 그렇게 그녀를…….

"힘이 약해진 게 아니라 네가 강해진 거다. 지금껏 네가 조절하고 있다고 생각했지만, 그게 아니라 휘둘리고 있었던 거야. 하지만 이젠 네가 그 힘을 온전히 가질 수 있게 되었다. 목숨보다 아깝지 않은 존재, 널 숨 쉬게 하는 그 사람, 그 사람을 더 지키고 싶어 하니까."

윤성은 아버지를 바라보았다. 그는 웃으면서 손짓했다.

"돌아가라. 이번엔 놓치지 말고. 널 기다리는, 너에게 새로운 세상이 되어준 그녀에게 돌아가서 꼭 안아줘."

"아버지……."

"널 이렇게라도 만나서 다행이다. ……윤성아, 잘 자라주어서 고맙고 또 고맙구나."

윤성은 아버지의 모습을 눈에 담았다. 아마 이번이 마지막이겠지. 하지만 마지막이 자신이 바라던 모습이어서 좋았다.

그래서 꼭 하고 싶었던 말을 어렵사리 물었다. 이 답을 알아야 그 역시 과거에서 벗어날 수 있을 것 같았다.

"예전에 어머니를 사랑해서 미안했다고 말씀하셨습니다. 그럼 어머니를 사랑한 순간을 후회하십니까? 각인을, 원망하셨습니까?"

그러자 그는 한 치의 망설임도 없이 윤성을 똑바로 바라보며 대답했다.

"남들과 다른 모습으로 태어나 항상 이 세계에서 이방인처럼 살았다. 지독히도 무섭고 외로운 길을 혼자 걸었지. 그 길의 끝에서 만난 사람이 바로 네 어머니다. 물론 끝까지 행복하진 못했지만, 한순간이나마 내게 외로움과 두려움이 아닌 다정함과 사랑을 알려준 그녀를 너무 사랑했고, 그 순간을 후회하지 않고 또다시 그녀를 만나고 싶었기 때문에 미안했던 거야."

"……"

"네 어머니를 너무 미워하지 마라. 나와 네 어머니도 조금은 다른 사랑을 했었다. 서로가 서툴렀을 뿐. 사랑해서 미안하다고 했지만, 사랑해서 고마웠어. 내겐 가장 찬란하고 행복했던, 그래서 내 목숨조차 아깝지 않았던 순간이었어."

아버지의 대답에 윤성은 제 마음에 남아 있던 모든 상처와 쓰라림이 사라지는 것을 느꼈다. 어쩌면 자신도 느꼈을 그 순간의 감정은 절대로 늑대인간의 각인 때문만이 아니었다. 진심으로 사랑해서, 그녀를 너무나도 사랑해서, 아버지와 자신은 그 똑같은 감정으로 순수하게 온 마음을 다했던 거다.

그는 그렇게 천천히 고개를 숙였다. 아버지는 윤성을 말없이 바라보다 다시 고개를 돌려 아주 먼 곳을 바라보았다. 아버지의 옆자리, 비어 있는 그 자리의 주인이 언젠가 돌아오길 기다리면서.

그리고 윤성은 자신이 돌아가야 할 곳으로 힘껏 달렸다. 아직까지도 그녀의 목소리가 선명하게 들려왔다. 어서 오라고, 제게로 오라고, 눈물로 뒤엉킨 목소리가 너무나도 절절하여 그의 심장이 아프게 울부짖고 있었다.

서둘러야 해. 얼른 가서 안아줘야 해. 더 이상 울지 않게, 그 눈물을 닦아주고 꼭 안아줘야 해. 그리고 사랑한다고 말해줘야 해. 그녀의 이름을 불러주면서 괜찮다고, 괜찮다고, 내게 네 웃는 얼굴을 보여 달라고, 그렇게…….

'돌아가자. 그녀에게. 내, 세상으로…….'

지금, 갈게.

"테이블, 데스."

세단은 미친 듯이 고개를 가로저으며 자신을 그에게서 떼어놓으려는 그들을 향해 날카롭게 외쳤다.

"이거 놔! 아니야. 그럴 리가 없어! 마음대로 죽었다고 단정하지 마! 대체 누가 죽어. 누가 죽냐고!"

"선생님!"

세단은 그들의 손을 뿌리치고 다시금 그의 심장을 붙잡았다.

"선생님, 소용없어요. 없다고요! 이미 어레스트가, 잘 아시잖아요. 그러니까 제발!"

"내가, 놓을 수 있을 리가 없잖아. 내가 어떻게, 어떻게 내 손으로! 닥터? 닥터? 내 말 들리죠? 듣고 있잖아. 그렇죠? 일어나요. 제발, 제발 일어나. 마윤성, 일어나!"

두근!

멈춰 있던, 아니 그대로 멈췄다고 생각했던 녹색 선이 크게 한 번 꿈틀거리더니 빠르게 움직이기 시작했다.

한순간의 침묵 후에 그 소리는 더더욱 크게 들렸고, 세단은 천천히 고개를 숙였다. 멈춰 있던 그의 심장이, 움직이기 시작했다.

애정은 빠르게 움직이기 시작하는 바이탈을 바라보며 믿을 수 없다는 어조로 중얼거렸다.

"바이탈 수치가, 돌아옵니다……."

"세, 세상에……."

"어떻게 이런……."

레지던트들은 당황해서 웅성거렸지만 세단은 오직 제 손안에서 힘차게 뛰는 그의 심장만을 느꼈다. 망가졌던 심장이 서서히 치료되면서 뜨겁게 요동친다. 잃었던 온기를 순식간에 되찾고서 거센 고동을 내뱉으며 마치 그가 그녀의 손을 꼭 붙잡고, 괜찮다고, 돌아왔다고 그렇게 말해주는 것처럼…….

그리고 정말로 그가 돌아왔다. 닥터가, 돌아왔다…….

고인 눈물이 뚝 떨어짐과 동시에 세단은 곧장 정신을 차렸다. 그러곤 이 놀라운 사태에 정신 못 차리고 우왕좌왕하는 레지던트들을 향해 다급하게 외쳤다.

"환자 의식이 돌아왔다! 수술을 계속 진행한다!"

세단은 멈췄던 수술을 진행한 후, 열었던 가슴을 빠르게 봉합했다. 그의 심장이 돌아옴과 동시에 그녀의 심장도 돌아왔다.

그날 저녁, 세단은 불안과 초조함에 우왕좌왕하며 병실 앞에 서 있었다. 문고리를 잡긴 잡았는데 무서워서 열 수가 없었다. 모든 것이 너무나도 길고 긴 꿈일까 봐. 너무 간절히 바란 나머지, 허상과도 같은 신기루에 사로잡혀서 이미 그는 멀리 떠나 버렸는데 나 혼자 이렇게 놓지 못하는 것일까 봐. 그렇게 그의 빈자리를 멍하니 보게 될까 봐.

그렇게 병실 앞에서 서성이고 있을 때, 붙잡고 있던 문고리가 가볍게 돌아가면서 문이 열렸다. 그리고 그곳에 마윤성, 그 남자가 서 있었다. 죽은 듯이 누워 있는 그가 아니라, 예전 그대로의 모습으로, 아무렇지도 않게, 마치 그런 일 따윈 없었다는 듯, 그가 서 있었다.

"닥……"

세단이 무슨 말을 하기도 전에 윤성이 먼저 그녀의 손을 끌어당겨 꽉 끌어안았다. 한껏, 더 한껏. 멀어져 있었던 그 시간을 남김없이 없애 버리려는 듯, 숨이 막힐 만큼 깊고 단단하게 안아주는 그의 품 안에서 뜨겁게 울리는 심장 소리에 그제야 그가 정말로 돌아왔음을, 이렇게 눈앞에 돌아왔음을 느낄 수 있었다.

"세단아."

"……네."

"다녀왔어."

그 짧은 한마디에 그녀는 그에게 하고 싶었던 모든 말을 잊었다. 그저 울먹이는 것밖에 할 수 없었다.

"잘, 왔어요……."

그 어떤 미사여구도 필요 없었다. 그가 돌아왔고, 이렇게 내 눈앞에 있다. 그토록 그리워하던 그의 품에서, 그가 이렇게 꽉 안아주는 그 품에서 다시금 오롯이 자신을 향해 뛰는 심장 소리가 되돌아왔다. 그러니 다른 건 아무것도 필요하지 않았다. 아무것도.

모든 것이 제자리를 찾았고 우리는 이렇게 다시, 만났으니까.

다시 서로가 서로를 향해…… 뛰고 있었다.

"네 목소리 아주 잘 들렸어. 늦어서 미안해. 기다려줘서 고마워. 사랑해, 세단아."

"내게로 다시 와줘서, 고마워요. 사랑해요……."

사랑한다고 말할 수 있게 되었으니까. 앞으로도 계속해서 쭉 사랑할 수 있게 되었으니까.

윤성은 빠른 속도로 회복했다. 수술방에서 어레스트가 온 환자라고 믿을 수가 없을 정도여서 다들 놀랐지만, 세단은 그저 피식 웃었다.

그는 잃었던 늑대인간의 힘을 다시 되찾았다. 전보다 더 강하게. 그 힘을 이젠 완벽하게 다룰 수 있어서 보름달이 떠도 그 힘의 지배를 받지 않는다고 했다.

세단은 오랜만에 예쁘게 외출복을 차려입고 카페로 향했다.

"세단아, 여기."

"어!"

그날 이후 재현을 만나는 건 이번이 처음이었다. 한국재단은 여전히 뒤숭숭했다. 하지만 재현이 제법 잘해내고 있는 듯싶었다. 오늘도 재현이 먼저 만나자고 청한 것이었다.

세단은 재현의 맞은편에 앉았고, 그는 예전처럼 자연스럽게 미소를 지으며 그녀를 보았다. 그 미소에 그녀 역시 덩달아 입꼬리를 가볍게 말아 올렸다.

"이렇게 마주 보고 앉을 수 있어서 참, 좋다."

"더 일찍 찾아가 보지 못해서 미안해. 하지만 내가 거기 있었으면 너랑 마 교수님이 더 힘들었을 거야. 안 그래도 병원에서 다른 사람들의 시선이 널 계속 좇았는데……."

백하령과 천강진은 자수해서 모든 죄를 인정했다. 공판 없이 실형이 선고되었는데 하령의 경우 무엇보다 살인미수를 자백한 것이 형량에 크게 작용되었다.

백건 회장은 계속해서 혐의를 인정하지 않아 공판이 진행 중이었지만 실형을 피하진 못할 것이라는 게 세간의 평가였다. 그는 무의미한 싸움을 계속하며 아직도 진실을 인정하지 못한 채 추하게 발악하고 있었다.

"알아, 네가 배려해 준 거."

"마 교수님은 좀 어때?"

"많이 좋아졌어. 퇴원하고 싶다고 난리야."

"하령이는, 만나봤니?"

어느새 그녀는 하령이라는 이름에도 아무렇지 않을 수 있게 되었다.

"아니. 만나지 못했어."

징역을 선고받은 후 그녀가 지내는 교도소로 면회를 여러 번 갔었지만, 끝내 하령을 만날 수 없었다. 명백한 면회 거절이었다.

그 후 그녀도 하령을 만나러 가지 않았다. 하령은 나름대로 자신의 선택에 대한 책임을 지고 매듭을 지은 것 같았다. 서로가 더 이상 친구로서 다가가는 것은 어렵다고, 예전으로 돌이킬 수 없을 만큼 절대로 좁혀지지 않을 간격이 생겨 버린 거라고, 세단은 그렇게 생각했다.

언젠가, 아주 먼 훗날, 우연이라도 만나게 되면 그때는 지금보다는 낫겠지. 첫 이별은 너무나도 엉망이었지만, 그래도 마지막 이별은 서로가 서로에게 제대로 끝을 주어서 다행이라고, 세단은 그렇게 생각했다.

재현은 커피 잔을 만지작거리다 한 모금을 마시고 세단을 빤히 바라보았다. 처음부터 지금까지, 그의 눈에 그녀는 단 한 순간도 예쁘지 않은 적이 없었다. 하긴 남자의 첫사랑은 항상 아름답고 예쁘다고 했다. 너무나도 귀하고 소중해서, 그래서 첫사랑이 제대로 이뤄지지 않는 모양이다. 그리고 오늘, 그 역시 그 첫사랑을 떠나보내려고 한다.

"내가 오늘 널 보자고 한 건, 나 역시 너와의 관계를 매듭짓기 위해서야."

그리고 또 한참 동안 말을 잇지 못하는 그를 세단은 가만히 기다려 주었다. 그리고 재현은 짧은 심호흡과 함께 천천히 입을 열었다.

"세단아."

"……"

"널 아주 많이 좋아해. 네가 내 손을 처음 잡아주었던 그 순간부터 지금까지, 넌 내게 너무나도 소중한 존재였어. 그건 앞으로도 절대 변하지 않을 거야."

처음 그가 자신에게 고백을 했던 그때처럼, 그때보다 더한 진심이 절절하게 와 닿았기에 그의 진심에 그녀 역시 그때와는 다른, 정말로 진심으로 답을 했다.

"고마워. 내가 너에게 그렇게 특별하고 소중한 첫사랑이어서, 아주 많이 기쁘고 설레."

재현은 아주 예전에 아버지가 그녀에게 했던 말을 모두 알게 되었다. 그녀가 자신의 고백을 거절했던 것이 단순히 자신이 아파서, 약해서, 자신을 믿지 못해서가 아니었다는 사실을 알았다. 그리고 오늘은 진심을 담은 그녀의 대답을 들었다.

"아버지가 너에게 그런 말을 했을 때, 내가 너에게 고백했을 때. 넌, 날 좋아했었니?"

"좋아했어. 하지만 쉽게 포기한 것도 사실이야. 결국 내가 사랑을 제대로 몰랐던 거지. 그 사람이 날 떠났을 때는 접어야지, 잊어야지, 모질게 지워내야지, 수없이 되뇌고 다짐했는데 그럴 수가 없었어. 너무 아팠거든. 아무리 떨쳐 내려 해도 매 순간순간 그가 걱정되서 떠나보낼 수가 없었어. 하지만 재현아, 너에겐 그렇게 아프지 않았어. 널 걱정하긴 했지만, 그건 다른 걱정이었어."

"······."

"외로울 때 연애를 하면 안 된다고 하잖아. 우린 가장 외로울 때, 누구라도 옆에 있어주었으면 할 때, 그때 만나서 서로의 외로움을 달래주고 있다고 생각했지만 생각해 보면 서로의 외로움에 곪아가고 있었는지도 몰라."

재현은 뜨거운 커피를 머금었다. 처음엔 입안으로 진한 쓸쓸함이 번졌는데, 어느새 쓸쓸함 뒤에 숨어 있던 달달함이 느껴졌다.

"우린 가장 행복할 때 만나지 못해서, 계속 서로의 상처를 끌어안고 괜찮다, 괜찮다 위로만 하고 있었어. 사랑은 서로가 주어야 하는데 넌 나한

테 주기만 했고, 난 너한테 받기만 원했어. 그럼 결국 다시 서로가 외로워
질 뿐이야."

"그래서, 주고 싶은 사람을 만난 거야?"

"……응. 난생처음으로 내가 주고 싶은 사람을 만났어. 오직 내 심장 소
리만 들리는 사람. 내 심장 소리를 들려주고 싶은 사람. 그가, 바로 마운
성 그 사람이야."

언젠가 넌 지금 누구의 심장 소리를 듣고 있냐고 물은 적이 있었다. 그
때 그녀는 제게 난생처음으로 자신의 심장 소리가 들린다고 말했었지. 매
순간 자신의 심장 소리에 절로 미소를 지을 만큼. 끝없이 사랑한다고, 아
니, 사랑한다는 말로도 부족해서, 오로지 그 남자뿐이라고 말하는 그녀
는 진심으로 그를 사랑하고 있다.

지금까지 세단이 무너지지 않고 버틸 수 있었던 건, 트라우마를 깨고
더 단단해질 수 있었던 건 전부 그 남자가 있었기 때문이다.

사실 재현은 아직 그가 어떤 존재인지 정확히 알지 못한다. 하지만 그
가 누구든 더 이상은 걱정하지 않는다. 그는 반드시 세단을 행복하게 해
줄 거니까. 반드시 지켜줄 거니까. 그 목숨까지 걸면서, 죽음까지 이겨내
고서 다시 그녀에게 돌아온 것처럼.

그 역시 세단으로 인해 세상이 변한 거겠지. 서로가 서로의 세상을 변
하게 해준 거다.

처음 그녀를 만나 좋아하고, 사랑하면서 자신이 세단의 유일한 운명이
라고 생각했는데, 진짜 운명은 그 남자와 세단이었다. 정말로 운명이 있다
고, 두 사람을 보면서 느낄 수 있었으니까.

재현은 잔을 천천히 내려놓았다.

"내가 좋아하는 여자에게 가장 최고의 남자는 오직 나라고 생각했어.
그 어떤 남자가 옆에 있어도 마찬가지였지. 하지만 너에게 최고의 남자는
내가 아니라 그 남자인 거겠지? 널 위해서야. 누구도 아닌 널 위해서. 그

가 좋은 남자고 멋진 남자라서가 아니라 네가 그 남자 옆에서 가장 행복해 보이니까. 네가 너무 좋아하는 남자니까. 그래서 널 위해 내가 끝을 맺는 거야. 친구로서 세단이, 네가 너무 소중하니까."

이제는 친구라고 하는 재현의 말에 세단은 환한 미소를 지으며 진심으로 답했다.

"고마워, 재현아. 네가 내 친구라서 너무너무 고마워."

세단이 떠나고, 재현은 카페에 남았다. 하지만 그는 한결 편안해진 마음으로 남은 커피를 전부 마셨다. 이미 식어버린 커피지만 또 다른 향이 느껴졌다.

그녀가 원하는 대로, 그녀의 아버지가 주신 너무나도 소중한 목숨을 더 귀하고 값지게, 그렇게 그는 살아보려고 한다.

재현은 세단이 떠난 빈자리를 바라보며 마지막으로 속삭였다.

"세단아, 넌 내 사랑의 모든 순간이었어. 짝사랑 그리고 첫사랑, 매 순간 내 심장 소리에 설레고도 아팠지만 잊지 못할 사랑……. 그래서 난 아주 많이 행복했어. 고마워. 내 소중한 사랑의 기억이 되어주어서."

그렇게 그 역시, 마지막을 이곳에 남긴 채 그렇게 카페를 빠져나갔다.

늦은 밤. 윤성과 세단은 1인 병실에서 서로를 꼭 끌어안은 채 침대에 누워 있었다. 윤성은 집요하게 두 팔로 그녀를 결박하고서 한 치의 빈틈도 없이 그녀를 자신의 체온으로 에워쌌다. 아침에 잠깐, 그리고 지금에서야 얼굴을 보인 그녀에게 하는 복수였다.

"CS 일은 혼자 다 해? 뭐가 이렇게 바쁜 거야? 아니지. 병원에서 당신 목소리 들리지도 않던데. 말해. 어디 간 거야?"

"어린애처럼 왜 이러실까. 잠깐 볼일이 있었다니까요."

"그러니까 무슨 볼일?"

재현과 하령에 관한 일로 괜히 신경 쓰게 할 순 없었다. 아무리 괴물 같은 회복 속도로 나아가고 있다고 하지만, 그래도 환자니까. 하지만 저 집요할 정도의 집착을 어떻게 몰아내지?

"박세단, 말하라니까?"

방법은, 하나다.

세단은 재빨리 그의 위로 올라가서는 순식간에 그의 입술을 삼키고서 그의 말도 함께 막아버렸다.

윤성은 세단의 발칙한 행동에 피식 웃고서는 기꺼이 그 유혹에 넘어갔다.

달뜬 숨결이 어지럽게 뒤엉키고, 짜릿한 열기가 심장으로 타고 흘러 호흡이 흐트러졌다. 하지만 그조차도 부족하다는 듯, 윤성은 그녀의 아랫입술을 지근거리며 더욱 깊숙이 들이마셨고, 세단은 더욱 격한 숨을 삼키며 그를 한껏 움켜쥐었다.

결국엔 그녀가 항복하고 말았다.

"그, 그만! 하아……. 숨을 못 쉬겠어……."

윤성은 그제야 고개를 들고 두 손으로 그녀의 허리를 강하게 감아올렸다.

"그러게 쉽게 유혹하지 마. 자극하지도 말고."

"난 이렇게 엉망으로 흔들리는데, 당신만 너무 아무렇지도 않은 것 같아서 신경질 나."

믿지 않은 투정에 그는 낮게 웃으며 마치 아기를 안는 것처럼 그녀를 품에 안았다. 세단은 그의 가슴에 귀를 갖다 대었다. 터질 듯이 밀려드는 그의 심장 소리가 들렸다. 철썩철썩, 폭풍우가 몰아치는 듯 거세기만 하다.

"아무렇지 않은 게 아니야. 매 순간 미칠 것 같아. 지옥불에 빠진 것처럼 온몸이 타들어갈 것 같다고."

가끔은 무서울 정도로 솟구치는 소유욕에 온몸이 떨릴 때가 있었다.

서로를 한 번 잃었던 이후에는 더더욱 그랬다.

세단은 지금의 편안함에 감사했다.

"오늘이 당신이 말했던 3개월의 끝이에요."

그녀의 속삭임에 윤성은 가볍게 고개를 끄덕였다.

그러고 보니 그렇다. 3개월의 끝. 그녀가 죽음에 이를지도 모른다고 했던 그날. 결국 그녀도 살았고 자신도 살았다. 아니, 정말로 제대로 살게 되었다.

처음 한국에 도착했을 때는 이렇게 될 줄 상상도 하지 못했는데. 그저 그녀만 구하고 다시 아프리카로 돌아가서 또다시 죽은 듯이 살아갈 거라고 생각했는데. 서로가 서로에게 손을 내밀고, 그 손을 잡으며 함께 견뎌낼 수 있었다.

"전부, 닥터 덕분이에요."

우연과도 같은 인연으로 아프리카에서 처음 만난 그 순간부터, 죽음의 운명이 시작되었지만……

"당신은 내게 진실을 보여줄 사람이었고, 그 진실을 버틸 힘을 주었고, 내가 과거에서 나아갈 수 있게 손을 내밀어주었어요."

함께 있어야 살릴 수 있었던, 한순간의 망설임도 없이 목숨과도 맞바꿀 수 있는 유일한 감정.

"아니, 나 역시 네 덕분에 제대로 살 수 있게 되었어."

절대로 아버지처럼 살지 않겠다고 다짐하고, 저로 인해 누군가가 불행해지지 않도록 철저히 감정을 죽이고, 혼자가 되어야 했던 그를 또 다른 세상으로 이끌어준 유일한 감정.

"그저 사랑해서 그런 거라고."

그래, 그것이 정답이다. 그녀를 살릴 수 있었던 건, 아니 우리가 살 수 있었던 건, 우리가…… 서로가, 사랑했기 때문이었다.

결코 알지 못했던, 차마 욕심내지도, 원하지도, 바라지도 않았던 그 감정이 서로에게 닿았기 때문이다.

"그래도 다시는 목숨 걸지 말아요. 이제 닥터 목숨은 내 거예요. 함부로 다루면 그땐 정말 당신, 용서 안 해."

"어떻게 용서 안 할 건데?"

"일단 당신 살려놓고 절대 안 봐. 안 볼 거야."

윤성은 세단의 말에 낮게 웃었다.

"그게 더 무섭네. 난 이제 너 안 보면 정말 못 살 것 같은데. 그래, 내 목숨은 네가 가져. 대신 네 목숨은 내게 줘. 그리고 우리 같이 오래오래 살자."

세단은 손을 뻗어 그의 얼굴을 가만가만 매만지다 이내 살며시 끌어당겼다.

"사랑해요. 아주 많이, 너무너무 사랑해요."

회색빛 눈동자가 그녀의 얼굴을 더없이 귀하고 사랑스럽게 품었다. 그의 목소리가 감미롭게 흘러들었다.

"사랑해. 널 만나서, 다행이야."

멀어졌던 속삭임이 다시금 서로를 끌어당기며, 아까와는 달리 애가 탈 정도로 느릿하고 달달하게 스며들었다.

윤성은 그녀의 머리카락에서부터 시작해 점점 아래로 쓸어내려가며 어느새 그녀의 흰 가운을 벗겨내려 했다. 세단은 그의 손을 붙잡고서 헐떡이며 속삭였다.

"닥터……."

윤성은 결국 참고 있던 이성을 뚝 끊어내고 순식간에 그녀의 위로 올라섰다. 늑대인간의 힘을 완전히 조절할 수 있게 되었지만 그녀에게만큼은 전혀 통제 불능이다. 그 정도로 그는 그녀에게 완전히 빠져 버리고 말았다.

거대한 그림자 사이로 바싹 마른 열기에 잿더미처럼 남겨진 회색빛 눈동자가 보였다. 세단은 그의 눈빛에 홀려들 것 같았지만, 이내 정신을 꽉 붙잡고 입을 열었다.

"닥터, 여기 병원이에요."

하지만 윤성은 그런 것 따위 개의치 않는다는 듯 부드럽게 그녀에게 내려앉으며, 지독히도 자극적인 음색으로 속삭였다.

"그래도 상관없어. 난 지금 널 원해. 널, 가지고 싶어."

한 마리의 우아한 늑대가 오직 자신을 향해 뜨겁게 갈구하고 애타게 바라는 눈짓과 몸짓에 세단은 자꾸만 머릿속이 멍해졌다. 남자가 하는 유혹이 이토록 짜릿하고, 이렇게 섹시할 줄이야.

윤성은 다시 그녀의 옷자락을 움켜쥐었다. 그리고 달래듯 그녀의 입술을 머금더니 이내 아래로 내려가서는 아찔한 쇄골 위를 진득하게 배회했다.

이질적인 느낌과 동시에 순간 훅 밀려드는 감각에 사로잡혀 저도 모르게 등허리가 팽팽해지면서 온몸이 비틀렸다. 이대로 계속 있다가는 정말로 끝까지 갈 것 같았다. 아무리 그래도 병실에서, 이럴 수는 없어!

"닥터, 닥터는 아직 환자예요. 난 주치의로서 격한 운동은 아직 용납 못 해요!"

하지만 그는 여전히 그녀를 놓아주지 못한 채, 반쯤 벗겨진 옷자락을 감질나게 바라보며 마지막으로 속삭였다.

"제발……."

세단은 완강하게 고개를 가로저으며 몸을 일으켜 세웠다.

"안 돼요! 퇴원하고, 완전히 건강해지면…… 그때, 그때요."

안 된다고 말하는 세단을 억지로 안을 수는 없기에 윤성은 낮은 신음과 함께 그냥 그녀를 꼭 끌어안았다.

"내일 퇴원할 거야. 그러니까 각오해, 박.세.단."

"그래요. 앞으로의 밤은 아주 길고 길 테니까요. 오늘만 날인 건 아니잖아요?"

"밤뿐만 아니라, 낮도 길어."

믿지 않게 으르렁거리는 그의 투정에 세단은 피식 웃으면서 그의 품에 살며시 기댄 채 눈을 감았다.

동화 속 엔딩이 너무나도 상투적이고 뻔한 해피엔딩일지라도 나는 그런 행복을 원한다. 그와 함께라면, 그것은 무조건 특별하고 설렐 테니까.

그 정도로 나는 이 남자를, 너무나도 사랑하고 있다.

서로가 같은 시간을 공유하며 우린 그저 사랑을, 하고 있다.

재현은 재단을 안정시킨 뒤, 전문 경영인에게 잠시 맡기고 미국으로 가 본격적으로 경영 공부를 할 예정이었다. 지난날 미국으로 간 것이 세단에게 보다 멋지고 건강한 남자가 되어 나타나기 위해서였다면, 이번엔 좀 더 세상을 알고 제대로 공부하면서 아버지가 지키고 싶었던 신념을 지키며, 환자와 의사들을 위한 의료 경영을 하고 싶었다.

미국으로 떠날 날을 며칠 앞두고, 떠나기 전 꼭 만나야 할 사람이 있었다.

재현은 교도소를 찾았다. 하령이 지내는 곳이었다. 몇 번이고 와야지 마음먹었지만 선뜻 용기를 낼 수가 없었다. 하지만 이번에 떠나면 언제 다시 볼 수 있을지 모르기에 재현은 크게 용기를 냈다.

세단은 면회에 실패했다고 했지만, 재현은 그녀와 만날 수 있었다. 거의 한 달 만에 만나는 하령은 피곤한 기색이 역력해 보였다. 하지만 그 눈만큼은 편안해 보여서 어쩐지 예전으로 돌아온 것 같은 기분이 들었다.

하령은 살짝 머뭇거리다가 재현과 마주 보고 앉았다. 그가 왔다는 소식을 듣고 이 자리에 앉기까지, 그 짧은 시간 동안 그녀 역시 수없이 고민하고 또 고민했다. 하지만 오늘이 그를 보는 마지막이 될 것 같아서, 지금껏 한 적 없었던 말을 마지막으로 꼭 하고 싶었다.

"힘들지 않아?"

재현이 먼저 입을 열었다. 그러자 하령은 엷은 미소를 지으며 고개를 가로저었다.

"괜찮아. 오히려 여기가 편해."

"세단이가 몇 번 왔었다고 들었어. 안 만났다며?"

하령은 머릿속에 떠오른 그녀의 얼굴을 지워내며 일부러 차가운 목소리로 말했다.

"난 그 애 안 볼 거야. 절대로 안 봐. 괜히 이 모습 보여서 안 그래도 물러터진 애 마음 약해지면, 그렇게 조금이라도 날 용서할 마음이 생겨 버리면 안 되니까."

"하령아……."

"걔한테 용서받지 않을 거야. 용서받을 수 없는 일이니까. 평생 나쁜 년으로 기억되고 잊히는 게 서로를 위해서 나아. 너도 나 용서하지 마. 솔직히 너도 안 만나려고 했는데, 꼭 하고 싶은 얘기가 있었어."

재현이 가만히 바라보는 시선에 하령은 자꾸만 마음이 흔들리면서 심장이 떨렸다. 순간 저도 모르게 웃음이 나올 뻔했다. 아직까지도 널 보면 심장이 떨리는구나. 설레는구나. 나는 아직도 널 이렇게, 좋아하고 있구나.

"처음부터 너한테 제대로 고백하고 당당히 맞서지 못했던 건, 난 그런 거 잘 몰라서 그랬어. 무조건 남들에게 빼앗기면 안 되고, 그들의 머리 위에 서야 한다고. 뒤처지면 끝이라고, 그렇게만 배웠어."

"……."

"세단이처럼 무너지면 다시 일어나도 된다는 걸 난 전혀 알지 못했으니까. 그래서 처음으로 네 앞에서는 너무 무서워서 용기를 낼 수가 없었어. 좋아한다고 말하지 못했어."

하령은 시선을 아래로 내렸다가 처음으로 한껏 용기를 내어 재현의 얼굴을 똑바로 바라보았다. 터질 듯이 뛰고 있는 심장에 모든 걸 맡기고서, 그렇게 입을 연다.

"널 아주 많이 좋아해. 이건 진심이야. 널 좋아하는 마음만큼은 끝까지 지키려고 했어. 그 진심만이 내게 남은 전부였으니까. 그것만은 이용하고 싶지 않았으니까. 너에겐 항상 진심이었고, 유일했어."

누군가에게 고백을 한다는 게 이처럼 북받치고, 심장이 터질 듯 떨리면서 이렇게 행복한 일인 줄 그때는 몰랐다. 설사 그가 받아주지 않는다고 해도 상관없을 만큼, 하령은 지금 눈물이 날 정도로 행복했다.

"고마워, 하령아."

그리고 웃으면서 그렇게 말해준 그의 모습을 하령은 절대로 잊지 못할 거라고, 그렇게 생각했다. 처음이다. 그가 세단이 아닌 오롯이 자신을 보면서 제 마음에 고맙다고 말해준, 처음이자 마지막 순간.

"내가 힘들고 어려울 때 항상 내 흑기사가 되어줘서 고마웠어. 그 순간만큼은 정말 동화 속의 신데렐라가 된 것처럼 많이 행복했어. 네가 있어서 버틸 수 있었어."

이것이면 충분하다. 더 이상은 아무것도 바라지 않는다. 그렇게 재현과 하령은 서로를 바라보며 눈빛으로 마지막을 고했다.

돌아서는 걸음이 그 어느 때보다 가벼웠다. 교도소를 빠져나온 재현은 티 없이 맑은 하늘을 바라보았다. 겨울이 점점 깊어지면서, 입 밖으로 내뱉는 숨결이 차가운 입김이 되어 흩어졌다. 하지만 이토록 춥고 혹독한 계절이 지나면 가장 눈부신 봄이 찾아온다. 우리들은 아직 겨울이다. 아직은. 하지만 꼭 봄이 찾아올 거다.

언젠가, 반드시…….

윤성은 완벽하게 나았지만, 그를 모르는 주변에선 절대로 무리를 해선 안 된다고 말했다. 그래도 그는 이번 박은숙 환자의 심장이식 수술만큼은 제대로 끝내고, 장기 휴가를 낼 생각이었다.

윤성에게 콜이 떨어졌다. 마침내 그는 차분하게 마음을 가다듬고서 검사실로 내려갔다.

"교수님."

레지던트와 펠로우가 그를 기다리고 있었다. 윤성은 마스크를 하고서 모든 감각을 손끝에 집중시키고는 공여자의 심장을 느꼈다.

"뇌사 환자입니다. 26세, 오토바이 TA(교통사고)였습니다. 복부 쪽 장기 손상은 심했지만, 차트를 보시는 것과 같이 심장 쪽은 무사합니다."

체온도 촉감도 모두 최상이었다. 이 심장이 맞기만 한다면 비록 누군가에겐 한 번 생명을 잃은 심장이지만, 다른 이의 가슴에서 새로운 숨을 내쉬며 다시 한 번 살 수 있을 것이다.

"환자분 모셔오고, 이제부터 모든 검사는 내 지시를 거치지 않으면 모두 무효야. 혈액 샘플 하나까지 모두 직접 검사할 테니까, 그렇게들 알아."

"네. 알겠습니다, 교수님."

수혜자와 심장 공여자와의 적합 검사가 시작되었다. 윤성은 단 하나도 놓치는 것 없이 검사에 매달렸다. 며칠 전에 미리 해두었던 심장 초음파, 운동부하검사 및 심도자 검사까지 다시 꼼꼼히 살피고, 혈액형, 체격의 차이와 체질까지 세세하게 확인을 했다. 만약 조금이라도 어긋나게 된다면, 이 심장은 독이 되어 환자의 숨통을 막아버릴 테니까.

그리고 그 모습을 멀리서 세단이 지켜보았다. 그저 유리창 너머로 보기만 하는데도 팽팽한 긴장감이 전해지는 것 같았다.

"지금까지는 어떤데?"

세단의 질문에 옆에 있던 인턴이 대답했다.

"아직까지 부적합이 나오진 않았습니다."

"그래……."

그리고 마침내 공여자와 수혜자와의 심장이 적합하다는 판정이 떨어졌다.

"하아……."

세단은 억눌렀던 숨을 토해냈다. 안쪽은 더욱 바빠졌다. 적합 판정이 나왔으니 행여나 심장이 상하지 않도록 최대한 빠르게 수술을 진행해야만 했다. 이미 심장이식을 결정한 순간부터 환자의 수술 동의는 끝난 상태이니 바로 진행하면 되었다.

"수술방 준비는?"

"연락받은 순간부터 대기 중입니다."

"심장적출팀부터 수술방에 대기시켜."

"알겠습니다."

이제부터는 시간이 관건이었다. 최대한 빠르게 심장을 적출해 이식해야 한다. 윤성은 환자에게 다가갔다. 그녀는 꽤 지쳐 보였지만, 그래도 살 수 있다는 희망에 얼굴이 밝았다.

"선생님……."

"아주 긴 싸움이 될 겁니다. 많이, 외롭고 무서울 수도 있습니다."

그녀는 윤성의 손을 잡고서 참고 있던 눈물을 떨구었다.

"그저 감사하고 감사합니다. 잘 부탁드립니다. 선생님……."

"전 그저 약간의 도움만 드리는 것뿐입니다. 이제부터는 환자분의 의지에 달렸습니다. 새로운 심장을 받아들여서 제 것으로 만들어야 하는 건 환자분이니까요."

윤성은 검사실을 빠져나왔다. 그 앞에 세단이 있었다.

"정말 다행이에요."

그녀가 웃었다. 이번엔 진심으로 웃었다.

"역시 교수님이 곁에 계시면 뭐든지 다 될 줄 알았어요. 그럴 줄 알았다고요."

"이제부터가 시작이지."

그래, 오늘을 위해서 세단은 관련 자료, 실습 이론 등을 완벽하게 숙지하고 공부 했다.

그는 그녀의 어깨를 단단하게 붙잡고 눈을 마주했다. 그의 회색빛 눈동자가 다정하게 그녀를 품고서 용기를 북돋아주었다.

"긴장하지 마. 기억해. 오직 환자만 생각하는 거야. 그리고 넌 이제 꼴통 의사가 아니야. 꽤 괜찮은 의사라고."

지금 그는 애인이 아닌 같은 의사로서 최고의 칭찬을 해주었다. 그 칭찬 한마디에 울컥한 세단은 이를 악물고서 고개를 끄덕였다.

"네, 잘할게요."

윤성은 짧게 입을 맞춰주었다. 살포시 스치는 달달한 온기가 심장을 기분 좋게 두근거리게 했다.

"행운의 아이템의 기를 넣어주는 거야."

세단은 부끄러운 듯 웃더니, 그의 얼굴을 끌어당겨서는 좀 더 깊게 입을 맞추었다.

"닥터도 화이팅!"

세단은 그의 퍼스트로서 수술방 안으로 들어섰다. 이미 준비를 마친 수술팀이 그들을 기다리고 있었다. 바로 옆방에서는 수혜자에게 공급될 심장이 적출되고 있었다.

윤성은 수술대 앞에 섰다. 그리고 옆방을 살피면서 시간을 재기 시작했다. 가장 중요한 것은 심장을 적출하는 시간부터 수혜자에게 이식되는 시간을 최대한 줄이는 것.

"교수님, 시작할까요?"

"아직……."

윤성은 모든 감각을 집중하고서 옆방에서 이루어지고 있는 적출 진행

과정을 마치 바로 옆에서 보는 듯 느끼고 있었다. 적출된 심장이 아무리 멸균으로 보호된다고 해도 공여자에게서 나오는 순간 죽어가기 시작한다. 그 시간을 최대한 막는 방법은 하나. 모든 걸 동시에 이루어내는 것.

그리고 마침내 윤성은 눈을 뜨고서 메스를 쥐었다. 빠르고 정확하게 환자의 흉골을 절개하기 시작했다. 그러면서도 여전히 청각은 옆방에 두고 있었다. 그리고.

"심장 적출 성공, 심장 이동합니다."

"흉골 절개 완료. 인공심폐기 가동."

모든 것이 동시에 이루어지고 있었다. 세단은 떨리는 시선으로 윤성을 바라보았지만, 지금 그의 눈에 보이는 건 오로지 수혜자와 공여자의 심장뿐이었다.

'숨이, 막히는 것 같아.'

공기가 팽팽하게 곤두서는 것 같았다. 단 하나의 어긋남도 없이, 그는 앞만 보고 심장적출팀과 한 몸이 되어 함께 움직이는 것 같았다. 마침내 공여자의 심장이 도착했고, 그는 대동맥을 다듬고 혈관을 박리했다. 그렇게 그의 손이 다시금 리드미컬하게 움직이기 시작했다. 이미 생을 다한 심장을 들어내고, 새롭게 고동치는 심장을 환자의 가슴에 집어넣고서 혈관끼리 빠르게 연결시키기 시작했다. 보지 않아도 어디에 어떤 조직을 어떤 혈관과 맞추어야 하는지 다 아는 것처럼 움직이는 그의 손가락은 망설임이 없었다. 그 끝에서 심장이 새로운 호흡을 터뜨리기 위한 준비를 하고 있었다.

그리고 몇 시간 후, 드디어 그의 손이 멈췄다.

"……수술 종료. 제세동기 가동."

멈추었던 녹색 선이 강하게 꿈틀거렸다. 심장이 뛰기 시작했다. 붉은 기운을 가득 담고서 아주 힘차게, 힘차게.

수술을 성공적으로 마친 뒤, 세단은 윤성과 마찬가지로 휴가를 내고서 병원을 나왔다. 주치의로서 환자의 상태를 끝까지 책임져야 했기에 긴 휴가를 낼 수는 없었지만 오늘만큼은 그녀에게 무척이나 중요한 날이었다.

세단은 머리를 단정하게 묶고, 검은색 정장을 입었다. 거울 앞에 선 그녀는 긴장한 얼굴이었지만 눈빛만은 상기되어 있었다.

오늘 그녀는 아빠를 만나러 간다.

그날 이후 아빠의 얼굴을 제대로 볼 수가 없었는데, 이젠 똑바로 아빠와 마주하고 싶었다. 게다가 소개해 줄 사람도 있으니까.

준비를 마치고 집을 나가자 기다리고 있던 윤성이 다가왔다. 정장을 입고 넥타이까지 단정하게 맨 모습이 영 어색한 듯 연신 넥타이를 잡았다 놓았고, 세단은 피식 웃으며 직접 넥타이를 제대로 매어주었다.

"이런 걸 실수할 사람이 아닌데……."

"당신 부모님을 만나러 가는 거잖아. 뭔가 긴장돼."

"닥터가 긴장하는 것도 있어요?"

윤성은 그녀의 손을 자신의 가슴에 갖다 대었다. 그러자 손바닥에서 평소보다 더 뜨겁고 강렬하게 뛰어오르는 심장 소리를 느낄 수 있었다.

"우와, 진짜네……. 그래도 고마워요. 먼저 같이 가겠다고 말해줘서."

"당연했던 거야. 오히려 너무 늦어졌지. 그리고 나도 너한테 부탁할 게 있어."

"뭔데요?"

"그건 좀 더 나중에."

윤성은 넥타이를 붙잡고 있는 세단의 턱을 들어 입술에 짧게 입을 맞춘 뒤 자연스럽게 팔을 내밀었다. 세단은 살짝 달아오른 얼굴을 숨기며 그의 팔을 꼭 끌어안았다.

그렇게 두 사람은 날 좋은 날, 함께 납골당으로 향했다.

경기도 외각에 위치한 납골당에 도착한 세단은 먼저 차에서 내렸다. 윤성을 기다리고 있다 보니 어쩐지 기분이 묘해졌다. 이곳에 친구들을 제외하고 다른 사람과 함께 온 적은 처음이었다. 특히나 사랑하는 사람을 아빠에게 소개해 주다니. 기분이 참 묘하고도 낯선 설렘이 느껴졌다.

주차를 마친 윤성은 그녀에게로 다가왔다. 두 사람은 함께 입구까지 걸었고, 입구에서 세단은 조심스럽게 그에게 부탁했다.

"닥터, 잠시만 여기서 기다려 줄래요? 먼저 아빠를 만나고 싶어서요."

"귀는 닫고 있을게."

"고마워요."

세단은 그에게 걱정하지 말라는 듯한 눈빛으로 미소를 짓고 먼저 납골당 안으로 들어갔다. 그를 소개하기 전에, 먼저 아빠에게 하고 싶은 말이 있었다.

떨리는 걸음으로 어느새 아빠의 앞에 선 그녀는 떨리는 호흡을 길게 내뱉고는 천천히 고개를 들어 웃고 있는 아빠를 바라보았다. 그날 이후 아빠의 사진을 처음 보았다. 여전히 다정한 눈빛으로 자신을 바라보는 얼굴에 울컥했다. 지금껏 얼마나 아프셨을까. 얼마나 힘이 드셨을까. 어쩌면 자신을 미워했을지도 모른다. 아니, 차라리 조금이라도 원망했으면 나았을까.

세단은 자꾸만 잠기는 목소리를 한껏 모으고서 어렵사리 입을 열었다.

"아빠, 못난 딸이 너무 늦게 와서, 죄송해요……."

하지만 '아빠'라는 말을 내뱉자마자 이미 막을 수 없는 눈물이 울컥 쏟아지고 말았다. 처음부터 참을 수 있는 게 아니었다. 가슴 안에서 미어지게 맴도는 아빠의 존재.

흐트러진 목소리는 수습할 새도 없이 바들바들 떨렸다. 결국 아빠 앞에서 그녀는 한없이 어린 딸이 되어선, 지금껏 무섭고 힘겨웠던 순간들을 떠올리며 손을 뻗었다.

"아빠, 아빠……. 아빠는 나 미워하지 않을 거 알아. 끝까지 몰랐어도 미워하지 않았을 거야. 그래서 더 미안해. 미안해, 아빠……."

굵은 눈물이 사진 위로 뚝뚝 떨어졌다. 그녀는 사진을 쓰다듬고 또 쓰다듬었다. 그러자 웃고 있는 아빠의 사진에서 멀고도 생생한 목소리가 들려오는 것 같았다.

'괜찮다, 세단아. 괜찮으니까 우리 딸, 이제 그만 울어……'

항상 아빠는 제 편이었다. 비록 이곳에 없지만 먼 곳에서도 아빠는 커다란 버팀목이고, 완벽한 내 편이며 나를 위한 세상이었다. 아무 대가 없이 완벽하게 믿으며 포근하게 안아주는 넓디넓은 세상.

그리고 이젠 그녀에게 또 다른 세상이 생겼다.

아빠의 목소리 너머 그의 발소리가 타박타박 들렸다. 어느새 다가온 윤성은 말없이 그녀의 옆에 서서 떨리는 손을 꼭 잡아주며 사진 앞에 고개를 숙였다.

세단은 아빠를 바라보며 속으로 되뇌었다.

'아빠는 내게 첫 세상을 준 사람이고, 이 남자는 나랑 평생을 함께 살아갈 세상을 가져다준 사람이에요. 아빠만큼 사랑하고, 너무너무 소중해요. 매번 힘들고 지쳐서 울고 싶을 때는 여기에 왔는데, 이젠 날 다독여 주고 이 손을 꼭 잡아줄 사람이 생겼어요. 그렇게 마음껏 기대어 위로받고 울 수 있는 사람이 생겼어요. 그래서 아빠한테 꼭 소개해 주고 싶어요.'

윤성은 천천히 고개를 들어 세단의 아버지를 바라보았다. 신기하게도 자신이 기억하는 아버지의 미소와 똑같은 미소가 거기에 있었다. 누군가를 아낌없이 사랑하는 이의 미소. 그것이, 아버지의 미소였다.

그는 세단의 손을 단단하게 잡고 되뇌었다.

'끝까지 지켜주겠습니다. 끝까지 사랑하겠습니다. 앞으로 절대 걱정하시지 않도록, 아버님이 그녀에게 주었던 사랑만큼, 아니 그보다 더 많이 주겠습니다. 절대 이 손을 놓지 않겠습니다.'

한참 동안 윤성은 말없이 사진을 바라보았고, 세단은 그가 말하지 않아도 아빠와 무슨 말을 하는지 알 것 같은 그런 느낌이 들었다.

한참 후 납골당을 빠져나온 세단은 그의 손을 흔들면서 그를 바라보았다.

"우리 아빠 어땠어요?"

윤성은 살짝 부어오른 그녀의 눈가가 신경 쓰여서, 다른 손으로 부드럽게 매만져 주었다. 세단은 뜨거운 열기가 눈가에 내려앉자 어쩐지 편안해졌다.

"의식을 잃었을 때 아버지를 만났었어."

"네?"

세단이 놀라며 되물었지만 윤성은 세단의 눈을 가린 손을 떼지 않고 말을 이었다.

"그때 너랑 같이 갔었던 그 별장에서 웃고 계셨어. 난생처음으로 내게 웃어주신 거야. 꿈이라고 하기엔 너무 생생한데, 참 믿어지지가 않았어. 지금도 그게 뭔지는 나도 몰라. 정말 아버지를 만난 건지, 그저 나의 바람이자 소망이었는지."

"……"

"그런데 좋았어, 아주 많이. 그리고 그 느낌을 당신 아버지에게도 받았어."

세단은 제 눈을 가린 그의 손을 천천히 떼어냈다. 어쩐지 쑥스러워하는 듯한 그의 표정에 그녀는 다정한 미소를 지었다.

"다행이에요. 그리고 꿈이든 뭐든, 만날 수 있어서 또 다행이에요. 거기다 웃는 모습이셨다니, 나도 한번 보고 싶다. 닥터 아버님이라면 엄청 근사하시겠죠?"

"당신 아버지는 날 마음에 들어 하셨을까?"

생전 긴장이라는 걸 안 하는 사람이 잔뜩 굳어 있자, 그것이 몹시도 귀여워서 세단은 능청스럽게 입을 열었다.

"모르죠. 원래 딸 가진 아빠는 아무리 멋진 남자라고 해도 100% 마음에 들지 않는다고 했거든요. 특히 우리 아빠는 나보고 조금 늦게 결혼하라고 했고요. 좀 더 오래 같이 있자고."

윤성은 웃음 섞인 어조로 대꾸하며 그녀를 차에 태웠다.

"그럼 내가 계속 노력해야겠네."

"당연하죠! 우리 아빠한테 난 엄청 귀하고 누구에게 줘도 아까운 딸이라고요."

"나한테도 당신은 아깝고 귀해."

그는 안전벨트를 매어주며 나지막이 속삭였고, 바로 코앞에서 울리는 그의 간지러운 목소리에 세단은 숨을 꾹 참고서 그의 회색빛 눈동자를 빤히 바라보았다. 서로의 시선이 뒤엉키며 묘한 열기가 일렁였다.

윤성은 꿈틀거리는 감정을 애써 자제하고 아쉬운 듯 그녀에게서 떨어져서는 시동을 걸었다. 세단 역시 묵직한 숨을 꾹 삼키고 어색한 분위기를 깨뜨리려 입을 열었다.

"그, 그런데 오늘 나한테 부탁할 게 있다고 하지 않았어요? 그게 뭔데요?"

순간, 핸들을 움켜쥔 그의 손에 절로 힘이 들어갔다. 윤성은 잠시 망설이다가 이내 그답지 않게 떨리는 목소리로 말했다.

"지금 어머니에게 갈 거야."

"네?"

"같이, 가줘."

"……"

"괜찮다고, 괜찮다고 계속 말해도 긴장돼. 한 번도 가본 적이 없어. 어머니, 무덤."

세단은 그를 가만히 바라보았다. 그러고 보니 그의 넓은 어깨가 미세하게 떨리고 있는 듯했다. 천하의 마윤성도 아직은 어린 시절이 떨리는 기억이고, 어머니는 너무나도 아픈 이름이었다. 하지만 그런 그가 먼저 어머니를 뵙겠다고 한다. 같이 가달라고, 용기를 달라고 그렇게 먼저 손을 내밀었다. 그 손을 어찌 잡지 않을 수가 있을까.

그녀는 손을 뻗어 그의 손등을 가볍게 잡아주고선 힘차게 말했다.

"같이 가요. 나도 어머님 뵙고 싶으니까."

그렇게 그들은 좀 더 아래쪽으로 달렸다. 윤성은 어머니의 무덤이 어디 있는지 아주 예전에 한 번 들은 적이 있었다. 하지만 어차피 다시는 한국으로 오지 않을 거라고 다짐했기에 그곳을 찾을 것이라고는 상상도 한 적이 없었다. 어머니는 납골당이 아니라 땅에 묻혔다. 하지만 아버지는 바람에 뿌려졌다고, 그렇게 들었다.

마침내 그들은 공동묘지에 도착했다. 윤성은 한동안 차에서 내리지 못했다. 심장이 미치도록 뛰었다. 뭐라 설명할 수 없는 감정이었다. 아프면서도 설레고, 설레면서도 아리는 온갖 복합적인 감정이 뒤엉켜 그의 눈동자가 한없이 무겁게 가라앉았다.

세단은 그저 말없이 기다려 주었다. 그에겐 시간이 필요했다.

그리고 마침내 윤성은 고개를 들고서 밖으로 나왔다. 세단 역시 함께 뒤따라 나왔다.

서늘한 바람이 불고 있었다. 하늘은 어쩐지 어둑어둑하고 눈이라도 내릴 듯 차갑기만 했다.

윤성은 잠시 먼 곳을 바라보았다. 그러다 뭔가를 발견한 눈동자가 미세하게 떨렸다. 그의 입가로 입김이 차갑게 부서져 내렸다.

"세단아."

"네?"

"오늘은, 나 혼자 다녀올게."

혼자 간다는 말에 세단은 그에게 다가갔다. 그의 시선은 여전히 먼 곳

을 향해 있었다. 아마도 어머니의 묘지를 발견한 듯했다. 처음 와보는 곳
이면서, 이렇게 바로 어머니를 찾을 수 있을 만큼, 그는 생각보다 훨씬 더
어머니를 보고 싶어 했던 것 같다.

"괜찮겠어요?"

"괜찮아. 지금은 그냥, 보고 싶어. 그게 다야. 미워하거나 원망하거나
그런 건 없어."

"그래요. 그럼 가봐요. 난 나중에 뵐게요. 얼른 보고 와요."

윤성은 세단을 잠시 바라보다 이내 그녀를 꼭 안아주었고, 그녀 역시
그런 그의 커다란 등을 다독이며 그렇게 그에게 힘을 실어주었다.

그는 그녀에게서 조금 멀어지는가 싶더니, 이내 순식간에 걸음을 옮겼
다. 발을 내딛는 순간, 수많은 묘지 사이로 어머니의 묘지가 시야에 파고
들었다. 아무리 시력이 좋다고 하지만 이렇게 바로 찾을 수 있을 거라 생
각하지 못했다. 그만큼, 간절히 너무나도 간절히 그리워했다는 건가.

마침내 그의 걸음이 눈 깜짝할 사이 한 곳에 멈췄다. 정갈한 묘지 아래
조그만 비석이 세워져 있고, 누군가의 손길에 의해 다듬어진 꽃 또한 놓
여 있었다. 살아생전 어머니가 좋아하셨던 노란 수선화. 그리고 이름.

―이가혜

"어머니."

참으로 오랜만에 내뱉어보는 단어였다. 정말로, 오랜만에 아무런 원망
도 미움도 없이 그저 보고파서 불러보는 단어. 어느새 겨울이 짙어지고
있건만, 노란 수선화 때문인지 이곳만 따스한 봄이 서려 있는 것 같았다.

비록 어머니와 살갑게 지낸 기억은 없지만, 그래도 어린 소년에겐 어머
니가 세상의 전부이고 자신의 전부였다. 아버지의 말처럼 서로가 조금은
서툴렀던 거라고. 조금은 달랐던 거라고.

그때, 그의 시선이 조그만 비석에 적힌 글귀로 향했다. 그런데 글귀를 본 그의 눈동자가 미친 듯이 흔들리면서 저도 모르게 가쁜 숨을 내뱉었다.

"하아……."

비석에 적힌 글귀는 어머니의 유언이자 아버지에게 보내는 짧은 편지였다.

—내가 당신을 끝까지 사랑하지 못해서 미안해요. 당신의 영원한 그 마음을 내가 감당하지 못해서 너무 미안해요. 다 내 잘못이니까, 당신을 원망하지 말아요. 당신은 잘못한 거 하나도 없으니까. 그저 날 끝까지 사랑해 줘서 고마워요. 그리고 윤성이, 아마 절대로 이 글을 읽는 순간은 오지 않겠지만, 그래도 만약 보게 된다면, 너에게 가장…….

"미안하고, 미안하구나……."

그는 눈물 맺힌 시선으로 웃었다.

"저를 태어나게 해주셔서 감사합니다, 어머니……. 아버지는 지금도 어머니를 기다리고 계세요. 미안해서 가지 못하시는 거라면, 지금이라도 곁에 계셔주세요. 아버지는 계속해서 자신의 옆자리를 비워둔 채 기다리고 계시니까."

윤성은 더는 미련도 바람도 없이 걸음을 돌렸다. 그렇게 아이는 진짜 어른이 되었다. 시린 겨울바람에 얼어붙은 마음 위로 노란 수선화가 피어나며 봄을 맞이하고 있었다.

더 이상 과거에 사로잡혀 묶여 있을 시간은 없다. 앞으로 그녀와 함께 할 시간이 소중하고, 기다려지며, 그 순간순간이 아까울 뿐이니까.

어느새 날이 저물고 있었다. 세단은 불안한 시선으로 윤성을 재촉했다.

"닥터, 서둘러 집으로 가야 해요. 오늘 보름달 뜨는 거 잊지 않은 거죠?"

오늘은 보름달이 뜨는 날이다. 물론 그는 더 이상 보름달의 지배를 받지 않지만, 그래도 모습은 변한다고 했다. 솔직히 그에게 말하진 않았지만 조금은 다행이라고 생각했다. 그녀는 보름달 아래 신비롭게 쏟아지는 은빛 머리카락과 그 아래 빛나는 황금빛 눈동자를 사랑했으니까. 그렇게 변한 그의 모습이 은근히 섹시하기도 했고.

"알고 있어."

"그러니까 서둘러요. 집에 가서 내가 맛있는 거 해줄게요! 나 요리 실력 엄청 늘었다고요. 먹고 싶은 거 말해 봐요."

"혹시 오늘 보름달 뜨는 것만 아는 거야?"

"네?"

대체 무슨 말이야? 그럼 오늘 뭐 다른 날이기도 한가? 대체 무슨…….

세단은 아, 하고 탄성을 질렀다.

"아, 오늘……."

"크리스마스."

그래, 오늘은 크리스마스다. 세상에. 어쩜 이렇게 까맣게 잊고 있었을까! 그것도 닥터가 기억하는 걸!

"닥터는 어떻게 용케 챙기고 있었네요……."

"기다렸으니까."

"네?"

"광화문 광장 갈 거야."

"하, 하지만!"

광화문 광장이라고? 지금? 그것도 보름달이 뜨는 날? 그렇게 사람 많은 곳에?

윤성은 그녀가 뭘 걱정하는지 알고서는 대수롭지 않게 말했다.

"요즘은 은발로도 염색 많이 하잖아? 모자 좀 깊게 눌러쓰면 돼. 그럼 별로 신경 안 쓸 거야."

정말 그럴까. 그냥 가만히 서 있어도 눈이 가는 사람인데. 그나저나 그렇게까지 해서 거길 가겠다고 생각하다니. 게다가 기다렸다고?

"너랑 꼭 가고 싶어. 솔직히 크리스마스를 함께 보내지 못할 줄 알았어. 그리고 네가 계속 함께하자고, 같이 가자고 하는 약속에 제대로 답해주지도 못하고 피한 거, 아직도 마음에 걸려."

"난 괜찮아요. 이젠 같이 있잖아요. 굳이 그렇게 안 해도……."

"아니, 같이 가. 나도 솔직히 기대돼. 나한텐 크리스마스 자체도 처음이야. 그걸 너랑 함께한다면 더 좋을 것 같고. 난 이제 사는 것처럼 살고 싶어. 다른 사람들처럼 마음 편하게 즐기고, 어울리고, 아직은 부족하고 어색한 많은 감정들을 배워가고, 느끼면서, 너랑 같이."

세단은 생각지도 못했던 그의 속마음에 눈물이 날 것만 같았다. 슬픈 게 아니라 너무나도 기뻐서.

북적이는 곳, 사람 많은 곳은 매번 피하고, 숨고, 스스로가 멀리하면서 혼자 있으려고 했던 그가 그것도 보름달이 뜬 날, 먼저 앞으로 나아간다. 비록 모자로 감추긴 하지만 세상에 섞이고, 그들과 함께 살아가고자 한다. 이제 그는 더 이상 이방인이 아니다. 손안에 움켜쥔 온기를 소중히 여기면서 혼자가 아니라 둘을, 여럿을 배워 나가고 있었다.

"그래요, 가요. 앞으로도 계속 같이, 같이 가요."

신호에 걸린 짧은 틈을 타 윤성은 그녀의 입술을 살짝 머금고서 기분 좋은 미소를 지었다. 마치 처음 데이트 신청했던 그 순간으로 돌아가 그때처럼 나지막이 속삭였다.

"그럼 지금부터 우리, 데이트하자."

세단과 윤성은 광화문에 도착했다. 크리스마스라서 그런지 어딜 보아도 북적거렸고, 수많은 사람들이 무척이나 상기된 표정으로 거리를 돌아다니고 있었다. 윤성은 먼저 차에서 내렸고, 세단도 안전벨트를 풀다가 무심코 뒷좌석에 상자 하나가 놓여 있는 것을 발견했다.

'뭐지?'

하지만 의아할 새도 없이 윤성이 차 문을 열어주었다.

"뭐해?"

"아니에요."

그녀는 대수롭지 않게 생각하고서 그의 손을 잡고 밖으로 내렸다.

날이 꽤 춥기는 했지만, 그녀를 감싼 그의 커다란 손이 아주 따뜻했다. 두 사람의 걸음은 광화문 광장에서 멈췄다.

광장 한가운데 거대한 크리스마스트리가 반짝이고 있었다. 오색 빛깔의 전구가 형형색색으로 아른거리고, 삼삼오오 모인 사람들은 연인들, 가족들, 그밖에 서로에게 소중한 사람들과 트리를 바라보며 즐거운 시간을 보내고 있었다. 그리고 그 가운데 윤성과 세단이 있었다. 윤성은 은빛 머리카락 위로 모자를 푹 눌러쓴 채 그녀의 어깨를 다정하게 감싸고 커다란 보름달 아래 서 있는 트리를 바라보았다.

세단 역시 트리에 감탄했지만 그에게 더 시선이 가는 걸 어쩔 수 없었다. 솔직히 걱정되었다. 정말로 괜찮을까. 힘들지 않을까. 불편하지 않을까. 그도 그럴 것이 지금 이곳엔 정말로 많은 사람들이 함께하고 있었으니까. 다른 날도 아니고, 보름달이 뜬 날에.

윤성은 그런 그녀의 기색을 눈치채고, 어느새 어깨에 닿아 있던 손을 아래로 내려 그녀의 허리를 휘어 감았다.

"다, 닥터!"

세단은 저도 모르게 움찔했지만, 윤성은 천천히 고개를 숙여 그녀의 귓가에 나직이 속삭였다.

"괜찮으니까, 자꾸 나 신경 쓰지 말고 그냥 같이 있어."

귓가로 달콤하게 와 닿는 목소리가 그녀의 심장을 간질거리게 만들었다. 결국 세단은 피식 웃으며 모자 사이로 가려진 그의 황금빛 눈동자를 빤히 바라보았다.

지금, 그의 이 멋진 눈동자를 볼 수 있는 사람은 오직 자신뿐이다. 게다가 저 눈동자에 한가득 담겨 있는 사람 역시 자신뿐이다.

세단은 천천히 손을 뻗어 그의 눈가를 가만히 매만져 주었다. 윤성은 그녀의 손길을 느끼며 떨리는 숨을 내쉬었고, 서로의 열기가 뒤엉키며 낯설고도 익숙한 열망이 은밀하게 피어올랐다. 지금 이곳에 수많은 사람들이 있지만 세단은 이 중에서 자신이 가장 행복한 사람이라고 자신할 수 있었다.

평범한 듯 평범하지 않는 크리스마스. 지난날 등불에게 간절히 빌었던 소원 하나.

'이 사람을 만나게 해주셔서 감사합니다. 참 많이 아팠던 사람, 제가 더 잘할 수 있게 해주세요. 너무나도 기적 같은 이 순간을 끝까지 함께하고 싶습니다.'

그 소원이 정말로 이루어진 것 같아서 지금이 너무너무 행복하고, 너무너무 소중했다.

어느 순간 그녀의 심장이 더욱 빠르게 뛰고 있다는 걸 윤성은 느낄 수 있었다. 그만큼 기분이 좋아졌다는 뜻.

"좋아하는 것 같아서 다행이야."

속마음을 그에게 들킨 것 같아서, 세단은 빨갛게 달아오른 얼굴을 숨기며 믿지 않게 눈을 흘겼다.

"너무 다 알지 말아요, 부끄러우니까. 숨기고 싶은 여자 마음도 있는 거라고요."

"난 네 모든 걸 알고 싶은데."

"나도 닥터의 모든 걸 알고 싶어요."

"천천히, 앞으로 계속해서 알아가면 돼."

두 사람의 시선이 다시 한 번 서로를 끌어당겼다.

윤성과 세단은 트리를 보면서 소원을 빌었다. 서로가 무슨 소원을 빌었는지 애써 입 밖으로 내뱉지 않아도 알 수 있었다.

앞으로도 지금처럼 하루하루 소중히 보낼 수 있기를. 지금 옆에 있는 이 사람과 함께. 평범하고 뻔해도 상관없다. 남들에겐 평범하게 보일지라도 그들에겐 힘들고 어렵게 찾아왔기에, 그런 나날들을 끝까지 소중히 여기고 싶었다.

한 치의 빈틈도 없이, 서로의 손을 더욱 꽉 붙잡고 손끝에서 타오르는 심장 소리와 그 심장 소리에 뒤섞여 흐르는 미묘한 감정을 느끼며, 그렇게 두 사람은 서로의 열기를 어루만지고 또 만졌다.

번잡한 곳을 빠져나와 윤성과 세단은 조금 더 깊숙이 크리스마스 분위기에 젖었다. 그러다 세단은 주변을 보다가 괜히 좀 울적해졌다. 이유는 바로 자신의 옷차림! 아빠를 만나고 바로 오는 바람에 검은 정장 차림이 어둡고 칙칙했다. 괜히 다른 연인들의 옷차림새가 더 눈에 들어오고, 그러다 보니 저도 모르게 아쉬운 혼잣말이 튀어나왔다.

"예쁜 옷 입고 같이 보고 싶었는데……."

윤성은 세단의 말에 피식 웃으며 말했다.

"괜찮아. 난 상관없어."

"그래도 닥터한테 예쁜 모습만 보이고 싶단 말이에요."

"예뻐. 단 한 번도 네가 미워 보인 적은 없었어. 매순간 너무 예뻐 보여서 문제지. 그리고 오늘이 마지막 크리스마스가 아니잖아. 앞으로 두 번째, 세 번째 계속 같이 있을 텐데."

그의 말에 세단은 무심코 남산에서의 기억을 떠올렸다.

앞으로도 함께 있을 거란 자신의 말에 그때는 원하는 답을 주지 않았다. 하지만 이번엔 닥터가 먼저 말한다. 여러 번, 앞으로 계속 함께 오자고.

세단은 윤성을 꼭 끌어안고 고개를 끄덕였다.

"다음 크리스마스엔 정말 예쁘고 입고 같이 트리 보러 와요."

윤성은 그런 그녀를 두 손으로 한껏 품에 안으며 속삭였다.

"그래, 그러자. 앞으로도 계속, 계속. 어쩌면 오늘도 크리스마스의 기적이 일어날지도 모르지."

"네?"

하지만 그는 말없이 의미심장한 미소만 지을 뿐이었고, 세단은 그의 묘한 속내를 눈치채지 못하고 그냥 넘어가 버렸다.

"말 나온 김에 남산도 갈래요? 데이트라고 했으니까."

순간 생각난 것이 있었다. 남산에 두고 왔던 그것. 윤성도 같은 생각을 했는지 고개를 끄덕였다.

남산에 올라 곧장 자물쇠가 주렁주렁 달려 있는 곳으로 달려갔다. 하지만 워낙 많은 자물쇠들이 달려 있다 보니 예전에 자신이 달았던 자물쇠가 있기는 한 건지 세단은 알 수가 없었다.

어느새 윤성은 그녀의 뒤에 서 있었고, 세단은 고개를 들고서 어쩔 수 없다는 표정으로 말했다.

"어디 있는지 모르겠어요. 하긴, 여기 없을지도 몰라요. 처음부터 기대한 것도 아니고. 새롭게 시작하는 의미로 우리 다시 달아요."

그녀는 새 자물쇠를 사러 갔고, 윤성은 수많은 자물쇠들을 쭉 훑어보다가 이내 한곳에 시선을 멈추고선 희미한 미소를 지었다.

어느새 자물쇠를 사온 세단은 자물쇠 한 면에 반듯하게 메시지를 적었다. 길게 생각할 것도, 길게 할 말도 필요 없었다. 그저 서로에게 그리고 앞으로도 하고픈 말 하나.

—사랑하고, 사랑해요.

윤성 역시 펜을 들었다. 그때는 그녀에게 이 말조차 용기 내어 제대로 하지 못한 채, 가슴으로만 되뇌고 되뇌기만 했다. 하지만 이젠 다르다. 매번, 수십 번, 수백 번, 수천 번을 해줘도 모자란 말이니까.

—사랑하고, 사랑해.

세단은 떨리는 시선으로 그가 적은 사랑한다는 말을 눈에 담고 또 담았다.

"다시 왔을 때 저 자물쇠가 계속 여기 있으면, 그땐 나한테 하고 싶은 말 꼭 다시 써줘요."

비록 같은 자물쇠는 아니지만, 그보다 더 값진 마음을 받았다. 이렇게 그와 함께하는 기억들이 차곡차곡 쌓여간다. 나의 시간에 그의 시간이 점점 포개지면서 점점 더 깊고 진하게 그라는 존재가 커다란 의미가 되어 번져 나가고 있었다.

"닥터, 이제 그만 가요. 닥터도 피곤할 테고, 나도 피곤하니까. 이 정도면 충분히 행복하고 멋진 크리스마스예요."

그녀는 윤성의 어깨에 머리를 기대고서 크리스마스에 잠긴 서울의 풍경을 바라보았다.

"하고 싶었던 거, 이뤄졌으면 했던 거, 지금 모두 이뤄졌어요. 오늘 너무 고마워요."

하지만 윤성은 고개를 가로저으며 뜻밖의 말을 꺼냈다.

"아직 내가 가고 싶은 곳이 있어."

세단은 의아한 표정으로 고개를 들었다.

"가고 싶은 곳? 대체 어디요?"

"우리가 헤어졌던 곳."

남산을 내려온 세단과 윤성은 지난번처럼 덕수궁 돌담길을 서로의 걸음에 맞춰가며 걷고 있었다. 크리스마스의 밤이 무르익어도, 이곳은 여전히 고즈넉함을 품고서 시간이 아주 느리게 흘러가고 있었다.

윤성은 이곳이 마음에 들었다. 귓가에 울리는 소리 역시 고요했으니까. 다소 서늘한 바람이 불고 있었지만, 환한 보름달빛과 가로등불이 어우러져 묘하게 따스한 분위기를 자아내고 있었다. 물론 이곳은 그들에게 아픔이 많은 곳이다. 서로가 한번 손을 놓고 헤어진 곳. 서로의 심장 소리가 억지로 멀어졌던 곳이니까.

세단은 마치 그와 시간을 공유하듯 그의 걸음을 맞추어 나가며 물었다.

"여긴 왜 오고 싶었던 거예요?"

한참 걸어가던 윤성은 세단의 어깨를 잡고서 가로등 불빛 아래 그녀를 세워두었다. 그녀는 의아한 눈으로 그를 바라보았고, 윤성은 여전히 그녀의 어깨를 잡고, 서로 시선을 마주하며 낮은 목소리로 속삭였다. 느린 공기를 타고 흘러드는 그의 목소리가 어쩐지 평소보다 더 감미롭게 들리는 듯했다.

"이곳이 연인들이 많이 오는 곳이라며."

"헤어진다는 미신도 있어요."

"그런 미신, 내가 지워줄게. 너에게 있는 나쁜 기억을 없애주고 싶어. 그런 기억을 간직하기엔 이곳이, 참 마음에 드니까."

윤성은 이곳에서 그녀와 멀어졌던 그 순간을 단 한 조각도 잊지 않고 기억했다. 제 인생에 그토록 아팠던 순간은 없었으니까. 잡고 싶어도 잡을 수 없고, 그녀의 울음소리에 심장이 멎어버릴 듯한 고통과 숨을 쉬어도 질식할 듯한 아픔에 몸서리를 쳤다. 처음으로 잊고 싶다는 간절함에 술에 기대어 자신을 놓아버리고도 싶었다. 그렇게 자신에게도 나쁜 기억이다. 빡빡 지워 버리고 싶은 그런 끔찍한 기억을 그녀에게 남겨주고 싶지 않았다. 그래서 오늘 가장 행복한 크리스마스에 헤어졌던 순간을 그대로 되돌리면서 그날의 기억 위로 새롭게 좋은 기억을 채우고 있었던 거다.

세단은 윤성의 마음을 깨닫고 파르르 떨리는 숨을 꾹 누르며 속삭였다.

"그럼 우리 같이 없애 봐요. 좋은 기억만 가득가득 채워요."

그녀는 그대로 그를 끌어안았고, 윤성은 그녀의 얼굴을 살포시 감싸고서 뜨겁게 입술을 머금었다. 호흡이 빨려 들어가고, 빈틈없이 밀려드는 그의 숨 가쁜 움직임에 정신이 자꾸만 아득해졌다.

세단은 자꾸만 말려드는 다리에 힘을 주고서 그의 목을 휘어 감으며, 입술 끝으로 잔뜩 헝클어진 그의 목소리를 들었다.

"사랑해, 사랑해……."

이별의 나쁜 기억을 털어내고, 좋은 기억으로 머릿속을 물들이며 그녀는 그가 제게 선물하는 행복한 기억만을 깊숙이 새겨 넣었다. 그리고 바랐다.

'그에게도 남아 있을 나쁜 기억들 모두 사라지기를. 저 멀리, 사라지기를…….'

아직도 열망에 잠긴 목소리를 애써 가다듬은 세단은 천천히 고개를 들었다. 윤성은 여전히 그녀를 놓아주지 않고 그녀의 입술이 열리길 기다렸다. 그리고 마침내 세단은 그때 이곳에서 물었던 질문을 다르게 물어보았다.

'그거, 아직도 유효한 거예요? 정말로, 떠나는 거예요?'

"계속 내 옆에 있을 거죠? 절대로 떠나지 않을 거죠?"

하지만 곧장 대답해 줄 거라 여겼던 그의 입은 굳게 닫힌 채 열리지 않았다. 세단은 대답 없는 그의 모습에 움찔하며 다시금 물으려고 했지만, 그녀를 잡고 있던 그의 손이 스르르 풀리면서 그녀에게서 조금 물러섰다.

"닥터?"

뭐지? 왜, 대답하지 않는 거지? 그때 그 기억을, 지워준다고 했잖아. 같이 지워내기로 했잖아. 내겐 그때 그 순간이 가장 아픈 기억인데…….

"윤성 씨……."

세단은 가느다랗게 떨리는 목소리로 그의 이름을 조그맣게 불렀지만, 여전히 대답은 없었고, 그가 지금 어떤 표정인지 보려고 해도 모자에 가려 보이지 않았다.

자꾸만 차오르는 불안감에 다시금 이름을 부르려고 했지만, 마침내 그가 입을 열면서 세단의 불안감을 차분히 진정시켰다.

"잠시만 여기서 기다려 줘."

"네?"

"금방 다녀올게."

"어, 디요? 그것보다 대답을……."

그가 그녀에게로 성큼 다가오는가 싶더니 귓가에 짧게 속삭였다.

"금방 올게."

바람이 잠시 스치더니 이내 그의 모습이 완전히 사라져 버렸다. 다행히 주변엔 아무도 없었다. 세단은 흔들리는 시선으로 그의 빈자리를 바라보며 갑자기 바들바들 떨리는 몸을 한껏 끌어안았다.

대체 뭐지? 대답은 해주지 않고 어딜 간 거야. 무슨 일이 있는 건가? 그런 건가?

심장이 아까와는 달리 쿵쾅거린다.

나쁜 기억을 없애주겠다고 했으면서. 갑자기. 왜. 왜⋯⋯.

그때, 정말 얼마 지나지 않아 윤성이 다시 나타났다. 그런데 빈손이 아니었다. 그는 뒷좌석에 있었던 상자를 들고 있었다.

윤성은 그 상자를 그녀에게 내밀었다.

"입고 와. 가게가 여기서 멀지 않아. 내가 미리 말해놨어."

"네?"

윤성은 눈짓으로 상자를 가리켰고, 세단은 의아한 시선으로 조심스럽게 상자를 열었다. 그 안에 굉장히 우아한 붉은색 원피스가 담겨 있었다.

세단은 눈을 휘둥그렇게 뜨고 원피스와 그를 번갈아 바라보았다.

"대체 이걸 왜, 언제⋯⋯."

"말했잖아. 어쩌면 오늘 크리스마스의 기적이 있을지도 모른다고. 얼른 입고 와. 그래야 네가 물어본 질문에 대답해 줄 수 있으니까."

윤성은 세단에게 옷을 샀던 가게를 알려주었고, 세단은 뭔가 얼떨떨했지만 하는 수 없이 가게로 향했다. 그러자 가게 주인이 그녀를 기다렸다는 듯 웃으며 반겨주었다.

"제가 옷 입는 거 도와드릴게요. 이게 혼자 입는 게 좀 어렵거든요."

세단은 주인의 도움을 받아 원피스를 입을 수 있었다. 그냥 눈으로 봐도 예쁜 옷이었지만, 막상 입어보니 더 예쁘고 사랑스러운 옷이었다. 무릎을 살짝 덮는 길이에 붉은빛 색감이 화사했고, 등이 살짝 파여서는 끈으로 묶을 수 있게 되어 있어 관능적인 느낌도 났다.

세단은 거울 앞에서 자신의 모습을 요리조리 보며 여전히 믿어지지 않는다는 기색이 역력한 어조로 주인에게 슬며시 물었다.

"이거 닥터가, 아니, 이거 산 사람 말이에요."

"네."

"언제 산 거예요?"

"이틀 정도 됐어요. 그리고 오늘 이 시간에 사랑하는 여자가 올 거라고 하시면서, 입는 걸 도와주면 좋겠다고 부탁하셨고요."

"아, 네……."

"정말 너무 좋으시겠어요."

"하하……."

세단은 다시 거울을 바라보았다. 예쁘긴 너무 예뻤다. 여전히 의문투성이지만, 점점 기분이 좋아졌다.

'그냥 선물 주는 건가? 크리스마스에 맞춘 깜짝 선물 같은 거 말이야. 그러고 보니 그에게 옷 선물 받은 건 두 번째네.'

드레스를 사러 갔던 부띠끄에서 엄청 어색해하던 그의 모습이 떠올랐다. 물론 부띠끄보단 덜 민망한 곳이긴 했지만, 그래도 혼자 여기에 와서 이걸 사는 모습은 상상할 수가 없었다.

'정말로 오직 날 위해서…….'

심장이 두근거리면서 입가에 미소가 부드럽게 서렸다. 어쩜 이렇게 계속해서 좋아지기만 하는 걸까. 어떻게 이렇게 점점 더 사랑할 수밖에 없냐고…….

세단은 그가 있는 곳으로 향했다. 그리고 멀리서, 자신을 기다리는 그의 모습에 마냥 떨리고 설레서 자꾸만 주춤거렸다.

그녀를 발견한 윤성은 엷은 미소를 지었다. 그의 앞에 선 세단은 애써 쑥스러움을 감추며 치맛자락을 양손으로 살포시 잡고서 귀엽게 갸웃거렸다.

"어때요? 어울려요?"

"잘 어울릴 줄 알았어."

"고마워요. 그런데 깜짝 크리스마스 선물이에요? 난 아무것도 준비 못 했는데……."

"선물은 선물인데, 아직 진짜는 아니야. 그리고 내가 너한테 받고 싶은 건, 조금 뒤에."

"뭐가, 또 남아 있는 거예요?"

윤성은 세단에게 성큼 다가와서는 긴장한 듯한 표정으로 길게 숨을 내쉬며 말했다.

"너에게 진짜 줄 선물은, 내가 더 떨리는 선물이야. 며칠 전부터 한숨도 제대로 자지 못했을 만큼. 지금도 너무 떨려서, 심장이 터질 것 같아."

그러고는 두 손을 뻗어 그녀를 가만히 안았다. 그리곤 귓가에 아주 짧게 속삭였다.

"잠시 눈 감아."

"네?"

"금방이야."

그는 그녀를 번쩍 안아 올려서는 순식간에 달리기 시작했다. 빠르게, 더 빠르게. 너무나 빨라서 다른 사람들은 알아챌 수도 없을 만큼.

세단은 너무 놀랐지만 낯설지 않은 기분에 그저 그의 목을 꽉 끌어안고 그의 말대로 눈을 질끈 감았다. 그래, 이 느낌, 이 모습, 낯설지가 않다. 예전에도 그에게 안겨 이렇게 달린 적이 있었으니까. 아프리카, 그곳에서.

"조금만 참아."

"조금만 참아, 조금만. 절대로 다치게 하지 않을 테니까."

아프리카에서, 그 달 아래에서 그때도 자신을 끌어안고 그렇게 속삭였지. 그 속삭임에 두려웠던 마음이 사라졌었다. 그가 자신을 지켜줄 거라고 믿었으니까.

세단은 매섭게 스치는 바람 소리 너머로 귓가에 울리는 그의 심장 소리를 들었다. 그가 말한 대로 터질 듯이 쿵쾅대는, 그의 심장 소리를……

얼마 지나지 않아서 마침내 그가 멈춰 섰다. 세단은 어쩐지 떨려서 눈을 뜰 수가 없었다. 윤성은 그런 그녀를 소중하게 다독이며 다정하게 속 삭였다.

"천천히, 천천히 눈 떠. 너무 놀라지 말고."

그의 낮고 감미로운 목소리를 따라 세단은 천천히 눈을 떴다. 그리고 눈앞에 펼쳐진 광경에 짧은 탄성을 지르며 커다랗게 떨리는 시선을 거둘 수가 없었다.

이곳은 서울이 아니었다. 어딘지 모르겠지만, 지금 자신은 그의 품에 안겨 굉장히 높은 곳에 있었다. 눈부시게 쏟아지는 별빛에 닿을 만큼, 그 렇게 하늘에 닿을 만큼, 굉장히 높은 나무 꼭대기에 있었다.

"세상에……."

말도 제대로 이을 수가 없었다. 이런 광경은 처음이었다. 끝없이 펼쳐진 별빛 속에 커다란 보름달이 유유히 떠 있었고, 그녀는 그 빛에 파묻혀 넋을 잃고 말았다. 그저 너무 경이롭고 신비로웠다. 정말 저 하늘을 날고 있는 듯한 기분이 들었다. 다른 세계에 그와 단둘이 떨어진 기분이었다.

"어디예요, 여기가……."

"관람차를 타고 있는 것만큼 높은 곳이야. 이 정도 높이의 나무를 찾는 게 쉽진 않았지만."

"누가 보면 어떡해요?"

"괜찮아. 아무도 없어. 지금 너랑 나 빼면. 춥진 않아? 무섭지는 않고?"

겨울바람이 매섭게 불었지만, 그가 꼭 안아주는 덕분에 하나도 춥지 않았다. 그리고 무섭다니. 이토록 아름다운데…….

"아니, 전혀요. 그저 꿈을 꾸는 것 같아요. 금방이라도 별들이 나한테 쏟아질 것 같아."

세단은 그를 바라보며 벅찬 목소리로 외쳤다.

"정말 최고의 선물이에요! 절대로 잊지 못할 것 같아."

"내가 주려는 선물은 이게 아니야."

"응?"

"아까 네가 물었던 질문의 대답도, 내 진짜 선물도, 이제부터야."

아까도 그렇고, 지금도 그렇고. 어쩐지 그가 뭔가를 망설이고 있다는 기분이 들었다. 굉장히 초조한 듯한? 특히나 이렇게 안겨 있으니 그의 미묘한 떨림이 그대로 느껴졌다.

윤성은 자꾸만 부서지고 부서지는 호흡을 어렵사리 내뱉고선 천천히 모자를 벗었다. 가까운 보름달 아래, 그의 은빛 머리카락이 더욱 찬란히 빛났고 황금빛 눈동자는 보다 뜨겁게 그녀를 안아주고 있었다.

아프리카에서의 밤과 비슷했다. 사방은 고요하고, 오직 그와 그녀의 숨소리만이 미묘한 열기를 품고서 하늘거렸고, 그의 모습은 꿈처럼 아름다웠다.

"닥터……."

윤성은 주머니에서 뭔가를 꺼내 세단에게 건네주었다. 세단은 깜짝 놀라서는 손바닥에 놓인 자물쇠를 바라보았다. 이건 예전에 달았던…….

"이게, 거기 있었어요? 이걸, 찾은 거예요?"

"응……."

자물쇠에 '마윤성♡박세단', 그리고 '영원히 함께'라고 적힌 유치한 문구가 그대로 남아 있었다. 그리고 그 뒤에 다른 문구가 있었다. 분명 그때 그는 아무것도 적지 않았는데, 그의 필체로…….

"하아……."

세단은 아무 말도 하지 못했다. 윤성은 그녀의 손을 꼭 쥐고 자물쇠에 적혀 있는 말을 나직이 속삭였다.

"박세단."

"……."

"계속, 네 옆에 있을게. 절대로 떠나지 않아. 그러니까 세단아."

찰나의 침묵.

지금 이 순간, 귓가에 울리는 건 그의 뜨겁고도 간절한 속삭임.

"나랑, 결혼해 줘."

9. 우리 집에 늑대가 산다

"그거, 아직도 유효한 거예요? 3개월 뒤에 정말로, 떠나는 거예요?"

그때, 그렇게 물었던 그녀에게 결코 입 밖에 내고 싶지 않았던 말을 해야만 했었다. 그리고 그녀가 다시금 제게 물은 질문의 대답은,

"계속, 네 옆에 있을게. 절대로 떠나지 않아. 그러니까 세단아."

자꾸만 심장이 떨려서 입가에 맴도는 단어가 흩뜨려진다. 이런 말을 누군가에게 하게 될 줄도 몰랐지만 이 한마디가 이토록 떨릴 줄 몰랐고, 이토록 벅찰 거라고 상상도 하지 못했다. 하지만 하고 싶었다. 지금 눈앞의 그녀에게, 그녀와 함께 영원히 하나의 시간을 공유하며 가족이 될 수 있기를 바랐다.

"나랑, 결혼해 줘."

심장 가장 깊숙한 곳에서 끝없이 두근거리던 울림이 입 밖으로 흘러나왔다.

세단은 그의 간절하고도 뜨거운 속삭임에 저도 모르게 눈가가 뜨거워

지면서 손끝이 떨렸다. 윤성은 그런 그녀의 손을 꼭 붙잡았다.

머리 위로 무수히 많은 별들이 쏟아져 내리며 두 사람을 지켜보았다. 하지만 어느 순간 그런 별들도 눈에 보이지 않았다. 세단은 숨을 쉬는 것조차 잊은 채 그를 바라보았고, 윤성은 그의 손안에서 점점 더 크게 두근거리는 그녀의 심장 소리를 느끼며 다시 천천히 입을 열었다.

"내가 진짜 주고 싶었던 선물, 자물쇠에 적고 싶었던 말과 네 질문에 대답 역시 이거야."

그녀는 떨리는 숨을 내쉬었다. 이 모든 순간을 그가 얼마나 떨리는 마음으로 준비했을지, 또한 얼마나 근사하게 제게 보여주고 싶었을지, 그의 마음이 절절하게 와 닿았다. 결국 두 눈 가득 맺혀 있던 눈물이 떨어지고 말았다.

윤성은 손등 위로 떨어진 그녀의 눈물에 당황해서는 얼른 눈물을 닦아 주려고 했지만 세단은 고개를 가로저으며 그제야 기쁘게 웃었다.

"닦지 마요. 지금 너무 기뻐서 우는 거니까. 이 순간, 이 기분을 마음껏 만끽하고 싶어요. 내 생애 처음이자 마지막 프러포즈잖아요. 게다가 별빛 아래서 프러포즈라니……."

평범하게 말고, 이 세상 누구보다 특별하고 근사하게 그녀에게 고백하여 제 손을 잡게 하고 싶었다.

그는 그녀의 얼굴을 가만히 쓰다듬으며 서서히 다가왔다.

"내가 너에게 받고 싶은 선물은, 지금 너의 마음이야."

어느새 서로의 호흡이 허공에서 뒤엉키며, 세단은 물기 어린 눈을 한 채 웃으며 말했다.

"뭘 물어요. 이미 난 처음, 침대에서 프러포즈 받았을 때 당신이랑 오래오래 행복하게 살 엔딩으로 정했는데. 처음부터 나는 당신과 가족이고 싶었어요. 그러니까 우리 아빠한테도 소개시켜 줬던 거지."

영원이란 말을 하지 않던 그가 자신에게 오래오래 함께 살자고 내뱉었던 그 말이 자신에겐 프러포즈나 마찬가지였다. 아니, 처음 그와 만나고 마음이 하나된 그 순간부터 그녀는 이미 그의 손을 절대로 놓지 않을 거라고 생각했다.

세단과 윤성은 서로의 눈동자를 가만히 바라보며 서로를 끌어당겼다. 지금 이 순간, 머릿속이 점차 하얗게 타들어가면서 강렬한 불꽃이 일렁였다.

시간이 오직 두 사람만을 감싸며 느리게 흐르고 있었고, 와 닿는 시선과 손길이 스칠 때마다 한 가지 감정만이 전부를 잠식했다.

원하고 원한다고. 오직 너를, 너만을 느끼고 싶다고. 한 치의 빈틈도 없이 완벽하게. 지금 눈동자에 가득 담겨 있는 너무나도 사랑하는 이 사람의 심장 소리로 온 세상을 가득 채우고 싶었다.

"하아."

누가 먼저라고 할 것도 없이, 자연스럽게 서로의 입술을 머금었다. 눈을 감고 손끝으로 뜨거운 체온을 더듬으며, 호흡과 호흡이 어지럽게 뒤섞이고, 함께 부서져 내렸다.

그때, 이질적인 차가움이 와 닿았다. 새하얗게 반짝이던 별들이 부서져 내리듯, 한 송이 한 송이 눈꽃이 내리며 세상을 하얗게 물들여 화이트 크리스마스로 만들었다.

세단은 윤성을 꼭 끌어안고 특별한 이 순간을 머릿속 깊숙이 새겼다. 이렇게 아름다운 프러포즈를 받게 될 줄은 몰랐다. 관람차에서 키스를 하면 영원한 사랑이 이뤄진다는 유치한 말을 그는 그만의 관람차에서 이뤄주었다. 크리스마스의 마법 같은 기적. 또 한 번, 이 남자를 사랑하지 않을 수가 없었다.

아쉬운 듯 그의 온기가 사그라지고, 그는 탁하게 흔들리는 시선으로 세단을 바라보았다. 세단 역시 그를 움켜쥔 손에 힘을 풀지 않았다. 차갑게 쏟아지는 보름달이 뜨겁게 달아오르고, 가슴속 깊숙이 일렁이는 열기가 부끄럽기는 했지만, 이대로 이 시간을 끝내고 싶지 않았다. 윤성은 그런 그녀의 떨리는 감정을 읽어내고 먼저 천천히 손을 뻗었다.

"그만 돌아갈까?"

그러자 세단은 수줍게 웃으면서 그를 원하는 마음으로 은밀히 속삭였다.

"아직, 밤은 기니까요."

윤성은 그런 세단의 말에 엷은 미소를 지으며 이곳에 올 때처럼 그녀를 끌어안았다.

"눈 감아."

세단은 그의 품에 안겨 자연스럽게 눈을 감았다. 다시금 바람 소리가 빠르게 스쳐 지나가고, 멈춰 있던 시간이 순식간에 휘몰아치는 듯했다. 하지만 그와의 밤은, 아직 시작되지 않았다.

그의 레지던스. 불은 꺼져 있었지만, 새하얀 커튼이 흔들리면서 그 사이로 스며드는 달빛이 너무나도 밝아 어쩐지 환한 느낌이 들었다. 두 사람은 침대에서 서로를 마주 보았다. 여전히 사그라지지 않은 열기가 촉촉하게 내려앉았고, 서로를 원하는 강렬한 시선이 금방이라도 터질 듯 위태롭게 흔들렸다.

그의 황금빛 눈동자에 담긴 제 모습이 어쩐지 부끄러워 세단은 괜스레 자신의 옷을 보며 입을 열었다.

"근데 닥터, 이런 옷 싫어하지 않아요? 닥터 취향이 아닌데……."

무릎을 살짝 덮는 짧은 길이에, 특히나 등 뒤가 파여서는 끈 하나로 연결된 아찔한 옷이었다. 저번 부티크를 생각하면 절대로 이런 옷을 고를 사람이 아닌데.

그러자 윤성은 살짝 헛기침을 하고서는 슬쩍 시선을 다른 곳으로 돌렸다.

"일부러 고른 거야."

"응?"

"남이 볼 게 아니라 내가 볼 거고, 혼자 입고 벗는 게 어렵도록, 오직 나만 벗길 수 있게."

세단은 윤성의 말에 잠시 눈을 크게 떴다가 이내 저도 모르게 피식피식 웃음이 새어 나왔다. 세상에. 그런 속내가 감춰진 옷이었다니! 이 남자, 왜 이렇게 귀여울까.

윤성은 그녀의 웃음소리에 점점 얼굴이 벌겋게 달아올라 이내 날렵하게 그녀의 손을 붙잡고 순식간에 침대 위로 쓰러뜨렸다. 낮은 파장과 함께 침대가 출렁였고, 붉은색 옷을 입은 그녀의 모습이 자극적으로 와 닿으며 열기에 타오르는 눈동자가 기묘하게 흔들렸다.

세단은 그를 가만히 올려다보았다. 은빛 머리카락이 시리도록 내려앉아 금방이라도 손을 뻗어 그 은빛에 흠뻑 젖었으면 좋겠다고 생각했다. 하지만 어쩐지 그의 머뭇거리는 시선에 엷은 숨을 내쉬었다. 자신을 향한 그의 배려였다. 조금씩, 천천히. 그러니 그를 초대하는 건 자신이 해야 할 일이다. 사랑하는 남자를 향해 나도 당신을 원한다고, 망설이지 말라고. 뭘 기다리느냐고 끌어들이는 손짓에 무너져 내리는 그의 표정을 보는 건 생각보다 짜릿하고 황홀한 일이었으니까.

그녀는 느릿하게 손을 뻗어 그의 목덜미를 더듬으며 속삭였다.

"뭘 망설이는 거예요?"

"……."

"얼른, 내게 와요."

실낱처럼 떠다니던 이성이 그대로 소멸하면서 억눌렸던 갈망과 수컷의 본능이 그대로 쏟아져 나왔다. 그는 입으로 끈을 풀었고, 붉은 꽃망울이 터져 나오듯 옷자락이 스르르 내려가며 달콤한 호흡이 공기 중으로 퍼져 나갔다.

세단은 그의 단추를 풀기 시작했다. 사각사각 자극적으로 퍼지는 울림 끝에 곱게 뻗은 실루엣이 그녀를 삼키며, 은빛 머리카락이 한가득 내려앉았다.

짙은 입맞춤이 파편이 되어 그녀의 몸 구석구석으로 새겨지고, 달콤한 욱신거림과 참을 수 없는 열기가 달아오르며 머릿속이 엉망으로 헝클어졌다. 촉촉이 젖은 그의 혀가 그녀의 입안을 뒤덮으며, 여린 살을 간지럽게 휘감았다. 망울진 타액까지 남김없이 삼키는 그 떨림이 고스란히 전해지며 야릇한 신음이 새어나왔다.

온몸이 그의 손길 아래 아찔하게 부서져 내린다. 세단은 저도 모르게 그의 어깨를 힘껏 움켜쥐었다.

태초의 모습으로 살과 살이 맞닿는 것은 옷을 입고 있을 때와는 전혀 다른 느낌이었다. 그의 체온과 온몸을 울리는 모든 소리가 그대로 전달되어 진득하게 번지는 느낌. 온전히 그를 가진 느낌이었다.

"윤성 씨……."

제 품에서 애원하듯 꿈틀거리는 그녀의 목소리가 사랑스러웠다.

"아주 많이, 사랑해요."

그는 말없이 그녀를 가슴으로 안아주었다. 그리고 들려주었다. 말하지 않아도 온몸으로 너를 사랑하고 있다고, 그렇게 끊임없이…….

어둠은 점점 깊어졌다. 그들의 시간은 끝없이 이어지며 끈적한 흥분 속에 시트가 어지럽게 구겨지고, 아무리 비틀어도 채워지지 않는 갈증이 마침내 맞물린 감각 속에 무채색으로 사라졌다. 오직 서로의 심장 소리만을 가득 품고서 은은히 흐르는 열망의 잔재를 느끼며 다시금 서로의 손을 꽉 붙잡았다.

그의 은빛이 오롯이 자신에게로 쏟아지고, 그의 황금빛 눈동자가 저를 향해 위태롭게 무너지며 흘러내렸다. 갈망이 섞인 헐떡임이 이어지면서, 그렇게 밤은 아직도 끝나지 않고 있었다.

"흐으응……"

아침부터 부스럭거리는 소리에 세단은 무거운 눈꺼풀을 어렵게 뜨고서 몇 번 눈을 깜빡였다. 그가 보이질 않았다. 하지만 밖에서 들리는 부스럭거리는 소리에 무슨 일인가 싶어 세단은 이불로 온몸을 꽁꽁 싸매고서 밖으로 나갔다.

그는 이른 아침부터 거실을 정리하고 있었다.

"닥터? 뭐하는 거예요?"

윤성은 미안한 듯 웃으면서도 정리하는 손을 멈추지 않았다.

"미안해. 깼어? 이것 좀 치워보려고. 갑자기 지저분해 보여서."

그가 물건을 정리한다는 게 무슨 의미인지 알기에 세단은 조금 멈칫한 후에 그에게 다가갔다.

"이젠, 괜찮은 거예요?"

윤성은 그녀의 걱정 어린 속삭임에 엷은 미소를 지으면서 고개를 끄덕였다.

"괜찮아. 이젠 외롭지 않으니까. 물건들도 제자리를 찾아야지. 그 빈자리는 네가 있어줄 거잖아."

세단은 환하게 웃으며 뒤에서 그를 꼭 안았다. 윤성은 제 허리를 감싼 그녀의 손을 붙잡아 가볍게 입을 맞췄다.

두 사람은 함께 거실을 정리해 나갔다. 그의 손으로 모든 것을 제자리로 돌려놓고, 다시 새롭게 시작하기 위해서.

그로부터 몇 달이 지났다. 세단에게 주어진 긴 휴가는 예전에 끝이 났고, 그녀는 평소의 일상으로 돌아와 있었다. 물론 휴가 동안 쉬기만 했던 건 아니었다. 틈틈이 병원을 찾아 은숙의 상태를 살피고 보살핀 덕분에 그녀의 새로운 심장은 완전히 제자리를 찾아 건강하게 두근거리고 있었다.

"오늘 컨퍼런스는 여기까지 하고, 회진 가자."

세단은 아침 컨퍼런스를 마치고선 회진 돌 환자 차트를 확인했다. 그때, 레지던트들이 윤성의 이름을 언급했다.

"마 교수님은 잘 계시죠?"

"갑자기 병원을 쉰다고 하셔서 깜짝 놀랐어요."

"네. 그때 크게 다치셨잖아요. 그래서 무슨 일이 생긴 줄 알고 얼마나 걱정했는데요."

윤성은 잠시 부교수 자리를 내려놓고 병원을 쉬고 있었다. 어디가 아프거나 힘들어서 한 결정이 아니라 오로지 자신을 위한 결정이었다. 그에게 의사로서의 삶은 사람들과 섞일 수 없는 이방인인 자신을 억지로 그들과 맞춰 나가기 위한, 조금이라도 그들과 비슷하게 보이려고 했던 치열하고 치열했던 순간들이었다. 물론 어느 순간 이 일 자체를 좋아하긴 했지만 시작이 그랬다. 그래서 지금껏 의사로서의 마윤성을 놓아본 적이 없었다. 그렇게 되면 자신의 존재 자체를 부정당할 것 같았으니까. 하지만 이젠 달랐다.

처음으로 의사 마윤성을 놓고 그냥 마윤성으로 이곳저곳을 여행하며 자기 자신의 삶을 즐기며 살아보고 싶었다. 그다음에 제대로 의사라는 직업과 마주하고자 했다. 불안하고 치열했던 시작이 아닌, 정말로 순수하게 그 길을 그녀와 걷고 싶었다.

세단은 그의 선택을 존중했다. 게다가 항상 밤에는 돌아와 그녀에게 이런저런 얘기들을 들려주었으니까. 그의 입으로 듣는 여러 사람들의 얘기가 얼마나 설레고 벅찬지, 그리고 그 얘기를 하는 그가 얼마나 행복해 보이는지 세단은 요즘 그가 오는 매일 밤을, 그가 전해주는 이야기를 기다리고 있었다.

"여행 다니면서 잘 지내고 계셔. 어디 아픈 건 절대로 아니고. 그러니까 우린 우리 일이나 열심히 하자. 병원이 그렇게 한가한 곳이야? 아니면 너희 요즘 군기가 빠져서 한가해진 거야?"

"아닙니다!"

"회진 돌겠습니다, 회진!"

세단은 서둘러 움직이는 레지던트와 인턴들을 보며 피식 웃고선 그렇게 함께 걸음을 옮겼다.

아침 회진을 마치고, 은숙을 보러 가던 길에 그녀를 기다리고 있던 애정이 그녀의 손목을 덥석 잡았다.

"빡센!"

"뭐야? 나 기다린 거야?"

"마 교수님이랑 연락했지? 내일은 오시는 거 맞지?"

"응? 아마도?"

애정은 시원찮은 세단의 대답에 기가 차서는 한숨을 내쉬었다.

"아마도는 무슨 아마도야! 결혼이 이제 얼마 남지 않았는데 마 교수님은 갑자기 병원 쉬고 여행 다니신다고 하고, 너도 거기에 별로 신경도 안 쓰고. 결혼을 하긴 하는 거야? 그냥 정화수 받아놓고 결혼하겠습니다, 하고 말 거냐고!"

"오, 그것도 괜찮다."

"박.세.단."

세단은 애정의 무시무시한 눈빛에 움찔하고서는 어색한 웃음을 지었다.

"아, 알았어. 알았어. 내일은 무슨 일이 있어도 닥터랑 시간 낼게. 걱정하지 마."

"난! 네가 남들처럼 제대로 결혼식 올리고 누구보다 행복하게 잘 살았으면 좋겠어. 진심으로 그렇다고."

애정은 진지한 눈빛으로 세단을 붙잡고 말했다.

"내가, 내가 너 그렇게 해주고 싶다고. 알아들어?"

"알았어. 고마워, 애정아."

애정은 그녀의 결혼 준비를 도맡아 하고 있었다. 윤성과 마찬가지로 그녀 역시 부모님이 안 계셨으니까. 어딘가에 어머니가 계시긴 할 테지만 연락이 끊어진 지 수년이고. 세단은 이번 일로 어머니를 찾아가고 싶지는 않다고 못을 박았다. 때문에 애정은 그냥 이렇게 얼렁뚱땅 세단을 보내고 싶지 않았다. 엄마의 마음으로, 평생 단 한 번의 결혼식을 그 누구보다 예쁘고 곱게 그녀를 보내고픈 마음이었다. 이젠 행복해졌으면 했으니까. 그녀가 너무나도 사랑하는 그 남자와 아주 많이많이 행복해졌으면 했으니까.

"아무튼 내일 늦지 마."

"알았어. 절대로 늦지 않을게."

세단은 애정의 그런 마음을 알기에 고개를 끄덕였다. 하지만 닥터에게 내일 일을 말할 수 있을지는 솔직히 미지수였다.

그날 밤 윤성이 돌아왔고, 두 사람은 같이 저녁 식사를 한 뒤 함께 소파에 앉아서는 느긋한 저녁을 즐겼다. 세단은 그의 무릎에 머리를 기댄 채 그의 얼굴을 빤히 바라보았고, 윤성은 여행 책자를 읽으면서 그녀의 머리카락을 쓰다듬어 주었다.

"오늘 여행은 어땠어요? 재미있었어요?"

"응. 동해 바다를 봤어. 남해와는 또 다르더군. 바람도, 사람도, 소리도 달라. 게다가 겨울이 끝나가는 것 같아. 봄기운이 느껴져."

"그래요? 하긴 곧 꽃이 필 것 같아요. 그런데 신기하다. 닥터는 사소한 모든 걸 느낄 테니까, 뭔가 보는 게 색다를 것 같아요."

"비록 네가 옆에 없어도, 너도 함께 느끼고 있어."

"알아요. 언제나 함께 있는 것처럼. 나도 그래요."

윤성은 책을 내려놓고서 주머니에서 뭔가를 꺼내주었다. 그는 다녀온 곳에 관련된 소소한 선물을 전해주었다. 함께 하지 못하는 미안함을 이렇게나마 전해주는 것 같았다.

"이번엔 뭐예요?"

"맘에 들 거야."

그가 준 것은 파란빛이 도는 매끈한 조약돌이었다. 마치 동해의 거센 파도를 그대로 새긴 듯 예쁘기만 했다. 세단은 조약돌을 신기한 눈으로 보면서 냄새를 맡았다. 어쩐지 희미한 바다 향이 느껴지는 듯했다. 윤성은 그 모습을 보며 희미한 미소를 지었다.

세단은 조약돌을 만지작거리다가 윤성이 들고 있는 여행 책자를 힐끔거리며 어렵사리 입을 열었다.

"그런데 내일은 어디 갈 거예요? 멀리 가요? 중요한 곳인가?"

"내일은 여행이 아니야."

"응?"

"지난번에 말했던 그 욕쟁이 할아버지 알지?"

"아."

윤성은 풍경을 눈에 담는 것뿐만 아니라 그 지역의 사람들과도 많이 어울리려고 했다. 나름대로 관계를 배워가려는 그의 노력이었다. 그리고 며칠 전엔 굉장히 툴툴거리면서 욕을 기가 막히게 잘하는 할아버지 얘기를 했었다. 정말 평생의 원수라도 만난것처럼 온갖 욕을 하다가도 때가 되면 먹을거리를 챙겨 주면서 소소한 얘기를 들려주었다고 했다. 아마도 할아버지 혼자 외로운 마음에 이야기 상대가 필요했던 것 같다고 말했다. 게다가 그 욕이 전혀 기분 나쁘지 않고 오히려 할아버지 나름대로의 감정

표현인 것 같았다고.

"그분 건강이 안 좋으신 것 같아. 그때 잠시 살펴본 바로는 심근경색 증상이 느껴졌어. 하지만 혼자 병원에 가실 것 같지 않아서 내가 모셔가려고."

세단은 일어나 앉아서는 사랑스럽다는 듯 그를 보았다. 그 눈빛에 그는 움찔하며 말을 더듬었다.

"뭐, 뭐야."

"역시. 닥터는 닥터네요. 처음엔 굉장히 인간미 없는 의사라고 생각했는데. 닥터는 참 따뜻하고 좋은 의사 같아요. 환자와의 라포도 나름 끈끈한 것 같고."

"그냥 의사로서 의무를 다하는 것뿐이야. 내게 주어진 능력이니까. 그런데 내일 쉰다고 안 했나?"

세단은 윤성의 말에 움찔했지만 이내 자연스럽게 고개를 가로저었다.

"쉬긴 쉬는데, 집에 그냥 있을 거예요. 피곤해서. 나 신경 쓰지 말고 그분한테 다녀오세요. 내일은 나보다 그분한테 더 닥터가 필요하니까. 너무 늦어지면 위험하실 거예요. 연세도 있으시니."

하지만 윤성은 어쩐지 미심쩍은 시선으로 그녀를 보았다. 저 눈빛에 이길 수 없다는 걸 아는 세단은 그대로 그의 얼굴을 붙잡고 입을 쪽 맞췄다. 이럴 때 쓸 수 있는 무기는 바로 뽀뽀였으니까.

"여행 얘기, 조금 더 해줘요. 응?"

그리고 그런 세단의 모습에 윤성은 허한 미소를 짓고서는 다시금 입술을 깊이 베어 물고 그녀에게 말려들어 갔다. 세단은 자신을 깊이 안아주는 그에게 이끌리며 이내 눈을 감았다.

'괜히 신경 쓰게 하지 말아야지. 환자가 더 중요하니까. 난 괜찮아.'

다음 날, 애정은 삐딱한 시선으로 세단의 텅 빈 옆자리를 노려보았다.

세단은 어색한 미소와 함께 변명을 했다.

"그러니까, 마 교수님은 급한 사정이 있었어."

"아직도 네가 더 좋아하고 사랑하는구나."

"내가 더 좋아하고 사랑하면 어때? 그리고 오늘 웨딩드레스 입는다고 다 고르는 것도 아니잖아."

사실 오늘은 웨딩드레스를 고르려고 했다. 그와 함께 왔으면 좋았을 테지만, 환자가 더 급하니까. 게다가 오늘 전부 고를 것도 아니고.

애정은 세단의 말에 한숨을 내쉬며 그녀의 팔짱을 꼈다.

"하여튼 넌 사랑을 줄 때나 받을 때나 똑같아, 아주."

"난 너랑 같이 다니는 게 더 좋아. 괜히 이런 데 오는 거 마 교수님한테 어울리지도 않아. 오히려 신경만 쓰일걸? 예전에 비슷한 경험해 봤어. 그때 얼마나 힘들었는데."

"뭐?"

세단은 애정에게 부티크 때 얘기를 해줬고, 애정은 생각지도 못한 상황에 미친 듯이 웃었다.

"우와, 대박! 마 교수님이 정말 그랬다고? 겉모습만 보면 그럴듯한데. 비주얼로는 영화 속 주인공같이 비현실적이잖아. 그런데 현실로는 상상이 안 된다. 부티크 가서 직접 네 옷을 골라줬다면, 그래. 마 교수님 너 많이 사랑한다, 사랑해."

두 사람은 웨딩숍 여러 곳을 돌아다니면서 드레스를 골랐다. 처음엔 예쁜 옷을 입는 게 재미있기도 했는데 점점 지쳐가기 시작했다. 입는 옷들마다 다 비슷비슷해 보이고 혼자선 제대로 입을 수도 없어서 너무 힘들었다.

'살을 더 빼든지 해야지! 이러다간 똥배 보일 것 같아!'

세단은 최대한 배에 힘을 주고 마지막으로 마음에 드는 웨딩드레스를 골라서는 애정에게 손을 흔들며 들어갔고, 애정은 카메라에 웨딩드레스를 입은 세단의 모습을 전부 담고 있었다.

"마 교수님한테 전부 보내줘야지. 그래야 나중에 같이 왔을 때 빨리 고를 테지. 게다가 나름 궁금해 하지 않겠어?"

그렇게 이번에도 카메라로 찍을 준비를 하고 있을 때 누군가 그녀의 옆으로 쓰윽 다가왔다. 애정은 저도 모르게 움찔하다가 고개를 들고선 놀란 표정으로 피식 웃었다.

"신부님 나가십니다."

커튼이 열리고서 새하얀 미니 웨딩드레스를 입은 그녀가 천천히 등장했다.

"애정아, 이건 어……."

하지만 세단은 말을 끝까지 맺을 수가 없었다. 애정이가 있어야 할 곳에 윤성이 서 있었다. 그는 엷은 미소를 지으며 그녀에게 다가왔고, 세단은 그가 이곳에 있다는 게 믿어지지 않아 말을 더듬었다.

"어, 어떻게……."

"치료는 끝났어. 그리고 설마 내가 끝까지 모를 줄 알았어? 말했지, 난 너의 모든 걸 느낀다고."

세단은 어쩔 수 없다는 듯 웃었고, 윤성은 너무나도 아름다운 그녀의 모습을 눈에 담으며 좀 더 가까이 다가왔다. 함께 마주 보고 서 있는 그들의 모습은 절로 눈이 갈 정도로 예쁜 연인이었다.

"어때요?"

"흠……."

그는 잠시 머뭇거리는 표정을 지었고, 세단은 괜히 긴장해서는 너무 야한가 싶어 허전한 무릎 아래를 바라보았다.

"너무 짧은가? 그럼 다른 거?"

그때, 윤성은 그녀의 손을 들어서는 반지를 끼워주었다. 그러곤 나직한 목소리로 속삭였다.

"그 모습이랑 이 반지, 잘 어울리네."

"닥터……."

매 순간순간 이렇게 자신을 놀라게 만드는 사람. 어느새 더없이 벅찬 의미가 되어선 상상도 하지 못했던, 꿈도 꾸지 않았던 가족을 그릴 수 있게 해준 이 사람을, 사랑하고 사랑할 수밖에 없다고…….

윤성과 세단은 서로를 바라보며 말없이 웃었다. 그리고 애정은 멀리서 그런 두 사람의 모습을 사진으로 담으며 속삭였다.

"정말 서로가 아주 딱이야, 딱!"

차가웠던 겨울바람 속에 봄기운이 스며들고, 꽃이 만개하는 계절, 두 사람의 결혼식도 그렇게 다가오고 있었다.

날이 포근해지면서 어느덧 봄이 찾아왔다. 세상은 온갖 꽃들이 저마다 먼저 봄을 맞이하기 위해 앞다퉈 피어나며, 서늘했던 잿빛 세상을 따스한 수채화 빛으로 물들이고 있었다.

그리고 그런 봄기운이 세단에게도 찾아왔다. 이제 정말로 결혼식이 얼마 남지 않은 것이다.

"내가 골라줘도 되지만, 앞으로는 네가 잘 골라야 하니까 연습시켜 주려는 거야."

세단과 애정은 함께 속옷 가게에 왔다. 애정이 결혼 선물을 준답시고 차마 눈뜨고 보기에도 민망한 속옷들을 너무나도 자연스럽게 고르자 세단은 얼굴이 새빨개져서 제대로 고개도 들지 못했다.

"내가 언제까지 너의 특별한 밤에 끼어들 수는 없잖아?"

"누가 끼어들어 달라고 했어? 그리고 아직 지난번에 네가 줬던 것도 못 입었어."

"그러니까, 이 맹추야! 지금껏 평범한 것도 아닌 구닥다리 속옷을 입었다는 거잖아! 신혼여행 때는 절대로 안 돼! 지난번에 준 것보다 더 업그레이드 되고 더 특별한! 아주 마 교수님을 네 손안에 넣고 지진 날 정도로 흔들어야 한단 말이야. 그런 의미에서 이건 어떠니?"

애정은 온통 레이스로 된 속옷을 흔들어 보이면서 앙증맞게 윙크했다.

"아주 귀여운 초대지. 너무 성인물로 가면 네가 부담스러울 테니까."

그러자 세단은 살짝 미간을 찡그리다가 이내 뭔가를 발견하곤 스윽 꺼내 들었다. 그러자 애정이 눈을 동그랗게 뜨고 대견하단 듯이 외쳤다.

"대박! 박세단, 너 언제 어른이 됐어!"

그녀가 고른 것은 손짓 하나에도 아주 쉽게 풀릴 것 같은 끈으로 된 속옷이었다. 세단은 입꼬리가 살며시 올리며 굉장히 도도한 표정으로 말했다.

"난 이걸로 할래. 도발적인 초대. 교수님은 이걸 더 좋아할 거야, 쉽게 풀릴 수 있는."

"우후후후후, 드디어 네가 정신을 차렸구나. 지금껏 가르친 보람이 있다. 자기 남자 취향도 살필 수 있는 그런 여유로움까지!"

그렇게 속옷 가게에서 필요한 걸 사고 나온 세단은 하늘을 바라보았다. 더없이 파랗고 푸른 하늘이다. 한 번쯤은 상상했고, 이젠 정말로 코앞으로 다가온 결혼. 하지만 변하는 건 없다. 그저 그와 한 가족이 된다는 것일 뿐. 그 외에는.

'나와 닥터는 아무것도 변하지 않을 거야.'

벚꽃이 휘날리는 봄. 꽃이 피는 봄에 결혼을 하고 싶다고 서로에게 말했었다. 꽃 피는 봄을 그들은 함께 보지 못할 거라 생각했으니까. 그래서 흐드러지게 피어난 봄을 맞이하며, 세단과 윤성은 이제 자신들의 시간을 함께 공유하며 살아가기 위한 인생의 시작으로 봄을 선택했다.

야외 공원. 핑크빛 벚꽃이 휘날렸고, 그 아래로 사람들이 분주하게 움직이고 있었다. 새하얀 식탁과 새하얀 의자가 벚꽃과 무척이나 잘 어울렸고, 햇살마저 포근하게 내려와 결혼하기 딱 좋은 날씨였다.

애정은 깔끔한 정장을 입고서 웨딩플래너와 함께 바쁘게 움직이며 손님맞이를 했다.

"어머, 한 선생님!"

"CS 식구들 이제야 다 온 거야?"

"죄송해요. 오늘따라 수술 환자가 많아서, 다 오지 못한 게 아쉬워요."

"괜찮아. 박 선생도 이해할 거야."

"그나저나 박 선생님이 결혼이라니. 그것도 마성의 부교수님이랑. 정말 전생에 나라를 여러 번 구하셨나 봐요."

"박 선생님 지금 어디 계세요? 엄청 예쁘시죠?"

애정은 피식 웃으면서 세단이 있는 곳으로 안내했고, 다른 남자 레지던트들은 윤성을 보기 위해 걸음을 옮겼다. 야외에서 결혼식을 하다 보니 다소 정신이 없기는 했지만 그래도 날씨가 너무 잘 도와준 덕분에 무척이나 예쁘고 특별한 결혼식이 될 듯했다.

임시로 만들어진 신부대기실 앞에 선 애정은 잠시 노크를 했다.

"세단아, 들어가도 돼? CS 식구들 왔어."

"응, 들어와."

잠시 후, 대기실 문이 열리고, 안으로 들어선 사람들은 탄성을 지르며 세단에게 축하의 말을 건넸다. 그녀는 그런 그들의 반응에 몹시도 쑥스러운 듯 미소를 지었다.

오늘 그녀는 너무나도 아름다운 봄의 신부였다. 꽃 모양 코르사주로 장식된 새하얀 드레스가 앙증맞게 퍼지면서 발목을 살짝 드러냈고, 우아하게 늘어뜨린 머리카락은 새하얀 안개꽃으로 만들어진 화관이 사랑스러움을 더했다. 설렘과 쑥스러움이 어우러진 그녀의 표정은 너무나도 아름다위 보였다.

"박 선생님, 너무 예뻐요!"

"사진 찍어요, 사진!"

세단은 그들과 사진을 찍으면서도 내내 쑥스러운 감정을 숨기질 못했다. 사실 아직까지도 제대로 실감이 나질 않았으니까. 자신이 그와 결혼을 한다는 것이.

"신부님, 준비하세요."

레지던트들은 세단에게 파이팅을 외치며 용기를 북돋아주고서 대기실을 빠져나갔고, 애정은 끝까지 세단의 옆에 남아 살짝 헝클어진 드레스 자락을 살펴주었다.

"이젠 좀 실감이 나?"

"조금. 솔직히 얼른 그 사람 봤으면 좋겠어. 보고 싶어."

"어후, 이젠 지겹도록 보게 될 텐데, 뭘. 재현이한테는 연락 왔었어? 걔가 못 와서 얼마나 울상일지 눈에 선하다, 정말."

"응."

지난겨울, 재현은 미국으로 떠났다. 세단과 윤성의 결혼식에 참석하기 위해 일정을 뒤로 미루려고 했지만, 학기가 시작되는 터라 어쩔 수가 없었다. 어찌나 안타까워하며 전화를 했던지. 오히려 자신이 그를 달래줘야만 했다.

"자아, 이건 내 선물."

"속옷 말고 딴 게 또 있어?"

애정은 엷은 미소를 지으며 그녀에게 면사포를 조심스럽게 씌워주었다. 세단은 눈을 동그랗게 뜨고서 면사포를 매만졌다.

"이건……."

"이거 우리 엄마가 나 결혼할 때 만들어준 면사포인 거 알지?"

"이걸 왜 나를 줘! 네가 갖고 있어야지!"

"우리 엄마가 내게 행운과 행복이 깃들기를 바라면서 주신 거야. 나도 그래. 네가 이젠 정말로 행복하고 잘 살았으면 좋겠어. 그래서 주는 거야. 언젠가 다시 나한테 돌려줘. 영원히 주는 게 아니라 빌려주는 거라는 거 잊지 마!"

"애정아……."

세단은 울먹이면서 그녀를 꼭 안았다. 애정 역시 그녀를 다독이며 애써 울음을 삼켰다.

"울지 마. 화장 엉망 되겠다. 그럼 내가 마 교수님한테 얼마나 혼나겠 어?"

"고마워. 정말, 정말 고마워."

세단은 애정의 손을 한 번 더 꼭 잡고서 대기실을 나섰다. 햇살은 여전 히 고왔고, 푸른 하늘을 핑크빛으로 수놓으며 휘날리는 벚꽃은 너무나도 아름다웠다. 그리고 그 아름다운 풍경 속에 그림처럼 서 있는 그 사람.

"닥터……."

그녀의 조그만 속삭임을 듣고 윤성은 고개를 들었다. 머리부터 발끝까 지 완벽하게 떨어지는 화이트 턱시도를 입고서 다정하게 그녀를 바라보며 웃는 그는 너무나도 섹시하고 근사했다.

세단은 긴 숨을 내쉬고서 그를 향해 천천히 걸어갔다. 그녀의 목에는 푸른빛이 감도는 목걸이가 걸려 있었는데, 결혼식 전날 그가 준 선물이었 다.

지난번에 선물했던 푸른빛 조약돌을 세공하여 만든 목걸이. 푸른색이 의미하는 사랑과 신의를 담아서 평생 아끼고 남은 시간을 함께할 것이라 는, 그렇게 말없이 목걸이에 와 닿은 심장에 새겨준 그의 약속이었다.

윤성은 그녀의 손을 부드럽게 마주 잡았다. 미치도록 쿵쾅대는 심장 소 리가 그에게 그대로 전달되는 것 같아 약간 부끄럽긴 했지만, 세단은 엷 은 미소를 지으며 그의 얼굴을 한가득 담았다.

"오늘, 너무 예뻐."

"닥터도 너무 근사해요."

"그럼, 갈까?"

"네!"

두 사람은 서로의 손에 의지한 채, 길게 이어진 길을 함께 걸었다. 여기 저기서 박수 소리가 쏟아지고, 축하한다는 말을 전했지만, 지금 윤성과 세단은 그 어떤 소리도 제대로 들리지 않았다. 그저 서로 맞잡은 손에서 느껴지는 심장 소리와 서로를 의지하고 있는 감정만을 느끼며, 처음 함께 걸어가는, 그리고 마지막까지 함께할 이 순간을 한껏 느끼고 있었다.

마침내 멈춰 서서 윤성과 세단은 서로를 바라보았다. 항상 마주 보는 눈동자 속에 서로의 모습을 담았다. 때론 아프게, 때론 기쁘게, 때론 귀하고 특별하게. 그리고 지금은 너무너무 사랑스럽게.

흩날리는 벚꽃 속에서 그의 모습을 바라보며 세단은 미소를 지었다. 왠지 모르게 머릿속으로 순간순간의 기억들이 빠르게 스쳐 지나갔다.

너무나도 뜨거웠던 아프리카에서의 첫 만남은 무척이나 황당했고 무서웠다. 그러다 그의 진짜 모습을 본 후엔 신비롭고 꿈만 같아서 잊을 수가 없었고, 그 뒤에도 그의 뜨거운 체온과 저를 향해 강렬하게 두근거리던 심장 소리를 잊지 못해 아련한 기억처럼 그에게 사로잡혀 결국 내내 그를 기다리면서, 그를 사랑해 가고 있었다.

그를 외롭게 하고 싶지 않았고, 그의 아프고 괴로웠던 기억들을 전부 끌어안고 싶었고, 그렇게 그에게 더없이 많은 사랑을 주고 싶었다. 내가 더, 더 많이 사랑하고 싶었던 사람. 나의 심장 소리만을 듣게 한, 단 한 사람.

윤성은 그녀의 얼굴을 가린 면사포를 조심스럽게 올렸다. 그러곤 한결 같은 눈빛으로 저를 바라보는 세단의 눈동자 앞에 점점 더 벅차오르는 감정을 느꼈다.

처음엔 그저 거슬리는 여자였고, 그녀의 운명에 휘말려 더없이 귀찮아졌다고만 생각했다. 그러다 차츰차츰 이 심장이 그녀를 향하고, 더없이 낯설고 빠른 감정에 사로잡혀 그녀의 다정한 온기와 웃음에 난생처음 누군가에게 기대고 싶다고 생각했다.

말도 안 되는, 절대로 있을 수 없다고 느꼈던 각인은 결국 운명이었고 더 이상 그녀 없이는 살 수 없게 되었다. 그녀를 영원히 지켜주고 싶고, 자신의 모든 것을 내어주고 싶을 만큼 그녀를 사랑하고야 말았다.

서로가 서로에게 없는 것을 채워주고, 괴롭고 아팠던 기억을 보듬어주며 앞으론 행복한 기억만을 만들 것이다.

그렇게 윤성과 세단은 서로에게 아주 특별하게 각인되고 말았다.

결혼식 축가가 들렸다. 윤성이 부탁하고 CS 레지던트들이 준비한 노래 'A Thousand Years'가 울려 퍼졌다.

그녀를 향한 뜨겁고 절절한 사랑. 당신을 만난 것은 우연이 아닌 운명이었기에 아무리 기나긴 시간이 지나도 당신을 사랑하며 당신을 지켜줄 거라고. 오로지 당신을 위해서 용감해지고 강해질 거라고. 그러니 두려워하지도, 피하지도 말고 한 걸음, 한 걸음 더 가까이 다가와 함께 손을 잡아달라고.

윤성은 노래를 듣고선 그녀를 향해 속삭였다.

"난 널 천 년 동안 사랑했고, 앞으로도 천 년을 더 사랑할 거야."

노래 마지막에 나오는 구절. 그저 단순한 노래가 아닌 노래를 통해 그가 진심으로 그녀에게 보내는 사랑의 맹세.

세단은 결국 참고 있던 눈물 한 방울이 떨어지면서 그의 손을 붙잡고서 자신의 모든 마음을 담아 속삭였다.

"나는 당신을 천 년보다 더 오래오래 사랑할 거예요……."

윤성 역시 그 손을 놓지 않은 채 그녀의 입술을 아주 조심스럽게 머금고 끝없는 사랑을 속삭였다. 두 사람의 길고 긴 입맞춤 위로 그들을 축복하는 듯 벚꽃이 한 아름 쏟아져 내렸다.

박수 소리가 순백의 종소리처럼 들려오고, 세단은 내쉬는 숨결에서조차 그를 느끼며 미소를 지었다.

항상 동화 같은 해피엔딩을 바랐다. 그래서 그와도 그런 엔딩을 바랐지만, 이젠 함부로 엔딩을 찍지 않으려고 한다. 가끔은 다칠 것이고 아프고 슬플 수도 있다. 하지만 마주 잡은 손을 놓지 않고 마지막 순간까지 그와 함께, 그가 내게 주는 동화 같은 세상에서, 우리들은 아름답게 사랑하고 행복하게 살아갈 것이다.

결혼식을 마치고, 세단과 윤성은 서둘러 비행기에 올랐다. 사실 그녀가 휴가를 길게 낼 수 없었기 때문에 짧은 일정으로 알차게 다녀올 수 있는 곳을 고르다가, 세단이 예전부터 가고 싶었던 발리 섬으로 신혼여행을 가기로 했다.

결혼식을 하는 중에도 너무 정신이 없고 머릿속이 혼란스럽기만 했는데, 막상 비행기에 오르고 나니 여행을 간다는 실감이 났다. 세단이 들뜬 기색을 감추지 않고 신나 있자 윤성은 옆에서 그녀를 사랑스럽게 바라보았다.

"발리는 엄청 덥겠죠? 혹시 몰라 이것저것 챙겼는데."

"이상한 수영복 챙긴 건 아니지?"

"아하하하하……."

세단은 슬쩍 말꼬리를 흐리면서 고개를 살며시 돌려 버렸다. 혹시 몰라서 비키니를 챙기긴 했지만, 싫어하려나? 아니지. 단둘이 있을 때만 입으면 되잖아?

솔직히 신혼여행이라기보다는 그냥 그와 먼 곳으로 데이트를 하러 가는 기분이었다. 이렇게 비행기까지 타고 가는 여행이 오랜만이라서 더 들뜨는 것도 있기는 했지만.

'첫날밤이 중요한 거야. 첫날밤!'

애정의 말처럼 밤이 되면 좀 실감을 하려나.

세단은 곁눈질로 윤성을 살폈다. 어느새 그는 의자에 몸을 기댄 채 눈을 감고 있었다. 조금 전에 저 남자의 손을 잡고 사랑의 서약을 하며 결혼했다는 게 믿겨지지가 않았지만, 이젠 정말로 저 남자와 가족이 되었다.

'내 남편, 내가 아내가 된 거야!'

마침내 발리에 도착해서 그들은 곧장 예약한 리조트로 향했다. 충분한 휴식을 취할 수 있도록 인적이 적고 고즈넉한 곳으로, 정말로 귓가에 울리는 소리는 바람 소리에 휩싸인 파도 소리가 전부였다.

세단은 한껏 기대에 찬 표정으로 시원하게 트인 거실을 지나 발코니를 열어보았다. 그러자 눈앞으로 하늘에 와 닿을 듯 시원하게 뻗은 에메랄드 빛 바다가 햇살에 눈부시게 부서지고 있었다.

"하아! 너무 시원하고 좋다."

세단은 두 팔을 가득 펼치고서 불어오는 바닷바람을 한껏 끌어안았고, 윤성은 그녀의 뒤로 다가가 살며시 안아주었다. 바닷바람이 그녀의 머리카락을 부드럽게 어루만지며 그에게 와 닿았다. 뒤에서 그녀를 품에 안은 윤성은 넘실대는 그 바람이 좋아서 눈을 감으며 그녀를 안은 손에 더욱 힘을 주었다. 세단도 그의 뜨거운 체온에 엷은 숨을 내쉬며 그의 손을 잡아주었다.

마치 무인도인 양 이 섬에 두 사람만 있는 것처럼 느껴졌다. 그 정도로 너무나도 고요하고 적막했다. 하지만 그 적막함이 외롭지 않았다. 가장 원하고 바라는 사람이 이렇게 가까이 있었으니까.

"닥터."

"응?"

"우리 얼른 놀러 가요, 얼른!"

하지만 그런 적막을 채 만끽하기도 전에 세단은 눈을 반짝이며 얼른 밖으로 나가자고 재촉했고, 윤성은 살짝 아쉽기는 했지만 고개를 끄덕였다.

"그래, 그러자."

세단은 두근거리는 시선으로 노란색의 꽃이 한가득 그려진 원피스를 입었고, 윤성도 가벼운 티셔츠 차림으로 서둘러 리조트를 빠져나왔다.

발리는 무척이나 아름답고 매력적인 섬이었다. 쏟아지는 햇살이 뜨겁기는 했지만, 오히려 그 뜨거움에 모든 걱정을 내려놓고 보다 열정적으로 자유를 만끽할 수 있는 곳이었다.

"닥터, 얼른요. 얼른!"

세단은 아이처럼 그의 손을 잡고 섬 구석구석을 돌아다녔다. 특히나 사람들이 북적거리는 시장에선 더더욱 활기가 넘치는 것 같았다. 처음에 윤성은 살짝 당황했지만, 오직 그녀의 손을 꼭 잡고서 점점 더 그녀의 활기에 중독되는 듯 어느새 분위기에 매료되고 있었다.

"어머, 저 꽃 좀 봐! 저거 너무 신기하지 않아요? 세상에. 저걸로 연주하나 봐요. 꺅! 맛있겠다!"

결국 세단은 윤성의 손을 놓쳐 버리고 말았고, 윤성은 당황하여 그런 그녀를 잡으려고 했지만 어느새 코코넛 앞에서 손을 흔들고 있는 모습을 보며 어이없는 미소를 지을 수밖에 없었다.

그래, 자신이 잠시 잊고 있었다. 박세단이라는 여자는 한시도 눈을 뗄 수 없는 여자였다는 사실을. 순식간에 그녀에게로 다가간 윤성은 다시금 그녀의 손을 꼭 잡았다.

"천천히 다녀. 이러다 넘어지겠어. 뭐가 이렇게 급한 거야?"

"급한 게 아니라 진짜 너무 즐거워서요. 솔직히 이런 식의 휴가는 처음이잖아요. 사랑하는 사람과 함께하는."

"신혼여행이라는 걸 잊진 않았지?"

"그걸 어떻게 잊어요. 그래서 더 설레는데. 내 심장 소리가 평소보다 더 두근두근한 거 안 느껴져요?"

세단은 그의 머리에 슬쩍 꽃을 꽂아주고선 피식 웃었고, 윤성은 허한 숨을 내쉬다 이내 어디서 붉은 꽃을 구해와서는 그녀의 머리에 꽂아주었다.

멀리서 음악 소리가 들렸다. 소리는 점점 더 커져 갔고, 마침내 악기 소리가 흥겹게 공기를 울리면서 사람들은 자유롭게 몸을 흔들며 조그만 축제를 즐기기 시작했다.

세단은 살짝 당혹스러워하는 그의 손을 잡아 끌고 함께 춤을 추기 시작했다. 환한 미소와 함께 살랑살랑 흔들리는 치맛자락이 마치 한 마리의 나비처럼 넘실거렸다.

윤성은 다른 남자들이 그녀를 바라보는 시선을 의식하며 어쩔 수 없이 그녀의 손을 잡고서 함께 춤을 추었다.

"제법 잘 추는데요?"

"발 안 밟으려고 노력하는 거 안 보이나?"

"헤헷!"

북 치는 소리가 점점 더 흥겹게 젖어갔다. 윤성과 세단은 서로의 눈을 마주 보며 익살스럽게 웃었다. 어설픈 춤사위이긴 했지만 서로의 눈엔 더없이 근사해 보이는, 일명 콩깍지 마법에 빠져서는 또다시 둘만의 시간으로 향하고 있었다.

한바탕 진 빠지게 놀고 난 뒤 체력적으로 한계를 느낀 세단은 가까운 카페에 앉아서 숨을 골랐다. 앞뒤 생각하지 않고 너무 놀았다. 닥터와 춤까지 추면서 놀다니. 그것도 로맨틱해야 할 신혼여행에서. 뭐, 이것도 나름 로맨틱한 건가?

세단은 시원한 커피를 마시면서 제 앞에 앉아 있는 윤성을 바라보았다. 지금껏 저를 위한 시간이었으니 이젠 그의 차례다.

"이젠 닥터가 하고 싶은 거 해도 돼요."

윤성은 회색빛 눈동자 가득 그녀의 얼굴을 담았다. 땀에 젖은 머리카락이 유난히 눈부시게 보였다. 그는 손을 뻗어 그녀의 머리카락을 넘겨주자 그 손길에 세단은 살짝 얼굴을 붉히며 남은 커피를 쭉 마셨다.

"이제 다 놀았어? 아주 재미나게 놀던데."

"하하하하."

"나도 너 쳐다보고 있으면서 나름 재미있어. 그러니까 너무 신경 쓰지 않아도 돼."

"하지만 신혼여행이니까, 닥터도 즐거워야죠."

"즐거워. 그리고 걱정하지 마. 나도 나름대로의 시간을 찾을 거니까. 낮은 네 시간, 밤은 내 시간."

그의 은밀한 속삭임에 세단은 밉지 않게 그를 노려보면서 커피 잔을 내려놓았다.

그래, 아직 우리에겐 첫날밤이 남아 있어. 신혼여행의 꽃이라고 할 수 있는! 애정이랑 같이 산 속옷도 있고, 이날을 위해 준비한······.

「윤성!」

그때, 어디선가 윤성을 부르는 목소리가 들렸다. 세단은 샐쭉한 표정이 되어선 주위를 둘러봤다. 왜냐하면······.

「윤성, 윤성!」

그를 찾는 게 바로 여자였으니까!

세단은 의아한 눈으로 윤성을 보았다. 그는 역시나 놀란 표정으로 한 곳을 응시하고 있었다. 그리고 마침내 다가온 한 외국인 여자.

「꺄아! 진짜 윤성이었어! 윤성이 맞았어!」

뭐라고 말릴 틈도 없이 여자는 윤성을 꼭 끌어안았고, 세단은 저도 모르게 자리에서 벌떡 일어날 뻔했다. 대, 대체 저 여자는 누구야. 뭐야!

「너무 오랜만이야, 윤성! 이런 곳에서 만나게 되다니! 정말 꿈만 같아.

아니, 정말로 내 눈을 의심했어!」

세단은 그가 기겁하며 저 망할 여자를 밀어낼 거라 생각했지만, 윤성은 당황한 표정만 지을 뿐 그녀를 밀어내지 않았다. 오히려 살짝 놀란 목소리로 인사를 했다.

「하아, 에리카? 정말 오랜만이야.」

에리카? 에리카?!

여자는 마침내 그에게서 떨어져서는 더욱 쾌활한 미소를 지었다.

「당연히 오랜만이지! 거의 10년이 다 되어가잖아! 귀신처럼 사라져서는 연락 한 번 없더니, 이렇게 만나게 될 줄이야. 아니지. 오히려 윤성다워, 윤성답다고!」

그러고는 다시금 윤성을 안으려고 하자, 세단은 눈에 불을 켜고서 결국엔 그녀의 어깨를 덥석 붙잡았다.

「누구신가요?」

최대한 공손하게 묻고 싶었지만, 머리와 입이 따로 노는 기분이었다.

「그러는 넌 누구?」

하지만 오히려 되묻는 말에 세단은 더더욱 기가 막힌 표정으로 입을 열려는 찰나, 윤성이 그녀의 어깨를 감싸며 먼저 소개했다.

「내 아내야.」

「아내?」

윤성의 입에서 자연스럽게 나온 아내라는 말에 세단은 저도 모르게 움찔하며 고개를 들었다. 어느새 그녀를 안은 그의 손에 좀 더 힘이 들어갔다.

「응, 내 아내야.」

그 말 한마디에 세단은 심장이 미친 듯이 두근거렸다. 묘한 설렘이 피어올랐다. 아내, 아내, 아내라……

「뭐야. 윤성 결혼했어? 완전 믿을 수가 없어! 언젠가 다시 만나고 싶다고 생각하긴 했지만, 유부남이 된 윤성을 만나게 될 줄이야! 천하의 마윤성이 결혼이라니!」

여자의 호들갑에 세단은 다시 현실로 돌아왔다. 그에게 아는 여자가 있었을 줄이야. 설마!

"보름달에 꼬신 여자?"

세단이 한국말로 낮게 읊조리자, 윤성은 고개를 가로저었다.

"그런 거 아니야. 아프리카에서 잠깐 같이 일했던 동료야. 여기서 만날 줄은 몰랐는데."

"닥터가 친하게 지낸 동료도 있었어요?"

"척 봐도 대충 느껴지는 게 없나?"

아. 그러니까 이 남자의 의지와 상관없이 저 여자가 무척이나 붙임성 좋게 있었구나.

"그래도 실력은 굉장히 좋아. 그리고 참고로 유부녀고."

세단은 유부녀라는 말에 이제야 안심을 하고서 에리카라고 불린 여자를 바라보았다. 상당한 미인이었다. 단정하게 틀어 올린 금발 머리카락에 이목구비가 굉장히 뚜렷하여 더더욱 시원스럽게 느껴지는 듯했다.

그녀는 세단을 향해 싱긋 눈웃음을 짓고서 손을 내밀었다.

「에리카 엔젤라예요.」

「아, 박세단입니다.」

「진짜 놀랍다. 윤성의 여자라니. 윤성이 결혼을 했다니…….」

「그만해.」

윤성은 에리카를 말렸지만, 여전히 에리카는 호기심 가득한 시선으로 그를 바라보았다.

「그런데 넌 여기 어쩐 일이야? 계속 아프리카에 있는 거 아니었어?」

「아, 난 여기서 빈민촌 의료봉사를 하고 있어. 그런데 지금 좀 곤란해졌지 뭐야. 심장 이상 환자가 있는데, 오늘 오시기로 한 흉부과 선생님이 사고를 당하셔서 여기저기 수소문하는 중이었어. 아! 그래. 윤성이 도와주면 되겠다. 윤성만 한 흉부의가 어디 있어? 오히려 와주면 완전완전 땡큐지! 하지만 아내와 함께 온 여행인데, 좀 미안하네…….」

에리카는 실례라는 생각에 미안한 표정으로 세단을 바라보았지만 세단은 앞뒤 생각하지 않고서 윤성을 끌었다.

"뭘 망설여요? 당연히 가야죠, 급한 환자라는데!"

그녀가 이런 식으로 나올 거라 예상했던 윤성은 피식 웃으며 에리카에게 말했다.

「괜찮아. 그녀도 의사야. 거기가 어딘데?」

그렇게 그들은 갑작스럽게 빈민촌으로 걸음을 옮겼다.

에리카가 있는 곳은 그렇게 멀지 않았다. 하지만 이곳의 분위기는 아까와는 너무나도 달랐다. 화려하고 아름다운 섬의 이면에는 다 쓰러질 듯한 판자촌이 쭉 이어져 있었고, 푹푹 찌는 듯한 더위 아래 수많은 환자들이 지친 표정으로 의사들의 손길을 기다리고 있었다.

「윤성, 이쪽이야.」

윤성과 세단은 에리카가 안내한 천막으로 들어섰다. 해가 들지 않아 어두침침한 곳이었지만 윤성은 아무렇지 않게 환자가 누워 있는 곳으로 다가갔다.

환자는 사십대 후반으로 보이는 남자였다. 하지만 얼굴 상태와 더불어 여기저기 심한 타박상까지, 심각한 상태였다. 그는 굳은 시선으로 환자의 상태를 빠르게 살폈다.

「노역을 하다가 다쳐서 외상도 심해. 하지만 문제는 심장판막 쪽이야. 몇 달 된 것 같은데, 돈이 없어서 치료를 받지 못했어.」

「참는다고 참을 수 있는 고통이 아니었을 텐데.」

윤성은 손을 뻗어 흉부 쪽을 살폈다. 그러다 움찔하고서는, 표정이 한없이 낮게 가라앉으며 묵직한 숨을 내쉬었다. 세단은 그의 표정을 보고 단번에 알 수 있었다.

이 환자, 이 환자는…….

「너무 늦었어.」

윤성의 단호한 한마디에 분위기가 낮게 침잠했다. 고된 노역으로 인해 손발이 뭉개지고 몸이 굉장히 많이 상했지만, 특히나 심장판막에 큰 데미지를 입은 상태. 심장이식을 한다면 살 수도 있겠지만, 그럴 시간, 여유도 없었고 또한 환자의 상태가 이식수술을 견딜 체력이 되질 못했다.

에리카는 윤성의 말에 무거운 숨을 내쉬며 속삭였다.

「역시, 안 되는 건가…….」

다른 사람도 아니고 그가 늦었다고 말한 환자라면 정말로 늦어버린 것이다. 예전에 아프리카에서 함께 일할 때도 느꼈지만, 그가 환자를 대하는 것에 있어 얼마나 맺고 끊음이 철저한지 누구보다 잘 알고 있었다. 물론 의사로서는 그의 냉철한 멘탈을 굉장히 존경하지만 같은 사람으로서는 조금 무서워했던 적도 있었다. 하지만 그렇기에 실력만큼은 절대로 의심할 수 없는 완벽한 의사, 그가 바로 마윤성이었다.

에리카는 안타까운 마음에 환자를 바라보았다. 혹시나 했지만 포기해야 할 듯싶었다.

사실 이곳은 이런 환자들이 즐비했다. 돈이 없어 병에 걸려도 숨기고 감추며 하루하루 살기 위해 죽음의 문턱에서까지 일만 하는 사람들. 그들에게 희망은 그저 하루 먹고 살 돈이기 때문에 건강을 챙길 여력이 없었다.

세단은 늦었다고 말했으면서도 여전히 흉부를 살피고 있는 윤성의 손길을 바라보았다. 그는 회색빛 눈동자를 매섭게 번뜩이며 뭔가를 잡으려는 것처럼 보였다. 혹시 어쩌면 지금 그는…….

'늦었다고 말했지만, 포기하고 싶지 않은 걸지도 몰라.'

그때 천막 입구가 흔들리면서 누군가가 들어왔다. 무척이나 작디작은 소녀. 비록 몰골은 앙상했고 입은 옷도 거의 누더기에 가까웠지만, 품에 가득 가지고 온 들꽃만큼이나 사랑스러운 미소를 띠고 있는 소녀였다.

「누구?」

세단이 에리카에게 묻자, 그녀는 피식 웃으면서 소녀의 머리카락을 다정하게 쓰다듬어 주었다.

「옌이에요. 이분의 하나뿐인 딸이죠. 아마 이 사랑스러운 딸아이 때문에 그토록 가혹했던 노역을 견뎌내셨을 거예요. 손발이 짓눌리고 심장이 찢어질 듯 아파도 어쩔 수가 없었을 테죠. 왜냐면 옌은 언어장애가 있거든요. 혼자 세상을 살기엔 너무 어리고 버겁죠.」

언어장애라는 말에 세단과 윤성의 눈빛이 낮게 흔들렸다.

옌은 에리카에게서 벗어나 아빠에게 다가갔다. 그러곤 윤성을 보다가 이내 가지고 온 꽃을 옆에 두고선 두 손을 간절히 모으며 눈을 감았다. 아마도 기도를 하는 것 같았다. 아빠가 얼른 다시 돌아오길 바라는 마음으로. 자칫 징그럽다고 느낄 수도 있을 텐데, 아무렇지도 않게 뭉개진 아빠의 손을 꼭 잡고서 비록 그 어떤 말도 내뱉지 않았지만 누구보다 간절하게.

지금 이 아이에겐 아빠밖에 없었다. 아빠만이 유일한 가족이고, 이 가혹한 세상에서 유일한 버팀목이었다.

옌은 천천히 눈을 뜨고서 윤성을 보았다. 어린 눈에도 그가 의사라는 걸, 아빠를 살려줄 사람이라는 걸 아는 모양이다.

"……."

아이는 그저 공기만이 가득한 입술을 뻐끔거리며 윤성에게 뭐라고 말을 하고 있었다. 아마도 아빠를 살려달라고 말하는 것 같았다. 윤성은 옌의 소리 없는 목소리를 묵묵히 들었다.

에리카는 입술을 꽉 깨물고서 옌의 손을 잡았다.

「옌, 오늘은 여기까지. 친구들이 기다리잖아? 아빠는 내일 또 보러 오

자. 응?」

에리카는 옌을 데리고 천막을 빠져나갔다.

세단은 그런 옌의 뒷모습을 잠시 바라보다 윤성에게 걸어갔다.

"닥터."

"네가 보기엔 어때?"

세단은 환자를 바라보았다. 그러곤 윤성의 어깨를 살포시 붙잡으며 말했다.

"의사는 신이 아니에요. 그러니 우리가 이분을 살려낼 수는 없어요. 하지만 닥터, 조금이라도 이분이 의식을 찾을 수 있게 10분만이라도, 아니, 몇 분 만이라도 의식을 찾아서 기다리고 있는 저 아이와 마지막 인사라도 할 수 있도록, 그 정도는 가능하지 않을까요?"

"체력적으로 환자가 수술을 감당하지 못할 수도 있어. 테이블 데스의 위험이 높아."

"하지만 이대로 두면 어차피 환자는 목숨을 장담하지 못해요. 지금 이분은 별다른 치료 없이 이대로 누워서 죽음을 기다리고 있는 것뿐이잖아요. 그렇다면 한번 해보는 것이 옳아요."

저 아이도, 그리고 이분도 돌연 아무런 준비도 없이 죽음을 기다리게 되었다. 그리 길지 않아도 된다. 단 몇 분 만이라도 서로 눈을 마주 보고 인사를 하고, 마지막을 기억할 수 있도록.

고작 그 몇 분을 위해서 위험을 감수하는 것이 무모하게 보일 수도 있었지만, 지금 세단과 윤성은 같은 마음으로 고개를 끄덕였다.

"좋아. 한번 해보자. 해보지 않고서는 늦었다는 말은 없으니까. 고작 그 몇 분이라도 이 환자에겐 살아난 것만큼 귀한 시간일 테니."

「그, 그러니까 집도를 하겠다고? 가능성이 없다며. 살릴 수 없다며.」

에리카는 윤성이 지금 당장 집도를 하겠다는 말에 당황한 시선으로 그를 바라보았지만, 윤성은 태연하게 수술 준비를 부탁했다.

「가능한 빠르게 부탁해. 빈민촌이라고 해도 의료봉사단들이 들어와 있으니 어느 정도 의료 기구는 갖춰져 있겠지?」

「그건 그렇지만. 윤성! 살릴 수 있는 거야?」

「아니, 살리는 건 불가능해. 그래도 의식을 되찾게는 할 수 있지, 단 몇 분이라도.」

「그 몇 분을 위해서 집도를 하겠다고? 그것도 당신이?」

에리카는 윤성의 말을 믿을 수가 없었다. 저런 모습은 처음이었다. 가능성이 없는 환자를 집도하겠다고, 고작 몇 분밖에 되지 않을 그 순간을 위해서.

「우리에게 고작 몇 분이지만 저 환자에겐 마지막일 수도 있어. 딸과 인사를 할 수 있는.」

그렇게 윤성은 돌아섰고, 에리카는 허한 숨을 내쉬었다. 뭔가 맥이 툭풀리는 기분이 들었다. 천하의 마윤성이 환자의 감정을 먼저 앞세운다. 옌과 옌 아버지의 마음을 헤아려서 위험을 감수하고 집도를 하겠다고 하다니. 자신이 알고 있는 윤성과는 너무나도 다르다. 다른 모습이다. 그때, 그녀의 시선 안에 세단의 모습이 들어왔다. 그녀는 어느새 흰 가운을 입고서 윤성의 옆에 서서 한국말로 뭐라고 말을 하고 있었다.

"나도 닥터랑 같이 할게요. 내가 닥터의 퍼스트니까."

"빡센 마녀의 실력을 믿어보지."

무슨 말인지는 모르겠지만, 분명 저 여자가 어시로 그의 수술을 도울 것 같았다.

수술 준비를 마치고, 윤성과 세단 그리고 에리카와 다른 의사 몇이 함께 수술에 들어갔다. 윤성의 실력은 여전히 귀신같았다. 별 볼일 없는 장비에 의존하지 않고 오직 손과 감각을 믿은 그의 손엔 망설임이 없었다. 그리고 그의 옆에서 함께 호흡하며 마치 한 몸처럼 움직이는 세단의 솜씨 역시 감탄이 나올 정도였다.

환자의 상태는 절망적이었지만 윤성과 세단의 기가 막힌 수술로 인해 무거웠던 공기는 점점 희망으로 바뀌기 시작했다. 다른 의사들 역시 눈을 반짝이며 그들의 움직임을 단 한 순간도 놓치지 않고 보았다.

에리카는 윤성보단 세단의 움직임을 놓치지 않고 바라보았다. 제법 손이 빠르고 센스도 좋다. 하지만 그보단 마윤성, 그가 그녀를 온전히 믿고 움직이고 있다는 것이 느껴졌다. 그는 정말로 최선을 다해 수술을 하고 있었다. 이 환자의 마지막 인사를 위해서, 그 찰나의 순간을 위해서.

'달라졌어. 마윤성 그가, 달라졌어. 그를 변하게 만든 것은 역시, 저 여자인가.'

그렇게 기나긴 수술은 해가 넘어가서야 끝날 수 있었다. 완벽한 수술이었고, 성과도 나름 괜찮았지만 완치는 아니었다. 지금 환자의 심장은 결코 완치될 수 없었으니까. 하지만 적어도 다시 의식을 되찾고 딸아이의 얼굴 정도는 볼 수 있겠지. 그렇다면 이 수술은 대단히 성공적인 것이다.

세단은 긴 숨을 내쉬며 마스크를 벗었다. 여전히 후덥지근하긴 했지만 그래도 해가 떨어져서 그나마 좀 나은 것 같았다. 윤성은 환자의 상태를 살피기 위해 천막에 있었다. 오랜만에 꽤나 기분 좋은 수술인 것 같았다.

"물론 신혼여행 중이었다는 게 마음에 걸리지만. 그래도 뭐, 의사 부부답네."

누군가가 그녀의 옷자락을 살며시 붙잡았고, 세단이 고개를 숙이자 옌이 수줍은 표정으로 그녀에게 들꽃을 건네고 있었다.

「나, 주는 거야?」

옌은 천천히 고개를 끄덕였고, 세단은 환한 미소를 지으며 옌이 주는 들꽃을 소중히 받았다. 황무지에서 피어난 새하얀 들꽃. 마치 지금의 이곳을 보는 것 같았다.

들꽃 향기를 맡던 세단을 향해 윤성이 걸어왔다. 세단은 그의 표정을 보며 환자가 의식을 되찾았다는 걸 알 수 있었다. 그는 잠시 머뭇거리다 옌을 향해 손을 내밀었다.

「아빠, 만나러 갈까?」

그러자 옌은 커다란 눈 가득 눈물이 고인 채 고개를 끄덕이며 윤성의 손을 잡았다. 지금껏 꾹꾹 참고 있던 소녀에게서 흐르는 눈물이 너무나도 아프게 와 닿았다. 어쩌면 오늘이 아빠를 보는 마지막일지도 모르니까.

세단은 들꽃을 쥔 손에 힘을 주면서 윤성과 옌의 뒷모습을 바라보았다.

「옌에겐 가장 소중하고 값진 순간이 될 테니까, 자책하지 말아요.」

에리카의 목소리에 세단은 고개를 돌렸다.

「정말 그럴까요?」

「당연하죠. 그나저나 놀랍네요. 그 순간을 마윤성, 그가 가져다주다니.」

에리카가 무슨 말을 하는지 세단은 알 것 같았다. 예전의 닥터는 산모가 제 목숨을 걸어서라도 아이와 자신, 둘 다를 살리고 싶어 했던, 말도 안 되는 기적을 바라는 절실한 마음을 전혀 이해하지 못했다. 그저 의사로서 너무 무모한 판단이라고만 생각했다.

오늘의 수술 역시 예전의 그였다면 살릴 수도 없는데, 테이블 데스의 위험을 무릅쓰고 환자의 입장에 서서 마지막 인사를 나누게 하자고 수술하지 않았을 거다. 그런 감정적인 면에 기대어 수술했을 그가, 절대로 아니었으니까.

하지만 그는 변했다. 사람들과 관계를 맺고, 그 관계 속에서 감정이 얼마나 소중한지를 배웠다. 산모가 왜 그런 기적을 절실하게 바랐는지, 딸이 아빠를 보고 싶어 하고, 아빠가 딸을 보고 싶어 하는. 때문에 그 짧은 시간을 위해 메스를 들고 집도를 해야 하는 그 마음을 이젠 윤성은 누구보다 잘 알고 있었다.

「윤성은 내게 동경이자 질투의 대상이었어요. 의사로서 무섭도록 완벽했으니까.」

에리카의 말에 세단은 저도 모르게 엷은 미소를 지었다.

동경과 질투의 대상. 정말 정확한 표현이다. 제게도 그는 한때 그런 존재였으니까.

「하지만 한편으로는 그렇게 무섭도록 완벽해서, 그가 너무 외로워 보인다고 생각했죠. 항상 혼자였으니까. 혼자밖에 감당할 수 없다고 생각했으니까. 그래서 그가 결혼을 했다고 해서 놀랐고, 너무나도 다행이라고 생각해요.」

어느새 그녀는 굉장히 반짝거리는 시선으로 세단을 바라보았다.

「솔직히 좀 미안해요. 신혼여행인 거죠? 훼방을 놓을 생각은 없었는데.」

「아니요, 괜찮아요. 환자를 그냥 둘 수는 없잖아요.」

세단은 에리카를 향해 엷은 미소를 지었다. 그는 의사로서 마윤성이라는 남자를 굉장히 존경하는 것 같았다. 마치 예전의 자신처럼.

「아까 윤성이 수술할 때, 세단 씨를 굉장히 믿고 의지하는 게 눈에 보였어요. 예전의 윤성이라면 상상할 수 없는 일인데. 그만큼 윤성이 세단 씨를 아주 많이 사랑하고 있다는 거겠죠?」

세단은 어쩐지 가슴께가 따스해지는 것 같았다. 매 순간, 순간 느끼고 있다. 그가 얼마나 자신을 사랑하고 있는지. 너무나도 벅찬 그 마음에 여전히 이 심장은 두근거리고 있다.

「네⋯⋯. 제가 더 많이 사랑해주고 싶은데 말이죠.」

에리카는 그녀의 어떤 모습이 윤성의 얼어붙었던 마음을 사로잡았는지 알 것 같았다.

「진심으로 결혼 축하해요.」

「감사합니다.」

천막에서 나온 윤성은 에리카와 세단이 함께 있는 모습을 보며 자연스럽게 세단에게로 걸어왔다.

「무슨 말 했어?」

그러자 에리카가 친근하게 세단의 팔짱을 끼면서 익살스런 표정으로 속삭였다.

「남편에겐 비밀!」

「뭐?」

세단은 어쩐지 조금 쑥스러운 느낌이 들어서 피식 웃어버렸다. 에리카는 세단의 등 뒤를 살짝 밀면서 그녀만 들을 수 있게 뭐라고 속삭였고, 세단은 눈을 크게 뜨고는 에리카의 윙크에 어색한 미소를 지었다.

'물론 그건 그렇지만, 그래도!'

아직은 좀, 부끄러운데…….

「뒷일은 내가 알아서 할게. 윤성은 이제 그만 돌아가. 이렇게 예쁜 아내랑 밤에는 오붓하게 보내야지.」

윤성은 웃으면서 세단의 어깨를 천천히 감싸 안았다. 그때, 에리카가 아차하며 입을 열었다.

「아, 그런데 혹시. 한 번 더 아프리카로 의료 봉사 갈 생각 있어?」

「왜 그래? 무슨 일 있는 거야?」

그는 심각한 표정으로 되물었고, 세단 역시 마음이 조금 불안해졌다.

「아프리카에서 흉부의 지원 요청을 했어. 그렇게 길진 않고 한 5개월 정도? 혹시나 해서 하는 말이야. 관심 있으면 말해. 윤성이라면 언제든지 환영이니까.」

윤성과 세단은 빈민촌을 떠나 다시 리조트로 돌아왔다. 리조트로 오는 내내 윤성은 그녀에게 별다른 말을 하지 않았다. 물론 에리카의 말에도 그는 정확히 대답하지 않았다. 그리고 그런 그를 보면서 에리카는 기다리겠다고 말했다.

리조트에 도착한 세단은 윤성이 잠시 자리를 비운 틈을 타 분주하게 움직였다. 이 옷, 저 옷을 고르다가 문득 뭔가가 눈에 들어오면서 살짝 고민했지만, 이내 그것을 입고서 가운으로 몸을 숨겼다.

머리에는 그가 아침에 주었던 붉은 꽃을 달고 서둘러 발코니와 연결된 해변으로 걸음을 옮겼다. 맨발로 밟는 모래의 감촉이 기분 좋았다. 게다가 귓가에는 멀리서 울리는 파도 소리가 음악처럼 들려왔고, 그 속에 인적은 느껴지지 않았다. 해변 구석구석에 설치된 조명 덕분에 밤이어도 무섭지도 않았다. 물론 밤하늘에 빼곡히 박힌 별 때문에 조명 불빛이 없어도 무섭지는 않을 것 같지만.

그때, 뒤에서 그녀의 걸음에 맞추어 걸어오는 발걸음 소리가 들려왔다. 세단은 그 소리를 들으면서 앞으로 향한 걸음을 멈추지 않았다. 어느새 뒤에서 넘어온 그림자가 앞을 가로막으며 낮은 음색으로 그녀를 붙잡았다.

"왜 여기까지 나온 거야? 방에 없어서 걱정했어."

"내가 여기 있는 줄 처음부터 알았으면서."

세단은 고개를 들어 희미한 불빛에 위험스레 빛나는 윤성을 바라보았다. 바람결에 그의 까만 머리카락이 살짝 흐트러져 있었고, 새하얀 셔츠 역시 단추가 몇 개 풀어진 채 헝클어져 있었다. 하지만 그 모습이 묘하게 섹시해 보이는 건 왜일까. 하긴 그는 매력적인 남자지.

윤성은 세단을 향해 한 걸음 더 다가와서는 살짝 손을 뻗어 바람결에 부서지는 그녀의 머리카락을 부드럽게 쓸어내렸다.

"오늘 많이 피곤했을 텐데, 그만 들어가자."

하지만 세단은 그에게서 살짝 벗어나서는 장난스럽게 웃으며 손짓했다.

"내가 일부러 당신 여기로 부른 건데. 그냥 들어갈 순 없죠."

"뭐?"

"내가 초대한 거예요. 이 밤은, 당신 거잖아."

세단은 아주 천천히 입고 있던 가운을 움켜쥐었다. 가는 손가락에 위태롭게 걸려 있던 가운이 스르르 내려가면서 비키니를 입은 그녀의 모습이 새하얀 달빛 아래 눈부신 자태를 띠며 그의 눈앞에 나타났다.

"닥터가 말했던 이상한 수영복 입었는데, 어때요? 이상한가?"

쑥스러워하는 세단을 바라보던 그의 입술 끝이 말려 올라가며 벌어졌다.

"하아, 박세단. 정말…… 미치겠다."

윤성은 단숨에 그녀를 당겼고, 어깨를 붙잡은 그녀의 손을 따라 서로의 몸이 밀착되어 온몸에 와 닿았다.

"내 앞에서만 입어. 다른 데서는 절대로 입지 마."

그리고 그의 뜨거운 입술이 그녀에게 내려앉으려는 순간, 세단이 한 손으로 그의 입을 막았다. 그러자 그는 아쉬움이 진하게 묻어나는 시선으로 그녀를 바라보았고, 세단은 피식 웃으며 속삭였다.

"아직, 내가 줄 선물이 있어요."

"응?"

세단은 머리에 꽂혀 있던 붉은 꽃을 떼어서는 그의 셔츠 주머니에 끼워 주었다.

"부토니에는 여자가 사랑하는 남자에게 사랑을 허락하는 의미로 그 남자의 뜨거운 심장에 달아주는 꽃을 의미해요. 당신의 이 뜨거운 심장을 감사히 받겠다는 의미이고, 그만큼 당신에게 내 뜨거운 마음을 주겠다는 의미죠."

"……"

"이번엔 내가 당신에게 하는 프러포즈예요. 나랑 닥터는 이제 가족으로서 남은 인생을 평생 함께할 거예요. 사랑뿐만이 아니라 서로가 서로를 존중하고, 믿고, 의지하면서. 그러니까 나한테 숨기지 말고 지금 당신이 하고 싶은 걸 말해봐요."

"세단아……."

세단은 윤성을 향해 괜찮다는 듯 웃으며 말을 이었다.

"어렵게 생각하지 말고, 나한테 미안해하지도 말고 말해봐요."

에리카가 그에게 아프리카 의료 봉사를 권했을 때 윤성은 그 자리에서 즉시 대답하지 않았지만, 이미 그의 마음은 정해진 거라고 생각했다. 아프리카로 다시 돌아가고 싶다고. 그곳에서 의료봉사를 다시 시작하고 싶다고. 그렇지 않으면 이미 그 자리에서 가지 않겠다고 대답했을 사람이니까. 아마 그 결정을 쉽게 내뱉지 못하는 건,

'나 때문이겠지.'

윤성은 이미 속내를 모두 꿰뚫고 말하는 그녀를 허한 숨을 내쉬며 한없이 깊은 눈동자로 바라보았다. 매번 자신만 그녀에 대한 모든 걸 느낀다고 생각했는데, 어느새 그녀 역시 자신의 모든 걸 느끼고 있었다.

"에리카가 권하지 않았어도 아프리카로 다시 돌아가고 싶다고 생각했어. 한국대병원을 잠시 쉬어도 다시 그 병원으로 돌아가고 싶다는 생각이 들지 않았거든. 그리고 오늘 그 빈민촌에서 확실히 깨달았고."

"……."

"그래, 맞아. 다시 돌아가고 싶어. 내가 아프리카로 갔던 이유는 한국에서 도망친 거였어. 그 넓은 대륙에 내 한 몸을 숨기면서 그렇게 지내고 싶었어. 하지만 이젠 달라. 이번엔 의사로서 제대로 치료를 하고 싶어. 너에게 배운 마음으로, 그리고 내가 가진 능력으로. 그러니까, 세단아."

입술 끝이 바짝 말라왔지만 윤성은 용기를 내고서 자신을 빤히 바라보는 세단에게 손을 내밀었다.

"함께 가주겠어?"

아무리 짧은 시간이라도 그녀와 헤어지고 싶지는 않았다. 하지만 그렇다고 억지로 그녀를 데려갈 생각은 없었다. 그저 부탁하는 것이고, 결정은 그녀가 하는 것이었다. 하지만 이미 세단의 대답은 정해져 있었다.

"나도 언젠가 아프리카로 다시 가고 싶다고 생각했어요. 나 역시 도망치듯 그곳에 갔으니, 이번엔 내 스스로 당신과 같이 가고 싶어요."

"세단아……."

"같이 가요, 우리. 절대로 이 손 놓지 말고, 같이 가요. 내 남편이 가는 곳인데 어떻게 떨어져요?"

그녀는 환하게 웃었고, 윤성은 그 미소에 이끌리며 세단을 끌어안았다.

서서히 다가오는 그의 숨결에 세단은 천천히 눈을 감았다. 그리고 입술 위로 느껴지는 뜨겁고 달콤한 속삭임에 사로잡혀 저도 모르게 입술이 벌어졌고, 부드럽게 침투한 혀가 온몸을 녹일 듯 느리면서도 빠르게 움직였다. 짭조름한 바다향이 물씬 밀려들었고, 그의 손끝이 꿈틀거리며 점점 모래사장 아래로 녹아내릴 것만 같았다.

세단은 그의 머리카락을 한껏 움켜쥐었다. 분명 흑발인데도 달빛이 내려앉은 탓에 은빛으로 보이는 듯했다.

아무도 없는 공간에서 서로의 온기만을 느끼며 심장이 터질 듯이 두근거린다. 마치 처음 동굴에서 키스를 했던 그때처럼 자신을 미치도록 갈망하는 그의 뜨거운 심장 소리에 그대로 질식할 것만 같았다.

"애정 씨랑 뭐 고르지 않았어?"

윤성의 나지막한 속삭임에 세단은 흠칫하며 고개를 들었다.

설마, 뭐 들은 거야?

"뭐, 뭐, 뭐 들은 거예요?"

그러자 윤성은 말없이 피식 웃으며 그녀를 가볍게 안아 올렸다.

"꺄아!"

"그럼 이제 제대로 내 아내의 도발적인 초대에 응해볼까?"

세단은 그의 말에 얼굴이 벌겋게 달아올라서는 어쩔 줄을 몰라 했다. 애정이랑 속옷 집에서 한 말을 다 들은 거야? 정말로? 대체 언제!

"내려줘요, 얼른!"

"싫어. 말했잖아, 낮은 네 것이지만 밤은 내 것이라고."

그녀를 안고서 걸음을 옮기던 윤성은 잠시 멈춰 서서 그녀를 빤히 바라보았고, 그의 뜨거운 시선에 세단은 바둥거리던 것도 잊고 저도 모르게 고개를 돌리려고 했지만 나직한 속삭임에 사로잡혀 그의 회색빛 눈동자를 가만히 응시했다.

"사랑해. 사랑해, 세단아."

여전히 심장을 들뜨게 만드는 그의 사랑스러운 고백에 심장은 또다시 속수무책으로 마구 뛰어올랐다.

세단은 순간 에리카가 해주었던 말이 떠올랐다.

「이젠 남편인데 아직도 닥터라고 부르면 안 되죠! 오늘 밤 윤성에게 이렇게 말해 봐요. 아마 엄청 좋아할걸요?」

어쩐지 굉장히 부끄럽고 떨리지만, 그래도 부부이기에. 부부로서 굉장히 설레고 벅찬 한 마디.

"나도 아주 많이 사랑해요……. 여보."

윤성의 눈빛이 가느닿게 떨렸다. 세단은 쑥스러움에 제대로 고개도 들지 못했다. 아무런 반응이 없자 슬쩍 시선을 돌리려는 찰나, 윤성의 입술이 그녀의 눈꺼풀에 와 닿으며 짧게 속삭였다.

"고마워, 여보."

그의 귓불이 아주 붉고 뜨겁게 일렁이고 있다는 걸, 세단은 알지 못할 것이다.

윤성은 그녀에게 달콤한 키스를 하며 다시금 걸음을 옮겼다.

그의 심장에는 그녀가 달아준 꽃이 더 없이 붉게 아른거렸고, 세단은 숨 막힐 듯 밀려드는 그의 온기를 한껏 끌어안으며 두 눈을 꼭 감았다.

우리 집에는 늑대가 살고 있다. 정말 거짓말 안 하고 아주 위험하고 잘 생긴 늑대가 살고 있다.

나를 지켜주는 늑대. 나만의 늑대가…….

에필로그

기회의 땅이자 거대한 생명이 숨 쉬는 아프리카. 처음 이곳에 왔을 땐, 제 감정을 피해 도망치듯 왔었지만 이젠 아니다. 사랑하는 남편과 함께 오직 순수한 목적으로 의료 봉사를 하기 위해서 돌아왔는데……. 어째서 하늘은 나를 또 도와주지 않는 거냐고!

"망할 씨베리아 씨발린 사과 같으니!"

세단은 거친 욕설을 퍼부으며 구급상자를 꼭 끌어안은 채 길을 헤매고 있었다. 갑작스럽게 쏟아진 비로 길이 엉망이 되어서 직접 약품을 가지러 오던 길에 또! 길을 잃고 말았다. 게다가 역시나 어두워진 하늘에선 한 두 방울씩 빗방울이 떨어지기 시작한다. 어쩐지 데자뷰를 보는 듯한 이 광경. 처음 아프리카에 왔을 때도 이런 상황을 겪었는데, 이번에 또 이런 일을 겪게 되다니. 아프리카는 날 싫어하나? 대체 뭐가 문제인 거야!

"아아……. 진짜 미치겠네. 휴대폰도 안 터지고. 다리도 아프고……."

세단은 울상이 되어선 그 자리에 우뚝 멈춰 섰다. 보이는 건 오직 이름 모를 나무 뿐. 대체 어디까지 흘러들어온 걸까. 이럴 때 윤성과 함께 있었다면 이런 일은 없었을 텐데. 현재 그는 다른 마을로 왕진을 간 상태였다.

아프리카에 도착한 지 어느덧 3개월이 지나가고 있었다. 흉부의가 귀했던 탓에 그가 할일이 많기도 했지만, 워낙 실력이 뛰어나기도 했고 또 예전처럼 날 선 모습이 아닌 다정다감하고 친절해진 그는 의사들과 환자들 사이에서도 인기 폭발이었다. 세단은 그런 윤성의 모습이 보기 좋았다. 이젠 정말로 여러 사람들과 관계를 맺으며 아직은 서툴지만 인연을 알아가고 있었다. 그 속에서 그의 감정은 풍부해지고 있었다. 더 이상, 혼자가 아닌 것이다.

세단은 구급품을 끌어안은 채 결국 걸음을 멈추고 말았다. 이 이상 움직이면 더 길을 잃을 것 같았다. 여기서 기다리다보면 내가 없어진 걸 알게 될 테고, 누구든 찾으러 오겠지. 분명 캠프에서 그렇게 멀진 않을 거야.

예전에 아프리카에서 길을 잃었을 땐 막연하게 무섭고 두렵기만 했지만, 이젠 제법 배포가 생겨서 그런지 세단은 태연하게 주위를 둘러보며 기다리는 여유를 부렸다.

"어쩌면 윤성 씨가 찾으러 올지도 모르고."

사실 믿는 구석이 있으니 이토록 여유로울 수 있는 거다. 다른 사람은 몰라도 그는 자신이 어디에 있든 찾아낼 테니까. 반드시, 구해줄 테니까. 그는 그렇게 자신의 모든 것을 느끼는, 그런 사람이니까.

세단은 잠시 곤한 몸을 나무 기둥에 기댄 채 점점 굵어지는 빗방울을 바라보며 피식 웃었다. 그러고 보니 그와의 첫 만남도 지금과 같았다. 바닥에 쓰러져 있던 사람을 구해줬더니 대뜸 화내던 모습이 아직도 선하다. 그땐 진짜 뭐 이런 개싸가지가 다 있나 싶었는데. 그래도 나름 다친 제 다리도 치료해주고, 캠프까지 데려다주기도 했고. 지금 생각해보면.

'나름 친절했는지도. 표현에 서툰 사람이니까.'

그녀는 느릿하게 눈을 감으며 선명하게 떠오르는 그의 모습을 그렸다.

차분하게 떨어지는 까만색 머리카락 사이로 회색빛 눈동자가 강렬하게 새겨진다. 오롯이 저를 품고서 다정하게 휘어지는 아름다운 눈동자.

'하아……'

생각하는 것만으로도 심장이 두근거리고 묘한 열기가 피어올랐다.

벌써 결혼한 지 여러 날이 지났으면서도 그를 생각하면 항상 심장은 엉망진창으로 뛰어오르며 매 순간, 순간 다시금 반해 버리고 만다. 언제쯤이면 이 부끄럽게 타오르는 심장 소리에 익숙해질 수 있을까. 분명 이 소리도 그는 다 듣고 있을 텐데. 혼자만 듣고서 부드럽게 웃어주는 그 모습은 정말이지 반칙인 것 같다.

"……보고 싶다."

다른 마을로 왕진을 간 탓에 하루 동안 그를 보지 못했다. 보통 때였다면 아주 늦더라도 잠깐이라도 다녀갔을 텐데, 이번엔 그럴 여유도 없는 모양이다. 어서 빨리 그를 만나 이 두 팔로 가득 안아주고 싶다. 온몸이 그의 뜨거운 체온을 느끼고, 그의 입술 너머로 한가득 제 이름이 불렸으면 좋겠다.

'세단아, 세단아……'

그러다 가끔씩 쑥스럽게 울리는 목소리.

'사랑해, 여보.'

세단은 감았던 눈을 떴다. 어느새 쏟아지는 빗방울이 너무나도 시리게 느껴졌다. 그녀는 구급품을 더욱 간절히 끌어안으며 저도 모르게 입가로 연신 부서지는 이름을 내뱉어보았다.

"윤성 씨……. 나 여기 있어요. 얼른 내게 와줘요……."

그 순간, 쿵 하는 소리가 들리는가 싶더니 이내 낯선 발소리가 들렸다. 세단은 흠칫 몸을 떨며 소리가 들린 방향으로 고개를 돌렸다. 그러자 웬 낯선 그림자가 이쪽을 향해 비틀비틀 걸어오고 있었다.

'뭐, 뭐야……'

그녀는 불길한 마음에 뒷걸음질을 쳤다. 다가오는 이는 남자였다. 이곳 원주민 같은 복장에 거친 숨소리. 게다가 걸음마다 번지는 섬뜩한 피.

'다친 건가?'

세단은 두려움을 꾹 누르고서 천천히 앞으로 다가갔다.

「이보세요? 괜찮으세요?」

혹시 몰라 조심스럽게 영어로 입을 연 순간, 갑자기 남자가 고개를 번쩍 들더니 부리부리한 시선으로 세단을 노려보았다. 그 얼굴을 본 순간 세단은 제 눈을 의심하고 말았다.

'서, 설마……'

『도, 도와주시오!』

남자는 어느새 세단의 손목을 붙잡고서 아랍어로 뭐라고 속삭였다. 하지만 세단의 귀엔 아무것도 들리지 않았다. 그저 점점 더 선명해지는 남자의 모습. 그래, 이 남자. 본 적이 있다. 잊을 수가 없지. 바로 윤성에게 총을 겨누며 쫓아왔던 그 사냥꾼이니까. 어떻게 여기서 이렇게 다시 만날 줄이야.

『도, 도와주시오. 나 좀……. 나 좀!』

세단은 떨리는 시선으로 남자를 살폈다. 어깨에 입은 끔찍한 상처에서 피가 솟아나고 있었다. 저렇게 계속 피를 흘리다간 과다 출혈로 쇼크사하고 말 것이다. 대체 어디서 저렇게 다친 거야. 내가 뭘 어떻게 해야…….

남자는 통증을 참지 못한 채 세단의 손목을 더욱 우직스럽게 움켜쥐며 소리를 질렀고, 세단이 저도 모르게 짧게 비명을 내지른 찰나.

『그 손 놔!』

낯익은 목소리가 귓가에 울리면서 뜨거운 체온이 순식간에 세단을 감싸 안았다. 크고 단단한 손이 그녀의 등을 살며시 어루만진다. 귓가에 쟁쟁거릴 정도로 크고 빠르게 들리는 심장 박동. 저도 모르게 가슴께가 울컥이면서 세단은 천천히 고개를 들었다. 그러자 윤성이 잔뜩 굳어진 시선으로 남자를 노려보며 그녀를 끌어안고 있었다.

"윤성 씨⋯⋯."

떨리듯 울리는 목소리에 윤성은 그제야 제 품에 안긴 세단을 바라보았다. 무사해 보이는 모습에 이제야 안도의 숨이 짙게 흩어진다.

"조금 있다, 얘기해."

반가운 재회를 기대했지만, 온몸이 움찔할 만큼 무서운 목소리와 눈빛에 세단은 슬그머니 고개를 내려버렸다. 그는 지금 무지막지하게.

'화, 화났어!'

『디으분 인싼!』

예전에도 들은 적 있는 말이 울려 퍼진다. 윤성은 천천히 고개를 들고 자신을 죽일 듯이 노려보고 있는 남자를 바라보았다. 남자 역시 윤성을 알아본 듯 날 선 눈빛으로 외쳤다.

『괴물. 널 여기서 다시 보게 되다니! 이번에야 말로 네놈을!』

남자는 어깨춤에서 총을 꺼내려고 했지만, 윤성이 재빨리 남자에게 다가가 총을 한 손으로 부숴 버리고 그를 가볍게 제압했다. 그러자 남자가 윤성에게서 벗어나려고 발버둥 쳤고, 윤성은 그를 더욱 강하게 누르며 어깨를 살폈다. 짐승에게 제대로 물린 자국이다. 어깨의 살점이 거의 찢겨져 나갔다.

"윤성 씨. 그 남자, 괜찮아요?"

"구급상자 좀 줄래?"

세단은 조심스럽게 그에게 다가가려고 했다. 그러자 남자가 윤성을 향해 악을 쓰며 외쳤다.

『이 더러운 괴물! 나한테 무슨 짓을 하려고! 내 딸처럼 나도 죽이려고! 이 저주 받은 괴물 자식!』

도통 무슨 말을 하는지 못 알아듣겠지만, 한 가지 확실한 건 그를 욕하고 있다는 것. 하지만 윤성은 무심한 시선으로 어깨의 상처를 살폈다.

『이대로 어깨 상처를 치료하지 않으면, 썩기 시작할 거다. 그럼 팔을 절단해야 해.』

『닥쳐! 너 같은 괴물한테 치료 받지 않아. 내 딸 잡아먹은 괴물 자식한테 치료 받지 않는다고!』

세단은 구급상자를 열었다. 윤성은 여전히 이 남자가 함부로 움직이지 못 하도록 몸을 누르며 말했다.

"일단 감염되지 않게 상처를 봉합해야 해."

"응급치료용 봉합사가 있을 거예요."

세단은 얼른 구급상자를 뒤졌다. 그때, 다시금 울려 퍼지는 남자의 목소리.

『저리 꺼져! 이 괴물 자식!』

『당신이 날 뭐라고 불러도 난 의사야! 죽어가는 환자를 못 본 척 넘어가지 못해!』

윤성은 성난 목소리로 외치며 남자를 무섭게 노려보았다. 하지만 세단은 느꼈다. 그가 어쩐지 애원하는 것처럼 보였다.

『일단 당신을 살릴 거야. 그 다음에 날 죽이든지 마음대로 해.』

남자는 흔들리는 시선으로 윤성의 회색빛 눈동자를 바라보았다. 하지만 곧이어 엄청난 통증에 의식이 흐릿해지기 시작했다.

윤성은 다급하게 세단에게 손을 내밀었다.

"어서!"

"아, 알겠어요."

그렇게 급하게 봉합이 시작되었다. 윤성은 남자를 평평한 곳에 눕혔다. 어느새 비는 그쳤지만 순식간에 날이 어두워져 시야를 확보하기가 어려웠다. 하지만 세단은 걱정하지 않았다. 다른 사람이라면 몰라도 그에게 이런 건 전혀 문제가 되지 않을 테니까.

그녀는 하늘을 올려다보았다. 짙은 구름 사이로 점점 커다란 달이 그

빛을 되찾으려 하고 있었다.

'설마 오늘, 보름이야?'

시술은 시작되었다. 열악하기 그지없는 환경이었지만 윤성은 빠르게 손을 놀려 봉합사로 남자의 어깨의 벌어진 상처를 순식간에 봉합했다. 아직 감염이 시작되진 않은 상황. 마취제가 없어서 생살을 그냥 꿰매는데도 남자는 이를 악물고서 통증을 견뎌내고 있었다.

남자는 흐린 시야 속에서 윤성의 얼굴을 찾았다. 굉장히 진지하고 신중하게 시술하고 있는 모습. 죽이겠다고 쫓아다녔는데도 그의 눈빛엔 그런 것과는 관계없이 오직 살리겠다는 의지가 가득했다. 그리고 그 눈빛이, 낯설지가 않았다.

그래, 그때…… 자신의 딸을 시술할 때도 마찬가지였다.

『살려주세요! 제발 우리 딸을……. 딸을 살려주세요!』

『죄송하지만, 너무 늦었습니다.』

가망이 없다는 건 알았다. 모두들 너무 늦었다는 말과 함께 고개를 가로저었으니까. 이렇게 될 때까지 방치만 했던 자신이 원망스러웠다. 그래서 자신의 마을로 의료 봉사를 왔던 이 남자에게 미친 듯이 매달렸다. 지푸라기라도 잡는 심정으로 제발 딸을 살려달라고 간절히 애원했다. 이렇게라도 하면서, 나는 딸을 살리기 위해 노력했다고, 최선의 노력을 다했다고, 스스로에 대한 죄책감을 그렇게 달랬던 것 같다.

그는 모두가 늦었다는 수술을 해주었다. 지금과 같은 얼굴로 최선을 다해서. 하지만 딸은 결국 살아나지 못했다. 그래서 누군가 붙잡고 원망할 곳이 필요했다.

그때 이 남자의 진짜 모습을 보았다. 새하얀 보름달 아래 시린 은빛이 빛나는, 고혹적으로 변한 남자의 모습을 떨리는 시선으로 보았다. 전설

속으로만 들었던 늑대인간을. 그래서 그를 원망했다. 용서할 수 없었던 스스로를 대신해 그를 붙잡고 원망하고 또 원망하며 딸에게 미안하다고 외칠 수밖에 없었다.

시술이 끝났다. 윤성은 묵직한 숨을 내쉬며 마지막 커트를 완료했다. 상처 봉합은 완벽했다. 물론 다시 제대로 치료를 받아야 할 테지만.

세단은 떨리는 시선으로 윤성의 옆에 바짝 붙어 있었다. 그가 다시 위협을 할지도 모르니까. 물론 자신이 옆에 붙어 있다고 해서 뭘 어떻게 도울 수 있는 건 아니지만 그래도…….

그때, 남자가 고개를 들었다. 세단은 움찔했고, 윤성은 그녀의 어깨를 안아주었다. 마치 괜찮다고 다독여주는 것처럼.

그리고 남자와 윤성은 허공에서 시선을 부딪쳤다. 그 누구도 먼저 입을 열지 않았다. 캄캄해진 어둠 속에서 어느새 환한 보름달이 아른거리고 있었다. 이미 윤성의 모습은 변해 있었다. 남자는 무슨 생각을 하는지 그 모습을 보고만 있었다.

『이봐! 어디 있어! 이봐!』

『저쪽으로 가봐! 분명 멧돼지를 몰고 이쪽으로 갔다고!』

멀리서 누군가 다가오는 발자국 소리가 들리고 횃불이 아른거린다. 이 남자를 찾아서 오는 소리를 윤성은 이미 알고 있었다.

"윤성 씨. 얼른!"

세단은 행여나 지금 그의 모습을 다른 사람들에게 들킬까 봐 조마조마해 윤성의 옷자락을 움켜쥐었다. 그때 남자가 천천히 자리에서 일어나더니 윤성과 세단의 옆을 스쳐지나가며 짧게 말했다.

『어서 가.』

『…….』

『미안하고, 고마웠다.』

그렇게 남자는 서서히 멀어져갔다. 윤성은 그의 짧은 한마디에 무엇이 담겨 있는지 느낄 수 있었다. 아무래도 과거의 아픔을 저 남자 역시 스스로 털어낸 듯싶었다.

윤성은 세단과 함께 걸음을 옮겼다. 두 사람 외에 아무 인기척도 느껴지지 않는 곳에 와서야 그는 걸음을 멈추고서 제 품에 안겨 있는 세단을 바라보았다. 무사해 보이는 모습. 하지만 저도 모르게 황금빛 눈동자가 뜨겁게 이글거리며 묵직한 숨을 내쉬었다.

"대체, 뭐야."

세단은 그의 싸늘한 목소리에 움찔하며 천천히 고개를 들었다. 그리고 필사의 무기로 환하게 웃었다.

"뭐가요?"

하지만 그 환한 미소도 그의 화를 달래지는 못했다.

"사라졌다고 해서 내가 얼마나 놀랐는지 알아!"

"나, 찾았어요?"

"당연하잖아. 갑자기 당신이 없어졌다는 소리를 듣고 미치는 줄 알았어. 도대체 한시도 눈을 뗄 수가……!"

그녀의 손길이 그의 허리를 가볍게 끌어안으며 와락 안겨들었다. 윤성은 순식간에 파고드는 그녀의 다정한 체온과 떨리는 체취에 더운 숨을 삼키며 더는 화를 낼 수가 없었다. 하긴 그녀가 환히 웃는 것을 본 그 순간부터 이미 화는 풀렸지만.

윤성은 커다란 손으로 그녀의 머리카락을 가볍게 쓸어내렸다. 품안으로 진득하게 퍼지는 열기에 안심이 된다. 손가락 사이로 휘감기는 그녀의 감각에 이제야 제대로 숨을 쉬는 것 같았다.

처음 소식을 들었을 땐 정말로 눈앞이 캄캄했다. 매일매일 만나러 가려고 했지만 눈을 떼면 안 되는 응급 환자가 있어서 어쩔 수가 없었다. 잠깐 떨어져 있는 그 사이에 예전과 똑같이 이렇게 길을 잃고 헤매고 있을 줄이야.

하지만 그녀의 목소리를 들었다. 어서 와 달라고 속삭이는 그 목소리에 이끌려, 달려가는 걸음걸음에 어느새 보고픈 마음이 간절히 말려와 걸음이 어찌 이리도 느리게 느껴지던지.

이렇게 안고 있어도, 안심이 되질 않는. 보고 싶어도 보고 싶은……. 정말이지 중증이다.

"이제 화 좀 풀렸어요?"

세단은 빠끔히 고개를 들었다. 윤성은 어쩔 수 없다는 듯 웃으며 그녀의 얼굴을 감싸고선 입술을 머금었다. 그의 뜨거운 혀가 감미롭게 쏟아지고, 세단은 익숙하게 파고드는 열망을 품으며 살며시 입술을 벌렸다. 뜨겁고 농밀하게 쏟아지는 감각에 벌써부터 머릿속이 하얗게 타들어갔다. 윤성은 한 손으로 그녀의 허리를 단단하게 끌어당겼고, 또 다른 손으로는 다소 거칠게 턱을 밀어 올리며 그녀의 입안을 구석구석 휘감기 시작했다. 귓가로 격렬한 숨소리가 끈적끈적하게 와 닿으며 차가운 밤에 불을 질렀다. 이렇게 가까이 닿아 있는데도 서로가 서로를 원하고 갈망했다. 세단은 좀 더 그에게 몸을 밀착하고서 손가락 사이로 환하고 탐스러운 그의 은빛 머리카락이 연신 부서져 내리는 모습을 바라보았다. 오늘따라 유난히 환한 보름달이 그에게로 녹아내리며 귓가에 자극적일 정도로 쿵쾅거리는 심장 소리가 그녀를 미치게 만들었다.

윤성은 잠시 고개를 들고서 이글거리는 황금빛 눈동자 아래로 그녀를 가두었다. 좀 더, 좀 더 그녀를 원했다. 서로 떨어져 있었던 그 시간만큼, 세단 역시 그를 원했다.

윤성은 세단을 번쩍 안아 올렸다. 이게 무슨 의미인지 이젠 알기에 세단은 자연스럽게 그의 목에 손을 두르고서 속삭였다.

"조금만 참으면 되죠?"

그러자 윤성은 피식 웃으며 그녀를 꼭 끌어안았다.

"그래, 조금만 참아."

그렇게 그가 순식간에 걸음을 옮겨 어딘가로 달려갔다. 휙휙 스치는 바람 소리와 눈앞에서 마구 사라져 가는 풍경도 이젠 익숙했다. 하지만 여전히 익숙해지지 않는 건, 귓가에 날카로울 만큼 들려오는 그의 심장소리. 그리고 그보다 더더욱. 심장이 아플 정도로 쿵쾅거리고 있는 자신의 심장 소리.

마침내 그의 걸음이 멈췄다. 세단은 천천히 고개를 들고서 낯익은 공간을 바라보았다.

"진짜 낯이 익은 곳이네."

"기억해?"

"당연하죠. 당신이랑 처음, 키스한 곳인데."

윤성과 도착한 곳은 처음, 그의 진짜 모습을 보게 된 곳. 그리고 강렬하고 뜨거운 키스에 사로잡혀 모든 운명이 시작된 곳. 바로 그 동굴이었다.

윤성과 세단은 손을 잡고 동굴 안에서 환한 보름달을 올려다보았다. 캄캄한 어둠 속에 묘한 열기를 품고서 반짝이는 아프리카의 밤하늘은 너무나도 신비로웠다.

세단은 그의 단단한 어깨에 머리를 기대었고, 윤성은 그녀의 머리카락을 살며시 쓸어내렸다.

"처음, 내가 변했을 때…… 어땠어?"

세단은 의외의 질문에 고개를 들었다. 떨리듯 침잠한 그의 황금빛 눈동자가 보였다. 오늘도 그때와 비슷했다. 그래서 세단은 솔직하게 입을 열었다.

"좀 놀라긴 했는데, 참 아름답다고 생각했어요."

달빛에 녹아내린 시린 은빛 머리카락 사이로 환하게 일렁이는 황금빛 눈동자가 처연하게 휘늘어져 슬프면서도 아름다운 짐승을 보는 듯했다.

아름다웠다는 세단의 말에 윤성은 조금 황당한 표정을 지었다.

"보통은 무서워해야 하는 거 아니야?"

"그렇긴 한데. 그때 당신이 많이 다치기도 했고, 날 해칠 거라 생각하지도 않았어요. 그냥 얼른 구해줘야겠다는 생각만 했었고……."

쑥스러운 듯 점점 작아지는 그녀의 목소리에 윤성은 좀 더 가까이 고개를 숙였다. 서서히, 다가온다. 그리고 이내 입술 끝에 그의 달큰한 호흡이 와 닿았다.

"그럼, 키스는?"

숨 막히도록, 그의 목소리가 귓가가 아닌 입술 끝에 속삭여졌다. 세단은 그대로 터질 듯한 심장을 움켜쥐며 천천히 손을 뻗어 그의 가슴에 닿았다.

"오직, 날 원하는 당신의 심장 소리가 너무 좋았어요. 날 간절히 원하고 있었으니까."

"……."

"그때의 나는, 그런 당신의 간절한 마음을 받고 싶었어요. 결코 잊을 수 없는……."

그렇게 그를 단번에 기억하고 말았다. 이 눈동자에. 가슴에. 심장에. 새기고 말았다.

그녀는 서서히 그를 끌어당기며 나지막이 속삭였다.

"그때도 그리고 지금도. 난 그렇게 쭉, 당신을 기억하고 있었어요."

"나도, 마찬가지야."

그의 입술이 그녀의 입술 사이로 감미롭게 파고들었다. 그의 호흡이 한가득 몸 안으로 채워진다. 얼른 그와 더 가까워지고 싶다. 더, 더 그를 느끼고 싶다.

처음의 그 강렬했던 기억. 하지만 지금은 그의 눈동자에 오직 자신의 모습만이 오롯이, 사랑스럽게 일렁이고 있다.

윤성은 그녀를 눕혔다. 등에 닿는 서늘한 감촉에도 세단은 끝까지 그를 바라보았다. 그의 흔들림 없는 시선을 가만히 응시하며 환하게 웃었다.

"사랑해요……."

사랑스럽게 속삭이는 목소리에 취해 윤성은 단단한 입술을 한번 지그시 물었다가 떼며 짙게 속삭였다.

"사랑해."

아까보다 더 격렬하게 그의 입술이 밀려들었다. 열기를 머금고서 반짝거리는 그녀의 입술. 감미롭게 두드리는 혀끝에 갈라지는 소리가 그를 부른다. 윤성은 세단을 휘감고서 놓아주지 않은 채 점점 더 손끝을 아래로 움직였다. 서늘한 바람이 스치던 중 이내 뜨거운 입술이 와 닿자 세단은 몸을 떨었다.

어지럽게 헝클어진 그녀의 머리카락 너머로 붉게 달아오른 눈동자가 이글거리며 그를 품었다. 윤성은 조금이라도 방심하면 짐승처럼 달아오를 본능을 가까스로 억누르며 다시금 그녀의 입술을 탐했다. 입술과 입술이 맞닿으며 서로 하나가 되었다. 세단은 자신의 손가락 끝에 번지는 그의 은빛 머리카락에 취해 낮은 신음을 내뱉었지만, 그마저도 그의 입술 끝에서 사라져갔다.

낯설진 않지만 그래도 매 순간 떨리는 감각에 머릿속이 흔들렸다. 묘한 숨소리가 갈라진 목소리 끝에서 새어나왔다.

윤성은 제 품에서 점점 더 아름답게 피어오르는 꽃을 품으며 수컷의 본능이 뻣뻣하게 고개를 드는 것을 느꼈다. 세단은 그가 참지 않았으면 했다. 매번 그는 오직 저만을 생각하며 힘겹게 몸을 누르곤 했다. 하지만 세단은 그와 함께 행복해지고 싶었다. 그 역시, 자신으로 인해 충분히 가슴 떨렸으면 했다.

"윤성 씨……. 더 가까이……. 가까이 내게 와줘요……. 당신을 더, 느끼고 싶어……."

순간, 그녀의 눈동자 위로 고혹적인 색기가 어리며 사랑하는 남자를 서서히 끌어당기기 시작했다. 그 조그만 손짓에 결국 윤성은 낮은 신음을 내뱉으며 고개를 숙이고 말았다.

"그때나 지금이나 당신은 내게, 너무 자극적이야."

윤성은 좀 더 그녀에게 바짝 와 닿으며 뜨거운 숨을 내쉬었다. 세단은 그 숨결에 몸을 비틀며 두 손으로 그의 어깨를 붙잡았다.

한 마리의 우아한 짐승이 오롯이 저를 바라보며 갈구하고 있었다. 세단은 그가 쏟아내는 위험한 숨결에 취해 신음을 참지 않고 토해냈다. 집요하게 파고들던 혀끝이 점점 아래로 내려갔다. 열을 띤 진득한 쾌감이 고개를 들었다. 윤성은 부드럽게 파고들어 그녀의 모든 것을 소유했다.

"하아응!"

온몸이 달콤하게 저려와 하얗게 타들어갔다. 그가 주는 묵직한 열기가 겹겹이 쌓여가기 시작했다.

온몸이 위태롭게 떨렸다. 하지만 윤성은 더는 봐주지 않았다. 이미 온몸은 그에게 무너져 내렸다. 오직 매달릴 수 있는 것은 온전한 그의 품. 윤성은 그녀를 끌어안고서 짙은 입맞춤을 퍼붓고는 자기 자신을 완전히 해방시켰다.

거대한 두근거림이 가장 가깝게 느껴졌다. 심장소리보다 더 빠르게, 빠르게. 이대로 온몸이 터져버릴 것처럼. 무서운 전율이 일어난다. 하지만 세단은 좀 더 그의 얼굴을 가까이에서 보고 싶었다.

열락에 취해 부서지는 황금빛 눈동자. 항상 반듯하기만 했던 그의 표정이 무너져 내리고, 오직 저를 갈망하며 애타게 부르고 있다.

"세단아, 하아! 세단아……."

세단은 눈을 감았다. 그리고 모든 것을 그에게 맡겼다. 그렇게 빠져나올 수 없는 늪에 깊숙이 내려앉았다.

열기는 점점 거칠게 휘몰아쳤지만, 윤성의 입술은 달콤하게 내려앉으며 참을 수 없는 부드러움을 선사했다.

검게 이글거리는 화염이 두 사람의 가슴 속에서 꺼지지 않고 타올랐다.

달빛은 점점 더 깊어지고 두 사람의 밤은 이제 시작이었다. 오롯이 그렇게 서로를 품에 안고서, 그렇게. 그렇게…….

❖

몇 달의 시간이 더 지나고, 세단은 평소처럼 환자를 진찰하며 바쁜 하루를 보내고 있었다. 아프리카 생활에 익숙해진 지금은 오히려 여기가 더 편하게 느껴지기도 했다. 하지만 요 며칠 몸이 좀 이상했다.

"아욱, 머리야……. 왜 이렇게 졸리고 힘드냐. 너무 일을 많이 했나?"

세단은 조금 무거운 몸을 의자에 내려놓으며 관자놀이를 꾹 눌렀다. 두통약이라도 하나 먹어야 할 듯싶었다. 낮에도 일이 많지만 밤에도 일이 너무 많아서 몸의 피곤이 채 풀리지 않았다. 하지만 밤에 하는 일은 너무 달콤해서.

'그만 두고 싶지 않은걸……. 훗!'

「세단 씨, 식사해!」

같이 일하는 동료 의사가 세단에게 늦은 점심을 건네주었다. 간만에 먹는 생선 요리였다.

세단은 두근두근한 마음으로 고개를 돌렸지만, 생선 냄새가 확 풍기자 얼굴이 하얗게 굳어졌다.

"우욱!"

참을 수 없는 메스꺼움에 세단은 얼른 고개를 돌려 버렸다. 이게 뭐지. 왜 이러지? 속이 점점 안 좋아지기 시작했다. 생선 냄새가 왜 이렇게 역해. 설마, 상한 건가?

"우우욱!"

결국 세단은 고개를 숙인 채 헛구역질을 했고, 옆에 있던 의사들이 놀라서 달려왔다.

「세단 씨, 왜 그래? 어머, 세단 씨!」

「괜찮아, 세단 씨?」

세단은 가슴을 두드리며 고개를 갸웃거렸다. 대체 왜 이러지? 물론 몸이 좀 안 좋기는 했지만, 진짜로 생선이 상한 건……. 잠깐.

그때, 날카로운 생각이 스쳐지나가면서 세단은 손을 멈칫했다.

'혹시……. 그러니까 내가 언제부터 생리를…….'

"세단아!"

그때, 윤성이 다급하게 달려왔다. 세단은 떨리는 시선으로 고개를 들어 그를 바라보았다.

"유, 윤성 씨……."

"왜 그래? 어디 아파? 아픈 거야?"

윤성은 재빨리 그녀의 손을 잡고서 몸 상태를 살피다 순간 흠칫하며 낮은 숨을 삼켰다. 떨리는 그의 눈동자. 차마 그 어떤 말도 내뱉지 못했다. 세단은 그의 표정을 읽고선 살며시 속삭였다.

"진짜예요?"

"세단아……."

"그러니까, 나……. 임신한 거예요?"

윤성은 다시 세단의 손을 잡았다. 평소와 다른 맥이 느껴진다. 또 다른 맥이 그녀의 안에 있다. 아주 미세하지만, 아주 작고 여리지만 힘차게 뛰고 있는 또 다른 소리.

세단은 환하게 웃었다. 하지만 윤성은 당황스럽고 어색해서 그 어떤 말도 쉽사리 내뱉을 수가 없었다. 그녀의 손을 놓는 그의 표정은 어딘지 모르게 어두웠다. 세단은 그런 그의 모습을 바라보며 천천히 몸을 일으켜 세웠다. 윤성은 그제야 정신을 차리고서 그녀를 붙잡았다.

"세단아! 그게, 그러니까 기쁘지 않은 게 아니라 저기…….."

"잠깐 걸을래요?"

세단은 윤성의 손을 마주잡고 걸음을 옮겼다. 하지만 윤성은 모든 것이 혼란스러웠다. 물론 기뻤다. 그녀와 나의 아이니까. 평범한 남편이라면 기뻐하는 게 당연하다. 아주 많이 기뻐해야 한다. 그렇지만 자신은 그럴 수가 없었다. 갑작스럽게 찾아온 존재에 저도 모르게 파고든 감정은 기쁨보다 두려움.

아이가 자신과 같은 운명을 가지고 있을까 봐. 아파하고 상처받고 외로워하고 그리워하며 그렇게, 많이 아프게 될까 봐.

어느새 세단은 걸음을 멈췄다. 윤성은 무거운 마음으로 그녀의 앞으로 다가갔다. 아마 상처 받았을 테니까.

"세단아. 그러니까…….."

하지만 그녀는 말없이 그의 손을 잡고서 자신의 배에 올렸다. 그러곤 다정한 눈빛으로 그를 바라보았다.

"나는 느껴지지 않지만 당신은 느껴지죠? 이 안에 있는 우리 아기가."

"……."

"어때요? 따뜻해요? 건강한가? 누굴 더 닮았으려나. 나, 아님 당신? 어떻게 자라줄까요? 슬프고 아플 때도 있겠죠? 행복하고 즐거운 순간도 있을 거고, 혼자 넘어질 때도 있겠지만 다시 일어날 거예요. 그러니까."

세단은 아직도 떨고 있는 윤성의 시선을 강하게 붙잡았다. 그가 무엇때문에 두려워하는지, 선뜻 기뻐하지 못하는지 세단은 충분히 알고 있었다.

"이 아이가 어떤 존재든, 당신과 내 아이예요. 난 이 아이가 기다려져요. 꼭 행복하게 해줄 거예요. 아주 많이많이 말해줄 거예요. 아가, 난 널 사랑해. 난 널 좋아해. 우린 모두 널 기다렸단다."

세단은 온 마음과 진심을 담아서 아이에게, 그리고 윤성에게 말했다.

"아빠랑 엄마인 우리가 이 아이를 지켜주면 돼요. 그럼 힘들어도, 아파도, 슬퍼도, 다시 웃을 수 있을 거야. 같이 일어날 거예요. 그렇죠? 많이 사랑해줄 거죠? 누구보다 사랑 받는 그런 아이가 되게 해줄 거죠?"

윤성은 세단의 진솔한 말을 들으며 그토록 가득했던 두려움이 사라지는 걸 느꼈다. 그리곤 그는 손 안 가득 느껴지는 아기의 두근거림에 벅찬 기쁨을 느꼈다.

윤성은 천천히 무릎을 꿇고 그녀의 배에 입을 맞추었다. 그러곤 떨리는 목소리로 간절하게 말했다.

"널, 사랑해. 아주 많이 기다리고 있단다. 고마워, 아주 많이 고맙구나."

세단의 눈동자에 눈물이 고였다. 윤성은 그런 그녀의 눈물을 닦아주며 그녀를 꼭 안아주었다.

몇 년 뒤, 서울.

세단은 커다란 가방에 돗자리며 옷이며 이것저것 챙기면서도 정신은 다른 곳에 가 있는 듯했다. 윤성이 그런 세단을 도와주며 입을 열려는 찰나.

"강지원 환자 내일 모레 입원 요청했는데 안 좋아진 건 아니겠죠? 분명 수술은 성공했는데……. 그래도 일단 지켜봐야 하니까. 하지만 심장 판막은 부작용이 있을 수도 있고. 역시 지금이라도 내가 가서……."

부산스러웠던 이유가 밝혀지고 세단이 횡설수설하다가 자리에서 일어나려고 하자 윤성이 그녀의 손목을 가볍게 잡고서 다시금 제 옆에 앉혔다.

"오늘은 휴가잖아. 그것도 어렵게 낸 휴가. 애들한테 또 혼나고 싶어?"

"그렇지만……."

"그 환자, 내가 보기엔 괜찮았어. 입원 요청하는 것도 정밀 검사를 받고 싶어서 그런 거야. 네 수술은 성공했다고. 빡센 마녀가 직접 확인하고 집도한 거잖아. 네 자신을 좀 더 믿어 봐."

윤성은 불안해하는 세단의 머리카락을 쓰다듬어주고서 나머지 짐을 챙겼다. 세단은 그의 칭찬에 가슴이 묘하게 간질거렸다. 여전히 그에게 의사로서 칭찬 받을 때면 설레고 떨린다. 벌써 몇 년 차 의사인데도 매번 그렇다.

"그나저나 오늘은 그 관람차 공사 안 하려나……. 거기서 키스해야 하잖아. 안 그래?"

놀리는 듯한 그의 말투에 세단은 밉지 않게 그를 노려보았다.

"놀리지 마요!"

윤성은 가방을 들어 올리면서 세단의 허리를 감았다. 그리곤 피식 웃으며 나직이 속삭였다.

"그럼 지금 여기서……."

"엄마, 아빠 안 갈 거야?"

"어, 미안! 지금 나갈게!"

그때 밖에서 크게 들리는 목소리에 세단은 헛기침을 하며 윤성에게서 떨어졌다. 윤성은 소녀처럼 붉게 달아오른 얼굴을 보고선 피식 웃으며 입술에 쪽 소리 나게 입을 맞추었고, 그녀는 생긋 웃으며 그에게 속삭였다.

"관람차는 못 타도…… 일루미네이션은 꼭 보고 와요!"

세단과 윤성은 오랜만에 시간을 맞춰서 아이들과 놀이공원으로 향했다. 첫째 딸 세린은 양갈래로 귀엽게 머리를 묶고, 빨간 망토처럼 옷을 입고서 윤성의 어깨 위에서 안전하게 목마를 타고 있었다.

"아빠, 더 빨리! 빨리!"

"위험해, 세린아. 천천히 가자. 응?"

놀이공원에 도착하자 잔뜩 신이 난 세린이 행여나 다칠까 싶어 윤성은 안절부절못했다. 그런 그의 옆에서 세단은 둘째인 아들 성하를 안고 있었다. 윤성을 쏙 빼닮은 성하는 늑대 귀 모양의 모자를 쓰고서 늠름한 표정을 지었다.

"걱정 마, 엄마! 내가 오늘은 엄마를 지켜줄 테니까."

"후훗, 고마워요, 우리 왕자님."

평범한 가족.

간절하게 꿈만 꾸었고, 막연히 상상만 했던 순간이 이렇게 그들에게로 와주었다. 세단과 윤성은 서로를 바라보며 살며시 미소를 짓고는 세린과 성하의 손을 꼭 잡고 그렇게 같은 걸음으로 함께 걸어 나갔다.

〈END〉

작가 후기

안녕하세요. 서이나입니다.

부족한 제가 어느덧 여섯 번째 출간을 하게 되었습니다.
먼저 작품을 읽어주신 독자님들께 너무나도 감사하고 또 감사합니다.

이웃집에 늑대가 산다는 저의 네이버 첫 정식 연재작이고, 제 인생에 너무나도
많은 변화를 가져다 준 놀랍고도 고마운 아이입니다. 제게 앞으로의 목표를 주었
고, 그 목표를 이룰 수 있을 것 같다는 힘을 주었고, 너무나도 소중한 인연들을
선물해주었습니다. 아마도 앞으로 제가 작가로 살면서 더 많은 작품들을 만나게
될 테지만, 이 아이는 굉장히 특별한 기억으로 남을 것 같습니다.^^

《이웃집에 늑대가 산다》는 사랑과 사랑을 통해 진정한 관계와 인연을 그리고자
쓴 이야기입니다.
겉으로는 너무나도 완벽하고 멋있는 남자이지만, 인간이 아닌 늑대인간이라는

평범하지 않은 삶 속에 너무나도 큰 상처가 있는 윤성이를 구김살 없이 그대로 끌어안아준 세단이.

어린 시절 아버지를 잃고, 어머니에게도 버림받으면서 사랑하는 사람에게 버림받는 슬픔이 싫어 사랑을 주는 것보단 받고 싶어 하던 세단이에게 서툴지만 그만큼 올곧은 사랑으로 다가간 윤성이.

윤성이는 세단으로 인해 여러 사람의 관계 속으로 나아가게 되었고, 세단이는 윤성이로 인해 관계를 잃는 슬픔만이 전부가 아닌, 넘어져도 다시 일어날 수 있다는 강함을 알게 되었습니다.

이번 작품을 마치면서 가장 뿌듯했던 건 제가 담고자 했던 메시지를 끝까지 붙잡고 맺음을 지었다는 겁니다. 그러한 메시지가 독자님들에게 조금이라도 닿았다면 더더욱 기쁠 것 같습니다.^^

《이웃집에 늑대가 산다》는 책으로서 끝을 맺었지만. 제게 새로운 도전을 안겨주었습니다. 훗날 더 특별한 모습으로 꼭 다시 만났으면 하는 바람입니다.

끝으로 책이 나오기까지 도움 주셨던 모든 분들, 감사드립니다.
연재 때부터 쭉 한결같은 관심으로 달려와 주신 독자님들, 너무너무 감사하고 애정합니다!

2015년 성큼 가을이 깃든 밤에 서이나